El rey de la ciudad púrpura

Rebecca Gablé

El rey de la ciudad púrpura

Traducción de
María José Díez Pérez
y Diego Friera Acebal

Círculo de Lectores

A mis padres

When thou haste waltered and went and wakede alle þe nyghte,
And hase werpede thy wyde howses full of wolle sakkes,
The bemys benden at the rofe, siche bakone there hynges,
Stuffed are sterlynges vndere stelen bowndes –
What scholde worthe of that wele if no waste come?
Some rote, some ruste some ratouns fede.
Let be thy cramynge of thi kystes for Cristis lufe of heuen,
Late the peple and the pore hafe parte of thi siluere,
For and thou lengare thus lyfe, leue thou no noper,
Thou schall be hanged in helle for that thou here spareste.

Cuando te has pasado la noche entera dando vueltas y velando
y has llenado tu gran casa de sacos de lana,
las vigas se comban con el peso de los jamones
y tus cofres rebosan de monedas de plata,
¿qué será de tanta riqueza si nada se reparte?
Parte se corroerá, parte se herrumbrará, parte alimentará a las ratas.
¡Deja de acaparar tesoros en tus arcas, por el amor de Dios!
Deja que las gentes y los pobres compartan tu plata:
pues si continúas viviendo así, créeme,
acabarás en el infierno por todo cuanto ahorraste aquí.

Extracto de *Wynnere and Wastoure*, un poema anónimo de alrededor de 1350 en el que porfían un avaro y un derrochador.

DRAMATIS PERSONAE

A continuación se ofrece una relación de los personajes más importantes. Los personajes históricos han sido marcados con un asterisco.

COMERCIANTES Y LONDINENSES

JONAH DURHAM	
RUPERT HILLOCK	Maestro y primo de Jonah Durham
ELIZABETH HILLOCK	La esposa de Rupert
CECILIA HILLOCK	Abuela de Jonah y Rupert, y una mujer de armas tomar
CRISPIN	Amigo de Jonah
ANNOT	Una avispada negociante
CECIL	Hijo de Annot
ISABEL PRESCOTE	Una distinguida dama que lleva una doble vida
MARTIN GREENE	Veedor del gremio de pañeros
ADAM BURNELL	Veedor del gremio de pañeros, adversario de Jonah
ELIA STEPHENS	Un pañero haragán amigo de Jonah
GIUSEPPE BARDI	Noble florentino y representante de la casa de banca Bardi*, en Lombard Street, Londres
JOHN PULTENEY	Mercader, prohombre del gremio de pañeros y alcalde de Londres
DAVID	Hijo de John Pulteney y aprendiz de Jonah

WILLIAM DE LA POLE*	El comerciante más rico y vituperado de Inglaterra
GISELLE	Hija de William de la Pole
REGINALD CONDUIT*	Regidor, alcalde de Londres
FRANCIS WILLCOX	Alias *el Zorro*, el rey de los ladrones
HARRY	Hijo de Francis Willcox

REYES, NOBLES Y CABALLEROS

EDUARDO III*	Rey de Inglaterra
FELIPA DE HENAO*	Reina consorte

Eduardo*, *El Príncipe Negro*, Isabel*, Juana*, Lionel*, Juan*, Edmundo*, María*, Margarita* y Tomás*: prole de Eduardo II y Felipa de Henao junto con Guillermo*, Blanca* y Guillermo, que habrían completado la docena de no haber fallecido en el primer año de vida.

WILLIAM MONTAGU*	Conde de Salisbury
HENRY GROSMONT*	Conde de Derby y Lancaster
ROBERT UFFORD*	Conde de Suffolk
SIR WALTER MANNY*	Almirante de la flota inglesa
JOHN CHANDOS*	El perfecto caballero
JUANA DE KENT*	La mujer más bella de Inglaterra

... y, naturalmente, Gervais de Waringham y Geoffrey Dermond, de los que se hablará con todo detalle en otro lugar.

Prólogo

Castillo de Nottingham,
octubre de 1330

–Esto es muy propio del muchacho –rezongó Richard de Bury–. ¿Dónde estará? El anciano erudito se arrebujó más aún en su capa de lana y lanzó una mirada nerviosa al negro muro del castillo, a cuyo pie el frío viento otoñal parecía especialmente cortante.

–Ya vendrá –afirmó William Montagu en tono conciliador. Y se puso a caminar arriba y abajo para no quedarse frío.

–Por el amor de Dios, Montagu, estaos quieto. Vuestro cencerreo despertaría hasta a los muertos.

Montagu contuvo un suspiro y se acercó al otro.

–Refunfuñáis como una vieja, doctor. Con este viento es imposible que ahí arriba se oiga mi armadura. Además, la guardia está en el lado este.

–¿Cómo sabéis eso?

–Me lo ha dicho William Elland, el castellano.

Bury soltó un gruñido despectivo.

–En tal caso, esperemos que haya dicho la verdad y no se traiga un doble juego.

Montagu sacudió la cabeza.

–Es tan leal al rey como vos y yo.

–Entonces lo colgarán como a vos y a mí –espetó Bury mordaz–. Dios misericordioso, ¿por qué habré de cometer esta majadería precisamente yo? Ojalá me hubieses puesto en otro sitio esta noche. Este desatino no puede salir bien. Llevo diciendo desde el principio que es inútil.

–Tanto más os honra que así y todo hayáis acudido, mi señor –musitó una voz en la oscuridad.

Al momento apareció al lado de ellos una sombra, una figura alta y oscura envuelta en una capa que tremolaba al viento. Cuando lo tuvieron delante distinguieron el débil resplandor de su armadura. Ambos hombres hicieron una reverencia.

—¿Cuándo aprenderás a llegar puntual a una cita, Eduardo? —lo reprendió Bury—. La puntualidad, jovencito, es la cortesía de los reyes. Te lo he dicho un centenar de veces.

El recién llegado ladeó la cabeza y esbozó una media sonrisa.

—Y no caerá en saco roto. ¿Estáis listos?

Montagu asintió en silencio.

—Tanto como se puede estar —farfulló Bury.

—Vámonos, pues, antes de que cambiéis de parecer, mi señor. Id vos delante, Montagu. El castellano dice que conocéis el camino.

El aludido echó a andar hacia la izquierda, pasó ante la puerta principal de la muralla, cerrada a cal y canto, y los condujo hasta la cara occidental del formidable castillo, erigido por Guillermo, el conquistador normando, en lo alto de la rocosa colina que dominaba la ciudad de Nottingham. Bajo ellos, a la luz de la luna, se veía una cinta negra y brillante: el río Trent.

Los peñascos, que desde lejos parecían sólidos y broncíneos, en realidad estaban cuajados de cuevas y profundas hendiduras. Montagu guió a sus dos compañeros por una angosta cornisa y, acto seguido, subieron una corta y empinada pendiente, una empresa harto peligrosa en la oscuridad, si bien al final los tres llegaron sanos y salvos a la entrada de la central de tres cuevas contiguas que presentaban sendas aberturas casi redondas.

—Debe de ser aquí —dijo en voz baja Montagu.

Veloces nubes se deslizaban por doquier ante una luna casi llena. Sin embargo Montagu tenía buena vista y sus ojos hacía tiempo que se habían acostumbrado a la escasa claridad, de manera que reconoció el tosco león que había grabado en la piedra justo en la boca de la cueva, pues sabía que debía estar ahí.

—Ésta es la marca del castellano. No se puede decir que sea un artista dotado, pero ésta es la cueva.

Entraron en la baja cavidad esculpida en la roca, y Bury sacó el pedernal y el eslabón de la escarcela y encendió la tea que llevaba. La danzarina llama proyectó inquietantes sombras en las paredes bastas, pero ninguna sabandija salió de su escondite, como se temía secretamente el joven Eduardo. En la pared opuesta había una estrecha abertura por la que podía pasar a duras penas un hombre.

—La entrada secreta —observó Bury satisfecho.

Tras sacar la espada, Eduardo permaneció un instante inmóvil, y Bury reparó en que había apretado el puño de la mano libre.

—Padre celestial, asísteme —musitó el joven—. Pues estoy en mi derecho.

Acto seguido se agachó y se adentró en el bajo pasadizo, sus dos acompañantes a la zaga.

En un principio el túnel avanzaba en línea recta, después torcía bruscamente a la derecha y culebreaba en dirección ascendente. Era tan angosto que rozaban las paredes con los hombros, y Eduardo y Montagu se veían obligados a agachar un tanto la cabeza. Pero no se toparon con ningún obstáculo. Finalmente, se vieron al pie de una tosca escalera de piedra que procedieron a subir. Los escalones, desiguales y traicioneros, se prolongaban más de lo que esperaban. Cuando llegaron arriba, Bury jadeaba.

Eduardo le puso un instante la mano en el brazo.

—¿Os encontráis bien, doctor?

El anciano sonrió.

—Claro. No te preocupes por mí. Soy un viejo ratón de biblioteca y no estoy acostumbrado a hacer esfuerzos, pero no voy a flaquear.

Eduardo rió quedamente y le dio unas palmaditas en la espalda.

—Eso era lo que quería oír.

Entretanto Montagu palpaba el bajo techo de la escalera.

—Aquí está la trampilla —anunció.

Ayudado por el joven, se apoyó contra ella y, cuando ya se temían que la portezuela estaría cerrada al otro lado y su plan fracasaría, ésta de pronto se movió y una lluvia de polvo les cayó en pleno rostro. Al poco se hallaban, resoplando y sudorosos, en una garita de la parte inferior de la torre del castillo. La parte de arriba de la trampilla de madera estaba llena de inmundicias, de modo que apenas se distinguía del suelo apisonado, que además se encontraba cubierto de una gruesa capa de vieja paja.

—No es de extrañar que nadie supiera de esta puerta —observó Bury.

—Nadie salvo el castellano —puntualizó Montagu.

–Dios lo bendiga –apuntó Eduardo–. Gracias a su ayuda hemos esquivado a la guardia galesa de Mortimer, y mañana por la mañana descubrirán que las moscas se han llevado la miel sin caer en la trampa.

–Todavía no lo hemos consumado –advirtió Montagu–. Me sorprendería que Mortimer durmiese sin vigilancia.

Eduardo asintió, pero su rostro reflejaba impaciencia. Sin decir más subieron a la sala principal. La amplia estancia, en la que escasas horas antes se había reunido el consejo de la corona, estaba vacía y oscura y tenía un aire de lo más espectral. Debido al silencio sepulcral, daba la impresión de que el castillo se hallaba abandonado. Y casi era verdad: movido por la desconfianza que le suscitaban los nobles del consejo, Roger Mortimer había ordenado que todo el mundo se alojara en la ciudad y no en el burgo. Por eso, esa noche, Mortimer prácticamente estaba solo allí.

Eduardo echó a andar. A buen paso y casi sin hacer ruido, subió con sus compañeros la siguiente escalera, que conducía a las alcobas del piso superior del castillo. También los otros sostenían ahora el acero en la diestra.

–Es más sencillo de lo que había pensado –afirmó Eduardo.

Apenas lo había dicho cuando de repente los cegó la deslumbrante luz de una tea.

–¿Quién anda ahí? –inquirió una voz grave.

–¡En nombre del rey, soltad vuestras armas! –ordenó Montagu.

Los soldados galeses no se dejaron impresionar. Montaban guardia en grupos de cinco en la pequeña antesala que precedía a los aposentos, y pegaron un salto y sacaron la espada. Eduardo permaneció inmóvil y vio dos siluetas que se abalanzaban sobre él ante la titilante antorcha. Sólo en el último momento alzó el acero y rechazó al primer atacante; desvió el ataque hacia la derecha, lanzando al soldado a un lado, y derribó al segundo. Casi inmediatamente le cayó encima un tercero por la izquierda, y él notó el veloz siseo del arma junto al rostro, si bien se ladeó con facilidad. Fue una lucha breve, pero enconada. Los soldados eran superiores en número, además de rápidos y diestros. Sin embargo, al final los tres intrusos se impusieron. Montagu se situó delante de Eduardo para protegerlo y peleó con la espada y la daga. Mató a tres de ellos, y el resto se lo dejó a Bury.

Apenas habían vencido a los soldados cuando la puerta de la izquierda se abrió de golpe. Un hombre espigado apareció en el umbral envuelto en una valiosa capa guarnecida de piel que sujetaba con una mano, como si no llevara nada debajo.

—¿Qué está pasando aquí? —gritó furioso—. ¿Quién osa perturbar nuestro descanso?

Durante un momento reinó un silencio vacilante. A continuación Eduardo dio un paso al frente.

—Nadie de importancia, mi señor, tan sólo el rey de Inglaterra.

El de la puerta parpadeó perplejo.

—¿Y cómo os atrevéis a dar muerte a mi guardia? ¿Qué queréis a esta hora?

Eduardo le dirigió una breve mirada escrutadora y entró en los aposentos.

—Hacer valer mi derecho.

La amplia estancia estaba escasamente amueblada, pero el dosel y las colgaduras de la ancha cama lucían un magnífico brocado color burdeos recamado con zarcillos en hilo de oro veneciano.

—¿Madre?

Las colgaduras crujieron.

—*Eduard, c'est vous? Mais pourquoi...*

Una mano brusca agarró el codo de Eduardo y lo obligó a volverse.

—¿Qué os habéis creído, Eduardo? ¡Idos al diablo! Y no se os ocurra volver a acosar a vuestra madre y a mí.

Eduardo se zafó de un tirón como si nada.

—Creo que no comprendéis la situación, mi señor. Estáis acabados. Tanto vos como mi venerable madre.

El hombre clavó la vista en él un instante con incredulidad, luego miró a sus dos compañeros y se echó a reír.

—¿Qué significa esto? ¿Una revuelta? ¿Un viejo maestro, un pobre caballero venido a menos y un chiquillo? —De repente la risa cesó—. Será mejor que te esfumes enseguida. Tal vez así olvide lo que ha pasado. ¿Es que no me has oído?

De pronto estiró la mano, pero Eduardo lo agarró por la muñeca antes de que el otro pudiera coger las armas del bajo escabel. La capa dejó al descubierto la desnudez del hombre. Eduardo ladeó un tanto la cabeza, miró brevemente el arrugado miembro y dijo con ironía:

–Os sugiero que os vistáis antes de que partamos a Londres.

Los cortinajes se apartaron y apareció la reina madre con el cabello suelto, pero completamente vestida.

–*Eduard!*

Su voz sonó cortante.

–También vos debéis prepararos para emprender viaje, madre.

–Ya basta –gruñó su amante–. ¿A quién creéis que tenéis delante? No podéis darnos órdenes. –Se interrumpió brevemente, se libró de la garra de Eduardo y cruzó los brazos–. Ahora escúchame bien, mocoso: aunque hayas entrado aquí como un bandido y hayas aniquilado a mi guardia, eso no cambia los hechos. Tu madre es la reina y yo soy el conde de March, descendiente del rey Arturo y del insigne Brut, y nosotros regimos este país.

Eduardo esbozó una sonrisa poco amable.

–Ya no. –Les hizo una señal a Bury y Montagu–. Atadlo y llevadlo abajo.

Sus compañeros no se hicieron de rogar.

Sin dar crédito a sus ojos, Mortimer contempló cómo Montagu enrollaba las cuerdas en torno a sus muñecas y lanzó a Eduardo una mirada peligrosa y rebosante de odio.

–Esto ya lo intentó tu padre y no le sirvió de nada. Ese pobre baldragas no fue capaz de retenerme aun cuando me encerró y me robó los bienes.

Eduardo lo miró a los ojos y asintió despacio.

–Aquél fue uno de sus errores más imperdonables. Esta vez, mi señor, iréis a la horca.

1330-1333

AÑOS DE APRENDIZAJE

LONDRES,
NOVIEMBRE DE 1330

Cuando Jonah volvió a casa estaba oscuro como boca de lobo; en todo Cheapside no parecía haber una sola luz. Los comercios y talleres que conformaban la fachada de las casas de madera, en su mayoría estrechas y de dos plantas, habían cerrado hacía tiempo, y los nubarrones habían engullido el gajo de luna y las estrellas. Desde por la tarde caía una lluvia queda que había convertido las calles y las callejuelas en un viscoso lodazal y amenazaba con ahogar la tea de Jonah, que se dio por vencida definitivamente cuando ya se veía la casa. El muchacho la arrojó al suelo con despreocupación y cruzó la plazoleta que había ante la iglesia de San Lorenzo a buen paso. De la taberna Zum Schönen Absalom, situada enfrente, junto a la cuadra de arriendo de Robertson, salía un vocerío ahogado, pero en la calle no había nadie. Nadie salvo él.

Llamó con reserva a la puerta de la pañería Hillock.

–¿Quién es? –preguntó una voz potente y aguda.

–Yo.

El portón se abrió sin hacer ruido y en el umbral apareció el quinceañero Crispin con un pequeño candil. A la titilante luz sus ojos parecían profundas oquedades vacías, y el chico protegía de la corriente la corta llama, que a Jonah se le antojó deslumbrante, con una mano.

Jonah entró parpadeando, lo saludó con la cabeza y lo dejó atrás.

Crispin se apresuró a echar el cerrojo y siguió a Jonah hasta la puerta trasera, que daba al pequeño patio interior de la casa.

–Te he estado esperando en lugar de irme a dormir, ¿sabes? Al menos podías decir gracias.

–Gracias.

Jonah apoyó la mano en la puerta, pero Crispin lo agarró del codo y se lo impidió.
—Será mejor que te quedes aquí. Estás... en un apuro.
El otro volvió la cabeza.
—¿Ah, sí?
Crispin hizo un movimiento afirmativo y bajó abatido los ojos.
—¿Dónde te has metido? La maestra estaba preocupada.
Jonah resopló desdeñoso.
—Ya lo creo. Al fin y al cabo iba con una bala entera de lana de primera.
Se soltó, abrió la puerta y entró en el patio.
También estaba oscuro, si bien él no necesitaba luz para atravesar el pequeño cuadrado que tan bien conocía. Dejó a la derecha el gallinero y la desvencijada caseta de madera del retrete y avanzó entre los bancales de verduras hasta que su mano izquierda palpó el brocal del pozo. Justo detrás del pozo se hallaba la puerta de la cocina, que estaba bien engrasada y se abrió en silencio.
Jonah se quitó la pesada y empapada capa, se la colgó del brazo y se cubrió de la lluvia. Estaba muerto de hambre, y antes de presentarse ante su maestro quería ver si encontraba un pedazo de pan o algunas sobras de la cena. Pero tuvo mala suerte. Apenas puso los pies en la cocina, se abrió una segunda puerta que llevaba a la escalera y al pasillo que comunicaba el comercio con la cocina y entró la maestra, y en su mano llevaba una palmatoria de latón con una vela.
Él inclinó la cabeza de un modo casi imperceptible.
--Señora.
Ésta retrocedió, horrorizada: la sombra oscura en la cocina sin luz la había asustado. Cuando lo reconoció, sus ojos color avellana se entrecerraron y sus labios, por lo común más bien pulposos, se tornaron una estrecha línea blanca. El joven rostro, por naturaleza alegre, se volvió desagradable bajo la sencilla cofia blanca. Jonah comprobó, no por primera vez, pero con la misma perplejidad, que la ira hacía parecer casi el doble de larga su nariz.
—¿Ya has vuelto? —preguntó ella incisiva—. Y el señorito quería comer primero, ¿no? ¿Cuándo pretendías avisarnos de tu feliz regreso?
—Justo después —respondió él en honor a la verdad.
La mujer abrió la puerta por la que había entrado significativamente y apuntó al suelo con el mentón.

–Si quieres comer, en el futuro sé puntual. Y ahora ve arriba zumbando. Seguro que maese Hillock estará deseando escuchar tu historia.

Con un pequeño gesto burlón el muchacho le cedió el paso y después la siguió por el estrecho pasillo y escalera arriba. Los viejos escalones de madera gemían bajo su peso.

Sobre el comercio se hallaba la estancia que hacía las veces de sala de estar en la casa de maese Hillock, aparte de la cocina la única habitación caldeada de la casa.

Rupert Hillock estaba sentado con una jarra de cerveza y una vela a la mesa, próxima a la ventana, y leía un libro de relatos ingleses de historias bíblicas. Era un hércules con el cabello igual de negro y los ojos igual de oscuros que Jonah, si bien su rostro era más carnoso y rubicundo y estaba un tanto ajado y cubierto casi hasta la mitad de una poblada barba negra.

Cuando vio entrar a su esposa y a Jonah cerró el libro, se levantó, extendió la mano sin decir palabra y se plantó ante su aprendiz.

Éste abrió con parsimonia la modesta bolsa de cuero marrón que llevaba al cinto, vació su tintineante contenido y a continuación lo dejó caer en la mano de Rupert sin tocarla.

Éste se puso a contar entre dientes.

–... dos, tres libras y seis, ocho, diez, doce, catorce, dieciséis, dieciocho, veinte chelines. Cuatro libras. Bien –gruñó de mala gana; y asintió y se metió el dinero en su talega–. ¿Dónde has estado todo el día, sinvergüenza? –le preguntó.

–En casa del barón de Aimhurst. Tardó horas en recibirme.

–¿Le entregaste el paño a su esposa como te dije? –inquirió impaciente la esposa de Rupert.

Jonah movió la cabeza.

–¿Por qué no? –quiso saber Rupert–. ¿Acaso no te encomendé que te aseguraras de que ella misma examinaba la lana en el acto? Se la hemos vendido demasiado barata, y la oferta debía servir de cebo; pero si se la confiaste a su doncella, no habrá valido la pena.

–Mandó decir que no estaba en casa.

–Y tú tan contento, ¿no?

–¿Qué iba a hacer? ¿Irrumpir en la sala?

Rupert le dio un fuerte bofetón, y Jonah se tambaleó a un lado y mantuvo el equilibrio a duras penas.

—¿A quién has malvendido mis veinticuatro varas de la mejor lana flamenca por cuatro libras, eh? ¡Desembucha!

—Al barón de Aimhurst.

A Jonah le costó reprimir una sonrisa.

Al final, a primera hora de la tarde el barón en persona tropezó en su antesala con el aprendiz de comerciante que aguardaba paciente a solas, le preguntó con aspereza qué quería y después, exasperado, le pagó el precio convenido por la lana antes de señalarle groseramente la puerta. Sin embargo, Jonah no se fue en el acto, pues tenía una noticia para el barón que nada tenía que ver con la lana flamenca de Rupert Hillock...

Rupert se quedó un instante sin habla. Luego se puso en jarras.

—¿Hablaste con el barón en persona?

Jonah asintió.

—¿Qué dijo?

El chico alzó brevemente los hombros.

—Nada más.

Pero Rupert había visto la delatora sonrisa burlona. Agarró al aprendiz por el brazo con una de sus garras, le dio otra bofetada y rezongó:

—¿Qué te dijo? ¡Haz el favor de responder, bastardo cazurro!

Jonah levantó la cabeza, se limpió con el dorso de la mano un poco de sangre de la comisura de la boca y miró a su maestro a los ojos.

—«Eso es muy propio de vosotros», dijo. «Este país se va al garete, ahorcan a Roger Mortimer en Tyburn como si fuera un vulgar ladrón, la ciudad entera está agitada y vosotros, los ricachones, no podéis pensar en otra cosa que en vuestras caras balas de paño.»

El poroso rostro de Rupert enrojeció de un modo preocupante. Jonah trató de hacerse a la derecha, pero el puño le golpeó en el pómulo y él cayó al suelo. Se aovilló, mas no lo bastante aprisa. Una tremenda patada le dio en el estómago. El muchacho, jadeante, respiraba con dificultad y tosía sofocado. Quería incorporarse, sabía que tenía que huir, pero no podía moverse, de manera que se protegió la cabeza con los brazos y esperó.

Sin embargo, antes de que le asestara otro golpe oyó un graznido furibundo:

—¡Rupert! ¡Ya basta!

—Abuela... —Rupert Hillock intentó sin mucho éxito conferir a su voz un tono amable, ocultar su miedo–. Creía que ya os habíais ido a dormir.

La delicada anciana se acercó. Arrastraba la pierna izquierda, y la mano descarnada, deforme por la quiragra, se aferraba al elegante bastón de cuya ayuda dependía, si bien iba bien tiesa, el mentón –rodeado por el rebocillo gris perla– adelantado con agresividad. Cecilia Hillock, con sus casi ochenta años, era tan antañona que resultaba inquietante. Sin lugar a dudas era su férrea voluntad la que la mantenía con vida y ella era indiscutiblemente la temida cabeza de familia.

—Te has equivocado –espetó glacial–. Como de costumbre.

Jonah constató que al menos podía respirar superficialmente, aunque le resultaba doloroso y con el aire regresó la vida a su cuerpo. Se levantó del suelo sin hacer ruido y se sumió en la oscuridad cercana a la puerta, fuera del círculo de luz del hogar y la vela.

—Debería darte vergüenza, Rupert –prosiguió la vieja dama–. ¿Cómo te atreves a tratar así al muchacho?

Rupert Hillock alzó las manos casi con aire suplicante.

—Es rebelde e impertinente. Mi obligación es enseñarle a no ir así por la vida.

Jonah no quería oír aquello.

—¿Puedo irme, señor?

—Tú te quedas –ordenó Cecilia.

—Es que no hace lo que le digo –objetó Rupert.

—Estoy segura de que tiene sus motivos.

—Abuela... –protestó Elizabeth, y enmudeció cuando los oscuros y vetustos ojos se posaron en ella.

—Será mejor que te calles –dijo en voz baja, pero claramente amenazadora–. Si miraras menos por tu ambición y por los intereses de tu esposo y más por tus obligaciones, tal vez pudieras llevar a buen término un embarazo y darle un heredero a esta casa.

Elizabeth se llevó una mano a la boca y dio un paso atrás.

Jonah observaba a la anciana con una mezcla de fascinación y espanto. Qué cruel podía ser. Qué despiadada. Y con cuánta frialdad calculaba.

Ésta le devolvió la mirada y le hizo una breve señal con la cabeza.

—Ten la bondad de acompañarme, Jonah.

Éste salió de buena gana de la sombra, le abrió la puerta y, sin dignarse mirar a Rupert y a Elizabeth, sin aguardar su permiso, salió en pos de la combativa anciana, la agarró del brazo con delicadeza y la condujo a sus aposentos, que se encontraban contiguos a la alcoba del señor de la casa, al fondo del pasillo y sobre la cocina.

–¿Y bien? –inquirió ella en voz queda al entrar–. ¿Qué te dijo Aimhurst?

Jonah cerró la puerta y aspiró el leve aroma a canela y lavanda característico de la estancia. Le encantaba ese olor.

–Creo que no tiene mucha confianza en el joven rey –replicó el muchacho casi entre susurros, aunque estaban solos–. Pero está seguro de que pronto estallará una nueva guerra con Escocia, y no le interesa la lana flamenca de Rupert para equipar a sus arqueros. Dice que es demasiado cara. Por el contrario se mostró muy interesado en vuestro paño. Dice que si podéis suministrarle diez balas de aquí a marzo.

La anciana soltó un cacareo satisfecho.

–Nada más fácil. Bien hecho, Jonah. Bien hecho, como de costumbre. No te arrepentirás.

Se sentó en un cómodo sillón, asió con ambas manos la empuñadura del bastón y sonrió para sí ensimismada.

Jonah se acomodó a sus pies y acercó con la punta de los dedos el ardiente brasero.

La nudosa y vieja mano le acarició la negra cabellera, que le llegaba por los hombros.

–Este joven rey nuevo podría cambiar muchas cosas. Se avecinan tiempos nuevos, ya lo verás.

–Pero el barón de Aimhurst no cree en el rey Eduardo –repitió Jonah, dubitativo.

La anciana resopló.

–Aimhurst es un necio arrogante como Rupert e, igual que él, demasiado estrecho de miras para reconocer que una nueva generación le va pisando los talones. No, no, Jonah. Con su osada vileza el joven Eduardo se ha ganado a pulso un derecho que era suyo por nacimiento. No acabo de creerme que ahora se haya amansado de pronto. Él es el futuro, y será un futuro intranquilo. El que se dé cuenta pronto podrá sacarle provecho.

Jonah sonrió débilmente.

—Ah, estoy convencido de que ésa seréis vos. Tenéis una visión de futuro infalible.

A modo de ejemplo, ya en junio había augurado que la estrella de la reina madre y su ambicioso amante no tardaría en apagarse. Cuando, hacía escasas semanas, se precipitaron los acontecimientos de Nottingham, Mortimer fue capturado y la reina madre –haciendo caso omiso de sus deseos– fue enviada a la apartada heredad real de Berkhamstead, Jonah se preguntó si la vieja Cecilia no tendría una bola de cristal que consultaba de cuando en cuando a escondidas.

—Se lo debo a mi edad bíblica. No, no, muchacho. El futuro ya no reviste mucha importancia para mí, y viceversa. Más bien estaba pensando en ti. ¿Cuántos años tienes, Jonah?

—Dieciocho, abuela.

Ella apoyó la cabeza del muchacho en su rodilla, y el por lo común obstinado aprendiz cerró los ojos y se abandonó a las caricias de la vetusta mano.

—La misma que el rey –musitó Cecilia.

El hambre despertó a Jonah antes de que su gallo y los gallos de los patios vecinos dieran su concierto matutino.

Se levantó sin hacer ruido, dobló su manta y metió bajo el mostrador de una hábil patada el saco de lana relleno de paja que le servía de cama. Acto seguido cogió el cubo para ir por agua para asearse y salió al patio. Aún no había claridad. El frío matinal lo hizo tiritar, pero el agua del pozo todavía tardaría unas semanas en helarse por las mañanas. Jonah miró con indolencia la cocina y luego las ventanas de la sala. Reinaban el silencio y la oscuridad. Entreabrió la cancilla del gallinero, introdujo el brazo y tanteó la paja hasta dar con un tibio huevo. Tras cerrar la puertecilla con sumo cuidado, rompió con esmero la cáscara con el dedo índice y sorbió ruidosa, ávidamente su contenido. El acuciante hambre desapareció de golpe. Tras aplastar la cáscara con el tacón y enterrarla en el bancal de las hierbas aromáticas siguió su camino.

Cuando el gallo cantó, Jonah ya estaba afeitado.

El joven Crispin, que desde hacía más de un año era aprendiz de maese Hillock y dormía en el comercio igual que Jonah, se levantó de súbito del jergón como si lo hubiesen pinchado.

–¿Es domingo? –preguntó soñoliento.
–Por desgracia no –repuso Jonah.
El aprendiz se mesó gemebundo las rubias greñas.
–¿Por qué no? Hace demasiado frío para levantarse.
Jonah le señaló la escoba que había contra la pared.
–El trabajo te hará entrar en calor.
Crispin refunfuñó malhumorado, se tomó su tiempo para levantarse, observó a Jonah bien por vez primera y desvió la mirada de inmediato.
–Tienes un ojo morado –informó.
Como por iniciativa propia, la mano de Jonah se alzó y sus dedos palparon con delicadeza la hinchazón que tenía sobre el pómulo. Después se encogió de hombros, se volvió y se alisó la bata, de una sencilla pero buena lana gris marengo, que le llegaba por la rodilla.
–¿Te fue mal? –preguntó el muchacho, abatido.
–No. La vieja sargento llegó justo a tiempo y me rescató.
Crispin lo miró y movió la cabeza.
–¿Cómo puedes llamarla así? Es tu abuela. Y, de no ser por ella, hace ya tiempo que Rupert...
Jonah lo interrumpió con un gesto impaciente.
–Ve a orinar de una vez y luego pon algo de orden en la tienda.
El bondadoso Crispin hizo, como de costumbre, lo que le pedían. Salió sin más del comercio y concedió a Jonah unos minutos de soledad, pues sabía cuán valiosos eran para su amigo.
Jonah afiló el cañón de las plumas y se cercioró de que los pedidos que habían de ser recogidos o entregados a lo largo de la mañana estaban listos. No le hizo falta consultar la lista que descansaba sobre la mesa: siempre sabía qué había que hacer en la jornada; conocía el negocio. En el fondo, Rupert Hillock ya no tenía nada que enseñarle. Pese a ello todavía le quedaban tres de sus siete años de aprendizaje, así constaba en su contrato, el cual, de creer a su abuela, su madre arrancó prácticamente en el lecho de muerte a su hermano, el padre de Rupert Hillock. Prefería no pensar en los tres años que aún tenía por delante. Se había acostumbrado a no pensar más allá del día siguiente. De ese modo, se le hacía soportable. De ese modo, ya habían transcurrido cuatro largos años.
–¿Presenciaste la ejecución? –le preguntó Crispin al volver.

Jonah negó con la cabeza.

—Entonces, ¿dónde estuviste todo el día?

Crispin dejó abierta la puerta trasera del comercio, agarró la escoba y devolvió al patio el polvo, las pelusas de lana y el barro seco que la clientela había traído consigo la víspera.

—No tan a lo bruto —advirtió Jonah—. Vas a llenar de polvo el género.

Con cariño, casi con reverencia, pasó los dedos por unas balas de estambre verde oscuro de primera calidad de Salisbury. Adoraba el tacto firme y al mismo tiempo suave, así como el tenue olor a glauconita que le daba a la tela su color. La lana le fascinaba, tanto su variedad como su utilidad y su belleza. Desde la sencilla lana sin abatanar que cada ama de casa hilaba y tejía en el campo hasta el noble paño que se elaboraba en Flandes o Florencia, la lana vestía a labriegos y reyes desde tiempos inmemoriales, constituía un medio de subsistencia igual que el pan de cada día, pero también era mucho más que eso: la lana era el oro de Inglaterra, circunstancia ésta que criadores de ovejas, tejedores, bataneros y tintoreros conocían tan bien como él, aunque a veces le parecía que nadie salvo él conocía las posibilidades que este hecho brindaba. Su primo Rupert, por ejemplo, que regentaba su propio comercio desde hacía más de cinco años, sin duda lo desconocía. Y cuando Jonah pensaba en lo mucho que aún tenía que esperar para huir de la estrechez de miras de Rupert Hillock y poner en práctica las incontables ideas que abrigaba le asaltaba un desconsuelo, una ira sorda y desamparada que lo enmudecía más aún de lo que ya era habitual en él. Por eso evitaba tales pensamientos. En contra de lo que muchos suponían, el desconsuelo y la tristeza no eran su estado de ánimo preferido.

—Jonah, ¿estás despierto? ¿Es que no vas a responderme? —le urgió Crispin.

El aludido levantó la vista del verde paño.

—Estuve en casa de Aimhurst.

Resumió en unas pocas frases la encomienda mientras ambos disponían el comercio para el nuevo día. No mencionó el pequeño negocio que había cerrado con el barón de Aimhurst por cuenta de su abuela. Crispin le caía bien, y lo más probable era que también pudiera fiarse de él, pero el muchacho era tan franco, tan profundamente ingenuo que semejante secreto le habría supuesto una carga.

Mientras subían a desayunar, el aprendiz de menor edad no paró de hablar animadamente del tema preferido de Londres, del país entero a decir verdad, en ese momento: la inesperada subida al poder del joven rey Eduardo; qué clase de gobernante sería; si se parecía más a su débil padre o a su poderoso abuelo; si rompería la paz con Escocia, una paz que el odiado Mortimer había firmado en nombre del rey Eduardo y que todos los ingleses consideraban vergonzosa; cómo sería la joven reina flamenca Felipa, que en junio había traído al mundo a un príncipe heredero.

Jonah lo escuchó con interés. Crispin siempre estaba muy bien informado de todo lo que acaecía en Londres y Westminster. De vez en cuando recibía una tunda por, en opinión de Rupert Hillock, perder la mitad del día chachareando y descuidar el trabajo. Pero Jonah sabía que no era cierto. Eran los clientes del establecimiento quienes conversaban con el amable aprendiz, el cual gustaba de oír o contar un pequeño escándalo. Jonah estaba convencido de que algunos incluso acudían a su comercio en lugar de a la competencia para entregarse a tan inofensivo vicio. Crispin le hacía bien al negocio, y era una de esas pocas personas capaces de hablar y trabajar al mismo tiempo.

Mientras se aproximaban a la sala, el joven le refería una historia acerca del ciego conde de Lancaster. Jonah le puso una mano en el brazo a modo de advertencia, Crispin interrumpió la conversación, y los dos entraron en la estancia en silencio. Rupert ya estaba sentado en su sitio, en el centro de la mesa, flanqueado por su esposa y su abuela. Frente a Elizabeth, se hallaba Annot, la hija de un carnicero de Canterbury que desde el verano era aprendiza de Elizabeth y ayudaba a la maestra en la modesta sedería que llevaba desde que sufriera el último aborto el invierno anterior. Las criadas sirvieron gachas, pan, miel y cerveza rebajada antes de que ellos tomaran asiento en un extremo de la mesa. Crispin se sentó y Jonah se acercó al pesado trinchero de roble, que le llegaba hasta la cadera y ocupaba prácticamente toda la pared izquierda de la sala, el mueble más bonito de la habitación. Albergaba los platos de estaño, las palmatorias y los vasos, así como los dos valiosos libros que poseía el maestro Hillock. Encima había una jofaina con agua, y al lado un lienzo limpio. Jonah se colgó el lienzo del brazo y le llevó el aguamanil al maestro, que se lavó las manos sin mirar a su pariente. Jonah sospechaba que Rupert se avergonzaba de su comportamiento de la víspera. Maese Hillock no era más cruel o malvado que sus vecinos. Era peligroso cuando se enfurecía, sobre todo cuando había bebido demasiada cerveza, algo que, en opinión de Jonah, se había vuelto cada vez más habitual en los meses pasados. Sin embargo, a Hillock se le tenía por un comerciante honesto, y los miembros de su gremio lo estimaban. Tal vez hubiese podido ser un hombre muy distinto de no haberse casado precisamente con Elizabeth.

Cuando, después de pasarle la jofaina a su abuela, Jonah se la ofreció a la maestra, ésta le lanzó una breve mirada con sus ojos achinados y sumergió las manos con tanto brío que el agua salpicó y una pequeña cantidad fue a parar al pecho de Jonah.

–Ten cuidado, torpe –lo reprendió.

Sin decir nada, el joven esperó a que la anciana se hubiera secado las manos y dio un paso atrás mientras Rupert bendecía la mesa. Jonah se miró: el agua de la jofaina contenía cocimiento de lavanda, y le manchó en el acto la vestimenta. Sin duda quedaría inservible. Por un instante se planteó verter el contenido del recipiente sobre la cabeza, piadosamente gacha, de Elizabeth, pues estaba seguro de que lo había hecho a propósito. Ella sabía cuán importante era para Jonah tener un aspecto impecable y desde luego también sabía que tendría que vivir con el sayo sucio hasta que ella le diera uno nuevo, cosa que probablemente no sucediera antes del día del juicio. Más que verla, Jonah notó la mirada de advertencia que le dirigió su abuela y desistió de su funesto propósito. Después del amén llevó el aguamanil al armario y se sentó junto a Crispin.

La comida transcurrió en su mayor parte en silencio, pues Rupert, al igual que la anciana señora Hillock, consideraban que charlar en la mesa era de mala educación. Solamente cuando las criadas hubieron recogido platos y fuentes tras dar gracias a Dios, habló el pañero con sus aprendices del trabajo del día y les asignó sus respectivos cometidos.

Cuando, unas dos horas más tarde, Jonah regresó de hacer los mandados en Dyer Street, donde tenían los talleres los tintoreros de Londres, y hubo despachado toda clase de pedidos, halló a Crispin y Annot solos en el comercio. Se encontraban detrás de los estantes, que iban de suelo a techo y separaban el establecimiento en sí del almacén, y estaban tan absortos en su conversación que ni lo vieron ni lo oyeron llegar. Crispin no perdía ocasión de hablar con Annot. Desde el día en que llegó a la casa aquella bella muchacha de ojos azules, tímida como un cervatillo –al menos por aquel entonces–, Crispin cayó rendido a sus pies.

–¿Por qué lo odia tanto la maestra? –oyó Jonah preguntar a la muchacha, y su tono indignado lo divirtió.

–La verdad es que no tengo ni idea –admitió Crispin.

–Pero ¿por qué lo trata así? A la postre, es un miembro de la familia.

Durante unos instantes sólo se escuchó el cepillado con el que probablemente Crispin limpiara una bala de paño para que no anidaran polillas en ella. Al cabo, éste dijo, pensativo:

–Lo más probable es que lo odie justamente por eso. Mientras no tenga un hijo, Jonah será el heredero de maese Hillock. Que yo sepa, no tiene más parientes, y estoy seguro de que eso no le gusta.

«Muy perspicaz», pensó Jonah. Claro está que, en caso de que sobreviviera a su esposo, Elizabeth sería su primera heredera. Pero si ella fallecía sin descendencia, cosa que probablemente se temiera y Jonah esperaba de todo corazón, el negocio pasaría a manos del chico.

–¿Y por qué vive aquí y aguanta eso? ¿Es que no tiene a nadie más? ¿Quién era su padre?

–No lo sé. Eso es algo de lo que nunca habla.

–Hum –repuso Annot, meditabunda–. Entonces seguro que es el hijo bastardo de un distinguido lord. Sabe Dios que no me extrañaría.

Jonah se mordió el labio inferior y rodeó la estantería a la chita callando.

–Me temo que voy a desilusionarte. Mi padre era el platero londinense Lucas Durham y, por lo menos el día en que nací, el esposo de mi madre. Cuando yo tenía un año, se hirió con una de sus herramientas, contrajo una fiebre y murió, cargado de deudas, según se comprobó.

Annot pegó un respingo y enrojeció un poco al verlo aparecer tan de súbito.

Crispin escuchó la revelación, atípicamente prolija, con la boca abierta y preguntó sin comprender nada:
—¿Por qué no me lo habías dicho?
Jonah se encogió de hombros.
—Nunca me lo preguntaste.
Annot estaba sentada en un tajuelo y contemplaba a Jonah con abierta curiosidad.
—¿Qué fue de tu madre y de ti? ¿Tienes hermanos?
Él movió la cabeza.
—Vivimos unos años de la caridad de los gremiales de mi padre, hasta que mi madre falleció de tisis.
El muchacho apenas conservaba recuerdos de esa época. A decir verdad, lo único que sabía era lo que su abuela le había contado: el esposo de Cecilia renegó de la licenciosa hija a la que dejó encinta un inútil, jugador y borracho conocido en la ciudad entera, si bien el inútil demostró tener más honor que muchos otros, pensaba Jonah a menudo, al casarse con la muchacha a la que había metido en apuros, algo a lo que nada ni nadie lo obligaba, excepto su conciencia. Ello no aplacó a su abuelo. Sólo a su muerte, la abuela localizó a su paupérrima y ya moribunda hija y la llevó a su casa. Su hijo, el padre de Rupert, acogió a su hermana y al hijo de ésta a regañadientes, y antes de fallecer, ella le hizo prometer que tomaría de aprendiz a su chico. Antes la abuela se ocupó de que Jonah, que a la sazón tenía cinco años, fuera a la escuela de la abadía de Bermondsey. El monasterio benedictino se hallaba extramuros, en la verde orilla meridional del Támesis, frente a la Torre, y la escuela gozaba de gran reputación. Cecilia sabía a ciencia cierta que una buena formación era el principal requisito para convertirse en un buen comerciante. El primer recuerdo de Jonah era una mezcla extrañamente contradictoria de abandono, pesar por la muerte de su madre y alivio por escapar de su malhumorado tío y su primo Rupert, que entonces era un patán de diecisiete años que se burlaba de forma despiadada de él y lo maltrataba. Jonah se adaptó deprisa en Bermondsey. La mayoría de los hermanos eran muy buenos con él. Les gustaba lo despierto que era y lo animaban, sin exigencias, a que se abriese más, hablara más y contara más cosas de él de lo que era propio a su naturaleza.
Para dejar de pensar en ello y en su escasamente edificante his-

toria, se inclinó sobre Annot y tocó con dos dedos la fina tela brillante que la muchacha sostenía en el regazo. Era fría y lisa como un espejo.

–El platero que hay en mí me dice que deberías aprender a bordar esa seda con hilo de oro y plata. De ese modo podrías venderla a un precio diez veces mayor del que has pagado.

Ella alzó la vista. Había deseado tantas veces captar su atención... y ahora que era así, de pronto se sentía tímida y torpe.

–Pero es que yo quiero ser sedera, no bordadora –fue la única respuesta que se le ocurrió.

Él le sonrió, y Annot se preguntó si sabría que al sonreír se le formaban dos hoyuelos en las comisuras de la boca, si sospecharía el devastador efecto que sus labios arqueados, casi opulentos, causaban incluso en una muchacha decente como ella, un efecto tal que se sentía tentada de levantarse y apretar su boca contra ellos. Bajó la cabeza deprisa para que él no le adivinara tan vergonzoso pensamiento.

En ocasiones, Annot yacía de noche en la cama de la buhardilla, que compartía con las dos criadas, y pensaba cómo sería encontrarse a solas con Jonah en el almacén cuando cerrara el comercio. Imaginaba cosas, observaciones inteligentes e ingeniosas, bromas y halagos, pues ella deseaba fervientemente que él la admirara y quería que se fijara en ella de una vez. Imaginaba que él la llevaba a uno de los numerosos mercados de la ciudad o a uno de los desfiles o incluso a una de las funciones teatrales que organizaban los gremios. Ya llevaba viviendo allí casi seis meses y, aparte de la iglesia y los comercios del vecindario, todavía no había visto nada de la gran ciudad.

–Si fueses sedera y bordadora, podrías ser inmensamente rica –terció Crispin, al que no le hacían ninguna gracia las miradas que Annot dirigía a Jonah bajo sus espesas pestañas.

Ella suspiró, dobló el valioso género y se puso en pie.

–Me lo pensaré. Pero ahora será mejor que vaya a ayudar a la maestra con las cuentas. Si no aprendo pronto, seguro que no me hago rica en negocio alguno.

Crispin hizo un gesto desdeñoso con la mano.

–Bah, quédate un poco más. Los libros pueden esperar, créeme, te lo digo por propia experiencia.

–Crispin... –lo advirtió Jonah en voz baja.
Extrañado, el muchacho alzó las cejas.
–Vaya, habló nuestro modelo en el cumplimiento del deber, el mismo que cada tarde prácticamente se pega por hacer las cuentas.

Jonah esbozó una sonrisa, pero dijo en serio:
–No la metas en líos.

Annot estaba tan contenta de que se preocupara por ella que se planteó postergar unos minutos las cuentas. Pero antes de que tomara una decisión, una voz gritó desde la parte delantera del comercio:
–Buenos días nos dé Dios, ¿me atiende alguien?

El canturreo, un tanto estridente, era inconfundible: se trataba de la señora Thorpe, la parlanchina esposa de un zapatero de la vecindad. Jonah revolvió significativamente los ojos y le hizo una señal a Crispin.

–Siempre me toca a mí –se quejó éste–. No es justo.

Así y todo, dibujó una sonrisa radiante y echó a andar con paso decidido.

Las mujeres preferían que las atendiera Crispin, que las adulaba y les contaba interesantes novedades, o Rupert, que trataba a cada clienta como a una reina. Jonah había intentado cambiar muchas veces: sabía que su fama de gruñón perjudicaba al negocio. Pero daba igual lo que hiciera y cuánto se esforzara: esa fama lo perseguía como una maldición. Sin embargo, Rupert Hillock se lo tomaba con calma. Había observado que los sastres, que eran sus clientes más solventes, preferían tratar con Jonah, pues apreciaban su competencia y su imparcialidad, lo cual les hacía ahorrar tiempo. Y las mujeres jóvenes del barrio también acudían a él, tanto si acababan de casarse como si no. Rupert envidiaba a Jonah su éxito con las jovencitas y le reprochaba a menudo que les lanzara miradas indecorosas y les hiciera perder la cabeza. Jonah no entendía nada, ya que ni siquiera se daba cuenta de cómo lo miraban. Pero, en resumidas cuentas, Rupert estaba satisfecho. A su manera, con su frío hermetismo, Jonah resultaba tan provechoso para el negocio como Crispin con su amabilidad.

Después Jonah informó a Rupert de sus recados de la mañana, relató de memoria, sistemáticamente, cuándo y a quién había que entregar cuánta cantidad a qué precio.

–Piers Johnson os pide un anticipo de diez chelines –concluyó–. Sus hijos están enfermos y él ha de pagar al médico. Jura que intentará abastecernos en la primera semana de Adviento.

–Conforme. Johnson siempre ha sido de fiar.

–Y Adam Cross afirma que esas bayas de Oriente con las que elabora su tinta azafrán escasean y son más caras. Pide medio chelín más por vara.

Rupert soltó un bufido.

–Pues mañana te vas a Southwark a ver a Williams, el cuñado de Adam Cross, para comprobar si sus precios han subido. Él es tan buen tintorero como Cross.

–Mañana es el primer ensayo de la función navideña –le recordó Jonah.

Rupert se dio una palmada en la frente.

–Lo había olvidado. No, no puedes faltar de ningún modo, el padre Gilbert se pondría hecho un demonio. Southwark tendrá que esperar a pasado mañana.

Annot miró a Jonah con ojos radiantes.

–¿Actúas en la función navideña?

Rupert rió estruendosamente y asintió.

–Te vas a quedar pasmada, hijita. Nuestro Jonah es el mejor actor del gremio de pañeros. Cuando aparece en escena, no hay quien lo reconozca.

Londres,
diciembre de 1330

Jonah se hallaba tan metido en su papel que apenas veía a la gente de la plaza. Y, sin embargo, ésta lo espoleaba, lo hacía crecerse, superarse. No notaba ni el cortante frío ni la poco navideña llovizna. No se encontraba en Londres subido a un espacioso carro. Tampoco tenía conciencia de que ya era la séptima vez ese día que representaba el papel. Era Mak *el Ladrón*, el pillo que salía bien librado con astucia y gracia. Se había librado de sí mismo.

Annot se encontraba, junto con Crispin, Rupert, Elizabeth y la anciana, delante del todo, y miraba con brillo en los ojos el carro, decorado con gran alarde imaginativo. Aplaudió hasta que le dolieron las manos. Jamás habría creído que pudiese existir algo así. Llevaba horas allí, entre la multitud, viendo pasar los carros, y hacía ya tiempo que no sentía sus pies helados. Cada carro mostraba una escena distinta de la Biblia o una historia relacionada con ésta que tenía que ver con la anunciación y el nacimiento de Cristo. Cada cofradía de artesanos y gremio de comerciantes de la ciudad había equipado un carro y escogido a los actores.

–Es que no me lo creo –musitaba para sí–. Ése no puede ser Jonah.

Crispin se echó el aliento en las congeladas manos y a continuación se metió los puños bajo las axilas.

–Pues créetelo. Se transforma tres veces al año: en Navidad, en Pascua y el día del Corpus. Pero no me preguntes qué le ve. Ha de sufrir y declamar su texto una docena de veces seguidas, y ahí arriba se está cien veces peor que aquí abajo. Todos los años después de Navidad enferma, siempre pasa Año Nuevo con fiebre y sin voz. Pero le encanta, lo adora.

Annot sólo escuchaba a medias.

—Maravilloso —susurró.

Crispin la miró de reojo y exhaló un hondo suspiro. Lo sospechaba, lo había visto venir. En lo sucesivo, daría igual lo que dijera o hiciera: había perdido. Si se esfumara en ese mismo instante, posiblemente ella ni se diese cuenta.

Los actores del carro hicieron una reverencia y el escenario móvil se alejó entre las atronadoras manifestaciones de júbilo del gentío. A Annot le habría gustado salir corriendo tras él para ver de nuevo el atrevido drama bucólico, pero la maestra no le habría permitido callejear sola por la ciudad y, además, se hallaba tan embutida entre la muchedumbre que tampoco habría podido liberarse.

—¿Qué viene ahora? —inquirió.

—Los especieros —contestó Rupert—. Interpretan a los Reyes Magos.

—El año pasado el joven Hamo de Kempe se tiznó el rostro y las manos con tanto ahínco para el papel que en la Candelaria aún no estaba limpio —agregó Crispin.

La anciana señora Hillock daba golpecitos impacientes con el bastón en el embarrado suelo.

—Eso es porque los especieros no se lavan nunca —afirmó malhumorada—. Rupert, mis viejos huesos se están enfriando. Quiero ir a la casa del gremio. Si llegamos pronto, tal vez encontremos sitio todos.

Rupert no pensaba abandonar tan pronto la plaza. Todavía faltaban ocho o diez carros y no quería perderse ninguna representación.

—Crispin, acompaña a la señora Hillock a la casa y ocúpate de que lo encuentre todo a su gusto.

—Claro, señor. Señora, será un honor.

Hizo una pequeña reverencia.

La anciana prorrumpió en una risa cómplice.

—Sí, lo creo a pie juntillas, muchacho. Permite que me apoye en tu brazo.

—¿Puedo ir yo también, señora? —le preguntó Annot a Elizabeth—. Tengo mucho frío.

La maestra arrugó la frente, perpleja.

—Pero si estabas deseando ver las representaciones.

Era verdad, pero si se quedaba a solas con Rupert y Elizabeth, él se las arreglaría para pegársele de nuevo. Apenas se enfrascaba Elizabeth en una conversación con una de sus numerosas amigas, la mano de Rupert se metía bajo su capa y le acariciaba el brazo y la toqueteaba. Y a ella no le hacía gracia.

–Me da miedo la representación de los carniceros, señora –confesó, y no era mentira–. En la carnicería de mi padre, vi suficiente sangre de cerdo para lo que me queda de vida.

–Ve, pues. –Elizabeth sonrió con indulgencia.

El rostro de Crispin se iluminó.

–Será mejor que te agarres bien a mi capa. De lo contrario podríamos perdernos entre el gentío y tú no serías capaz de dar con la casa y caerías en manos de ladrones. Londres es un lugar peligroso, ¿sabes? No en vano la llaman la ciudad púrpura, la ramera Babilonia, la madre de todas las abominaciones de la tierra.

Lo dijo no sin cierto orgullo fanfarrón.

Annot se apresuró a asir un pliegue de la espalda y el grupito se puso en marcha camino de Cheapside. Cuando dejaron tras de sí la plaza que se extendía ante la gran catedral, pudieron caminar a la par. Pese a ello iban a paso de tortuga, pues, al permanecer tanto tiempo de pie con aquel frío húmedo, la gota de la anciana no había mejorado precisamente y sólo era capaz de dar pasitos cortos y sin duda dolorosos.

Ella misma dijo lo que Annot pensaba:

–Mejor sería que me hubiese quedado en casa.

–Pero ¿quién quiere perderse semejante espectáculo? –repuso Crispin.

Cecilia rió con desdén.

–Jovencito, si hubieses visto este «espectáculo» más de setenta veces como yo, soñarías con poder pedértelo alguna vez. Pero no tengo el valor de hacerlo, por Jonah. Espero que Dios me perdone lo orgullosa que estoy de mi nieto; al fin y al cabo, tampoco es que me haya regalado tantas cosas en la vida de las que pueda sentirme orgullosa.

–Sí –admitió Crispin de buena gana–. Jonah ha vuelto a estar estupendo.

Cecilia asintió.

–Hum. Honra a su gremio, y eso es lo que cuenta, nada más.

Crispin no imaginaba que la anciana concediese tanta importancia al deber de cada cual para con el gremio, y ésta le abrió los ojos al añadir:
–El gremio recompensa a quienes aumentan su prestigio, ¿sabes?
–¿Con qué? –preguntó Annot, que rara vez osaba dirigirle la palabra a Cecilia.
Sin embargo, la inusitada locuacidad de la anciana ese día le confirió valor.
–Con poder –replicó Cecilia–. Con influencia. El gremio convierte a quienes lo merecen en miembros con librea, veedores y prohombres. Los prohombres pueden llegar a ser regidores, también denominados concejales. Y de entre las filas de los regidores se elige a los sheriffs, o representantes de la Corona, y al alcalde de Londres.
Crispin soltó un suave silbido.
–Tenéis grandes planes para Jonah, señora.
–No son mis planes, sino los suyos –replicó ella enojada–. Por fin vuelve a haber un hombre en esta familia con un atisbo de ambición en el cuerpo; Dios ha escuchado mis plegarias. Y si vuelves a silbar en la calle en mi presencia, verás la sorpresa que te espera, mozalbete. Vosotros, jóvenes zafios, ya no sabéis comportaros como un comerciante.
Crispin hizo una mueca furtiva.
–Disculpadme, señora.

La casa del gremio de pañeros se hallaba en Saint Swithin's Lane, en Cheapside, y perteneció en su día al primer alcalde de la ciudad, el cual se la legó a sus gremiales como lugar de reunión para que oraran, deliberaran y celebraran fiestas juntos. Se trataba de una amplia casa de madera de dos plantas con pequeñas ventanas emplomadas, las vigas del entramado ricamente talladas. No era ostentosa, y sin embargo irradiaba prosperidad.
En ambos frentes de la sala, que ocupaba la planta baja entera, crepitaba la lumbre en las chimeneas, y la espaciosa habitación estaba agradablemente caldeada. Todavía no había casi nadie salvo el servicio, que se ocupaba de los preparativos del gran banquete. Henry Fitzjohn, tesorero del gremio, se encontraba solo cerca de la entrada para saludar a los invitados.

—¡Señora Hillock! Qué gran honor, señora. Permitidme que os acompañe a vuestro sitio.

—Gracias, Henry. No es menester que sea un puesto de honor, lo principal es que haga calorcito.

Crispin dio un paso atrás, le cedió al tesorero el sarmentoso brazo de la anciana y fue tras ellos con Annot hasta una de las tres mesas que se hallaban a la derecha de la mesa elevada principal, reservada ésta a los hombres libres, la clase alta de los comerciantes ricos del gremio. Las alargadas mesas seguro que daban cabida a más de doscientas personas, pensó Annot, que, a pesar de todo, preguntó escéptica:

—¿Y alcanzará para todos los pañeros de Londres y sus familias?

—Bueno, no son ni mucho menos todos los pañeros de Londres —repuso Crispin—. Sólo los libres.

—¿Libres? —repitió ella, sin comprender.

«Vive Dios, ¿es que Elizabeth no le enseña nada?», se preguntó él asombrado, y le explicó a Annot lo que en Londres hasta los niños sabían:

—Sólo los naturales de Londres de determinadas familias pueden ser admitidos en una cofradía o un gremio, sólo los que disfrutan de la ciudadanía londinense. Se los llama libres. De ello se infiere, claro está, que sólo los libres pueden ser regidores u ocupar uno de los otros cargos elevados de la ciudad que ha mencionado antes la señora Hillock.

—¿Y qué hay de los demás londinenses, los que no forman parte de esas familias? ¿Se los llama siervos?

Crispin se rió.

—No, no. Se los llama foráneos, aun siendo de Londres. No tiene mucho sentido, pero es así. Los jornaleros, los numerosos mendigos, los rufianes y los cortabolsas lo son, pero también los pequeños artesanos y comerciantes pobres que no pertenecen a ningún gremio. Constituyen la mayor parte de la población.

—¿Y qué hay de los foráneos de verdad? ¿Los mercaderes de otras ciudades o de Francia, Flandes y Lombardía?

—Ésos se llaman extranjeros. De manera que extranjero y foráneo no significa lo mismo; es preciso distinguirlos debidamente.

Annot se echó a reír, sacudiendo los abundantes rizos castaños.

—Qué locura.

Cecilia se había sentado en el banco y había despachado al tesorero. Oyó la última palabra de Annot.

–No es tan enrevesado como suena y funciona desde hace siglos. Tiene su razón de ser que sólo miembros de familias distinguidas de esta ciudad puedan desempeñar el libre comercio, aunque entre ellos Dios sabe que hay bastantes ovejas negras. ¿Adónde iríamos a parar si todos los foráneos y extranjeros se agolparan en nuestros mercados? No quedaría bastante para nosotros. Nosotros administramos esta maravillosa ciudad y la servimos, de modo que es justo que nos pertenezca.

Annot se quitó la esclavina empapada, que había empezado a humear.

–Eso significa que nunca podría establecerme de sedera en Londres. Tendría que volver a Canterbury –dijo pensativa.

–Un pollito soltero como tú no puede dedicarse al comercio ni aquí ni en ninguna parte, gracias a Dios. Naturalmente, la cosa cambiaría si fueses la esposa de un londinense libre. Sin embargo, te iría mejor siendo no la esposa, sino la viuda de un libre, hijita, cree lo que te dice alguien que sabe de lo que habla. Por eso harías bien en quitarte de una vez de la cabeza a mi nieto, que de todas formas tiene el corazón de piedra y, por añadidura, podrá casarse como muy pronto dentro de diez años. Pesca a un anciano rico y sin hijos que vaya a espicharla en breve. A la postre, eres bastante guapa. Saca partido a lo que tienes; en definitiva, es lo que hacemos todos.

Al principio Annot se puso roja, y después perdió todo el color del rostro. Se sentía tan cohibida que no sabía qué decir.

Cecilia rió quedamente.

–¿He sido demasiado sincera? Es el privilegio de los viejos. Pero piensa en mi propuesta. Y ahora ve a buscar sitio con Crispin, que aquí no se os ha perdido nada.

A Annot le costó mantener la cabeza alta mientras se dirigía con su fiel acompañante al extremo de la mesa, donde los platos y vasos eran considerablemente más sencillos y las velas guardaban una mayor distancia entre sí.

–No es verdad –dijo en voz baja–. No tiene el corazón de piedra.

«No –suspiró Crispin–, puede que no.» No estaba totalmente seguro.

–Pero, a pesar de todo, la anciana tiene razón.

Annot asintió a regañadientes. Hasta ella misma lo sabía: lo suyo por Jonah era desatinado y pueril. Habrían de pasar años antes de que el gremio le permitiera regentar un negocio propio, y entonces él sin duda se casaría con una viuda rica de cuyo comercio pudiera encargarse. Ella no tenía nada que ofrecerle y tampoco podía esperar tanto. Tenía catorce años y debía procurar casarse pronto. Además, sabía de sobra que ése era el verdadero motivo por el que sus padres la habían mandado allí y que había arreglos con los Hillock a ese respecto.

La sala se iba llenando poco a poco. A primera hora de la tarde la mayoría ya se había hartado del abigarrado ajetreo de las calles y había acudido a la casa para el festín que se organizaba todos los años por San Esteban, el día siguiente a Navidad, para los gremiales y sus familias. Normalmente la sala era feudo exclusivo de los hombres y del puñado de mujeres que llevaban su propio negocio y habían sido admitidas en el gremio, y en sus reuniones no tenían cabida los familiares. Sin embargo, ese día constituía una excepción desde tiempos inmemoriales, y todos aprovechaban gustosos la ocasión para reunirse con amigos que no vivían en el vecindario y a los que tal vez no hubieran visto en todo el año. El Adviento siempre era una época agotadora y llena de trabajo para los pañeros. Todo el que se lo podía permitir quería un vestido, un jubón, una sobrecota y, a ser posible, también una capa nuevos para la gran fiesta. Los establecimientos abrían desde que despuntaba el alba hasta bastante después de la puesta de sol, y los aprendices se pasaban el día entero empujando carretillas o conduciendo carros para ir por nuevo género y entregar partidas. Y, con todo, había que ayunar.

Una vez más todo había pasado. El día anterior todos habían acudido a la iglesia y celebrado la gran fiesta en casa, y ése era un día de alborozo y más de una travesura. Rupert y Elizabeth llegaron cuando el crepúsculo comenzaba a extenderse por las calles de la ciudad y, tal y como esperaba Annot, su maestra la fue llevando de grupo en grupo para presentarla a una serie ininterrumpida de personas. Aquello suponía la introducción de Annot en el círculo de pañeros londinenses, y Elizabeth supo sacar partido de la ocasión. A la muchacha no se le escapó que fue presentada principalmente a hombres jóvenes y de mediana edad o a sus madres, y ella hizo corteses reverencias y sonrió y mantuvo la vista baja y no dijo mucho; en una palabra, causó una buena impresión.

Annot no tardó en cansarse de sus rígidas sonrisas, de las fórmulas de cortesía siempre iguales y de las miradas de arriba abajo a las que se vio expuesta, de manera que se disculpó y salió al patio por la puerta trasera. La última luz de los cortos días de invierno se había desvanecido casi por completo; parecía nieve. De repente sintió nostalgia.

–¿Annot? ¿Qué haces aquí fuera con el frío que hace?

La muchacha se sobresaltó como si la hubiesen pillado haciendo algo prohibido.

–Nada. Nada de nada, señor. Sólo quería tomar un poco el aire.

–Sí, dentro el ambiente está cada vez más cargado –coincidió Rupert. Cuando se acercó el aliento le olía a cerveza–. ¿Y bien? ¿Qué te parecen los jóvenes gremiales? –bromeó.

Ella mantenía la cabeza gacha.

–Todos son muy amables conmigo, señor.

Él se rió y una nueva nube de cerveza la envolvió.

–Están locos por ti. Hacen una reverencia y te dicen gentilezas y se preguntan cómo sería verse entre tus piernas.

Ella levantó la cabeza de golpe. Fue como si le hubiese abofeteado. Por un momento, se temió que el susto la hubiera paralizado por completo, mas sus pies la obedecieron. Dio un paso atrás procurando moverse hacia la puerta de la sala y no dejar que él se interpusiera entre ella y esa puerta.

–¿Cómo podéis decirme algo así, señor? ¿Qué os da derecho a hablarme de esa manera?

Su tono cortante logró abrirse paso hasta la conciencia de él, nublada por la cerveza. Pestañeó y se acarició la barba, avergonzado.

–Perdona. Apenas sé lo que me digo. No iba en serio. Es Navidad, no deberías tomarte todo al pie de la letra.

A Annot no se le ocurrió una respuesta adecuada. Sentía un tremendo alivio al comprobar que volvía a ser el mismo, pero no se fiaba y aún tenía miedo.

De repente se oyeron voces en la sala.

–¡Ahí vienen! ¡Mirad, el padre Gilbert y los actores! ¡Ahí está Jonah! ¡Jonah!

Annot miró hacia el rectángulo iluminado que dibujaba la puerta abierta.

–Si me lo permitís, querría volver a entrar, señor. Tengo frío.

–Naturalmente. Te acompaño.
La siguió tan de cerca que los pelillos de la nuca se le erizaron, previsores. La proximidad de Rupert le resultaba insoportable, la espantaba, y le habría gustado salir corriendo.

Todo a su alrededor se le antojaba tan irreal a Jonah como un sueño confuso. Era como si contemplara el mundo a través del fondo de un vaso, que todo lo distorsiona y lo vuelve borroso. Se hallaba rodeado de gente, sobre todo de los gremiales más jóvenes, que le daban palmaditas en la espalda y lo felicitaban y le decían que era un gran muchacho. Alguien le puso una copa de plata en la mano y él bebió. Era un vino de un rojo subido. La vació de un trago. Daba igual: de todas formas, estaba beodo.

–Dejadlo de una vez, brutos, ¿es que no veis que apenas puede sostenerse? –espetó el padre Gilbert, ayuda espiritual del gremio y director religioso de la compañía teatral.

Rescató al abúlico Jonah de sus admiradores y los llevó a él y a los demás actores a la mesa principal, donde podían sentarse ese día de forma excepcional.

–Ven, muchacho. Siéntate.

–Estoy muy bien, padre –rehusó Jonah, la voz sospechosamente ronca.

–Claro, claro. Hazlo de todos modos. Elia Stephens, ven a echar una mano y ocúpate de que nos sirvan una escudilla de sopa caliente.

–Ahora mismo, padre.

El joven comerciante le hizo señas a una criada y le encomendó la sopa.

Alguien volvió a entregarle un vaso a Jonah. Al alzar la cabeza vio de reojo que Annot entraba por la puerta de atrás. Estaba pálida y aturdida, y se preguntó un instante qué le pasaría, pero entonces otra garra se apoyó en su hombro y alguien dijo:

–Venga, Jonah, bebe. No vamos a permitir de ninguna manera que te vayas a casa por tu propio pie.

Sin embargo, Jonah no bebió más hasta que llegó la sopa, y durante el banquete sólo bebió algún sorbo que otro de su copa. Tampoco comió mucho. No necesitaba nada ni quería nada: ese día había saciado su hambre y su sed.

Naturalmente, disfrutaba con los elogios. Resultaba agradable, para variar, librarse de los cabeceos y la falta de comprensión generalizados que solía despertar. Todos los que acostumbraban a llamarlo gruñón o, en el mejor de los casos, soñador querían estar cerca de él ese día, estrecharle la mano, decirle lo bien que había actuado. Suponía un alivio, si bien sólo era la segunda cosa mejor de la jornada.

El verdadero milagro, lo que más disfrutaba, era la transformación en sí. Introducirse en la piel de otro, aunque sólo fuera en la de Mak *el Ladrón*, era como si de repente todo fuese posible, como si le hubiesen crecido alas.

LONDRES,
ENERO DE 1331

Como de costumbre, después de Navidad a Jonah se le fue la voz, le entró una fiebre alta y, dado que no podía guardar cama en el comercio, le fue asignada como cada año la segunda buhardilla, que, aparte de algunas balas de paño llenas de polvo y de género que no se había vendido, se encontraba vacía. En esa ocasión se puso tan enfermo que hasta el ahorrativo Rupert acabó accediendo a poner un brasero en el cuarto, ya que no quería que la gente dijera que Jonah había muerto por culpa de su tacañería.

Las dos criadas mantenían al enfermo a base de sopa y vino caliente especiado; Crispin le llevó un libro de historias de santos que su padre, un vinatero de Westminster, le regaló en Año Nuevo; y sobre todo Annot lo iba a ver a menudo y le ponía al tanto de las novedades. Al principio, a Jonah esas visitas le incomodaban. Le daba vergüenza que ella lo viera febril y sorbiéndose los mocos, sin lavar, despeinado y tan dependiente. Pero cuando empezó a sentirse algo mejor, descubrió que estaba impaciente por que ella llegara, pues disipaba el atroz aburrimiento con sus historias y a veces cantaba para él. Tenía una voz bonita, limpia, y entonaba canciones de Normandía y de Francia que él nunca había oído.

–Sigue cantando, te lo ruego.
–¡Jonah! –Annot se echó a reír–. Pero si ya hablas otra vez.
Él le sonrió.
–No lo cuentes.
–Hecho.
–Canta otra cosa.
–No, basta por hoy. No puedo quedarme más. Ha llegado un mercader de Southampton a la ciudad y la maestra quiere que vaya

a echarle un vistazo a la seda que ha traído. Dicen que él mismo ha ido a buscarla a la lejana India. Imagínate, recorrer la ruta de la seda entera desde el otro extremo del mundo.

Annot sonaba muy impresionada, pero Jonah tenía sus dudas. Nunca había oído que mercaderes ingleses hubieran viajado hasta tan lejos. Las caravanas transportaban la seda y las especias del Extremo Oriente a Levante, donde comerciantes principalmente judíos se hacían cargo de ellas y las reenviaban a las ciudades hanseáticas o a otros emporios del continente. Allí compraban los importadores ingleses los artículos de lujo procedentes de los confines del mundo y los llevaban a Londres. Ni que decir tiene que los numerosos intermediarios disparaban los precios, pero así y todo era mejor que emprender uno mismo el peligroso y largo viaje y perder el dinero, el género y tal vez la vida en el empeño. Además, los nobles y los comerciantes adinerados de Inglaterra pagaban tal precio por la seda y las especias que daba casi igual lo que costaran.

–¿Por qué no va Elizabeth a ver a ese supuesto trotamundos? –inquirió él con desagrado, la voz aún preocupantemente bronca–. Es peligroso que andes sola por la ciudad.

Annot estaba encantada de que Jonah se preocupara por ella, si bien repuso:

–Me va a acompañar Crispin. La maestra está en cama.

–¿Ha enfermado?

Annot, violenta, sacudió la cabeza.

«Así que está encinta –dedujo Jonah–. Dios nos asista si se vuelve a malograr. Y ¿qué será de mí si esta vez sale bien?» Los contradictorios sentimientos que albergaba con respecto a los infaustos embarazos de su prima siempre le producían malestar.

–¿Y qué hay de mi abuela? No viene a verme. ¿Está enojada conmigo?

–No, está enferma como tú.

El muchacho se incorporó sobre un codo.

–¿Enferma?

Annot asintió, abatida.

–Desde poco antes de Año Nuevo. Tose y tiene mucha fiebre. Pero creo que poco a poco se va restableciendo.

–Gracias a Dios –musitó él, y cerró los ojos y los abrió de nuevo en el acto–. Media casa postrada en cama. Creo que es hora de que le ponga fin a esta ociosidad.

–Tú te quedas donde estás –ordenó ella con severidad–. Crispin y maese Hillock se las apañan sin ti en la tienda, de momento la cosa está tranquila. Y de nada servirá que te levantes antes de tiempo y recaigas al poco.

Jonah se metió una mano bajo la nuca y la observó con curiosidad.

–¿No tienes hermanos menores a los que mangonear?
–Claro. –Sonrió ella–. Cuatro hermanos y dos hermanas. Yo soy la mayor.
–Digno de lástima. Seguro que siempre estabas bregando.
–Sí. Pero a pesar de todo los echo de menos.
–¿Por qué viniste aquí?

Ella se encogió brevemente de hombros.

–Así lo quiso mi padre. Tiene un primo lanero en Canterbury que conocía a maese Rupert.

Jonah asintió sin decir nada, y la muchacha se levantó y se alisó la saya. Salió por la puerta con una risa cristalina, y Jonah se sintió abandonado cuando se hubo ido. Profirió un suspiro, apartó la manta, se puso en pie y dio unos pasos arriba y abajo. No estaba mal, aunque tampoco muy bien. Al cabo de una docena de pasos rompió a sudar y la cabeza empezó a martillearle. Volvió a acostarse deprisa, esperó media hora y probó de nuevo.

Tres días después, Jonah volvió al trabajo. Cierto es que Rupert se percató de lo pálido y flaco que aún estaba su joven primo, pero no puso reparos. Sólo al verse privado de él, no pudo por menos que reconocer la cantidad de trabajo diario del que le libraba su aprendiz de mayor edad, con cuánta naturalidad e independencia resolvía todas las cosas que siempre había que explicar a Crispin.

Cuando Rupert bajó al comercio después de desayunar y se encontró en el almacén a Jonah, se limitó a decir:

–Vaya, menuda suerte la mía: ve a West Smithfield a ver a Berger y pregúntale dónde está el paño azul. Sus buenos precios no me sirven de nada si el género no me llega con puntualidad. El verdulero Walfield ha fallecido y ha dispuesto en el testamento que se repartan cincuenta varas de paño sencillo entre los mendigos de San Bartolomé. Su hijo quiere comprarnos la lana, pero la necesitamos deprisa.

Jonah afirmó con la cabeza.

–Si no la tiene Berger, acudiré a su cuñado. Por un chelín de comisión por bala nos encontrará el género.

A veces Rupert sospechaba que Jonah comprendía mejor que él mismo las complicadas relaciones entre bataneros y tintoreros. Su gratitud lo volvió generoso: desató la escarcela bordada del cinto y contó, además de la suma acordada para el paño, seis peniques (medio chelín).

–Arrienda un carro y una mula para traer el género. Las calles están fangosas, la carretilla resultaría demasiado agotadora. Y llévate a Crispin.

Jonah se quedó de una pieza, aunque tan sólo asintió y cogió el dinero. Acto seguido le indicó a Crispin que lo siguiera. Agarraron sus respectivas capas y capuchas del gancho que había tras la puerta del comercio y salieron a la calle.

Cuando la puerta se cerró tras ellos, Annot cayó en la cuenta de que estaba sola con Rupert en la tienda.

Se levantó a toda prisa del tajuelo del almacén y se acercó a la puerta que daba al patio. Pero estaba candada. Hasta ese día la muchacha no había reparado en que tenía cerradura.

A su espalda oyó un suave tintineo y se volvió.

Rupert estaba muy cerca de ella, sostenía en alto el llavero, sonriendo, y balanceaba las llaves de hierro, pequeñas y grandes, ante sus narices.

–También he cerrado la puerta de la tienda –anunció–. Al fin y al cabo, no queremos que nadie nos moleste, teniendo en cuenta que he soltado seis peniques para que por fin podamos estar a solas.

A Annot se le hizo un nudo en la garganta y notó que se le aceleraba la respiración. «Mantén la calma», se dijo. Desde el incidente del día después de Navidad no sabía lo que Rupert quería de ella. Hasta ese momento había logrado evitarlo y quitarse de en medio. Era la única manera de protegerse que se le ocurría, pues no había nadie a quien poder confiarse, a quien pedir ayuda. Su maestra prefería cerrar los ojos a las verdades desagradables y jamás habría creído que Rupert codiciaba otras sayas. Annot sólo habría conseguido enfadarla. Durante un tiempo se planteó acudir a la anciana señora, ya que Rupert respetaba a su abuela, pero al final no se atrevió. La anciana se le antojaba demasiado inaccesible, superior y severa. Completamente distinta de la abuela de Annot, en Canterbury, siempre dispuesta a escuchar las penas. Allí, en Londres, la muchacha no tenía a nadie. E incluso a ella sus propios reproches se le antojaban inverosímiles e histéricos. Rupert Hillock era un hombre tan distinguido y piadoso... Y ella sabía que justamente ésa era su única esperanza. Sin embargo, para apelar a su decencia debía conservar la calma.

Bajó la cabeza.

–Os lo ruego, dejadme salir, señor. La maestra me espera. Me ha enviado para que le lleve esta muestra de seda cruda azul, pues desea verla.

Rupert no cayó en la trampa.

–Elizabeth no piensa en la seda desde hace semanas. Lo único que ocupa sus pensamientos es empollar. Y no te espera a ti, sino a la partera, la única persona por la que se deja tocar. No, hijita, nadie nos va echar en falta a ti y a mí. Nadie nos estorbará.

–De todas formas me gustaría ir a verla.

Rupert la agarró por el brazo, casi vacilante, pero cuando Annot retrocedió la asió con más fuerza y la acercó a él de un tirón. Su diestra fue bajando por el cuello de la chica y rodeó su pecho. Ella entrecerró los ojos, el rostro desfigurado por el dolor.

–Ah, Annot, si tú supieras..., si tú supieras.

De pronto pegó sus labios a los de ella y le introdujo la lengua en la boca a la fuerza.

Annot pensó que era como si tuviese un gusano gordo y viscoso en la boca. Apretó los puños, ladeó la cabeza y arqueó el cuerpo hacia atrás.

–Señor, soltadme. No podéis hacer esto. Mi padre me confió a vos, no lo olvidéis.

La garra de Rupert estrujaba su pecho bajo el sayo, y Annot apretó los dientes para no gritar. Creía que ni siquiera la había oído, pero entonces él musitó:

–Tu padre me pagó tres libras para que yo te acogiera en mi casa y él se librara de ti. Le daba completamente igual lo que yo hiciera contigo.

El puño de la muchacha se abrió de forma espontánea y su mano le golpeó el rostro.

–¡No es cierto! Mi padre pensaba que erais un hombre de honor.

Rupert se tocó la mejilla un instante, turbado, y se la quedó mirando con fijeza. Annot se zafó de él y dio un paso atrás. Casi creía que lo había hecho entrar en razón. Pero entonces en el rostro de Rupert se dibujó una sonrisa triunfal, maliciosa, y todo se perdió. Más tarde la chica pensaría a menudo en ese instante sin comprender lo que había sucedido, ya que no sabía el efecto que el brillo furioso de sus ojos y el tenue rubor en sus lozanas y suaves mejillas despertaba en él. La agarró por el cabello y tiró de ella hacia el suelo de madera. Annot chilló.

–Si vuelves a hacer ruido, te rompo el vestido –jadeó Rupert, y le levantó las sayas y le abrió las piernas con la rodilla–. Para que se entere todo el mundo. Jonah lo sabrá.

Annot dejó de oponer resistencia. Permaneció inmóvil, y cuando Rupert la penetró, resoplando, sudoroso, laboriosamente, ella se tapó la boca con la mano y se mordió el pulpejo.

Había nevado. En los bordes de las calles la nieve se amontonaba y formaba largos terraplenes que Crispin recorría guardando el equilibrio, de manera que avanzaban con gran lentitud. Las vías para los incontables vehículos estaban despejadas. Desde el día de Reyes, el último de los días festivos de Navidad, habían pasado ya dos semanas, y las gentes de la gran ciudad desempeñaban de nuevo sus quehaceres. En la herrería contigua a la cuadra de Robertson se dejaba oír un martillo. El vapor ascendía de los pucheros de la infinidad de tenderetes callejeros que vendían potaje, sopa de pan o sopa de cerveza. Ahora, en la época fría del año, las puertas de los comercios se hallaban cerradas a cal y canto, pero todos sabían que tras ellas se afanaban alfareros, zapateros, sastres o copistas. Criadas, amas de casa y aprendices como ellos poblaban las calles, haciendo recados y compras, si bien, a pesar del frío, se detenían un momento a charlar. Carros de bueyes y de caballos cargados con toda clase de cosas obstruían las angostas calles. Algunos copos de nieve gruesos, aislados, caían silenciosos del plomizo cielo.

Crispin extendió los brazos, sacó la lengua y atrapó uno.

—¿No es maravilloso? —preguntó expresivo.

Atravesaban el Standard, escenario de ajusticiamientos en Cheapside, donde se veía a un panadero en la picota, el cual, según explicaba el letrero que pendía sobre su cabeza, había falseado las pesas de su balanza y vendido a la gente unos panes demasiado pequeños. Los susodichos panes formaban un triste montoncito empapado a sus pies. Un jornalero a todas luces ebrio, que se tambaleaba delante, intentó orinar en los exiguos panes y le dio al panadero, que se puso a lloriquear.

—Maravilloso —repuso Jonah con sequedad.

Crispin echó un vistazo a tan lastimosa escena y se encogió de hombros.

—Un estafador —dijo desdeñoso—. ¿Qué quieres? ¿Que se siga saliendo con la suya?

—No. Se lo tiene bien merecido.

Tanto más cuanto que sin duda la primera vez el panadero se libró con una multa. A la picota sólo solían ir a parar reincidentes. Jonah vio que se acercaba una horda de aprendices de panadero con la mala leche escrita en el rostro. Era evidente que habían decidido entretenerse con aquella lacra de su gremio.

—Pero no es preciso que presenciemos esto, ¿no?

—No —coincidió Crispin—. Será mejor que apretemos el paso. A maese Hillock no le haría ninguna gracia que se le escapara este gran pedido.

Cuando hubieron dejado aquel lugar tras de sí, oyeron un grito digno de lástima, pero no volvieron la cabeza. En aquella ciudad había tantos rufianes, charlatanes y adulteradores que todos los días se podía ver a alguien en alguna picota, y no sentían ninguna compasión por un panadero que engañaba a londinenses honrados y trabajadores que se ganaban el pan con el sudor de su frente.

Encontraron la amplia Candlewick Street y torcieron a la izquierda. En aquella importante vía el tránsito era más denso. La mayoría de los peatones se pegaba a las casas para no ser atropellados. Con regularidad el alcalde decretaba órdenes según las cuales se prohibía a los cocheros, so pena de fuertes multas e incluso calabozo, circular más aprisa con carros sin carga que cargados, pero nadie hacía caso.

—¿Cómo está mi abuela? —preguntó Jonah tras un largo silencio.

Crispin saltó con habilidad a un lado, evitando meterse bajo los cascos de un emisario real que cabalgaba como un loco hacia la Torre y aguijaba despiadadamente a su sudoroso jamelgo. Era muy probable que viniera de Westminster.

—Mejor —replicó el chico—. Esta mañana se ha levantado a desayunar. Al contrario que tú, ahora que lo pienso. ¿Es que no tienes hambre? Mira eso. —Señaló un pequeño puesto en el que una anciana vendía manzanas asadas con canela. Jonah asintió, se dirigió a ella, compró dos por un cuarto de penique y le ofreció una a Crispin—. Muy generoso —ponderó éste, que mordió con fruición y profirió un grito inarticulado de protesta al quemarse la lengua.

Jonah fue más cauteloso y sopló la reluciente fruta, que desprendía un aroma embriagador, antes de darle un mordisco. Sólo entonces reparó en lo hambriento que estaba. Se abandonó a la manzana con entusiasmo, siempre con un ojo abierto para vigilar el camino y esquivar bosta de caballo, ratas muertas y demás desechos cuya procedencia prefería ignorar.

—¿Y Elizabeth? —inquirió también.

Crispin exhaló un hondo suspiro.

—Hace poco desapareció de repente por la tarde. Fue durante las fiestas. Annot me contó que fue a ver a la partera. Y sí, está en estado de buena esperanza. La partera dijo que debe reposar todo lo posible para que el niño esté tranquilo y comer mucha miel para que crezca bien. Y no salir a la calle al atardecer para evitar vapores dañinos y nunca caminar contra el sol para que no le caiga una maldición y llevar bajo el corazón una pata de lobo para que sea un chico.

Jonah asintió. Estaba convencido de que Elizabeth hacía todo cuanto le recomendaba la partera. A él nunca le había caído especialmente bien la maestra, y desde el mismo día en que entró de aprendiz en la casa de su primo ella no había escatimado esfuerzos para hacerle la vida imposible. Vivían bajo el mismo techo desde hacía cuatro años y, sin embargo, no se conocían; en el fondo jamás habían hablado de nada personal. Pero no hacía falta mucha imaginación para barruntar cuán desesperada estaba Elizabeth: en seis años de matrimonio había estado preñada cuatro veces y las cuatro habían ido mal.

Llegaron a la gran catedral de San Pablo. El pequeño cementerio adyacente estaba cubierto por una fina capa de nieve y más de una docena de mendigos se acurrucaba al amparo de la iglesia, aunque justo allí parecía azotar un viento especialmente helado. Jonah y Crispin les dieron unos peniques a los deplorables ancianos y tullidos. Ellos no podían desprenderse sin más ni más del dinero, pero todo hombre libre de Londres sabía desde pequeño que era un deber cristiano ocuparse de los menesterosos de su ciudad.

Detrás de la catedral se hallaba el barrio de los carniceros. Giraron de nuevo a la izquierda y aceleraron el paso para escapar del hedor. No tardaron en plantarse en Newgate, la puerta noroccidental de la ciudad, que alojaba una tristemente célebre prisión. Y apenas dejaron los muros tras de sí, todo se tornó rural. A media legua escasa de Newgate se encontraba West Smithfield, una próspera y opulenta villa que cada año parecía acercase un poco más a la ciudad. Más de un comerciante de Londres había adquirido allí tierra y se había construido una casa para huir de las estrecheces y los exorbitantes precios del terreno intramuros.

La opulencia de Smithfield se debía, en parte, a sus dos batanes, movidos por el pequeño pero veloz río Fleet. Ya desde lejos oyeron Jonah y Crispin el golpear sordo y rítmico de los mazos sobre el paño húmedo.

Dejaron la plaza del mercado y la pequeña iglesia de San Nicolás a mano derecha y fueron calle abajo en dirección al río. Conforme se aproximaban al primer batán el ruido de los mazos se iba volviendo tan ensordecedor que había que levantar la voz para hacerse entender.

—Santo Dios, qué barahúnda —dijo Crispin, que era la primera vez que iba allí—. ¿Cómo pueden trabajar aquí el día entero? Yo perdería el juicio.

—A nadie le extrañaría mucho —aseguró Jonah, y añadió—: Cierra el pico, escucha y aprende.

—Sí, señor —contestó Crispin mordaz.

En su opinión, al ser el aprendiz más joven no lo tenía fácil en la casa Hillock. Cuando Annot llegó en verano, él esperó que tal vez su posición mejorara, pero se equivocaba. Como ella no tenía nada que ver con el negocio de paños de Rupert, su llegada no alteró en nada la jerarquía. Además, Annot era casadera y se la trataba casi como a un adulto. Con todo había que admitir que la chica era mucho más madura que él, que sin embargo era un año mayor. Y sin duda ése era el motivo por el que ella no lo tomaba en serio; ni siquiera parecía darse cuenta de cuán fervientemente la admiraba.

El muchacho contuvo un suspiro y entró en pos de Jonah por una ancha puerta que conducía al interior del batán. La instalación constaba tan sólo de una habitación sin ventanas; o al menos Crispin no veía ventana alguna, pues las paredes estaban llenas del suelo al techo de balas de paño apiladas. Tan sólo quedaban libres la puerta por la que habían entrado y otra que había enfrente y llevaba al río. Había tres hombres inclinados sobre las artesas, las manos en el agua helada, que movían los largos paños, los volteaban y los extendían para que fuesen abatanados con uniformidad.

—Buenos días nos dé Dios. ¿Dónde está maese Berger? —gritó Jonah.

Una de las figuras encorvadas volvió la cabeza sin enderezarse.

—Ah, el aprendiz de Hillock, ¿no?

Jonah asintió.

El batanero sacó una mano enrojecida del agua y señaló la puerta trasera.

—Está ahí fuera, en la tintorería.

Jonah salió y cruzó el desvencijado y decrépito puente sin vacilar. Crispin lo siguió con más cautela.

Al final de la gran pradera había un tejadillo de madera erigido sobre cuatro postes. Debajo se veían varias tinas de las que emanaban los más diversos olores. A Crispin la mezcla resultante le recordó al vinagre y la verdura podrida. Sabía que la mayoría de las tintas se extraía de las plantas, algunas de las cuales sólo crecían en países cálidos. También allí había gente atareada. Un hombre y una mujer sacaron del agua una gran pieza de paño, la enrollaron y la llevaron hasta otra zona del prado, soltando ayes bajo su peso. De la lana goteaba un líquido azulado, y los trabajadores tenían los brazos teñidos de azul hasta el codo. Dos mujeres removían con largos palos la tina, y en un banco un hombre molía en un mortero un polvo verde de grueso grano.

Jonah se acercó a él.

—Buenos días, maese Berger.

El aludido levantó la cabeza. «Qué rostro más adusto», pensó Crispin a disgusto.

—Me imaginaba que aparecerías hoy –gruñó Berger, sin devolver el saludo a Jonah.
—Maese Hillock se pregunta dónde está el género azul que debíais haber entregado hace tres días.

Jonah no le reprochaba nada, pero su voz decía con toda claridad que no le impresionaban gran cosa ni la descortesía ni el comportamiento agresivo del artesano.

—Se me ha estropeado toda la tanda –explicó Berger de súbito–. La bestia de mi mujer echó demasiado mordiente en la mezcla y la tinta no se fijó como es debido. El paño tiene manchas. Pero hace un momento he terminado el de tu maestro –informó–. Dos balas a una libra con cinco la pieza. Si te llevas tres, te quito un chelín.

Jonah frunció los labios y movió la cabeza.

—El precio acordado era de una libra con tres chelines y medio, y maese Hillock me ha encargado que reste medio chelín por el retraso.

Perplejo, Crispin abrió la boca de par en par, si bien la cerró en el acto. El maestro no había dicho nada de bajar el precio, pero posiblemente el aprendiz de mayor edad supiera lo que hacía.

Berger resopló con desdén.

—Si quieres paño barato, ve a ver a un batanero manual, hijito. He de mantener el batán y tengo gastos.

Jonah enarcó las cejas y respondió con idéntica tosquedad:

—Llevas veinte años sin poner un clavo nuevo en el batán y además lo mueves con el agua que Dios te envía. Gratis. Sin embargo, yo he de arrendar un carro para llevar el paño a la ciudad, de modo que dos balas a una libra con tres. ¿Sí o no?

Berger lo miró a los ojos, desvió la mirada y asintió de mala gana.

—Qué remedio.

—¿Todavía tienes el paño estropeado? –inquirió Jonah como si tal cosa.

Berger señaló vagamente el seto bajo que delimitaba su pradera.

—Está por ahí. –De pronto se sintió interesado–. ¿Por qué?

—¿Cuánto es?

—Unas setenta varas –respondió el otro–. Casi tres balas.

—¿El paño en sí está bien? –quiso saber Jonah.

Berger adelantó el labio inferior y asintió.

—Es sencillo, pero impecable.

—Deja que lo vea.

Berger le hizo una señal a uno de sus oficiales y juntos trajeron las tres balas, enrolladas de cualquier manera, de un rincón apartado. La conducta del hombre había cambiado. Con amabilidad, incluso, extendió una de las balas y se la ofreció a Jonah para que la examinara.

La calidad era modesta, y el paño presentaba el característico azul glasto de los pobres y, en efecto, manchas. El joven comerciante se inclinó sobre él, observó los hilos de cerca, lo tocó en varios puntos con el pulgar y el corazón de la diestra y a continuación le dio la vuelta para echar una ojeada a la cara cardada. Luego se irguió.

—Me lo llevo. Te doy siete chelines por bala si me prestas un carro para transportarlo todo.

—Diez chelines —propuso en el acto Berger.

Jonah sonrió débilmente.

—No seas codicioso. Es un desecho. Si no me lo llevo yo, tendrás que quemarlo. Ocho.

—Conforme. Ocho chelines y un carro.

Visiblemente aliviado, el batanero extendió la mano y Jonah la estrechó.

—El chico te traerá el carro de vuelta esta tarde —prometió éste.

—Jonah, ¿te importaría explicármelo? —pidió Crispin en cuanto estuvieron lo bastante lejos del batán. Subían despacio por la callejuela que llevaba a la iglesia con el pequeño carro tirado por una mula. El golpeteo de los mazos fue quedando atrás poco a poco. Crispin tenía la sensación de que la cabeza le retumbaba—. ¿Por qué has comprado por una libra y cuatro chelines un paño completamente inservible? Ninguno de nuestros clientes querrá algo así, y maese Rupert te saltará los dientes. Además, ¿cómo es que tienes tanto dinero?

—Rupert no verá el paño. Ese negocio es mío, no suyo. Y tú no digas esta boca es mía, ¿entendido? De lo contrario, sabrás lo que es bueno.

Crispin lo miró atónito. Conocía a Jonah desde hacía más de un año y, sin embargo, no acababa de entenderlo. A veces pensaba que eran amigos, pero luego el mayor se volvía tan inaccesible que se le antojaba casi hostil. Sin embargo, nunca hasta entonces lo había amenazado.

–Mantendré el pico cerrado, estate tranquilo –contestó el chico, abatido–. Pero ¿no me vas a decir de dónde sacas el dinero para hacer negocios por tu cuenta? ¿Acaso no está prohibido?

–Sí. Para ser exactos no los hago por mi cuenta, sino en nombre de mi abuela. Ella compra toda la lana barata que puede y la vende a nobles que, al igual que ella, piensan que pronto habrá guerra con Escocia y habrá que equipar tropas. Y se gana un buen dinero.

Crispin comprendió.

–Y lo que gana lo divide contigo. Por eso siempre tienes dinero.

Dividir no era la palabra exacta. En cualquier caso, no lo dividía al cincuenta por ciento con él, sino que le pagaba dos décimas partes. No obstante, él había comprobado que podía darse por satisfecho con sus ingresos. Los negocios que llevaba su abuela por su cuenta cada vez eran mayores, y su parte crecía. Lo que Crispin oía tintinear de cuando en cuando en la talega de Jonah sólo era una minucia. Bajo uno de los tablones del almacén se escondía su verdadera fortuna: casi siete libras, más de lo que ganaba un carpintero en un año.

–¿Adónde llevas el paño, si maese Rupert no debe saber nada al respecto? –inquirió Crispin, preso de la curiosidad–. ¿Cómo cerráis las ventas?

–Por medio del padre Gilbert. Su sacristía es nuestro almacén, y nuestros clientes acuden a él para recoger el género y le pagan el precio acordado. Los sábados, después de oírla en confesión, le da a la abuela el dinero.

Crispin se echó a reír y enmudeció de golpe al percatarse de que Jonah lo decía en serio.

–¿Un cura que hace de intermediario? –preguntó indignado.

Jonah encogió los hombros.

–El padre recibe una décima parte en calidad de donación para la construcción del hospital de Santo Tomás de Acre. Además, él tenía en gran estima a mi abuelo y detesta a Rupert.

Londres,
mayo de 1331

La primavera era la estación más hermosa en la ciudad. El triste y lúgubre invierno había dejado paso al luminoso sol; en los numerosos cementerios y al borde de las incontables plazoletas resplandecían a porfía la hierba primaveral y las flores silvestres; en los magníficos jardines de las villas se veían los primeros botones de rosa y murmuraban las fuentes. El aire era tibio y los días más largos, mas aún no había llegado el calor estival y, con él, el mal olor que se derivaba del exceso de gente y el ganado y las inmundicias en descomposición.

No se oía gran cosa del joven rey Eduardo, que ostentaba el poder desde hacía ya seis meses. Apenas estaba en su palacio de la cercana Westminster, y menos aún en la Torre, su castillo en Londres, sino que, según se decía, recorría el país con su esposa y su hijo y su nutrido séquito en un esfuerzo por reconciliar a los nobles de su reino, que durante los veinte años previos habían combatido encarnizadamente, y anular las expropiaciones arbitrarias que llevara a cabo Mortimer, el amante y corregente de su madre. De una nueva guerra con Escocia, no se oía nada.

No obstante, no resultaba fácil sacudir las convicciones de Cecilia Hillock.

–Esa guerra estallará –aseguraba–. El rey Eduardo es un león, como su abuelo, y no aguantará más de lo debido tan vergonzosa paz.

–No sabía que nos interesaran sus guerras –replicó Elizabeth malhumorada–. Y tampoco veo motivo de alegría en ello. Londres volverá a llenarse de soldados y ninguna mujer decente podrá salir a la calle.

—Mi hermano Pete está impaciente por ir a la guerra con el rey —comentó Helen, la joven criada de Chiswick.

—Habla sólo cuando se te pregunte —la interrumpió Elizabeth.

Helen disimuló una mueca y se entregó a su potaje. Durante unos instantes reinó el silencio en la mesa. La casa compartía la cena, la principal comida del día, que se tomaba después de cerrar el comercio. Las viandas eran modestas, las raciones de aprendices y criadas más bien escasas, pero así y todo sabrosas. En esa época volvía a haber carne y verduras frescas. El guiso era de berza y gruesas costillas de cerdo, y se acompañaba de pan moreno reciente y cerveza. Rupert, Jonah y Crispin tragaban con avidez, mientras que Cecilia mostraba escaso interés por su escudilla; comía mecánicamente. «Los ancianos —le había explicado en una ocasión a Jonah— ya no tienen mucha necesidad de alimentarse.» La fiebre invernal, de la que no se restableció por completo hasta marzo, parecía haberla dejado aún más seca y demacrada, y en la húmeda y fría primavera la gota la había afectado especialmente. «Pero es inquebrantable», pensó Jonah con admiración. Aún tosía a veces, pero cuando él le preguntaba cómo se encontraba, ella le aseguraba que no había motivo de preocupación.

También Elizabeth comía sin ganas, se percató Annot. Sabía que su maestra sentía constantemente náuseas y tenía que obligarse a comer lo bastante para alimentar al niño que llevaba dentro. Entretanto la gravidez ya se le notaba bastante. Aunque había pasado a llevar vestidos holgados, su abultado vientre se dibujaba bajo los pliegues. Annot la observaba con atención, día a día. No se le escapaba ni un cambio. Observaba y aprendía. Ese secreto interés en el desarrollo del embarazo era personal: no menstruaba desde febrero.

La cosa no había quedado en aquella vez. Rupert no se había contentado con poseerla en una ocasión, como en un principio esperó ella. Antes bien, era como si el hábito avivara su deseo. Se las ingeniaba para propiciar situaciones en las que estar con Annot a solas y con toda tranquilidad, cosa que no resultaba especialmente difícil. Elizabeth y la anciana pasaban muchas horas del día en sus respectivas alcobas, y Jonah y Crispin cuidaban del comercio o recorrían la ciudad en nombre del maestro, de manera que Annot estaba una y otra vez a merced de Rupert.

Imploró y suplicó, rabió y amenazó, le hizo ver el grave pecado que cometía y el precio que habría de pagar por él si no entraba en razón; pero no sirvió de nada. Él ni siquiera parecía escuchar lo que le decía, sino que le toqueteaba el sayo con manos temblorosas, la ponía contra la pared o sobre las balas de paño del almacén o en la cama de ella, dependiendo de dónde la estuviese acechando, y la forzaba con una naturalidad que a ella se le antojaba del todo incomprensible. A veces le gastaba pequeñas chanzas al respecto y actuaba con complicidad, y ella se sentía tan mal que lo prefería rudo y hosco.

En un principio, se rebeló y riñó con Dios, pues la suya era una injusticia que clamaba al cielo, que en verdad no merecía. Había llegado a aquella ciudad ajena y a aquella casa con ganas de aprender y trabajar, era callada y aplicada y siempre hacía lo que le pedían, iba a misa los domingos y los días festivos, nunca comía carne los viernes y decía sus oraciones cada noche; en resumidas cuentas, había obedecido todas las reglas que le habían enseñado y, pese a todo, Dios la había dejado en la estacada. Cuando finalmente comprendió cuán infantil era pensar que su conducta podía garantizarle seguridad alguna, pues la existencia en la tierra era un valle de lágrimas y Dios recompensaba a los justos en el otro mundo, se resignó. Trató de aguantar con paciencia aquello que le resultaba insoportable. Hasta que supo que esperaba un hijo de Rupert. Desde entonces se hallaba en un continuo estado de profunda desesperación. Por la noche despertaba bañada en sudor y con una sensación en el estómago como si se hubiera comido un carámbano. Luego yacía despierta durante horas; en la oscuridad todas sus preocupaciones y miedos se convertían en un monstruo invencible de varias cabezas, y se preguntaba qué sería de ella.

El sábado previo a la Ascensión se escabulló de la casa poco después de mediodía y se dirigió al río. Tenía que confiarse a alguien, así no podía seguir. «Nadie puede aguantar esto a la larga —pensaba—, el corazón humano no está hecho para albergar tanto miedo.» Esperaba en secreto que su incesante pánico dañara a la criatura que llevaba en su vientre y la perdiera. Pero no ocurrió así. El niño seguía allí, y la noche anterior lo había sentido por primera vez. Ello fue decisivo: tuvo claro de una vez por todas que el niño era una realidad, que su vientre pronto se hincharía y llamaría la atención de la gente, que llevaba dentro el hijo bastardo de Rupert y necesitaba ayuda. Fue hacia Vintry en busca de una iglesia desconocida. Resultaba impensable hablar con el padre Gilbert, que los conocía tanto a ella como a los Hillock: se habría muerto de vergüenza. Quería a un extraño y el anonimato de un confesionario.

Pasó ante muchas iglesias y al final se decidió por San Martín, en el barrio de los vinateros. El santo que se había mostrado tan misericordioso con un ser humano necesitado le dio un atisbo de esperanza.

El confesionario era inexistente, mas un rincón de la nave lateral se hallaba separado por una cortina. Delante, sobre la fría piedra, había un joven de rodillas, la cabeza baja, escuchando las palabras del clérigo. Al poco se santiguó, se levantó deprisa y se dirigió a la puerta dando zancadas.

Annot se acercó a la cortina vacilante, se arrodilló y unió las manos.

—Avemaría purísima.

—Habla, hija —dijo una voz grave, agradable.

Annot sintió cierto consuelo. Cerró los ojos, confesó sus pecadillos más recientes y, al final, le confió su mayor cuita. Cuando hubo terminado, se impuso un momento de silencio tras la laxa cortina de sencilla lana marrón. En el barrio de los pañeros sería distinta, pensó la muchacha. Acto seguido dijo la cálida voz del sacerdote:

—Has sido víctima de una gran injusticia.

Ella apretó los ojos e intentó tragar el nudo que atenazaba su garganta.

—Sí, padre. ¿Qué puedo hacer?

—A mi entender, lo más importante es que reconozcas primero que es culpa tuya.

La chica abrió los ojos de golpe y clavó la vista en la cortina con incredulidad.

—¿Cómo decís? Pero... ¿por qué?

—Porque eres hija de Eva. Todas las mujeres son pecadoras, hija mía, tú también. Y hasta que no lo admitas, no podrás arrepentirte de tus faltas, y hasta que no te arrepientas, Dios no te perdonará.

Annot respiró hondo.

—No he venido a pedir perdón por un pecado que no he cometido, padre. Lo que busco es consejo.

—Ahí ves lo obstinada que eres. Reflexiona, admite que has tonteado con el comerciante. Posiblemente esperases que echara a su estéril esposa y te aceptara a ti en su lugar.

La sola idea de ser la mujer de Rupert Hillock se le hacía insufrible.

—Eso no es verdad, padre. Juro por Dios que en modo alguno he dado a entender al comerciante que..., bueno, ya sabéis.

El sacerdote profirió un leve suspiro.

—Veo que estás decidida a empeorar más aún las cosas con tu testarudez. Hasta que no seas más razonable, el Señor no te mostrará una salida. La humildad es la única senda hacia el discernimiento, y ello resulta especialmente aplicable a ti.

Annot sintió un vacío en su interior. De repente estaba extenuada.

—Entonces, ¿no queréis ayudarme?

—Sí. Vuelve cuando hayas reconocido tus faltas. Pregunta por el padre Julius, soy yo. Si entras en razón y muestras arrepentimiento, te llevaré a una casa donde serás acogida.

La muchacha se apresuró a darle las gracias y abandonó la iglesia sin recibir la absolución.

Se podía imaginar la clase de casa a la que se refería el padre Julius, pero ella no quería entrar en un convento. Sin duda no en uno de los que acogían a las muchachas descarriadas: un montón de monjas andrajosas en una vieja casa miserable en ruinas que vivían de la caridad de un gremio o de un noble, sin dignidad, sin el menor prestigio, una vida de auténtica pobreza involuntaria. Admitió que el padre tenía razón: todavía no había llegado el momento de tener que conformarse con su suerte. Debía haber otro camino.

A los pocos días Jonah regresó a casa al anochecer después de una reunión de la cofradía de aprendices. Había vuelto a perderse la cena, pero ese día nadie le reprocharía nada. La cofradía, a la que pertenecían los hijos y aprendices de los pañeros, se hallaba bajo la vigilancia y la tutela del padre Gilbert. Más o menos una vez al mes éste convocaba a sus miembros en la casa donde se reunía el gremio, y allí oraba con ellos e impartía sus enseñanzas sobre la Biblia, pero también organizaba torneos de lucha y otras disciplinas deportivas, pues sabía que los jóvenes cometían desatinos enseguida si no se les daba la oportunidad de liberar el exceso de fuerza. El padre Gilbert también opinaba que la competición constituía un excelente medio para formar y forjar su carácter. Jonah era un buen luchador y un corredor veloz, pero, pese a ello, habría renunciado de buena gana a los frutos de la cofradía, pues cualquier clase de asociación se le antojaba sospechosa. La incesante cháchara y las fanfarronadas de sus coetáneos lo sacaban de quicio lo indecible. Sencillamente, Jonah prefería estar solo.

Pero Rupert no respetaba en modo alguno los deseos de Jonah, y lo enviaba a él y a Crispin a cada uno de los encuentros siempre que podía prescindir de ellos. Como esa noche había llegado un gran cargamento de Canterbury, Crispin se había quedado en casa para ayudar a Rupert a descargar el largo carro tirado por cuatro bueyes. Jonah se había ofrecido a ocupar el lugar de Crispin, pero Rupert le vio las intenciones y lo mandó a la cofradía categóricamente.

Cuando Jonah volvió, no entró en la casa por la tienda, sino por la puerta, rara vez utilizada, que quedaba a la izquierda de la fachada y conducía al pasillo. Subió la escalera sin hacer ruido para llevarle a su abuela el dinero y las cuentas, pero cuando iba por la mitad oyó una voz que salía de la sala: «Deja de llorar, pavitonta, así no arreglas nada». El muchacho iba a emprender la retirada, pues no tenía el más mínimo interés en las peleas de Elizabeth y la anciana. Su desenlace, siempre idéntico, las convertía en un espectáculo poco provechoso, y uno corría el peligro de verse atrapado de pronto entre ambos frentes.

Sin embargo, apenas se hubo dado la vuelta oyó continuar a Cecilia: «Y ahora no te hagas la inocente deshonrada. Si no hubieses ido detrás de Jonah con tanta impudicia, esto no habría pasado».

Se quedó de piedra un instante antes de seguir subiendo, titubeante. Las escenas le repugnaban, sobre todo cuando tenían que ver con él. Mas su curiosidad era mayor que su asco. Se detuvo a la puerta de la sala. Rupert estaba de espaldas a la ventana, el mentón contra el ancho pecho; los poderosos brazos cruzados. Su actitud denotaba rechazo. A Elizabeth no la veía. Cecilia se encontraba sentada a la mesa, igual de tiesa que siempre, las manos unidas en la empuñadura de plata del bastón. Parecía furiosa.

Frente a ella se hallaba la infeliz Annot, abatida y llorosa. Ella fue la primera en ver a Jonah; apoyó la frente en la mano y musitó:

−Señor, quiero morir.

Cecilia miró en dirección a la puerta y dijo en voz baja:

−Será mejor que te vayas, muchacho. Sólo complicarás aún más las cosas. Esto no tiene nada que ver contigo.

Él casi no la oyó. Su mirada dejó a Annot lentamente y se posó en Rupert. «¿Qué has hecho? ¿Qué le has hecho? ¿Y por qué no he visto hasta ahora algo tan claro e inequívoco como un grito?»

Fue como si Rupert le leyera el pensamiento. Dio dos amenazadores pasos hacia él.

−¿Por qué me miras así? ¿Es que no has oído lo que ha dicho la abuela? ¡Largo!

−No.

Rupert asió la vestimenta de Jonah con la siniestra.

−Harás lo que yo te diga, patán impertinente...

Jonah le agarró la muñeca, se zafó de él y lo soltó.

−No vuelvas a tocarme.

Rupert se lo quedó mirando como si de pronto a Jonah le hubiesen crecido cuernos.

−Maldito...

−¡Ya basta! −les ordenó la abuela−. Dejadlo de una vez. Rupert, siéntate. Y tú también, Jonah.

Tosió un tanto y se llevó la mano a la boca un instante.

Sus nietos obedecieron la ruda orden y se sentaron a la mesa, el uno lo más lejos posible del otro.

Jonah venció su timidez y miró a Annot, la cual le devolvió la mirada y aún pareció observarlo un buen rato.

−¿Estás encinta? −le preguntó.

La chica asintió. A Jonah sus ojos azules se le antojaron desorbitados.

−Demándalo −dijo, y señaló a Rupert con la barbilla, desdeñoso.

Éste soltó una desagradable risotada.

−En menos de una hora encontraría a una docena de hombres respetados que afirmarían que también la poseyeron.

−¿Bajo juramento? −espetó Jonah.

−No te hagas muchas ilusiones con tu oficio, muchacho −le advirtió su abuela−. En él hay hombres cuyo juramento se halla en venta. Precisamente los que Rupert llama amigos −la mujer desoyó la protesta de éste y prosiguió imperturbable−: Así que déjate de tonterías. Una demanda nos desacreditaría y empeoraría las cosas para Annot.

Jonah miró fijamente la llama de la única vela que ardía en la mesa y se paró a reflexionar. Todos permanecieron un rato callados. Nadie parecía saber ya qué decir. Sin embargo, había una salida, pensó Jonah, y bien evidente; era la única solución. Notó que su corazón se aceleraba. Se puso en pie antes de que lo abandonara el valor.

–Annot, ¿quieres casarte conmigo?

–No –respondieron al unísono Rupert y Cecilia, y ésta añadió–: Ni hablar.

Jonah no le hizo caso. Miraba a Annot y observaba la transformación que su pregunta había ocasionado: la muchacha se había enderezado de un tirón. Sus hombros ya no estaban caídos, doblegados; tenía la cabeza alta y no era sólo esperanza lo que de pronto irradiaban sus ojos, sino algo parecido a la dicha. Annot asintió y, despacio, como si no acabara de fiarse de sus piernas, se levantó también.

–Sí, Jonah.

Rupert no aguantó más en el banco.

–Ya puedes ir quitándotelo de la cabeza. ¿Cómo puedes ser tan necio?

El joven aprendiz le lanzó a su maestro una mirada desprovista de interés.

–Me gustaría ver cómo piensas impedírmelo –replicó y, por vez primera en todos aquellos años, prescindió de toda cortesía–. ¿O es que vas a enfrentarte a mí públicamente cuando reconozca la paternidad? –Sin hacer caso a su primo, se acercó a Annot y, tras un breve titubeo, la cogió de la mano–. Hablaré con el padre Gilbert y me mostraré compungido. Si es menester, sé fingir tan bien como Rupert. El padre Gilbert hablará con los superiores del gremio, que sacudirán la cabeza con aire de desaprobación y después permitirán que me case aunque todavía no haya cumplido los veintiuno. No te preocupes, todo saldrá bien.

«Todo saldrá bien.» Annot llevaba semanas rezando, esperando en contra de su propia convicción que alguien le dijera eso. Pero ni en sus sueños más audaces habría imaginado que esa persona sería Jonah. «No puede ser», pensó confusa mientras caminaba junto a él hacia la puerta. Sentía su mano larga y delgada, cálida y seca. Era más o menos lo único que sentía. Experimentaba un extraño aturdimiento. Demasiado bonito para ser verdad, se decía, pero al mismo tiempo sonreía. Y es que sabía que aquello no era un sueño, que estaba sucediendo de verdad. «Todo saldrá bien.»

Cecilia le lanzó a Rupert una mirada asesina y le hizo una señal exhortativa.

De un modo sorprendentemente silencioso para un hombretón como él, maese Hillock fue en pos de la joven pareja, le dio alcance en la puerta, unió sus grandes zarpas y las dejó caer en la nuca de Jonah, que se desplomó sin hacer ruido.

Cuando volvió en sí lo envolvía una oscuridad absoluta. No veía, no distinguía los contornos, nada de nada. Pero sí oía: una respiración metálica, casi un jadeo. Se paró a pensar un instante si sería la suya, pero entonces oyó a alguien sorberse los mocos.

–¿Crispin?

–Jonah, gracias a Dios. –Sonaba ronco.

–No veo nada.

–Pues abre los ojos, aunque tampoco es que haya nada muy edificante que ver.

Jonah abrió los párpados y pensó que era tonto. Veía borroso. Se incorporó despacio y sintió un vago malestar, como si el suelo temblara bajo sus pies. Palpó con cuidado y sus manos confirmaron lo que ya sospechaba, pero no quería terminar de creer: se hallaban en el sótano. En el suelo de barro apisonado había un único candil que iluminaba la pequeña estancia que se abría bajo la parte posterior del comercio, a la que se llegaba por una trampilla y que Rupert empleaba únicamente para guardar sus toneles de vino. Por lo demás, el sótano era el reino de las ratas y las arañas, razón por la cual nadie había puesto mucho empeño en ir a verlo.

–¿Annot? –preguntó Jonah, si bien ya conocía la respuesta.

–Se ha ido. –La voz sonó sofocada, y Jonah se percató de que Crispin estaba llorando–. No sé adónde –añadió el chico–. Desapareció la otra noche. No sé si maese Rupert y tu abuela la pusieron de patitas en la calle, nadie me ha dicho nada. Cuando propuse ir en su busca, él me dio una bofetada que pensé que me iba a arrancar la cabeza y me aconsejó que me ocupara de mis asuntos. Posiblemente te trajera aquí para que Annot no diera contigo, y cuando empezaste a despertar, te administraron no sé qué cosa con un polvo que tiene tu abuela. Esta noche, en la cena, el maestro me dijo que me quedara contigo y te subiera cuando despertaras.

De manera que habían pasado una noche y un día enteros. Le habían robado una noche y un día de su vida. Su vejiga se hizo notar con asombrosa brusquedad. Era como si fuese a reventar.

–Ayúdame a ponerme en pie.

Crispin se levantó del suelo y le tendió una mano. Jonah la agarró y se levantó inseguro. Ambos muchachos se miraron un momento. Crispin tenía los ojos afligidos e inquietos.

–Jonah, ¿qué vamos a hacer ahora?

–Yo, orinar.

Subió con paso vacilante los dos peldaños, abrió la trampilla y la sostuvo en alto hasta que se hubo sentado en el suelo de madera del almacén. Se sentía fatal. Le martilleaba la cabeza, y cuando salió al patio, casi se tambaleaba.

No volvió a la tienda con Crispin, sino que entró en casa y subió lentamente la escalera. La sala estaba a oscuras, sin duda era tarde. A pesar de todo, continuó hasta la alcoba de su abuela y entró sin llamar.

Cecilia estaba sentada en su sillón, como si lo esperase. Lo miró sin inmutarse y aguardó impertérrita hasta que su nieto cerró la puerta y se plantó ante ella cruzado de brazos. Sólo entonces dijo la anciana:

–Lamento haberte causado malestar, muchacho. No tienes buen aspecto. Si eres listo, te irás a dormir: sufres las consecuencias de una intoxicación. –Al ver que no recibía respuesta alguna cambió de estrategia. Su voz se tornó cortante–: Espero que no hayas venido a hacerme una escena lacrimosa.

–No.

–¿Amas a esa muchacha? –preguntó la anciana con incredulidad.

–No lo creo.

–Entonces, ¿por qué diantre querías hacer algo tan insensato? ¿Qué mosca te ha picado? Tienes un gran futuro por delante, Jonah, estoy segura. Mas no si cometes un error con tan graves consecuencias.

Él alzó el mentón.

–¿Dónde está?

La anciana reprimió una tos y encogió los flacos hombros con indiferencia.

–Eso es algo que escapa a mi conocimiento.

–Iré en su busca.

–Te lo ruego, nada te lo impide. Después de veinticuatro horas no la encontrarás. No en esta ciudad.

Jonah se dirigió a la puerta, poniendo cuidado en no hacer eses, y dijo, volviendo la cabeza:

–Deberíais desearme suerte, abuela.

La anciana rió quedamente.

–¿Es que quieres amenazarme? Ahórrate la molestia: hace dos meses que toso sangre, Jonah. La venganza de este mundo ya no puede afectarme.

Tan sólo un parpadeo poco menos que imperceptible delató el sobresalto que semejante confidencia produjo a Jonah; su semblante siguió igual de inexpresivo; la mirada de sus ojos casi negros, hostil. Ella admiró su serenidad, insólita en un hombre tan joven.

–Es asombroso que carguéis con tamaña culpa cuando pronto habréis de comparecer ante vuestro creador –observó él–. Es poco inteligente, ¿no creéis?

Cecilia desechó la idea profiriendo un suspiro.

–No es ningún pecado proteger a un nieto de las consecuencias de su juvenil imprudencia.

–¿Imprudencia? ¿Para una vez que quiero hacer algo que tenga algún valor y vos lo llamáis imprudencia?

–¡Sí! –exclamó ella–. Sólo porque esa borrica apelara a tu compasión pretendías poner tu futuro en juego sin vacilar. Has estado a punto de cometer una grandísima necedad, y alguien debía impedírtelo.

–Estoy convencido de que cuando Lucas Durham cometió esa grandísima necedad y se casó con mi madre vos le disteis las gracias a Dios de rodillas.

La anciana lo miró a los ojos.

–De modo que es eso, ¿no es verdad? Por eso querías hacerlo tú. Pero no permitiré que te metas en la cama de esa pequeña tunanta por puro sentimentalismo, por un mal entendido sentido del deber.

Dicho sea de paso, tu madre también era una pequeña tunanta. También ella se retorció las manos desesperada y miró al mundo turbada y con ojos inocentes como Annot. Sólo que ella tuvo más suerte: yo tenía bastante dinero para comprarle a su Lucas. Tu padre no era lo que se dice un hombre de honor, muchacho, sería mejor que no pensaras eso, pero sí era frío y calculador y realista. A ese respecto me da la impresión de que aún tienes mucho que aprender.

Jonah puso la mano en el pasador de la puerta e hizo una leve reverencia.

—Con eso queda todo dicho. Abuela, que tengáis una muerte dulce, pues.

—¡Jonah! ¡Volverás, ¿me oyes?! —le gritó.

El muchacho había hecho lo que ella le decía durante tantos años que por un momento tuvo que luchar consigo mismo para no obedecer esa vez. Sin embargo, le resultó más sencillo de lo que esperaba. No le costó mucho pasar por alto el tono suplicante que escondía la desabrida orden. Tampoco se avergonzaba de su monstruosa fórmula de despedida. Averiguó, asombrado, la fuerza que puede conferirle a uno la ira. Había olvidado el martilleo en las sienes, la temblorosa debilidad en las rodillas. Bajó la escalera casi ágilmente.

Annot se vio obligada a esperar muchas horas hasta que amaneció. La noche era tibia, de manera que no pasó frío, pero nunca antes había vivido nada más inquietante que las calles de Londres en la oscuridad. La luna tan sólo era un fino gajo que apenas daba luz, de modo que sólo podía intuir las calles. Oía ruidos por todas partes, a veces creía percibir sonidos furtivos, luego escuchó de repente el chillido atormentado de una rata que había caído en las garras de un gato. Annot se estremeció.

De camino a la iglesia de San Martín, no vio a un alma. De noche no había gente en las calles, al menos no gente decente, pero sentía que no estaba sola. De cuando en cuando oía pasos presurosos o creía notar la presencia de una forma oscura que se deslizaba cerca de ella. Londres estaba lleno de chusma, y corría el rumor que de noche las calles pertenecían a misteriosas cofradías, cuadrillas debidamente disciplinadas de asesinos, ladrones y falsos mendigos que se organizaban siguiendo el ejemplo de los gremios. En los barrios portuarios, los oscuros rincones de los muelles que discurrían paralelos al Támesis, sucedía lo inefable al amparo de la oscuridad. Y ella debía ir en dirección al río. Se le ocurrió que tal vez fuera una bendición que una figura indefinida se le acercara por detrás y le rebanara el cuello. Pero supo al instante que no era verdad: quería vivir. Se arrebujó más aún en la oscura pelerina y, sin darse cuenta, apoyó las manos en el vientre en ademán protector.

La grey que había acudido a la misa del alba a San Martín la constituía una media docena de ancianas. Annot esperó a que se hubieran ido, entró en la pequeña iglesia y preguntó a un monaguillo flaco y harapiento por el padre Julius.

El pequeño señaló con la barbilla una puerta baja que se abría al fondo de la iglesia.

Annot llamó y entró en la sacristía. El sacerdote que había oído su confesión era un hombre delgado y bien parecido que rozaba la treintena y tenía unos rizos de un rubio rojizo y un juvenil rostro sin barba; era más joven de lo que ella suponía. Se hallaba ante un armario bajo y se estaba tomando otro traguito de vino de misa antes de guardar bajo llave el vaso y la jarra.

Al oír la puerta alzó la cabeza.

—Creo que ha llegado el momento, padre —anunció Annot.

Alrededor de mediodía el sacerdote la llevó a la casa de la que le había hablado. Se encontraba en East Cheap, no muy lejos de la Torre, y cuando él se detuvo a la puerta, Annot pensó sorprendida en lo cuidada y acomodada que parecía. Los postigos de madera habían sido pintados no hacía mucho de un blanco reluciente, y el tejado estaba bien cubierto de ripias nuevas.

A la llamada del padre Julius no acudió una monja, sino un amable joven que vestía una sencilla librea de buen paño. Cerca del dobladillo de la sobreveste tenía bordada una florecilla y, encima, una sinuosa P.

—Llévanos a ver a lady Prescote —ordenó el sacerdote.

El joven, risueño, hizo una reverencia y los condujo a través de una antesala desamueblada y de techos altos. Una escalera con un artístico pasamanos llevaba a la planta superior, y allí arriba, en la galería, Annot entrevió numerosas puertas en la penumbra. Le sorprendió lo grande que debía de ser la casa.

La muchacha estaba perpleja: sin duda aquello no era un convento. Incluso le sonaba el apellido Prescote: Gabriel Prescote era uno de los mercaderes más ricos de Londres. Pertenecía al gremio de los pescaderos, pero no había género con el que no comerciara. Según decían, compraba y vendía literalmente de todo, en grandes cantidades y con gran lucro.

–Padre, ¿dónde estoy? –preguntó.

Él la miró brevemente, mas antes de que pudiera responder la puerta se abrió y apareció una elegante dama. Sus pasos apenas se oían en el suelo cubierto de paja, casi era como si flotara.

Sonriente, le tendió al sacerdote la mano.

–¡Julius! Veros es siempre un placer.

El padre se inclinó con distinción sobre la cuidada mano que se le ofrecía.

–El placer es mío. Os traigo a un cordero descarriado, señora –informó señalando a Annot.

Cuando los fríos ojos grises de la fina dama se posaron en ella, Annot miró al suelo cohibida. Se sentía poco presentable con su modesto vestido descolorido, y al lado de aquel talle de avispa su abultado vientre se le antojaba francamente obsceno.

Lady Prescote se acercó a ella, tomó su barbilla con el pulgar y el índice y le levantó la cabeza. Durante un momento estudió el rostro de Annot, y después apoyó con cuidado la mano en su vientre.

–¿Sabes dónde estás, chiquilla? –le preguntó.

Annot observó a la distinguida dama y a continuación el suntuoso aposento. Por vez primera se permitió mirar con más atención los tapices y vio lo que hacían las gentes allí representadas. Sintió que su rostro se acaloraba y se volvió al padre Julius. «Pero vos sois sacerdote –quiso objetar–, esto no puede ser.» Al ver su sonrisa se le hizo un nudo en la garganta.

Se liberó de las manos de la fina dama y dio un paso atrás.

–Sí, señora. Creo que sé dónde estoy. Pero todo ha sido un malentendido. Será mejor que me vaya.

Lady Prescote alzó las manos.

–Eres libre de hacer lo que te plazca, mas ¿no querrías dedicarme unos minutos de tu valioso tiempo?

La dama era muy amable y cortés, y Annot no fue capaz de negarle ese favor.

–Naturalmente, señora.

Isabel Prescote miró al padre Julius.

–¿Queréis disculparnos, amigo mío?

El sacerdote hizo una respetuosa reverencia y salió.

La mujer llevó a Annot hasta el banco tapizado de un mirador, la invitó con un elegante gesto a que se sentara y ella se acomodó a su lado, las manos unidas en el regazo.

–¿Cómo te llamas, criatura?

–Annot, señora.

–Y tienes... ¿cuántos? ¿Catorce? ¿Quince años?

–Catorce, señora.

–Hum. –La dama la observó un instante, ensimismada, y acto seguido tocó con curiosidad sus abundantes rizos de un rubio oscuro y le sonrió con calidez–. Eres muy guapa, Annot, ¿lo sabías?

Ella bajó la vista.

–Gracias.

Isabel Prescote profirió un tenue suspiro.

–Ya me imagino lo que ha pasado. Y no permitas que Julius te haga creer lo contrario: estoy convencida de que no pudiste hacer nada y todavía no aciertas a comprender cómo sucedió. Pero te diré algo, Annot: todo eso ya no importa, ya pasó. Y no vale la pena lamentarse o esperar que algo o alguien vaya a salvarte porque no tienes la culpa. Sólo tú puedes ayudarte, nadie más lo hará. Pero sin duda ya habrás llegado a esa conclusión, ¿no es cierto?

–Sí.

–Tienes tres posibilidades: ahogarte con el niño en el Támesis (y supongo que hasta Dios lo entendería). O intentar mendigar. En menos de una semana algún rufián te recogerá y te mandará a la calle. Baja al puerto a ver a las chicas. Fíjate sobre todo en las que tienen cinco años más que tú. Su cabello es gris, ya no les queda un solo diente en la boca, y en invierno ya no las volverás a ver, porque habrán muerto de hambre o de frío o porque alguien les rajó el cuello. ¿Me estás escuchando?

–Sí, señora.

Annot la escuchaba con gran atención, la mirada fija en los tapices.

–La tercera posibilidad es que te quedes conmigo. Tendrás un bonito cuarto, vivirás en una casa cómoda y podrás tener a tu hijo en calma. La mejor partera de la ciudad está a mi servicio.

–¿Y qué os quedaré a deber hasta que nazca el niño?

Lady Prescote esbozó una sonrisa de aprobación.

–Más o menos tres libras.

Annot respiró hondo: eso era una fortuna.

–No es tanto como te parece. Tu hijo irá a un convento de primera, podrás verlo con regularidad, cuando quieras, o no tendrás que volver a verlo si no quieres, la decisión es sólo tuya. Entonces empezarás a pagar tu deuda trabajando para mí. Se te enseñará todo cuanto debas y necesites saber. No debes temer nada.

Su voz sonaba tranquila y mesurada, como si aquello no fuese nada especial, tan sólo una forma normal y corriente de ganarse la vida.

Isabel Prescote observaba a la joven novicia con el rabillo del ojo. Sólo podía barruntar lo que le sucedía a la muchacha, pues por su parte carecía de experiencia con semejante destino: había sido una privilegiada durante toda su vida. Sin embargo, había visto a muchas chicas como ella. Llevaba casi diez años en el negocio –no por necesidad, sino porque le resultaba sumamente tentador hacer algo tan inmoral en las mismísimas narices de su respetado esposo sin que éste se enterara–, y a esas alturas sabía distinguir a las que no tenían remedio de las listas.

–Te acabo de decir que eres guapa, y no era un cumplido, sino un hecho. Puede que no seas tan bella como algunas de las muchachas de aquí, pero tienes algo a lo que los hombres no pueden resistirse, como por desgracia has podido comprobar. Podrías llegar lejos conmigo, podrías llegar a ser una mujer acaudalada. Piénsatelo.

Y Annot se lo pensó. Sabía que era un desatino, pero no podía por menos de pensar en la vida que tenía al alcance de la mano. Sabía que si Jonah se hubiese casado con ella todo habría salido bien. Habrían abierto un pequeño comercio de paños en alguna parte, de alguna manera. Posiblemente él nunca pudiera amar al hijo de Rupert, pero todo se habría arreglado. Podrían haber tenido hijos propios, y ella habría sido una buena esposa para Jonah, de eso estaba segura. Pero sabía que ese sueño se había desvanecido para siempre. Lo supo en el mismo instante en que Rupert se situó tras ellos de pronto y derribó al suelo a Jonah, cuando la cálida y firme mano de él se desasió de sus dedos. Todo ello pertenecía al pasado y, por atroz que pudiera parecerle, sabía que podía darse con un canto en los dientes por haber ido a parar allí y no a un siniestro tugurio del puerto.

«Saca partido a lo que tienes –le habría dicho la anciana señora Hillock–. En definitiva es lo que hacemos todos.»

–Me quedo.

LONDRES,
JUNIO DE 1331

Crispin pensaba a veces que si el diablo hubiese ideado la casa de un comerciante para pasar el rato, ésta sin duda sería más o menos como la que le había tocado a él en suerte. Si el hogar de los Hillock nunca había sido especialmente alegre ni armonioso —el maestro era demasiado colérico y mezquino; la maestra demasiado odiosa; la anciana demasiado despótica, y Jonah demasiado tozudo—, ahora el ambiente que reinaba en la casa estaba emponzoñado en toda regla. Tras la desaparición de Annot, Elizabeth acabó enterándose de aquello que llevaba meses sucediendo ante sus narices. Le afectó más de lo que Crispin creía, y su agitación la hizo abortar de nuevo. La maestra pasó unos días tan enferma que la partera y el médico al que al final llamaron temieron por su vida. Ya estaba algo mejor, pero seguía pálida y delicada y apática, incapaz de vencer su melancolía. Rupert, por su parte, ahogaba sus remordimientos de conciencia en la cerveza, y ya se hablaba de ello en el vecindario. La anciana se había debilitado de tal modo que no se levantaba de la cama. Cada mañana enviaba al comercio a Helen para dar recado a Jonah de que su abuela quería verlo, y cada mañana la despachaba éste sacudiendo la cabeza.

Crispin también probó suerte:

—Deberías pensar que es pecado privar de consuelo a un moribundo.

—También es pecado echar de casa a una protegida y abandonarla a su suerte —se limitó a decir Jonah—. Ella debería haberlo pensado.

Estuvo días recorriendo las calles buscando a Annot. Rupert se lo prohibió, amenazó con volver a encerrarlo, pero Jonah hizo caso omiso. Conocía bien la ciudad, y su búsqueda fue sistemática. Acudió a iglesias y conventos, llamó a la puerta de distinguidas villas de comerciantes y preguntó si habían dado empleo a una criada nueva; por último, indagó en los burdeles que conocía. En muchos de ellos su rostro era familiar, y estaba convencido de que las chicas se lo habrían dicho si hubiesen sabido algo de Annot, pues, por motivos que le eran incomprensibles, las rameras sentían especial debilidad por él. Experimentó alivio al no encontrarla allí, pero también desconcierto. Ya no sabía adónde ir. La muchacha se había esfumado. O había vuelto a Canterbury o, cosa que creía más probable, la gran ciudad la había engullido como a tantas otras.

–Pero ¿qué le digo? –se lamentó Helen.

–Nada.

Jonah oyó que alguien entraba en la tienda y salió a atender a la clientela. Agradeció el pretexto que le permitió escapar a sus recriminaciones. Sabía de sobra que Helen y Crispin tenían razón.

–Buenos días, señora Perkins, ¿en qué puedo serviros?

–Crispin, no podemos seguir así –afirmó Helen en voz baja–. Resulta insufrible ver lo mal que está la anciana, pero hasta que Jonah no haya hablado con ella su espíritu no se rendirá, y eso es lo que ella añora.

Crispin encogió los hombros con abatimiento.

–Cuán infeliz debe de ser.

–Sinceramente, Crispin, de no ser por la anciana hace tiempo que me habría largado. Trabajo hay en otras partes. Este sitio te pone los pelos de punta.

El chico asintió. También había acariciado de vez en cuando la idea de volver con su padre y pedirle que rescindiera su contrato de aprendizaje con Rupert y lo colocara en otro sitio, pero titubeaba. Había aprendido que un aprendiz le debía lealtad a su maestro, y no le parecía correcto dejar en la estacada a los Hillock cuando estaban en apuros, aun cuando fueran culpables de todo ello.

–Cuando reparta el género esta tarde, iré a ver al padre Gilbert y le pediré que venga –prometió en voz queda–. Tal vez él pueda hacerlo entrar en razón.

El preocupado semblante de Helen se iluminó.

–Hazlo. Si hay alguien a quien escuche Jonah, es a él.

El cura del gremio de pañeros llegó a la hora de la cena. Las criadas y Crispin alzaron la vista esperanzados al oír que llamaban a la puerta. «Y, aunque sea el mismísimo demonio –pensó Helen–, por mi parte todo el que rompa este silencio glacial será bienvenido.» A una señal de Elizabeth, bajó a abrir.

–Ah, padre, sois vos. Alabado sea Dios.

Él asintió con seriedad y entró.

–Creo que primero voy a ver a la anciana. Quizá sea hoy el día en que finalmente haga las paces con Dios.

–Os acompaño arriba, padre –se ofreció la muchacha.

Gilbert permaneció con Cecilia más de una hora, a continuación habló con Elizabeth y Rupert y, por último, fue en busca de Jonah. Lo encontró en el patio, sentado en el pozo a la última luz del cálido día de principios de verano.

Tenía una pierna doblada y los largos dedos apoyados en la rodilla. Contemplaba, la cabeza echada hacia atrás, el siempre brumoso cielo de Londres.

–¿Buscas el lucero vespertino? –inquirió el sacerdote mientras se aproximaba.

Jonah se puso en pie de un salto.

–Buenas tardes, padre. No. En esta época del año no se ve desde aquí.

A veces imaginaba cómo sería vivir en el campo, en un pueblecito donde todo el mundo se conociera, o incluso en una granja, rodeado de campos y prados y aire puro.

Gilbert se sentó en el brocal, unió las manos en el regazo y observó al joven aprendiz de comerciante con sus ropas sencillas, mas escrupulosamente limpias, el mentón perfectamente rasurado, el cabello bien peinado.

–A fe mía que no conozco a ningún hombre tan impecable como tú y tan poco vanidoso al mismo tiempo. Es algo que me llama la atención –comentó el sacerdote, meditabundo.

Jonah negó con la cabeza.

–No es cierto. Sí soy vanidoso.

El padre enarcó las cejas.

–Y hoy insólitamente sincero, a mi parecer. ¿Dónde ves tu vanidad?

–Cuando voy mal vestido, cuando Elizabeth me obliga a aprovechar los jubones raídos de Rupert, en los que caben dos como yo, me siento a disgusto.

—¿Por qué?

—Soy pañero. ¿Quién confiará en mi gusto y en la calidad de mi género si parezco un muerto de hambre?

El padre Gilbert sonrió.

—Ese argumento es irrefutable. ¿Qué dice Elizabeth al respecto?

—Que les falto al respeto.

De pronto el sacerdote se puso serio.

—Y no está equivocada del todo, ¿no es así?

Jonah bajó la cabeza y no respondió en el acto. Al final dijo en voz baja:

—Sé que queréis convencerme de que vaya a ver a mi abuela, pero no puedo hacerlo.

—Sí puedes, Jonah; debes hacerlo.

—Si supierais lo que ha hecho...

—Lo sé. Se ha confesado y me lo ha contado todo. Y es verdad que lo que han hecho ella y Rupert es abominable, pero ésa no es la cuestión. Ella es tu abuela, agoniza y quiere verte, de modo que has de ir. En realidad, es una cuestión de respeto: estás en deuda con ella y con Rupert, pues es un pariente de mayor edad y tu maestro. Así son las reglas. ¿Quién te has creído que eres para pensar que no te atañen?

—Pero ¿por qué les debo un respeto que no se merecen? —preguntó Jonah con una vehemencia contenida a duras penas.

—Tú no eres quién para decidir eso. Sólo a Dios corresponde juzgarlos, mas aquí y ahora él los ha situado por encima de ti y has de amoldarte. «Dad al César lo que es del César», dijo Cristo. El César era un tirano ateo, pero a pesar de todo lo dijo el Señor. En el orden del mundo dispuesto por Dios, unos mandan y otros obedecen, de lo contrario reinaría el caos, y en el caos manda Satán.

Jonah reflexionó un instante.

—Sabes que tengo razón, ¿no es así? —preguntó el sacerdote al cabo de un rato.

El joven asintió, vacilante.

—Pero es tan... duro. ¿Por qué Dios no sitúa por encima de mí a alguien a quien resulte un poco más fácil respetar?

—Quizá lo haga cuando seas digno de ello.

«O quizá no», pensó Jonah, y contuvo una risa burlona.

–¿Irás a ver a tu abuela? –inquirió el padre Gilbert.
–No puedo. –Levantó las manos, perplejo–. He jurado que no volveré a hablar con ella.
–No será necesario. Solamente quiere verte una última vez, eso es todo.

Helen se hallaba con Cecilia, y al oír la puerta levantó la vista.
–Gracias a Dios, Jonah. –Sonrió aliviada–. Os dejaré a solas.

La criada salió sin hacer ruido. Jonah permaneció un momento perdido en medio de la estancia, la vista clavada en el sillón vacío en el que la anciana solía sentarse. Resultaba extrañamente doloroso verlo desierto. Aquel sillón parecía simbolizar todo lo que su abuela había significado para él en su día. Cuántas veces había ido en busca de consejo y le había sido dado. Y qué gran cómplice había sido en todas las empresas con las cuales le había gastado una jugarreta a Rupert. Jonah cayó en la cuenta de que el afecto de su abuela era la única seguridad que él había conocido. Sin embargo, comprendió que a esas alturas ya se las arreglaba sin ella; en definitiva, era lo bastante mayor.

Se acercó a la ancha cama resuelto, corrió un tanto las pesadas colgaduras y miró a la enferma. Cecilia guardaba cama desde hacía unas cuatro semanas, y él no la había vuelto a ver desde entonces. Jamás habría creído posible que una persona pudiese decaer de ese modo en tan poco tiempo. Lo que todos decían desde hacía días se convirtió en una repentina certeza: Cecilia agonizaba.

Su rostro estaba arrugado como una manzana de invierno, la tez parecía de cera. Tenía el cabello, que veía por primera vez en su vida, revuelto, fino y ralo, la frente completamente calva. Los oscuros ojos estaban turbios, si bien lo miraban con fijeza.

Sus labios blancos, agrietados, se movieron.
–Eres un bastardo testarudo como tu abuelo.
Él asintió.
–Acércate, ponte de rodillas. Acepta mi bendición, es mi última voluntad.

El muchacho se arrodilló sin titubear junto a la cama, y su abuela levantó la nívea mano arrugada y la apoyó en su cabeza. Acto seguido la devolvió a la sábana.

La anciana respiraba con dificultad.

–He hecho un gran esfuerzo por arrepentirme de lo que hice, pero no he sido capaz.

Jonah descansó su mano sobre la de ella, le puso un dedo en los labios y sacudió la cabeza.

–¿Me perdonas, a pesar de todo? –le preguntó ella.

El chico la miró a los ojos, luchó un momento consigo mismo y asintió. Mentía: no podía perdonarla. Sabía que la generosidad no era uno de sus fuertes. Sin embargo, era compasivo, y ahora que tenía la certidumbre de lo cerca que estaba su abuela de la muerte quería que hallara la paz.

Cecilia sonrió.

–Has tenido suerte –susurró, casi era un resuello–. Bajo la almohada hay un anillo. Llévaselo al padre Gilbert: él sabrá qué hacer con él.

Jonah la miró angustiado y se preguntó en qué nueva trampa había caído, mas sostuvo la mano de la anciana con fuerza y permaneció a su lado hasta que sus párpados cayeron despacio sobre los empañados ojos. Se había quedado dormida. La trabajosa respiración se fue espaciando. Jonah seguía de rodillas en el suelo, el oído aguzado. Finalmente su abuela exhaló un largo suspiro y se hizo el silencio.

Bosque de Epping,
julio de 1331

Era su segunda jornada sobre la silla de montar, y poco a poco Jonah le iba tomando el gusto. Hasta el momento no había tenido muchas ocasiones de cabalgar, pues ésa era la primera vez en su vida que emprendía un viaje. Hasta entonces para él el mundo terminaba al oeste y al este en West y East Smithfield; nunca había ido más al norte que a Mile End en alguna excursión dominical esporádica, ni más al sur que a Southwark, en la otra orilla del Támesis. Sin embargo, montar era otra de las disciplinas a cuya práctica animaba e incitaba el padre Gilbert tanto a él como a los demás aprendices de la cofradía. Pese a ello Jonah carecía de verdadera experiencia y en un principio se asustó cuando Robertson le tendió el zanquilargo caballo negro.

–Pero si la silla me saca una cabeza –objetó el joven comerciante.

El propietario de la cuadra se rió a carcajadas de él.

–Ahora sois un hombre rico, señor, y no podéis montar mi viejo penco. Tened valor, es un castrado manso, no es tan impetuoso como parece.

Para alivio suyo, Jonah no tardó en comprobar que Robertson no le había mentido, y pronto se acostumbró a su compañero de viaje. Llevaba mucho peor lo de ser «un hombre rico».

Cuando cumplió la última orden de su abuela y le llevó el anillo al padre Gilbert, éste le puso la mano en el hombro sonriendo y lo felicitó por su sabiduría. En el convite que se celebró en la sala de Rupert Hillock después del entierro de Cecilia, el padre Gilbert dio lectura al testamento de la anciana: legaba unas generosas diez libras al gremio de pañeros para ayudar a los miembros que se vieran en apuros o a sus viudas y huérfanos; diez libras a la iglesia de Saint Mary Bothaw y otras diez a la de Saint Lawrence Pountney para que encendieran velas en su memoria y oficiaran misas por su alma; diez chelines para que se repartieran entre los mendigos que se encontraran en su entierro a las puertas del cementerio. Esas treinta libras y media ya constituían una herencia mucho mayor de lo que nadie esperaba, pues, desde la muerte de su esposo, Cecilia había vivido modestamente primero en casa de su hijo y luego de su nieto, que la gente supiera no tenía negocios propios, siempre había vestido con sencillez y nunca había lucido joyas dignas de mención. No obstante, el testamento aún hablaba de una «fortuna restante» sin especificar que dejaba a Jonah.

Rupert Hillock gruñó con desagrado. No era ninguna novedad que su abuela siempre había preferido a Jonah.

—¿De cuánto se trata? —le preguntó al padre Gilbert.

Éste miró una vez más el testamento con la frente fruncida y luego a Jonah, no a Rupert.

—Cuatrocientas libras y una casa en Ropery, el barrio de los cordeleros.

Jonah sólo tenía recuerdos fragmentarios de las horas siguientes. Elizabeth se puso histérica, eso lo sabía. Fue un espectáculo terrible: empezó a reírse, las mejillas encendidas, y la risa se volvió más y más estridente hasta que al final Rupert la agarró por los hombros y la zarandeó. Entonces volvió en sí, le lanzó a Jonah una mirada tan rebosante de odio que, a pesar del calor estival, le puso la piel de gallina y salió corriendo. Crispin, atónito, le dio unas palmaditas en la espalda, lo miró con ojos radiantes y asintió una y otra vez. Rupert se emborrachó.

Durante los días que siguieron el padre Gilbert fue el mejor consejero de Jonah. Con él fue el muchacho a Ropery a ver la casa que su abuela había adquirido a la chita callando. Ambos constataron que la palabra casa no hacía justicia a aquello: se trataba de una villa con grandes espacios de almacenaje y un extenso patio interior. Nada más verla, Jonah empezó por vez primera a hacer planes. Aquella casa ofrecía posibilidades casi ilimitadas para comerciar ampliamente tanto con lana, como con lino y seda. En el terreno había sitio de sobra para erigir talleres y arrendarlos a artesanos. Si fuera libre y no dependiera de nadie...

–Podrías hablar con los superiores del gremio y pedirles que te desliguen de tu contrato de aprendizaje antes de tiempo –le propuso el padre Gilbert–. Ya sabes que cuentas con mi apoyo.

–¿De veras?

–No veo qué te hace pensar que no. Claro está que Rupert ha de dar su aprobación.

–Ya puedo esperar sentado, padre –repuso Jonah entre suspiros.

–Yo no estaría tan seguro. La cuestión crucial tal vez sea únicamente cuánto vale para ti el consentimiento de Rupert. Eres un hombre acaudalado, Jonah, y tu primo tiene deudas.

A éste no le sorprendió demasiado. Sabía desde hacía tiempo que Rupert no era un comerciante muy hábil.

–¿Qué habría sucedido si no os hubiera llevado el anillo? –inquirió con curiosidad–. Si se daba el caso, había un segundo testamento, ¿no es así? ¿Habría ido a parar todo a manos de Rupert?

–No.

–¿A quién, pues?

–A Santa Juana, un convento de monjas en The Stews.

–¿Un convento? ¿En el barrio de las rameras...? Ejem... Disculpadme, padre.

El sacerdote asintió con una sonrisa indulgente.

–Las hermanas de Santa Juana son especialmente misericordiosas con las madres solteras.

Jonah, al final, hizo de tripas corazón, fue a hablar con su primo y le pidió que rescindiera antes de tiempo su contrato. Le costó Dios y ayuda interpretar el papel de suplicante, pero se dijo que, si ése era el precio de su libertad, había de pagarlo. Rupert ni siquiera se lo puso tan difícil como él se temía, mas evitó tomar una decisión y le ordenó que primero fuese por él a Norwich, al mercado de lana. Allí, en su nombre, llevaría a término negocios pendientes, y así se vería si tenía suficiente experiencia para independizarse. A Jonah le pareció justo. Además del dinero de Rupert, también se llevó su peculio, que rescató del escondite de debajo del tablón, para hacer los primeros negocios por cuenta propia. Por siete libras se obtenía una buena cantidad de lana en bruto. Tenía la intención de comprar únicamente la mejor calidad, mandar hilar la lana a buen precio en el campo y enviarla a Flandes para que fuera tejida, abatanada y teñida. Comprobó que aquel bosque parecía no tener fin. Apenas abandonó la ciudad el día anterior, los campos quedaron atrás y los bosquecillos aislados fueron espesando hasta tornarse una vasta floresta. Con todo, agradecía que, tras aquellos días frenéticos, ya que los acontecimientos se habían precipitado sin interrupción, por fin gozara de calma para reflexionar y recobrar el juicio. Y disfrutaba de los poco habituales sonidos y olores del bosque, del silencio y la calidez y el fragante aire.

Por primera vez en su vida, Jonah tenía que arreglárselas completamente solo, y fue una revelación descubrir lo mucho que le gustaba, lo libre y seguro de sí mismo que se sentía. Haría buenos negocios en Norwich. Convencería a Rupert y al gremio de que sabía todo lo necesario para ser independiente. El padre Gilbert le había dado a entender que sería el comerciante más joven de la historia del gremio, pero ello no le asustaba. Reconoció con cierta sorpresa que lo que sentía era optimismo, una sensación completamente ajena a él, que siempre contaba con lo peor para que la decepción no fuese demasiado amarga.

Sonrió desconcertado. Supo que todo era posible. Tal vez incluso pudiera dar con Annot –al fin y al cabo ahora se le abrían nuevas posibilidades– y subsanar lo que le habían hecho primero Rupert y luego su abuela. Todo era posible...

Se hallaba tan absorto en sus ensoñaciones que al principio ni siquiera oyó la trápala. Cuando al final escuchó a sus espaldas a los veloces jinetes, guió al manso castrado hacia la derecha del camino para dejarles sitio. Sin embargo, en lugar de adelantarlo, los galopantes caballos se pusieron al paso detrás de él y acto seguido, al parecer, se detuvieron. Extrañado, Jonah volvió la cabeza y vio a dos hombres que inspiraban poca confianza. Vestían sendas cotas raídas y sucias y lucían poblada barba. «Chusma del puerto», pensó instintivamente antes de caer en la cuenta de que estaba en el campo y no podía juzgar a la gente conforme a las categorías de Londres, las que le eran familiares. Posiblemente fuesen labriegos pobres e inofensivos. Sus humildes caballos, un alazán y un bayo, bufaban exhaustos, y también los jinetes estaban sin resuello.

Jonah les indicó que pasaran delante.

—Avanzad, en el camino hay bastante sitio.

Los jinetes barbudos intercambiaron una mirada y asintieron sonrientes.

—Hemos llegado a nuestro destino —anunció uno.

—¿Qué demonios se os ha perdido aquí, en mitad de la nada? —le preguntó perplejo Jonah, y percibió un movimiento veloz con el rabillo del ojo y giró la cabeza. Demasiado tarde: el segundo facineroso había alzado un largo garrote y se disponía a dejarlo caer sobre él. Jonah ladeó la cabeza intuitivamente, de suerte que la pesada porra le acertó en el hombro, pero el golpe fue tan formidable que el joven comerciante se cayó de la silla. Dio con el rostro en la erizada hierba y, por un momento, no pudo moverse. El dolor del hombro era mortífero. «No se puede decir que haya llegado muy lejos», pensó turbado, y entonces oyó acercarse los silenciosos pasos. Volvió la cabeza a un lado y vio dos pares de gastados zapatos de cuero—. Tengo el dinero en las alforjas. Tomadlo y esfumaos.

Habló con tanta claridad como pudo, pero a todas luces no lo oyeron. Dos de los zapatos se aproximaron más y se detuvieron un tanto abiertos; cuando Jonah oyó silbar la porra en el aire, se apartó. Ésta fue a parar a un palmo de su nariz, y entonces él reparó en que estaba guarnecida de hierro. «Voy a morir», pensó con incredulidad.

—Sujeta al mocoso, se mueve como un pez —gruñó uno de ellos, y la punta de un pie aterrizó en el estómago de Jonah, lo puso boca arriba y se apoyó en el hombro dañado.

El muchacho apretó los dientes y vio las estrellas. El dolor del hombro le nublaba los sentidos, y su campo visual se estrechó y pareció difuminarse en los bordes. Creyó oír un cuerno a lo lejos. A continuación cerró los ojos y comenzó a orar en silencio.

No fue la porra lo que le golpeó, sino algo mucho mayor y pesado que se le atravesó en mitad del cuerpo y le estrujó el aire de los pulmones. En ese mismo instante desapareció el pie de su hombro. Jonah abrió los ojos y lo único que vio fue la jeta del de la porra. A tan escasa distancia advirtió una delgada cicatriz zigzagueante que se perdía en la rojiza barba, los piojos que le corrían por el ralo cabello, los oscuros ojos inmóviles y vidriosos.

Apartó la vista, asqueado, y trató de librarse del pesado cuerpo, mas el golpe en el hombro le había dejado el brazo izquierdo completamente entumecido, y no lo logró. De pronto alguien acudió en su auxilio: dos manos agarraron a su atacante y lo apartaron. Jonah se retiró, alzó la cabeza y vio una flecha negra emplumada que salía del pecho del salteador. No había duda: el hombre estaba muerto.

El alivio y el miedo paralizaron a Jonah. Al poco, una mano amable se posó en el hombro ileso y una voz apacible le preguntó:

–¿Estáis herido? ¿Podéis levantaros?

El muchacho alzó la mirada: su salvador era poco mayor que él, un noble joven, de rizos castaños y una perilla rizada asimismo castaña. Vestía una sobreveste azul del más exquisito terciopelo italiano, observó Jonah maquinalmente, sobre un jubón de lino verde oscuro, una intimidatoria espada al costado, un carcaj a la espalda y un arco en la mano. Tenía unos ojos de un marrón dorado que observaban a Jonah preocupados y escrutadores a un tiempo.

–Vi que os atacaban –prosiguió el caballero–. A fe mía que el hombro está roto.

Jonah se apoyó en el tronco de un árbol cercano y se puso de pie un tanto inseguro. Con la mano derecha se sostuvo el antebrazo izquierdo para descargar el hombro.

–Os estoy muy agradecido, mi señor. –Le lanzó al bandido muerto una mirada desabrida–. Al parecer no... no quería contentarse con mi bolsa.

El caballero negó enérgicamente con la cabeza.

–No. Él y su compinche os dejaron la talega y no tocaron las alforjas. Mirad, vuestro caballo está ahí delante. El otro rufián ha puesto pies en polvorosa. No eran ladrones al uso: querían daros muerte.

Jonah asintió en silencio.

–¿Por qué? –inquirió el joven con interés.

–No... lo sé. –Lo cierto es que no tenía la más remota idea, pero ahora que había pasado todo no quería darle más vueltas. Recapacitó e hizo una cortés reverencia ante el extraño–. Os quedo muy agradecido, mi señor.

El caballero le restó importancia al hecho con humildad.

–No vale la pena hablar de ello. Ha sido una feliz coincidencia que pasara precisamente por aquí. Estaba de caza, ¿sabéis?, pero no contaba con dar caza a unos facinerosos. En verdad es una vergüenza que un hombre honrado ya no pueda cabalgar sin peligro en pleno día por el bosque de Epping. El rey debería ocuparse urgentemente de este asunto de una vez por todas y garantizar la seguridad de sus caminos.

–Estoy convencido de que el rey hace cuanto puede –replicó Jonah.

–¿De veras lo creéis?

–Sí.

–Bien, ojalá yo pudiera estar tan seguro como vos.

–No sería muy considerado contradecir al hombre que acaba de salvarme la vida. ¿Tendríais algún inconveniente en decirme cómo os llamáis?

El caballero sonrió de pronto como un pillo.

–Eduardo Plantagenet.

Aturdido, Jonah hincó una rodilla.

–Mi rey –fue todo lo que atinó a decir, y pensó: «La abuela tenía razón, eres un zorro taimado».

El joven rey Eduardo se mordió el labio inferior, arrepentido.

–No me lo toméis a mal, amigo mío, no era mi intención poneros en un aprieto. Levantaos y decidme vuestro nombre.

Jonah se puso en pie, la diestra aún sustentando el antebrazo izquierdo. Un dolor lacerante se irradió desde el hombro hasta la muñeca.

–Jonah Durham, sire.

No acababa de entender por qué lo había dicho. Hasta ese día siempre se había llamado Hillock, sin embargo de repente quería su propio apellido, cortar los viejos lazos.

–Veo que tenéis dolores, maese Durham. Hacedme el honor de acompañarme a mi campamento. Allí habrá alguien que se ocupe de vuestro hombro.

Jonah sacudió la cabeza, horrorizado.

–En realidad, no es necesario. Además he de seguir urgentemente mi viaje a Norwich y...

–Insisto –le cortó el rey, decidido–. ¿Sois comerciante?

El muchacho hizo un tímido gesto afirmativo con la cabeza.

–Sí, sire.

–Si queréis, me encargaré de que el mercado de lana de Norwich se alargue un día para que podáis hacer vuestros negocios con calma. –Encogió los hombros, risueño–. No tengo más que ordenarlo, ¿sabéis?

A Jonah le sorprendió la facilidad con que le devolvía la sonrisa.

–No servirá de nada, sire, pues los mejores negocios se cierran el primer día, con o sin orden real.

Eduardo lo miró atentamente y asintió.

–Cierto. Soy consciente de que en vuestro mundo tengo mucha menos influencia que en el de mis lores. Y es algo que me fascina, ya que... –Se interrumpió y levantó la cabeza–. Cascos.

Jonah también los oyó, miró en la dirección por la que se acercaban las monturas y, al poco, dos caballeros jóvenes salieron de entre los árboles, uno rubio y el otro moreno, ambos a lomos de enormes caballos briosos y armados hasta los dientes. Obligaron a los animales a detenerse en seco delante del rey y se bajaron de la silla de un salto.

–Milord, lo siento... –empezó el de la cabellera rubia.

–Os perdimos en el curso del río –terminó el moreno.

Eduardo echó la cabeza atrás y rió. Luego miró a Jonah.

–¿Hago las presentaciones? Geoffrey Dermond y Gervais de Waringham, dos de mis caballeros más valientes. Son mis guardias de corps, cuando consiguen no dejarme atrás. Geoffrey, Gervais, éste es Jonah Durham. Acaban de atacarlo aquí mismo, en el camino, y ha estado a punto de morir. Uno de los indeseables ha huido. Id tras él, Geoffrey, y ved si le dais alcance. Traedlo con vida si es posible, quiero saber qué significa esta extraña historia. Waringham, tened la bondad de llevar a mi renuente invitado al campamento. Ayudadlo a montar, creo que se ha roto el hombro.

El tono del rey era despreocupado, ligeramente divertido incluso, mas a nadie se le habría ocurrido ni en sueños no satisfacer sus deseos. El caballero de cabellos castaños asintió, se subió a su bridón, lo condujo al camino y salió al galope en dirección norte. Entretanto el rey montó en su soberbio corcel negro y avanzó despacio entre los árboles, donde se abría una senda apenas perceptible, cubierta de hierba.

El rubio se acercó dando zancadas al apacible castrado, que, pese a toda la agitación, se hallaba a un tiro de piedra, en el bosquecillo, y lo llevó al camino. A continuación se agachó, dobló el lomo y tomó el estribo entre sus manos.

—Subíos a mi espalda y montad, Jonah —lo invitó.
Éste se lo quedó mirando horrorizado.
—Pero... no puedo hacerlo.

Sabía que Waringham era una pequeña baronía de Kent y aquel joven caballero, por afable que pudiera parecer, debía de ser hijo del anciano conde de Waringham, tal vez incluso su heredero. Era sencillamente impensable que un humilde aprendiz de comerciante como él utilizara a un hombre de tan alta cuna de... escalerilla.

Waringham volvió la cabeza, la frente fruncida.
—No os queda más remedio. Y nos haríais un favor a los dos. Sabed que el rey es el hombre más increíble y admirable que conozco, pero más vale hacer su voluntad.

Jonah se figuraba que el rey habría salido de caza tal vez con sus dos guardias de corps y dos o tres hombres de confianza y sirvientes; haría levantar una tienda para pasar la noche y al día siguiente regresaría a una de sus propiedades cercanas. Sin embargo, lo que vio en el extenso calvero al que lo condujo Waringham fue una ciudad en miniatura con al menos una docena de tiendas. Aquello era colorido, limpio, animado y, sobre todo, suntuoso. Jonah no pudo por menos de preguntarse cuánto costaría una jornada de caza así.

Waringham, que cabalgaba delante, se volvió de pronto en la silla. Pareció adivinar los pensamientos de Jonah, pues comentó risueño:
—Lo suyo no es lo que se dice la sencillez.
«Si yo fuera rey, es probable que tampoco fuera lo mío», pensó Jonah.
—Os llevaré a nuestra tienda —se ofreció el joven caballero—. Hay espacio de sobra.

Jonah asintió en silencio. Todo era tan irreal, tan absolutamente ajeno a su mundo, que había dejado de oponer resistencia. Permitió que lo ayudaran a desmontar casi con displicencia y lo condujeran hasta la tienda del joven caballero. Si de pronto hubiese salido un unicornio de entre los abedules y se hubiese plantado en el calvero, tampoco le habría extrañado sobremanera.

Tumbado en la hierba junto a la tienda, a la sombra, había un muchacho de unos catorce años que dormía plácidamente. Waringham se acercó a él, apoyó las manos en las caderas, lo miró moviendo la cabeza y le propinó un puntapié no muy suave.

El chico despertó sobresaltado y se puso en pie de un brinco.

—Oh, lo siento, mi señor...

—Traigo a un invitado, maese Durham, de Londres. Ocúpate de él, Roger, y encárgate de que todo esté a su gusto, dale algo frío de beber y ve a buscar al médico. A maese Durham lo han asaltado en el camino y ha resultado herido.

El muchacho asintió con celo. Cuando Waringham calló, hizo una reverencia, se acercó a Jonah y se inclinó nuevamente ante él.

—Seguidme, mi señor.

Waringham se despidió de Jonah con la promesa de ir a verlo más tarde, y el escudero llevó al invitado al interior de la tienda.

Roger enrolló la lona y la afianzó.

—¡Puaj! Qué calor hace aquí. Sentaos, mi señor. Os traeré en el acto unos refrescos. Estáis blanco como la pared, mi señor. ¿Os duele mucho?

Jonah sacudió la cabeza. Ahora que no estaba subido a la silla y se hallaba a salvo de sacudidas se sentía mejor. Se sentó con cuidado en uno de los dos tajuelos que había allí y apoyó el brazo izquierdo en la mesa.

El escudero desapareció, y Jonah agradeció aquellos minutos a solas para ordenar sus ideas y observar el desconocido entorno. Por la entrada de la tienda vio que el sol de la tarde iluminaba los abedules al sesgo y de cuando en cuando un ave rompía el soñoliento silencio.

Roger no tardó en volver con un vaso de cerveza fría y un benedictino.

—Maese Durham, éste es el galeno del rey, el hermano Albert.

Para ser médico, el monje era muy joven: por lo visto, el rey prefería rodearse de hombres de su edad. Y considerando las traiciones, deslealtades y repentinos cambios de bando que se habían dado entre los lores y los obispos de su padre, aquello resultaba más que comprensible.

El hermano Albert saludó risueño a Jonah.

—Waringham me ha dicho que habéis recibido un golpe. Permitidme que examine la lesión de cerca. Roger, ven a ayudarme.

Jonah se sintió en extremo a disgusto al caer en la cuenta de que el monje pretendía quitarle cota y jubón, mas no se opuso. Con sumo cuidado y manos diestras, lo desnudaron de cintura para arriba y descubrieron un gran hematoma negruzco en el hombro izquierdo. El hermano Albert resopló.

–Esto no tiene buena apariencia. Debió de ser un garrotazo tremendo.

Jonah dijo que sí con la cabeza.

El monje observó los daños con los ojos levemente entrecerrados.

–Ahora apretad los dientes, he de palpar el hombro.

Lo hizo con suavidad y pericia, pero cuando presionó la fractura con los dedos índice y corazón, Jonah rompió a sudar.

El hermano Albert exhaló un suspiro.

–Lo que pensaba: la clavícula. Mas creo que habéis tenido suerte: es una fractura limpia, el brazo no se anquilosará. Voy a vendarlo y deberéis llevarlo en cabestrillo, ¿me oís?

Jonah asintió.

–Gracias, hermano. Y ahora he de ponerme en camino.

El monje meneó la cabeza enérgicamente.

–Hoy no iréis a ninguna parte. Necesitáis descansar unas horas, y además el rey desea que cenéis esta noche con él.

La «pequeña» partida de caza se componía de más de una veintena de caballeros y damas y casi el mismo número de sirvientes, halconeros y escuderos. El rey y sus invitados se reunieron en torno a una larga mesa que fue montada al raso, a la caída de la tarde, cerca del riachuelo que discurría junto al calvero. El sol poniente rielaba en las murmurantes aguas, y de vez en cuando saltaba una trucha.

Un lienzo no blanco sino azul medianoche cubría la mesa, sobre la cual había candeleros y vasos de plata. Los sirvientes llevaron escabeles, y los caballeros y las damas del cortejo real ocuparon sus asientos. El aroma de la carne de venado asada inundaba el límpido aire vespertino, y una leve brisa disipaba el aplastante calor del día.

Jonah estaba sentado, en extremo cohibido, entre Waringham y su amigo Dermont y, con su modesta cota gris, que era de buena lana, pero se había quedado anticuada, se sentía completamente fuera de lugar. Observaba con disimulo al rey, sentado en medio de la mesa, en el lado opuesto al suyo. Junto a él había un sitio vacío, y Eduardo parecía un tanto impaciente.

Sin embargo, cuando de una tienda cercana salieron tres damas, desarrugó la frente y se levantó. Todos los presentes hicieron lo propio, y también Jonah se apresuró a ponerse en pie.

La dama que iba delante se detuvo ante el rey e hizo una leve inclinación de cabeza.

–¿He vuelto a retrasarme, sire?

Lo dijo en inglés, pero su acento francés era tan marcado como encantador.

Eduardo tomó su mano, se la llevó fugazmente a los labios e hizo una reverencia.

–Así es, señora. Y yo estoy medio muerto de hambre. Pero la espera ha vuelto a merecer la pena. Estás imponente, como una reina.

Con alegría generalizada, todo el mundo volvió a sentarse y la dama replicó sonriente:

–Debo admitir que el papel aún me resulta un tanto ajeno, pero me estoy esmerando.

Un sirviente le enderezó el sitial contiguo al del rey.

«Así que ésa es Felipa de Henao», concluyó Jonah. Eduardo no exageraba: la reina, en efecto, tenía un aspecto imponente. Y eso que no era una mujer excepcionalmente bella. Tenía un rostro hermoso y lozano; los ojos marrón claro. Tal vez la nariz fuese algo expresiva para un rostro femenino. Su boca era carnosa y roja y parecía risueña por naturaleza, y las ondas de cabello que asomaban bajo el ceñido tocado cuajado de piedras preciosas eran de un castaño oscuro brillante. Su figura era proporcionada y magnífica. Con todo, tampoco eso resultaba excepcional. Lo que la hacía imponente era su vestimenta: Felipa llevaba una cota con las mangas largas e inusitadamente amplias. Esta prenda era de seda lisa y de un color que él no había visto antes, parecido al caramelo. El ruedo de las mangas estaba bordado con una gran riqueza de hilos de oro y un estambre verde oscuro que se repetía en la sobrecota. Era un paño excelente, fino y liso, y parecía delicado y fluido como el agua. La redonda escotadura y la cinta estaban guarnecidas con las mismas piedras preciosas pequeñas que el verde tocado a juego. Era perfecto.

–Sire, ¿quién es ese extraño de ojos negros de ahí que no para de mirarme, si bien con discreción, por el rabillo de ojo?

Jonah dio un respingo, bajó la cabeza y musitó:
—Os pido perdón, mi señora.
Eduardo se rió quedamente.
—Es maese Durham, de Londres.
Con pocas palabras le explicó a la reina en qué circunstancias había conocido a Jonah.
El alegre semblante de Felipa cobró seriedad, y la soberana le dijo al muchacho:
—Lamento lo que os ha sucedido, señor. Y podéis alzar la cabeza: estáis más que perdonado. En verdad no tengo nada en contra de las miradas de admiración. No imagináis cuán vanidosa soy.
—También ésa es una de las numerosas cosas que tenemos en común —observó el rey, y profirió un suspiro y volvieron a oírse risas.
—A la postre, vos y la reina estáis emparentados, sire —terció el hermano Albert—. De creer lo que dice el arzobispo de Canterbury, en realidad no deberíais haberos casado, ya que sois algo así como hermano y hermana. De manera que no es de extrañar que vuestra naturaleza sea similar.
—¡Quia!, el arzobispo. —La reina hizo un ademán como el que ahuyenta un mosquito molesto—. En ocasiones no dice más que disparates. ¿Cómo era aquello, sire? Siempre lo olvido. ¿Que el padre de vuestro padre era mi bisabuelo?
El rey asintió.
—No sólo eso: nuestros abuelos por parte materna eran hermanos.
—Hermanastros —corrigió Felipa.
—Para la Iglesia no hay diferencia —observó el joven Waringham.
—Eso es algo de lo que entiende Gervais —le confió el rey a su esposa con complicidad—. Desde hace meses intenta recibir mi consentimiento para contraer matrimonio con su prima Margaret de Rochester.
—Pobre Gervais, qué empresa tan desesperada —repuso la reina, compasiva.
Y el monarca dijo entre risas:
—¿Es que nadie va a servir la mesa esta noche?
Los sirvientes se apresuraron a llevar el primer plato: pechugas de paloma en salsa de azafrán. Jonah nunca había probado nada igual. El azafrán empleado para tamaña cantidad de salsa debía de costar toda una fortuna, pues, según le explicara en una ocasión un

comerciante de Londres, esa especia valía casi el doble de su peso en oro. La curiosa sensación de hallarse inmerso en un sueño volvió. El muchacho agradecía inmensamente que la reina lo hubiese olvidado y la conversación hubiese tomado otro rumbo. De ese modo podía estudiar con calma a aquellas personas que se le antojaban extraños seres fabulosos. Vivían en el lujo y no parecían pararse a pensar en el dinero. Tal vez ésa fuera la principal diferencia entre su mundo y el de él. En casa de los Hillock siempre se estaba haciendo cuentas, igual que en las de otros comerciantes. Era de lo más normal y no tenía que ver con la pobreza, ni siquiera con la tacañería. El dinero constituía la piedra angular de su existencia y no estaba para despilfarrarse, sino que era capital para adquirir género nuevo y efectuar otras transacciones. Quien al final tenía de sobra era un buen comerciante, gozaba de prestigio entre sus competidores y vecinos y podía hacer carrera. El derroche despreocupado que se hacía patente en cada una de aquellas vestimentas, en cada objeto de la mesa, a decir verdad en cada palabra, llenaba a Jonah no tanto de envidia, sino más bien de incomprensión. Y ello no era lo único que lo distinguía de esas gentes. El trato que se dispensaban también le resultaba extraño. Parecían desenvueltos, revoltosos y despreocupados como niños, pero él también veía lo que se ocultaba tras esa fachada. Notaba que los allí reunidos eran amigos íntimos, se conocían de verdad y, sobre todo, se apreciaban. Eran como una confraternidad, y lo que los vinculaba, lo que los unía, era la sola persona del rey. A pesar del desenfado, era fácil ver que los jóvenes caballeros y damas de aquella mesa lo veneraban, lo admiraban y... lo amaban profundamente.

«También yo podría formar parte de ellos», se le ocurrió a Jonah. La idea lo sorprendió tanto como la vehemente añoranza que sintió de súbito. Y eso que era reacio a trabar cualquier forma de amistad, se resistía con obstinación a tomar confianza o darla. «Si yo fuera distinto...»

–¿Dermond? –preguntó el rey–. ¿Dónde estáis, Geoffrey?

–Aquí, sire.

–¿Atrapasteis al bandido que atacó a maese Durham?

–Por desgracia no, mi rey. –Geoffrey Dermond sonó como si aquello le resultara muy embarazoso–. Llegué hasta la segunda aldea, pero nadie lo había visto. Debió de salirse del camino.

—Quizá se dirigiera al sur, a Londres —terció el médico, el hermano Albert.

—¿Tenéis enemigos en Londres, señor? —le preguntó Waringham a Jonah.

—Aún soy aprendiz y no he tenido ocasión de hacerme enemigos, mi señor, ni de timar a nadie —replicó éste.

Dermond resopló divertido, mas Waringham dijo:

—Al parecer hay alguien que no es de la misma opinión. ¿Cómo es posible que vayáis a Norwich solo si aún no sois comerciante?

Jonah clarificó atropelladamente su situación y confesó que pretendía hacer sus primeros negocios propios en el mercado de Norwich.

—¿Y qué hacéis con la lana que compráis allí? —inquirió interesada la reina.

—La envío a vuestra patria, mi señora.

—¿A Henao? —preguntó Dermond sorprendido—. ¿Por qué?

—Porque en los Países Bajos se encuentran los mejores tejedores, bataneros y tintoreros, mi señor —contestó Jonah con seriedad—. Aquí, en Inglaterra, nadie es capaz de elaborar un paño como el que luce esta noche la reina.

—Mas ¿no os supone un gasto enorme atravesar el continente y volver? —quiso saber Geoffrey Dermond, curioso.

—Naturalmente —afirmó Jonah.

—Supongo que lo compensan los precios —aventuró la reina.

—En parte —replicó Jonah vacilante, y no dijo más.

—¿Pero? —lo ayudó la reina.

Parecía interesada de veras, por ello Jonah continuó:

—Pero los costes entrañan un riesgo elevado. Por no hablar de que la carga podría extraviarse en el mar. Todo sería mucho más sencillo, mi señora, si los tejedores flamencos viniesen aquí, donde está la lana inglesa, y no al contrario.

—¡Mirad, una estrella fugaz! —exclamó una de las jóvenes damas.

Todos alzaron la vista al cielo, y cuando la luminosa cinta hubo sido admirada lo bastante, la conversación siguió otros derroteros.

Jonah se sintió aliviado cuando por fin levantaron la mesa. Estaba muy cansado, y el hombro le dolía y le daba pinchazos. Quería irse a la cama. Sin embargo, cuando se dirigía en compañía de los dos caballeros a la tienda de éstos, un paje se acercó a ellos con un candil y se inclinó graciosamente ante Jonah.

—Tened la bondad de seguirme, maese Durham. La reina desea hablaros un instante.

Jonah se disculpó con sus acompañantes y, extrañado, siguió al muchacho hasta la tienda de Felipa.

El interior se encontraba iluminado por numerosas velas. Jonah reparó vagamente en los muebles de palo de rosa que, al resplandor de las llamas, relucían irisados, si bien todo palidecía en presencia de la reina, constató sin sorpresa.

Hizo una amplia reverencia ante Felipa, que sonrió a modo de disculpa.

—Disculpad que os prive del sueño, del que sin duda habéis menester desesperadamente, a juzgar por vuestro rostro. Pero mañana por la mañana tal vez no tengamos ocasión de hablar, y debéis explicarme a toda costa a qué os referíais antes cuando hablabais de los tejedores flamencos y la lana inglesa.

Jonah se lo aclaró. Las damas de Felipa y algunos sirvientes trajinaban en la parte posterior de la tienda, pero, a pesar de todo, casi era como si estuviese a solas con la reina. Mas no se sentía en absoluto turbado, tal vez porque en cierto modo también ella era una extraña en confraternidad, la extranjera que había ido a Inglaterra no hacía mucho y había conocido a aquellas personas. Tal vez también porque a Jonah le agradaba el tema. En ese terreno se movía con soltura.

—Gran parte de la lana en bruto inglesa se vende a intermediarios flamencos, mi señora. La lana en bruto es barata, y el paño que nos devuelven los comerciantes flamencos es caro. Las ganancias se las llevan los flamencos. Claro está que también hay comerciantes ingleses que conservan la lana y la envían a Flandes para que sea elaborada, pero ya sabéis cuáles son los riesgos. No muchos se atreven. No obstante, si esos artesanos flamencos, esos artistas que aman la lana inglesa porque permite elaborar el más precioso de los paños, estuviesen aquí, en Inglaterra, si transformaran la lana aquí, desaparecerían los costes derivados del transporte y los susodichos riesgos, y el dinero se ganaría aquí.

—Y ello le reportaría más impuestos a la Corona —razonó Felipa, meditabunda.

Naturalmente él no había pensado en eso, mas inclinó la cabeza en señal de asentimiento.
—Pero ¿vos creéis que los laneros ingleses darían empleo a artesanos flamencos? ¿A extranjeros?
—Sin duda, mi señora. Es muy posible que no fuesen de su agrado, pero a pesar de todo les darían empleo.
—Hum. Creo que acabáis de darme una excelente idea, maese Durham.
Risueño, Jonah hizo una reverencia.
—En tal caso me alegro de haber sido asaltado y que nuestros caminos se hayan cruzado, mi señora.
Apenas podía concebir que hubiese dicho algo tan audaz y galante al mismo tiempo.
Felipa lo recompensó con una sonrisa radiante, si bien dijo con seriedad:
—No deberíais tomaros este suceso a la ligera. Antes os habéis expresado con suma cautela, mas creo haber entendido que habéis heredado, ¿es así? El dinero engendra envidiosos, Jonah. ¿Quién puede ser el que os envidia? Sobre todo, ¿quién heredaría si unos ladrones os mataran a palos camino de Norwich?
Él la miró con ojos desorbitados. Acto seguido apartó la cabeza y se llevó la mano a la boca.
—No... puede ser —susurró.
—¿De quién se trata? —le preguntó la reina en voz baja.
Jonah volvió a mirarla, pero no dijo nada. De súbito deseó ardientemente que ella lo despidiese. ¿Cómo iba a revelarle a aquella extraña tan atroz sospecha? Y había de reconocer que era más que una mera sospecha: Rupert era su único pariente y, por ende, su heredero. Había evitado tomar una decisión acerca de la rescisión anticipada de su contrato para poder enviar a Jonah a Norwich. La ocasión perfecta. Además, Rupert andaba escaso de dinero...
—Confiad en mí, Jonah, quizá pueda ayudaros —le instó la reina.
—Pero... ¿por qué ibais a querer ayudarme?
—Sois súbdito de la Corona y, por consiguiente, tenéis derecho a gozar de nuestra protección.
El muchacho no pudo por menos de echarse a reír.
—El rey me ha salvado hoy la vida, mi señora. Creo que ningún súbdito de la Corona puede exigir más protección.

—No me rehuyáis —ordenó ella, la frente fruncida en señal de censura—. Si no me lo queréis decir, le puedo solicitar al alcalde de Londres que lo averigüe.

—No, os lo ruego...

—¿Así pues?

Jonah resopló ruidosamente, hizo un esfuerzo y le confió en voz baja lo que pensaba.

La reina escuchó con atención y, cuando él hubo terminado, no dijo nada, pensativa. Al punto asintió de forma pausada.

—Es posible que el delito que ha cometido vuestro primo quede impune, ya que a Dermond se le ha escapado el segundo rufián, que habría podido decirnos la verdad.

—El delito que ha cometido mi primo quedará impune de un modo u otro, pues donde no hay querella no hay sentencia —repuso él.

—Esa decisión os atañe sólo a vos. Pero al menos permitid que me ocupe de que recibáis el permiso de vuestro gremio y no tengáis que permanecer más tiempo en casa de vuestro primo.

Jonah la miró perplejo.

—¿Cómo... cómo vais a llevar eso a cabo?

La reina sonrió con aire misterioso.

—Vos dejadme hacer a mí.

Jonah apenas podía creer su suerte. De esa manera su gran sueño se vería cumplido. Y no en un futuro lejano, sino pronto. Le horrorizaba y ofendía sobremanera lo que Rupert le había intentado hacer, pero pesaba más la alegre emoción que le embargaba ante las perspectivas que se le brindaban de pronto.

Hincó una rodilla ante la reina.

—Mi señora, yo... no puedo expresar lo agradecido que os estoy. Sólo me sentiría mejor si supiera por qué queréis hacer esto por mí.

Ella lo miró a los ojos.

—Los motivos son tres, Jonah: primero, porque habéis sufrido una injusticia y necesitáis protección y ayuda. Segundo, porque gracias a vos he tenido una idea de la que espero obtener grandes cosas y de cuya trascendencia ni siquiera sois consciente. Y tercero... —Esbozó una sonrisa y de pronto pareció apocada—. Sabéis, una reina escucha muchos cumplidos y halagos de todos los que esperan obtener el favor del rey de ese modo. Pero no es habitual que alguien me mire como vos esta noche cuando llegué a la mesa.

Jonah clavó la vista en ella, atónito. El corazón se le salía por la boca.

Felipa le tendió una mano menuda y anillada.

—Levantaos, amigo mío. Id a dormir y cabalgad confiado a Norwich. Puedo contar con vos, ¿no es así? ¿Me aconsejaréis y ayudaréis a traer artesanos flamencos a Inglaterra?

Jonah tomó titubeante la mano que se le ofrecía y se la llevó un instante a la frente. Al punto se puso en pie y se inclinó.

—Sí, mi señora. Podéis contar conmigo. Buenas noches. Dios os guarde.

«Y Dios me asista —pensó—. Dios me asista, porque amo a la reina de Inglaterra.»

Londres,
agosto de 1331

El padre Gilbert había dado recado a Jonah de que ese día había de comparecer ante los superiores del gremio: el prohombre y los dos veedores. El cometido de estos últimos consistía principalmente en vigilar la debida práctica comercial de sus gremiales, así como el cumplimiento de los acuerdos relativos a los precios o la calidad. Pero también, en conjunción con Arthur Knolls, el prohombre del gremio, constituían el tribunal que tramitaba los asuntos y las reclamaciones internos.

El prohombre, que se hallaba sentado entre los dos veedores en la mesa elevada de la sala, entrelazó las manos en la mesa y se inclinó un poco hacia delante.

—Es hora de que te pronuncies, Jonah. ¿Es cierto lo que alega en tu contra maese Hillock? ¿Abandonaste su casa sin su permiso?

—Sí, señor.

Tragó saliva a duras penas. Se encontraba allí solo, como un pobre diablo, ante aquellos tres hombres venerables y la docena aproximadamente de miembros con librea de la mesa, que, sin embargo, sólo eran oyentes. Las mesas inferiores las ocupaban los restantes gremiales, que habían acudido a la reunión semanal, mas Jonah trataba por todos los medios de pasar por alto su presencia. En su opinión, los tres hombres que tenía delante ya eran suficientes. Al padre Gilbert, que había intentado permanecer junto a Jonah, le había señalado con amabilidad su sitio Adam Burnell.

La tarima sobre la cual se encontraba la mesa era tan alta que Jonah tenía que alzar la vista para verlos, aunque ellos estaban sentados y él de pie. Posiblemente la hubiesen erigido así adrede para imponer a los gremiales el debido respeto por los superiores. Jonah pugnaba por no dejarse intimidar. Sabía que si quería lograr su propósito debía decir algo más que «sí, señor» y «no, señor».

—A mi regreso de Norwich, fui a casa de mi maestro a llevarle las cuentas. Acto seguido abandoné su casa.

—¿Discutisteis por las cuentas? —preguntó el prohombre, que lucía una barba plateada.

—No, señor. A mi entender maese Hillock parecía satisfecho.

—Entonces, ¿qué tienes que aducir? —inquirió Burnell con brusquedad.

Jonah carraspeó nervioso.

—No... no puedo vivir más con él bajo el mismo techo.

Burnell bufó con desagrado, pero antes de que pudiera decir nada, Martin Greene, el segundo veedor, preguntó:

—¿Por qué no?

Jonah lo miró. Greene era un hombre bajo, con el cabello cano y una poderosa nariz aguileña. Hasta el momento se había limitado a escuchar, y la mirada de sus oscuros ojos pasaba veloz de un rostro a otro. Jonah era incapaz de encasillarlo.

El muchacho movió la cabeza desconcertado.

—A esa pregunta no puedo responder, señor. El padre Gilbert conoce y aprueba mis razones. Yo esperaba...

—De sobra sabemos de qué lado está el padre Gilbert en esta cuestión —lo interrumpió Burnell—. Pero ante nosotros no puedes esconderte tras él.

—Jonah —terció Arthur Knolls en voz especialmente baja—, has presentado una solicitud para que te sea rescindido tu contrato de aprendizaje antes de tiempo y ser admitido como miembro en este gremio; de ese modo serías el gremial más joven de nuestra historia. Tu pretensión es de todo punto insólita. Por otro lado, de todos es sabido que tu padre era un londinense libre y que, además, tu herencia te ha colocado en una situación asimismo insólita. Pero rehúsas prestar el servicio y la debida obediencia a tu maestro, lo cual constituye una grave violación de nuestras reglas que has de explicar. Para satisfacción nuestra, no del padre Gilbert.

Los veedores asintieron, y un murmullo de aprobación se extendió por la sala.

Jonah callaba. Había caído en una trampa: no podía formular una demanda contra Rupert porque no tenía la menor prueba de que su primo estuviese relacionado con el ataque en el bosque de Epping. Y, por tanto, comprendió, horrorizado, que lo mandarían de vuelta con Rupert. ¿Cuánto tardaría en ser víctima de un trágico y misterioso accidente en casa de los Hillock? La hercúlea fuerza de Rupert y la malicia de Elizabeth daban como resultado una alianza letal. Sabía que no podía hacer nada contra ellos.

–Esto es una pérdida de tiempo –rezongó Adam Burnell–. ¿Acaso vamos a liarnos la manta a la cabeza y admitir a un mocoso impertinente que no conoce el respeto? Una buena tunda es lo único que te mereces, patán. Puedes estar contento de que no seas mi aprendiz.

Jonah levantó la cabeza.

–Sí, señor, en efecto, ello me llena de inmenso alivio.

Fueron sobre todo los gremiales más jóvenes quienes parecieron reír, pero también Martin Greene se llevó deprisa la mano a la boca y se rascó la enorme nariz. Y antes de que su colega pudiera encolerizarse le preguntó a Jonah:

–¿Es eso cierto? ¿Sostienes que maese Hillock te ha golpeado de un modo desmedido?

Jonah enarcó las cejas.

–No estoy muy seguro de lo que significa «de un modo desmedido», pero no, creo que no.

–En tal caso, pongamos fin a esto –urgió Burnell–. Todos tenemos cosas mejores que hacer que ocuparnos de este desatino.

–Ten un poco de paciencia, Adam –pidió el prohombre–. No hay que olvidar que el joven Jonah cuenta con una intercesora y, además, le estamos agradecidos por el honor que confiere al gremio su contribución a las representaciones teatrales. Mas, dado que o bien no está dispuesto a aclararnos este asunto para satisfacción nuestra, o bien no se encuentra en situación de hacerlo, oiremos lo que tiene que decir al respecto maese Hillock. ¿Maese Hillock? ¿Os importaría adelantaros?

Jonah no se volvió, pero oyó los pesados pasos de su primo y lo vio detenerse a su lado por el rabillo del ojo. Se giró un instante y sus miradas se cruzaron. «Está ebrio», pensó Jonah. Inclinó la cabeza respetuosamente ante su maestro. Sólo Rupert vio su sonrisa desdeñosa.

–Vas a ver cuando vengas a casa, bastardo desvergonzado...

El prohombre carraspeó expresivamente.
—Maese Hillock, debo pediros que os moderéis. Haced el favor de decirnos, señor, por qué, según vos, Jonah abandonó vuestra casa y cree que no puede seguir viviendo con vos bajo el mismo techo.
Rupert alzó los macizos hombros.
—¿Acaso no es evidente? Se considera demasiado distinguido para seguir sirviéndome. Someterse nunca fue uno de sus fuertes, y desde que heredó estima que ya no es necesario.
—La recepción de la herencia se remonta a muchas semanas atrás, pero él abandonó vuestra casa después de volver de Norwich.
Rupert asintió.
—Así es, señor. Hizo algunos negocios por su cuenta en Norwich y ahora se considera un gran comerciante.
Arthur Knolls miró a Jonah.
—¿Es eso cierto? ¿Hiciste negocios propios?
—Sí, señor —admitió él—. Después de realizar los encargos de mi maestro.
—Mas sin duda sabrás que no puedes hacer negocios por tu cuenta.
—No en Londres, señor. Y no lo he hecho. Envié a hilar la lana a Surrey y sólo la venderé cuando se me autorice.
—Espero que para entonces la hayan devorado las polillas —espetó Rupert airado.
Arthur Knolls arrugó la frente con desagrado, pero no dijo nada. Fue Burnell quien preguntó:
—Maese Hillock, ¿apoyáis la solicitud de vuestro pariente de ser admitido de forma prematura en el gremio? ¿Creéis que ha llegado la hora de poner fin a su aprendizaje?
—De ningún modo, maese Burnell —replicó Rupert, y de repente pareció sorprendentemente sobrio. Hasta Jonah percibió lo sensata que sonaba su voz—. No tengo reparo en confirmar que ha aprendido mucho y tiene buena mano para los negocios. En efecto, sabe de lana y conoce las reglas del negocio, pero es un joven impetuoso y no está listo para asumir la responsabilidad que conlleva regentar un negocio propio y ser miembro de tan honorable comunidad. Dentro de dos años, cuando haya finalizado su período de aprendizaje, será un buen comerciante, estoy seguro. Pero ahora todavía no lo es.

Knolls y Burnell intercambiaron una mirada y afirmaron con la cabeza de un modo casi imperceptible. A continuación el prohombre miró a Jonah y dijo con amabilidad:

—Pensamos que tu maestro tiene razón. Eres demasiado joven, lo he dicho desde el principio. Ve a casa, aprende a obedecer y sirve a tu maestro con el debido cumplimiento del deber. Dentro de dos años hablaremos de nuevo. Y quítate el anillo del dedo: no tienes derecho a llevarlo.

Jonah bajó la cabeza y se miró el anillo del dedo corazón derecho. Era el anillo de su abuelo, el mismo que él entregó al padre Gilbert por orden de la anciana Cecilia el día de su muerte y que le correspondía en virtud del testamento. Se trataba de un sello en el cual se leía el lema del gremio en minúsculas y primorosas letras: «Sólo Dios es merecedor de fama y honor».

El muchacho se llevó la diestra a la boca despacio y se sacó el anillo con los dientes. Sintió una flojera en el estómago, poco menos que una suerte de mareo. Todo estaba perdido. No sabía qué había hecho mal, pero había perdido.

—¿Por qué haces eso? —inquirió Martin Greene de pronto.

Jonah alzó la cabeza.

—¿Señor?

—¿Por qué te quitas el anillo con los dientes?

—Ah..., me he roto el hombro izquierdo. Sana bien, mas aún tengo el brazo anquilosado.

Greene hizo un gesto de asentimiento.

—¿Cómo ocurrió?

Jonah refirió en dos frases el ataque del bosque de Epping.

Entre los pañeros se extendió un murmullo de indignación y asombro a un tiempo. Nadie había oído nada.

—Has tenido suerte de salir con vida —observó Greene.

—Sí, señor.

—¿Y no te robaron? —preguntó el veedor, extrañado.

Jonah sacudió la cabeza.

—Tuve suerte. En el bosque había una partida de caza que acudió en mi ayuda justo a tiempo.

Arthur Knolls sonrió.

—Sí, eso hemos oído. Mas los hombres del rey no apresaron al salteador, ¿no es así?

–Le dieron muerte a uno y el otro huyó. Uno de los caballeros lo persiguió, pero no dio con él. Supongo que porque buscó al norte del bosque. Posiblemente el ladrón fuera directo al sur, de vuelta a Londres.

Martin Greene levantó la vista.

–¿Por qué crees que eran de Londres?

Jonah se maldijo por su descuido y, cohibido, se pasó la lengua por los labios.

–Fue... la impresión que me dio, señor. –Y de repente comprendió por qué se la había dado entonces. Ahora que había llegado a esa conclusión era incapaz de entender por qué no se le había ocurrido antes–. Uno de ellos me resultaba familiar.

–¿Cómo es posible?

–El pasado invierno lo vi de cuando en cuando en la ciudad. El del garrote era el borracho que orinó al panadero en la picota. Jonah estaba completamente seguro.

Los tres superiores guardaron silencio, sorprendidos, y en las mesas de la sala se oyó un murmullo incómodo y un rozar de pies.

–Es muy extraño, en efecto.

Rupert apoyaba el peso ora en un pie, ora en el otro con impaciencia.

–¿Qué importancia tiene la procedencia de ese rufián? Jonah está sano y salvo y no le robaron nada.

–Pese a todo, al parecer vuestro aprendiz tiene enemigos en Londres, maese Hillock –apuntó Martin Greene, que inclinó la cabeza un tanto para mirar de hito en hito a Rupert y, con su poderosa nariz, parecía más que nunca un azor ávido de caza–. Deberíais vigilarlo bien.

–Sí, sí –gruñó enojado Rupert–. Perded cuidado, maese Greene.

Y agarró con fuerza a Jonah por el brazo y le dio media vuelta. Era el brazo izquierdo, y la clavícula, apenas sanada, protestó. Jonah se zafó instintivamente y retrocedió ante su primo.

Los gremiales, incluidas las escasas mujeres, siguieron la escena con rostro grave. El padre Gilbert se levantó inseguro de su asiento en un extremo de la mesa.

–Un momento, maese Hillock –pidió Martin Greene con gran amabilidad.

Su colega y el prohombre lo miraron expectantes. Lo conocían lo suficiente para saber que, cuando se conducía con tanta amabilidad, Greene se olía una infamia, y dado que era el mejor veedor que habían tenido nunca, no se inmiscuyeron hasta saber adónde quería ir a parar.

Rupert se volvió con el ceño fruncido.

–¿Y ahora qué ocurre?

–Disculpadme, señor, pero me da que subestimáis la gravedad de la situación. Vuestro aprendiz y protegido ha heredado una fortuna que es lo bastante cuantiosa como para ponerlo en peligro. Me sentiría mejor si nos garantizaseis que velaréis atentamente por su seguridad.

–Así lo haré –refunfuñó Rupert con aire siniestro–. Podéis estar seguro.

–En tal caso, estaréis dispuesto a prestar juramento a ese respecto, ¿no es así? –inquirió Greene.

Jonah observaba nervioso al uno y al otro. Cuando la mirada de Greene descansó en él, el muchacho movió apenas la cabeza, mas el gremial se limitó a sonreír y prosiguió:

–Sólo como gesto de que, después de vuestra desavenencia, seguís reconociendo el mutuo compromiso. Estoy convencido de que Jonah está dispuesto a prestar el correspondiente juramento.

–¿Qué diantre significa esto? –preguntó Rupert con suspicacia.

–Os exhorto una vez más a que os moderéis, maese Hillock –medió el prohombre–. En esta sala no se impreca.

Rupert casi no lo oyó. Miraba con fijeza a Greene, el cual lo observaba con la mayor serenidad.

–¿Puede alguien procurarnos una Biblia? –pidió el veedor a los allí reunidos–. Rupert Hillock y su renuente aprendiz prestarán juramento ante nosotros. El joven Jonah jurará que a partir de este momento obedecerá como debe a su maestro y lo servirá con humildad hasta que finalice su aprendizaje, y el maestro Hillock jurará que hará cuanto esté en su poder para velar a partir de ahora por el bienestar de su aprendiz. Y jurará que así lo ha hecho en el pasado.

Rupert abrió la boca, y Jonah se planteó si alguien además de él veía las finas gotas de sudor que perlaban el labio superior de su primo.

–¡Eso es ridículo! –exclamó–. Este patán rebelde no me ha dado más que disgustos desde el primer día, y a pesar de todo siempre he cumplido fielmente con mis obligaciones de maestro para con él. Ha comido en mi mesa y me he ocupado de él año tras año como un hermano, aun cuando es la deshonra de mi familia, el hijo de una ramera y un inútil.

Jonah se hallaba junto a Rupert, los dientes apretados con fuerza, y lo miraba con los ojos entrecerrados. Sus brazos colgaban falsamente inofensivos, las manos cerradas en sendos puños, pero sentía el puñal en el cinto como si le quemara la cadera. «Vuelve a mentar a mi madre y en la sala correrá la sangre –pensó–, la tuya o la mía...»

Se obligó a respirar tranquilo y se volvió despacio a la mesa principal.

–Protesto contra este ultraje.

Arthur Knolls asintió.

–El chico tiene razón, maese Hillock, y mi paciencia con vos se ha agotado. Ya os he conminado dos veces a que escojáis las palabras con más tino. Os impongo una multa de diez chelines por vuestra irrespetuosa conducta en esta sala y os insto a prestar el juramento que solicita maese Greene.

Elia Stephens, el joven gremial que en Navidad tratara por todos los medios de incitar a Jonah a la bebida, regresó con la Biblia del padre Gilbert de la cercana iglesia de San Lorenzo.

–Tomad, señor.

Y, con una respetuosa reverencia ante el prohombre, la dejó sobre la mesa.

–Hazlo de una vez, Rupert –gritó una voz de mujer desde el fondo de la sala–. Tenemos otros asuntos que tratar y pronto oscurecerá. Por mi parte estimo que son más importantes las nuevas disposiciones en lo referente a los precios.

Aquí y allá se alzaron voces de aprobación, y Arthur Knolls levantó imperioso la mano.

–¡Silencio, por favor!

Rupert miró la mesa con cara de angustia. Ni siquiera Adam Burnell, que había estado de su parte, quería mirarlo más a los ojos. Sin decir más, Rupert dio media vuelta, se dirigió a la puerta dando zancadas no del todo en línea recta y abandonó la sala.

Se instaló un silencio incómodo, repleto de preguntas no formuladas. Jonah estaba completamente quieto, mirándose las puntas de los pies y deseando hallarse a leguas de distancia, de manera que no vio las miradas que intercambiaron Arthur Knolls y los dos veedores.

—Creo que la situación ha cambiado de forma sustancial y no vamos a necesitar la Biblia —dijo circunspecto el prohombre—. ¿Os importaría adelantaros de nuevo, maese Hillock?

Con cierto retardo Jonah comprendió que se refería a él. Dio un paso adelante y repuso con timidez:

—Durham, con vuestro permiso, señor. Me llamo Jonah Durham.

Knolls asintió.

—Habida cuenta de la situación que acaba de plantearse, estamos dispuestos a acceder a vuestra inusual petición. Quedáis libre de prestar servicio a Rupert Hillock y en adelante podéis ejercer de pañero por cuenta propia dentro de los muros de la ciudad de Londres. A pesar de vuestra juventud, seréis bienvenido como miembro del gremio siempre y cuando uno de los miembros con librea esté dispuesto a apadrinaros hasta que cumpláis veintiún años.

El corazón de Jonah, que hasta un momento antes daba tremendos saltos de alegría, se hundió de pronto como una piedra. Ninguno de los miembros con librea se apresuró a aceptar tan dudoso honor, y Jonah comprendió su titubeo. Conocía su fama, y esa tarde Dios sabía que no había mostrado su mejor cara.

Martin Greene se echó un tanto hacia delante.

—Yo lo haré —se ofreció. La nariz de ave rapaz señaló directamente a Jonah, y los oscuros ojos del veedor parecieron chispear traviesos—. Ya he despachado a otros —añadió optimista.

La risa resonó en la sala, y también Jonah sonrió abiertamente.

—Gracias, señor.

Greene asintió.

—Venid el domingo por la tarde a mi casa a cenar. La señora Greene se alegrará de alimentar a un saco de huesos como vos. Y ahora poned la mano en la Biblia.

Jonah prestó el juramento que Arthur Knolls le hizo repetir. Prometió obedecer fielmente las leyes del gremio, ser un comerciante honrado, no deshonrar su oficio y servir en todo momento y en todo punto con lealtad y sumisión al rey de Inglaterra, y puso por testigo a la Virgen María, pues era la patrona del gremio.

Cuando el solemne acto concluyó, Knolls y Greene lo felicitaron con cordialidad, Burnell y los demás miembros con librea lo hicieron con reserva, y algún que otro gremial le estrechó la mano y le dio la bienvenida.

Finalmente todos lo dejaron y él se sentó aliviado junto al padre Gilbert, el cual, con semblante preocupado, le dio unas palmaditas en la espalda en señal de aprobación. Después Jonah escuchó con atención las demás quejas y disputas que se dirimieron ante los superiores del gremio y el debate que siguió a continuación sobre los pros y los contras de una reducción general de los precios, así como la espinosa cuestión de si la justa que pretendía celebrar el rey sería una maldición o una bendición para la ciudad y si había alguna manera de impedirla.

Cuando la reunión se disolvió, la oscuridad casi era total, y la campana de Saint Martin-le-Grand sonó anunciando el cierre de las puertas de la ciudad y el inicio de la noche.

Los gremiales se despidieron ante la casa murmurando.

Elia Stephens apoyó brevemente la mano en el brazo de Jonah.

–¿Necesitas cama? Siempre serás bienvenido en mi casa.

A Jonah le sorprendió la amabilidad que de súbito le dispensaban. Mas sacudió la cabeza.

–No, gracias. En mi casa aún no hay muebles, pero creo que es hora de que me mude a ella.

–En Ropery, ¿no? –preguntó Elia–. Entonces vamos en la misma dirección.

Jonah se despidió apresuradamente del padre Gilbert, que lo había alojado las últimas noches, y enfiló las oscuras calles con Elia.

–¿Vas a abrir un comercio? –inquirió el gremial.

El muchacho, que, ensimismado, le daba vueltas con los dedos de la siniestra al anillo que volvía a lucir, negó despacio con la cabeza.

–No creo que sea mi punto fuerte.

–¿Entonces? –Elia lo miraba de reojo con curiosidad–. ¿Qué planes tienes?

«Ser proveedor de la corte y poner a los pies de la reina los paños más nobles de los más remotos rincones del mundo», pensó, si bien se encogió de hombros y repuso:

–Tengo buenas relaciones con algunos sastres. Creo que empezaré con ellos.

Elia asintió meditabundo y se detuvo cuando llegaron a una pequeña casa de Drapers Lane. Señaló la ventana iluminada que se veía junto a la puerta.

–Mi esposa me espera en la tienda. Al parecer la tarde no ha terminado.

–¿Estás casado? –inquirió Jonah desconcertado, pues no sabía nada.

–Hum. Desde hace dos semanas.

Jonah esbozó una sonrisa.

–Enhorabuena, Elia.

El recién casado sonrió orgulloso.

–Gracias. –De súbito su rostro recobró la seriedad–. Pese a ello, no molestarías, ¿sabes? Por si cambiaras de opinión.

–No, gracias, de veras. La cabeza me da vueltas y quiero estar solo.

–¿Me puedes contar qué pasó exactamente en el bosque de Epping? –se interesó Elia–. ¿Y qué opinas al respecto?

–No, mejor será que no.

Elia sonrió, inseguro.

–Entonces no insistiré, pero ten cuidado, Jonah, ¿eh?

–Claro. Buenas noches, Elia. Venga, ve, no hagas esperar más a tu esposa.

De camino a Ropery volvió la cabeza nervioso varias veces, mas no descubrió ninguna sombra delatora que le siguiera los pasos. Se tachó de necio, abrió la pequeña puerta que daba al patio interior de su casa, cruzó el umbral y echó la llave.

El abandonado patio se hallaba sumido en las sombras. La última luz del día se había desvanecido durante su regreso, la oscuridad ocultaba los descuidados bancales y las pulverulentas superficies y se remansaba en los rincones, arrojando extrañas sombras de aire amenazador. Jonah se dirigió a la derecha y buscó a tientas la puerta con cuidado. No llevaba encima ni velas ni pedernal. ¿Por qué no se le habría ocurrido? ¿Y si se caía escalera abajo y se partía la crisma? En tal caso su carrera posiblemente pasara a los anales como la más corta de la historia del gremio de pañeros...

La puerta, que no se hallaba cerrada con llave, daba a una pequeña antesala de la que salía la escalera que subía a la sala. A mano derecha quedaba una despensa que hacía años que no albergaba jamones, embutidos y barriles de grano. Al débil resplandor de la luna que entraba por el ventanuco recorrió a tientas la habitación, se dejó caer al suelo resbalando por la pared, estiró las largas piernas y cruzó los pies.

–Jonah Durham, pañero –musitó, para oír cómo sonaba. Pañero por la gracia de Felipa. O por la de Rupert, el muy mentecato. El pañero más joven e inexperto de los pañeros londinenses de todos los tiempos, con una fortuna de cuatrocientas libras que, gracias a su inexperiencia, posiblemente perdiera en una brevedad nunca vista. Y, entonces, ¿qué, Jonah? ¿Qué será de ti si fracasas en este empeño? En verdad no lo sabía, y tampoco tenía sentido devanarse los sesos con ello. Había conseguido lo que quería, eso era lo único que contaba. Allí estaba, sentado sin luz ni muebles y, por añadidura, hambriento, en aquella despensa llena de polvo, pero la casa era suya. Poseía bastante dinero para equiparla y hacerse con un cupo de género de primera. Al día siguiente iría a ver a maese Holt, uno de los sastres que siempre le había comprado a Rupert, y se ganaría a su primer cliente encargándole un nuevo guardarropa. Y si hacía buenos negocios, se compraría un caballo y aprendería a montar como era debido. Tal vez un día incluso fuera dueño de un barco y comerciara regularmente con las ciudades hanseáticas. Podía hacer cuanto quisiera: era libre.

Y lo bastante sincero para reconocer que no sólo era libre, sino que además estaba solo como la una. Pero no por ello pensaba echarse a llorar en aquel polvoriento y duro suelo de madera. Estar solo no le resultaba duro ni tampoco extraño. Acababa de llegar a la satisfactoria conclusión de que no estaba asustado cuando un ruido lo sobresaltó.

Levantó la cabeza y aguzó el oído.

Ahí estaba otra vez: un escarbar, un crujido furtivo en el patio. Su respiración se aceleró. Allí fuera había alguien. Rupert lo había seguido o le había echado encima a un nuevo sicario.

De nuevo silencio. Jonah permanecía inmóvil. La quietud se le antojaba engañosa, y la oscuridad traidora.

El crujido de la puerta no fue más que un susurro, casi se perdió en el suave murmullo del viento y los ruidos nocturnos de la gran ciudad. Pero Jonah lo había oído: alguien había entrado subrepticiamente en la casa.

El corazón aporreaba en su pecho, y ahora sí tenía miedo y miraba a su alrededor en busca de una vía de escape. Pero había caído en una trampa: la habitación no tenía una segunda puerta, y la ventana era demasiado angosta para salir por ella.

Se puso en pie sin hacer ruido y sacó el puñal.

–¿Quién anda ahí? –Trató de conferir firmeza a su voz, pero él mismo oyó cuán cascada sonaba–. ¡Date a conocer! –exigió enfadado.

Un gemido esquivo lo hizo estremecer. Entonces vio brillar en la oscuridad unos ojos ambarinos.

Rió y soltó un silbido, aliviado. Volvió a sentarse en el suelo, dejó el puñal a un lado y extendió la mano.

–Ven aquí, trotamundos. Estate tranquilo, no voy a hacerte nada.

Se oyó un ronroneo agudo que fue subiendo de tono a medida que se acercaban las aterciopeladas patas. Jonah notó un suave pelaje bajo la diestra extendida. Palpó una pequeña y sedosa cabeza de gato, le acarició con delicadeza las orejas y rió de nuevo. El alivio casi le dio vértigo.

–Me alegro de que hayas venido. Me sentía un poco solo.

Despertó cuando la primera luz rosada del día se coló por la ventana, y comprobó que su cuadrúpedo compañero era un pequeño gato atigrado de pelaje rojizo. El animalito estaba esquelético y salió pitando con un bufido cuando los movimientos de Jonah lo despertaron.

–Shhh. No hay razón para escapar.

Su voz pareció calmar al gato, que ronroneó con timidez, se acercó y arqueó el lomo. Jonah lo acarició un instante y luego se levantó para ir en busca de algo que desayunar para ambos. Cuanto antes empezara el día, tanto mejor. Tenía cientos de cosas que hacer.

Ropery era un barrio a orillas del río que en su día habitaron los cordeleros, de los cuales tomaba su nombre, aunque hacía tiempo que éstos se habían ido a vivir a otros barrios. Comerciantes pudientes e incluso inmensamente ricos habían adquirido los codiciados terrenos y conservaban sus propios embarcaderos para cargar y descargar los barcos que transportaban sus mercancías. También el alargado terreno de Jonah limitaba por su lado sur con el Támesis, si bien un alto muro impedía ver el río y acceder a él. Su propio embarcadero, en caso de que llegara a existir, se hallaba aún en un futuro lejano. Si uno se situaba de espaldas al muro, a mano derecha quedaba un almacén de una planta con despacho, a la izquierda se encontraba la casa de dos plantas, y enfrente el muro con la amplia puerta de dos hojas que daba a la calle, la cual, para mayor sencillez, también se llamaba Ropery. Jonah atravesó el patio, cubierto de maleza, que tendría unas quince yardas de ancho, pero más de cuarenta de largo, salió por la portezuela y se vio inmerso en el denso tránsito matutino. Era la hora que marcaba el inicio de la jornada: las criadas atizaban la lumbre u ordeñaban las vacas en el establo, el ama de casa despertaba a los niños, y pronto todos se reunirían delante de la primera comida del día antes de que el señor de la casa empezara a trabajar con sus oficiales y aprendices y los niños acudieran a la escuela.

Todas las panaderías, verdulerías y carnicerías se encontraban en Cheapside, mas Jonah no tuvo que ir hasta allí para proveerse de lo imprescindible. Dio una larga vuelta de reconocimiento por el barrio y a su regreso vio ya a numerosos aprendices con cestas y carretillas que se dirigían a entregar su género. Jonah compró un pan y una jarra de cerveza para él y un cuartillo de leche para el gato.

Apenas terminaron su desayuno en armonía se presentó un criado de Martin Greene, veedor del gremio y ahora padrino de Jonah, para informarle de que el pollero Robert atte Hille había fallecido hacía dos días viudo y sin hijos e iban a subastar ya mismo sus enseres. Jonah le dio un penique al criado y corrió a la casa del pobre hombre al que nadie lloraría. Dos horas después era dueño no sólo de muebles, platos, vasos, jarras, pucheros, candeleros, braseros y ropa blanca para equipar su casa magníficamente, sino también de las más exquisitas cubiertas de plumón y almohadas de plumas que uno pudiera imaginar. Y todo ello no le había costado ni treinta libras. Arrendó un carro para llevar sus enseres a Ropery lo antes posible y emprendió la vuelta sintiéndose en extremo satisfecho. Poco después de llegar apareció un aprendiz de Elia Stephens para preguntar si Jonah quería incorporarse con su maestro a la guardia de la ciudad, pues Elia lo arreglaría con gusto. Y al poco la señora Cross, una gremial de East Cheap, le envió recado de que conocía a un joven matrimonio, un galés capaz y su esposa inglesa, en caso de que Jonah necesitase a alguien que cocinara para él y le ayudara en la casa y el negocio. Jonah estaba impresionado. Sabía que los miembros del gremio se apoyaban y se echaban una mano, pero no imaginaba hasta qué punto.

–Comprobarás hasta qué punto cuando les quites por vez primera a un cliente –vaticinó el padre Gilbert, que acudió a visitarlo por la tarde y fue testigo de cómo erigían la enorme cama con las colgaduras color violeta en la alcoba de Jonah.

Éste lo hizo pasar a la sala, todavía desamueblada.

–Eso ya lo he hecho –confesó Jonah.

Gilbert esbozó una sonrisa cómplice.

–A ver si lo adivino: la víctima fue Rupert.

–Así es. Me pasé a ver a tres sastres. Dos me están confeccionando nuevos jubones, sobrecota, calzas y demás prendas, y el tercero una capa.

–Cuán modesto... –farfulló el sacerdote.

–Ya os dije que era vanidoso.

–Sí, lo recuerdo. ¿Y los has convencido de que a partir de ahora compren el paño a través de ti?

El muchacho afirmó con la cabeza.

–Al menos siempre que se trate de buen paño: lana de Salisbury, Flandes e Italia. También probaré suerte con el buen lino y la seda. El género barato y de menor calidad se lo dejaré gustosamente a Rupert.

El padre Gilbert abrió los ojos de par en par.

–Pero ¿dónde esperas hallar la clientela para tan costoso género?

Jonah, risueño, no respondió.

–¿En la corte? –aventuró Gilbert–. Yo de ti no levantaría un almacén muy grande de telas caras con la esperanza de que el rey y los suyos se acuerden del pequeño incidente del bosque de Epping y de ti. No pretendo ofenderte, Jonah, pero será mejor que te hagas a la idea de que te han olvidado hace tiempo.

Él no repuso en el acto. No era en el rey en quien pensaba, sino en Felipa. Esperaba fervientemente que la reina no se hubiese olvidado de él sin más después de cumplir su promesa.

—Por el momento me ceñiré a mis sastres —dijo al cabo.
Gilbert asintió, satisfecho.
—No me cabe duda de que lo harás bien. Di, Jonah, ¿puedo seguir contando con tu participación en las funciones navideñas ahora que eres un respetable comerciante?
Él se echó a reír.
—Pues claro, padre. Y si llego a ser veedor o regidor también podréis contar conmigo.

También Martin Greene se interesó por sus intenciones comerciales el domingo siguiente.
—No abandonéis lo que empezó vuestra abuela, Jonah —le aconsejó—. Comerciar con género barato tarado es muy lucrativo si se hace a lo grande.

El muchacho asintió, convencido, y escuchó con atención cuando Greene le dio unos cuantos ejemplos. Sabía que aún tenía mucho que aprender, y sin duda Greene era un modelo de mucha más valía que Rupert Hillock.

Jonah había ido a casa del veedor por la tarde y le había abierto la puerta el joven criado que acudiera a verlo a mediados de la semana. Nunca antes había visto por dentro una casa tan lujosa. Se le antojó un lujo casi pecaminoso, más propio de un noble que de un comerciante.

Greene lo saludó a la entrada de la sala y le presentó a su familia.
—Maese Durham, mi esposa Agnes, lady Greene.

Jonah hizo una amplia reverencia. Sabía que Greene había sido elegido varias veces regidor, así pues había formado parte del concejo de su distrito, Cordwainer, de manera que su esposa tenía derecho a ostentar el antedicho título. Sin embargo, era la primera vez en su vida que a Jonah le presentaban a una lady. Era una mujer bella y delicada que frisaba la cuarentena y lucía un sencillo, mas elegante vestido, y le dio la bienvenida a Jonah cordialmente, si bien con formalidad. Tenían dos hijos, Adam y Daniel, a los que Jonah conocía de la cofradía de aprendices, y tres hijas. Anne, que tendría unos ocho años, y Kate, la benjamina, abandonaron la estancia obedientes con el ama de cría después de saludarlo.

—Y ésta es nuestra Bernice —anunció por último Greene con abierto orgullo, empujando un tanto a su hija mayor.

Bernice era una muchacha de unos trece o catorce años con rizos color nogal y un rostro verdaderamente bello siempre que no sonriera y dejara a la vista sus enormes y prominentes dientes de conejo. Se inclinó con elegancia y miró un instante a Jonah a los ojos antes de bajar la vista.

Jonah se sintió en extremo incómodo cuando cayó en la cuenta de lo que se urdía allí. Era consciente de que ahora constituía un buen partido, y se preguntó con espanto si Martin Greene se habría mostrado tan dispuesto a ser su padrino por ese motivo mientras los demás vacilaban. Mas ocultó su perplejidad, saludó a Bernice haciendo una galante reverencia y tomó asiento junto a su hermano Adam, allí donde le indicó lady Greene.

La mesa de Martin Greene era considerablemente más refinada que la de la sala de Rupert Hillock, pero allí no estaba mal visto hablar.

Lady Greene se volvió sonriente a Jonah.

—Debéis perdonarnos, maese Durham, somos una familia locuaz, y al cabo de una semana siempre tenemos numerosas novedades que intercambiar.

Jonah observó con una admiración no exenta de cierta envidia la armonía y la alegría que reinaban allí, lo unida que estaba esa familia.

—Tanto más generoso es por vuestra parte invitarme a una comida familiar tan íntima, lady Greene —replicó él.

Ella le restó importancia al gesto.

—¡Quia!, íntima no lo es nunca. Los domingos siempre tenemos la casa llena de invitados, es pura casualidad que hoy seáis vos el único. Mas espero que en el futuro nos visitéis con frecuencia, maese Durham.

—Lady Greene tiene toda la razón, deberíamos instituir esta comida dominical. Conoceréis a mucha gente que os puede ser de provecho. La próxima vez venid una hora antes y trataremos lo tocante a la regulación de las cuestiones comerciales.

Jonah asintió.

—Muchas gracias, señor.

Después de una cena que a Jonah le pareció casi excesivamente ceremoniosa, y sin embargo fue una de las más alegres de su vida, Greene lo llevó a su despacho, que se hallaba en un corredor situado detrás de la sala, y le aclaró cómo debía ser su relación comercial.

–Deberéis comunicarme toda inversión superior a diez libras, y sólo podréis llevarla a cabo una vez haya dado mi consentimiento.

El muchacho se asustó.

–Me temo que ya he contravenido esa norma.

Greene arrugó la frente.

–No perdéis el tiempo, ¿eh? ¿Qué habéis hecho?

Jonah informó de que había pedido y pagado una cantidad mayor de lana roja en Salisbury.

–¿Qué diantre pretendéis hacer con cinco balas? –inquirió el veedor, horrorizado.

–Ya están vendidas, señor. El concejo le ha adjudicado al sastre Graham la confección de las capas rojas para el desfile anual del alcalde. Yo me encontraba en su casa por casualidad cuando recibió la nueva y no sé muy bien cómo ocurrió...

Greene rió con suavidad.

–¿Os concedió la encomienda? Me parece que habéis nacido de pie, muchacho. Espero que hayáis tomado en consideración que existen acuerdos sobre los precios a los que hemos de atenernos, por duro que a veces nos pueda resultar.

–Oh, sí, señor. No obstante, la reducción de precios que acordó el gremio la pasada semana entra en vigor el primero de septiembre. Dado que el género será suministrado con posterioridad a esa fecha, lo he tenido en cuenta.

Greene asintió despacio.

–Retiro lo de nacer de pie: sois sencillamente un comerciante avispado.

–Gracias, señor. ¿Deseáis que os muestre los libros la semana que viene?

–No, no será necesario. Les echaré un vistazo de cuando en cuando para hacerme una idea de hacia dónde os encamináis, pero no veo motivo para controlaros. Asumiré que sois un hombre de honor hasta que me demostréis lo contrario.

Jonah bajó la mirada y asintió en silencio. Era tímido y no estaba acostumbrado a tanta amabilidad. No sabía a ciencia cierta cómo reaccionar, cómo demostrar su agradecimiento de la manera adecuada.

Greene advirtió su desazón y cambió de tema.

—Espero que esta pregunta no os parezca impertinente o indiscreta, pero ¿dónde guardáis el dinero que os legó vuestra abuela?

—Por el momento sigue en casa del padre Gilbert, que lo ha escondido en un lugar seguro en la sacristía, pero he ido a ver a un carpintero y le he encargado un arca de roble con charnelas y cerradura de hierro. La colocaré en mi alcoba, que asimismo se puede cerrar con llave.

El veedor hizo una señal de aprobación.

—Así lo guardo yo desde siempre. Espero que hayáis sido previsor y hayáis encargado una gran arca. La confianza, mi joven amigo, es casi tan importante como el talento comercial.

Jonah se encogió brevemente de hombros.

—Me temo que la confianza no es muy propia de mi naturaleza, señor.

Greene lo observó un instante con atención.

—¿Por qué no? Justo ahora tendríais sobrados motivos para tenerla. Una fortuna y una casa en un barrio decente os han llovido del cielo, ¿a quién le ha sido dado eso? Y habéis sabido ver vuestra oportunidad y habéis luchado por sacarle partido. Ésos son ya muchos requisitos prometedores. ¿O acaso os llevan recriminando tanto tiempo que sois un gruñón y un soñador loco que habéis acabado por creerlo?

Fue la primera vez, pero en modo alguno la última, que Martin Greene lo sorprendió con su inusitada perspicacia.

—No. —¿Aunque quién, salvo un soñador loco, se enamoraría de la reina?—. No, creo que no, señor. Y mi falta de confianza tal vez la supla con ambición.

Greene asintió meditabundo.

—Tampoco eso viene mal, siempre y cuando no os domine. A un comerciante no siempre le resulta sencillo ser un buen cristiano, ¿sabéis? Menos todavía a un comerciante con talento.

Jonah lo miró con curiosidad.

—No estoy seguro de saber a qué os referís.

Su padrino le tendió un magnífico vaso de plata que contenía un vino borgoñón de un rojo subido.

—El padre Gilbert dijo una vez que Dios ideó el purgatorio expresamente para los mercaderes, para que no fuesen todos al infierno y abrieran un próspero negocio de pedernal y azufre. Y tenía razón. Aumentar nuestras ganancias es todo nuestro afán. No siempre resulta fácil hacerlo de forma honrada, como pronto comprobaréis. Limosna y caridad no son inversiones rentables, razón por la cual a algunos de nosotros cumplir con ambas cosas nos cuesta más de lo debido.

—Pero muchos gremiales me han ofrecido su ayuda —objetó Jonah—. De forma desinteresada, sólo por ser amables.

El veedor asintió con una sonrisa triste.

—Eso no es muy difícil, ya que no cuesta nada.

El muchacho guardó silencio. El cinismo de Greene le extrañó y sorprendió, y éste desechó la idea exhalando un suave suspiro.

—No me entendáis mal. En el gremio hay mucha gente buena, pero la codicia es un pecado capital, y todos nosotros corremos siempre el riesgo de ser víctimas de él. El domingo pasado sin ir más lejos vino a mi casa un invitado que estaba completamente dominado por ella. Fue algo terrible de ver. No era londinense —se apresuró a añadir, casi un tanto aliviado.

A Jonah le picó la curiosidad.

—¿A quién os referís?

—A William de la Pole.

El joven comerciante movió la cabeza.

—No he oído hablar de él.

—Es un lanero de Hull, en Yorkshire, y probablemente sea más rico que todos los comerciantes de Londres juntos. Pero cuando pienso en lo mal que pinta su salvación no me gustaría estar en su lugar. Dicen que suele acudir de invitado a la corte y que hace lo posible por incitar al rey a que entre en guerra con Escocia, y es posible que lo logre más tarde o más temprano. Creedme, Jonah, William de la Pole es un hombre que dará mucho que hablar. Quién sabe, quizá más de lo que querríamos.

Londres,
septiembre de 1331

Una tormenta tan violenta azotaba la ciudad cuando empezaron los dolores que Annot no pudo por menos de preguntarse si Dios no querría expresar su disgusto hacia aquel hijo engendrado en pecado.

–Virgen santísima, menudo tiempecito –musitó Lilian, mientras también ella miraba intranquila cómo golpeteaban los postigos con la fuerza del viento–. Aúlla como una furia.

Annot se distendió cuando el dolor remitió un tanto y se recostó de nuevo en las almohadas.

–No es noche para la clientela.

Lilian le secó la frente con un paño húmedo.

–No. Tal vez sea mejor así. Pero no tengas miedo, la partera vendrá haga el tiempo que haga. Cupido ha ido a buscarla, estará aquí de un momento a otro.

Annot asintió agradecida, pero a pesar de todo tenía miedo. Vivía en aquella casa desde hacía más de tres meses y había presenciado tres nacimientos, pues un percance como el suyo no era nada insólito en aquel círculo. Dos de las parturientas se habían pasado la noche entera gritando de tal modo que a una se le helaba la sangre en las venas. A la tercera no se le había oído gran cosa, y había muerto una soleada y bochornosa mañana de agosto.

Lilian escurrió el paño y se sentó en el borde de la cama.

–Todo irá bien, Annot, créeme. Yo he pasado por esto y sé cómo te sientes, pero estás sana y eres joven.

Aquello no significaba nada, pensó Annot, mas se lo calló. Sabía que su amiga lo decía con buena intención.

El mismo día que Annot se instaló en su nueva y espaciosa habitación y se hundió en la cama chillando Lilian irrumpió dispuesta a cuidar de ella. Afirmaba de sí misma que era una ramera nata. Adoraba esa vida. Al cabo de dos años en aquella casa lo había visto todo, vivido todo, y permitió generosamente que Annot participara de su experiencia. Le enseñó cosas de las que ella no había oído hablar, sobre higiene corporal y cómo protegerse de enfermedades, sobre ropa, afeites, cuidados de la piel y el cabello y, sobre todo, cosas acerca de los hombres. Lilian idolatraba a los hombres, los amaba en general y sin excepciones hasta que alguno le daba motivos para no hacerlo, pero no los tomaba ni por asomo en serio. Por qué no era algo que Annot tuviera ganas de saber. Y Lilian le contaba historias que ocurrían tras los cortinajes echados de las camas, historias que en un principio escandalizaron a Annot y al final, cuanto más se acostumbraba al ambiente de la casa, la divirtieron. Lilian también le demostró una profunda compasión no por haber sido forzada y preñada por un fortachón desconsiderado y borracho –Dios sabía que eso no era nada del otro mundo–, sino porque había un hombre al que Annot había amado y perdido.

–Háblame de tu aprendiz de comerciante –la instó cuando apretó los puños de nuevo y gimió con suavidad.

La aludida sonrió a duras penas.

–Pero si ya lo sabes todo –repuso sin aliento.

Lilian agarró una de las heladas manos.

–Respira hondo, así estarás bien. –Y acto seguido retomó el tema–. Antes o después vendrá. Todos vienen antes o después, ¿sabes? Sobre todo los jóvenes. Los solteros e incluso los recién casados que esperan un hijo. Claro está que también se dejan caer por aquí los vejetes barbicanos y barrigudos a los que les resulta más fácil pagar nuestros exorbitantes precios, mas también los jóvenes vienen aun cuando no pueden permitírselo. La sangre hierve en sus venas, sencillamente no pueden evitarlo. Y cuando han estado aquí una vez, siempre repiten. No te puedes creer cuántos pañeros vienen.

–Preferiría morir a ver aquí a Jonah.

Lilian desoyó su respuesta con impaciencia.

–Siempre estás diciendo esas cosas, «preferiría morir». Menudo desatino. Espera a que se presente. Si te las sabes arreglar, pasará la noche entera contigo y repetirá la siguiente. Será como siempre has querido, sólo que no tendrás que lavarle la ropa ni preparar la comida. Y tampoco podrá pegarte, a no ser que pague aparte, y así al menos sacarás algo...

Annot sintió que volvían los dolores y no fue capaz de seguir la discusión. Pocos minutos después llegó la partera, una cuarentona con el cabello negro, largo y suelto que inspiró confianza en el acto a la parturienta.

La partera apoyó las manos en el abultado y tenso vientre y palpó con cuidado.

–¿El primero?

Annot asintió.

–¿Llega a su debido tiempo? –fue su segunda pregunta.

Annot la miró confusa, mas Lilian, que conocía la historia de su embarazo, negó con la cabeza.

–Alrededor de un mes antes –explicó.

La partera enarcó las cejas.

–¿Y así y todo está tan abultado?

–Entonces reza para que no sean dos, niña...

Sólo nació uno, y la cosa tampoco fue tan mal como Annot se temía. Tal vez su parto fuese más fácil que el de las otras muchachas –después de todo presumiblemente trajera al mundo a un niño más pequeño– o tal vez supiera aguantar más el dolor. En cualquier caso, no desquició a la casa entera con sus gritos. Luchó encarnizadamente cuatro horas, y cuando creía que había llegado al borde del agotamiento trajo al mundo al hijo de Rupert Hillock.

–¿Qué es? –quiso saber.

Nadie le respondió.

Al cabo de un momento Annot levantó la cabeza y vio a Lilian y a la partera inclinadas sobre el arca que había junto a la ventana. De repente había un silencio inquietante. El recién nacido, que poco antes berreaba enérgica y vigorosamente, callaba.

–¿Ha muerto? –preguntó la muchacha, angustiada.

–No –replicó la partera sin volverse–. Es un chico, niña.

–Dámelo.

Lilian se acercó a la cama, se sentó con Annot y le cogió la mano.

–Patalea y respira, pero algo no va bien.

Annot liberó la mano.

—¡Dadme a mi hijo! Quiero verlo.

La partera le llevó al diminuto recién nacido y lo depositó en su vientre.

Annot lo vio en el acto: la cabeza era demasiado grande, y tenía el brazo izquierdo atrofiado. «Un engendro —pensó estremecida—. Mi hijo es deforme; posiblemente deficiente. —Lo miró horrorizada—. Para esto he sufrido, para esto he cargado con lo que ha pasado los últimos meses.»

Después la criatura se movió y alzó el brazo sano, tanteó el aire y no encontró lo que buscaba. Annot la agarró con cuidado y la acercó un tanto al pecho. El diminuto niño se puso a mamar en el acto.

Ella miró aquel rostro encendido de ojos achinados.

—¿Acogerán a un niño así en el convento del que habló lady Prescote? —inquirió.

La partera se aproximó a ella, cruzó los brazos y asintió.

—Pues claro. Todo es cuestión de dinero. Dime cómo quieres que se llame. En cuanto amanezca lo llevaré a Santa Margarita y lo haré bautizar.

—¿Y después? —preguntó la joven madre, aunque conocía la respuesta.

—Un ama de cría se encargará de él. Habría sido mejor que no le hubieses dado el pecho, niña, eso sólo complica las cosas. Pero, créeme, aquí no se puede quedar.

—No, lo sé. —La voz de Annot sonó ahogada. Miró afligida el deforme niño y se preguntó qué sería de él—. Pero quiero saber adónde lo van a llevar —aclaró, obstinada—. Y quiero verlo siempre que pueda.

—Así será. Ahora dime cómo se llama.

—Cecil.

Lo había decidido hacía tiempo. Era el nombre de su hermano preferido, y no veía motivo alguno para no ponérselo al niño sólo porque no fuera perfecto. Mirándolo de cerca su hermano pequeño tampoco lo era. Se llevaron al niño mientras ella dormía, y cuando despertó, lloró amargamente. No era capaz de considerar la cuestión con objetividad y sensatez y de hacerse a la idea de que aquello era lo mejor, la única solución viable. Lloró por su hijo, lo quería de vuelta, quería protegerlo de ese monstruo voraz que era el mundo. Por la mañana temprano entró la cocinera con un sustancioso caldo y unas horas más tarde Lilian fue a verla, pero Annot las despidió a ambas. No quería ni sopa ni consuelo. Se abandonó sin resistencia a la melancolía, pasó horas tendida en la cama, con las colgaduras echadas, o sentada junto a la ventana, contemplando la incesante lluvia. Sería mejor que no se hiciera ilusiones de contraer fiebre y morir, le dijo la partera, que la visitaba cada dos días, ya que estaba rebosante de salud y había salido ilesa del parto.

Así pues, tuvo que admitir que no estaba en su naturaleza gastarle una jugarreta a lady Prescote y, de ese modo, escabullirse de cumplir el acuerdo. En realidad, apenas contaba con ello. Había comprendido hacía tiempo que ese camino fácil no era el suyo. De manera que se repuso y cobró fuerzas día tras día, recuperó el apetito mucho antes de que se sobrepusiera a la separación de su hijo y esperó sin saber qué. «Se te enseñará todo cuanto debas y necesites saber», le había dicho lady Prescote. A esas alturas Annot había ya oído lo bastante para saber cómo eran las cosas normalmente: una jarra de aguardiente barato y una horda de hombres brutales solían ser los que iniciaban a las chicas en su oficio en los burdeles baratos o en The Stews. Pero ella sabía que allí las cosas eran distintas. Así que esperaba, y cuanto más esperaba, más aumentaba su nerviosismo.

Entretanto notaba que su cuerpo volvía a la normalidad. La inútil leche se agotó, y sus pechos empequeñecieron un tanto, aun cuando seguían estando regordetes y henchidos y eran más grandes que antes del embarazo. Su vientre se alisó. Se miraba a escondidas en el pequeño espejo que encontrara en el arca que había junto a la ventana, y comprobó satisfecha que el embarazo no le había dejado huellas permanentes. Siempre había sido rellenita, y jamas tendría un talle de avispa como lady Prescote o Lilian, pero sus formas eran lisas, aterciopeladas y firmes.

Habrían pasado unas tres semanas desde el parto cuando Cupido fue a visitarla.

—¿Qué quieres? —preguntó ella, más extrañada que brusca.

Cupido era el joven criado que los hizo pasar a ella y al padre Julius. En realidad, se llamaba George, o tal vez Gregory, mas como tenía un bello rostro aniñado y unos preciosos rizos rubios todo el mundo en la casa lo llamaba por el nombre del hermoso dios del amor, el mismo que con su arco y sus flechas causaba tanta turbación y calamidades en tantas historias. Era una criatura apacible, se ocupaba de que todo estuviera en orden en la casa y siempre estaba dispuesto a escuchar las penas de amor, pero cuando algún invitado se comportaba groseramente y él se veía obligado a ponerlo de patitas en la calle, el más bien esmirriado Cupido demostraba tener una fuerza asombrosa.

Cruzó el umbral con garbo, casi como si flotara, y cerró la puerta.
—Me envía lady Prescote —explicó. Tenía una voz agradable y sonora—. He de instruirte en las artes amatorias, si me disculpas tan florido circunloquio. A ella le gusta llamarlo así.

Annot se levantó despacio del tajuelo que había junto a la ventana.
—¿Tú? Pero yo creía... Es decir, Lilian dijo...
Se interrumpió, desconcertada.
Cupido rió quedamente.
—Dijo que prefería los hombres, ¿no es así? —Sacudió la cabeza—. Eso es sólo verdad a medias. Se podría decir que amo el amor, independientemente de la forma que adopte y por encima del objeto de mi deseo. Por eso me dieron el nombre de Cupido.

Annot observó al joven, que en el fondo le era completamente ajeno, con suspicacia.
—¿Y bien? Ya he conocido eso que a ti tanto te gusta y no le vi la gracia.

Cupido se sentó en el filo de la cama, cruzó los brazos y la miró:
—No, Annot, no lo creo. Has conocido brutalidad y fealdad, pero existe otra cara. Y yo te la enseñaré.

Ella tragó saliva a duras penas y no dijo nada.
El muchacho se echó hacia atrás y se apoyó en los codos.
—A esta casa la llamamos la casa del placer, ¿sabes? Fue idea de lady Prescote porque así es como llaman a los burdeles los franceses. Claro está que, ante todo, se trata del placer de quienes pagan, no nos llamemos a engaño. Pero en este complejo juego lo ideal sería que el placer siempre fuese algo recíproco. Y dado que aún no has tenido que ver con quienes pagan, en principio se trata sólo de tu placer. De modo que he venido a enseñártelo.

No resultaba tan sencillo permanecer impasible y cínica al oír esa voz, una voz que tenía algo seductor y era suave y dulce como la miel.

Sin embargo, la muchacha movió la cabeza con decisión.

–Eso es algo que no me interesa lo más mínimo.

Él la observó fijamente con sus grandes ojos grises azulados.

–¿En serio? ¿No estarías necesitada de un poco de placer después de tan dura pérdida?

–No hables de eso –espetó ella–. Sólo es asunto mío.

–Muy bien, como gustes. No es menester que me cuentes nada, aunque seguro que te haría bien. Ven aquí, Annot. –Dio unos golpecitos a su lado a modo de invitación–. No debes tenerme miedo. Te juro que no haré nada que tú no quieras. Y no hace falta que empecemos hoy. Tenemos tiempo. Hablemos. De cualquier cosa, da igual.

Ella seguía junto a la ventana, cruzada de brazos.

–Sé que tu intención es buena, Cupido, pero no quiero hablar contigo –respondió Annot.

Él encogió un tanto los hombros.

–Muy bien. Entonces te enseñaré la sala de baños. Apuesto a que todavía no la has visto.

–¿Una sala de baños? No.

El chico sonrió con aire misterioso.

–Oficialmente ésta es una casa de baños pública, ¿entiendes? Por eso también hay una sala con tinas y grandes pilas; unas llenas de agua caliente y otras de agua fría. Es una estancia suntuosa, revestida con azulejos moriscos de España. Has de verla a toda costa. A esta hora no hay nadie.

En parte aguijoneada por la curiosidad y en parte por no ofenderlo, Annot accedió.

Bajaron la escalera hasta la planta baja. Allí estaba la sala donde las chicas y los demás moradores de la casa hacían las comidas, mas donde también se daba rienda al esparcimiento por la noche: unos músicos entretenían casi a diario a los invitados, y en ocasiones también había banquetes y baile. Se lo había contado Lilian, pues Annot no había estado nunca en la sala de noche.

Cupido y ella cruzaron la sala, salieron por el otro lado y recorrieron un pasillo por el que desembocaron en otra ala del edificio. Se trataba de una construcción de una sola planta con escasos ventanucos, y al entrar a Annot le dio la impresión de que se hallaba en un extraño mundo acuático: en el medio de la enorme sala crepuscular había una pila embutida en el suelo de piedra, mayor que una veintena de tinas. Estaba llena de un agua que desprendía unos vapores de los que emanaba un perfume especialmente intenso y embriagador. Aquí y allá se veían bañeras de piedra dispuestas junto a cómodos bancos, y detrás de gruesos cortinajes color vino se ocultaban grandes tinas de madera. Las paredes relucían y brillaban con la débil luz. Los azulejos, azules y dorados, exhibían motivos árabes y delfines saltarines.

Annot cerró los ojos y aspiró vacilante, con cierto recelo, el tentador aroma.

—¿A qué huele?

—A almizcle y unas hierbas árabes. No sólo huelen, también purifican el agua —explicó Cupido.

—¿Y aquí vienen los... invitados?

—Con frecuencia, sí. Algunos acuden únicamente a bañarse, pero se trata más bien de la excepción.

Annot pasó un dedo por la preciosa pared azulejada. En algunos puntos se había depositado la cálida humedad cual fina niebla, y su dedo dejó una huella visible.

—Cuéntame cómo transcurre aquí una noche cualquiera —pidió sin mirarlo.

Cupido se sentó en el borde de la gran pila central y sumergió una mano en el agua.

—Las chicas se arreglan a última hora de la tarde y bajan a la sala. Al poco llegan los primeros clientes: todos los días hay alguno especialmente apurado que no puede esperar a que caiga la noche, mas la mayoría cena en casa y le dice a la esposa que ha de acudir a una reunión en la casa del gremio o algo similar. Vienen en cuanto oscurece y se hace difícil que lo reconozcan a uno en la calle. Y esto se llena todas las noches. Algunos van a la sala, beben algo, escogen una chica y suben arriba. Sin duda esto ya lo habrás oído mil veces.

Annot asintió sin decir nada.

—Otros prefieren la sala de baños. Aquí abajo hay movimiento cada noche. Se bañan en la pila grande, se entregan a chuscos jueguecitos o alquilan una de las bañeras individuales y las chicas les dan friegas con aceites aromáticos. Cuando entran en materia, se retiran tras las cortinas. La mayoría de las veces, no siempre. A veces la cosa sube de tono en la pila y a la mañana siguiente he de cambiar el agua. Lady Prescote insiste en ello.

–¿Participa ella? –preguntó Annot, la vista aún clavada en los azulejos.

–¿Te has vuelto loca? Claro que no. Viene aquí una hora a eso de mediodía para ocuparse de los aspectos comerciales. Las noches las pasa con su ignorante esposo y sus castas hijas.

Annot se echó a reír. Le desconcertaba cuán descarado y... travieso sonaba. Su risa resonó en la gran estancia desamueblada. Cuando calló, escuchó durante un breve instante un débil eco.

Cupido agitó el agua con la mano, y unos reflejos cual mágicas luces bailotearon en las paredes con todos los colores del arco iris.

–¿No te decides a venir a sentarte aquí conmigo, Annot?

Ella se volvió hacia él bruscamente. Cupido sonreía, tenía la cabeza inclinada hacia un lado y la miraba con franqueza, la siniestra aún en el agua. Parecía de lo más relajado, tal vez un tanto curioso.

–Si voy, ¿qué harías?

–Te quitaría la ropa, si me dejaras. Te metería en esta maravillosa agua caliente. Esta parte de la casa tiene un sótano donde arde un fuego que calienta el agua de los tubos, ¿no es increíble?

Ella no pudo por menos de reír de nuevo. Esa información trivial tras la escandalosa propuesta se le antojó extraña. Los carnosos labios rojos de Cupido se curvaron en una sonrisa, y sus ojos también rieron. «Qué buen mozo es», se le pasó a ella por la cabeza. Se sintió audaz cuando se separó de la pared y se acercó despacio a la gran pila.

Él le tendió la diestra, asió la mano de Annot y se la llevó brevemente a los labios.

–No te arrepentirás –le aseguró él, la voz algo más ronca, y de pronto ya no parecía tan relajado como antes.

La muchacha se preguntó si fingir no formaría parte de su cometido. Él alzó la cabeza y la miró a los ojos.

–¿Es que no me crees?

–Sí –admitió ella, para sorpresa suya.

Cupido sonrió aliviado.

–En ese caso, ¿me dejarías que te vendara los ojos? Sé que abuso de tu confianza, pero ello simplificará las cosas, créeme.

Annot asintió, y él sacó un estrecho paño negro, le tapó con cuidado los ojos e hizo un nudo lo bastante apretado para que no pudiese ver nada, pero no tanto como para que resultara desagradable.

Ella volvió a sentir la garganta oprimida. Oyó el chapoteo del agua con más fuerza que antes, percibió con más nitidez el intenso aroma, escuchó con suma claridad el leve crujir del tejido a su lado cuando él se puso en pie. Cupido le cogió la mano, la hizo levantar con él y le acarició el rostro.

—Eres la criatura más increíble que ha entrado nunca en esta casa, ¿lo sabías? —musitó él—. Podría venerarte, y así lo haré si tú me lo permites.

Cupido tenía un olor peculiar que ella apreció por vez primera: tenue y discreto, y sin embargo único. A lavanda e hilo limpio y algo más, algo inquietante que no acertaba a definir; metálico y térreo a un tiempo.

Livianas como una pluma, sus manos se deslizaron por su espalda, y después sus labios se posaron en los de ella y la besó. Annot no imaginaba que un beso pudiera ser así, tan dulce y juguetón y prometedor.

La atrajo hacia sí con delicadeza, y ella sintió su cuerpo, musculoso y tenso, pero antes de que pudiese percatarse de los pormenores, él se zafó de súbito y se situó tras ella. El paño susurró, las cintas se soltaron, los gafetes se desengancharon. Cupido le quitó sobrecota y cota, y cuando la tuvo en camisa ante sí, apoyó ambas manos en sus hombros y le acarició la piel. Annot permanecía inmóvil, tensa y medrosa, escuchaba su respiración cada vez más acelerada y bronca y esperaba a que él hiciera algo abominable que confirmase su recelo y pusiera fin a tan inquietante juego. Pero esperó en vano. Las manos de Cupido resbalaban ora por su piel, ora por el basto lino de su camisa, sin olvidar una sola pulgada, y cuando finalmente él descansó la mano en su vientre y la otra se adentró en sus piernas la invadió una sensación en extremo singular, desconocida hasta entonces, una sensación deliciosa, y sus muslos se abrieron un tanto.

Escuchó una risa débil y alegre a sus espaldas, y él sacó la mano y le retiró los tirantes. La camisa cayó a sus pies.

Cupido la tomó de la mano.

—Ven al agua, Annot.

—Maese Jonah, maese Jonah, ¡un recadero de maese Cornell!

Jonah despertó sintiéndose culpable, y cuando irrumpió la criada lo encontró sentado bien tieso a la mesa del despacho, el libro de las cuentas delante.

–Vuestro paño de Flandes ha llegado, señor.

Él le hizo una señal con la cabeza, fingiendo estar absorto en los números.

–No estoy sordo, Rachel. Di a Meurig que enyugue, voy enseguida.

Rachel no se dejó engañar. Se puso en jarras y lo miró fijamente.

–Lo vuestro es una vergüenza, señor. Un comerciante respetable no se queda dormido a media mañana en el despacho.

Él profirió un suspiro.

–Y después me reprocharás que un comerciante respetable no anda callejeando de noche, ¿no es cierto?

–Cierto. ¿Por qué no pagáis a algún menestral para que se haga cargo de vuestras guardias nocturnas como hace la mayoría de los gremiales?

–Porque no soy tan rico como la mayoría de los gremiales. Y ahora haz el favor de dejar que ponga en orden mis libros. Dile a Meurig que iré dentro de unos minutos.

La mujer asintió, condescendiente, y lo dejó en paz.

Rachel y Meurig eran el joven matrimonio de criados que la señora Cross le había procurado, y por lo cual le estaría agradecido hasta el fin de sus días. Rachel mantenía ordenada la casa, cocinaba mucho mejor que Helen y, a pesar de la tardía época del año, había plantado un huerto en el patio que, prometía ella, ese mismo otoño ya daría unas judías y algunas hierbas. Meurig era oriundo de una aldea en algún lugar de las montañas galesas, había cometido algún delito y había huido a Inglaterra, a ojos de la mayoría de los galeses un destino peor que la muerte. Sin embargo, él soportaba el destierro con la mayor serenidad. Llegó a Londres, conoció a su Rachel en East Cheapside, ayudó unos meses en la guarnicionería de su padre y después se casó con ella. Desde entonces ambos habían trabajado aquí y allá de jornaleros en Londres y al cabo habían encontrado un hogar. No eran mucho mayores que Jonah, al cual le resultaba tremendamente sencillo relacionarse con ellos. Lo trataban con respeto, pero sin servilismo. Junto con el gato, *Ginger*, que se había convertido en un diestro cazador de ratones y ratas, constituían su hogar, y Jonah no tenía la sensación de echar en falta a nadie. De todos modos dudaba que alguien le fuera a confiar a un hijo suyo de aprendiz a un comerciante tan poco experimentado como él, si bien Meurig era un ayudante voluntarioso que en escasas semanas ya había aprendido a distinguir las diversas clases de paño y, gracias a unas fuerzas al parecer inagotables, libraba a Jonah de gran parte del trabajo físico.

El joven galés ya había uncido los dos bueyes al largo carro de madera y aguardaba en el soleado patio cuando Jonah salió del despacho y comprobó el contenido de la talega mientras andaba.

El fornido Meurig, que tenía una cabellera de oscuros rizos tan indómitos como su propia persona y unos traviesos ojos azul oscuro, abrió la amplia puerta mientras Jonah se subía al pescante y animaba a los siempre perezosos bueyes haciendo chasquear las riendas de cuero en sus anchas nalgas. Los animales salieron a Ropery con un trote lento y desganado.

Meurig cerró el portón, dio alcance al carro sin el menor esfuerzo y se subió a él.

—Podía haber ido yo solo, señor —observó.

Jonah negó con la cabeza. Meurig era avispado, pero el paño flamenco era una mezcla de lana y seda que el propio Jonah sólo había visto dos o tres veces.

—He de comprobar la calidad antes de desembolsar una fortuna.

—Eso si llegamos hoy —rezongó Meurig.

Los bueyes se habían parado; delante había una congestión de vehículos de todo tipo hasta donde alcanzaba la vista. El tránsito era tan denso que hasta a viandantes y jinetes les costaba abrirse paso.

—Todo Cheapside se encuentra cerrado al tránsito —comentó el galés—. Están levantando una tribuna ante Saint Mary le Bow y cubriendo el empedrado con arena para que los distinguidos corceles de los caballeros no se den de bruces. Por eso hemos de esperar tanto aquí. Es imposible que saliera bien. ¿Cómo se le ocurre al rey paralizar la ciudad entera para divertirse?

Jonah no respondió, mas opinaba que la ciudad debía de alegrarse de la inminente justa, que duraría tres días. Habría que dar alojamiento y alimentar a prácticamente toda la nobleza, los caballeros y su séquito, que siempre estaban hambrientos y sedientos. Y quienes venían de regiones remotas no dejaban pasar una visita a Londres sin renovar el guardarropa, tanto los caballeros como las damas. El alcalde de Londres, un pañero llamado John Pulteney, era del mismo parecer y al final había logrado convencer a los regidores y a los gremios de que las ventajas prevalecían sobre los inconvenientes. Además, añadió cuando habló de esa cuestión ante el gremio de pañeros, ya era hora de que Londres le demostrara al rey su fidelidad y su lealtad, pues por indulgente que fuese Eduardo, sin duda no habría olvidado que los londinenses celebraron el derrocamiento de su padre y soportaron el despotismo de Mortimer sin oponer la más mínima resistencia.

—No importa, Meurig, no tenemos prisa. Si consigo vender ese paño tan bien como supongo, este mes habremos ganado el doble que el último. Ése sería un motivo para abandonarnos tres días a la ociosidad y ver la justa, ¿qué te parece?

La mirada de Meurig se iluminó.

—¿Lo decís en serio? ¿Puedo ir?

—Sí.

De pronto el joven galés vio con otros ojos las festividades que se avecinaban y, junto con su buen humor, volvió su ocurrencia.

A la mañana siguiente, después de desayunar, Jonah dejó libres a Rachel y a Meurig según lo prometido, y la joven pareja corrió a Cheapside rebosante de alegría para presenciar el gran espectáculo. Jonah también tenía pensado ir, mas a la hora de la verdad titubeaba. Seguro que había un terrible gentío; posiblemente fuera víctima de un ratero o alguien le derramaría cerveza en la capa nueva. En el fondo las justas y los desfiles no le interesaban lo más mínimo. Sólo se mezclaba voluntariamente entre una muchedumbre para ver una obra de teatro. En verdad, si se había planteado acudir a la justa, era sólo con la esperanza de ver a la reina. Y ahora que había llegado el momento le faltaba valor. ¿Por qué iba a hacerlo? ¿Qué sacaría de verla? El corazón roto y nada más.

—¿Jonah? —resonó una voz en el patio—. ¿Dónde estás?

—Aquí, en el almacén —respondió él.

Elia, que también era alto, tenía que agachar la cabeza al pasar por la baja puerta igual que Jonah.

—¿Qué estás haciendo aquí? ¿Ya has olvidado que íbamos a ir juntos a Cheapside...?

—Elia, yo...

—Ah, no. Ni hablar. Lo prometiste, Jonah.
—En modo alguno. Dije que tal vez.
—De todas formas, vamos. No puedes trabajar todo el tiempo, todo el mundo necesita un poco de diversión de cuando en cuando.
—¿Y si te dijera que ese gentío no me divierte? —objetó Jonah.
—En tal caso respondería que eres un cascarrabias —contestó su amigo entre risas.
—Pero no puedo dejar la casa y el almacén descuidados.
—Puedes echar la llave, ¿no? Y ahora vamos. ¿Qué importa? Tomaremos unos vasos de vino, comeremos pollo asado y unas frutas escarchadas y nos divertiremos viendo cómo se abren la cabeza los distinguidos caballeros. ¿Cuándo tenemos la ocasión de hacerlo? Es una distracción inofensiva, e incluso un muchacho tan serio como tú debe divertirse de vez en cuando...

Siguió insistiendo un rato hasta que Jonah finalmente se ablandó y, por mor de la amistad, cedió. Como casi siempre.

Jonah cerró el almacén y la puerta que daba a la calle, se sujetó el pesado llavero al cinto y siguió a Elia por las callejuelas de Ropery en dirección norte, hacia Cheapside.

Elia Stephens era el único de los miembros de su gremio al que le unían lazos de amistad. Aunque era seis o siete años mayor que él, Elia era el más travieso de los dos, con frecuencia incluso irresponsable, algo que ni siquiera su prudente y joven esposa había podido cambiar. Los demás gremiales censuraban a Elia porque no se tomaba la vida lo bastante en serio y no era muy trabajador. También censuraban a Jonah igual que antes, si bien por motivos muy distintos, y éste se había preguntado más de una vez si no sería esa desaprobación general lo que los había unido a Elia y a él. Con toda probabilidad no había dos personas más distintas, pero a pesar de ello, o precisamente por ello, se complementaban a la perfección. Martin Greene, el índice en alto, le había prohibido a Jonah prestarle dinero a Elia Stephens o seguirlo en alguna de sus alocadas aventuras comerciales. Jonah sabía que era un buen consejo: los «negocios infalibles» de Elia, que siempre prometían una increíble cantidad de dinero en un período cortísimo de tiempo, solían echarse a perder. Hasta el momento no había pasado nada, pues el padre de Elia le había dejado a su arriesgado hijo una fortuna considerable. Mas ésta no duraría eternamente.

–¡Eh, mira eso! –exclamó Elia entusiasmado cuando llegaron a West Cheap, la calle más ancha intramuros, donde, con todo, los días normales se montaban tantos tenderetes que apenas se podía pasar.

Ese día no se veía puesto alguno; los habían quitado de en medio y en su lugar habían erigido al otro lado los coloridos pabellones de los justadores. Escuderos y sirvientes formaban nerviosos grupitos delante y cuchicheaban o ensillaban los soberbios bridones de combate. Los caballeros no se dejaban ver. Enfrente, la multitud festoneaba la calle cubierta de arena.

–¿Qué te había prometido? –preguntó Elia, los ojos brillantes.

Dado que a decir verdad no le había prometido nada, Jonah no respondió, si bien tampoco comentó que aquello estaba más lleno y era más ruidoso de lo que se temía. Hombres, mujeres y niños de todos los estamentos se apiñaban ante los cerrados comercios. Un parapeto de madera que le llegaba por la cadera servía para contener al gentío e impedir que los mirones fueran aplastados por las caballerías en el transcurso del torneo. Elia tiró de Jonah hacia la izquierda, donde más nutrida era la multitud.

–¿Por qué vamos por aquí? –objetó Jonah.

–Porque quiero ir hacia Saint Mary le Bow –repuso su amigo–. Hacia la tribuna.

Jonah lanzó un ay, se llevó la mano a la escarcela y siguió a Elia por el tumulto. Avanzaban despacio, y las esposas de los artesanos de Cheapside insultaban a grito pelado y con profusión de palabras a los dos mocetones que se abrían camino junto a la barrera.

–No se os ocurra volver. ¿Cómo vamos a ver nada si os plantáis delante? Sabe Dios que estos comerciantes de tres al cuarto se creen que la ciudad es toda suya...

Elia rió al oír aquellas pestes, le compró a un muchacho dos jarras de cerveza y le ofreció una a Jonah antes de seguir ganando terreno como quien vadeara unas aguas que le llegasen a la altura del pecho.

Jonah bebía con premura, pero justo cuando se llevó la jarra a los labios alguien le dio un empujón y la cerveza salpicó su sobrecota.

–Estupendo... –farfulló mordaz–. Exactamente lo que pensaba.

Olvidó la manchada prenda al ver la tribuna. Claro está que había oído hablar de ella, pero ninguna descripción le hacía justicia.

La pétrea iglesia de Saint Mary le Bow era una de las más hermosas de Londres, y su inconfundible campanada anunciaba a las gentes de Cheapside el cierre de las puertas de la ciudad por la noche. Se hallaba justo en medio del recorrido de la justa, que iba de Great Cross a Sopar's Lane, en el este, de manera que medía un cuarto de legua aproximadamente. A la misma altura que la iglesia, una legión de carpinteros londinenses había levantado una suerte de balcón que se extendía de un lado a otro de la calle. Aquella tribuna parecía flotar sobre el suelo a una altura equivalente a dos hombres —para que ningún jinete la golpeara con su larga lanza— y estaba provista en ambos costados de una barandilla para que los presentes pudiesen mirar tanto al este como al oeste. La increíble construcción se adosaba, por la izquierda, a la iglesia, probablemente afianzada a la mampostería, y a la derecha se alzaba sobre unos pilotes de madera, atravesando West Cheap sin un solo pilar.

—Por los clavos de Cristo... —espetó Elia—. No sabía que se pudiera hacer algo así.

También Jonah sacudía la cabeza sin salir de su admiración del magistral trabajo de los carpinteros. Miraba fijamente el balcón, cuyos puntales y balaustradas estaban adornados con guirnaldas, vistosos paños, gallardetes y blasones. Las primeras damas ya habían llegado y ocupaban su sitio en los bancos de madera.

Elia dio un trago largo de cerveza y echó un vistazo a su alrededor: su curiosidad era insaciable. Tenía los ojos abiertos como platos, como si temiera perderse algo.

—¿Y si nos subimos a los puntales? —Señaló la estructura del balcón—. Tendríamos una vista estupenda.

Jonah asintió.

—Y posiblemente nos encarcelaran. La tribuna no es para gente de nuestra condición, Elia, ni siquiera los puntales.

Su amigo revolvió impaciente los ojos.

—Igual que si hubiera venido con mi padre...

Jonah se encogió de hombros, risueño, sin apartar los ojos de la tribuna.

—Haz lo que te plazca. Yo no me muevo de aquí.

Un toque de clarín ahogó la respuesta de Elia —cosa que, presumió Jonah, no suponía una gran pérdida— y entonces llegó ella. Seguida de toda una estela de damas, la reina Felipa salió por una de las grandes ventanas superiores de la iglesia, que ese día servía de acceso a la tribuna, se apoyó en la barandilla y saludó sonriente a la muchedumbre. Los por lo común cínicos y poco entusiastas londinenses la aclamaron y gritaron su nombre.

Felipa, radiante, alzó la siniestra de la balaustrada y saludó, más enardecida que imperiosa, con ambos brazos.

Jonah no pudo por menos de reír. Tenía la vista clavada en ella, los brazos cruzados, y no reparaba en una sola de las miles de personas que había en derredor. Sencillamente las había olvidado, sólo tenía ojos para Felipa. La soberana vestía de rojo. Si le hubiera consultado antes, él se lo habría desaconsejado: jamás habría creído que pudiera permitirse lucir ese color, mas se equivocaba. El estridente púrpura no afilaba sus peculiares rasgos, no agrandaba su pronunciada nariz, como él se temía. Tampoco le confería una palidez enfermiza, como les sucedía a tantas mujeres. Hacía de ella una reina. A Jonah le dio la impresión de que era la primera vez que veía a Felipa. Su brillante cabello castaño, recogido en trenzas, enmarcaba su rostro antes de desaparecer bajo el pequeño *couvre-chef*, que se sujetaba con una diadema similar a una corona en la que resplandecían piedras preciosas. Era perfecto, y Jonah estaba más hechizado que antes.

Con cierto retraso se percató de que el júbilo de la muchedumbre había cambiado de tono y se oía algo más: el retumbar de numerosos cascos. Apartó la mirada casi a regañadientes. Felipa no lo había visto. ¿Cómo iba a hacerlo, con tantas apreturas? Sabía que era pueril sentirse tan decepcionado, pero no podía hacer nada para remediarlo. Al fin y al cabo había ido allí sólo por ella. En ese momento comprendió cuán necio había sido.

–¿Jonah? ¡Jonah! ¡No me lo puedo creer!

Alzó la cabeza con el ceño fruncido al oír la aguda voz.

–¡Crispin!

El joven aprendiz de Rupert Hillock se abrió paso casi con rudeza entre los cuerpos que los separaban hasta lograr acercarse a Jonah.

–Eres la última persona a la que esperaba encontrar aquí.

Jonah encogió los hombros, un tanto avergonzado.

–También yo me pregunto qué se me ha perdido aquí. Elia Stephens me arrastró y ahora se ha esfumado.

Observó a Crispin con atención: el muchacho le parecía más delgado y pálido de lo que recordaba.
—¿Va todo bien?
El chico afirmó y negó con la cabeza a un tiempo.
—Claro. —Sus miradas se cruzaron brevemente, y el menor se apresuró a bajar la vista al suelo—. Bueno —musitó, encogiéndose de hombros—. Vivir con maese Hillock no es que se diga agradable.
—A mí me lo vas a contar.
Enmudecieron en familiar armonía. El alcalde, John Pulteney, apareció en la tribuna y dio la bienvenida al rey, la reina, los nobles, los caballeros y los londinenses a la gran justa de San Miguel antes de dejar sitio al tío del rey y par de Inglaterra, que procedió a explicar el desarrollo y las normas del torneo.

Antes de que dieran comienzo las eliminatorias individuales, prosiguió el par, se celebraría un *buhurt*, en el cual todos los caballeros de la justa, divididos en dos grupos, se enfrentarían a un tiempo como en la batalla.

Miraron a la derecha, donde en la embocadura de Sopar's Lane se había formado un frente de batalla de unos veinte jinetes, el primero de los cuales era fácilmente reconocible por su blasón. El gentío aclamó a su rey.
—Retirémonos un tanto —musitó nervioso Crispin.
Jonah miró a su alrededor.
—¿Adónde? Pierde cuidado, detrás de la barrera nos encontraremos a salvo.
Crispin miró fijamente al soberano.
—Elizabeth ha perdido la razón —saltó de repente.
La mirada de Jonah se había vuelto a centrar en la tribuna, pero ahora volvió la cabeza.
—¿Qué dices?
Crispin asintió.
—A veces ronda por la casa como una sonámbula y dice disparates. Nunca la he seguido, pero creo que... que busca algo. O a alguien.
Jonah contuvo un escalofrío.
—¿Y Rupert?
Crispin miraba en todo momento a la derecha, de manera que Jonah sólo lo veía de perfil.

–Como siempre –contestó el chico–. Unos días empina el codo y otros no, pero empiezan a faltar los clientes.

El rey y su ejército se pusieron en marcha, primero despacio, luego un tanto más deprisa. Después aflojaron las riendas y espolearon a los caballos. Las damas de la tribuna se pusieron en pie. También por el otro lado se oía una atronadora trápala. La multitud gritaba.

–¿Habéis sabido algo de Annot? –inquirió Jonah, y tuvo que alzar un tanto la voz.

Crispin negó lentamente con la cabeza.

–Esperaba que quizá tú hubieses oído algo.

–No. –Jonah miró la tribuna: Felipa había apoyado las manos en la balaustrada, vio venir al rey y a sus caballeros y dijo algo entre risas que él no entendió. Las damas se unieron a ella y pronto se hallaron todas apiñadas a lo largo de la barandilla estimulando a los veloces jinetes. Jonah percibió un movimiento con el rabillo del ojo y observó la estructura de la tribuna. Por un instante creyó ver que la construcción temblaba. Posiblemente se debiera al calor de las postrimerías del verano y a la aglomeración. ¿Qué pensaría Crispin si se desmayaba en mitad de la calle?–. Deberías hablar con tu padre –aconsejó al chico–. Estoy seguro de que te proporcionaría otro puesto de aprendiz.

El aludido cruzó los brazos y lo miró indeciso.

–Sí, Jonah, pero si me voy, Hillock estará acabado. Los clientes que aún vienen lo hacen por mí.

–No es cosa tuya salvar su negocio. Has hecho todo cuanto debías y más.

–No sé... –musitó el muchacho, titubeante.

–Si te quedas con él, terminarás mal y... Oh, Dios mío.

Jonah agarró a Crispin del brazo y tiró de él hacia atrás.

–¿Qué ocurre? –preguntó éste, molesto.

No eran imaginaciones suyas: la tribuna flaqueaba sobre sus finas patas de araña, pero nadie, salvo Jonah, parecía advertirlo. El pueblo, que ocupaba la calle, no tenía ojos más que para el rey, que cabalgaba veloz junto a su amigo Montagu, y lo aclamaba con delirio. Un centenar de yardas separaría aún a los jinetes al galope de Saint Mary le Bow. La reina se apiñaba con sus damas ante la balaustrada, en la que se apoyaban todas ellas, presas de la curiosidad.

De un modo casi imperceptible entre el golpeteo de los cascos y el júbilo de las gentes, Jonah oyó astillarse la madera, un sonido furtivo, casi incidental.

Vio que la reina fruncía el ceño, la sonrisa se borraba de su rostro un instante y miraba a un lado un tanto confusa. Sin pensarlo, Jonah se subió a la barrera. Crispin lo agarró por el codo.

–¿Qué te propones? ¡No estás en tus cabales, te arrollarán!

Jonah volvió la cabeza y miró al muchacho un momento a los ojos. «La tribuna va a desplomarse», quería decirle, mas de su boca no salió sonido alguno. ¿Por qué nadie caía en la cuenta de lo que estaba sucediendo? Era como en una pesadilla: la catástrofe se avecinaba y nadie prestaba atención. Él no sabía qué hacer, pero no podía quedarse mirando sin más.

Se zafó de un tirón y saltó la barrera. Ya en pleno salto oyó el primer grito aprensivo en el balcón y se figuró que era la voz de la reina. Avanzó dando tumbos hacia el centro de la calle, la vista vuelta hacia arriba. A su lado, a la izquierda, una pesada viga de madera cayó estrepitosamente al suelo. Jonah notó el silbido en el rostro. Por ambos lados se aproximaban las caballerías, y él sentía temblar la tierra a través de los zapatos, y el creciente ruido lo envolvía por completo. La pata delantera cedió, la construcción se inclinó hacia delante entre crujidos y las damas profirieron agudos gritos de terror. El segundo pilote se mecía como un esbelto abedul en la tormenta. La reina se aferraba con ambas manos a la barandilla y miraba la calle con ojos desorbitados. De repente, el balcón se ladeó más todavía, tanto que estuvo a punto de derrumbarse. Miraba embobada a su esposo y a Montagu, que cabalgaban a la cabeza de los jinetes, y cuando comprendió que allí no había salvación, que la que venía a su encuentro era más bien la muerte, sus ojos se abrieron como platos, horrorizados, y ella se quedó completamente inmóvil.

Jonah lanzó una mirada presurosa al pilote que quedaba en pie: se quebraría de un momento a otro. El tiempo apremiaba. Alcanzó la tribuna de dos saltos, extendió los brazos y exclamó:

–¡Saltad! ¡Es la única oportunidad, saltad!

La reina parpadeó como si despertara de un sueño y no vaciló: impedida por las largas faldas, mas con juvenil agilidad, pasó las piernas por la balaustrada, se balanceó un instante y se dejó caer.

Sin perderla de vista, a Jonah se le antojó que tardaba una eternidad en caer. Dio medio paso atrás, dobló un tanto el tronco a la derecha y la soberana aterrizó prácticamente en sus brazos. La tribuna se soltó de su anclaje al muro de la iglesia con un chasquido y se desmoronó con gran estrépito.

Jonah cayó al suelo con la reina. Felipa permaneció un segundo inmóvil encima de él, pero Jonah la apartó de sí, la hizo girar de forma que pegara el rostro a la arena y la protegió con su cuerpo.

Felipa se opuso e intentó liberarse.

—Dejadme... Quiero salir de aquí...

Él la agarró por el hombro y le presionó la cabeza contra el suelo.

—No os mováis.

—¿Jonah...?

Sonaba completamente desorientada.

—Sí, mi señora. Debéis quedaros quieta, tal vez así tengamos suerte. Protegeos el rostro.

Ella siguió el consejo obediente. También Jonah se cubrió la cabeza con los brazos, pero a pesar de ello lo vio. Fue como si su vista se hubiese aguzado, y veía todo cuanto ocurría con una claridad irreal.

Las damas cayeron de la tribuna en una cascada de tremolantes faldas multicolores, quedaron tendidas en la calle cual abigarradas manchas y encima les llovió la madera, sepultando a algunas debajo. Finalmente fueron arrolladas por los jinetes, y sobrevino la auténtica catástrofe. Se precipitaron sobre ellas por ambos lados, y lo que debía ser una magnífica exhibición acabó en un baño de sangre. Los jinetes se percataron demasiado tarde de lo ocurrido y trataron de refrenar los bridones. El negro corcel de Eduardo se encabritó relinchante, chocó con el caballo de batalla de Montagu, y el rey salió despedido de la silla. Por ambos lados también las demás monturas se desbocaron ante aquel obstáculo como llovido del cielo. Los jinetes se embistieron, la arena se desparramó, los caballos cayeron relinchando y fueron presas del pánico, y los caballeros aterrizaron en el suelo entre el ruido metálico de las armaduras. Las que peor paradas salieron fueron las damas, que erraban llorosas y desorientadas. Con los ojos muy abiertos, Jonah miraba a una de las jóvenes. Algo le decía que la conocía, mas no sabía de qué. Entonces vio que se acercaba a toda velocidad un jinete; su boca se abrió y Jonah profirió un grito de aviso, pero, claro está, ella no lo oyó.

Jadeó y lanzó un peculiar sonido de protesta inarticulado, pues no podía impedir la desgracia y, por ende, se veía obligado a presenciarla.

Sin embargo, de pronto apareció una niña junto a aquella joven señalada por la muerte, una preciosa niñita con trenzas castañas y enormes ojos azules, el rostro desencajado en una mueca de asombro y horror, la agarró y se arrojó con ella al suelo, de manera que el caballo de batalla del conde de Arundel saltó por encima de ambas. En resumidas cuentas, todos tuvieron suerte: Jonah terminó con unos cuantos moratones en forma de herradura, la reina sin un solo arañazo. Un milagro, se oyó decir a muchos más tarde.

Sólo cuando los restos del balcón finalmente se asentaron y todos los caballos de la justa fueron refrenados o huyeron sin jinete en dirección opuesta, oyó Jonah los gritos de la gente tras la barrera, donde al parecer había cundido el pánico. Alzó la cabeza de mala gana y miró. Entre los curiosos reinaba un caos desenfrenado. Vio a Elia Stephens, que sostenía en brazos a una niña pequeña desconocida y se abría camino con sumo cuidado hacia la callejuela salvadora contigua a la iglesia. Jonah buscó a Crispin entre la ondeante multitud, pero antes de que pudiera descubrirlo, alguien lo agarró con rudeza de la capa y lo arrastró por los pies. Él se defendió instintivamente, y dos pares de poderosas manos le sujetaron los brazos a la espalda. Notó un desgarro de advertencia en la recién curada clavícula, y con el rabillo del ojo vio a dos enormes soldados de la guardia de corps del rey. Uno le propinó un puñetazo en la nuca y gruñó:

—No creas que no he visto que le ponías la mano encima a la reina, hideputa. Te juro que lo pagarás caro.

Jonah no se movió y tampoco se le pasó por la cabeza objetar. Se hallaba conmocionado, igual que la reina, que, con ayuda de otro soldado, se puso en pie y pidió con voz insegura:

—Soltadlo. No lo entendéis..., me ha salvado la vida. —Como los soldados no reaccionaron de inmediato, irguió los hombros visiblemente y preguntó cortante—: ¿Es que no habéis oído?

Los hombres soltaron a Jonah, si bien no se apartaron de su lado.

Felipa le puso un instante la mano en el hombro y acto seguido se encaminó despacio a la densa maraña en la que se encontraba el rey.

Cuando se desató la confusión, William Montagu, Geoffrey Dermond, Gervais de Waringham y otros caballeros de confianza formaron instintivamente un apretado círculo alrededor de su rey, como si estuviesen en el campo de batalla. Sólo cuando comprendieron lo que había ocurrido en realidad, abandonaron algunos aquella muralla humana para ir a socorrer a las damas y los jinetes que habían sido pisoteados o yacían atrapados bajo las ruinas.

El rey sorteó a los guardias de corps restantes y fue hacia Felipa dando zancadas. Se detuvo ante la soberana, tomó su mano con la diestra y le acarició con la siniestra los deshechos rizos.
—¿Puedo abrigar la esperanza de que estés sana y salva?
Ella hizo un esfuerzo por sonreír.
—No me ha pasado nada, sire.
Él asintió, el pétreo semblante imperturbable. Tenía un sucio rasguño en la mejilla izquierda, y la nariz le había sangrado algo. Jonah lo miraba embelesado: nunca habría creído posible que el joven y afable Eduardo pudiese infundirle tanto miedo.
El rey se volvió hacia su guardia:
—Ocupaos de los heridos y después encontrad a los carpinteros responsables de esta desgracia. A todos. Llevadlos a la Torre.
Los hombres asintieron, alicaídos, y fueron a atrapar a los dispersos caballos.
Jonah sintió que alguien le tiraba tímidamente de la manga y se giró con el ceño fruncido.
—¿Podéis ayudarme, mi señor?
Era la niña que había visto antes. Daba la impresión de que habían pasado horas, pero en realidad tan sólo habían pasado minutos. Gracias a su serenidad aquella niña había librado de lo peor a una de las damas y a ella misma, mas sus ojos azul oscuro estaban abiertos como platos y turbados.
—¿Cómo? —preguntó él.
La niña señaló el montón de ruinas que había sido la tribuna.
—Asoma una mano. Creo... que podría ser mi hermana.
—Aprisa: dime dónde.
Ella lo llevó junto a las ruinas, cerca de la iglesia. De los restos de madera astillada sobresalía, en efecto, una mano de mujer blan-

ca y menuda. Se veía inmóvil en la arena y se perdía entre los fragmentos poco más allá de la muñeca. A Jonah se le secó la boca. ¿Y si sólo daban con un brazo cercenado? En medio de aquella brutal devastación todo parecía posible.

—Creo que será mejor que me dejes hacer a mí solo.

La niña sacudió la cabeza resuelta, sus pequeñas manos asieron los primeros trozos de madera sueltos y los arrojaron a un lado.

—Los dos iremos más rápido.

—Pero puede que encontremos algo terrible.

La niña levantó la cabeza: las lágrimas le corrían por el delicado rostro, pero ella se las enjugó con decisión y le espetó:

—Cuanto más vacilemos, tanto más probable será que tengáis razón. ¿Queréis ayudarme o sois tan sólo un charlatán?

Jonah se quedó patidifuso y se puso manos a la obra. Lo habían llamado muchas cosas no muy halagüeñas, pero nadie lo había tildado nunca de charlatán.

Fueron apartando los restos con obstinación, liberaron primero un antebrazo, luego un hombro.

Por suerte, el brazo no estaba escindido. Poco a poco fueron sacando el cuerpo entero de la madera. Se trataba de una mujer joven que guardaba un asombroso parecido con la niña. Tenía los ojos cerrados y el rostro ensangrentado, pero se veía que respiraba.

—Tu hermana está viva —observó él.

La pequeña asintió, clavó la vista un instante en la figura inmóvil y, acto seguido, le dedicó a Jonah una sonrisa triste y fugaz.

—Gracias, mi señor. Decidme, ¿cómo os llamáis?

—Jonah Durham. —Hizo una pequeña reverencia—. ¿Y tú?

—Giselle de la Pole. Tengo once años —añadió por su propia cuenta.

Jonah hizo un lento gesto afirmativo. Martin Greene le había hablado alguna vez del creso y tristemente célebre comerciante William de la Pole, el mismo que controlaba todo el comercio lanero del norte de Inglaterra y mantenía excelentes relaciones con la corte. «Si esa niña y su hermana mayor formaban parte del séquito de la reina, sólo podían ser sus hijas», pensó.

—Deberíamos buscar deprisa un médico para tu hermana —le aconsejó.

Giselle miró escrutadora a su alrededor y sonrió aliviada.

—¡La reina! Seguro que ella sabe dónde podemos encontrar un médico.

Echó a correr, y Jonah se arrodilló junto a la desvanecida, tomó temeroso la sangrante y fría mano y la frotó con las suyas.

Al poco se le acercó el joven Gervais de Waringham.

—La reina me ha pedido que lleve a lady Elena a la Torre. Allí se hará cargo de ella y de los demás heridos el médico de cámara del rey.

Jonah se puso en pie y afirmó con la cabeza.

—¿Hay muchos muertos?

Waringham suspiró.

—No lo sé. Es un acontecimiento terrible, Jonah.

Al joven comerciante le extrañó que Waringham recordara su nombre.

—La reina me ha indicado que os pida que vayáis también a la Torre. Y, dado que vamos en la misma dirección, podéis echarme una mano.

Subieron con cautela a la desvanecida sobre el caballo de Waringham. El joven caballero montó tras ella, le sostuvo el tronco y observó preocupado el pálido rostro.

—Pobre Elena. Espero que se reponga. —Le hizo una seña a Jonah—. Venid a la Torre lo antes posible. Será mejor no hacer esperar hoy al rey.

—¿Qué será de los carpinteros? —se interesó Jonah.

—Posiblemente se les estreche el cuello —repuso Waringham, y chasqueó la lengua para avivar a su caballo—. En cualquier caso, no me gustaría estar en su pellejo.

La Torre de Londres pertenecía al rey, era su residencia londinense, en la cual, sin embargo, ningún monarca había permanecido más de lo estrictamente necesario, pues el edificio era viejo y sombrío, se hallaba expuesto a las corrientes de aire y no ofrecía tantas comodidades como el palacio del cercano Westminster u otras propiedades reales situadas en las inmediaciones de la ciudad. Pese a todo, las construcciones del interior de la fortaleza siempre eran objeto de ampliación para hacer sitio a los cada vez más numerosos órganos de gobierno o al mayor contingente de soldados. En la imaginación de los londinenses, el viejo castillo simbolizaba el poder del rey y sus vasallos y no tenía nada que ver con la vida de las gentes sencillas. Ni siquiera los malhechores de Londres eran recluidos allí, privilegio éste reservado a traidores o maleantes de ilustre cuna. Por tanto, era un lugar desconocido del que se contaban las historias más espeluznantes, y Jonah no se sentía en modo alguno a gusto cuando, vacilante, puso los pies en el puente. Sus pasos parecían tornarse más tardos y titubeantes, no sólo debido a su mala gana, sino porque de pronto estaba tan exhausto que apenas podía seguir andando.

Un soldado con yelmo y cota de malla guardaba la antepuerta, pero antes de que se dirigiera a Jonah un adolescente salió de dentro y dijo:

–Ése es el hombre al que debía esperar.

Jonah lo reconoció: se trataba del escudero de Waringham. Tras pararse a pensar un instante, dijo:

–¿Roger?

El muchacho asintió risueño y le hizo una señal.

–Seguidme, maese Durham.

Enfiló la puerta, similar a un túnel, y lo condujo al enorme patio de armas del castillo.

–¿Habéis visto lo que ha pasado? –preguntó al cabo el escudero cuando se aproximaban a la Torre Blanca, la construcción principal, que se alzaba en mitad del patio.

Jonah contempló aquel edificio encalado con ventanucos que parecía rozar el cielo, miró al muchacho y asintió.

–¿Tú también?

–No del todo. Yo estaba con mis amigos en nuestro pabellón, detrás, en Sopar's Lane, pero vimos cómo se desplomaba la tribuna. Pensé..., pensé que la reina había muerto.

En la gran sala había una verdadera aglomeración, si bien se observaba un extraño silencio. Hombres y mujeres, pálido el semblante, se sentaban a las largas mesas, muchos con vendajes en la frente o un brazo en cabestrillo. En el extremo inferior de la mesa de la izquierda, reparó en dos jóvenes, a todas luces hermanos; la chica le había pasado el brazo por el hombro a su lloroso hermano para consolarlo mientras las lágrimas se agolpaban en sus ojos. De repente se preguntó qué habría sido de Elena de la Pole y buscó a su alrededor a la pequeña Giselle, pero no pudo dar con ella.

El rey Eduardo, la reina y algunos nobles ocupaban la mesa principal, en la cara frontal de la sala, y ante ellos se arrodillaba un deplorable grupo: más de una docena de hombres de todas las edades cuya sencilla ropa color azul plomizo se veía burda y miserable junto a la multicolor vestimenta de los palaciegos. Sostenían la gorra de cuero en las manos y miraban fijamente al suelo. Tras ellos se había situado una fila de soldados.

–Os lo pregunto por última vez –bramó el rey–. ¿Quién ha instigado esta conspiración? ¿Por quién os habéis dejado comprar?

No gritaba, pero su voz temblaba de ira y su agraciado rostro estaba excesivamente pálido.

Durante un instante reinó el silencio, luego uno de los carpinteros de mayor edad levantó la greñuda cabeza cana y replicó:

–Juro por Dios y san José, que es nuestro patrón, que no ha habido tal conspiración, vuecencia...

–Mejor será que no jures –lo interrumpió el monarca–. No cargues sobre tus espaldas un perjurio justo antes de comparecer ante tu creador. –Se levantó y le hizo a la guardia una señal impaciente–. Lleváoslos, no quiero volver a verlos.

Los soldados sacaron de la sala a los carpinteros como a un rebaño de ovejas camino del matadero. Jonah se apartó presuroso para dejarles sitio y se deslizó en la sombra que había junto a la puerta para pasar lo más inadvertido posible, mas no le sirvió de nada. Roger se había acercado a su señor y le susurraba algo al oído. Waringham miró en dirección a la puerta, esbozó una tenue sonrisa y se levantó.

–Sire, ha llegado maese Durham.

–En tal caso, tened a bien adelantaros, maese Durham –pidió Eduardo, y se esforzó sin mucho éxito por desterrar del rostro su furia y expresar la debida benevolencia.

Jonah atravesó la larga estancia procurando no mirar a nadie a la cara e hincó la rodilla ante Eduardo y Felipa.

–Levantaos, amigo mío –dijo el rey–. Gracias a vos sigo teniendo una reina. ¿Qué puedo hacer para demostraros mi agradecimiento?

Jonah se puso de pie precipitadamente y movió la cabeza.

–Nada, sire. Me hallaba por casualidad en el lugar adecuado en el momento decisivo. Cualquiera habría hecho lo mismo.

Eduardo sonrió con los labios apretados.

—Que nadie diga después que los comerciantes adolecen de falta de modestia. Insisto en concederos un deseo. Tiene que haber algo que pueda hacer por vos. Mas decidlo deprisa, porque me temo que hoy mi paciencia no vale gran cosa.

Jonah se inclinó.

—Concedédmelo pues, mi rey: permitid que me vaya a mi casa.

—Vive Dios... —rezongó Eduardo.

—Estoy segura de que maese Durham alberga un deseo que no se atreve a expresar, sire —lo interrumpió la reina con tanta suavidad que nadie cayó del todo en la cuenta.

A Jonah estuvo a punto de parársele el corazón. Por un absurdo instante creyó que la reina había adivinado su insolente, infame y de todo punto prohibido deseo y estaba a punto de revelar su secreto mejor guardado. Se quedó de piedra y clavó la vista en el suelo.

—¿Y cuál puede ser, mi señora? —inquirió Eduardo.

—Creo que le gustaría pediros que seáis indulgente con los carpinteros londinenses.

Eduardo resopló.

—En tal caso tendría que rehusar su petición.

—¿Y si fuera yo quien os lo pidiera?

—Ni siquiera a vos podría concederos tal deseo. Los carpinteros son traidores y han de pagar por ello. Esta ciudad se ha vuelto contra el rey con demasiada frecuencia. Mi padre, en su infinita bondad, lo perdonaba todo, pero yo no soy mi padre. Si los londinenses todavía no lo han advertido, ya va siendo hora de que lo hagan. Y debo admitir que encuentro en extremo insólito que defendáis a esa chusma, mi señora.

Felipa soportó la pública reprimenda con la mayor serenidad, la pasó por alto sin más y repuso:

—Pero esos tiempos terminaron. Habéis castigado a los traidores y perdonado a los arrepentidos. Habéis empezado a curar a vuestra nación. Continuad con la obra que habéis comenzado, sire, sanando, tras la escisión entre el rey y la nobleza, también la existente entre el rey y Londres. Mostraos magnánimo.

Eduardo respiró hondo y cruzó los brazos ante el pecho con una impaciencia dominada a duras penas.

—Mi señora, creo que he de expresarme con mayor claridad: no quiero oír más al respecto.

Ella ladeó la cabeza con fingida sumisión.
—En tal caso, tampoco yo diré más, *mon ami*.
Y, con esas palabras, dobló la rodilla ante el rey, para gran asombro y espanto de los presentes.
—Sire —se sorprendió diciendo Jonah—, si aún estáis dispuesto a concederme un deseo, permitidme que hable.
Eduardo se volvió hacia él.
—¿Y bien? —preguntó malhumorado.
Jonah tenía las manos húmedas, pero no vaciló.
—Es imposible que se trate de una conspiración.
Eduardo se puso en jarras y dio un paso hacia él.
—¿Por qué no? —quiso saber—. De esta ciudad se puede esperar cualquier cosa.
El muchacho asintió: pensaba en los comentarios desfavorables, a menudo traicioneros, que Rupert Hillock levantara sobre el rey y antes sobre su padre. En Londres la deslealtad al monarca era una bien cuidada tradición secular. Comprendía la suspicacia y también la ira de Eduardo.
—Pero nadie habría podido vaticinar cuándo se derrumbaría la tribuna. Era de todo punto imposible calcularlo de antemano. ¿Y si hubiese sucedido a medianoche? Demasiado inseguro para ser una conspiración.
El rey soltó un ay y preguntó a Jonah:
—Pero ¿y si uno de los traidores hubiese anudado una soga a uno de los pilares para tirar de ella bajo la construcción en el momento decisivo?
El muchacho negó con la cabeza.
—En ese caso, yo lo habría visto. Estaba debajo de la tribuna cuando cedió el pilar.
Eduardo abrió los ojos y lo observó con renovado interés. En la sala se oyó un murmullo entre nervioso y asombrado. El rey reflexionó largo y tendido, miró de cuando en cuando, moviendo la cabeza, a su arrodillada e inmóvil reina, luego de nuevo a Jonah y al final gruñó:
—Sólo por la chapucería merecen ser ahorcados.
Jonah no respondió. El concejo había deliberado y dudado lo indecible antes de transmitir al rey la invitación oficial a la justa. Cuando Eduardo manifestó que quería la tribuna, no quedaba mu-

cho tiempo. Los carpinteros habían trabajado literalmente día y noche. Claro estaba que, a pesar de todo, lo ocurrido era imperdonable, mas no inexplicable.

El monarca se dejó caer en su valioso sitial, lanzó una mirada perpleja a la reina y refunfuñó:

–Si alguien quiere darme un consejo, estaría más que dispuesto a escucharlo.

Su amigo William Montagu se levantó en el acto de la mesa principal.

–La reina y el joven pañero tienen razón, sire. Fue una chapuza y los carpinteros merecen ser castigados, pero no fue intencionado. No debería morir nadie por ello.

Aquí y allá se vieron señales de asentimiento entre los presentes.

El rey no tardó mucho en tomar una decisión. El mentón apoyado en el puño, miró al vacío y se paró a pensar. Acto seguido se puso en pie y le tendió la mano a la reina.

–Levantaos y no me avergoncéis más, mi señora. Los carpinteros serán tratados con consideración, a la medida de vuestro deseo. Y se les hará saber que le deben la vida a la reina.

Felipa asió sin vacilar la mano que se le ofrecía y se levantó donairosa. Premió a Eduardo con una sonrisa radiante y le dio las gracias tan bajo que nadie salvo el rey y Jonah lo oyó.

A continuación, Eduardo se volvió al joven comerciante y le hizo un gesto de invitación.

–Sentaos a la mesa a comer y beber con nosotros, maese Durham. Sabe Dios que no ha sido un día alegre como esperábamos, mas gracias a vuestra ayuda sobre todo nos hemos ahorrado lo peor.

Jonah aceptó sumiso el ofrecimiento. Aquí y allá descubrió algún rostro conocido en la mesa: regidores y prohombres elegantemente vestidos sentados entre los nobles cortesanos, el alcalde a la mesa principal. Sin embargo, él fue directo al extremo inferior, donde se hallaban los jóvenes caballeros, que le hicieron sitio de buena gana y lo asediaron en vano para que les hablara del derrumbamiento de la tribuna. Los músicos tocaron mientras la corte saboreaba exquisitos asados y salsas, y cuando el cuarto plato hubo terminado, el rey y la reina se retiraron. Jonah se despidió aliviado de sus compañeros de mesa para emprender el camino de regreso. Estaba preocupado por Elia y Crispin y quería cerciorarse de que

Rachel y Meurig habían llegado a casa ilesos. Dejó la sala discretamente y entró en la antesala, pero antes de que saliera al aire libre notó que le tiraban con timidez de la deteriorada capa.

–Os lo ruego, esperad un momento, mi señor.

Jonah se detuvo y giró la cabeza.

–Giselle. ¿Cómo está tu hermana?

La niña se encogió de hombros despacio.

–Ha despertado, pero no puede mover las piernas. El hermano Albert, el médico del rey, ha dicho que tal vez no pueda volver a andar.

Jonah la miró desconcertado. No tenía ninguna experiencia en el trato con niñas pequeñas. Le apenó verla esforzarse de tal modo por guardar la compostura; le parecía demasiado pequeña para cargar con semejante pesadumbre. De repente recordó que, en su solitaria infancia, a veces había imaginado cómo sería tener una hermana.

–La reina desea veros, maese Durham. ¿Me acompañáis?

–Claro.

Resistió a duras penas el impulso de acariciarle la cabeza. Un arrebato insólito, pensó, pues en el fondo no conocía de nada a esa niña.

Ella lo condujo hasta la escalera de una de las torres de la construcción.

–¿Llevas mucho tiempo en la corte? –preguntó el muchacho.

Ella encogió los hombros.

–Desde primavera. Vine con mi hermana Elena, que es una de las damas de la reina. Mi padre se sintió muy orgulloso. A él le gustaría mucho que le fuera concedido un título nobiliario. Ya ha comprado el espaldarazo, pero no le basta: quiere ser barón o conde, es su mayor deseo.

–Pues entonces no deberías contármelo. Los mayores deseos también suelen ser los más secretos.

Giselle llamó con claridad a una pesada puerta, aguardó un instante, abrió y le indicó a Jonah que pasara. Éste cruzó el umbral y la niña lo siguió.

La reina estaba sentada en un escabel a una desnuda mesa de madera en la que había un candelabro con una única vela. Al otro lado de la pequeña ventana atardecía.

El muchacho se acercó e hizo una reverencia.

—Mi señora.

Giselle se retiró a la chita callando a un rincón oscuro de la alcoba y comenzó a guardar vestidos doblados en un arcón.

Jonah se percató de que Felipa se había cambiado de ropa. Llevaba un vestido azul realmente sencillo para sus medios con la redonda escotadura y las mangas recamadas de perlas. Lo miró con gravedad.

—Qué día más triste, Jonah.

Él asintió en silencio. Recordaba con todo detalle cómo la había recogido y sostenido, cómo se tendió encima de ella tan impúdicamente cuando los jinetes cayeron sobre ellos.

—Resulta extraño que nos hayamos vuelto a encontrar en estas circunstancias —continuó la reina—. Casi podría decirse que todo estaba predestinado.

—Sí, también yo lo creo.

Ella se levantó.

—Quería daros las gracias.

—No, os lo ruego. No hay razón para ello, y sólo conseguiréis sonrojarme.

La reina sonrió débilmente y recobró la seriedad al punto. Parecía abatida y extenuada, pensó él, pero no había nada de raro en ello.

—¿Estáis seguro de que no habéis resultado herido? —preguntó ella—. Los caballos se acercaron de tal modo y eran tantos...

—No me ocurre nada, mi señora, perded cuidado.

—Mas os preocupan vuestros amigos, los que acudieron con vos al torneo. Por eso no quiero reteneros mucho, pero he de tratar algo con vos.

Hizo una breve pausa, pareció titubear un tanto y se apoyó con la siniestra en el borde de la mesa.

—Puedo volver mañana —propuso él—. Deberíais descansar.

La reina desechó la idea.

—Soy más dura de lo que parece, debo serlo. A nadie salvo a vos se le ocurriría cuidarme sólo por haberme caído de un balcón o porque esté esperando un hijo. No, eso no es del todo cierto: el rey es muy considerado, pero ha de adoptar decisiones difíciles y precisa de mi ayuda.

«Un hijo», pensó Jonah, sorprendido. Ni siquiera con el vestido rojo, que realzaba su figura, se le notaba nada.

—Vuestra generosidad para con los carpinteros de Londres se me antoja más admirable —observó él.

Felipa profirió un suspiro, se encogió de hombros y calló un instante. Al poco dijo de súbito:

—Sentémonos, Jonah, ¿os parece? Creo que este día justifica que no seamos tan estrictos con la etiqueta. —Una vez que hubo tomado asiento la reina, Jonah se dejó caer en el escabel de enfrente—. La generosidad forma parte de las obligaciones de una reina, ¿no creéis? —prosiguió—. Independientemente de cuáles sean sus sentimientos personales. Y si para lograr su objetivo ha de arrodillarse ante el rey y humillarlo ante los ojos de los cínicos presentes, también ello forma parte de sus obligaciones.

—Un destino oneroso, mi señora. Pero creo que ese gesto ha dejado de piedra incluso a los cínicos. ¿Por qué...? —Se interrumpió, inseguro.

—¿Por qué me he rebajado así por un puñado de carpinteros insignificantes? Tal vez porque eran inocentes. Al menos de la conspiración de la que los acusaba Eduardo. Con todo, no sé si lo habría hecho de ser ése el único motivo. Pero detrás hay mucho más, Jonah. El rey ha entrado en posesión de un gravoso legado. Su padre era un monarca débil, fue derrocado, asesinado y reemplazado por el tirano Mortimer y la madre del rey, que abusaron tres largos años de este país en nombre de Eduardo. Si un suceso como el de hoy hubiese acaecido en tiempos de Mortimer, los carpinteros habrían sido ajusticiados por traidores. Si hubiese ocurrido en el reinado del padre de Eduardo, el viejo monarca los habría perdonado hasta que uno de sus favoritos le persuadiera de la conveniencia de hacerlos ahorcar. Esos tiempos han pasado. El rey es un hombre bueno, ¿sabéis? Será irascible e impaciente como sus antepasados, pero es mejor que todos ellos. Y ya era hora de que también los londinenses lo entendieran. Por eso no había que condenar a los carpinteros, aun cuando ello no supusiese una gran pérdida para su gremio.

Jonah comprendió, sorprendido, cuánto había subestimado a la reina.

—Veo que os decepciona que no sea el manso corderito por el que todos me tienen —comentó ella—. ¿O debería decir oveja?

Jonah levantó la cabeza.

–Estoy muy lejos de sentirme decepcionado, mi señora. Y... vuestra franqueza me honra sobremanera.
–Debo ser franca con vos, Jonah. Necesito amigos en Inglaterra. Ah, claro que he sido acogida con gran cordialidad en la corte, todos son extraordinariamente solícitos conmigo, pero necesito mis propios amigos, esos que, en caso de duda, se pongan de mi parte incluso en contra del rey cuando sea preciso obligarlo a labrarse su fortuna, como vos habéis hecho hoy.

Jonah bajó los ojos: temía que si la reina continuaba mirándolo, adivinaría cuáles eran sus sentimientos.

–De mi amistad siempre podréis estar segura, mi señora –aseguró en voz baja–. Mas ¿cómo podría seros de utilidad? Soy un don nadie; ni rico ni poderoso, y no tengo nada que ver con esta corte.

–Dejad eso a mi cuidado –replicó ella–. Las cosas pueden cambiar. Va a estallar una guerra, Jonah. Pronto.

–¿Con Escocia?

Felipa afirmó.

–Primero.

–¿Primero?

Ella sonrió con indulgencia.

–El rey y los jóvenes exaltados de los que se rodea ansían que se declare la guerra de una vez. Están ebrios de hidalguía, ¿entendéis? Y demostrar su destreza con las armas y su valor en los torneos a la larga no les basta. Mortimer y mi querida suegra Isabel firmaron la paz con Escocia en nombre de Eduardo, una paz que al rey le quita el sueño.

Jonah asintió: era comprensible. Todo inglés estimaba que esa paz, que había concedido a los escoceses los controvertidos territorios limítrofes y la liberación de la supremacía inglesa, era vergonzosa.

–El rey quiere borrar esa mancha de su reputación y devolver la paz a los territorios fronterizos. Mas, sobre todo, quiere demostrarle al mundo que en el futuro habrá que volver a contar con el ejército inglés. En particular desea demostrárselo al monarca de Francia.

–¿Francia? –repitió Jonah, sin dar crédito.

Felipa unió las manos en el regazo, lanzó un suspiro y asintió.

–Estoy segura de que sabéis que Eduardo no sólo es rey de Inglaterra, sino también duque de Aquitania.

–Naturalmente.

–Por ese motivo mi querido primo Felipe, el monarca francés, cree que Eduardo le debe vasallaje, cosa, claro está, que no agrada a mi esposo y que tampoco puede permitirse. Mas, si se niega, Felipe ocupará los castillos de Eduardo en Aquitania. Desde hace más de cien años Aquitania ha sido el rehén del que se han servido los reyes franceses para presionar a Inglaterra, y eso es algo a lo que Eduardo desea poner fin.

–Pero para ello primero ha de someter a los escoceses, que llevan pactando con Francia desde tiempos inmemoriales –concluyó Jonah.

La reina hizo un gesto de aprobación con la cabeza.

–A vos no es necesario daros muchas explicaciones, ¿no es cierto? Como veis, los días de los tratados de paz turbios y la inconclusa superioridad francesa están contados. Pero llevará su tiempo. Antes han de cumplirse numerosos requisitos. Por ejemplo, el rey necesita un ejército, cosa que no resultará demasiado difícil: considerando la animosidad que suscita Escocia, es probable que los jóvenes acudan en masa al rey. Pero un ejército hay que mantenerlo y vestirlo. Y aquí es donde intervenís vos. Se os ofrecerá un contrato de proveedor de paño para equipar a las tropas reales. ¿Os interesa?

De pronto a Jonah le costaba respirar. Un contrato. Para equipar a las tropas reales. Un contrato prácticamente era equivalente a ser rico. Carraspeó.

–Sí, mi señora.

–Conforme, pues –dijo la reina en tono pragmático, como si acabase de encargarle unas varas de seda, y no como si le brindara una posibilidad con la que la mayoría de los comerciantes soñaba en vano durante toda su vida.

Y ella le había ofrecido esa posibilidad sin más ni más, casi de modo incidental. Bien mirado ya lo había hecho hacía unos meses. Toda esa suerte repentina a Jonah le resultaba un tanto inquietante. Era como si no la mereciese. La idea de la enorme deuda que había contraído con la reina no lo asustaba. Dado que de todas formas ya estaba a su merced, aquello no cambiaba gran cosa. Sólo pensar que podía decepcionarla...

–Pero... yo no he hecho nada para ser digno de vuestra confianza. Carezco de experiencia y todavía no poseo muchos contactos. Quizá fuese mejor que...

La sonora risa de la reina lo interrumpió.

–Tentada me siento de creeros cuando calláis tan torpemente vuestros méritos. Mas, como tal vez os hayáis dado cuenta, el rey y yo propendemos a depositar nuestra confianza en hombres y mujeres que no son mayores que nosotros. Además, lo que decís no es cierto: me he informado sobre vos. Vuestros competidores, sobre todo el gremial que se hace llamar padrino vuestro, os consideran un mercader brillante, Jonah. ¿Acaso no lo sabíais?

–¿Os habéis informado? –inquirió perplejo–. ¿Hoy?

–Qué disparate. Hace unas semanas. ¿Es que pensabais que me había olvidado de vos? ¿De nuestro propósito con los tejedores flamencos?

Él miró al suelo y asintió.

–Jonah, Jonah... –dijo ella en tono de reproche–. ¿Qué opinión tenéis de mí? –Por suerte no parecía esperar que él le respondiera, sino que continuó–: Sigo igual de interesada que antes en traer aquí a los pañeros flamencos. Dentro de unas semanas vendrá mi tío Jean de Henao, y tengo la intención de discutir el plan con él. Entretanto podéis pensar cómo y dónde vamos a instalarlos.

Jonah tenía una idea.

–Los primeros pueden venir a mi casa. Pretendo erigir talleres en mi patio y arrendarlos a tejedores y tintoreros. ¿Por qué no a flamencos? Y tal vez pueda convencer a otros gremiales.

La reina hizo un gesto de asentimiento.

–Pero primero centraos en vuestro contrato. En este momento lo más importante es Escocia. –Se puso en pie para poner fin a su conversación, y Jonah se apresuró a seguir su ejemplo–. ¿Giselle? –llamó la reina, volviendo la cabeza.

La niña se acercó con un paño doblado e hizo una graciosa reverencia.

Jonah se había olvidado por completo de ella. Le producía cierto desasosiego que la niña hubiera oído todo cuanto habían dicho él y la reina. Mas Felipa disipó sus dudas:

–Perded cuidado, Jonah. Giselle no sólo es la dama más joven de mi séquito, sino también la más reservada. De ella se puede uno fiar. También forma parte de esos amigos míos de los que os hablaba antes. ¿No es cierto, hija mía?

Le acarició a la niña la castaña cabellera y ella se arrimó sin temor a la cariñosa mano. Por un momento a Jonah le recordó a su gato, *Ginger*. Le dedicó una sonrisa.

Felipa tomó el paño de sus manos, lo extendió y se lo ofreció a Jonah. Era una capa de la más exquisita lana verde oscura con un noble cuello de pieles.

–Tomad, Jonah. La vuestra se echó a perder hoy cuando nos salvasteis a mí y a mi hijo. Tomadla como pequeña muestra de mi agradecimiento.

Él la cogió, vacilante, tocó la suave y refinada lana, se llevó la piel a la mejilla un instante y, acto seguido, hizo una amplia reverencia.

–No sé qué decir.

La reina sonrió y le tendió la mano.

–En vuestro caso no es nada insólito.

El muchacho rió con suavidad, reunió todo su valor y se llevó la mano brevemente a los labios.

–Gracias, mi señora.

–Hasta pronto, amigo mío.

Cuando Jonah finalmente abandonó la Torre Blanca y salió al patio de armas, ya casi había oscurecido. Apretó el paso. En casa posiblemente ya lo hubieran dado por perdido, y quería alejarse de allí lo antes posible, regresar al familiar mundo exterior, a su mundo.

El patio se hallaba poco menos que desierto bajo la luz crepuscular. Aquí y allá había centinelas apostados a la entrada de las torres, pero Jonah vio más cuervos que personas. Ahora que había vuelto la calma, las aves se habían apoderado de nuevo de la Torre, saltaban por la pisoteada pradera o permanecían inmóviles cual gárgolas en las almenas.

Cruzó aquella entrada similar a una gruta, atravesó el puente levadizo y finalmente dejó tras de sí la muralla exterior de la Torre. Cuando se vio por fin en la calle, respiró hondo, aliviado y emprendió deprisa el camino a casa.

Encontró a Meurig a la puerta, buscándolo con la vista.

–Gracias a Dios –dijo aliviado al descubrirlo–. Empezábamos a temer lo peor.

—Todo va bien —le aseguró Jonah.

Meurig cerró, entró en casa y subió la escalera en pos de su joven señor. A la puerta de la sala se toparon con Rachel, que se quedó de piedra y rompió a llorar sin previo aviso.

Jonah miró sombrío a Meurig, pasó indiferente ante su llorosa criada y se dejó caer en un sillón junto a la chimenea, muerto de cansancio.

—Ahórrame el diluvio —refunfuñó.

Meurig acarició con disimulo el brazo de su Rachel.

—Ve a traerle un vaso de vino a maese Jonah. Seguro que le hace falta.

Ella asintió, se limpió el rostro con la manga y bajó. Meurig señaló la chimenea.

—¿Prendo la lumbre? Por la noche ya refresca.

Jonah movió la cabeza.

—Muy bien —repuso Meurig, encogiéndose de hombros, e hizo ademán de irse cuando Jonah lo llamó.

—¿Sabes qué ha sido de Elia Stephens y del aprendiz de Hillock?

El aludido hizo un gesto tranquilizador.

—No tienen más que unos rasguños. Al chico le dio una viga cuando la tribuna se desplomó y cayó al suelo, según me dijo maese Stephens. La multitud lo habría despachurrado, reinaba un gran caos y todo el mundo corría a tontas y a locas como pollos sin cabeza, pero maese Stephens sacó al joven Crispin de los restos y también salvó a muchos otros. En Cheapside lo aplauden como a un gran héroe.

«Estoy convencido de que le gusta», pensó Jonah divertido.

—Pero nadie sabía qué había sido de vos. Lo último que vio maese Stephens fue que habíais caído junto con la reina bajo los cascos de los numerosos jinetes. —Señaló la puerta con el pulgar por encima del hombro—. Por eso está tan alterada. Temíamos que hubieseis muerto.

Rachel regresó y le dio a Jonah un vaso de estaño lleno de vino. Él asintió agradecido y bebió un sorbo con expresión ensimismada.

La criada se había tranquilizado.

—O eso o que os habían encerrado en la Torre como a los pobres carpinteros —añadió Rachel—. Dicen que los van a descuartizar por traidores. —Se santiguó.

Jonah hizo una mueca burlona.

–No deberías creer todo lo que se dice en la calle. Los carpinteros serán perdonados, cosa que hemos de agradecer tan sólo a la reina.

Iba a levantarse, pero *Ginger* se le subió al regazo, dio unas cuantas vueltas y se sentó.

–Dios bendiga a la reina –dijo ella–. Debe de ser una mujer muy generosa y notable.

Jonah le acarició las orejillas al gato y, con la otra mano, tocó furtivamente el cuello de pieles de la nueva capa, que escondía bajo el ligero manto de verano.

–Lo es.

Rachel se mostró conforme.

–Os traeré algo de comer, señor. Debéis de estar desfallecido.

Jonah negó con la cabeza.

–Gracias. Y ahora vete. Por hoy tengo todo cuanto necesito.

LONDRES,
ENERO DE 1332

La plazoleta que había ante el comercio de paños de los Hillock se hallaba cubierta de sucia nieve marrón medio derretida. Durante dos semanas se habían alternado heladas y deshielo, y la tierra se había reblandecido de tal modo que el transeúnte distraído corría el riesgo de hundirse en el barro hasta los tobillos, un peligro del que sin embargo Jonah estaba a salvo, pues iba a caballo.

Se había tildado a sí mismo de irreflexivo cuando, poco antes de Navidad, compró el zancudo y noble castrado, la adquisición más cara que había efectuado en su vida que no fuese una inversión comercial. No obstante, Gervais de Waringham, al que todos consideraban un gran entendido en caballos y que incluso se dedicaba a la cría en su heredad de Kent, lo había ayudado a elegir y le había asegurado que jamás lamentaría esa compra y que su caballo le depararía muchos años de alegría.

También Martin Greene, veedor del gremio de pañeros y padrino de Jonah, lo había alentado a no ocultar la prosperidad de que ahora gozaba. Greene observaba a su protegido con abierto orgullo y no se cansaba de exhortar a los jóvenes gremiales a que lo tomaran como ejemplo, lo cual le resultaba en extremo embarazoso a Jonah. Sobre todo cuando Greene alababa su eficiencia, una voz obstinada resonaba en la cabeza del joven: «Suerte, no ha sido más que suerte». E inmerecida...

No había sido su contrato de proveedor de paños real el que de repente le había proporcionado tantos encargos y tan importantes que apenas sabía ya dónde almacenar el género y cómo dar abasto con el trabajo. El contrato ya se había extendido y sellado, pero aún no se había procedido a efectuar entrega alguna. La al parecer inminente guerra contra Escocia, de la que curiosamente nadie había oído una palabra, tendría que esperar al menos hasta primavera, pues en invierno no se luchaba. Hasta ese mismo día no había recibido la orden del tesorero real de suministrar cincuenta balas antes de marzo. No, lo que lo había tenido en vilo todo el otoño habían sido los pedidos de las nobles damas de la corte y sus sastres. Solicitaban aquello con lo que a Jonah más le gustaba comerciar: fina lana, el lino más exquisito, seda y valioso paño de mezcla, en ocasiones incluso bicolor, géneros estos que además permitían obtener los más pingües beneficios.

Jonah estaba seguro de que la reina obligaba a sus damas y a las esposas de sus caballeros a acudir a él, lo cual le avergonzaba. Había días que deseaba no gozar de las simpatías reales y tener ocasión al menos de trabajar solo y sin ayuda ajena.

Pero el muchacho se equivocaba. Cierto es que la reina lo había recomendado al tesorero real para uno de los inminentes contratos, pero no había hablado a nadie más de él. Sus damas habían ido a verlo por decisión propia. Por una parte, porque le había salvado la vida a su amada reina, razón por la cual le estaban agradecidas. Por otra, porque, con sus ojos negros y su laconismo, en ocasiones casi aspereza, tenía algo que las inducía a recibir personalmente el género que les suministraba. Habían apostado cuál de ellas sería la primera que conseguiría hacerlo salir de su concha. Sobre todo, sin embargo, no tardó en correrse la voz de que podía proporcionar los tejidos más preciosos y a un precio justo, y ello fue decisivo. La sospecha de Jonah de que las simpatías de que gozaba entre las damas no eran sino una moda pasajera pasaba por alto el hecho de que todas ellas se hallaban sometidas a la gran presión de aparecer siempre con ropas nuevas sin endeudarse irremediablemente.

Ahora, después de los días festivos, por fin se le concedía un respiro, y había ido allí a hacer lo que tenía en mente desde hacía semanas. El volumen de trabajo había constituido un buen pretexto para aplazarlo, pero ese día se había decidido de una vez por todas.

Desmontó y ató el caballo a una argolla de hierro contigua a la puerta del comercio. Al hacerlo recorrió con la mirada la plazuela, el lugar que había sido su hogar durante años. Todo parecía extrañamente reducido, un tanto más sórdido que en el recuerdo.

Dio unas palmaditas en el pescuezo al castrado y entró en el establecimiento antes de que le faltara el valor. A punto estuvo de chocar con Crispin.

—Oh, buenas tardes, señor... ¡Jonah! Casi no hay quien te reconozca. Vaya, vaya, menuda capa. ¿El cuello es de castor? Y ese sombrero. Muy elegante.

—¿Está mi primo?

Crispin asintió, continuó mirándolo con fijeza e incredulidad y se apresuró a bajar la vista cuando cayó en la cuenta.

—Espera un momento. Justo ahora iba a cerrar. Te llevaré hasta él.

—Gracias, conozco el camino. Mejor será que no te dejes ver arriba.

El chico lo miró, medroso.

—¿Qué ocurre? No vayas a exasperarlo y luego marcharte.

Jonah prefirió no prometer nada que probablemente no pudiese mantener. No era su intención pelearse con Rupert, mas resultaba imposible predecir el derrotero que seguiría la conversación. Dejó el capuchón en el mostrador, entró por la puerta trasera, cruzó el patio y en la cocina se encontró a una extraña que al verlo profirió un agudo gritito.

—¿Quién sois? ¿Qué se os ha perdido aquí?

—Jonah Durham, primo de maese Hillock. ¿Dónde está Helen?

La nueva criada lo observó con abierta desconfianza y negó con la cabeza.

—Se fue. Maese Hillock ya no recibe a nadie a esta hora —informó con frialdad.

—Estoy seguro de que conmigo hará una excepción. —Se encaminó a la puerta—. No es preciso que sepa que me has visto.

Y antes de que ella pudiera poner más reparos, abandonó la cocina y subió la escalera. Aún sabía de sobra qué peldaños crujían y se hizo notar adrede.

—Berit, ¿eres tú? —preguntó Rupert desde la sala—. ¿Dónde está la cena?

Jonah entró en la crepuscular estancia.

—Buenas tardes.

Elizabeth se levantó de un salto, como si la hubiesen pinchado.

—¿Qué se te ha perdido aquí? ¡Vete al diablo!

Jonah se quedó cerca de la puerta, cruzó los brazos y la observó con la cabeza levemente ladeada. Había perdido la razón, le había dicho Crispin hacía unos meses. De ser cierto, al menos no se le notaba. Iba impecable, como siempre, a lo sumo estaba un ápice más delgada, lo cual podría ser el motivo de que el rictus de amargura de su boca le pareciera más marcado que hacía un año.

–Repórtate, mujer, que es mi primo –objetó Rupert con escaso entusiasmo.

–Un condenado es lo que es –espetó ella en voz baja. Y sonó casi como un bufido–. Él tiene la culpa de todo. Con sus mentiras y sus calumnias te ha desacreditado ante los gremiales. Te ha quitado a los sastres y a los mejores clientes. Mira cómo viene: como un caballero distinguido, con su cuello de pieles pagado con el dinero de tu abuela, el que te correspondía a ti, pues eres el mayor. Pero se lo llevó él, aunque posiblemente la asfixiara con una almohada porque no quería esperar más.

Rupert, tan perplejo como Jonah, inquirió:

–¿De qué diantre estás hablando?

Elizabeth rió burlona.

–¿Acaso crees que fue una casualidad que estuviese a solas con ella cuando murió?

Jonah carraspeó y se volvió hacia Rupert.

–Me gustaría proponerte un negocio. No llevará mucho.

–No hacemos negocios contigo, maldito... –espetó Elizabeth.

Rupert se levantó de súbito.

–¡Ya basta! Cierra el pico y vete.

Ella lo miró con fijeza un instante, ofendida y asustada, pero se fue sin decir más.

Una vez a solas, ambos primos se miraron con recelo, sin saber cómo continuar.

Al cabo, Rupert se dejó caer en su asiento entre ayes e invitó a Jonah a hacer lo propio.

–Siéntate, Jonah. Bebe algo.

Jonah se acomodó frente a él.

–¿Cómo es que no estás enfermo? –inquirió Rupert con curiosidad–. Siempre lo estás en esta época del año. Y en las funciones navideñas hacía un frío glacial.

El muchacho sonrió sin querer.

–Después de la última representación me fui a casa y me di un baño caliente. Por orden de mi criada.

Rupert se echó a reír, sirvió cerveza de la jarra de estaño y le pasó el vaso a Jonah.

—Estuviste mejor que antes.

Todo era más sencillo de lo que Jonah esperaba. Posiblemente pudiera ser incluso el principio de una reconciliación, pero él no tenía el más mínimo interés.

Rehusó el vaso.

—No bebo contigo, Rupert. Atentaste contra mi vida, y si creyeras que podrías salirte con la tuya, volverías a intentarlo.

Rupert parpadeó: por un instante su poroso rostro se tornó un libro abierto, y Jonah vio lo mucho que su primo se avergonzaba de tan cobarde ataque. Acto seguido el mayor bajó la mirada.

—Fue idea suya —soltó—. Esa mujer te aborrece. Sé que no debí acceder, pero no te imaginas cómo me importunó.

«Una disculpa pésima», pensó Jonah desdeñoso. Y, a pesar de todo, supo apreciarla en cierto modo. Le consoló un tanto que Rupert, su único pariente, no hubiese maquinado tan diabólico plan, pero habría preferido morir a admitirlo.

—Estoy seguro de que no fue tan difícil convencerte de las ventajas que acarrearía mi repentina muerte.

Rupert cambió de táctica. Dio un sorbo largo del vaso despreciado y se echó hacia atrás.

—Ya veo que no has venido a hacer las paces —rezongó.

Jonah no dijo ni que sí ni que no.

—He venido a proponerte un negocio, como te he dicho.

—Deja que adivine. —Rupert alargó la última palabra con sorna—. Te has excedido con tu valioso paño flamenco, estás en las últimas y buscas dinero. Si has venido por eso, pierdes el tiempo.

Jonah chasqueó la lengua en señal de desaprobación.

—¿Acaso crees que tuve tan mal maestro?

Rupert soltó un bufido.

—Desembucha, pero no me sacarás ni un penique.

«Porque no tienes nada», pensó Jonah, si bien se lo calló. No hacía falta ofender a su primo: sabía que estaba con el agua al cuello, razón por la cual aceptaría la humillante oferta de Jonah. Ésa era suficiente venganza.

—Tengo un contrato, Rupert, y te brindo la oportunidad de beneficiarte de él.

Su primo lo miró suspicaz.

—¿Un contrato? ¿De quién?

—Del rey Eduardo.

Rupert se quedó de piedra un instante. Abrió la boca varias veces, volvió a cerrarla y, a continuación, dio un puñetazo en la mesa y prorrumpió en una sonora carcajada.

—¿Es eso verdad? Sabe Dios que tienes más suerte que un demonio. El mentecato de Stephens va contando por la casa del gremio que le salvaste la vida a la reina cuando se hundió la tribuna y que estuviste en la Torre con ella. ¿Es cierto? ¿Y qué más tuviste que hacer por ella para que te procurara un contrato? —Apoyó las manos en la mesa y se inclinó hacia delante. Sus oscuros ojos chispeaban—. A mí me lo puedes decir tranquilamente —añadió con aire de complicidad—. Dicen que nuestra Felipa tiene un temperamento apasionado.

La sonrisa lasciva de Rupert casi le produjo a Jonah malestar físico.

—Creo que olvidas de quién estás hablando.

Rupert bebió de su vaso y eructó sin miramientos.

—Menudo mojigato estás hecho. Pero volvamos al contrato. ¿De qué se trata?

—De paño de mediana calidad, Beverly Brown o género similar. Cincuenta balas de aquí a marzo a un precio garantizado de dos libras por bala. Te ofrezco la mitad. Claro está que cuanto más económicas las consigas, tanto mayor será tu ganancia, pero supongo que treinta chelines por bala es una cifra realista. Digamos cuarenta libras. Yo te las anticipo y tú me suministras el género de hoy en seis semanas.

Rupert permanecía completamente inmóvil. Sin perder de vista a Jonah, preguntó en voz baja:

—¿Por qué no te procuras el paño tú mismo?

—Eso no es de tu incumbencia.

—¿Y qué parte quieres de mis ganancias? Supongo que la mitad —lo dijo indignado, como si Jonah pretendiera engañarlo en lugar de ofrecerle una oportunidad con la que jamás habría osado soñar.

—Ni un solo penique, Rupert.

Su primo gruñó con incredulidad y vació el vaso.

—Demasiado bueno para ser verdad. Seguro que la cosa tiene su intríngulis. ¿Tan necio me crees como para pensar que lo haces por un sentido del deber familiar?

Jonah se permitió esbozar una sonrisilla irónica.

—Tal y como están las cosas entre nosotros, será mejor que no hablemos de lazos familiares. No quiero tu dinero, sino otra cosa.

—¿Qué? —preguntó Rupert con rudeza.

—Quiero a Crispin.

Su primo lo miró un momento, sin entenderlo, antes de soltar de nuevo una atronadora risotada.

—¿Por ese gandul parlanchín estás dispuesto a proporcionarme un beneficio de... —hizo un cálculo rápido— diez libras?

Jonah se retrepó y cruzó los brazos.

—Piénsatelo, pero quiero que me respondas ahora mismo. Y, si estás conforme, me lo llevaré conmigo en el acto.

Rupert desechó la idea.

—No estás en tus cabales. ¿Por qué iba a dártelo? Es mi aprendiz. ¿Qué diría su padre al respecto? ¿Y el gremio?

—Su padre está de acuerdo y los veedores también.

—Ah, veo que estaba planeado con antelación, ¿no es así? —saltó Rupert—. No escatimas esfuerzos para mancillar mi reputación, maldito bastardo.

Jonah se levantó con parsimonia.

—Como desees. Que te vaya bien.

—No, espera, Jonah.

Éste dio media vuelta.

Rupert alzó la siniestra en un gesto de súplica y al punto se la pasó por el cabello, despeinándolo. Tenía el rostro encendido, y de pronto los ojos parecían muy pequeños.

—Muy bien, allá tú. —Se interrumpió brevemente antes de escupir—: No puedo permitirme rechazar tu oferta, como sin duda sabrás.

Jonah le devolvió la mirada y le costó permanecer impasible: una triunfal sonrisa burlona pugnaba por aflorar a toda costa a sus labios. Mas se contuvo.

—Pero el chico se queda aquí hasta que me hayas pagado las cuarenta libras —demandó Rupert con agresividad.

Era como si quisiese salvar la escasa dignidad que le quedaba con tan absurda exigencia.

Jonah contaba con ello. Sin decir palabra volvió a la mesa y se sacó dos pequeñas talegas de las ropas. Se había acostumbrado a llevar bajo el jubón, pegado a la piel, grandes sumas de dinero.

—Aquí tienes.

Rupert rió con desdén.

—Eso no pueden ser cuarenta libras. Llenarían un arca.

—Son monedas de oro florentinas: doscientas, cada una de ellas por valor de cuatro chelines. Si no me crees, ve a la casa de banca Bardi, en Lombard Street. Las he cambiado allí, y allí te las cambiarán. ¿Quieres contarlas?

A Rupert le temblaron los dedos al desatar una de las bolsitas y echar un vistazo. El oro relucía con el débil resplandor de la única vela que había en la mesa. Una sonrisa casi de dicha iluminó el rostro de Rupert.

—No, te creo.

—Así que estamos conformes, ¿no? —preguntó Jonah.

—Conformes. Llévate a ese insolente, pero no me vengas con quejas la semana que viene. Al fin y al cabo lo conoces bien.

Jonah asintió. Durante un instante ambos titubearon. Después extendieron la diestra a un tiempo y se dieron un breve apretón de manos.

—En seis semanas, pues —dijo Rupert, jovial.

—Seis semanas.

Crispin se encontraba ante el comercio en la fría noche, acariciando al paciente castrado, cuando salió Jonah.

—Es soberbio —declaró el muchacho en tono de admiración—. ¿Cómo se llama?

—No lo sé.

—¿Qué? Pero todo animal ha de tener un nombre, Jonah.

—A lo mejor puedes ponérselo tú. Ve por tus cosas: te vienes conmigo.

Crispin dejó caer las manos.

—¿Cómo?

Jonah miraba el embarrado suelo. No se sentía del todo a gusto con lo que había hecho.

—Tu padre ha accedido y el gremio también. Y acabo de poner-

me de acuerdo con Rupert. A partir de hoy eres mi aprendiz. Y ahora ve por tus cosas.
Crispin no se movió.
—Podrías... podrías haberme preguntado.
Jonah alzó la vista.
—¿Para qué? ¿Por casualidad te preguntaron antes de entrar aquí de aprendiz?
—No.
—¿Entonces?
—¿Puedo ir a despedirme? —sonó rebelde.
Jonah transigió.
—Pero date prisa.
Crispin se volvió sin decir palabra y desapareció en la tienda. Jonah dio una vuelta por la plaza con el castrado sin nombre para que las frías articulaciones entraran en calor antes de que el animal tuviera que cargar con su jinete.

Cuando Jonah se detenía ante el comercio de su primo, salió Crispin. Llevaba bajo el brazo un hatillo y cerró la puerta despacio, titubeante, tras de sí antes de mirar la insustancial fachada de la angosta casa.

Acto seguido se acercó a Jonah y le sostuvo el estribo como si fuese la cosa más natural del mundo. Aquel gesto sumiso avergonzó a Jonah, que sin embargo montó sin hacer comentario alguno.
—Dame el hatillo.
Jonah estiró la siniestra y el chico se lo entregó. Era pesado, pues contenía el valioso libro de las vidas de los santos, pero en la raída capa de verano no parecía haber envuelto mucho más.

Caminaba con la cabeza gacha, mas con paso largo y firme, junto al castrado.
—¿Por qué has hecho eso, Jonah?
—Necesito ayuda en el negocio urgentemente.
Crispin alzó la cabeza y levantó las manos.
—¿Es que no había nadie en todo Londres que quisiera entregarte a su hijo de aprendiz?

Lo más probable era que no hubiese sido tan sencillo como creía el chico. Aunque ya se había corrido la voz de que Jonah era un buen comerciante, muchos gremiales todavía lo observaban con escepticismo, lo consideraban demasiado joven e inexperto y contaban a diario con que su próspero negocio –cuyo éxito se les antojaba de todos modos sospechoso– se fuera a pique.

–No me sirve alguien incapaz de distinguir un brocado veneciano de una rodilla.

Crispin asintió, aun cuando no estaba convencido de que ésa fuera la verdadera razón. Le habría gustado pensar que Jonah había obrado así por hacerle un favor, por librarlo de su alcohólico y a menudo rabioso maestro y sacarlo de un negocio arruinado para incorporarlo a uno floreciente donde había mucho que aprender. Sin embargo, lo más probable era que Jonah quisiera gastarle una jugarreta a Rupert.

–Es una sensación poco edificante ser el instrumento de tu desquite, ¿sabes? –comentó abatido.

Jonah lo miró desde arriba y sus negros ojos parecieron despedir un brillo amenazador en el crepúsculo.

–Creo que subestimas tu importancia, Crispin. Y ahora deja de quejarte.

El chico enmudeció y, un tanto ofendido, avanzó dando zancadas por la nieve derretida junto a su nuevo maestro. Cuando se aproximaban a Ropery, oyeron tañer la campana vespertina de All Hallows. Crispin miró con curiosidad en derredor: no había estado nunca en aquel barrio, y observaba asombrado las grandes casas.

Jonah se detuvo ante una puerta enmarcada en un muro de piedra que sin duda era tres veces más alto que el ancho de la casa de los Hillock. Aflojó el llavero del cinto y se lo tendió a Crispin.

–La pequeña con la D en el rombo es la de la puerta.

Jonah desmontó mientras el chico seleccionaba la llave.

–¿D de Durham? –preguntó, preso de la curiosidad, según abría.

Su amigo se encogió de hombros.

–Mi abuela le compró la casa a un peletero apellidado Deresle. La llave también me sirve a mí. Pasa.

Jonah condujo a su caballo al patio y Crispin lo siguió, se quedó petrificado a los pocos pasos y echó un vistazo, atónito.

–Extraordinario... Es inmenso. –A la menguante luz, vio la casa a la derecha y, a la izquierda, el almacén de paño y la cuadra. Unos pulcros senderos dividían los ahora pelados bancales y unían entre sí las construcciones, y en la parte trasera del terreno se veían grandes pilas de tablones de madera y estacas. El armazón de dos modestas casitas ya estaba en pie–. ¿Qué vas a hacer ahí? –quiso saber Crispin.

Jonah ató el caballo junto a la puerta.

–Una tejeduría y una tintorería. Se las arrendaré a artesanos flamencos y después venderé el paño que se confeccione aquí.

–¿A flamencos? Qué idea más... rara.

Jonah sonrió de pronto.

–Hay gente a la que le entusiasma. Y ahora entra en casa.

A la puerta les salió al encuentro Meurig con un candil.

–¿Maese Jonah? He oído la puerta. La comida está lista, señor.

El aludido asintió.

–Meurig, éste es Crispin, mi aprendiz.

El criado tomó el candil con la siniestra y le tendió la diestra al chico. El apretón de la callosa mano fue cálido y firme, y de pronto Crispin se sintió mucho más aliviado.

–Bienvenido, Crispin. Hazme el favor de sujetar el candil mientras llevo el caballo a la cuadra.

Le puso en la mano el pequeño utensilio de barro, le guiñó un ojo por encima de la llama y atravesó el patio silbando.

–Déjalo ensillado, voy a salir después –le dijo Jonah, y Meurig levantó la mano en señal de conformidad.

Jonah condujo a su aprendiz a la casa, cruzó la pequeña antesala y subió la escalera para ir a la sala, donde fueron recibidos por las poco agradables palabras:

–¡Largo de aquí, monstruo!

–Crispin, éstos son Rachel y mi gato *Ginger*. Como ves, aquí también se pelea y se discute, te sentirás como en casa.

Rachel se giró hacia la puerta; con la siniestra empuñaba una escoba un tanto en alto, como si fuera a abalanzarse con ella sobre los recién llegados. Pero la bajó en el acto y sonrió con aire de culpabilidad.

–Se ha vuelto a pasear por la mesa, maese.

–Lo hace justamente porque sabe que te exaspera –razonó Jonah, y se sentó en su sitio, el sillón más cómodo, que presidía un costado de la mesa.

Un vivo fuego crepitaba en la chimenea.

También Rachel le dio la bienvenida a Crispin.

–Ven, siéntate, muchacho, éste es tu sitio, al lado de maese Jonah. Más tarde te enseñaré tu alcoba. No supe hasta ayer que venías, pero la he arreglado, ya verás como te sientes a gusto. Pero primero querrás comer, ¿no?

–Sí, claro... Muchas gracias –balbució el chico, completamente confuso con tanta amabilidad, y se dejó caer con cansancio en la silla que la mujer le había indicado.

Al poco oyeron subir a Meurig, y Rachel sacó la cena. Llenó los platos de estaño del humeante guiso, que desprendía un delicioso aroma a panceta, cebolla y ajo, y los fue repartiendo.

Crispin olisqueó maravillado.

–Hum... ¡habichuelas!

Rachel rió satisfecha.

–Alguien me ha dicho que te gustan mucho.

Meurig pasó la jofaina para lavarse las manos y a continuación sirvió cerveza en los cuatro vasos antes de sentarse.

Crispin unió las manos y bajó la cabeza mientras Jonah bendecía brevemente la mesa; notó un nudo en la garganta que se le antojó del tamaño de un puño.

Jonah abandonó la sala despidiéndose con parquedad, sin decir adónde iba o cuándo esperaba volver. Los demás callaron hasta que oyeron cerrarse la puerta.

–Apenas ha comido –observó Meurig, crítico.

–Espero que no haya sido por mis judías –intervino Rachel.

–Seguro que no –musitó Crispin con timidez–. Estaban riquísimas.

La mujer lo premió con una sonrisa radiante y le ofreció el plato de Jonah.

–Entonces come otro poco, muchacho, dame esa alegría.

No se hizo de rogar: Crispin agachó la cabeza y se zampó el segundo plato de las sencillas mas sabrosas habichuelas.

Meurig repartió el contenido del casi intacto vaso de Jonah entre los tres.

–Sería una vergüenza que una cerveza tan buena se echara a perder. Esto no es propio de él. ¿Qué mosca le habrá picado?

–¿Qué va a ser? –gruñó Rachel–. Pues su primo. Sólo Dios sabe qué se habrán tirado esta vez a la cabeza.

Aunque Jonah jamás había mencionado a los Hillock, Rachel y

Meurig estaban al corriente de todo. La señora Cross, la misma que los puso en contacto con el joven maese Durham, había hecho algunas alusiones reveladoras al respecto, y del resto se habían enterado al hacer la compra o en la taberna, de boca de los criados de otros pañeros.

Crispin resopló a regañadientes.

—Si pelearse con maese Rupert o con la señora le quitara el apetito, Jonah habría muerto de hambre hace tiempo. Eso no lo impresiona en modo alguno, creedme.

La pareja lo miró sorprendida.

—No, no lo creo —le contradijo Rachel con resolución—. Y eso que tú precisamente deberías conocerlo mejor. Y eres muy ingrato al hablar de él así después de todo lo que ha hecho por ti, muchacho. ¿Es que no te alegras de estar aquí? —le preguntó.

Crispin miró con disimulo la sala. Era mayor que la de Rupert y tenía mejores muebles, aunque a todas luces fuesen viejos; la chimenea humeaba menos, Jonah no era tan rácano con las velas como su primo y las flores de lavanda secas en la paja desprendían un agradable aroma al pisarlas. Pero eso no era lo más importante. Lo fundamental era que allí no se sentía la apremiante necesidad de salir de la sala lo antes posible, que uno podía sentarse a la mesa sin que el miedo le atenazara constantemente el estómago. Pensó en la breve y desagradable despedida de poco antes. Como no podía ser de otra manera, maese Hillock lo había acusado de hacer causa común con Jonah y estar al tanto de todo, ni siquiera había escuchado al chico, que huyó cuando Rupert dio muestras de ir a abalanzarse sobre él una última vez.

—Sí que me alegro —admitió él—. Pero no lo ha hecho por mí, Rachel, estate segura. Jonah Durham sigue un plan en todo cuanto hace, aunque no se note. Le viene de su abuela —agregó, y al parecer hasta él mismo se sorprendió ante tan repentina idea.

Rachel movió la cabeza, disgustada, se puso en pie y recogió los platos.

Meurig vació el vaso, se levantó asimismo y le hizo una señal a Crispin.

—Ven, te enseñaré tu cama. —Tomó un candil de la mesa, salió de la sala con el chico tras él y recorrió un pequeño y oscuro pasillo hasta llegar a la última puerta—. Aquí es —dijo, y abrió y lo invitó a pasar.

Crispin entró, curioso. La estancia no era amplia. En la pared izquierda había una cama, sin baldaquino ni colgaduras, pero así y todo era mucho mejor que un jergón de paja tendido en el suelo. Bajo la ventana, que estaba cerrada con unos sólidos postigos, descansaba un arcón bajo, y de la pared contigua a la ventana, colgaba un sencillo crucifijo de madera.

–¿Aquí es donde voy a dormir? –preguntó Crispin con incredulidad–. ¿Una alcoba para mí solo?

Meurig esbozó una ancha sonrisa.

–Disfrútala mientras dure. Cuando tenga esposa e hijos y oficiales, es posible que pases a alojarte en el almacén. Ahora mira dentro del arcón.

Crispin se acercó despacio a la ventana, se agachó y abrió la carcomida tapa de madera. Percibió un aroma a romero. Arriba del todo, pulcramente doblado, había un jubón de lino. Incluso a la tenue luz se veía el color grisáceo, y Crispin sospechó que su nuevo jubón no hacía mucho había sido una sábana vieja, si bien estaba recién lavado y era muy suave. Debajo había unas calzas de exquisita lana azul y, bajo éstas, una cota a juego de un tono más oscuro. Esas prendas, constató su experto ojo, eran nuevecitas. Por primera vez en su vida Crispin tenía unas ropas que no había llevado alguien antes. Sin embargo, la capa lo eclipsaba todo. El chico la reconoció: Jonah la lució en septiembre, el día del desafortunado torneo. Pero la habían teñido, con lo cual ya no se veía mancha alguna, y al fino paño de verano le había sido añadida una segunda capa de lana azul más gruesa y bien abatanada, la misma de la que estaba confeccionada la correspondiente capucha.

La capa se le resbaló de los dedos y fue a caer desordenadamente al arcón. Con piernas temblorosas el chico se sentó en el tajuelo que descansaba bajo el crucifijo, mantuvo la cabeza gacha y se enjugó, avergonzado, los ojos.

–Ay, Jonah... –murmuró–. Maldito bastardo.

Meurig se hallaba apoyado en el marco de la puerta con los brazos cruzados.

–Bueno, muchacho. Tal vez las cosas no sean como pensabas. Ha removido cielo y tierra para sacarte de allí, ¿sabes? Empezó a prepararte estas cosas ya en otoño, y le recordó a Rachel dos veces que hoy debía cocinar habichuelas. Lo nunca visto: que diga algo más de lo estrictamente necesario, de veras. Y que no sea capaz de darte todo esto él mismo, sino que prefiera esfumarse no cambia nada, ¿no es cierto?

—No —musitó Crispin.

Meurig asintió, satisfecho.

—Entonces buenas noches, Crispin. Encontrarás agua para lavarte mañana por la mañana en la cocina. Ah, y el retrete está en el patio, a mano izquierda.

El chico se aclaró la garganta con decisión y levantó la cabeza.

—Buenas noches, Meurig. Y muchas gracias.

—No hay de qué. Una cosa más: esto no es de mi incumbencia, pero tal vez quieras pararte a pensar si resulta adecuado que lo sigas llamando simplemente Jonah. Él jamás diría nada, ya que desprecia todas esas normas, mas a veces simplifica la vida seguirlas, ¿qué opinas?

—Pensaré en ello —prometió el aprendiz.

Meurig lo dejó solo y, en la repentina oscuridad, el chico fue a tientas hasta el otro extremo de la desconocida habitacioncita, con cuidado, se quitó los zapatos y se tumbó en su cómoda cama. Era lo bastante mullida para un príncipe, comprobó, pero a pesar de ello tardó en quedarse dormido.

Jonah la vio en el acto.

Se había detenido a la entrada de la sala para examinar lo que le aguardaba. Se hallaba oculto en las sombras de la crepuscular antesala y observaba la sala, que resplandecía con el brillo de un ostentoso sinnúmero de velas. Estaba sentada a la larga mesa entre un comerciante de barba cana y un joven caballero, el rostro vuelto hacia la puerta, si bien aún no lo había visto.

Jonah dio media vuelta tan bruscamente que chocó con Elia, que se disponía a entrar tras él.

—¿Qué sucede? —preguntó estupefacto el joven Stephens—. ¿Has visto algo que no es de tu agrado? No me lo puedo creer.

—Vayámonos —se limitó a decir Jonah.

—Si os disgusta la sala iluminada con tantas personas, mi señor, podéis elegir desde aquí —comentó en voz baja el criado que los había dejado pasar.

Era un muchacho agradable y con buenos modales, muy distinto de los patrones y rufianes que conocía Jonah de los burdeles convencionales. Mas no le prestó atención, sino que le hizo una señal exhortativa a su amigo, el cual se lamentó.

—Sinceramente, Jonah, a ti no hay quien te entienda. Fue idea tuya venir aquí. Si has cambiado de opinión, de acuerdo, vuelve con tu pequeña pícara de Thames Street, pero yo me quedo. No todas las noches se presenta una oportunidad así, ¿sabes? A diferencia de ti, yo estoy casado, por si lo habías olvidado, y...

—Cierra el pico, ¿quieres?

Jonah había superado el primer susto, mas no sabía qué hacer. Se hallaba, indeciso, entre la sala y la salida, y sus ojos volvían a mirarla casi en contra de su voluntad. Al igual que la veintena aproximada de muchachas de la mesa, vestía con elegancia, pero sin estridencias. Cota y sobrecota eran de un gris perla extraordinariamente favorecedor y lucían discretos bordados azules. Las ceñidas mangas de la cota estaban recubiertas hasta el codo de pequeños y delicados nudos, una nueva y costosa moda. El caballero de al lado apoyó la mano con familiaridad en su hombro y le susurró algo al oído. Ella echó la cabeza atrás y rió. No con una risa estridente ni ruidosa, sino de todo punto natural, y sus ojos casi chispeaban de alegría. Jonah sintió una punzada de dolor.

—¿Y ahora qué? —murmuró Elia con suma impaciencia—. Dios, ¿has visto a esa pequeña de las trenzas negras? Espero que esté disponible. No perdamos el tiempo aquí... Oye, estás blanco como la pared.

Jonah la señaló con el mentón, y entonces cayó en la cuenta de que Elia posiblemente no la reconociera, pues sólo la había visto una vez, cuando acudió antaño a la casa del gremio el día de la función navideña, y estaba pensando qué decirle a su amigo cuando éste se sobresaltó de pronto.

—Demonios, la aprendiza de Canterbury de Elizabeth Hillock, la de los rizos rubios. ¿Cómo diantre ha llegado aquí?

—Adivina.

Elia lo miró con desagrado.

—¿Rupert?

Jonah no dijo nada, pero su amigo no tuvo más que ver su huraño semblante para intuirlo todo.

–Dios, algo así puede aguarle la fiesta a uno en una noche como ésta –gruñó.
Jonah no pudo por menos de sonreír.
–Estoy seguro de que recuperarás tu buen humor, pero a mí habrás de disculparme.
Su amigo movió la cabeza afirmativamente.
–Claro. Lo entiendo, créeme. –Su mirada se centró de nuevo en la puerta, y sus ojos se iluminaron con la profusión de belleza que se podía ver allí. Y no sólo ver. Tal y como Jonah vaticinara, Elia no reprimió sus ganas de diversión mucho tiempo–. Voy a probar con la negra. ¿Será francesa? ¿Tú qué crees? Ah, y Jonah, hazme el favor de no ir a casa por Drapers Lane. Si mi dulce Mary se asoma por casualidad a la ventana y te ve, estoy perdido.
–Pierde cuidado.
Jonah sabía que Elia sentía un gran afecto por su joven esposa, si bien no había sido capaz de mantener su juramento de fidelidad matrimonial más de uno o dos meses. Había retomado tranquilamente sus costumbres de soltero, mas siempre era muy discreto, pues no quería ofender en modo alguno a su «dulce Mary». Jonah lo tenía por más considerado que la mayoría de esposos.
Renunció a mirar una última vez a Annot y dio media vuelta con resolución. Ya en la puerta, reparó en que el complaciente criado lo había seguido.
–Disculpadme, mi señor...
–No te molestes.
–Vos sois Jonah Durham, ¿no es cierto?
Éste giró la cabeza despacio.
–Y yo que pensaba que en una casa así no se mencionaban nombres.
El joven lo miró con desenvoltura, pareció someterlo a una minuciosa observación y sonrió. Era una extraña sonrisa de aprobación que Jonah no supo interpretar. Acto seguido el criado bajó cortésmente la vista y repuso:
–Ella no aprendió esa norma hasta después de hablarme de vos. Pero nombres y demás secretos están a salvo conmigo. Si tenéis unos minutos, mi señor, a Annot le gustaría mucho volver a veros.
–Permíteme que lo dude. Además, en este momento al parecer está muy ocupada.

Cupido cabeceó ligeramente.

—Pese a ello, se puede arreglar.

Indeciso, Jonah regresó a la sala. Annot se había vuelto hacia el barbicano y lo miraba a los ojos. La luz de las velas parecía enredarse en sus rubios rizos y le confería a su inocente y joven rostro un resplandor dorado mate. Era cautivadora. Estrictamente puede que no fuese guapa, pero sí cautivadora. Por vez primera lamentó por él mismo que Rupert y su abuela hubiesen frustrado su matrimonio.

—¿Qué ha sido del niño? —quiso saber.

—El muchacho está en un convento. Pero nació deforme y es muy probable que también deficiente. Si Dios es misericordioso, no tardará en llevárselo.

«Bien hecho, Rupert —pensó Jonah, rebosante de odio—, no creo que hubieses podido causarle más desgracias.» La mano del barbado desapareció bajo la mesa, y Jonah supo que no conseguiría marcharse y dejarla a merced de aquel viejo lascivo o del fatuo caballero, o de ambos incluso, aunque sin duda sería lo más sensato.

—Muy bien —refunfuñó—. Pero la quiero toda la noche. Dime cuánto es mañana por la mañana —se adelantó al criado—. Ahora no quiero oír hablar de eso.

«El pago siempre por anticipado», rezaba la inalterable norma que la señora de la casa había establecido, pues una vez saciado el deseo, solía despertar la avaricia y con ella llegaban las excusas y las reclamaciones, imposibles de demostrar ni refutar. Sin embargo, Cupido estaba dispuesto a hacer una excepción: conocía la mirada con que Jonah seguía cada uno de los movimientos de Annot. El joven comerciante pagaría. Y volvería.

A una señal de Cupido se acercaron dos pajes, dos adolescentes que, presumió Jonah, también estarían disponibles por la debida suma. Se preguntó de dónde habían salido tan deprisa, pues habría jurado que se hallaba a solas con el criado en la crepuscular antesala.

Cupido pidió al primero de los jóvenes:

—Acompaña al caballero arriba. Y tú —le indicó al segundo— ve a ver a Annot y dile que su señoría desea hablar un momento con ella. Dilo de forma que sepa en el acto a quién te refieres. Y sé discreto y habla en voz baja, pero cerciórate de que sus compañeros de mesa te oigan.

El chico contestó a tan aparentemente absurdas indicaciones con un aburrido movimiento de cabeza y se fue. El otro indicó a Jonah con deferencia que lo siguiera. Subió la amplia escalera con la magnífica baranda tallada, le abrió una puerta y le mostró una agradable estancia con una ancha cama, un arcón, una mesa y un mirador con un banco tapizado. En el suelo había un brasero del que emanaba un perfume intenso, embriagador, como si con el carbón hubiesen mezclado hierbas o aceites exóticos. El muchacho encendió un cuelmo en las brasas y fue con él hasta la única vela de la mesa.

–¿Deseáis alguna cosa más, mi señor?

–Supongo que vuestro vino es malo y caro, ¿estoy en lo cierto?

El aludido sacudió la cabeza con vehemencia.

–Caro, sí, mi señor, pero excelente. Blanco de Lorena o tinto de Borgoña.

–En tal caso, tráeme el de Borgoña.

El chico hizo una cortés reverencia, salió y regresó veloz. Apenas hubo depositado el vino en la mesa y abandonado de nuevo la estancia, entró Annot.

Jonah se encontraba junto a la ventana y la vio llegar. Ella cerró la puerta y se detuvo. Tenía las mejillas un tanto arreboladas y sus ojos reflejaban un brillo sospechoso, pero no estaba asustada. Cupido había tenido la decencia de prevenirla.

–Jonah.

Su voz sonó débil.

–Si lo prefieres, me voy.

Annot dijo que no con la cabeza, y el muchacho se separó del banco y dio dos pasos hacia ella.

–¿Por qué... no volviste? –En el fondo carecía de importancia, pero quería saberlo–. A escondidas, me refiero. Sabías dónde podías encontrarme a solas.

–Tu abuela me dijo que si volvía a ponerme en contacto contigo se encargaría de denunciarme ante el alcalde y acabaría en la picota. Tenía miedo.

–Supongo que estará ardiendo en el infierno por ello –aseguró él con aparente indiferencia.

Annot abrió los ojos como platos y se adelantó instintivamente.

–¿Ha muerto?

–Sí.

—¿Y eso quieres? ¿Que arda en el infierno? —inquirió ella, alicaída.
—La verdad es que no lo sé. ¿Y tú? ¿Lo quieres?
Ella movió la cabeza.
—La culpa no fue suya, sino de Rupert.
Una suave sonrisa afloró en el rostro de Jonah.
—El infierno de Rupert es aquí y ahora.
Ambos se miraron desconcertados. Acto seguido el muchacho sirvió dos vasos de vino por hacer algo y le ofreció uno a ella, que salvó la escasa distancia que aún mediaba entre ellos, tomó el vaso y bebió, aunque detestaba el vino. Estaba nerviosa, luchaba contra el pánico. No sabía qué decir o hacer ni cómo continuar. No quería que él se fuera, pues se acordaba de cuánto lo había echado de menos, de que había estado enamorada de él, y deseaba que volviera esa pasión cándida. Pero se sentía completamente impotente, como paralizada. Si él se fuera en ese instante, experimentaría una terrible decepción, pero también alivio, pensó.

Entonces Jonah sonrió. Fue una sonrisa tímida; él parecía igual de cohibido que ella misma, pero ladeó la cabeza al hacerlo, como ella recordaba, y los hoyuelos se dibujaron junto a su boca. De pronto su deseo se cumplió: volvió la sensación, el aleteo del corazón, las extrañas mariposas en el estómago, que ese día comprendía mucho mejor que antaño. Y con esa sonrisa supo que él se ponía en sus manos. De manera que finalmente Annot hizo lo que siempre había querido hacer: entrelazó las manos en la nuca de Jonah y posó sus labios en los de él.

Jonah no se movió, su cuerpo pareció atiesarse, mas sus labios se abrieron titubeantes y se dejó besar.

Su perfume era arrollador. Él nunca había conocido a ninguna mujer que oliese de ese modo. Todas sus dudas, su ira por la venalidad de Annot y sus ridículos celos perdieron importancia, y el deseo se impuso. La rodeó con sus brazos y recorrió sus labios con la punta de la lengua. Sin esfuerzo, con destreza soltó los gafetes de la sobrecota de Annot, se la sacó por la cabeza con una urgencia febril y abarcó su pecho bajo el fino lienzo de la cota.

Annot rió quedamente.

—Qué impetuoso. Y yo que pensaba que teníamos la noche entera.

Él no dijo nada; la empujó hacia la cama con suavidad, pero con decisión y le levantó la falda antes de que la muchacha se hubiese tumbado. Sus grandes manos toquetearon con torpeza el pasador que sostenía su capa y, cuando al fin hubo caído al suelo, se afanó en el cinto. Al hacerlo la miró fijamente, casi devorándola con sus negros ojos.

Annot nunca se había sentido tan bella y deseable. Ocupó sin prisa el centro de la amplia cama, se llevó la mano a la espalda, soltó el cordel que afianzaba la cota y, acto seguido, se bajó despacio las mangas. No llevaba camisa, y Jonah observó embobado cómo se deslizaba hacia abajo la escotadura y dejaba al descubierto sus redondos y abundantes pechos.

Se dejó caer en las almohadas, e iba a quitarse el vestido lentamente, por las piernas, cuando él se le echó encima, pegó un tirón y el paño dejó oír un crujido amenazador, un sonido que se perdió entre sus alegres risas.

Desesperado, el joven comerciante le arrancó la cota y la hizo jirones, se hundió entre los tentadores muslos abiertos de Annot y la poseyó.

Jonah era igual de voraz que Rupert, constató Annot, pero no bruto. Antes bien, la desconcertó con una ternura que no parecía acorde con su naturaleza. Se adentró en ella de forma perentoria e impaciente, pero sus besos eran juguetones, las manos en sus brazos y pechos casi tímidas. Ella lo dejó hacer, se arqueó para él y lo retuvo cuando se estremeció en silencio y finalmente quedó tendido inmóvil.

Enterró los dedos de la siniestra en sus negros rizos y escuchó su respiración.

Jonah recorrió con sus labios el cuello de Annot antes de separarse despacio de ella, tumbarse boca arriba a su lado y taparse los ojos con un brazo para excluir el entorno, el burdel. Mas no le sirvió de mucho: los tabiques de madera que separaban la estancia de las habitaciones vecinas eran finos, y era fácil oír lo que ocurría en ellas.

Annot acomodó la cabeza en su hombro.

–Háblame de ti, Jonah. ¿Cómo es que llevas una capa tan valiosa y frecuentas una casa como ésta?

–Últimamente he tenido algo de suerte en el negocio.

—Pero ¿no se enfurecerá Rupert si pasas toda la noche fuera?

Él sonrió, indolente.

—Rupert hoy está furioso conmigo por motivos muy diferentes. —En pocas palabras le refirió lo que había sucedido los últimos meses, pero al darse cuenta de lo presuntuoso que sonaba, se interrumpió, avergonzado, y le restó importancia con un gesto—. Hablemos mejor de ti.

Ella arrugó la nariz.

—Mejor no: no es muy edificante. Me encuentro aquí, eso lo dice todo, ¿no es cierto?

—No hay nada que te obligue a permanecer aquí —comentó él.

—¿No? ¿Y, en tu opinión, adónde debería ir? ¿Aún tienes la intención de casarte conmigo? —Su voz sonó más cortante de lo que pretendía, y añadió deprisa para no oír su categórico no—: Esto fue lo mejor que me pudo pasar, considerando las circunstancias.

Él se apoyó en los codos.

—Podrías volver a Canterbury. Allí nadie tendría por qué enterarse de lo ocurrido.

—¿Y mi hijo?

—Rupert responderá de ello, de eso me encargo yo.

—Pero no volvería a verlo —repuso ella con vehemencia. Después movió la cabeza—. Y les dijera lo que les dijese a mis padres, de algún modo se sabría que existe un oscuro secreto. ¿Y entonces qué? ¿Vivir siendo la deshonra de mi familia, tolerada pero no querida en la casa de mi padre o más tarde en la de mi hermano? ¿O casarme con un muerto de hambre poco escrupuloso? No, Jonah. Prefiero quedarme aquí.

Se levantó y, sin pudor alguno, se paseó desnuda por la habitación, la cabeza bien alta, casi orgullosa. Él admiró el brillo de su tersa piel a la luz de las velas. Cuando cogió el vaso de la mesa, se inclinó más de lo necesario y él alzó la mano y la posó en sus magníficas nalgas. Le extrañó un tanto lo disipada que era, pero, sobre todo, le excitó.

Con una sonrisa satisfecha, Annot se volvió hacia él y le tendió el vaso.

—Qué hipócritas sois los hombres —dijo, meneando la cabeza—. Me dices que tengo que ser decente, pero en realidad te alegras de poder tenerme.

–Es cierto –admitió él a secas–. Pero te quiero para mí.
–Entonces ven mañana otra vez.
Jonah rió quedamente.
–No creo que pueda permitírmelo a la larga.
–Pero ¿no has dicho que tenías un contrato?
Él se incorporó, flexionó las rodillas y bebió del vaso. Miró ensimismado el vino negro rojizo y asintió despacio.
–Para equipar a las tropas para una guerra de la que no se oye una palabra. Así seguro que no me hago rico. No sé lo que hay detrás, pero se tratará de alguna patraña.
Ella se sentó a su lado y se tapó de cualquier modo con una sábana.
–Esa guerra vendrá, Jonah, descuida. Sólo que ha de estallar sin que el rey de Francia se entere, de ahí tanto secretismo.
Él la miró perplejo.
–¿Qué sabes tú de eso?
Annot encogió un tanto los estrechos hombros.
–Un secretario del lord canciller me visita de cuando en cuando. Y le gusta hablar. Creo que si su señoría supiera lo charlatán que es su secretario lo pondría de patitas en la calle en el acto.
«Y si conociera los curiosos gustos del secretario, lo haría comparecer ante un tribunal eclesiástico», añadió mentalmente, si bien no lo expresó en voz alta. Era muy discreta en lo que se refería a sus clientes, a diferencia de su amiga Lilian. Además, la satisfacción de tan singulares deseos se pagaba cara. Con un dinero del que lady Prescote no veía un solo penique. Por ese motivo la reserva en tales cuestiones era tan importante para ella como para el secretario.
–Una ilustre clientela –se limitó a observar él.
Annot desechó la idea.
–También viene gente muy distinta. Te asombrarías.
–¿Qué más dijo de Escocia y Francia?
–¿Sabes quién es Eduardo Balliol? –le preguntó ella en voz baja.
Jonah se acordaba vagamente.
–Antaño hubo un Balliol en el trono escocés.
Ella asintió con la cabeza.
–Éste es su heredero, y ha huido de una prisión de Francia con ayuda inglesa. Por ello está obligado a nuestro rey, y ha roto con los nobles escoceses. Así pues, sería muy provechoso para Inglaterra

que Balliol fuese rey de Escocia. Pero es necio, débil e inepto, de manera que eso nunca ocurrirá a menos que nuestro monarca lo haga subir al trono, cosa que haría gustosamente. Pero el rey francés no se puede enterar, pues Francia y Escocia son aliados desde tiempos inmemoriales. Y tampoco puede enterarse el Papa, ya que, en caso de duda, tomaría partido junto a Francia contra Inglaterra y reclamaría al punto las veinte mil libras que le debe el rey Eduardo. Por eso la guerra ha de empezar de tal modo que dé la impresión de que la desencadenaron los escoceses. De ahí el sigilo de los preparativos, que tiene por objeto que nadie se percate.

Jonah rió para sí.

–¿Qué es tan jocoso? –inquirió ella, risueña.

Él movió la cabeza. Jocoso era averiguar tan delicados secretos de Estado de boca de una putilla londinense, pero no se le pasó por la cabeza decirlo. En su lugar, apartó la sábana, apoyó con suavidad la mano en la pierna de Annot, le acarició la pelusilla de la cara exterior del muslo y musitó:

–Me parece que hay más de una razón para venir a verte.

Ella se mostró conforme.

–Aquí hay mujeres que ganan más dinero vendiendo información que..., bueno, ya sabes.

–Presumo que es un oficio peligroso.

–Oh, sí. La pasada semana atacaron a una de las chicas cuando volvía de la iglesia y la molieron a palos. Claro está que no se puede demostrar nada, pero no creo que sea casualidad que hace dos días le vendiera los secretos comerciales de William de la Pole a su hermano Richard, con el que se ha peleado.

Jonah levantó la vista de la pierna de la muchacha.

–¿William de la Pole? ¿Viene aquí?

–Ya lo creo. También estaba esta noche, ¿no lo viste en la sala?

Él negó con la cabeza.

–No lo conozco.

–Dejémoslo estar, pues –aconsejó ella impulsivamente.

Él no consintió, sino que tras un silencio pensativo preguntó:

–¿Cuánto costaría que me contaras todo lo que averigües de él?

Ella le lanzó una mirada reprobatoria.

–¿Para qué lo quieres saber? Mantente alejado de ese hombre, Jonah, es ponzoña.

Él chasqueó la lengua con impaciencia.
—Es el comerciante más rico de Inglaterra, y quien lo tiene por socio es un hombre de fortuna.
—O un hombre arruinado.
—No, si también sabe lo que le oculta De la Pole —repuso él sonriendo—. ¿Y bien? Hazme una oferta.
Annot se paró a reflexionar un instante y movió la cabeza.
—No haré negocios contigo. No a menos que sea necesario. Pero te lo diré por amistad.
Él rompió a reír.
—Dios, Annot, así nunca serás una mujer de negocios...
—Te apuesto a que algún día seré más rica que tú —contestó ella vivamente.
—¿Qué te apuestas? —preguntó Jonah, curioso.
—Una libra —respondió ella con audacia.
El muchacho soltó un suave silbido y le tendió la diestra.
—Trato hecho. Chócala.
Ella le ofreció su delicada mano y él la sostuvo con firmeza, tiró de Annot hacia abajo y trató de subírsele encima, pero ella apoyó las manos en sus hombros y meneó la cabeza.
—Poco a poco. Tienes demasiada prisa, y la noche todavía es joven.
—Pero ¿a qué voy a esperar? —preguntó él, sin dar crédito.
Annot lo hundió con energía en las almohadas. Jonah sólo había tenido trato con las rameras de taberna baratas, asumió ella, y aún no conocía las artes que Cupido le había enseñado a ella. No pudo por menos de pensar en lo que Lilian le dijo la noche que el pequeño Cecil llegó al mundo: su amiga vaticinó que Jonah acabaría yendo por allí. «Si te las sabes arreglar, pasará la noche entera contigo y repetirá la siguiente. Será como siempre has querido...»
—Lo bueno le llega al que sabe esperar —replicó ella sonriente.

Londres,
marzo de 1332

—Va a haber guerra, ¿sí o no? —La señora Cross, la resuelta pañera de East Cheap, dio un palmetazo en la mesa—. Ya es hora de que obtengamos una respuesta, pues, en caso afirmativo, subirán los precios y los impuestos, y me gustaría saberlo con antelación.

—¿Para hacer qué, Edith? ¿Llevar tus existencias al campo antes de que los recaudadores reales llamen a tu puerta para contar tus balas? —preguntó Christian Webster. Y en medio de la carcajada general continuó—: Estoy seguro de que habrá guerra. El rey Eduardo es un joven belicoso que detesta esta paz vergonzosa tanto como cada uno de nosotros.

—Pero en el Parlamento no se ha dicho una sola palabra de Escocia —intervino Adam Burnell—. Si lo sabré yo, que estaba allí.

Elia Stephens soltó un ay y le susurró a Jonah al oído:

—¿Cuántas veces más nos lo va a recordar ese tripudo engreído?

—Dejémoslo hablar —repuso Jonah, inexpresivo—. Yo sé lo que sé.

Ansiaba cumplir de una vez los veintiuno para independizarse. «Todavía falta un año», pensó enojado. Aún debía estar bajo tutela todo un año, justificar cada decisión comercial osada en interminables discusiones y exponer sus planes. El tiempo siempre jugaba en su contra, siempre debía esperar a tener más años, primero durante su aprendizaje y ahora de nuevo. Y eso que no había más que echar un vistazo a aquella sala para darse cuenta de que la edad no constituía un seguro contra la necedad: el gordo Adam Burnell era el mejor ejemplo. Y el rey Eduardo, que sólo era un mes mayor que Jonah, demostraba entretanto que una inteligencia despierta era cien veces más valiosa que la experiencia de la edad: él no regentaba un comercio de paños, sino que gobernaba un país, y había logrado unir a sus lores y barones, cosa que ninguno de sus antepasados había conseguido, perseguía sus planes con un olfato certero y no se detenía ni ante el rey de Francia ni ante el mismísimo Papa. Y, si bien había proclamado que jamás permitiría marchar por territorio inglés al pretendiente escocés Balliol, en realidad lo tenía escondido en una propiedad apartada de Yorkshire, había informado Annot a Jonah, y allí entraban y de allí salían los nobles ingleses que, en virtud de la vergonzosa paz de Northamptom, habían perdido sus tierras en Escocia. El rey tenía la intención de respaldarlos con dinero y tropas. Los medios necesarios para ello se los había sonsacado al Parlamento alegando que Felipe de Francia había manifestado el deseo de tomar la cruz junto con él y cargar contra los paganos mamelucos. Eduardo en ningún momento afirmó que fuera a cumplir ese deseo, no mintió, pero una cruzada siempre era un poderoso argumento: todos se sentían con la obligación moral de apoyar tan piadosa pretensión.

–... centrémonos ahora en la cuestión que ocupa en la actualidad al concejo –le oyó decir al prohombre–. La reina insta a que tejedores, tintoreros y bataneros flamencos se instalen en Inglaterra, también en Londres. Si en verdad está decidida a hacerlo, no podremos impedírselo, pero deberíamos deliberar cuál será nuestra postura ante su propuesta.

Pronto se vio que la mayoría rechazaba la pretensión de Felipa. Jonah comprobó, desconcertado, que inspiraba recelo hacia la reina extranjera y cegaba a los miembros ante las evidentes ventajas del plan de la soberana, que en realidad era el suyo.

–Dios guarde el comercio lanero de Inglaterra de la intromisión flamenca –espetó Burnell, levantando su ronca voz–. Debemos hacer cuanto esté en nuestra mano para impedirlo. Los flamencos traerán la ruina a los tejedores ingleses e intentarán, con ayuda de la reina, crear un monopolio. Mujeres... –dijo de forma significativa–. El rey debería ocuparse de que empolle un nuevo príncipe para que esté ocupada y nos dejé en paz.

–Es como Isabel, la anterior –coincidió otro–. Esas reinas del extranjero son todas iguales: traen a los suyos para que vivan a nuestra costa.

–Eso no es así –se oyó decir Jonah.

Todos lo miraron asombrados: era la primera vez que el joven maese Durham abría la boca motu proprio.

—Continuad —lo animó Martin Greene.

Jonah cayó en la cuenta de que no le quedaba más remedio, y tragó saliva nervioso. Sólo cuando Elia le dio un codazo disimulado en las costillas se puso en pie y habló sin sopesar primero sus palabras, como solía hacer, sino centrándose exclusivamente en el tema del debate.

—¿Por qué iban los flamencos a arrebatarles el trabajo a nuestros tejedores cuando no lo han hecho hasta ahora? No todos los ingleses podrán ni querrán comprar de pronto el caro paño flamenco sólo porque se manufacture aquí, y la gran necesidad de paño sencillo no va a cambiar. Claro está que el paño que elaboren los flamencos será más económico, pues se suprimirán los gastos derivados del transporte. Pero ello no nos obligará a bajar los precios, sino que tan sólo aumentará nuestras ganancias. Por ello abogo por la propuesta de la reina y arrendaré mi tejeduría a un flamenco si el concejo no lo prohíbe. Felipa piensa en el bienestar de Inglaterra, no de Flandes.

—¿Cómo lo sabéis vos? —preguntó Burnell, desafiante.

Jonah se encogió de hombros.

—Me lo ha confiado ella misma, señor.

Lo dijo sin soberbia, mas así y todo en la sala crecieron el rechazo y el escepticismo. Todos sabían que Jonah Durham gozaba del favor de Felipa y también habían oído lo que sucedió el día del infortunado torneo, pero muchos le envidiaban los privilegios comerciales que su relación con la corte le había deparado, muchos opinaban que un mozalbete, un don nadie como él, no tenía derecho a semejante honor y que el rey, o más bien la reina, pasaba por alto con gran desvergüenza a los venerables comerciantes londinenses.

—¿Y sólo porque ella lo haya dicho vos os creéis tamaño desatino? —inquirió Burnell con sorna—. Aún tenéis mucho que aprender, Durham, tanto del comercio de paños como de mujeres y reinas.

Cosechó risotadas de aprobación. Jonah tenía en la punta de la lengua una respuesta cortante, pero vio la mirada de advertencia de Elia y se contuvo. Agachó la cabeza con aparente deferencia.

—A fe mía que no os falta razón, señor, pero el hecho es que rechazáis la propuesta de la reina pese a sus innegables ventajas sin aducir un solo argumento de peso en contra, sólo porque es novedosa e insólita.

—¡Vaya, vaya! —exclamó la señora Cross a media voz. En realidad, no implicaba aprobación, pero era la primera fisura en el endurecido frente. Posiblemente le había irritado la arrogancia de Burnell. Edith Cross era famosa por tomarse a mal que un hombre pusiera en entredicho la capacidad comercial de las mujeres. Jonah le sonrió con disimulo mientras se sentaba. El joven Martin Aldgate se levantó en su sitio y afirmó:

—Creo que Durham tiene razón. Y si nuestro concejo intenta impedir que se asienten los flamencos, William de la Pole los acomodará a todos en el norte y nos quedaremos con dos palmos de narices.

—Es verdad —lo secundó Elia en voz alta.

El respaldo de los jóvenes y las mujeres por sí solo no bastaba para llegar a un acuerdo, pero la negativa generalizada se vio reblandecida, lo cual era más de lo que Jonah esperaba.

—Podéis alegraros de que maese Rupert no estuviese presente, señor —opinó Crispin en la cena, después de que Jonah le refiriera lo sucedido en el debate.

—¿Fuiste a verlo? —le preguntó éste a su aprendiz.

El chico dijo que sí primero y luego que no con la cabeza.

—Pero no estaba en casa. Tiene un nuevo aprendiz, ¿lo sabíais?

Jonah no mostró interés. Probablemente Rupert hubiese vuelto a descaminarse.

—Entonces vuelve mañana por la mañana.

Crispin se retiró nervioso el flequillo de la frente.

—Santo Dios..., ¿es preciso?

Jonah lo miró ceñudo por encima de la cuchara.

—Le... le tengo un miedo cerval a maese Rupert —confesó Crispin, quejumbroso.

Jonah le pasó el testigo a Meurig, que intentó zafarse con evasivas, y después miró a Rachel.

—Es un miedica, ¿eh?

—Si vos lo decís, así será, señor —replicó ésta, y le llenó espontáneamente la escudilla por segunda vez—. Pero ¿por qué no vais vos mismo?

Era primavera. Jonah cabalgaba con los ojos bien abiertos por las estrechas calles de Londres, gozando de la colorida diversidad. No sólo eran el aire tibio y el verde que brotaba en todos los rincones los que hacían tan placentera esa época del año; las gentes eran distintas, más despreocupadas. Si en invierno uno sólo veía rostros amargados y narices rojas, ahora parpadeaban risueños con el vivo sol de marzo. Al cabo, se detuvo ante la casa de su primo, desmontó y le dio unas palmaditas al castrado en el fuerte y bien proporcionado pescuezo. Dejó un instante que el primaveral sol le calentara la piel y entró en el comercio.

Los estantes se encontraban mejor abastecidos que la última vez, observó, y el muchacho que salió del almacén parecía aseado y más vivaracho que amedrentado.

–¿Qué puedo hacer por vos, señor?
–Quiero ver a maese Hillock. Soy su primo.

Los ojos del chico se desorbitaron un segundo, si bien respondió con la misma amabilidad:

–Lo lamento, maese Durham, mi maestro no está en casa.

Jonah asintió despacio y lo observó.

–¿Cómo te llamas?
–Edgar.
–Bien, Edgar: ve arriba y dile que no me moveré de aquí hasta que haya hablado con él. Corre. Yo me haré cargo de la tienda hasta que vuelvas.
–Pero, señor, os he dicho que...
–Será mejor que no vuelvas a mentir y hagas lo que te digo.

El muchacho asintió, contrariado, y se disponía a volverse, los hombros caídos, cuando el propio Rupert entró por la puerta trasera y salvó a su aprendiz sin querer de tan embarazosa situación. Desde donde se encontraba, Jonah veía perfectamente la puerta que daba al patio, de manera que Rupert no tuvo ocasión de emprender una rápida retirada. Sin embargo, si le sobresaltó encontrarse allí a Jonah, no dejó que se le notara. Sonrió sumiso.

–¡Jonah! Qué alegría más... inesperada.
–Ahórrate la coba. Te has retrasado, Rupert.

Maese Hillock le hizo una señal a su aprendiz.

–Ve a ayudar a la maestra con las cuentas. Te llamaré cuando te necesite.

—Sí, maese.
Aliviado, el muchacho salió al patio y cerró la puerta.
Rupert se cruzó de brazos, pasó del almacén a la tienda y miró a su primo con una sonrisa triunfal.
—Repítemelo despacio. Retrasado, ¿en qué?
Jonah parpadeó perplejo.
—Veinticinco balas de Beverly Brown. Deberías habérmelas entregado ayer. No me puedo creer que, con tantos pedidos importantes, se te haya pasado por alto.
Rupert negó enérgicamente con la cabeza.
—Aquí no se pasa nada por alto, pero no sé nada de esas veinticinco balas de las que hablas.
De repente Jonah sintió una punzada de miedo en el estómago.
—Rupert..., no tengo tiempo para tus bromas.
—No bromeo. Contigo no se bromea, primo, ya lo sé. Pero no tengo paño alguno para ti.
—Teníamos... un acuerdo, un contrato que sellamos con un apretón de manos.
Maese Hillock asintió.
—Claro. Te llevaste a mi aprendiz y me pagaste una libra por él. Luego nos dimos la mano. Elizabeth es testigo.
A Jonah se le hizo un nudo en la garganta. Ahora sabía lo que quería decir la gente cuando hablaba de miedo atenazador: el miedo le cortó la respiración en el sentido más literal de la palabra. «No puedo entregar el pedido —pensó con creciente pánico—. Rupert me ha engañado y yo no podré cumplir mi contrato. Es el final. No puedo entregar...»
Sus manos se volvieron sendos puños por iniciativa propia, y él dio un paso hacia Rupert.
—Te anticipé cuarenta libras, y Elizabeth ni siquiera estaba en la habitación.
—¿Quién lo dice? ¿Tú? ¿Contra mi palabra y la suya? —Rupert leyó los atemorizados ojos de Jonah, vio el espanto, el terror y la certeza de su inmensa necedad y rió con una risa petulante, poco menos que dichosa—. Si supieras lo bien que sienta verte así, maese Durham. Esto casi me compensa por todo lo que he tenido que soportar por tu culpa, empezando por los insultos de la abuela y terminando por la humillación ante el gremio. ¿Acaso pensabas que se

iba a quedar así? ¿Yo resignado en el papel del eterno mentecato mientras a ti te cae todo llovido del cielo y te paseas por Londres con tus aires de suficiencia como si fueses el dueño del mundo? –Dejó caer los brazos y se irguió–. A cada cual le llega el día de rendir cuentas, Jonah. Dicen que eres un buen comerciante, de modo que deberías saberlo.

Calló y esperó la reacción de Jonah, mas éste se limitó a permanecer inmóvil ante él, mirándolo fijamente, pálido, pero inexpresivo.

–¿Y bien? –lo espoleó Rupert–. ¿Nada de vivos reproches? ¿Ningún sermón ampuloso sobre la decencia y el honor del comerciante? ¿Nada de amenazas terribles de que me arrepentiré?

–No dudes de que así será –farfulló Jonah.

Rupert asintió, agradecido por que le diera pie.

–Pero primero lo harás tú, primo. Estarás tan ocupado lamentando tu necedad que no te quedará tiempo ni de pensar en mí. –Se inclinó un tanto hacia delante y murmuró–: Faltarás a tu contrato, lo cual significa un incumplimiento. Dios te asista, Jonah, romper un contrato con la Corona. Irás a prisión, a las mazmorras de Newgate, con la escoria de la ciudad. ¿Tienes idea de lo que les hacen allí a los buenos mozos como tú? Y lo mejor es... –Rió encantado–. Lo mejor es que me has pagado cuarenta libras por este placer. ¡En oro! –Soltó una sonora carcajada.

Muy despacio, se le antojó, Jonah alzó la diestra, apretó el puño con tanta fuerza que el anillo se le clavó dolorosamente en la carne del dedo y golpeó a Rupert en pleno rostro.

Su primo se tambaleó, chocó con gran estrépito contra la mesa y a punto estuvo de caer al suelo. Ya no reía. La sangre brotó de su nariz y fue a parar a su flamante sobreveste verde. Rupert se agarró a la mesa para no caer, recuperó el equilibrio y se pasó el dorso de la mano por los labios. Tenía la mano ensangrentada. Se la miró un instante antes de clavar la vista en Jonah.

–Bastardo... Maldito bastardo.

Jonah dio media vuelta y se dirigió hacia la puerta, sus movimientos lentos como en una pesadilla. Era como si tuviera bajo el agua la mano que levantaba. Y antes de que ésta tocara la puerta, la garra de oso de su primo cayó sobre su hombro y lo hizo girar. Durante un segundo sus miradas se cruzaron y, a continuación, Rupert le pagó el puñetazo con la misma moneda y le rompió la nariz. Jonah creyó que la cabeza le estallaría en mil pedazos y cayó de rodillas. Iba a levantarse deprisa cuando su primo le propinó una tremenda patada en los riñones. Jonah se desplomó, se golpeó la nariz y su boca profirió un grito, pero su propia sangre ahogó la voz. Rupert lo agarró por un brazo, lo levantó, lo estampó contra la pared y le pegó una paliza. Estaba fuera de sí, su jactancioso regocijo se había tornado ira. «Me va a matar», pensó Jonah, y fue su última idea clara antes de perder el sentido. Sólo era vagamente consciente de que Dios se había apartado de él debido a su orgullo, que estaba siendo castigado por su soberbia. «Es heraldo de la ruina...»

Hacía frío y era de noche cuando volvió en sí. Se incorporó a medias, se llevó la mano a la espalda entre ayes y de repente sintió náuseas. Notó una arcada y escupió algo repugnante, posiblemente su propia sangre. Y en grandes cantidades, pensó. Cuando por fin terminó, levantó la cabeza e intentó orientarse. No estaba tan oscuro como había creído en un principio. Su caballo se hallaba a unos pasos de él y lo observaba receloso. Jonah vio brillar los grandes y claros ojos como dos peniques de plata a la luz de la luna. Sabía dónde estaba: en el patio trasero de la taberna Zum Schönen Absalom. Jonah podía estar contento de que no le hubiesen robado el caballo.

La nariz le dolía y la sentía del tamaño de una calabaza. Se abrazó las flexionadas rodillas y apoyó con cuidado la plúmbea cabeza en ellas. «¿Qué voy a hacer? Virgen santísima, ayúdame, ¿qué voy a hacer?»

–Empieza por lo evidente –se respondió él mismo–: ponte de pie.

Alzó la cabeza y extendió la mano hacia el castrado, un gesto casi suplicante.

–Ven aquí.

Y fue. Jonah no se atrevía a esperar tal cosa, y eso que Waringham le había explicado una y otra vez que los caballos son criaturas cariñosas y sensibles. Asió el estribo, se levantó y, cuando se vio lo bastante seguro, se enderezó. El gran animal irradiaba tranquilidad y calidez. Su presencia resultaba tan consoladora que por un momento Jonah descansó la cabeza en el robusto lomo y cerró los ojos.

Sin embargo, al darse cuenta de que se hallaba peligrosamente cerca de llorar su triste suerte, se dominó sin tardanza, agarró la rienda, introdujo el pie izquierdo en el estribo y montó con escasa elegancia. Le dolían todos y cada uno de sus malditos huesos. Y aún se encontraba mal: Rupert se había empleado a fondo.

Se dirigió a Ropery por caminos poco frecuentados y callejuelas sinuosas. No es que le hiciera mucha gracia, pues la noche había caído, y de noche las calles eran de las siniestras cofradías. No obstante, la idea de toparse en su estado con un gremial le parecía peor que caer en manos de ladrones.

Con todo, llegó a su puerta sin sufrir nuevos daños, y de nuevo la encontró guardada por Meurig.

El joven galés sostuvo el candil en alto cuando vio aparecer al jinete.

–Maese... ¡Oh, Dios mío! ¿Qué os ha pasado en el rostro?

Jonah parpadeó con la repentina claridad, apartó la cabeza y entró en casa. Meurig corrió tras él, pero el comerciante desmontó sin su ayuda.

–¿Qué ha ocurrido?

–Déjame en paz y quítame a Rachel de encima. Y a Crispin. Quiero agua caliente en mi alcoba y tranquilidad.

Meurig asintió, desdichado.

–Claro.

El galés entró en casa deprisa. Jonah le dio unos minutos de ventaja y lo siguió. Procedentes de la cocina oyó las voces angustiadas, inquisitivas de Rachel y Crispin, y subió la escalera lo más deprisa posible. Cuando llegó arriba jadeaba, y veía relucientes puntitos negros. Enfiló el pasillo que conducía a su alcoba renqueando. Tras él, apareció Meurig con un aguamanil humeante, una vela y un vaso en una bandeja. Dejó ésta sobre la mesa de debajo de la ventana izquierda de la espaciosa habitación de Jonah y salió sin decir palabra. El joven cerró la puerta y echó el cerrojo. El vaso estaba lleno hasta el borde de cerveza fría. Bebió con avidez. Ni siquiera se había dado cuenta de lo sediento que estaba.

Su cama nunca le había parecido tan tentadora. El violeta subido de los cortinajes resplandecía débilmente y desprendía calidez, seductor como la piel de una mujer, la piel de Annot. Ésta hacía locuras con los cortinajes. Era muy ocurrente. Y absolutamente impúdica a su manera ingenua, inocente. Irresistible. No pudo por menos de sonreír. Aún no le había hablado de ella a Crispin. No se decidía a hacerlo, pues sabía que sería un duro golpe para el muchacho. Y cuando Crispin superara la conmoción, tal vez le pidiera prestado a su acomodado padre el dinero necesario para ir a visitarla. Y eso era algo que Jonah no quería...

Se sorprendió divagando sobremanera, casi como si se hubiera quedado dormido de pie, mas no podía permitirse dormir ni en la cama ni de pie. Podía dormir y hundirse, o permanecer despierto y tratar de salvar el pellejo.

Del arcón contiguo a la puerta sacó una toalla de lino, la sumergió en la jofaina y se limpió la sangre del rostro con cuidado. Cada vez que se tocaba la nariz le dolía hasta el cuero cabelludo. Sin embargo, lo que vio en el espejo recompensó sus esfuerzos. Las señales externas eran mínimas: un pequeño arañazo del anillo de Rupert en la mejilla derecha, mas la nariz no parecía hinchada ni torcida. Se desnudó con rigidez y examinó el resto. Aquí y allá se veían moretones en el tronco y las piernas, que, a la luz de la vela, parecían negros. Estaba maltrecho, pero milagrosamente no tenía más huesos rotos. Si Rupert no le había dañado ningún órgano interno, de forma que se desangrara lentamente sin percatarse, podía darse por satisfecho con haber salido con vida. Y ya puestos, no quería vivir esa vida en la pobreza, el oprobio y la reclusión.

Se vistió, sacó del cinto el llavero y abrió el cofre de menor tamaño que descansaba junto al arcón de la ropa. Cuando logró levantar la pesada tapa tachonada de hierro, tuvo que parar un instante. Sentía los brazos como si alguien hubiese intentado arrancárselos. De nuevo se le fue la vista.

–Me las pagarás, Rupert –dijo inexpresivo, y le gustó tanto que lo repitió–: Me las pagarás.

La venganza era ira, un pecado capital, igual que la soberbia. Jonah había pasado suficiente tiempo en la escuela monacal para saber tales cosas, pero le daba lo mismo. La ira lo endurecía, lo aturdía, de forma que sacó del cofre casi sin esfuerzo las pesadas bolsas del dinero y los libros. Los llevó a la mesa y, a continuación, cogió una manta de la cama, se arrebujó en ella, se sentó en el tajuelo y comenzó a contar y a hacer cálculos. El martes era el último día del mes, su fecha de entrega. El día siguiente, domingo, no contaba como jornada laboral, de manera que quedaban dos días para conseguir veinticinco balas de Beverly Brown. Con la ayuda de Meurig y Crispin, probablemente pudiese encontrar a veinticinco pañeros londinenses que le vendieran cada uno una bala de la barata lana, pero al precio de venta final. Y antes del lunes a mediodía sería un secreto a voces que Jonah Durham buscaba desesperadamente Beverly Brown, y los precios se catapultarían. Si era realista, debía hacerse a la idea de que ese pequeño revés le costaría cien libras. De ese modo el estupendo contrato que tanto envidiaba Elia le acarrearía una pérdida de aúpa, eso sin contar las cuarenta libras que Rupert le había robado, lo cual ya era bastante malo. Pero no tenía cien libras, y eso era una catástrofe. Su dinero estaba en el negocio; había invertido mucho en la construcción de los talleres y en su gran almacén. Sus negocios iban bien, de eso no cabía duda, pero su distinguida clientela se tomaba su tiempo para pagar. Todos se servían de su buen nombre para conseguir crédito. Y Jonah se vio con las manos casi vacías y con elevados atrasos para cuyo cobro no tenía tiempo. Cruzó los brazos desconcertado sobre el libro de caja, apoyó en ellos la frente y, exhausto, se quedó dormido.

El domingo por la mañana, cuando después de ir a la iglesia se reunieron todos para desayunar, reinaba un ambiente de abatimiento y tensión. Apenas dijeron palabra. «Igual que en casa de los Hillock», pensó Crispin angustiado. Esperó a que Rachel y Meurig hubiesen salido para hacer acopio de valor y preguntar:

–¿Qué ha pasado, Jonah?

El comerciante arqueó las cejas.

–¿De pronto otra vez Jonah?

–También te puedo llamar señor, pero... de repente todo vuelve a ser como antes. Estás ahí sentado sin decir nada. Así das miedo. Os peleasteis, ¿no? Y cuando no os quedó nada por decir, pasasteis a las manos.

Jonah rió sin humor. Estrictamente hablando, Crispin tenía razón: furioso y desvalido, Jonah le propinó un puñetazo a Rupert y después éste lo molió a palos...

Reprimió un escalofrío. Se sentía muy mal, había pasado una noche espantosa, con toda probabilidad le esperara un día horrible

y un futuro incierto y no comprendía las temerosas miradas de su aprendiz.
—¿Por qué no te vas a casa unas horas? Puedes llevarte el caballo, hoy no lo necesito.
Defraudado, el chico se dirigió a la escalera.
—Gracias.

Una hora antes de mediodía el criado con librea hizo pasar a Jonah a la distinguida sala de Martin Greene, donde estaba reunida la familia en torno a la chimenea, escuchando a un dominico joven y delgado que les leía una singular historia en latín.
Lady Greene siguió la mirada de su hija, que fue la primera en verlo, y sonrió.
—Maese Durham. Qué agradable sorpresa. Hace semanas que os echamos de menos en nuestra mesa.
Martin Greene abrió un ojo.
—Y cuando viene llega demasiado temprano —rezongó—. Un patán, como tanto gusta de decir Burnell.
Jonah hizo una amplia reverencia.
—Os pido disculpas, lady Greene.
Ella le restó importancia.
—No tiene importancia. Bernice, ve a avisar a Martha de que hay un invitado más.
—Por desgracia, no puedo quedarme a almorzar, señora —dijo con sincero pesar. Se había mantenido alejado de allí porque quería huir tanto de los paternales cuidados de maese Greene como de los tiernos sentimientos de Bernice, a los que él no correspondía y que lo sometían a presión. Sin embargo, constató, echaba en falta la alegría y, sobre todo, el espíritu de esa casa—. Señor, siento de veras importunaros.
Martin Greene se levantó sin lamentarlo lo más mínimo.
—Es importante, ¿no? Venid, vayamos arriba. Una lectura tan edificante como de costumbre, hermano Robert, muchas gracias.
—Con un campechano movimiento de cabeza se despidió del grupo, escapando así de las *Metamorfosis*, y llevó a Jonah a su despacho con evidente satisfacción—. La Cuaresma ya es bastante mala, pero Ovidio... ¡Virgen Santísima! —observó mientras cerraba la puerta—. Cer-

veza aguada es todo lo que nos concede el hermano Robert estos días. —Señaló, obsequiador, una jarra en la mesa.

Jonah meneó la cabeza. El ascetismo era otra de las cosas que había aprendido en el monasterio. Al igual que el resto de la gente, también se sentía aliviado al término de la Cuaresma, pero él la observaba estrictamente y durante esos cuarenta días no comía carne, huevos ni mantequilla, ni tampoco más de lo necesario, y veía en semejante prueba un sentido que nada tenía que ver con la crucifixión y la resurrección de Jesucristo.

El nervudo y menudo veedor se apoyó con los brazos cruzados en el antepecho y lo miró con atención.

—Será mejor que os sentéis, muchacho, antes de que os caigáis. Y contadme ese pesar, que ha de ser inmenso para que busquéis voluntariamente mi consejo, vos, que siempre pensáis que os las arregláis mejor solo.

Jonah se dejó caer en una dura silla de madera.

—Creo... que estoy acabado.

—¿Podéis ser un poco más preciso?

El joven comerciante luchó un momento consigo mismo, mas era cierto que había ido allí en busca de consejo, de manera que hizo un esfuerzo y se puso a contar. Habló en voz baja y entrecortada, pero no se dejó nada en el tintero. Empezó por su decisión de ir por Crispin y, de paso, humillar a Rupert. No se molestó en ser indulgente consigo mismo: sabía que de todas formas su padrino le habría descubierto el juego.

—A ver si lo he entendido —comenzó el veedor de los pañeros, cortante—. Le ofrecisteis a Rupert Hillock hacerse cargo de la mitad de vuestro contrato, abandonando de ese modo la senda de la seriedad en la práctica comercial, pues el tesorero real os dio el contrato a vos, no a Rupert.

—Sí —admitió Jonah.

—Le adelantasteis cuarenta libras sin decirme nada a mí, contrariamente a nuestro acuerdo de deliberar toda transacción superior a diez libras, ¿es así?

—Sí, señor.

—Y de ese modo le quitasteis su aprendiz a Rupert, que tenía dificultades económicas. Con la esperanza de obtener un beneficio de diez libras.

—Así es.
—Y ahora acusáis a vuestro primo de romper un contrato sellado con un apretón de manos y no efectuar la entrega.
—No..., no lo acuso. Os he informado de lo sucedido, pero no formularé una denuncia, ya que Elizabeth declararía a su favor.
Martin Greene alzó la siniestra en ademán de desprecio.
—Ésa es una cuestión puramente técnica que en este momento no me interesa. Así que decís que Hillock ha preferido embolsarse las cuarenta libras en lugar de las diez, independientemente de cuáles seas las consecuencias para vos.
Jonah hizo un gesto negativo.
—Porque las consecuencias serán ruinosas para mí. Las cuarenta libras sólo son su gratificación.
El veedor lo observó con aire pensativo y después dijo en voz queda:
—Sabed que lo entiendo perfectamente. Puede que yo hubiese hecho lo mismo en su situación.
Jonah pegó un respingo y levantó la cabeza.
—¿Ah, sí? ¿Habríais roto un contrato vigente para partirle la crisma a un competidor?
—¡Sí! —exclamó Greene—. Tal vez. Si se tratara de un fanfarrón insoportable, arrogante y presuntuoso como vos, podría caer en la tentación de ignorar mis principios para darle una lección.
—Me tacháis de arrogante y presuntuoso, ¿no? Pues tenéis razón, pero miraos vos mismo, señor. Miraos con atención y confesad qué veis.
Dicho eso, se puso en pie, dio media vuelta y se dirigió a la puerta. Le costó sobremanera no cojear, motivo por el cual avanzó más lento de lo que le habría gustado.
—Jonah —lo llamó Greene, casi suplicante—. No os vayáis. Debéis calmaros y moderaros. Id a confesaros, hablad con el padre Gilbert y volved después. Quiero ayudaros.
El muchacho siguió andando hacia la puerta salvadora.
—No, señor, lo que queréis es controlarme. En este momento sólo hay un hombre que pueda ayudarme.
—Dios os asista si hacéis lo que me temo, muchacho. ¡Vais a vender vuestra alma!
Jonah apoyó la mano en el pasador.
—Así seré uno de los vuestros de una vez.

La casa se hallaba en Old Jewry, el barrio que un día habitaran los judíos de Londres. Después de que el abuelo del rey Eduardo los expulsara del país y confiscara sus propiedades, las impresionantes casas fueron vendidas en subasta a comerciantes ingleses. La Corona hizo un gran negocio. Antaño poco frecuentada, en la actualidad era una zona elegante y ese día, domingo, la calle estaba tranquila, poco menos que desierta.

Jonah llegó a su destino después de equivocarse y llamar a dos puertas y que una tímida criada le indicara dónde era. Tuvo que obligarse a alzar el brazo para llamar. Aquél probablemente fuese el paso más difícil que había dado en sus veinte años de vida. Y se encontraba en unas condiciones sumamente malas, se sentía afligido y derrotado. Le apetecía esconderse en un rincón tranquilo a lamerse las heridas, pero no tenía tiempo. Había de encontrar una solución, ese mismo día. Y sin ayuda. El rotundo rechazo de Martin Greene le había afectado más de lo que estaba dispuesto a admitir, pero había algo tranquilizador en el hecho de no depender de nadie. Aunque sólo fuese durante dos días, pensó con aire sombrío. Hasta que lo encerraran, cosa que harían si cometía un solo error.

Respiró hondo, alzó la diestra y llamó. Al poco le abrió un paje cuya librea era lo bastante exquisita para pertenecer al hogar de un noble poderoso.

—¿Qué se os ofrece, mi señor?

—Me llamo Jonah Durham. Di a tu señor que no me conoce, pero que le ruego me conceda dos minutos de su valioso tiempo.

—¿Estáis seguro? —preguntó el mozalbete, observándolo con desdén—. ¿En domingo?

—Tú dile lo que te he dicho —espetó Jonah.

Sin inmutarse y con parsimonia, el paje le dio con la puerta en las narices, y Jonah escuchó cómo sus pasos se alejaban poco a poco.

La espera se le antojó una eternidad. Se pasó la mano por la frente, nervioso, y lo lamentó en el acto, pues volvió a darse con la manga en la nariz. ¿Lo habría anunciado el paje? Tenía el corazón en la garganta. Habría hecho bien en dar media vuelta, sólo que no sabía adónde ir. Salvo quizás al Támesis para librarse de sus penas...

La puerta se abrió de nuevo con un chirrido. Jonah se sobresaltó, pues no había oído los pasos.

El paje hizo una gran reverencia.

—Tened la bondad de seguirme, maese Durham.

Jonah entró aliviado y atravesó en pos del muchacho un patio no muy distinto del suyo. Se sorprendió: contaba con más pompa. Después de todo, ésa era la casa del hombre que aspiraba a ser noble.

Sin embargo, la vivienda en sí era mucho más lujosa que la suya. Jonah no tuvo mucho tiempo de admirar la filigrana de los candelabros de plata, pues en el extremo de la larga mesa próximo a la chimenea se puso en pie un hombre alto y delgado que salió a su encuentro.

—Maese Durham.

Bastaron esas dos palabras para saber que era oriundo del norte. A los oídos londinenses su acento sonaba extraño y tosco, sin duda un estorbo para alguien con tan ambiciosos planes.

Jonah se inclinó todo cuanto le permitieron sus maltrechos huesos.

—Maese De la Pole. Os agradezco mucho que me hayáis recibido, y por añadidura en domingo.

De la Pole sonrió, dejando a la vista dos hileras de dientes de un blanco inmaculado.

—El mejor día. Dado que no estamos autorizados a hacer negocios en domingo, agradezco cualquier cosa que me distraiga y despierte mi interés. Como vos, por ejemplo. He oído hablar mucho de vos.

Jonah renunció al habitual floreo con el que habría podido responder y observó un instante a su anfitrión. William de la Pole era un hombre muy bien parecido que vestía con discreción, mas exquisitez. Debía de frisar en la cuarentena, pero su cabello, que llevaba más corto que la mayoría, ya era blanco como la nieve, lo cual marcaba un llamativo contraste con su rostro juvenil, casi sin arrugas. Parecía un auténtico caballero, aun cuando hablara como un provinciano. Sus ojos eran de un extraño marrón claro, agudos y despiadados como los de un halcón.

De la Pole señaló la mesa.

—Sentémonos. Estoy impaciente por saber qué es lo que os ha traído hasta mí.

Jonah habría preferido seguir de pie, pero no quería parecer descortés, de modo que tomó asiento frente a él y se preguntó si serían imaginaciones suyas o realmente había percibido cierto placer velado en la voz de De la Pole. Ni siquiera trató de disimular.

–Estoy en un apuro, señor, y me gustaría proponeros un negocio que a mí me sacará del aprieto y a vos os resultará lucrativo.

De la Pole entrelazó las manos sobre la lustrosa, oscura y pesada mesa.

–Soy todo oídos.

–El tesorero me encargó suministrarle cincuenta balas de Beverly Brown –comenzó Jonah.

–Lo sé. –Sonó un tanto aburrido.

Jonah contuvo su nerviosismo. Tenía claro que, para bien o para mal, estaba a punto de ponerse en manos de aquel hombre, pero, en la medida de lo posible, deseaba conservar cierta dignidad.

–Un proveedor que debía entregarme la mitad de esas balas me ha dejado en la estacada. El martes por la tarde, a la caída del sol, he de llevar la partida completa a la Torre, y me falta la mitad.

De la Pole no lo perdía de vista.

–Es serio. Hasta el momento tenía la impresión de que erais un hombre al que no le podía ocurrir algo así. Pero, bueno, aún sois joven. Al principio todos cometemos errores. Es una lástima que una carrera tan prometedora como la vuestra se trunque de ese modo.

A Jonah no le impresionó que De la Pole jugara con él al gato y al ratón: contaba con ello.

–Casualmente he oído que vos tenéis el mismo contrato, señor, sólo que vuestro plazo finaliza dos semanas después.

Fue muy oportuno: William de la Pole se enderezó y lo miró con los ojos entrecerrados.

–¿Cómo lo sabéis?

–¿Vos no decís a veces que las fuentes fidedignas son más valiosas que un saco lleno de oro? –preguntó Jonah con seriedad.

–Maldición, ¿cómo es que sabéis eso?

Jonah se permitió esbozar una leve sonrisa.

–Por mis fuentes fidedignas, señor, las cuales me resisto a revelar, igual que vos.

De la Pole lo observó con renovado interés, casi con respeto. No sabía que él y Jonah frecuentaban la misma casa de trato, ya que, después de la primera noche, el joven siempre entraba por una discreta puerta lateral y nunca había estado en la sala ni en los baños públicos, sino que iba a ver a Annot o la aguardaba en una alcoba apartada. Posiblemente, a De la Pole tampoco se le pasara por la cabeza que un comerciante tan joven se permitiera unos placeres tan caros, de ahí que especulara en vano con la procedencia de la información que poseía Jonah.

—Hum —gruñó, entre enfadado y laudatorio—. No voy pregonando mis negocios con la Corona, menos aún cuando son tan peliagudos desde el punto de vista político. Mis respetos, Durham. Que me aspen si sé cómo lo habéis averiguado. Continuad.

—Supongo que ya habréis reunido la mayor parte de la entrega, ¿no es cierto? Os pido que me prestéis veinticinco balas, que recuperaréis antes de vuestra fecha de entrega, tenéis mi palabra.

De la Pole rió con suavidad.

—¿Prestar? ¿Cómo funciona eso? Informadme; no soy experto en actividades que no reportan dinero alguno.

—En tal caso, vendédmelas.

—Eso ya suena mejor. Y ahora sudad sangre y rogad que no os las ponga tan caras que tengáis que pagar más de lo que vais a recibir conforme a vuestro contrato. Además, probablemente andéis escaso de efectivo. Le pasa a todo el que empieza.

Jonah lo miró a los ojos.

—Lo único que espero es que no me las pongáis más caras de lo que me costarían en la ciudad. Sería lamentable que la codicia os indujese a dejar pasar unos beneficios por los que no habéis de mover un dedo.

—¿En la ciudad? —De la Pole sonrió—. ¿En dos días? Es inútil, hijito, y vos lo sabéis tan bien como yo. Jamás habríais acudido a mí si hubiese cualquier otra salida.

Jonah detestaba que lo llamaran muchacho, e «hijito» lo consideraba aún más insoportable, pero no permitió que se le notara.

—Hacedme una oferta y seré yo quien decida si estoy lo bastante desesperado para aceptarla —propuso imperturbable.

De la Pole se echó hacia atrás y cruzó las piernas.

—¿Qué es lo que os hace pensar que tengo el paño aquí y no en mi casa de Hull?

—Porque tenéis que suministrarlo aquí. Comprar el paño en Yorkshire y traerlo hasta aquí no supondría más que unos gastos de transporte innecesarios. Yo, en vuestro lugar, lo habría comprado en Essex, de donde es uno de vuestros agentes, el mismo que hace acopio de lana en bruto para vos. De ese modo, sin duda, obtendréis buenos precios.

Los falcónidos ojos chispearon con frialdad, quizá fuese una sonrisa.

—Tenéis toda la razón. Lo he comprado en Essex. Veo que sois tan concienzudo como astuto. Y además osado, pues os atrevéis a acudir al temido De la Pole para proponerle un negocio cuando vos tenéis las manos vacías. Decidme, pues, una cosa, maese Durham: ¿por qué diantre iba a ayudaros? Sois joven y novato, pero eso no durará siempre. Dentro de unos años posiblemente seáis un competidor con el que habrá que contar. Sí, me figuro que podríais ser lo bastante peligroso como para representar una contrariedad, tal vez incluso una amenaza... ¿Quién sabe? Así que dadme un solo motivo por el que no deba dejaros morir después de que vos mismo hayáis tenido la amabilidad de cavaros vuestra propia tumba.

Jonah lo miró como embobado, incapaz de apartar la vista de sus ojos. De la Pole lo haría, constató horrorizado, dejaría que se hundiera mientras observaba con su fría sonrisa.

—Le salvó la vida a Elena —dijo una voz enérgica, aguda, desde el otro extremo de la estancia.

Ambos hombres se sobresaltaron, y De la Pole volvió la cabeza.

—¿Qué?

Una figura menuda salió de las sombras y se aproximó a la mesa con lentitud.

—Le salvó la vida a Elena. Habéis dicho que os diese un solo motivo por el que debierais ayudarlo, y ése es un buen motivo, ¿no creéis?

—Giselle... —musitó Jonah, asombrado.

La niña le dirigió una pequeña sonrisa de complicidad.

William de la Pole contemplaba a su hija con la tersa frente fruncida de forma amenazadora.

—Has estado espiando sentada en el suelo en tu sitio preferido, junto al arcón, ¿no es así?

La pequeña sacudió los castaños rizos.

—No del todo. Estaba sentada leyendo y la vela se apagó. Cuando iba a buscar otra, llegó Walter y anunció que había venido Jonah. No me habéis mandado salir, padre.

—Un descuido de lo más lamentable, a mi entender —gruñó éste—. No obstante, has estado espiando, y eso es imperdonable, aunque tal vez lo olvide si te vas ahora mismo.

—Sólo cuando digáis que lo vais a ayudar.

—Giselle... —Sonó peligroso.

Jonah se levantó de súbito.

—No, os lo ruego, señor. Seré yo quien se marche. Sencillamente olvidad que he estado aquí.

—¡Vos os quedáis! —exclamaron padre e hija al unísono.

—¿Qué es eso de que le salvó la vida a Elena? —quiso saber De la Pole.

—La sacó de las ruinas.

—¿Por qué no sé nada de eso?

—Quizá no hayáis preguntado.

Su padre se levantó despacio, se puso en jarras y dio un paso hacia ella. La niña hizo otro tanto. Los separaría a lo sumo una yarda, y Giselle tenía que echar la cabeza atrás para mirar a su espigado padre, pero ello, curiosamente, no hacía sino que su ira resultara más efectista.

—¿Y si te dijera que es muy posible que tu hermana prefiriera haber muerto a languidecer paralizada tras los muros de un convento? —espetó De la Pole.

—Os diría que eso difícilmente es culpa de Jonah.

—Pero espero que reconozcas que ello debilita muchísimo tu argumento.

—¿Y qué hay de la vida de la reina? ¿Qué buen patriota no le estaría agradecido al hombre que impidió que ella y el niño que lleva dentro cayeran a la calle?

—Pequeña tunanta...

—Giselle, por el amor de Dios, déjalo —le suplicó Jonah.

Rara vez había presenciado algo más embarazoso que esa escena. ¿Y qué diantre haría si De la Pole se abalanzaba sobre su hijita, cosa que podía suceder de un momento a otro? Todo empeoraría más aún.

Los dos gallos de pelea enmudecieron, mas la rabia por la que eran tan temidas las gentes de Yorkshire no se aplacó. Se miraban fijamente, y Jonah se preguntó, sin comprender nada, cómo esa frágil criatura podía mirar tanto tiempo a los ojos al ave de rapiña, cuya mirada a él se le antojaba inquietante de un modo casi insoportable. Mas Giselle no parecía en absoluto amedrentada. Ni vaciló ni se apartó, y en realidad fue su padre el primero que se movió, dejó caer los brazos y se sentó en su silla meneando la cabeza.

–Muy bien –rezongó quedamente–. Muy bien. Os daré el maldito paño, Durham. Veinticinco balas. Podéis venir mañana a buscarlas.

Jonah casi no se lo podía creer, si bien se preparó para lo peor cuando preguntó:

–¿Por cuánto?

–Por nada –silbó el comerciante, que era conocido por no darle un cuarto de penique a un mendigo sin obtener algo a cambio–. Os lo... presto –pronunció la palabra como si se tratara de algo indecente–. Tomadlo como muestra de mi lealtad al rey y de mi patriotismo. Y ahora que paséis un buen día, señor.

Jonah tenía la boca reseca. Hizo una reverencia perfecta.

–Os lo agradezco, señor.

–Agradecédselo a mi díscola hija –refunfuñó De la Pole.

Giselle agarró de la mano a Jonah.

–Os acompaño a la salida, maese Durham.

–Y después ven –le ordenó su padre–. Todavía no he terminado contigo.

Jonah y Giselle abandonaron la sala en silencio, cogidos de la mano, atravesaron la desierta antesala y salieron al claro día primaveral.

El muchacho parpadeó con la repentina luminosidad y se liberó la mano.

–¿Qué es lo que has hecho, Giselle? –la reprendió en voz baja–. ¿Cómo voy a perdonármelo?

–Ah, no os apuréis, señor. No me tocará un pelo, nunca lo hace. Sabe que yo se lo diría a la reina, y ella no puede verlo ni en pintura. Eso es algo que le preocupa, y hace prácticamente cualquier cosa con tal de que yo interceda en su favor.

Jonah miró a la delicada niña con incredulidad.

–Eso significa que acabas de chantajearlo con toda frialdad.

Ella asintió, impasible.

–Si hay algo que se puede aprender de mi padre, es eso.

Se detuvieron ante la puerta, y Jonah hizo una reverencia.

–Te estaré eternamente agradecido.

La idea pareció alegrar a la pequeña sobremanera.

—Os lo recordaré de cuando en cuando.

—No será necesario. Que te vaya bien.

—Y a vos también, señor. Creo que volveremos a vernos pronto. La reina quiere pasar el verano en Woodstock, partimos la próxima semana. Por eso estaba hoy en casa, para despedirme de mi padre. Y ella ha dicho que dará una fiesta en Woodstock para sus amigos en cuanto nazca el niño. Mencionó vuestro nombre.

A Jonah ya le temblaban las piernas, pero en ese instante tuvo que apoyarse en el muro contiguo a la puerta para no caer. Miró al despejado cielo e imaginó cómo sería ver de nuevo a Felipa.

—¿Tu hermana no volverá a caminar? —preguntó al cabo.

—Probablemente no —repuso ella en voz queda—. El hermano Albert dice que al caer se partió la columna.

—Es terrible... —farfulló él, incómodo.

—Sí. Pero ella asegura que también tiene su lado bueno. Padre quería obligarla a casarse con el conde de Burton, el cual le parecía horrible. Ahora está en el convento, y dice que le gusta mucho y está tranquila.

Jonah pensó en el tiempo que pasó en la escuela monacal y comprendió a qué se refería Elena.

—Hasta pronto, Jonah. He de ir a ver a mi padre.

Él se separó de la pared y acarició la cabellera de Giselle, un gesto que le sorprendió incluso a él.

—No le arranques la cabeza. Hasta pronto.

Pasó la tarde junto al río. El agua era sucia y corría llena de inmundicias. Cerveceros, curtidores, tintoreros y, sobre todo, carniceros vertían sus aguas residuales al Támesis y arrojaban a él los desechos. Como Londres se hallaba tan cerca de la desembocadura, el río tenía mareas, y en bajamar las llanas orillas se cubrían de un lodo pardo grisáceo del que emanaba una peste atroz. Sin embargo, ahora el agua era alta y discurría veloz, mas en calma. Jonah se sentó en la hierba de la ribera, no muy lejos de la Torre, y contempló el sosegado tránsito dominical en el agua. Una carabela genovesa iba río arriba aprovechando la brisa de la tarde, cargada de seda, armas o piezas de orfebrería. Era un hermoso velero de dos palos, grande y de elegantes formas, y él oyó cantar a los marineros en su suave y melodiosa lengua. De vez en cuando lanzaba un guijarro al agua y reflexionaba sobre todo lo ocurrido en los dos últimos días. Se sentía aliviado. Naturalmente tenía claro que Martin Greene no se equivocaba del todo. Deberle un favor a William de la Pole casi era, en efecto, como haberle vendido el alma al diablo. «Pero que sea lo que Dios quiera», pensó. En ese instante no tenía la menor importancia. Había evitado la inminente ruina que desde el día anterior pendía sobre él como una espada de un hilo de seda. Ya apechugaría con las consecuencias cuando llegaran. Por el momento estaba salvado. Las cuarenta libras que le había robado Rupert suponían una pérdida dolorosa y amarga. Cuarenta libras eran una fortuna y difícilmente podía prescindir de ellas en el negocio. Perderlas convertía el contrato en un fracaso económico. Pero ahora que estaba en condiciones de efectuar la entrega con puntualidad, tal vez consiguiera otros contratos. Había tenido que encajar un duro golpe, pero seguía en el negocio; se resarciría de la pérdida.

–Golpeado, mas no vencido, Rupert –dijo para sí–. Y tú lo pagarás caro.

–Debo decir que tenéis mucho mejor aspecto que esta mañana, señor –observó Rachel al verlo entrar.

–¿Ha vuelto el chico? –preguntó él, y se partió un pedazo del duro pan moreno que había en la mesa.

Se encontraban en la cocina.

La mujer picaba cebolla y se enjugaba las lágrimas de los ojos. Señaló el techo con el cuchillo.

–Está arriba.

Jonah asintió. Masticó el pan del día anterior durante lo que le pareció una eternidad y, cuando al fin pudo tragarlo, comentó:

–Tú no tienes precisamente buena cara, Rachel. ¿Estás enferma?
–No.

Partía la cebolla en trocitos, más aprisa de lo que la vista era capaz de seguir.

–Va a tener un hijo –aclaró Meurig en el breve silencio que se hizo.

Estaba sentado junto al hogar, tallando un trozo de madera que a todas luces terminaría siendo una cuchara.

A Jonah no le gustaba la multitud, pues disfrutaba con la tranquilidad en su casa, pero no se encaminó a la puerta asintiendo de mala gana como esperaban Meurig y Rachel. El muchacho no acababa de saber qué hacer con la sensación de gratitud que le embargaba desde que abandonase la casa de William de la Pole. Era tan poco habitual que no podía hacer más que permitir indolentemente que lo humanizara. Al pasar ante su criada le puso un instante la mano en el brazo.

—Dios te bendiga, Rachel.
—¿No queréis que nos marchemos? —inquirió ella con tranquilidad, si bien tenía la voz tomada.
Jonah abrió la puerta.
—No he perdido el juicio.
Lo oyeron subir la escalera, y Meurig dejó la navaja y la poco armoniosa cuchara, se puso en pie y abrazó a su Rachel.
—¿Qué te había dicho yo?

Crispin estaba sentado en el amplio antepecho, las manos rodeando las rodillas dobladas, mirando el patio. Reinaba la oscuridad, mas él no había encendido ninguna luz. La sala se hallaba sumida en la penumbra.
—¿Has estado en tu casa?
El chico dio un respingo, vio a Jonah y se puso en pie.
—Sí. Todo va bien. El sábado después de Pascua mi hermana se casa con sir Walter Burnett, un caballero de Dorset, figuraos. Mis padres no caben en sí de orgullo.
—Me lo imagino.
—Mi padre os envía un saludo.
—Gracias.
—El caballo es estupendo. Fui y volví con una rapidez pasmosa. Las gentes de Westminster estuvieron cuchicheando y preguntándose cómo es que Crispin Lacy montaba un caballo tan formidable.
—Que aún sigue sin tener nombre —observó Jonah, y se sentó a la mesa.
—Bueno, he estado pensando... ¿Qué os parece *Grigolet*?
—Extraño nombre. ¿Qué significa?
—Sir Walter, el futuro de mi hermana, nos contó una historia

después del almuerzo. De un caballero llamado Gawain. Y su caballo se llamaba *Grigolet*.

–Conforme.

Con eso pareció quedar todo dicho entre ambos, y un silencio desagradable se extendió como una acre humareda.

–Voy a encender la luz –propuso el chico, nervioso, e hizo ademán de acercarse a la lumbre para prender un cuelmo en las brasas.

–No, aguarda un momento. –A Jonah le agradaba la penumbra–. Siéntate, he de hablar contigo.

Crispin suspiró y se acomodó frente a él.

–¿Un sermón? Sé que esta mañana fui impertinente. Lo siento, señor.

A Jonah no dejaba de maravillarle la bondad del muchacho. Aunque Crispin era incapaz de hacerle daño a una mosca, siempre se sentía responsable cuando las cosas empezaban a torcerse y se disculpaba con una sinceridad y una facilidad que a Jonah le resultaban incomprensibles.

–Tenías razón en cada palabra –reconoció éste con inusitada franqueza–. Pero no te aparté de Rupert con malas mañas.

–¡Quia!, ya lo sé... –farfulló su amigo, avergonzado.

–Haz el favor de no interrumpirme. Esto ya me resulta bastante duro.

Crispin se llevó un dedo a los labios, movió la cabeza con energía y lo miró atentamente.

Y así fue como Jonah hizo una confesión completa por segunda vez ese día largo, larguísimo. Aunque se esforzó por hablar de forma objetiva y realista, primero vio asombro reflejado en el rostro de su aprendiz, luego espanto y después repugnancia.

–Pero... no puede hacer eso –espetó Crispin, olvidando sus buenos propósitos de limitarse a escuchar en silencio–. No se puede romper un contrato así como así. No, si ha sido sellado con un apretón de manos.

A Jonah le alivió que la indignación de Crispin al parecer fuese dirigida más bien contra Rupert que contra él, y replicó con una débil sonrisa.

–Eso mismo pensaba yo. Como ves, aún nos queda mucho que aprender.

–¿Y... qué vamos a hacer ahora?

—He encontrado a un comerciante que va a prestarme el paño que me falta.
—¿Qué? ¿Quién es ese singular bienhechor?
—William de la Pole.
—Ja, ja, muy gracioso... Santo Dios, ¿es cierto? Jesús, María y José, amparadnos. Todo el que se mezcla con él termina aplastado.
—O rico. —Jonah se inclinó un tanto hacia delante y apoyó los codos en la mesa—. Para empezar, nos ha salvado el pellejo, y no quiero que quede ahí la cosa. Pero para hacer negocios con él necesito dinero. Mañana revisaremos los pagos pendientes y luego irás a cobrarlos.
—Vaya, estupendo...
—Reduciremos las existencias. La corte pasará el verano en Woodstock, de todas maneras no venderíamos mucho paño caro. En su lugar, compraremos lana en bruto, tanta como podamos pagar. Si estalla la guerra, el precio de la lana subirá.
—Sí, pero ¿qué haréis con toda esa lana? ¿Qué será de ella? No conocemos a nadie en el comercio lanero, ¿dónde daremos con hilanderos, tejedores y demás para tanta cantidad?
—La exportaré a Flandes.
—Ahí sí que no conocéis a nadie.
—Pero eso cambiará: yo mismo iré hasta allí. La reina me proporcionará el nombre de los hombres a los que debo acudir y me extenderá cartas de recomendación.
—¿Y si naufraga el barco con nuestra lana?
—En tal caso, habremos tenido mala suerte. No hay grandes ganancias sin grandes riesgos.
Crispin afirmó con la cabeza. De pronto esbozaba una ancha sonrisa: la osadía de Jonah se le antojaba apasionante y contagiosa. Pero entonces se le pasó otra idea por la cabeza y recobró la seriedad.
—¿Qué... vais a hacer con maese Rupert, señor?
Jonah se retrepó. Se sentara como se sentase, no estaba cómodo, siempre le dolía algo, y se sentía aún más entumecido que por la mañana. Clavó la vista en las brasas y recordó a su pesar los terribles minutos que pasó en el comercio de los Hillock, la certeza de que lo habían traicionado, el pánico, la expresión sanguinaria en los ojos de Rupert.
—Eso no es asunto tuyo.

Abatido, Crispin observó su perfil, un rostro casi tan siniestro y petrificado como por la mañana.

–Yo sabría cómo podríais recuperar vuestras cuarenta libras –dijo el chico con voz entrecortada.

Jonah se lo quedó mirando.

–¿Ah, sí? Oigámoslo.

Crispin meneó la cabeza despacio.

–Sólo os lo diré si me prometéis dejar las cosas así.

–Muchas gracias, pero creo que podré arreglármelas sin tu ayuda.

–Maese Jonah...

–Será mejor que decidas pronto de qué lado estás...

–Vaya una cuestión. Estoy de vuestra parte, naturalmente –repuso Crispin furioso–. No soy ningún majadero, sé qué clase de persona es maese Rupert, y se merece una lección, aunque sólo sea por Annot. Pero os meteréis en un lío con el gremio si le declaráis la guerra abiertamente, y la cosa no acabará bien.

–Sabio Crispin. –Jonah soltó una risita–. Acabas de darme una idea excelente.

WOODSTOCK,

MAYO DE 1332

Felipa trajo al mundo a una princesa que fue bautizada con el nombre de Isabel en honor de la reina madre. Claro está que todo el mundo habría preferido un segundo príncipe, mas el desencanto generalizado se contuvo. Eduardo, el sucesor al trono, que a la sazón tenía dos años, era un niño mofletudo rebosante de salud, de manera que no había motivo para temer por su vida. Y dado que la reina de Castilla recientemente había alumbrado a un infante, el arzobispo Stratford, el experimentado canciller, recomendó al rey enviar un emisario a Castilla para concertar un matrimonio entre la pequeña Isabel y el príncipe Pedro antes de que se le adelantara cualquier otro soberano del continente.

Cuentan que el rey Eduardo estaba completamente loco por su hija. Colmó a la reina de regalos, nuevas ropas y dinero, y accedió radiante de alegría cuando ella le propuso celebrar una gran fiesta y un torneo para honrar a Isabel.

Woodstock se hallaba a unas diez leguas al norte de Oxford, a dos jornadas a caballo de Londres. Jonah llegó allí sano y salvo, pues, tras un largo vacilar, aceptó la oferta del alcalde de Londres, John Pulteney, de unirse a él y a los demás comerciantes londinenses que habían sido invitados. Con el séquito formaban un grupo de más de treinta personas, cosa que no era en modo alguno del agrado de Jonah, si bien equivalía a seguridad. Él cabalgaba solo y solía ir en retaguardia. Nadie lo incomodó. Incluso Martin Greene, que asimismo los acompañaba, lo dejó en paz. Desde que se pelearan hacía dos meses, no habían cambiado palabra, a excepción de un saludo formal de tanto en tanto y, si por Jonah fuera, las cosas bien podían quedarse así. Había otro hombre que se mantenía apartado del resto de viajeros o era evitado por éstos. Costaba decidir cuál era el caso. Se llamaba Giuseppe Bardi y pertenecía a uno de los dos grandes linajes florentinos que regentaban casas de banca en todas las ciudades importantes del mundo, tanto cristiano como pagano, como sucedía en la londinense Lombard Street. Jonah lo observaba con el rabillo del ojo, pues le interesaba sobremanera. Sin embargo, no quería hablar con él hasta haber llegado: no era menester que precisamente la mitad del gremio de pañeros de Londres fuese testigo.

El vecino bosque resplandecía con el vivo verde primaveral, y Jonah estaba pasmado con su belleza, el trino de las numerosas aves, las flores y el murmullo del veloz riachuelo Glyme, y supo de nuevo lo que uno se perdía viviendo en Londres.

Un mozo de cuadra se llevó su caballo y un joven criado le preguntó su nombre.

–Jonah Durham.

–Ah, maese Durham. Vuestra tienda es esa pequeña con listas rojas verticales y techo verde de la cara este.

Jonah le dio las gracias, dio con la tienda y, para alivio suyo, comprobó que sólo tenía una cama. Decir cama era exagerar: un jergón de paja y abundantes mantas. Pero carecía de importancia. Prefería renunciar a las comodidades y estar solo a pernoctar en un lujoso lecho compartido con alguien, cosa que, por otra parte, era lo normal en las grandes fiestas, pues las camas escaseaban.

Habían dispuesto una jofaina con agua que desprendía un leve olor a rosas y un lienzo limpio. Agradecido, Jonah se quitó el polvo del camino del rostro y las manos.

–¡Ah, por fin habéis llegado! Os estábamos esperando.

Jonah dejó el lienzo y se dio la vuelta: a la entrada se encontraban Gervais de Waringham y Geoffrey Dermond, los dos inseparables caballeros y guardias de corps del rey.

–Vamos a la aldea –aclaró el castaño Dermond–. Y hemos decidido llevaros con nosotros para que os divirtáis un rato.

–Sí, hemos apostado si sabéis reír –continuó Waringham–. Yo digo que sí, y he apostado ni más ni menos que un chelín por vos, así que no me decepcionéis.

Jonah sonrió. Le alegraba la invitación y se sentía halagado. No era muy habitual que alguien buscara su compañía, cosa de todo punto comprensible. Sin embargo, esperaba ver a la reina esa misma tarde.

–¿Puedo ir sin más? ¿No nos esperan?

Waringham dijo que no con la cabeza.

–La fiesta comienza mañana por la mañana con la cacería. Hasta entonces cada cual puede hacer lo que le plazca. Hasta Geoffrey y yo somos libres, pues el rey pasará la tarde con la reina.

–Y no sólo la tarde –añadió Geoffrey significativamente–. Tienen que recuperar el tiempo perdido después de tantos meses. Imaginaos a dos conejos con sendas coronitas entre las orejas y os haréis una idea aproximada de lo que sucederá esta noche en los aposentos reales.

La ruda franqueza chocó un tanto a Jonah, pero sobre todo le preocuparon los celos, repentinos y de una vehemencia inusitada, que sintió del rey. No obstante, asintió impasible, cogió la escarcela bordada de la mesa y la afianzó al cinto.

–¿A qué esperamos, pues?

–¡Jonah! ¡Qué alegría veros!

Felipa estaba radiante en todos los aspectos. No era sólo su sonrisa cautivadora, sino que parecía dichosa, optimista, en completa armonía consigo misma.

Él hizo una amplia reverencia y apretó los ojos con disimulo. Nunca en su vida había tenido semejante dolor de cabeza.

–Gracias, mi señora. Vuestra invitación ha sido un gran honor para mí.

–Más bien se diría que os llevan al matadero –apuntó el rey.

Jonah repitió el respetuoso tormento y no supo qué decir.

–Ya me lo imagino. –El rey suspiró en jocosa señal de desaprobación–. No sois el único esta mañana que tenéis mal aspecto. Confesad sin miedo, mis caballeros os indujeron a beber, ¿no es cierto? –Y lanzó una mirada supuestamente severa a Waringham y Dermond.

–Tal vez fuese así, sire –repuso el primero débilmente–, pero él se llevó la palma.

Eduardo rió sin compasión.

–En tal caso, llevad vuestra derrota con caballeresco estoicismo y montad. Una buena cabalgada en esta fría mañana os sentará bien.

La gran partida de caza se dirigió hacia el bosque, y Jonah hizo ademán de rezagarse para ceder el sitio junto a la reina a uno de los numerosos nobles presentes, mezclarse con los suyos y abandonarse a su malestar sin ser visto. Nunca había pasado una noche como la anterior. También Elia Stephens lo había inducido más de una vez a entregarse a la nocturna diversión que un veedor habría tildado de disoluta y el padre Gilbert de pecaminosa, pero la despreocupada y atrevida desmesura a la que se lanzaron los jóvenes caballeros en la pequeña taberna de Woodstock le era ajena. Se dejó contagiar, agradecido, para borrar a la reina de sus pensamientos.

–¿Adónde vais, Jonah? –preguntó, asombrada, la reina–. Tened la bondad de quedaros conmigo. Os agradecería que os hicieseis cargo de mi halcón.

Él nunca había sostenido un halcón en su vida, pero notó en las miradas perplejas, en parte envidiosas, de los otros jinetes que le estaba siendo conferido un gran honor.

En efecto, la cabalgada por el bosque lo reanimó y la práctica de la cetrería le fascinó de tal modo que no tardó en olvidar su lastimoso estado. La tensión, la pueril ambición de los cazadores de ambos sexos, ataviados con vistosas ropas, y el delicioso día primaveral hacían que reinara un ambiente incomparable.

A mediodía se solazaron junto a una pequeña cascada, y los criados sirvieron exquisitos pastelillos y venado frío. Estaban sentados todos juntos con naturalidad, departiendo, felicitándose por el buen tino en la caza o burlándose de los desafortunados. Felipa insistió de nuevo en que Jonah permaneciera a su lado, y él escuchó en silencio la desenfadada conversación y se deleitó secretamente con la presencia de la reina.

–Callado y serio como siempre –comentó ésta en voz queda–. Uno se pregunta en qué estaréis pensando.

Jonah bajó la cabeza y replicó asimismo entre susurros:

–Aún sufro las consecuencias del desenfreno de ayer, mi señora.

–Que así y todo a Waringham le ha reportado un chelín –contestó ella con picardía–. Me hallaba presente por casualidad cuando esta mañana se saldó la deuda. –Acto seguido se puso seria y cambió de tema de pronto–. Los preparativos de los que hablamos hace unos meses se siguen ahora con la mayor resolución, maese Durham, si bien con sumo secreto. ¿Estaríais dispuesto a proporcionar de nuevo grandes cantidades de paño a la Corona o a diversos nobles?

—Sin duda, mi señora.

—Revestiría gran importancia que ejercitaseis la máxima discreción, motivo por el cual el rey y yo estimamos que vos sois el hombre indicado para realizar estos encargos.

Jonah renunció a fingir modestia y contradecirla: tenía razón. A diferencia de muchos de los gremiales, él prefería guardarse para sí sus actividades comerciales.

—Por desgracia, el gremio me ha asignado un padrino que insiste en controlar los negocios de cierta envergadura.

—Ah, sí, lo recuerdo. —Miró brevemente a Martin Greene—. Mas he sido informada de que os tiene en gran estima.

Jonah contuvo un suspiro.

—Eso era antes. Pero la cosa no tiene arreglo: habré de soportarlo hasta que cumpla los veintiuno.

—Hum. —A todas luces a la reina no le gustó—. Será mejor que os libremos de su asesoramiento. Ya se me ocurrirá algo.

A ese respecto, las esperanzas de Jonah no eran muchas, pero cambió de tema.

—¿Por casualidad habéis hablado con vuestro tío, mi señora? ¿De nuestros planes?

Ella asintió vehemente.

—Ha prometido hacer campaña entre los tejedores de Amberes y Brujas, aunque opina que no será fácil convencerlos de que vayan al extranjero. —Calló un instante, ensimismada—. Habría que ofrecer algún aliciente.

—Sí, pero ¿cuál?

Felipa negó con la cabeza.

—Debo pensar en ello.

—Sea como sea, mi tejeduría está lista —anunció Jonah—. En breve tendré que buscar un arrendatario. Y dado que he comenzado a comprar lana en bruto, no me importaría que la manufacturaran artesanos flamencos. Sería una buena manera de poner a prueba nuestro plan. Si mis competidores ven que consigo paño flamenco mucho más barato que ellos porque lo elaboro en casa, tal vez abran los ojos de una vez por todas.

Felipa posó un instante la mano en su brazo, ligera como una pluma.

—Os prometo que antes de que finalice el verano tendréis un arrendatario flamenco.

Regresaron a Woodstock a última hora de la tarde con un buen botín, alegremente. Jonah cabalgó hasta los espaciosos establos que había detrás de la sala principal, confió a *Grigolet* al cuidado de un mozo y, a la vuelta, se encontró cara a cara con su padrino.

Al igual que las semanas pasadas, su semblante reflejaba desaprobación, si bien ese día parecía un tanto más marcada que de costumbre.

«¿Y ahora qué?», se preguntó Jonah incomodado, si bien se limitó a decir:

—¿Señor?

—Es una... vergüenza —espetó el recientemente reelegido veedor de los pañeros—. Sois el oprobio de vos mismo y del gremio entero.

—¿Y esta vez por qué?

—Como si no lo supierais. Le hacéis la corte con descaro y no os apartáis de su lado.

Hizo una pausa, mas Jonah no pensaba defenderse ni justificarse. Se cruzó de brazos.

Greene se enfureció un poco más.

—Y en el almuerzo no parasteis de cuchichear con ella. Y ella..., ella ¡os tocó! Es escandaloso. Si no sabe comportarse como una reina y el rey no estima conveniente llamarla al orden, demostrad vos al menos el debido decoro y marchaos en el acto.

—No tengo la intención de hacerlo.

—Haréis lo que os digo o...

—¿O?

—Os pido disculpas por entrometerme sin más ni más, señores, pero no comprendéis la situación, maese Greene —dijo una voz amable desde la cuadra.

Ambos se volvieron.

—¿Cómo es que sabéis mi nombre? —le espetó Greene al joven caballero—. ¿Quién sois vos?

—El conde de Waringham, señor, y conozco a todo hombre importante de Londres. La reina le pidió a Jonah que la acompañara durante la caza y el recreo porque había de tratar con él de asuntos comerciales. En nombre del rey, se sobreentiende. Considero vuestras alusiones en extremo sorprendentes y sólo me cabe esperar que haya entendido mal, pues acusar de deslealtad a la reina es alta traición. Máxime cuando no es cierto, como en este caso.

Los dos comerciantes lo miraron de hito en hito; Jonah sorprendido y Greene horrorizado.

–No... no pretendía insinuar tal cosa, milord.

Waringham esbozó una sonrisa poco amable.

–Eso está mejor.

El comerciante hizo una reverencia apresurada y parca y puso pies en polvorosa. Jonah, por su parte, carraspeó.

–¿Vos sois... el conde de Waringham, milord?

El caballero suspiró y pasó la cincha por encima de la silla, que llevaba en el brazo izquierdo.

–Mi padre falleció hace dos meses, y ayer aún me llamabas Gervais. Hazme un favor y sigue haciéndolo, ¿de acuerdo?

Jonah se encaminó a la sala con él.

–Gracias por tu certero apoyo frente a mi estricto padrino.

Waringham le restó importancia al hecho.

–Estoy seguro de que te las habrías apañado tú solo. Siempre estoy abriendo la boca y metiéndome donde no me llaman. Dermond dice que un día eso me matará.

El banquete era de una suntuosidad tal que impresionó a Jonah. Se hallaba sentado entre Geoffrey Dermond y Giuseppe Bardi, que comía un tanto desganado y daba toda la impresión de preferir estar en Lombard Street. Jonah deseó que Bardi fuera un hombre más accesible, pues no le resultaba nada fácil entablar conversación con un extraño. Sin embargo, como el italiano jamás hablaría por propia voluntad, fue él quien hizo el esfuerzo.

–¿Os puedo hacer una pregunta, dos incluso, signore Bardi? ¿Se dice así, signore?

El banquero, que sólo parecía algo mayor que él, levantó la vista asombrado y asintió con una media sonrisa.

–Naturalmente. Y sí, se dice así.

—En tal caso, explicadme: ¿cómo funciona vuestro negocio?
Bardi rió perplejo.
—Eso ha sido muy directo.
Jonah se encogió de hombros con indefensión.
—Sí. Probablemente hubiese sido mejor conversar con vos primero de la excelencia de los manjares, pero eso es algo que no va conmigo.
El italiano casi pareció aliviado.
—Tampoco conmigo, aunque habría mucho que decir de la excelencia de los manjares, por no hablar del vino —llamó a un paje, que rellenó de nuevo el vaso que compartían—. Permitid que os conteste con una pregunta, maese Durham: ¿queréis pedir dinero prestado?
«Tan poco diplomático como yo», pensó Jonah divertido.
—No.
—Ah. Bueno, ganamos nuestro dinero prestando dinero a otras personas. También el propio, se entiende, mas sobre todo el de la gente (en particular comerciantes y nobles ricos) que nos confía su dinero para que aumente. Lo prestamos con intereses, y repartimos esos intereses con quienes aportan los fondos.
«Sencillo y lucrativo», pensó Jonah maravillado.
—¿Significa eso que quienes aportan los fondos no saben a quién le prestáis su dinero?
—Sí. Confían en que nosotros revisemos exhaustivamente la solvencia de nuestros clientes, cosa que por lo general hacemos.
—¿Por lo general?
Bardi sonrió con reserva y no pudo por menos de lanzar una mirada en dirección al rey Eduardo.
—Bueno, señor, hay gente a la que es imposible decir no.
—Comprendo. Y supongo que tampoco vuestros prestatarios saben quiénes son los que les proporcionan el préstamo.
—Así es.
—¿Y qué hay de aquellos cuya solvencia está en tela de juicio?
—En tal caso, señor, exigimos garantías.
—¿Por ejemplo?
Bardi levantó ambas manos de forma significativa.
—Muy variadas: un aval, una nave, tierras. Algo que pueda resarcirnos en caso de que no se produzca el reintegro.

Jonah asintió, pensativo, y el italiano se llevó el vaso a los labios y bebió sin perder de vista a su vecino de mesa.

—¿Me vais a decir para qué queréis saber todo eso si no queréis pedir dinero prestado? —preguntó después de dejar el vaso.

—Estoy considerando prestar algo de dinero. Con ciertas condiciones.

—Ah. En tal caso deberíais hablar con mi padre.

—Sin embargo, prefiero hacerlo con vos. Veréis, se trata de...

Pero antes de que pudiera contarle su plan a Giuseppe Bardi, el rey levantó la mano, los músicos enmudecieron en el acto y se hizo el silencio en la gran sala engalanada.

Eduardo esbozó su irresistible sonrisa pícara, intercambió una mirada disimulada con la reina, que asintió con idéntico disimulo, y dijo:

—A la reina y a mí nos llena de gozo celebrar este día el nacimiento de nuestra querida hija Isabel con tantos amigos íntimos y compañeros de fatigas. Y deseo que seáis mis testigos y escuchéis lo mucho que le agradezco a la reina este... nuevo regalo indescriptible. Bebed conmigo a la salud de la pequeña Isabel y de su madre, la perla de Henao.

Todos los invitados se levantaron de los bancos, alzaron su vaso y exclamaron:

—¡Por la pequeña Isabel y por su madre, la perla de Henao!

Eduardo, radiante, dio un largo sorbo de su valiosa copa, tomó la mano de Felipa y la miró un instante a los ojos. A continuación se volvió a los presentes.

—Hay algo que querría hacer antes de que os deje disfrutar de la fiesta, la música y la danza. —Se aclaró brevemente la garganta. No parecía nervioso, a todas luces estaba muy seguro, pero en momentos así más de uno era consciente de lo joven que aún era el rey—. Hace dos años escasos que ostento la regencia —prosiguió—. Todos los que nos habéis acompañado en este camino a la reina y a mí sabéis que hemos logrado algunas cosas, si bien todavía nos queda mucho más por hacer. Y he aprendido..., no, a decir verdad siempre lo he sabido, que un rey no es nada sin el respaldo de sus incondicionales. Todos vosotros me habéis demostrado ese respaldo, y doy gracias a Dios por los amigos que me ha regalado. Sabéis... sabéis que en los últimos años hemos visto días dichosos y terribles. Para mí uno de los más negros fue el día de San Miguel del pasado año. Ahora sé que fue un accidente y no una insidiosa conspiración, pero, pese a ello, ese infortunio se cobró vidas y causó víctimas que quedaron marcadas para siempre, como Elena de la Pole. Sin embargo, hoy me gustaría reparar de una vez por todas lo que debí hacer aquel día y darle las gracias al hombre que impidió que la reina y mi hija perecieran. Por tanto... tened la bondad de adelantaros, Jonah Durham.

Jonah lo miró con fijeza, completamente horrorizado. «¿Qué significa esto?», se preguntó con creciente pánico.

Geoffrey Dermond le dio un puntapié en la pantorrilla por debajo de la mesa.

–Mueve el trasero, hombre –le susurró.

Jonah dio un respingo y se puso en pie. Durante un segundo se quedó estupefacto y miró suplicante a izquierda y derecha, pero, dado que no tenía escapatoria, se dirigió a la mesa principal, titubeante, y se detuvo ante el rey.

Eduardo desenvainó su espada; el siseo del acero pareció resonar con fuerza en medio de aquel silencio absoluto.

Jonah movió la cabeza de un modo casi imperceptible.

–Os lo ruego... no lo hagáis, sire –suplicó inexpresivo.

–Arrodillaos, amigo mío –ordenó el rey, jovial e inteligible a un tiempo, y añadió entre susurros–: No pretendo cortaros la cabeza, así que daos prisa.

–Pero... no quiero.

Eduardo dibujó su radiante sonrisa. Sus labios apenas se movieron al farfullar:

–U os arrodilláis vos solo o le indico a la guardia que os ayude.

Tembloroso, Jonah se postró de hinojos, y Eduardo levantó su poderosa espada.

–Habéis prestado nobles servicios a la casa Plantagenet y demostrado de manera ejemplar ser digno de este honor. –Dejó caer el pesado acero y rozó con él el hombro izquierdo del joven comerciante–. Poneos en pie, sir Jonah, y sed bienvenido como caballero al hogar de la reina.

Jonah se levantó y miró al rey aturdido, el cual lo estrechó entre sus brazos con una sonrisa de complicidad y le susurró al oído entre el ruidoso regocijo de los allí reunidos:

–Ha sido idea de Waringham. Dijo que posiblemente no os hiciera feliz (aun cuando otros estarían dispuestos a pagar una fortuna a cambio), pero nos pareció la solución más sencilla a todos los problemas.

Jonah no sabía a qué se refería el soberano. Dio media vuelta mecánicamente, hincó la rodilla de nuevo ante Felipa, tomó la siniestra que se le ofrecía y se la llevó un instante a los labios.

La reina le sonrió impertérrita.

–¿Veis cuán fácil es, Jonah? –bisbiseó durante el prolongado aplauso que siguió–. Ahora, como por arte de magia, ya sois mayor de edad. Ningún gremio del mundo osará importunaros con un padrino.

LONDRES,
JUNIO DE 1332

Jonah yacía de costado, la cabeza apoyada en la diestra, y deslizaba el dedo índice de la siniestra por el cuello de Annot, salvando la minúscula loma de la nuez y pasando por el exuberante montículo de su pecho. Seguía fascinado con esos pechos, y le encantaba tocarlos, sentir su suave blandura y ver cómo se enderezaban las pequeñas cimas rosadas cuando él las rodeaba.

Annot estaba tendida boca arriba con los ojos cerrados, los dedos de los pies acariciando la pierna de Jonah. Su rostro reflejaba gravedad.

–Maldita sea..., debo marcharme –musitó él con pesar, si bien no dio muestras de ir a levantarse.

–Hace mucho que no pasas la noche entera –observó ella–. ¿Es que te aburro?

–No. Pero eres cara, y yo tengo que ahorrar.

En efecto, cada vez que iba a verla se tachaba de imprudente, pues necesitaba cada penique para sus diversas empresas comerciales, pero sus buenos propósitos nunca duraban mucho. Elia Stephens, al cual había confesado su dilema, le había aconsejado que se casara, que a fin de cuentas resultaba mucho más económico, mas Jonah sospechaba que quizás ése no fuera el mejor de los motivos para desposarse. Eso sin contar con el problemilla de que la única mujer que quería casualmente era la reina de Inglaterra.

–Ojalá pudiera creer que piensas en mí cuando sonríes así –dijo Annot con un suspiro.

–¿En quién, si no?

–Ah, qué sé yo. –De pronto volvió la cabeza.

Jonah llevaba toda la tarde con la vaga sensación de que algo no iba bien. Annot se mostraba distinta que de costumbre, abatida, y él no estaba muy seguro de querer saber la razón. Ella le gustaba, sin duda. Siempre le había gustado, y ahora que se conocían mejor se habían hecho amigos. Mas no tenía muchas ganas de que alguien le abriera su corazón, menos aún cuando había de pagar por el tiempo. Se puso en pie y echó mano de las calzas.

–Estoy encinta –le confesó ella.

«Vive Dios, es una epidemia en toda regla», pensó él. Últimamente Rachel siempre daba un rodeo por la mañana después de ordeñar y se pasaba por el retrete del patio porque el olor de la leche le sentaba fatal. Para ser exactos se sentía mal todo el día.

Jonah se ató las calzas, se metió el jubón por la cabeza y se volvió hacia ella.

–Bueno..., era de esperar, ¿no?

Ella lo miró con severidad.

–Eso no arregla nada.

–No.

–Me... envía al campo. Partiré la próxima semana, antes de que alguien lo note.

–¿Adónde?

Annot se encogió de hombros.

–No me lo ha dicho para que no cite a la clientela y trabaje por cuenta propia.

–Envíame un mensajero cuando estés allí. Te daré el dinero necesario. Por si necesitas algo.

Ella le sonrió.

–¿A ti, por ejemplo?

–Por ejemplo. –Se sentó en el borde de la cama, la atrajo hacia sí y la besó con pasión–. Eso también tiene su lado bueno, ¿sabes?

–¿Ah, sí? –Annot revolvió los ojos con impaciencia–. Me pasaré meses sin ganar dinero, perderé a mis clientes habituales, no mejorará mi figura, por no mencionar que tener hijos es una verdadera paliza, y tal vez el pequeño vuelva a ser deforme y deficiente. Así que dime qué hay de bueno en ello.

–Tu ausencia me permitirá poner en marcha un plan que me ronda la cabeza desde hace unas semanas.

–¿De qué estás hablando?

Jonah se lo explicó, y Annot lo escuchó embelesada. Sus ojos se abrían más y más, y finalmente en su rostro se dibujó una ancha sonrisa de satisfacción.

–Lilian –afirmó resuelta–. Lilian es la mujer que necesitas.

Jonah cabalgó hasta Kent y Essex e incluso hasta Suffolk para comprar lana en bruto y paño barato y liviano. Su contrato ascendía en esa ocasión a cien balas, que debía entregar en septiembre y en York. Este último detalle resultaba especialmente peliagudo, pues implicaba que algo se estaba tramando en el norte. William de la Pole, había informado Annot a Jonah, había regresado a Hull, su ciudad natal, en el norte, y hacía llegar allí cargamentos enteros de vino. Había sido nombrado copero mayor del rey en Yorkshire, pero ni siquiera el bebedor Eduardo podía querer todo ese vino para él. Lo que en realidad hacía De la Pole era almacenar provisiones y víveres con vistas a la campaña escocesa más secreta de todos los tiempos. Nadie en Inglaterra, y menos aún en Francia, barruntaba los meticulosos preparativos que hacía el rey. Con todo, para prevenir posibles conjeturas a un lado y otro del canal, el canciller y arzobispo Stratford había hecho correr la voz de que se avecinaba una revuelta en Irlanda y Eduardo preparaba una campaña contra el autoproclamado rey de los irlandeses.

Jonah se sentía muy satisfecho con los resultados del viaje. Gracias a Annot y a otras fuentes, había averiguado el nombre de los agentes que compraban lana en bruto para William de la Pole. Los fue a ver y les encomendó que trabajasen también para él. De ese modo se aseguraba de tener a su servicio a los mejores hombres y no tenía que ir en persona de aldea en aldea, de mercado en mercado para reunir la lana. El contrato comprometía más dinero del que le habría gustado, mas él contaba con poder comprar al menos veinte sacos de lana, que le costarían unas treinta libras. En su nuevo ramo no se atrevía a invertir más, pero veinte sacos de lana constituían un principio que no estaba nada mal. Al fin y al cabo cada saco contenía trescientas sesenta y cuatro libras de lana; había que esquilar doscientas cincuenta ovejas para llenarlo. Su tejedor flamenco –cuando llegara– no sería capaz de manufacturar más de cinco sacos en un año. El resto estaba destinado a la exportación. «Si tuviera barco propio –pensaba–, no tendría que pagar una tercera parte del flete, sino que más bien podría llevar a Flandes la lana de otros exportadores por un buen dinero. Y si tuviese embarcadero propio no tendría que abonar estadías por mi barco...»

Una mujer muy guapa y joven, vestida con sencillez, entró en el comercio de los Hillock, en Cheapside. Llevaba al descubierto unas negras trenzas brillantes que le llegaban hasta las estrechas caderas.

Rupert se pasó presuroso la mano por el cabello y la barba para cerciorarse de que ofrecía un buen aspecto y salió del almacén.

–Buenos días, hija mía. ¿Qué puedo hacer por vos? No sois de por aquí, ¿no es cierto?

Ella sonrió tímidamente.

–Así es. Busco a un aprendiz llamado Jonah. ¿Está aquí?

El semblante de Rupert se ensombreció visiblemente.

–Hace tiempo que eché a ese canalla.

Los ojos de la muchacha se abrieron de par en par.

–Ah..., no puede ser el mismo al que yo me refiero. Me dijeron que nadie como él para ayudar a una dama a encontrar el paño adecuado para un vestido. Para una ocasión especial, si entendéis lo que quiero decir.

Su timidez lo desarmó, y se quedó prendado del turgente pecho juvenil que se insinuaba bajo el vestido.

–Posiblemente se trate del que os recomendaron, pero todo lo que sabe de paños lo aprendió de mí. Creo que deberíais probar suerte conmigo. ¿Qué clase de ocasión es?

Sentía verdadera curiosidad. Para una boda o un compromiso, lo normal era que fuese la madre de la novia quien escogiera el tejido. En general, no solía darse el caso de que una joven, que a todas luces no era una criada, fuese a comprar ella sola, y menos aún a un barrio desconocido.

–Es... para una fiesta. –Soltó una risita–. Una fiesta a la que estarán invitados comerciantes, caballeros, regidores y demás señores distinguidos.

–Veamos, entonces deberíais llevaros un buen paño. Yo os sugeriría uno azul, a juego con vuestros ojos. –Ella bajó deprisa los párpados, y él esbozó una sonrisa paternal ante tamaña pudicia–.

Sabe Dios que no deberíais avergonzaros de unos ojos tan bellos, hija mía.

La muchacha sonrió de nuevo, insegura, lo miró fijamente y se mordió el labio inferior como si le sorprendiera su propia osadía.

–¿Podríais mostrarme algo adecuado?

–Cómo no. Aquí tengo un paño de lana ligero de Salisbury. –Sacó una bala del estante–. Mirad, no está muy abatanado, resulta perfecto para esta época del año.

–Yo pensaba más bien en lino.

Rupert hizo un gesto aprobador.

–Sí, también tengo un lino adecuado, sólo que es algo más caro.

Sacó una segunda bala y desenrolló una generosa cantidad en el mostrador para que ella contemplara el material con la luz del sol que entraba.

–¡Ay, Jesús!... –musitó, y se acercó al mostrador y pasó vacilante el índice de la diestra por la lisa tela–. Es precioso.

–¿No es cierto?

Rupert respiró hondo con disimulo. La muchacha se hallaba a tan sólo un paso de él y olía de maravilla. En el mercado de frutas de Cheapside a veces había naranjas, y siempre que Rupert se sentía rumboso le compraba una a Elizabeth. Y cuando se abría esa fruta de reluciente color anaranjado procedente de la pagana España, emanaba un aroma de un dulzor incomparable que, sin embargo, le hacía cosquillas a uno en la nariz. Justo así olía esa mujer.

–¿Y qué cuesta? –preguntó ésta.

–Cinco chelines la vara. Cuatro y medio para vos –añadió Rupert tras un leve titubeo.

Ella dio un respingo.

–Ay, Dios mío... Es muy generoso de vuestra parte que os mostréis tan deferente conmigo, pero me temo que no puedo permitírmelo.

«¿Qué te creías, pavitonta, que aquí regalamos el lino sólo porque no sea un barrio elegante?» Rupert se encogió de hombros con reserva.

–La tinta y la calidad del hilo es lo que lo encarecen un tanto, pero en cambio es un tejido hermosísimo.

Ella asintió, afligida, abrió la talega, vació el contenido en su mano y se puso a contar, moviendo al hacerlo los labios, deliciosa-

mente rojos y carnosos. Al poco lanzó un ay y sacudió la cabeza.
—No me llega. Menudo fastidio. Quiero este paño. —Lo miró a los ojos con expresión suplicante, pareció dudar un instante y, de pronto, le puso la mano en el brazo–. Sin duda esto no es habitual, señor, pero ¿estaríais dispuesto a aceptar... otra clase de pago?
—¿Qué? —Rupert se sintió algo mareado. La miró con fijeza, poco menos que escandalizado. Era de todo punto imposible, lo que había creído por un momento no podía ser. Con toda seguridad había oído mal. Ella estaba tan cerca que su perfume casi le ofuscaba los sentidos–. No... no sé a qué os referís...
—¿No? —La joven rió quedamente, se puso de puntillas y le dio un fugaz beso en la boca–. Echad la llave y os lo enseñaré —susurró.

Rupert no terminaba de creer lo que le estaba pasando. Se había imaginado mil veces una situación así cuando una de las bellas jovencitas del vecindario entraba en su establecimiento, pero jamás estimó posible que tan pecaminosas fantasías pudieran convertirse en realidad.

Aquella criatura increíble deslizó la mano por su brazo y la posó en su entrepierna. Cuando sintió su henchido miembro profirió un sonido que pareció el ronroneo de un gato satisfecho.

—¿A qué estás esperando?

A Rupert se le secó la garganta. Rió sin aliento.

—Santo cielo..., eres una tunanta, ¿eh?

Se dirigió a la puerta con flojera en las piernas y echó el cerrojo. Cuando se volvió, ella estaba sentada en la mesa y se subía lentamente las sayas.

—Soy todo lo que tú quieres.

Él la miró con los labios entreabiertos. Pulgada a pulgada, la muchacha iba dejando a la vista sus largas piernas sin vello. Una voz queda en la cabeza de Rupert le advirtió que algo no encajaba, que era arriesgado, que semejantes cosas no ocurrían. Y después de la última vez le había jurado a Elizabeth sobre la Biblia que en el futuro le sería fiel. Era consciente de que su alma inmortal corría peligro, pero cuando la desconocida abrió los muslos y le tendió la mano, ningún poder del mundo habría podido detenerlo. Llegó hasta ella en dos pasos, pero sus manos le temblaban de tal modo que no fue capaz de aflojar el nudo del cordel de sus calzas. La chica rió con suavidad, lo ayudó con dedos diestros y, cuando él por fin la poseyó, ella gimió de placer. Ninguna lo había hecho hasta entonces. Elizabeth siempre yacía bajo él como un pedazo de carne muerta, y tampoco las demás que había tomado o comprado se molestaron en disimular que se sentían aliviadas cuando terminaba. Sin embargo, a esa criatura fabulosa parecían excitarle su fuerza hercúlea y su torpe rudeza. Embelesada, la muchacha le acarició aquellos brazos semejantes a dos mazas, los agarró con fuerza, rodeó sus caderas con sus piernas y devolvió los ávidos empellones de Rupert como si no fuese lo bastante impetuoso para ella. Él escuchó atónito sus propios gemidos, echó el torso atrás, se aferró a los hombros de ella y se derramó.

Ambos permanecieron unidos unos segundos, jadeando, y luego él se apartó y se arregló las ropas.

Ella se bajó del mostrador, las sayas volvieron a rozar las puntas de sus pies y fue como si nada hubiese pasado. Sólo su rostro seguía un tanto arrebolado, y los azules ojos brillaban.

De pronto Rupert se sentía cohibido. Estaba acostumbrado a mujeres chillonas, enfurecidas o amedrentadas, y le ponía nervioso que ella se mostrara tan imperturbable, como si aquello hubiese pasado por ella sin dejar rastro.

–Te... cortaré el paño.

La muchacha le acarició el brazo con familiaridad, casi con afecto.

–Cinco varas bastarán.

De repente él no pudo por menos de reír, y movió la cabeza sin entender nada.

–La próxima vez que quieras comprar paño ven a verme, ¿eh?

Ella sonrió.

–No lo creo. No es bueno para el negocio; ni para el tuyo ni para el mío.

Él se giró, desenrolló con hábiles movimientos unas cinco varas del radiante lino azul, lo midió y lo cortó con un afilado cortador. A continuación lo dobló con pulcritud y se lo ofreció.

–¿Significa eso que no volveré a verte?

La idea se le hacía insoportable.

–Claro que no. –Ella le echó los brazos al cuello y lo besó de nuevo en la boca con descaro, jugueteó con la lengua en el labio inferior de Rupert y después lo mordió, con delicadeza casi, pero él se sobresaltó–. Sé cuáles son los deseos que te atormentan –susurró–. Pero no hay razón para avergonzarse, ¿sabes?

Con una sonrisa que parecía prometer todos los placeres del paraíso, cogió su paño y fue hacia la puerta.

–¿Dónde... dónde puedo encontrarte?

Lilian descorrió el cerrojo y le dio su dirección.

LONDRES,
AGOSTO DE 1332

Hacía un calor abrasador. El sol se hallaba suspendido en el amarillento cielo como una moneda de cobre fundida y ablandaba poco a poco la ciudad. Hacía días que no corría un soplo de aire. La leche se agriaba ya por la mañana, y los pocos londinenses que tenían pozo propio en el patio, en cuyo interior podían colgar de una larga soga un jarro de cerveza y así beber de cuando en cuando un sorbo frío, podían considerarse afortunados. En los barrios bajos del puerto los niños morían de fiebre, en el campo los labriegos temían por sus cosechas, y el padre Gilbert había reunido a los pañeros y sus familias esa tarde en la iglesia para pedir por la pronta lluvia en unas rogativas.

Crispin se encontraba ante el pupitre estudiando las últimas entradas en uno de los libros. La vista se le iba.

—Lo siento, señor, puede que tenga el cerebro recalentado, pero no entiendo estas cifras.

Jonah ordenaba el almacén. Las existencias habían disminuido visiblemente, lo cual había resultado ser una inteligente decisión: tal y como había previsto, a la sazón apenas quedaba nadie en Londres que se pudiera considerar clientela para paño caro, a lo sumo las esposas de sus competidores ricos, que posiblemente prefirieran ir desnudas por la calle a comprarle a Jonah Durham. Pese a todo, le deprimía ver las estanterías vacías. Agradecido por la interrupción, se acercó a su aprendiz y le explicó lo que significaban las series de números.

Meurig entró y cesó la explicación.

—A la puerta hay una extraña que lleva una eternidad hablándome, pero no he entendido una sola palabra a excepción de algo que podría interpretarse como «Jonah Durham» —informó el criado.

—Pues hazla pasar.

Pesaroso, el joven comerciante se dijo que su escaso surtido causaría mala impresión en una nueva clienta.

Al poco apareció Meurig con la extraña. Jonah supo a primera vista que no iba a comprar sus restos de seda veneciana. La mujer llevaba un sencillo vestido de lino azul, la cabeza cubierta por una toca gris deslavada. Sus manos eran grandes y callosas de tanto trabajar.

—¿Vos sois Jonah Durham? —preguntó con incredulidad y sin saludar.

Hablaba francés con un extraño acento, de manera que también a él le costó entenderla.

—Así es.

—Pero sois muy... joven.

Él se encogió de hombros.

—¡Qué se le va a hacer! ¿En qué puedo ayudaros?

—Yo... —Respiró hondo—. Me llamo Maria Vjörsterot. Venimos de Cambray y queríamos trabajar para vos, pero apenas desembarcamos llegaron dos hombres del sheriff y prendieron a mi esposo y... no sé por qué ni dónde se lo han llevado.

Jonah vio que pugnaba por no llorar y parecía temblar levemente. Acercó un tajuelo y se lo ofreció. Ella se sentó, agradecida.

—Crispin, ve por algo de cerveza —dijo Jonah en inglés—. Y tú ensilla a *Grigolet*, Meurig. —Esperó a estar a solas con la mujer y entonces se apoyó frente a ella en el pupitre y la miró con fijeza—. Será mejor que empecéis por el principio. ¿Quién os envía?

—Un rico pañero de Gante para el que solíamos trabajar. Es amigo de Jean de Henao, tío de vuestra reina. Vino a vernos y nos dijo que la soberana quería llevar coterráneos a Inglaterra, tejedores y tintoreros que trabajarían aquí. ¿Es cierto? —inquirió temerosa.

Jonah asintió.

—Mas hasta la fecha nadie quería venir.

—Tampoco nosotros —se sinceró ella—. Pero tenemos deudas. El pasado invierno se nos quemó la casa entera, incluidos el telar y la lana.

—Y cuando os visteis con el agua al cuello, Inglaterra de pronto se os antojó tentadora —aventuró él.

Ella dijo que sí con la cabeza sin apuro.

—Cogimos unas cuantas cosas y partimos mi esposo, los niños y yo. Creímos que Felipa lo arreglaría todo, vuestra reina, me refiero. Le gustan las gentes sencillas, es de sobra sabido en Henao y en todo Flandes, y pensamos que se ocuparía de quienes lograran tentar con el extranjero. Pero en el puerto... —Calló.

Las lágrimas le corrían por el rostro, apartó la cabeza y se limpió los ojos con la manga del vestido.

Crispin regresó, miró inquieto a Jonah y a la extranjera y le ofreció a ésta el vaso que traía.

Ella lo cogió, le dirigió una sonrisa forzada al aprendiz y bebió; estaba sedienta.

Jonah se paró a reflexionar.

—¿En qué barco habéis venido?

—En una carabela inglesa —respondió ella.

—¿Sabéis cuál es su nombre?

Tras mucho cavilar lo recordó:

—*Alejandro*.

Jonah asintió: tenía sentido. El *Alejandro* era propiedad de Adam Burnell, antiguo veedor del gremio y uno de sus peores adversarios. Se volvió a Crispin.

—¿Hablas francés?

El aludido se encogió de hombros.

—Un poco.

—Bien. Ocúpate de ella. ¿Cómo se llama vuestro esposo, Maria?

—Vjörsterot —repuso ella, confusa.

Él sonrió.

—Eso aquí no hay quien lo entienda, y menos aún quien lo pronuncie. ¿Cuál es su nombre de pila?

La mujer le devolvió la sonrisa espontáneamente y replicó:

—Niklas.

—Mucho mejor.

Jonah abandonó el despacho. En la puerta aguardaba Meurig con el castrado. Jonah montó, salió a la calle y bajó por Ropery al galope.

—No te vayas a partir la crisma, hombre —musitó Meurig, y cerró la puerta y volvió al almacén.

Rachel ya estaba allí. Crispin hizo las presentaciones y refirió a Meurig y a su mujer la triste historia que Maria, entretanto, le había contado a él. La cosa fue a trompicones, pues el francés de Crispin era mediocre y el acento de ella bastante singular. Sin embargo, entendió lo esencial.

–Pregúntale dónde están sus hijos –le pidió Meurig–. Iremos en su busca.

Crispin tradujo la petición y la esposa del tejedor explicó que los había dejado en una taberna del puerto, con la tabernera, que le pareció amable y servicial. Ninguno de los tres nativos dejó que se le notara el susto, pero Meurig dijo tranquilamente en inglés:

–Deberíamos ir a buscarlos ahora mismo, antes de que esa servicial tabernera los malvenda al primero que pase. Dile que me lleve hasta allí, Crispin.

Jonah fue hasta el consistorio de Aldermanbury, en la parte norte de la ciudad, donde el alcalde y el concejo celebraban sus reuniones y semana tras semana se juzgaba a los numerosos malhechores.

No era día de audiencia y, por consiguiente, no había muchos gandules haraganeando ante el edificio. Jonah pasó por delante de ellos y se detuvo a la sombra de un abedul que crecía delante del ayuntamiento.

Un muchacho de unos ocho años cuya pierna izquierda terminaba en la rodilla se acercó ágilmente con dos toscas muletas.

–Dadme un cuarto de penique, mi señor, y cuidaré de vuestro caballo.

–Hazlo, y si a mi vuelta aún estáis aquí los dos te daré medio penique.

Con una sonrisa radiante que dejó a la vista una mella, el muchacho acarició las onduladas crines de *Grigolet*.

–Conforme, mi señor.

A la entrada del consistorio había dos hombres armados. Jonah se aproximó a ellos.

–Esta mañana han arrestado a un tejedor flamenco que venía en el *Alejandro*, al parecer por orden del sheriff. ¿Podéis decirme algo al respecto?

–¿De qué sheriff, señor? –preguntó amablemente el mayor de los dos.

–Eso querría saber yo. –A diferencia de las demás ciudades o condados de Inglaterra, Londres contaba con dos sheriffs–. Brembre, supongo.

Lucian Brembre era amigo de Adam Burnell.

El soldado señaló la puerta.

–Está dentro, señor, hablando con unos caballeros, pero pasad.

Los caballeros en cuestión eran cuatro regidores. Jonah se quedó en la crepuscular antesala, oteó la sala del concejo por la puerta abierta y esperó paciente. Cuando los cuatro concejales por fin se despidieron, el sheriff vio al joven.

–¿Sí? –preguntó desabrido.

Jonah se dijo que debía ser cortés.

–Me llamo Jonah Durham, señor.

Lucian Brembre era un hombre alto y corpulento de unos cuarenta años. El ralo cabello ondulado, de un pardo ratonil, le llegaba por los hombros, y también su barba era escasa. Los azules ojos, de apariencia sagaz, se entrecerraron un instante y delataron que sabía quién era el que tenía delante. Con todo se limitó a decir:

–¿Y?

Jonah cayó en la cuenta de que bien podía dar media vuelta y marcharse, mas no tenía la intención de ponérselo tan fácil al sheriff. Lo miró a los ojos.

–Esta mañana vuestros hombres prendieron en el puerto a un tejedor flamenco que arribó en el *Alejandro*.

Brembre encogió los anchos hombros.

–Así es.

–Ese hombre ha venido a Inglaterra a trabajar para mí. Si es posible, me gustaría responder por él.

El sheriff sonrió burlón y negó con la cabeza.

–¿Por un individuo al que ni siquiera conocéis? Resulta extraño que un mentecato irresponsable como vos lleve tanto tiempo en el negocio. Ese hombre es un ladrón, Durham. Y por añadidura extranjero. No hay aval que valga. Seguirá encerrado hasta que se le juzgue.

–¿Encerrado, dónde? –quiso saber Jonah, esforzándose todo lo posible por ocultar su ira.

No le agradaba que lo llamasen mentecato irresponsable.

–En la prisión del Tonel –replicó el sheriff–. Y ahora, si me disculpáis, soy un hombre muy ocupado.

Jonah esbozó una sonrisa desdeñosa.

–No os robaré mucho de vuestro valioso tiempo, señor. Mas tened la bondad de decirme de qué se acusa al flamenco. ¿A quién le ha robado?
–A un marinero del *Alejandro*.
Jonah arqueó las cejas.
–¿Y vuestros hombres ya lo sabían cuando el barco atracó? Debo confesar que estoy impresionado...
El sheriff se quedó de una pieza. No se movió, ni tampoco hizo ningún ademán amenazador, pero de pronto su expresión se tornó peligrosa.
–Será mejor que os vayáis –aconsejó en voz baja.
Jonah asintió.
–Sólo una última pregunta: ¿qué se supone que le ha robado al marinero?
–Quince chelines.
A pesar del calor, a Jonah se le heló el rostro. Un robo de semejante magnitud se consideraba delito capital. Observó al sheriff atónito.
–¿De veras lo decís en serio, Brembre? ¿Pretendéis hacer ahorcar a un hombre inocente sólo porque su presencia aquí le resulta insufrible a Adam Burnell? ¿Es que no tenéis conciencia?
Lucian Brembre no se inmutó.
–Lo hago por el bien de esta ciudad. Y si no os marcháis al punto, haré que os pongan de patitas en la calle.
Jonah se marchó sin despedirse. Ofuscado, pasó ante los esbirros y salió al exterior, cruzó la pequeña plaza del ayuntamiento dando zancadas y se detuvo a la sombra del abedul.
–No ha ido como pensabais, ¿eh? –inquirió una voz aguda a su lado.
Jonah se volvió. El golfillo que le había cuidado el caballo estaba apoyado cómodamente en el estrecho tronco del árbol y lo miraba con seriedad.
Jonah negó con la cabeza. No, lo cierto es que no había ido como pensaba o esperaba.
Sacó de su escarcela el medio penique prometido y se lo entregó al chico.
El pequeño le mostró su desdentada sonrisa e hizo desaparecer el botín entre los pliegues de su andrajoso sayo.

—¿Puedo hacer algo más por vos, mi señor?
—¿Qué debo hacer si quiero visitar a un preso en el Tonel? —le preguntó al chico.
—Untar al guardián —repuso éste en el acto.
—¿Con cuánto?
El muchacho encogió los estrechos hombros.
—¿Quién es el preso?
—Un don nadie.
—En tal caso será barato.
Jonah asintió y siguió pensando. Podría intentar pedirle ayuda a la reina, pero Woodstock estaba muy lejos y, además, la jurisdicción de la ciudad era independiente de la Corona. Felipa difícilmente habría podido ejercer influencia alguna si un marinero sobornado acusaba al flamenco ante el juez de haberle robado.

Ensimismado, miró a su pequeño aliado de una sola pierna y le explicó lo que necesitaba.

A todas luces, en su corta vida el muchacho había visto lo suficiente para asombrarse por algo a esas alturas. Asintió impertérrito.
—Eso lo arregla mi abuela en un pispás. Por un chelín.
Jonah lo observó con incredulidad.
—Si estoy satisfecho, le daré un penique.
—De acuerdo.

La gran sala de baños con los magníficos azulejos estaba llena. En la generosa pila que presidía el espacio, hombres y mujeres se hallaban sentados desnudos, apoyados en el borde, unos junto a otros y alternados como si de una mesa se tratara. Y, en efecto, en medio de la pila se había instalado un ancho tablón de madera cubierto con un mantel sobre el que descansaban platos y vasos.

Rupert bebió un trago de la delicada copa de plata que compartía con Lilian. El vino era delicioso y estaba fresco, un contraste de lo más agradable con el agua caliente en la que se hallaba inmerso. Un contraste que despertaba los sentidos.

Dudaba que en el paraíso existieran placeres tales como los que le dispensaban allí, pues en el paraíso, se figuraba, reinaba el decoro. Sabía que sólo esa comparación que se le pasó por la cabeza constituía un pecado abominable. Pero había perdido el hábito de avergonzarse de esos pensamientos e incluso de confesarlos. Igual que había dejado de pensar constantemente en lo que costaba una velada así; ello sólo le arruinaba la diversión y, además, no servía de nada, pues de todas maneras seguía yendo; sencillamente no podía evitarlo. Ninguno de los placeres carnales de los que Rupert había gozado hasta el momento podía compararse ni de lejos con lo que allí encontraba. Por no hablar de la perversidad...

Lilian sumergió en el agua una de sus pequeñas manos y rozó como si tal cosa el velludo muslo de Rupert, arriba y abajo, subiendo un poco más cada vez. Él apoyó los codos en el reborde, echó atrás la cabeza y cerró los ojos. Cuando ella asió su abultado miembro, él gimió.

–Veo que esto te gusta, ¿eh? –le susurró Lilian.

–Oh, Lilian. –La agarró por el brazo, la atrajo hacia sí, de modo que casi se sentó en su regazo, y vertió agua por sus pechos mientras contemplaba embelesado cómo corría por las voluptuosas redondeces y goteaba desde los vértices–. Podría...

–Lo sé, lo sé –lo interrumpió ella con dulzura–. Pero esperemos un poco, querido.

–¿A qué? –gruñó él con impaciencia.

–Abre los ojos y juzga por ti mismo –le propuso Lilian con esa sonrisa prometedora en los labios que siempre le provocaba un escalofrío de dichosa expectación.

Eso era lo mágico de aquella casa, lo que le producía tanta adicción: desde hacía dos meses iba prácticamente todas las noches, pero siempre se le ofrecía algo nuevo, siempre experimentaba cosas que no conocía.

Cuando abrió los ojos, vio que un hombre y una mujer entraban en la habitación y se inclinaban ante la «mesa». Ambos llevaban máscaras de animales, cuya abominación asustó un tanto a Rupert, y nada más.

Gervais de Waringham, que espiaba por la mirilla de la pared, torció el gesto, asqueado. Lo que hacían el individuo y la chica de las grotescas máscaras hacía pensar en una conducta animal. Pero Gervais había crecido en el campo, y sabía que las bestias no se comportaban así. Ello sólo podía ser cosa de las personas.

—Santo Dios, ahí se pueden cometer toda clase de pecados —bramó. Por nada del mundo lo habría admitido, pero estaba escandalizado. Encontraba aquel peculiar espectáculo obsceno, se sentía vagamente ofendido. Sin embargo, los invitados de los baños, que posiblemente hubiesen sido convidados a esa fiesta en virtud de sus singulares inclinaciones, a todas luces consideraban el número ciertamente estimulante y pronto comenzaron a emularlo—. En comparación con esto, Sodoma es un convento.

Su amigo Dermond estaba sentado en la cama con la que estaba equipada la pequeña alcoba, abrazado a una delicada muchacha de cabellos oscuros a la que daba de comer los dulces que un espíritu solícito les había proporcionado.

—Pues aparta la vista, querido amigo, así no sufrirá daño tu alma inmortal —aconsejó. Por el momento, no sentía el menor deseo de echar un vistazo a la sala, aun cuando desde allí arriba seguro que se disfrutaba de una buena vista. Aquella habitacioncita secreta había sido levantada expresamente para los clientes que disfrutaban mirando a los demás. Se encontraba en la primera planta, junto a los baños, de manera que la mirilla (que en la sala estaba camuflada en el ojo de un delfín) quedaba en lo alto de la pared. Sin embargo, Dermond consideraba mucho más excitante contemplar a la bella muchacha que tenía al lado—. ¿Dónde está Bardi? —preguntó—. Se hace tarde.

—Y Jonah no se ha presentado —comentó Gervais.

—Bueno, no importa: ya sabemos cuál es su primo —agregó Dermond con aire conciliador—. Es difícil no ver el parecido.

Esa misma tarde se habían citado en la casa del placer para dar un paso más en la complicada trampa que Jonah le había tendido a su primo. Una vez allí, ambos caballeros habían aprovechado la oportunidad para pasar el rato con la pequeña de cabellos negros. Compartían la ramera, como de costumbre, porque Waringham no era más que un hidalgo de provincias y Dermond tan sólo un caballero sin tierras y no poseían mucho dinero. Pero cuando uno de ellos se hundía en los cojines con la chica, el otro salía y esperaba fuera.

Llamaron con suavidad. La ramera se cubrió el pecho que Dermond acababa de dejar al descubierto y Gervais fue a abrir.

El sirviente bien parecido que los había dejado entrar hizo una pequeña reverencia.

—El caballero al que esperaban los señores, milord.
Gervais reprimió una leve sonrisa ante tan pueril elusión de los nombres.
—¿Tienes la bolsa?
Cupido le tendió una talega tintineante, vaciló y carraspeó nervioso.
—¿Señor...?
—¿Sí?
—Disculpad que os lo diga, pero algo así contraviene las reglas de nuestra casa. Si llegara a saberse, la menor de mis preocupaciones sería perder mi trabajo. Tened la bondad de decirle a vuestro amigo que lo he hecho por Annot y que no volveré a hacerlo.
Gervais asintió con impaciencia.
—Sí, sí, no te lo vayas a hacer encima. No se sabrá ni tampoco habrá problemas, lo hemos planeado todo minuciosamente. Ahora haz pasar a nuestro invitado y lárgate.
El larguirucho Giuseppe Bardi entró en la pequeña estancia, esperó a que el criado hubiese cerrado la puerta y echó un breve vistazo en derredor.
Gervais lo observó divertido.
—¿Curioso o extrañado, Bardi? Vuestro semblante nunca trasluce nada.
—Eso es lo primero que se aprende en mi negocio, milord —aclaró el italiano, sin responder a la pregunta.
Gervais le indicó el orificio de la pared y susurró:
—Preparaos. Se dice que entre vosotros los italianos todo está permitido, pero yo al menos nunca había visto nada igual.
Bardi pegó la frente a la pared, cerró el ojo izquierdo y observó la sala de baños con el derecho. No se estremeció, no dijo nada y miró sin moverse la frenética actividad que se desarrollaba al otro lado.
—¿Cuál es el querido primo de nuestro amigo? —inquirió al cabo, al parecer impasible.
—El de la barba negra.
Giuseppe vio a dos hombres de negras barbas, pero tras fijarse más constató que uno de ellos guardaba cierto parecido con Jonah Durham. Lo observó un poco más. Un banquero no solía tener ocasión de averiguar tan crudas verdades sobre un deudor en ciernes. Después se apartó de la mirilla y asintió con una sonrisa contenida.

–¿Y? ¿Qué opináis? –se interesó Dermond.

–Creo que va directo a su perdición. A pasos agigantados. Nuestra tarea no será difícil.

Gervais de Waringham afirmó con la cabeza, a disgusto.

–Vayámonos, pues, antes de que recuerde los preceptos del código caballeresco.

–¿Es que no has oído lo que estoy diciendo, patán desvergonzado? ¡Me han robado! –bramó Rupert–. ¡Aquí, en esta maldita casa!

–Debo pediros que os moderéis, señor –replicó Cupido con dignidad, y a continuación arrugó preocupado la frente–. Sois un estimado cliente de esta casa, señor, pero por más deferencia que quiera mostrar... hoy es la segunda vez que no podéis pagar –susurró encarecidamente.

–Dime, ¿estás sordo? –Rupert lo agarró con rudeza del brazo–. Tenía más de dos libras en la talega que ha desaparecido. ¿Quién me dice que no me la has quitado tú?

Rupert tenía la intención de sacudir debidamente a aquel enclenque de bello rostro, pero el pequeño rufián se hizo a un lado con habilidad e hizo algo que desequilibró a Hillock. El comerciante habría caído al suelo de no sostenerlo Cupido.

–Estáis irritado y ebrio, señor –observó éste desapasionadamente–. Por ello no me tomaré a mal lo que habéis dicho. Pero debo advertiros que estoy autorizado a prohibir la entrada a aquellos invitados que no sepan comportarse.

–Maldito...

–¿Os puedo ayudar en algo, señor? –inquirió una amable voz.

Rupert se volvió y vaciló. Parpadeando, observó a los tres jóvenes que habían bajado la escalera con sigilo.

–Lo dudo –respondió él con el tono sarcástico subido del beodo–. A no ser que estéis dispuesto a prestarme una libra. Me han robado la bolsa, y este zafio no me deja marchar.

–Si me decís vuestro nombre, señor, con gusto os ayudaré –contestó el joven del fuerte acento sin inmutarse.

El parpadeo de Rupert se aceleró un tanto.

–¿Lo decís en serio? –De pronto rió liberado. Se moderó y de repente pareció mucho más sobrio, talento este que tantas veces había asombrado a Jonah–. Me llamo Rupert Hillock, señor, y os estaría muy agradecido si me ayudaseis.

El forastero asintió con gravedad, abrió la magnífica escarcela bordada que llevaba al cinto, sacó unas monedas y las fue contando en la mano extendida de Cupido. El joven sirviente sonrió aliviado y desapareció.

Rupert, embargado de emoción, le pasó a su bienhechor por el menudo hombro la maza que tenía por brazo.

–Os estoy muy agradecido. Algo así no se ve a menudo en Londres, ¿sabéis?

El joven italiano le restó importancia al gesto con modestia.

–No vale la pena mencionarlo, maese Hillock. Es mi profesión, ¿sabéis?

–¿De veras? Qué feliz coincidencia. Naturalmente iré a veros mañana para saldar mi deuda. Decid, ¿cuál es vuestro nombre, amigo mío?

–Giuseppe Bardi, señor.

Rupert retiró la mano como si se hubiese quemado.

–Comprendo –musitó con acritud–. Espero que los intereses de una noche no me arruinen.

Bardi esbozó una sonrisa contenida.

–Seguro que no, señor. Consideradlo un préstamo sin intereses, un favor de noctámbulo a noctámbulo, por así decirlo.

Rupert prorrumpió en una carcajada atronadora y aporreó el aparentemente frágil hombro de Bardi.

–¡Así se habla!

Los dos acompañantes del banquero se acercaron.

–¿Vos sois Rupert Hillock, el pañero, señor? –preguntó el rubio con curiosidad.

Rupert no tenía idea de qué lo conocía el mozalbete, pero se sintió halagado.

–Así es.

El rubio petimetre asintió cortés.

–Gervais de Waringham. Si tenéis un momento, me gustaría hablar con vos de una partida de lana de invierno que he de conseguir. Para la Corona, ¿sabéis? –añadió en tono de complicidad.

Rupert lo miró fijamente un instante con incredulidad. Apenas comprendía qué había ocurrido esa noche en que se sucedían las felices coincidencias. Extendió los brazos con aire campechano y señaló en dirección a la sala.

—Venid, señores. Bebamos un último vaso. Corre de mi cuenta, si es que tengo solvencia, ¿Bardi?

El italiano sonrió.

—Dado el encargo que acaba de perfilarse, sin ninguna duda, maese Hillock.

—Primero fui con Maria a buscar a los niños, señor. Dos niñitas y un duendecillo de hijo —le refirió Meurig a Jonah cuando éste volvió a casa—. Se encontraban bien, pero Maria estaba desconsolada por Niklas, que apareció en la puerta poco después de que cayera la tarde con un pequeño lisiado. El mendigo nos quiso hacer creer que vos habíais dicho que le diésemos un chelín por sus servicios y los de su abuela. Ya sería un penique, le respondí yo, y si quería más, que volviera cuando vos estuvieseis en casa. No creo que volvamos a verlo. Sea como fuere, Maria y sus hijos estaban locos de alegría por haber recuperado a Niklas, pero ahora, como es natural, se preocupan por el futuro. No pueden regresar a su casa.

Jonah desechó la idea.

—Ni tienen que hacerlo. Lo tengo todo bien atado.

Meurig asintió, aquiescente.

Acto seguido, Jonah se vio entre los brazos de la flamenca esposa del tejedor que, como una fuerza de la naturaleza, se arrojó sobre él y lo estrechó contra su generoso pecho. Jonah se llevó un susto de muerte y se quedó tieso.

—Gracias —musitó Maria en su hombro—. Dios os bendiga por lo que habéis hecho por nosotros.

Él se zafó un tanto bruscamente y se apartó un poco de ella. Tres geniecillos rubios —el mayor tendría unos seis años y el menor aún caminaba algo inseguro— salieron de detrás de las sayas de Maria y lo miraron con grandes ojos temerosos.

«Estupendo —pensó Jonah—. Mi casa llena de críos.» Le hizo una señal a Rachel.

—Sube una jarra de cerveza a la sala y llévate a los niños a la cocina. Y calienta agua, quiero darme un baño.

—Pero no puedo cuidar de estos niños, no entienden lo que les digo.

Jonah dio la vuelta hacia la escalera, volvió la cabeza y repuso:
—Mira a ver cómo te las arreglas, no los quiero arriba —y agregó en francés—: Niklas, Maria, haced el favor de acompañarme.

El tejedor flamenco lo siguió de buena gana. Maria reconvino a sus polluelos y los espantó con una mirada de disculpa para que fuesen en pos de Rachel antes de subir.

Maria tenía las manos unidas en el regazo y se estrujaba la saya con nerviosismo. Su esposo se hallaba sentado a su lado, un codo apoyado en la mesa. Sus azules ojos parecían sagaces y en ellos chispeaba algo que podría ser dicha. Pese a ser bajo y corpulento, Niklas parecía un hombre ágil. Los músculos propios de su duro trabajo se dibujaban claramente bajo una cota un tanto raída. Jonah observó con disimulo los poderosos mas finos dedos, como hechos para su oficio.

—No sé cómo mostraros mi agradecimiento por lo que habéis hecho por mí, maese Durham —reconoció el tejedor con seriedad—. Con gusto habría confeccionado para vos el más magnífico de los paños, pero a fe mía que lo más conveniente para vos será que nos marchemos lo antes posible. Creo que iremos a probar suerte a otra ciudad.

Maria le lanzó una mirada inquieta.

—¿Qué figuraciones son ésas? ¿Quién nos va a dar trabajo si ni siquiera nos entendemos con la mayoría de la gente?

—No es menester que os marchéis —les explicó Jonah—. Tan sólo durante un tiempo.

—Hasta que se haya olvidado este asunto, ¿no es eso? —inquirió Niklas con escepticismo—. Pero yo no he robado a nadie. Fui acusado injustamente porque soy extranjero. ¿Quién me dice que no volverá a ocurrir?

—En esta ciudad hay algunas personas poderosas que no quieren a los flamencos. Una de ellas es el propietario de la carabela en la que llegasteis. Urdió la historia para jugarme a mí una mala pasada. Y también a la reina. Mas no volverá a suceder. Os diré lo que haremos: desapareceréis unas semanas y luego regresaréis tranquilamente y comenzaréis a trabajar en mi tejeduría.

Niklas se retrepó en la dura silla de madera y rió con suavidad.

—Es tan audaz que podría resultar.

—En caso de que tengáis problemas, cosa que no creo, le contaré a la reina lo sucedido —prosiguió Jonah—. No puede llevar abiertamente ante los tribunales a un sheriff de Londres, pero estad seguros de que os amparará, pues considera de gran importancia que nuestros propósitos salgan bien y otros flamencos sigan vuestro ejemplo.

Niklas lo miró expectante, y Jonah rehuyó su mirada y respiró hondo. ¿Dónde anda Rachel con la maldita cerveza? Estaba muerto de sed, por no hablar de hambre. Habría preferido recobrar fuerzas antes de llegar a la parte espinosa del plan. Pese a ello, hizo un esfuerzo y aclaró:

—Sólo conozco a una persona con la que pueda enviaros. Iréis a un pequeño predio apartado en Essex, no muy lejos de aquí, donde estaréis bien provistos y a salvo. Sólo que...

—¿Sólo que...? —inquirió Maria, animada.

Jonah la miró a ella y luego a Niklas.

—Allí vive una mujer... temporalmente. La conozco desde hace tiempo, antes vivió en la casa de mi maestro. Sé que podéis confiar en ella, pero es... —Santo Dios, parloteo como una chismosa—, es una ramera y está encinta.

Maria y Niklas no dijeron nada, pero en la puerta se oyó un extraño sonido sofocado que habría sido un grito de haber tenido más fuerza la voz. Jonah volvió la cabeza: Crispin se hallaba a la entrada con una bandeja en las manos, inmóvil. Miraba a su maestro de hito en hito, los labios entreabiertos, y en sus ojos se leía una súplica digna de lástima, ingenua de puro franca: dime que me equivoco, dime que no es ella.

El susto y el remordimiento de conciencia hicieron que Jonah sintiera una punzada abrasadora en el estómago, y rezongó malhumorado:

—Será mejor que no dejes caer la cerveza.

Maria no lo entendió, pero vio venir el desastre; se levantó deprisa, le quitó al muchacho la bandeja de los debilitados dedos y la depositó en la mesa. Las manos de Crispin cayeron despacio y él dio media vuelta en el acto.

Jonah estaba dispuesto a dejarlo marchar. A la postre, no era culpa suya que las cosas fueran así. No era él quien había convertido a Annot en lo que era, sino Rupert. Y que lo asparan si tenía que rendir cuentas a su aprendiz.

Igual que un náufrago se aferra a la tabla salvadora, asió él uno de los vasos, se lo llevó a los labios y lo vació a la mitad de un largo trago. En la bandeja también había un plato de estaño lleno de pan untado con manteca. Invitó a Maria y a Niklas con un gesto a que se sirvieran y él hizo lo propio. Con todo, pese a que tenía un hambre feroz, le costó masticar y casi no pudo tragar. El matrimonio de tejedores intercambió opiniones sin necesidad de palabras y, abatido, guardó silencio. Niklas cogió un vaso de cerveza con ademán vacilante y bebió. Maria seguía estrujando la saya.

–No penséis que pretendemos juzgarla, maese Durham... –comenzó ésta, insegura, y cuando enmudeció, fue su esposo quien terminó la frase.

–Pero tenemos tres hijos en los que debemos pensar. No estaría bien que se viesen obligados a vivir bajo el mismo techo que esa mujer.

Jonah sacudió la cabeza con impaciencia.

–Ha ido allí a tener a su hijo, y hace vida retirada. Nadie la visita. –«Nadie salvo yo»–. No dudéis en acudir, creedme. Ella... En realidad, no fue culpa suya ser lo que es y... Disculpadme un instante. –Se levantó de un salto, abandonó la sala y enfiló la escalera, bajando los escalones de dos en dos.

Meurig salía de la cocina en ese mismo momento, y estuvieron a punto de chocar.

–Maese, el baño está...

Jonah salió fuera como una exhalación y corrió hacia la salida. La pequeña puerta estaba entornada. La cruzó y, apenas se vio en la calle, descubrió al muchacho, que iba en dirección a la iglesia por la sombra danzo zancadas.

Jonah le dio alcance y lo agarró por el codo. Crispin se sobresaltó y alzó la cabeza. Estaba pálido y lloraba. Al ver a Jonah su boca se crispó y trató de zafarse, mas el comerciante aumentó la presión en el brazo. Entablaron una lucha invisible, casi inmóvil, y cuando Crispin comprendió que no podía liberarse sin levantarle la mano a su maestro, se rindió y se dejó arrastrar hacia la puerta casi con displicencia. No dijeron nada hasta que Jonah cerró la puerta por dentro y llevó a su aprendiz a la sombra, entre el almacén y la cuadra, donde lo soltó finalmente.

–Cuando la encontré, ya era demasiado tarde, Crispin.

Éste apretó el puño de la diestra y golpeó el muro de la cuadra de tal modo que la hizo temblar y asustó a *Grigolet*, que se encontraba en su interior. Oyeron el resonar de los cascos.

–¿Cuándo teníais pensado decírmelo?

–Lo he intentado a menudo, pero nunca parecía el momento adecuado.

Crispin dio un resoplido, y Jonah reparó con cierta tardanza que era una risa burlona.

–La verdadera respuesta sería nunca, ¿no es cierto? No teníais la menor intención de decírmelo. La compartís de buena gana con una centena de extraños, pero la idea de que yo pudiera ir a verla no os complacía. ¿Por qué no? Tal vez porque no sois más que un ciervo en celo, igual que vuestro...

–Será mejor que pienses bien si quieres decir eso –lo interrumpió Jonah en voz baja.

Y precisamente, como no sonó en modo alguno amenazador, Crispin siguió el consejo, reflexionó y llegó a la conclusión de que prefería no decirlo. Echó atrás la cabeza y entornó los llorosos ojos.

–Lo siento –se disculpó con voz ahogada.

–Si soy capaz de convencer a los flamencos de que se oculten en su casa en el campo, podrás venir conmigo cuando los lleve. En caso de que quieras volver a verla. Medítalo.

Crispin asintió sin mirarlo, y Jonah dio media vuelta.

–Y no vuelvas a salir de casa sin mi permiso. De lo contrario, te echaré encima a la guardia de la ciudad y pasarás una noche en el Tonel como yo.

–Sí, señor.

Alicaído, Jonah regresó a la casa. Meurig lo oyó llegar y salió a su vez de la cocina.

–El baño, maese. Si no os metéis ya mismo el agua se enfriará.

Él asintió.

–Quizá sea lo mejor con este calor. –Se dirigió a la cocina–. Vigila al chico, Meurig. Si da muestras de ir a marcharse, enciérralo en el almacén.

–Como deseéis...

Rachel y los niños se habían esfumado, y la cocina estaba desierta. Reinaba un perfecto silencio y por la ventana abierta se colaba la viva luz del sol. En el bancal de hierbas aromáticas que había ante la cocina zumbaban las abejas.

Jonah se quitó las ropas y se sumergió en la tibia agua. Aquello era magnífico. Ni siquiera se había dado cuenta de lo tenso y contraído que estaba. Se abandonó y sus músculos se fueron distendiendo poco a poco. «Necesito descansar», admitió. Sólo una media horita. Después volvería a estar dispuesto a echarse al hombro sus cargas, pero se merecía esa media hora. Hundió los brazos y se miró. La visión de su cuerpo desnudo rara vez despertaba su interés. Vio el negro vello rizado de su pecho; las costillas, que se dibujaban bajo su piel blanca, poco menos que transparente; un vientre liso, el prominente hueso ilíaco. Justo cuando se hallaba sumido en la contemplación de su miembro, que cabeceaba lentamente en el agua, la puerta se abrió de golpe y entró Meurig.

–Os pido disculpas, maese, pero hay un emisario en la puerta. Un mensajero de la reina. Dice que os trae nuevas.

–¿Y? –Se oyó un suave chapaleo cuando Jonah se encogió de hombros–. ¿Qué es eso que tanto te afecta?

–Señor, asegura..., asegura que trae nuevas para sir Jonah Durham, caballero de la reina. ¿De veras es cierto? ¿Lo sois? ¿Y no nos habéis dicho ni palabra?

Jonah se sumergió en el agua.

El palacio de Westminster –corazón del gobierno desde los días del piadoso rey anglosajón Eduardo– era un inmenso caos de edificios encajados entre el río y la gran abadía, y resultaba imposible decir dónde acababa el monasterio y comenzaba el palacio. Ello se debía principalmente, según supo Jonah por Giselle de la Pole, a que ambos complejos habían seguido creciendo y la Corona utilizaba el edificio eclesiástico para los fines más diversos.

–Por ejemplo, mientras se reúne el Parlamento, la Cámara de los Comunes se congrega a menudo en el refectorio porque el palacio no dispone de sala de reuniones. –Señaló una construcción alargada con pequeñas ventanas con arcos de medio punto a la sombra de la enorme iglesia que, sin embargo, carecía de campanario.

Jonah movió afirmativamente la cabeza. Se alegraba de que la guardia de la puerta hubiese mandado llamar a alguien que lo condujera ante la reina, pues él solo se habría perdido allí sin remedio. Y se alegraba especialmente de que fuese Giselle la que hubiese salido al intrincado patio a recibirlo. Siempre que la veía se sentía aliviado.

Entraron en una casa de piedra gris de dos plantas situada en la cara este del complejo.

—Se alegrará de veros —dijo Giselle de pronto—. Está preocupada.

—¿Por qué?

La niña levantó las delicadas y níveas manos.

—La guerra.

—Pensaba que eso era lo que todos queríamos.

—Sí —suspiró ella.

—Apuesto a que tu padre está muy complacido.

Giselle asintió, vacilante, subió una escalera y atravesó una sala vacía. Jonah veía la castaña cabellera de la pequeña, y cuando ésta alzó la cabeza, reparó en cuán abatida estaba. La guerra inspiraba miedo a los niños, cosa en extremo natural. Él mismo tenía quince años cuando se vivió la última y catastrófica campaña contra Escocia y recordaba que el desasosiego de los adultos y la extraña agitación de la ciudad le resultaban turbadores. Ahora se avergonzaba de ello si pensaba que el jovencísimo y recién coronado rey Eduardo, que tenía su misma edad, participó en aquella campaña sangrienta en la que tantas privaciones se habían sufrido y les hizo frente intrépida, aun cuando infructuosamente, a los violentos escoceses.

Jonah iba a decir algo para tranquilizar a Giselle cuando chocó de súbito con una figura voluminosa y fue echado a un lado con rudeza.

—¿Es que no tenéis ojos? Poned cuidado... ¡Jonah! ¿Qué diantre se te ha perdido aquí?

—Rupert... —Jonah tuvo que hacer un esfuerzo para no retroceder. El solo recuerdo de su último encuentro le erizaba el vello de la nuca. Era como un leve eco del horror que había sentido aquella vez. Pero antes se habría tirado al Támesis que permitir que Rupert se lo notara—. Eso mismo podría preguntarte yo.

Su primo resolló y los envolvió en una embriagadora nube de cerveza.

—Busco al joven Waringham. ¿Lo conoces?

Jonah negó con la cabeza.

—Sólo de nombre.

Giselle no le lanzó ninguna mirada de extrañeza, no puso objeción alguna, no pestañeó ni hizo cualquier otra cosa que pudiera tildarlo de mentiroso. Jonah confiaba en que, después de dos años en la corte, estuviese más que acostumbrada a escuchar falsedades como para no asombrarse. Y no se engañaba.

–El conde de Waringham partió anteayer por orden del rey, señor –se limitó a decir la niña.

Rupert se volvió hacia ella.

–¿Que ha hecho qué? ¿Adónde? ¿Cuándo va a volver?

Ella sacudió la cabeza, que mantenía tímidamente gacha, y mintió a su vez:

–No lo sé.

Rupert la agarró del brazo, delgado como una rama.

–¡Dímelo! ¿Adónde ha ido?

Tan sólo un minuto antes Jonah pensaba que jamás se atrevería de nuevo a tocar a su primo, pero se movió sin pararse a pensar con claridad, cogió a Rupert por la muñeca y apartó su mano del brazo de Giselle.

–Ya lo has oído, no lo sabe. Te sugiero que te moderes por una vez. Es una dama de la reina, así que no te metas en líos.

Rupert hundió la cabeza entre los corpulentos hombros y de pronto pareció encogerse.

–Ya me he metido –se lamentó–. ¡Por culpa de ese maldito bastardo de Waringham!

Jonah observó a su primo asqueado. Casi había olvidado la clase de lenguaje que usaba Rupert, que parecía encontrar un placer pueril en blasfemar. Abrir la boca y soltar obscenidades era todo uno. Y le daba completamente igual quién estuviera escuchando.

Abochornado, Jonah se volvió hacia Giselle.

–Creo que lo mejor será que me indiques el camino y te adelantes.

Vio que a la niña no le agradaba la propuesta, pero estaba demasiado amedrentada para poner reparos.

–Por esa puerta de ahí, subiendo una escalera. Esperaré arriba, con la guardia.

Él asintió, esperó a que ella hubiese abandonado la sala y se encaró de mala gana con Rupert.

–¿Qué significa «por su culpa»?

El gigantón levantó las manos con aire desvalido.

—Me encargó setenta balas de lana cardada barata. Debía hacerse cargo de ella anteayer. ¡Y ahora se ha esfumado!

Jonah no podía creerse que Rupert tuviera el descaro de confiarle sus penas precisamente a él, pero disfrutó del inesperado placer de ver con sus propios ojos cómo su primo se iba viendo poco a poco con el agua al cuello. «Bueno, Rupert, así son las cosas. Así es como se siente uno. Ahora ya sabes cuán amarga es la medicina que tan generosamente me administraste. Crees estar desesperado, ¿eh? Pues espera a que haya terminado contigo...»

Sin embargo, dijo únicamente:

—¿A qué viene tanta exasperación? Te comprará el paño cuando regrese. De todos es sabido que los nobles son hombres de honor.

—¡Pero necesito el dinero ahora! —exclamó Rupert—. No me ha pagado prácticamente nada.

Y, claro estaba, la escasa señal la había despilfarrado ya hacía tiempo.

Jonah enarcó las cejas.

—Rupert, espero de corazón que no pretendas darme un sablazo. Aunque quisiera, no podría ayudarte. Hace unos meses hice un negocio bastante calamitoso, como tal vez recuerdes.

El semblante de su primo reflejó un profundo arrepentimiento.

—No creerás lo mucho que lo he lamentado. Todo lo que pasó ese día.

—Cierto: no lo creo. —Jonah estimó más repulsivo que cualquier otra cosa el súbito arrebato de compunción que tenía por objeto abrir su talega. Sintió que no sería capaz de refrenarse por más tiempo, de manera que se apartó con parsimonia—. Si necesitas dinero, ve a Lombard Street.

Giselle no había ido a los aposentos de la reina, sino que aguardaba a los pies de la escalera, junto a la puerta de la sala.

—¿Por qué no me sorprende? —musitó Jonah.

Ella sonrió con complicidad.

—Habéis mentido, Jonah —le susurró.

Él sonrió a su vez.

—Igual que tú —y por la escalera le preguntó en voz baja—: ¿Dónde está Waringham?

La niña volvió la cabeza atrás con disimulo antes de responder:

—Ha ido al norte por orden del rey a prohibir a Eduardo Balliol y los nobles que quieren reconquistar sus tierras escocesas que crucen la frontera de Escocia. Y no me gustaría tener que contener la respiración hasta que Waringham regrese. Si ese hombre lo espera urgentemente, es digno de compasión.

—En este caso, tu lástima es un despilfarro. ¿Por qué crees que Waringham tardará tanto en volver? Es el mejor jinete que he visto en mi vida y tiene unos caballos excelentes.

—Sí, sí, pero el rey le ha dicho que se tome su tiempo con el mensaje: la noticia no debe llegar en modo alguno a tiempo.

Jonah esbozó una sonrisa de admiración y movió al mismo tiempo la cabeza al descubrir el doble juego del rey Eduardo. Si Balliol y los nobles ingleses desposeídos entraban en Escocia, Eduardo podía lavarse las manos y explicar, en honor a la verdad, que lo había prohibido expresamente. Mientras Felipe de Francia y el Papa no averiguasen que la empresa de Balliol contaba con financiación inglesa...

Giselle pasó ante la guardia, recorrió un amplio corredor iluminado por teas y llegó hasta una puerta situada a la izquierda. Tras llamar suavemente, ambos entraron.

Felipa se hallaba de rodillas en la limpia paja del suelo, jugando con su hijo de dos años. Cuando entraron, la reina se puso en pie ágilmente.

—¡Jonah!

A éste le dio la sensación de que la sangre se le agolpaba en la cabeza. Sin decir palabra, hizo una reverencia innecesariamente amplia. En presencia de Felipa se le hacía un nudo en la garganta. Si Giselle decía que la reina estaba preocupada, posiblemente fuese cierto, pues la niña era perspicaz, tenía una estrecha relación con ella y lo más probable era que la conociera mejor que la mayoría. Después de que él se llevara a los labios la mano que le fue ofrecida y la soltara de nuevo, la reina observó risueña:

—Un saludo lacónico incluso para vos.

Él carraspeó.

—Disculpadme, mi señora. Estoy... luchando contra la certeza de que mi gusto para los colores, que tan atinado consideraba, no es bueno.

Señaló con un débil gesto el blanco vestido de ella y admiró la suave caída de la falda. No se atrevía a mirarla a los ojos. Había pasado dos días espantosos, estaba exhausto y se sentía sin fuerzas. Sencillamente no sabía cómo iba a lograr esa vez ocultarle sus sentimientos.

La reina se miró y profirió un suspiro de satisfacción.

–La verdad es que no pude resistirme. ¿No creéis que me hace parecer demasiado pálida?

–No.

Estaba radiante.

Al príncipe Eduardo dejó de hacerle gracia el juguete con el que se entretenía y empezó a berrear. Felipa corrió hacia él, lo levantó y se lo cedió a la ama de cría, que esperaba en el banco del mirador. Jonah respiró aliviado con disimulo cuando la puerta se cerró. Miró brevemente a Giselle. La niña se había sentado ante un bastidor de bordar que había dispuesto ante la ventana y estaba enfrascada en la labor, el ceño fruncido.

Felipa le señaló la mesa a Jonah. Éste la siguió, admirando su estrecha y recta espalda. La reina se sentó y le invitó a hacer lo propio con un gesto negligente.

–Quería hablar con vos antes de que se reúna el Parlamento, pues entonces el palacio será una casa de locos y no se podrá hablar con nadie sin fisgones. Balliol y los lores desposeídos van camino de Escocia. Hasta la fecha nadie se ha dado cuenta, pero la guerra ha empezado.

Jonah descubrió una arruguita que se le había formado entre las cejas y se sorprendió deseando borrarla a besos.

–Sí, mi señora. Ya me lo ha dicho Giselle.

Ella asintió, a todas luces nada sorprendida. Luego, con aparente brusquedad, cambió de tema.

–¿Habéis recibido la lana en bruto que queríais comprar?

–Sí, aunque no mucha. Voy a quedarme con una cuarta parte. Mi tejedor flamenco, que está aquí desde ayer, se encargará de trabajarla. El resto lo venderé en Flandes.

Los ojos de la soberana se iluminaron.

–¿Ha llegado el tejedor? Habladme de él.

Jonah escogió las palabras con cuidado. Le describió la intriga que se urdió contra Niklas y el feliz desenlace provisional. Ocultó la perentoria cuestión de qué haría con los flamencos si se negaban a ir con Annot.

Como era de esperar, Felipa se enfureció sobremanera.

—¿Quiénes son los que osan impedir nuestros planes con tan infames medios?

—Comerciantes estrechos de miras que temen todo cuando sea nuevo.

Ella resopló desdeñosa.

—Decidme sus nombres.

Nervioso, Jonah se metió el cabello tras la oreja.

—Me gustaría intentar resolver solo este problema. Creo haber dado con el modo de proteger a Niklas y a su familia. Os lo ruego, mi señora, confiad en mí. No podéis servírmelo todo siempre en bandeja, me avergüenza. Y... no me obliguéis a desacreditar a esos hombres. Son comerciantes, como yo, y tienen derecho a mi lealtad. Sería una vileza.

Ella suspiró con impaciencia.

—No tenía intención de hacerlos ahorcar, Jonah.

—Lo sé. Pero así y todo...

Ambos se miraron un instante a los ojos. Fue una lucha en extremo desigual. En un santiamén, Jonah olvidó al tejedor flamenco y la resistencia de los pañeros arraigados. El rostro de Felipa, la penetrante mirada de sus oscuros ojos paralizaban su pensamiento y, en cambio, aguzaban sus sentidos. Su cabeza se volvió ligera como una pluma.

Sin reparar en su ventaja, la reina se puso en pie de pronto y se acercó a la ventana.

Aturdido, las piernas temblorosas, Jonah se levantó del escabel.

—Como gustéis —dijo Felipa en voz queda—. Pero habéis de comprender que me siento tan responsable como vos de esas personas.

—Si volviesen a estar en peligro, no dudaría en acudir a vos.

La soberana se volvió hacia él.

—Eso me complace. ¿Y qué vais a hacer con las tres cuartas partes restantes de vuestra lana?

—Voy a llevarlas a Flandes.

—¿Por casualidad tenéis la intención de llevarlas vos mismo?

Jonah sintió crecer su recelo, mas dijo que sí con la cabeza.

A los labios de Felipa afloró una sonrisa altanera.

—¿Os importaría llevar una carta?

—¿Una carta?

—A mi padre. Eduardo quiere disimular ante el rey de Francia y el Papa en lo tocante a Escocia, pero mi padre ha de saber la verdad, pues en un futuro lo necesitaremos. Y detesta que lo tomen por tonto.

Incómodo, Jonah se encogió de hombros.

—Con gusto entregaré vuestra carta, mi señora. Pero si queréis entregarle una misiva al conde de Henao, ¿por qué no mandáis a un enviado? Un obispo o alguien experto en tales lides.

Ella le sonrió.

—Porque el rey de Francia vigila escrupulosamente los pasos de nuestros obispos y nuestros nobles, pero un comerciante que lleva su lana a Amberes o Brujas o Gante...

Jonah comprendió e hizo una leve reverencia.

—Cuando deseéis, mi señora.

Giuseppe Bardi hizo esperar una hora entera a Rupert antes de recibirlo en un pequeño y escasamente amueblado cuarto contiguo al despacho. Había varias estancias parecidas destinadas a mantener conversaciones confidenciales, equipadas con suntuosos tapices y cómodos sillones, en las que el padre y el tío de Giuseppe podían planear el lucrativo futuro con sus estimados clientes sin ser estorbados y en armonía; y oscuras celdas sin ventanas como aquélla para intimidar y reprender a los morosos. La casa de banca Bardi era un gran complejo rodeado por un muro de piedra de unos veinte pies de alto y vigilado por un pequeño ejército. Se asemejaba a una fortaleza. Y eso debía de ser, pues aparte de la Torre probablemente no hubiese ningún otro lugar en Londres donde se guardaran tantas monedas de oro y plata, y éstas atraían a tantos bribones grandes y pequeños como una manzana podrida a las moscas.

—Tenéis que volver a ayudarme, Bardi —pidió Hillock. Su tono sonó áspero, casi imperioso, la súplica expresada más bien en sus ojos—. Se trata de un apuro pasajero.

Giuseppe entrelazó las manos sobre la reluciente mesa. Sus oscuros ojos observaban al nervioso comerciante sin emoción alguna.

—Eso mismo dijisteis la última vez, maese Hillock. Os retrasáis con el pago de los intereses, así que me temo que tengo las manos atadas. Al fin y al cabo debo rendir cuentas a quienes nos aportan los fondos.

Rupert se pasó una de sus garras por la húmeda frente y la lengua por los labios. Tenía una sed terrible. Hasta el momento Bardi siempre le había ofrecido algo de beber cuando iba a verlo, no así ese día. Rupert entendió perfectamente bien el mensaje, y después le entraron ganas de retorcerle el delgado pescuezo a aquel pequeño ser soberbio y despreciable, si bien se dominó. Sabía que su supervivencia comercial dependía de que le siguiera el humor a Bardi. Se esforzó por mostrar una sonrisa cautivadora.

—En tal caso, prestadme lo bastante para pagar los intereses atrasados. Dentro de unos días se reúne el Parlamento, y para entonces Waringham ya habrá regresado; después de todo es uno de los lores. En cuanto me compre el paño, volveré a disponer de dinero.

Bardi se arrellanó en su dura silla de madera, aumentando la distancia que los separaba.

—Resulta sumamente malsano pedir otro préstamo para pagar los intereses, señor. Es la vía rápida hacia la ruina, y nosotros no acostumbramos a fomentar tales pasos imprudentes.

Rupert se olvidó de sus buenos propósitos y dio un puñetazo en la mesa.

—¡Ahorraos vuestras lecciones! Yo ya andaba en negocios cuando vos os lo hacíais en el culero. Os he dado garantías más valiosas que lo que os debo, así que no os hagáis de rogar como una maldita doncella.

Giuseppe lo miró como a un escarabajo interesante, mas algo repulsivo, sin que le inmutara el arrebato de Rupert.

—Sin embargo, debéis cumplir los plazos en el pago de los intereses, maese Hillock. Dudo que queráis que realicemos nuestras garantías, ¿no es así?

La amenaza, tan cortésmente expresada, dejó a Rupert de piedra un instante. Acto seguido, se puso en pie de un brinco, agarró con la siniestra las ropas de Bardi y levantó al banquero. Ambas sillas cayeron con gran estrépito.

—Pequeño hideputa inmundo, ¿es que pretendes meterme miedo? Pues te has equivocado de persona...

De repente, lo agarraron por detrás y tiraron de él. Unas fuertes manos se aferraron a sus brazos y se los sujetaron a la espalda. Rupert volvió la cabeza, estupefacto: dos jóvenes soldados ingleses armados hasta los dientes lo flanqueaban. No los había oído llegar, ni tampoco los había visto fuera. Posiblemente tuvieran orden de apostarse ante la puerta cuando ésta se cerrase e irrumpir en la habitación cuando cayeran los primeros muebles.

–¿Desea marcharse el caballero, señor? –le preguntó el primero a Bardi.

Entretanto el banquero ya se había arreglado la ropa y parecía tan impasible y calmado como siempre. Asintió de forma casi imperceptible y le dijo a Rupert:

–Os concedo una moratoria para el pago de los intereses, señor: siete días. Pero lamento que sea lo único que puedo hacer por vos. –Sonrió levemente, mas en sus ojos había algo despiadado–. Y el tiempo corre, no lo olvidéis.

A Rupert le costaba respirar. Estaba fuera de sí de rabia, y no soportaba las manos que lo retenían. Trató de zafarse con un tirón repentino, pero fue en vano.

–Tendrás tu dinero, Bardi. Pero estate seguro de que el concejo se enterará de esta historia.

Divertido, Giuseppe torció la boca.

–Yo en vuestro lugar me lo pensaría bien, maese Hillock.

Les hizo una señal a los soldados, los cuales, no de forma brutal, pero sí enérgicamente, llevaron a Rupert fuera.

Atardecía cuando Jonah llegó a casa. Metió a *Grigolet* en la cuadra y soltó la cincha. Cuando se enderezó, sintió un leve mareo. Se caía de cansancio.

En la puerta del establo resonaron unos pasos y él levantó la cabeza. Entró Meurig.

–Dejad eso, maese, ya lo hago yo.

Jonah asintió, agradecido, y se apartó.

–Nuestros flamencos se lo han pensado y quieren esconderse en casa de vuestra... amiga.

–Bien.

Meurig le sacó el bocado de la boca al castrado y se colgó la frontalera del brazo izquierdo.

–¿No queréis saber qué ha causado tan caprichoso cambio de parecer?

–No necesariamente, pero veo que vas a contármelo de todas formas.

El galés sonrió de oreja a oreja y comenzó a cepillar el caballo.

–Crispin estuvo hablando con ellos largo y tendido. Les enseñó la tejeduría y la lana en bruto y les habló de vuestros planes. Cuando Maria salió de la tejeduría, los ojos le brillaban, creedme. Está loca con la casa. Luego Crispin les habló de la chica. Sabed que deberíais estarle agradecido.

–¿Qué haría yo sin tus consejos, Meurig?

Jonah salió al patio sin aguardar la respuesta. No era ninguna novedad que, con una casa llena de parlanchines, no tenía nada que hacer. Allí todo el mundo hablaba sin cesar con los demás de sol a sol, día tras día. Rachel con Meurig, Meurig con Crispin, Crispin con Rachel. De lo humano y lo divino y, con toda seguridad, también de él. La idea se le antojó inquietante. No le importaba que ellos mantuvieran una relación estrecha y él fuera el marginado en su propia casa; ése era su mejor papel, el papel con el que más familiarizado se hallaba. Pero sabía que ellos constituían un frente contra él e intentaban manipularlo. Posiblemente lo consiguieran a menudo sin que él se diese cuenta. Y abrigaba la sospecha de que los flamencos ya formaban parte de esa cuadrilla de conspiradores. Una idea de lo más alarmante.

Entró en su casa y se los encontró a todos arriba, en la sala, cenando.

–Os estuvimos esperando cuanto pudimos –lo saludó Rachel con velado reproche–. Pero las tortitas se enfriaban y los niños tenían hambre.

–Informaré a la reina de que en el futuro me cite únicamente a las horas que mi criada estime convenientes –repuso él, y se sentó en su sitio y se puso a comer sin bendecir la mesa.

Niklas se aclaró la garganta.

–Maese Durham, hemos decidido aceptar vuestra propuesta. Y os pido disculpas si hemos dado la impresión de que queríamos juzgar y apedrear a esa mujer.

Jonah levantó la vista del plato y se obligó a esbozar una leve sonrisa.

–Está bien, Niklas.

–Pero ¿cómo vamos a salir de la ciudad? –inquirió Maria–. En las puertas los centinelas sin duda tendrán orden de buscar a un flamenco.

–Iremos por el río –explicó Jonah, y luego le dijo a Crispin–: Cuando termines de cenar, ve a casa de Elia Stephens y pregúntale si me presta su barca esta noche.

La pequeña propiedad a la que la señora Prescote había enviado a Annot se hallaba a tan sólo unas leguas de la ciudad, a orillas del Támesis, y se llegaba más rápido en barca que a caballo. Además por agua uno no dependía de las horas de apertura de las puertas de la ciudad. Por esa razón le pedía a menudo a Elia la barca para visitar a Annot.

–Si por algún motivo te preguntase para qué la quiero, di que no lo sabes.

Crispin asintió y se fue. A Jonah no se le escapó lo pálido que estaba el muchacho y que evitaba mirarle a los ojos.

Ginger se le subió al regazo y se acomodó ronroneando. Bajo la reprobadora mirada de la criada, Jonah le acarició el cogote al gato y le dijo a Niklas:

–Será mejor que vayáis a recoger vuestras cosas. Partiremos en cuanto haya oscurecido.

Cuando Crispin volvió, Jonah ya aguardaba en el patio con los flamencos. Una media luna llena iluminaba la noche, si bien al oeste bramaban los truenos y de cuando en cuando relampagueaba. Jonah esperó que las nubes no engulleran demasiado pronto a la luna. No quería encender ninguna tea antes de dejar tras de sí la ciudad.

Crispin se aproximó a él.

–Maese Stephens me ha encargado que os diga: «Sin empacho».

–Bien. ¿Y? ¿Quieres venir?

El aprendiz movió la gacha cabeza.

–Tal vez cuando vayáis a recogerlos, pero no hoy.

Jonah se sintió aliviado: una complicación menos.

–Entonces vete a dormir. Mañana has de salir temprano solo a abastecer a los sastres. No volveré antes de mediodía.

Cruzaron tranquilamente el puente, pasaron por delante de la

Torre y pronto la gran ciudad quedó atrás. Como iban río abajo avanzaban a buen paso. Al cabo de unas dos horas Jonah supo que se acercaban a su destino y guió la barca hacia la orilla septentrional.

—Buscad un embarcadero con dos postes blancos. En uno de los postes hay anudado un mantón.

—¡Ahí está! —susurró involuntariamente Maria.

Jonah entrevió la ondeante tela en uno de los relucientes noráis de madera, puso rumbo a ella y atracó en el embarcadero. Acto seguido bajó y ayudó a desembarcar a Niklas y Maria. Cada cual con un niño dormido en brazos, echaron a andar por el empinado sendero arbolado en dirección a la casa. Jonah cargaba con el pequeño Willem y estaba sorprendido de lo pesado y cálido que era el diminuto cuerpo.

Annot se hallaba sentada en un banco ante la modesta mas espaciosa casa de madera. Al oír pasos se levantó despacio, se arrebujó más en la pelerina y escudriñó recelosa la noche.

—¿Quién anda ahí?
—Yo.
—¡Jonah!

Corrió a su encuentro y, al descubrir que no iba solo, se detuvo insegura. El joven se paró ante ella.

—Annot, éstos son Niklas, Maria, Grit, Jeanne y Willem. Siento no haber podido avisarte, pero he de dejarlos unos días contigo.

Ella lo miró con incredulidad, mas cuando se dirigió a los intrusos sonrió.

—Sed bienvenidos. —Señaló la puerta—: Entremos. Dispondremos una cama para los niños.

Los flamencos oyeron el amable tono de voz y la siguieron a la casa aliviados. Pasaron a la amplia cocina.

—¿Tenéis hambre? —preguntó Annot.

Jonah negó con la cabeza.

—Hemos cenado.

La muchacha se agachó ante el hogar, encendió un cuelmo en las brasas y lo acercó al pabilo de una vela. Después apuntó a una puerta que comunicaba la cocina con el interior de la casa.

—Ahí hay una salita con la que tendréis que conformaros esta noche. Mi alcoba está arriba, igual que la del servicio. Mañana mandaremos al criado a la cuadra, pero será mejor no despertarlo ahora... Santo Dios, no entendéis una palabra de lo que digo, ¿no?

Miró insegura a Jonah, que sonreía un tanto compungido.

—Ya aprenderán. Cuanto antes, mejor. Estoy seguro de que os las apañaréis.

—Sí, claro.

Pero su mirada no presagiaba nada bueno. Annot llevó a sus huéspedes a la humilde sala, donde formaron unos colchones con la paja. Después la muchacha fue a buscar unas mantas. Niklas y Maria le insinuaron que se entenderían a las mil maravillas y le dieron las buenas noches.

Jonah subió la escalera delante de Annot, entró en su alcoba y cayó en la cama como un árbol talado.

—Supongo que no te atreverás a meterte en mi cama con zapatos, Jonah Durham.

Éste soltó un ay y se incorporó.

—Lo siento.

Alzó la cabeza y la miró parpadeando. Ella estaba a un paso de él, las manos apoyadas en las caderas, y lo miraba con furia. El embarazo se le notaba claramente, pero su vientre todavía no se veía muy abultado.

—¿Cómo se te ocurre meterme en casa a esta gente? ¿Es que te has vuelto loco? Como lady Prescote se entere...

Él levantó débilmente una mano.

—Sólo serán unos días. No sabía qué hacer. El sheriff anda tras ellos...

—Vaya, estupendo, Jonah. Esto se pone todavía mejor.

Él apoyó el pie izquierdo en la rodilla derecha y se tiró del puntiagudo zapato, que le llegaba hasta el tobillo. Annot observó unos instantes sus infructuosos esfuerzos, chasqueó la lengua impaciente, se sentó a su lado y desabrochó la hebilla.

—Creo que será más fácil así.

—Gracias.

—¿Qué demonios te pasa?

—Nada. Sólo es cansancio. —El segundo zapato siguió al primero. Luego levantó los pesados brazos y se sacó la sobrecota por la cabeza—. Continuemos la discusión mañana, ¿quieres? Te pagaré bien si los acoges unos días.

—Muy bien, espero.
—Claro —farfulló él, y se dejó caer.
—Santo Dios, no te quedes ahí tumbado sin más. ¡Podría sacarte los ojos! ¿Por qué crees que puedes disponer de mí sin vacilar? ¿Por quién me has tomado? —Dio la vuelta a la cama y se sentó en la mitad izquierda—. Te aconsejo que no te acerques a mí.
—Procuraré dominarme.
—Tal vez debiera mandarte a la sala con esos amigos tuyos tan curiosos. ¿Jonah? ¡Hazme el favor de responder, bastardo!
Enfadada, lo sacudió por un hombro, pero no había nada que hacer: Jonah dormía.

Londres,
septiembre de 1332

Henao era un condado pequeño, pero muy rico y poderoso. Se hallaba en esa parte del continente a la que llamaban Países Bajos, entre Flandes, Brabante y Luxemburgo, y el conde –el padre de Felipa– también mandaba sobre Holanda y Zelanda, provincias estas situadas más al norte.

El viaje de Jonah fue corto, discreto y fructífero. Entregó al conde la carta de la reina, conoció en su corte a los más adinerados y poderosos importadores, vendió su lana a unos precios en extremo satisfactorios y regresó al cabo de sólo tres días con un saco lleno de monedas de oro y una misiva confidencial para Felipa.

Abandonó el barco en Dover, prosiguió el viaje de regreso por tierra y recogió a sus flamencos para que diese la impresión de que se había traído de Flandes a la familia de tejedores. Por suerte, Annot ya lo había perdonado e incluso admitió haber disfrutado de la compañía de los tejedores y sus hijos.

Y los flamencos, como pronto empezaron a llamarlos en el barrio, se instalaron en la tejeduría del patio de Jonah y comenzaron a trabajar. Cada día que pasaba aprendían más inglés, y al poco fue como si siempre hubieran estado allí.

Entretanto llegaron noticias de Escocia que sorprendieron a la mayoría de los londinenses: el pretendiente escocés Balliol, considerado por todos un completo inepto y un pésimo estratega, había conseguido una serie de victorias de todo punto inesperadas con ayuda de un puñado de lores ingleses y un ejército de tres mil hombres. La nobleza escocesa se vio obligada a rendirse a él por doquier, y algunos aristócratas incluso se pasaron a su bando. Decían que Balliol marchaba hacia Edimburgo para ceñirse en la cabeza la tan largamente ansiada corona. Los rumores eran cada vez más increíbles y coloristas mientras los miembros del Parlamento afluían a la ciudad.

Una lluviosa tarde de domingo Giuseppe Bardi fue a casa de Rupert Hillock. Había probado suerte varias veces en el transcurso de la semana, pero no había encontrado al pañero. Una mujer con aire apesadumbrado o el aprendiz cuidaban del comercio, y ese día ambos se hallaban sentados también a la mesa. Hillock nunca estaba. Sin embargo, era evidente que no contaba con que los acreedores fueran a reclamar sus derechos incluso el día del Señor.

De hecho saludó a la importuna visita con las palabras:

—¿Es que nadie os ha enseñado que los domingos no se puede hacer negocios?

Bardi se inclinó cortésmente ante la señora de la casa antes de replicar:

—Lamentó extraordinariamente la molestia, pero este asunto no admite demora, señor.

La fea criada que lo dejó entrar pasó ante él en la sala y le dijo a Rupert:

—No viene solo, maese. Los otros caballeros esperan abajo. ¿Qué debo hacer?

—Mándalos al diablo y vete tú con ellos antes de que pierda la cabeza —aconsejó él—. Ya es bastante grave que lo hayas dejado entrar a él, pavitonta.

—Pero dijo que lo esperabais —objetó ella.

Rupert gruñó malhumorado. La afirmación ni siquiera era mentira: en efecto, hacía días que contaba con tan molesta visita.

Bardi no perdía de vista al corpulento comerciante.

—Os estaría agradecido si pudiera hablar a solas con vos, maese Hillock.

Rupert le hizo una señal con la cabeza a su aprendiz:

—Vete a la cama, Edgar.

El muchacho se despidió en el acto y salió con la criada. Cuando el crujir de la escalera cesó, Rupert aclaró con agresividad:

—Con mi mujer no tengo secretos.

Bardi esbozó una sonrisa que quería decir que le costaba creerlo. Volvió a inclinarse ante la mujer, que lo miraba con los ojos muy abiertos e inquietos, temerosa. Al italiano le dio pena. Detestaba esa clase de escenas, y cuando una mujer se hallaba presente, le resultaban especialmente desagradables. Pero no servía de nada, y Hillock era el único culpable. Giuseppe hubo de reconocer que se alegraba de que él mismo hubiese contribuido a cavar su fosa, aunque el comerciante había saltado dentro más aprisa que si lo hubiesen empujado.

—Os pido disculpas por molestaros a esta hora, señora. Me llamo Giuseppe Bardi.

—¿Bardi? —Su voz sonó débil y estridente. A todas luces la mujer de Hillock formaba parte de quienes consideraban a todos los banqueros florentinos servidores del diablo, constató él a regañadientes. Sin embargo, ella apartó la hostil mirada de él y la dirigió a su esposo—. Dios te asista, Rupert Hillock, ¿qué has hecho?

Éste alzó las manazas en señal de defensa.

—Ya te he dicho que ese Waringham es el culpable de todo —y se encaró con el banquero y añadió—: Sed razonable, Bardi. Mañana se reúne el Parlamento, sin duda volverá y todo se aclarará.

—Me temo que es demasiado tarde, señor. Ya habéis sobrepasado el plazo en una semana, y el acreedor que tiene en su poder vuestros pagarés no está dispuesto a esperar un solo día más. Insiste en realizar las garantías de inmediato.

—¿Garantías? ¿Qué significa eso? —preguntó Elizabeth.

Estaba sentada tiesa como una vela, las mejillas enrojecidas. Parecía al borde de la histeria.

—¿No será mejor que sigamos hablando a solas? —le sugirió Bardi a Rupert casi en tono de súplica.

Éste hizo caso omiso tanto de la proposición como de la pregunta de su esposa.

—¿Qué significa eso del acreedor que tiene mis pagarés? Vos sois mi acreedor, ¿no?

El banquero sacudió la cabeza.

—Vendimos vuestros pagarés, maese Hillock. A un inversor... audaz. Es algo que hacemos a menudo con los préstamos pendientes.

—¿Vendido? —repitió Rupert—. ¿A quién?

Una gran figura envuelta en una capa oscura entró en la sala.

—A mí, Rupert.

Dos menudas manos se alzaron y se retiraron la capucha.

Elizabeth profirió un grito breve, mas lo bastante agudo para que resultara en extremo molesto.

Jonah no le hizo caso alguno. Sólo tenía ojos para Rupert, que se tapaba la boca con la mano como si corriese el peligro de vomitar la cena. Posiblemente fuera así. En sus oscuros ojos se leía el horror en estado puro.

Jonah pensó de pasada que podría disfrutar horas y horas de esa visión sin aburrirse un solo minuto. Sonrió sin esforzarse lo más mínimo en ocultar su triunfo, un triunfo demasiado indómito y lleno de odio. Decían que la venganza era un plato que se servía frío, mas Jonah tuvo que contentarse con fingir impasibilidad, cuando en realidad ardía por dentro.

Con todo, aún tenía suficiente seso para percatarse del creciente malestar de Bardi.

—Giuseppe, ¿tendrías la bondad de esperarme fuera? No tardaré mucho.

No quería que nadie lo molestara y, además, estimaba la amistad de Bardi y deseaba evitar que el joven italiano se apartara de él asqueado si mostraba allí su peor cara. Y ésa era precisamente su intención.

El banquero asintió, titubeante.

—Mis hombres y yo esperaremos abajo, junto a la escalera —informó, y lanzó una mirada penetrante en dirección a Rupert antes de bajar.

Bardi podría haberlo dicho perfectamente en árabe: Rupert no pareció escucharlo. Miraba a su joven primo con tanta fijeza como si estuviese hechizado. Al cabo, apartó la mano despacio de los labios.

—¿«Giuseppe»? ¿Os conocéis?

—Naturalmente. Como ves, no eres el único capaz de tender trampas alevosas.

Cuando Hillock comprendió la verdadera dimensión de semejante monstruosidad, no aguantó más. Con la velocidad que lo caracterizaba, que constituía una sorpresa para todo el que no lo conocía, se levantó de un salto y se abalanzó sobre su primo. Pero esta vez Jonah estaba preparado. Esperó a Rupert inmóvil, se agachó en el último momento, se hizo a un lado y le puso la zancadilla. El corpachón cayó al suelo cuan largo era, y el golpe le cortó la respiración.

Jonah miró desde arriba al coloso, que yacía a sus pies, jadeando desvalido en la paja.

—Mira bien lo que haces en el futuro. Tu casa me pertenece, Rupert. Y dado que ha vencido el último plazo para pagar los intereses, también son mías tus exiguas existencias. Si no quieres que os eche a la calle, a partir de ahora ten las manos quietas y deja de difundir mentiras sobre mí en el gremio, ¿entendido? —Le propinó un rudo puntapié—. Tú dirás, bastará con que muevas la cabeza.

Rupert asintió, obediente, y Elizabeth se puso en pie del banco muy despacio.

—¿Qué desatinos son ésos, miserable? ¿Nuestra casa? —Rió con amargura—. Difícilmente puede deberte tanto.

Jonah la miró por vez primera y arrugó la frente.

—¿No?

Elizabeth se acercó a ellos, cogió a su marido por el codo y tiró de él. Rupert dejó que su esposa lo ayudara a levantarse, mas al punto se libró de sus manos. Aún respiraba con dificultad.

—¡Díselo! —exigió ella—. ¿Cuánto puede ser lo que le debes a los italianos con todos los buenos negocios que has hecho y la señal de lord Waringham?

Aunque fue ella la que azuzó a Rupert contra él desde el primer día de su aprendizaje, de pronto a Jonah le costaba pagarle con su propia moneda.

La propia Elizabeth lo ayudó al decir:

—Rupert, ¿cuánto más vas a tardar en poner de patitas en la calle al bastardo de tu descastada hermana?

—No puede hacerlo, Elizabeth —aclaró Jonah con una sonrisa complaciente. De repente, le resultaba muy sencillo—. Porque esta casa me pertenece a partir de hoy mismo. Las deudas de Rupert son más elevadas de lo que crees. ¿Es que ha olvidado contarte que cada penique que ha ganado, incluyendo la señal de Waringham y buena parte del dinero prestado, ha ido a parar al burdel más caro de Londres?

A continuación observó impasible el efecto de sus palabras: Elizabeth se clavó las uñas en las mejillas, meneó la cabeza despacio y retrocedió al ver el centelleo de los ojos de Jonah.

Éste miró a Rupert, que parecía un perro apaleado.

—En adelante me pagarás arriendo por la casa. Y procura no retrasarte. Y nos dejarás en paz a mí y a los míos; de lo contrario, os echaré y acabaréis mendigando los domingos en San Pablo. ¿Has entendido?

Rupert fijó la vista en él y no dijo nada. Jonah dio un paso adelante y bajó la voz.

—Lo digo en serio. Por mi parte, no es menester que el gremio sepa lo sucedido, pero mi discreción dependerá de tu comportamiento. Mi discreción a todos los respectos. —Y, tras mirar brevemente de reojo a Elizabeth, añadió—: También podría contarle a tu mujer por qué exactamente has pagado tamaño dineral con las rameras de East Cheap. Lo sé todo, Rupert, ¿lo entiendes? Todo.

Los ojos de su primo, desorbitados debido a la conmoción, se abrieron un poco más, tanto que ello hizo temer que fueran a salírsele de la cara. Mas asintió.

—Tienes mi palabra —graznó.

Jonah hizo una mueca.

—Ya sabemos el valor que tiene, ¿no es cierto? Pero tú tienes mi palabra. No lo olvides.

Algunos días después Jonah recibió un documento conforme al cual la casa de Cheapside pasaba a su propiedad, y envió a su primo a modo de compensación los pagarés. Después de que Waringham regresara del norte, se disculpara compungido por el retraso y pagara el paño, Hillock volvió a disponer de dinero y pagó el arriendo puntualmente. Jonah supo por Lilian que ya no visitaba la casa del placer, cosa que ella parecía lamentar un tanto.

Estaba contento con el desenlace, aunque no se sentía precisamente feliz. Sin embargo, tampoco lo esperaba. La venganza procuraba satisfacción, no paz interior, cosa que ya sabía de antemano. Ahorró para poder comprar en primavera y verano la mayor cantidad de lana en bruto posible, y cuando hubo reunido las cien balas de paño para la Corona, las envió a York. Los beneficios que obtuvo del contrato se los llevó a los Bardi para que los multiplicaran. En cuanto tuviera lo suficiente, quería comprar su propio barco, una carabela. Y la llamaría *Felipa*.

Nada más regresar de Henao le había llevado a la reina la respuesta por carta de su padre, pero desde que había dado comienzo el Parlamento no la había vuelto a ver. No obstante, en las reuniones semanales del gremio se enteró de lo que estaba ocurriendo en Westminster, y hubo de constatar, admirado, que el rey jugaba con la Cámara de los Lores y la de los Comunes como con un grupo de ratones adiestrados, sin que se dieran la menor cuenta.

La serie de victorias logradas en Escocia por Balliol continuó. El rey Eduardo se distanció públicamente de él y desposeyó a los lores ingleses que habían acompañado a Balliol en su campaña. Ello complugo sobremanera al soberano de Francia, el cual no sospechaba que, unas semanas más tarde, Eduardo devolvió a los lores sus tierras con el mayor de los secretos. Los nobles escoceses, por contra, no se dejaron engañar tan fácilmente. Sabedores de quién les había echado encima a Balliol, cruzaron la frontera y cayeron sobre el norte de Inglaterra.

El reino corría peligro, explicó Eduardo al Parlamento, y pidió consejo. Ambas cámaras le rogaron encarecidamente que aplazara la presunta e inminente campaña de Irlanda y enviara al norte las tropas disponibles. Incluso le concedieron un generoso impuesto extraordinario para financiar las tropas defensivas. El arzobispo Stratford partió sin demora a Francia para informar al rey Felipe de que los escoceses habían sido los primeros en romper la paz. Y, el 24 de septiembre, el inútil mas victorioso Balliol fue coronado rey de Escocia.

—Si de verdad es tan fácil, debería plantearme ser rey de Gales —se burló Meurig en la cena.

Rachel alzó la cabeza.

—Creo que están llamando a la puerta.

Meurig le puso la mano en el brazo.

—Ya voy yo.

Bajó la escalera silbando y regresó al poco en compañía de un sacerdote.

—¡Padre Gilbert! —exclamó alegremente Crispin—. Hacía tiempo que no os veíamos.

El aludido levantó el dedo índice.

—Me verías más a menudo si acudieras a tu hermandad regularmente.

Compungido, Crispin miró al suelo.

—No tengo tiempo. Siempre tenemos mucho que hacer.

El sacerdote dio a entender con un movimiento de la mano que no le interesaban los pretextos y se volvió hacia Jonah.

—Tengo que hablar contigo.

El joven asintió, y una mirada suya bastó para echar de la sala a su aprendiz y a los criados. Cuando éstos se hubieron ido, Gilbert se sentó en el escabel de Crispin, frente a Jonah.

Era fácil ver que aquélla no era una visita movida por la vieja amistad que los unía. Jonah supuso que Rupert le había ido llorando al padre Gilbert, sin embargo guardó silencio y esperó a que el sacerdote tomara la palabra.

—Ya no vienes a mi misa —observó éste al cabo.

El joven comerciante se encogió de hombros y señaló la ventana con el mentón.

—All Hallows me queda muy cerca y voy allí.

—¿También te confiesas de cuando en cuando?

—No.

Apenas hubo hecho la sincera confesión, se enfadó, pero no añadió nada para suavizarla. El sacerdote asintió despacio, sin perderlo de vista.

—Sé que nunca te ha resultado fácil confesarte, pero es muy necesario, créeme. ¿No te gustaría desahogarte ahora?

—No, gracias, y si disculpáis mi franqueza, os agradecería que fueseis al grano.

Gilbert se inclinó ligeramente hacia delante.

—Siempre me resulta sencillo disculpar tu franqueza, a diferencia de otras características de tu naturaleza. De modo que como desees. Estuve en casa de Rupert y Elizabeth y descubrí que viven en la más absoluta de las miserias. Tu primo pone todo su empeño en emborracharse, y tu prima cada vez sufre con más frecuencia trastornos mentales. Rupert me refirió lo ocurrido.

Jonah unió las manos sobre la mesa. A punto estuvo de bajar la mirada, pero se detuvo en el último instante.

—Si Rupert os ha contado lo sucedido, sabréis que fue él solo el causante de que estén como están.

—Pero en todo ello tú asumiste el papel de Satán, ¿no es cierto? Tú les enviaste a la ramera y al usurero que lo tentaron.

–Después de que él me mintiera y me robara –puntualizó Jonah, y agregó para sí: «Por no hablar de la paliza que me propinó». Ojo por ojo.

Gilbert alzó la diestra en señal de rechazo.

–Sé lo que te hizo. Conozco a Rupert, Jonah, sé que no es ningún ángel, pero ya te lo he dicho otras veces: no te corresponde a ti juzgarlo.

–Y no lo he hecho. Sólo me he defendido. Necesitaba un medio de presión para que Rupert me dejara en paz de una vez. Y me vengué.

–En tal caso, te alejas de Dios. Devuélveles la casa y dales algo de dinero para que levanten cabeza. Tú tienes bastante. Sé generoso, Jonah. Ya te has desquitado. Apártate del sendero pedregoso que has tomado.

El joven se levantó bruscamente.

–Fue Rupert quien me puso en él.

–Eres un hombre adulto y racional, y Dios te dio libre albedrío. No puedes hacer responsable a Rupert de tus actos.

–Sí, claro que puedo. Y la respuesta es no. No recuperará la casa. He demostrado toda la generosidad de la que soy capaz no echándolos a la calle, como sin duda habrían hecho ellos conmigo.

El padre Gilbert lo observó con semblante preocupado.

–Jonah, te pido una vez más que medites tu decisión.

–Y estoy seguro de que os guardáis un as en la manga que utilizaréis ahora, ¿no es cierto?

–Esto no es ningún juego, hijo mío, pero debo advertirte que sólo puedo dejar participar en la función de Navidad a los puros de corazón. Y convendrás conmigo en que, en este momento, tú no lo eres.

Jonah notó que le fallaban las piernas. Volvió a sentarse en su sitio, miró al padre Gilbert con fijeza un momento y, acto seguido, apoyó la frente en el puño.

–No lo hagáis, padre –dijo, inexpresivo.

–He de hacerlo. Las representaciones tienen por objeto honrar a Dios, no sólo deleitar a los hombres. Y éstos deben complacerlo. Da vuelta atrás, Jonah, sé caritativo –le rogó encarecidamente el sacerdote, y añadió como si se tratase de un eco de la súplica no formulada de Jonah–: Te lo ruego.

Éste levantó la cabeza y dejó caer el puño.

–No. Queréis chantajearme.

Al padre Gilbert se le demudó el rostro.

–Me temo que tu corazón está empedernido, y no estoy dispuesto a seguir escuchando tamañas acusaciones. –Se puso en pie–. Buenas noches, Jonah. Si cambias de parecer, ya sabes dónde encontrarme.

El joven comerciante no oía nada salvo un latido y un zumbido en la cabeza, pero a pesar de todo sintió que estaba solo. Se levantó, fue hasta su alcoba y echó el cerrojo. Se dirigió a la cama ciegamente, pero a medio camino sus piernas cedieron. Cayó al suelo, se abrazó el cuerpo como si tuviese frío y rompió a llorar.

Salió a hurtadillas con la noche ya avanzada y la casa sumida en un profundo silencio. Recorrió a pie calles desiertas y callejuelas oscuras, al cabo tomó sin permiso la barca de Elia y puso rumbo a The Stews, el barrio de rameras que se hallaba en la orilla meridional del río. Lo frecuentaban los marineros de las numerosas naves extranjeras que arribaban a Londres, pero también la escoria de la ciudad. The Stews era el bajo vientre podrido de la gran urbe, por el que se arrastraban gusanos y sabandijas. Y precisamente ahí era donde quería ir.

Aún reinaba una gran animación, pues a nadie en The Stews se le ocurría amoldarse a la hora del cierre. De las puertas salía una luz crepuscular que se proyectaba sobre las fangosas callejuelas, rameras de todas las edades salían a su encuentro de la oscuridad y le susurraban promesas, marineros ebrios vagaban tambaleándose y caían en manos de cortabolsas poco menos que invisibles.

Jonah se encaminó a la primera taberna que vio y se sentó en el rincón más oscuro. Una muchacha de sucios cabellos desgreñados se acercó a él con un desaseado sayo.

–¿Qué va a ser?

–Lo más fuerte que tengas.

Ella se rió.

–Lo tienes justo delante, cariño.

Otro día su descarada labia lo habría divertido, pero ése no estaba de humor. Hizo un gesto negativo con la mano de mala gana.

–Quiero emborracharme y estar tranquilo.

—Muy bien.

Le llevó una jarra con algo que parecía cerveza, pero el primer trago largo le abrasó la garganta a Jonah. Le habían añadido aguardiente.

—Alto, alto —protestó ella—. Primero quiero medio penique.

Así de barato salía olvidar. Ya sospechaba que había acudido al sitio adecuado. Sacó una reluciente moneda de la escarcela y se la puso a la chica en la mano. Tenía las uñas sucias.

—Tráeme otra.

Se percató de que le temblaba la siniestra extendida y la apartó a toda prisa.

Por regla general, Jonah era un bebedor muy comedido. Su única borrachera hasta la fecha había sido aquella a la que le incitaron Waringham y Dermond ese verano en Woodstock, y las consecuencias le enseñaron que era un error que no quería repetir en mucho tiempo. El alcoholismo de Rupert, que había presenciado y sufrido durante años, era el verdadero motivo por el cual disfrutaba del vino y la cerveza con mesura, y jamás había probado algo tan corrosivo como lo de ese día. Pero no sabía qué otra cosa hacer para evitar caer de rodillas ante el padre Gilbert. La idea de que a partir de entonces las funciones del gremio se representarían sin él le resultaba insoportable. No habría podido expresar con palabras qué era, pero allí arriba, en el carro, vivía los únicos momentos dichosos de su vida. ¿Y cómo renunciar a ello ahora que lo había probado y era adicto? ¿Qué iba hacer con una existencia apática y deslucida?

Lo ignoraba. De manera que bebió con la esperanza de que en algún momento dejara de pensar en ello, de darle vueltas. De escuchar en su cabeza, rebosante de desprecio, la pérfida voz aduladora que preguntaba si realmente sería tan malo devolverle a Rupert su maldita casa, si ése no sería el mal menor.

Estuvo tres noches bebiendo, pues funcionaba a las mil maravillas. Cuando notaba que le faltaba poco para perder el sentido, elegía una ramera, se iba con ella a algún cuartucho y le prometía un penique adicional si al despertar aún tenía la talega consigo. Como ellas habrían tenido que darle al correspondiente rufián todo cuanto le sustrajeran al cliente, pero podían quedarse el penique, vigilaban su sueño de buena gana. Y ninguna tenía que hacer más que eso: él estaba demasiado ebrio y ellas le resultaban demasiado inmundas. Cuando despertaba, seguía bebiendo antes de que lo sorprendiera la inminente sobriedad. Sin embargo, la tercera ramera fue un desacierto. Cuando volvió en sí al amanecer, no sólo había desaparecido su escarcela, sino también las ropas que vestía.

Se incorporó, se pasó la mano por el mal rasurado mentón, se rascó las picaduras de pulga, que lo cubrían de la cabeza a los pies, y le asombró lo mucho que había degenerado en tan poco tiempo. Pero seguía vivo.

Le costaba pensar. Sabía que aún estaba beodo, aunque ya no en demasía. El dolor de cabeza empezaba a hacerse sentir. Pese a todo, se puso en marcha y entró en la taberna. Allí no había nadie salvo dos borrachines contumaces que se habían quedado dormidos con la cabeza apoyada en la mesa. En la paja del suelo Jonah descubrió a otro.

De pronto se abrió la puerta que daba al callejón y entró el tabernero silbando y haciendo rodar un voluminoso barril. Al ver a Jonah se enderezó, lo escrutó risueño de la cabeza a los pies y dijo, moviendo la cabeza:

–Pardiez, menos mal que tu mujer no te ve así. No me puedo creer que te hayas gastado la ropa en bebida.

«Tampoco yo», pensó Jonah mordaz.

–Lo cierto es que no me acuerdo, pero si tú lo dices será verdad. –Señaló al marinero que roncaba en la paja–. ¿Te importa?

El tabernero le invitó a hacerlo con una seña.

–Sírvete. Pero en mi casa no se le rebana el pescuezo a nadie.

Presumiblemente fuera la única norma, intuyó Jonah, si bien estaba agradecido de que existiera, pues era probable que le hubiese salvado la vida. Se inclinó sobre el durmiente, cerró un instante los ojos, ya que la cabeza amenazaba con estallarle, y le quitó con el mayor cuidado posible cota y calzas. El hombre no tenía zapatos.

Jonah apretó los dientes y se puso las calzas y la cota. Después cubrió a su víctima con la manta y musitó:

–Lo siento, amigo.

El tabernero glugluteó satisfecho y le señaló la puerta con el mentón.

–Mejor será que estés lejos cuando despierte.

Jonah no tenía el más mínimo interés en continuar allí. Se despidió, salió a la lluvia y se dirigió al río con parsimonia. El aire era fresco; la lluvia, fría. Le sentaron bien. Prestaba suma atención al camino, y veía cómo le salía el barro de la calle entre los dedos de los pies. Posiblemente anduviera descalzo de niño, cuando eran pobres, antes de que su abuela los acogiera en su casa a él y a su madre, pero no lo recordaba. Era una sensación extraña, no desagradable, aunque notaba cada piedrecita que pisaba.

Contrariamente a lo que esperaba, la *San Andrés* seguía donde la había dejado amarrada. Era de suponer que tuviera que oír a Elia cuando le devolviera la barca, pero aún quería postergarlo un tanto. Tampoco deseaba ir a casa, no con esa facha. Era domingo por la mañana. Pronto todo el mundo iría a la iglesia, y sólo Dios sabía a quién se encontraría en las calles. Se subió a la barca, soltó el cabo y remó río abajo.

Entró en la casa por la cocina, como de costumbre. No había nadie. Buscó algo de comer, pues para entonces ya estaba sobrio y tenía hambre. A sus espaldas se abrió la puerta, y oyó la cálida risa de Annot.

–Menudo desatino, Crispin. Como si yo alguna vez... –Se interrumpió y pegó un respingo, pero en ese mismo instante Jonah se volvió y ella vio que era él–. Oh, Dios mío. –Su semblante traicionó que se debatía entre el horror y el regocijo.

Crispin, por el contrario, sólo estaba aterrado.

–¡Maese Jonah! ¿Os han robado?

–Podría decirse que sí. –Se acercó a ellos despacio–. ¿Te importaría decirme qué se te ha perdido aquí?

El chico se hallaba tan abstraído en su perplejidad que no fue capaz de responder. Jonah se sentía fatal: sin rasurar, descalzo y con unos andrajos que ni siquiera después de haberse bañado largamente en el río estaban limpios, en cambio sí mojados. Debía de ofrecer una estampa ridícula. De repente le sobrevino una ira incontenible, y agarró con rudeza a su aprendiz por el brazo y lo atrajo hacia sí de un tirón.

–¿Has olvidado lo que te dije?

–No –respondió el chico, tozudo–. Me acuerdo perfectamente de que dijisteis que me traeríais a ver a Annot, pero la cosa siempre quedaba en agua de borrajas.

Jonah alzó la mano, pero Annot lo agarró por la manga.

—¡Déjalo! ¿Qué mosca te ha picado? Crispin ha venido porque te estaba buscando. Llevas tres días fuera de casa. Él y tu criado, Meurig, peinaron la ciudad en tu busca, y como no te encontraban, Niklas le explicó a Crispin cómo llegar hasta aquí.

Soltó al chico, dio un paso atrás y miró huraño ora al uno, ora a la otra.

Annot soltó un ay y movió la cabeza.

—Y mientras ellos estaban preocupados mortalmente, tú te dabas a la bebida, ¿no es cierto, maese Durham? Y ahora tienes una resaca tremenda y estás de un humor de perros y eres un peligro para todos los que tienen la desgracia de no poder huir de ti. ¿A quién me recuerda eso?

Crispin le lanzó una mirada como si dudase de su juicio, pero acto seguido comprobó que, a todas luces, Annot conocía mejor que él a su maestro. Y es que Jonah se pasó la manga por la frente, avergonzado, y musitó:

—Dios mío..., tienes razón.

Desconcertados, todos enmudecieron.

Annot pensó que posiblemente se pasaran horas así pasmados en la cocina si no hacía nada, de manera que hizo algunas propuestas prácticas.

—Crispin, ¿por qué no vas a casa a buscar algo de ropa para Jonah? Tranquiliza a los vuestros y diles que lo has encontrado en mi casa. Por la tarde estarás de vuelta, cocinaré algo, nos sentaremos todos juntos y haremos... como si todo fuera como antes. —Su sonrisa se apagó al percatarse de que ya no era capaz de recordarlo, pero se dominó y añadió—: Esta noche os quedaréis aquí y regresaréis mañana por la mañana.

Crispin miró inseguro a Jonah.

—¿Voy?

—Adelante.

El aprendiz asintió, abatido. Annot lo tomó del brazo y lo llevó a la puerta.

—No les cuentes cómo te lo has encontrado —le sugirió.

—No, descuida.

Ya en el umbral, vaciló, y ella, risueña, le dio un beso en la mejilla, lo empujó fuera y cerró la puerta. Luego volvió con Jonah y lo agarró de la mano.

—Ven conmigo. Te afeitaré.

—Lo puedo hacer yo solo —contestó con rebeldía, pero a pesar de todo se dejó conducir escalera arriba.

—Lo sé, pero no es tan agradable —replicó ella.

Lo llevó a su alcoba, lo sentó en un tajuelo y fue por agua tibia. Incluso tenía jabón. Cuando se situó detrás de él, Jonah apoyó la cabeza en su vientre mullido, redondeado, y cerró los ojos. Annot le enjabonó la barba.

—No te queda mal, ¿sabes? Deberías dejártela.

—Puede que dentro de cinco años —repuso él, cansado.

Durante un rato no se oyó otra cosa salvo el raspar de la afilada navaja.

—¿Vas a contarme lo que ha pasado? —preguntó ella al cabo.

—No.

—¿Has perdido el dinero? ¿Tal vez Rupert...?

Ello habría merecido una sonrisa burlona, pero hasta eso le costaba trabajo.

—No.

Annot continuó rasurándolo, le agarró con cuidado la punta de la nariz con dos dedos y le ladeó la cabeza un tanto.

—Pero es malo, ¿no?

Jonah no dijo nada, y ella sacó sus conclusiones. Supuso que tenía algo que ver con una mujer, con la misteriosa desconocida por la que a todas luces suspiraba, pero a la que nunca había mencionado. Annot a menudo especulaba con quién podría ser. Seguro que una dama distinguida. A fin de cuentas había conocido bastantes desde que trataba en paño noble y frecuentaba la corte. ¿Habría muerto? ¿Se habría ido con su esposo a Aquitania? O, peor aún, ¿lo habría rechazado? Lo que quiera que hubiese pasado lo había herido más de lo que Annot creía posible. «Estabas equivocada, Cecilia Hillock —pensó—: no tiene el corazón de piedra.»

Terminó el afeitado, le retiró los restos de jabón del rostro con un lienzo de hilo limpio, le echó el cabello hacia atrás y lo besó en la frente.

—¿Vas a decirme dónde has estado? Siento mucha curiosidad.

—En The Stews.

Extrañada, Annot arqueó las cejas.

—Con las muchachas de Winchester, ¿eh?

—¿Con quién? —preguntó él, enojado.

—Las rameras de The Stews. Las llaman así. Los terrenos del barrio entero pertenecen al obispo de Winchester. Se embolsa una fortuna en arriendos. ¿No lo sabías?

Jonah dijo que no con la cabeza.

—Me importa poco.

A ella le habría gustado preguntarle qué le había llevado hasta allí. Estaba un tanto ofendida. Podía vivir sabiendo que había de compartirlo con una enigmática dama, posiblemente algún día con una esposa, pero ¿con otras rameras? Sin embargo, no dejó traslucir sus celos y tampoco le hizo más preguntas. De todas formas no le habría sacado nada. En su lugar, le agarró la mano.

—Túmbate, Jonah. Necesitas dormir unas horas.

Lo cierto es que estaba muerto de sueño. Se deshizo de las ropas rapiñadas y se deslizó bajo la manta. La almohada estaba maravillosamente fresca y olía a ella.

—Espero que mi aprendiz no sufra daños mentales permanentes por meterme en tu cama —se mofó sin fuerzas.

Ella se sentó en el borde y le acarició la cabellera. Jonah lo toleró sin rechistar: ciertamente debía de estar exhausto.

—En cualquier caso, procura no pagarla con él, Jonah. Crispin es tan indefenso por ser como es. Y depende sobremanera de ti.

Él rezongó con hosquedad.

Annot permaneció sentada a su lado hasta que se quedó dormido.

Londres,
febrero de 1333

Las navidades fueron un valle de lágrimas para Jonah. Se mantuvo alejado de los festejos de la casa del gremio y, sobre todo, de las funciones teatrales. Apenas podía resistir no participar en ellas; verlas habría sido insoportable.

Sin embargo, no olvidó lo que le había dicho Annot y para demostrarse principalmente a sí mismo que era un hombre mejor que Rupert no hizo pagar ni a Crispin ni a nadie de su casa por su amargura.

Cuando por fin terminó la atroz tregua de los días festivos, se volcó de nuevo en el trabajo, una manera mucho más saludable y lucrativa de olvidar sus penas que una excursión a The Stews, como bien había podido constatar. Y el día siguiente a la Candelaria admitió a un segundo aprendiz.

Aunque él y Crispin se deslomaban de sol a sol, ya no había forma de dar abasto entre dos. Jonah había recibido otro contrato, y también Henry Grosmont, poderoso y cercano primo del rey Eduardo y heredero del conde de Lancaster, le había encomendado una gran partida de lana cardada barata. Por otra parte, no quería renunciar al comercio de la seda y otros géneros preciosos, pues amaba el paño noble, y sin embargo en el futuro la lana en bruto tendría prioridad sobre el comercio de paños, pues ahí era donde se ganaba más dinero. Y tres ramos eran demasiados para sólo dos trabajadores.

—¿David Pulteney? —repitió Rachel, pasmada, cuando una heladora tarde de febrero Jonah llevó al muchacho a la sala y lo presentó—. ¿El hijo del alcalde?

David asintió, la cabeza tímidamente bajada.

—El menor —aclaró Jonah—. Toma, David, siéntate a cenar junto a Crispin. Él te enseñará la casa y lo demás. Le prestarás atención y harás lo que te diga.

—Sí, señor —repuso el chico en un susurro casi inaudible.

El delgado muchacho tomó asiento en la silla que había libre al lado de Crispin. Los lisos cabellos, de un rubio casi blanco, le caían por el rostro, y él no hizo ademán de retirarlos.

Crispin le lanzó a Jonah una mirada de asombro y, acto seguido, le tendió la mano al chico.

—Bienvenido, David.

Éste la estrechó un instante y bajó la mirada de nuevo en el acto. Sin embargo, Crispin vio los ojos asustados, lacrimosos.

—¿Cuántos años tienes? —le preguntó amablemente al nuevo aprendiz.

—Catorce —replicó éste en voz baja.

Crispin le había echado unos doce, pues el muchachito era flaco y bajo y estaba amedrentado. Con todo, recordaba perfectamente lo que él sintió la primera noche que pasó en la sala de Rupert Hillock. Cogió una escudilla vacía, la llenó de guiso y se la puso delante al joven.

—Toma. Seguro que te gusta, nuestra Rachel es una excelente cocinera.

—Vaya, muchas gracias —refunfuñó ésta, mordaz—. Es preciso que llegue un aprendiz nuevo a casa para que oiga eso...

Meurig y Crispin intercambiaron una sonrisa culpable.

—Crispin, mañana por la mañana lo llevas contigo a West Smithfield, al batán, recoges el paño y compruebas lo que sabe —dijo Jonah como si David no estuviese allí—. Y, claro está, compartirás tu alcoba con él.

Crispin contuvo un suspiro. A la postre, siempre había sabido que el lujo de disfrutar de la gran cama él solo no duraría eternamente. Asintió.

—Hay bastante sitio.

«Además —pensó—, renunciar a media cama sin duda no era un alto precio por dejar de ser al fin, ¡al fin!, el miembro más joven de la casa y el último de la jerarquía.» Seguro que resultaría divertido enseñarle a David lo que sabía.

El optimismo de Crispin se vio un tanto mermado cuando constató que su nuevo compañero de alcoba y cama se pasó la noche entera lloriqueando y mojando su almohada.

Jonah estuvo fuera todo el día, visitando a distintos sastres. Muchos estaban preocupados. El rey se hallaba en el norte desde finales del verano, y había ordenado a los principales órganos de gobierno que recogieran sus rollos y se dirigieran a York con sus bártulos, donde se celebraría la próxima sesión del Parlamento. En otras palabras, la corte se había trasladado al norte y la reina estaba en Woodstock, de manera que los sastres de Londres se veían privados de sus mejores clientes.

Ya había oscurecido cuando regresó a casa, y seguía nevando. Ropery estaba desierto e inusitadamente aletargado. Los tejados e incluso las transitadas calles se encontraban cubiertos de una gruesa capa de nieve que amortiguaba la trápala de *Grigolet*, así como cualquier otro sonido.

Jonah abrió la puerta, llevó el caballo a la cuadra y se dirigió al almacén para examinar el género que Crispin había recogido esa mañana en casa de maese Berger.

Ni siquiera había recorrido la mitad del camino cuando oyó unos pasos que se aproximaban. No levantó la vista.

—¿No queréis comer nada, señor?

—Si quisiera comer habría ido a la sala, Crispin.

Éste asintió a regañadientes. «Esto no puede seguir así, va a morir de hambre», pensó. No sabía qué era lo que, desde hacía meses, le quitaba el buen humor y el apetito a su maestro. Claro está que no se le había escapado que Jonah no había tomado parte en las funciones navideñas, mas jamás se le habría ocurrido que pudiera ser ésa la razón.

—Supongo que habrás visto que estas dos balas de aquí están manchadas, ¿no? —inquirió Jonah con desapego.

—Sí. No retiraron bien la tierra de batán antes del tinte. Las he comprado a mitad de precio.

Jonah no esperaba menos. Sabía que a esas alturas ya podía enviar a Crispin sin vacilar a hacer semejantes recados. Se enderezó, se volvió hacia su aprendiz y sonrió levemente.

—Bien hecho. ¿Cómo es el chico?

Crispin se apoyó en la pared, junto a la puerta, y cruzó los brazos.

—Amable y atento, y está muerto de miedo. ¿Qué diantre os dijo su padre?

Jonah tocó el nuevo paño, fijándose en su calidad y su espesor, y repuso con aire distraído:

—Ni idea. Que no tenga reparo en hacerlo trabajar duro y convertirlo en un hombre o algo así. No estaba escuchando.

Crispin asintió, furioso.

—Tiene sentido. David parece pensar que a la primera de cambio le arrancaréis la cabeza.

—Si es aplicado y no se anda con tonterías, conservará la cabeza —gruñó Jonah con impaciencia.

—Señor..., tal vez queráis hacer una excepción y decirle que se equivoca. Así aprenderá más fácilmente. Bastaría con unas pocas palabras amables...

—Crispin, sé que eres infatigable en tu empeño de hacer de mí una persona mejor, pero lo único que me interesa de David Pulteney es su capacidad de trabajo.

Ya en las postrimerías del verano el alcalde le había ofrecido al menor de sus vástagos y Jonah había resuelto aceptarlo porque no podía rechazar la oferta con la que Pulteney lo había tentado: el alcalde no le pagaba a Jonah dinero alguno por el aprendizaje de su hijo, como era la costumbre. En su lugar, le había prometido un halcón si Jonah se quedaba al menos cuatro años con el inútil David. Cómo habría adivinado Pulteney tan secreto deseo era algo con lo que Jonah sólo podía hacer conjeturas. En cualquier caso, no había vacilado mucho.

—Su capacidad de trabajo será valiosa tanto más deprisa cuanto antes deje de temblar de miedo —contestó Crispin.

Jonah reprimió una sonrisa de aprobación ante la astucia del argumento. Crispin le agradaba sobremanera. El muchacho ya casi tenía la misma edad que el propio Jonah cuando fue admitido en el gremio. Sin embargo, se limitó a decir:

—Estoy seguro de que tú, Meurig y Rachel os encargaréis de que encuentre aquí el paraíso terrenal. Y ahora déjame en paz. Ve a la cuadra y desensilla el caballo.

Crispin profirió un sonoro suspiro.

—Sí, señor... Alguien llama.
Jonah también lo oyó, mas no alzó la cabeza.
—Ve a ver quién es. Ten cuidado de no dejar pasar a ningún cortabolsas.

Cuando Crispin reconoció al visitante se le pasó por la cabeza que probablemente fuese el más peligroso de todos los rateros, si bien hizo una cortés reverencia y le abrió la puerta del patio.
—Pasad, señor.
A todas luces el hombre de la valiosa capa forrada de pieles estaba acostumbrado a que la gente supiese quién era. Arrogante, cruzó el umbral de una zancada.
—Llévame con maese Durham —ordenó mientras recorría con la mirada el patio, cuya capa de nieve relumbraba a la luz de la luna en creciente.
Crispin lo invitó con un gesto a seguirlo al almacén, se detuvo en la puerta y dijo:
—Señor, maese De la Pole ha venido a hablar con vos.
Jonah se irguió sin prisa y se volvió.
—Buenas tardes, maese De la Pole —lo saludó formalmente, sin dar a entender cuán intempestiva era la hora para presentarse allí sin avisar.
—Buenas tardes, maese Durham.
—Crispin, ocúpate del caballo de maese De la Pole. Luego ve a casa y llévanos algo de borgoña. Y asegúrate de que nadie nos moleste.
—Sí, señor.
Jonah atravesó el patio camino de la casa, subió la escalera y entró en la sala. Una vez allí, le ofreció a su invitado uno de los cómodos sillones junto al hogar. De la Pole se despojó de la capa y la dejó con sumo cuidado en una de las sillas que rodeaban la mesa antes de sentarse.
Jonah tomó asiento frente a él y lo miró sin decir nada.
Crispin entró de puntillas, los sirvió con perfecta cortesía y se retiró en el acto. Jonah cruzó las piernas.
—Os creía en vuestra casa de Hull, señor —observó incidentalmente.

De la Pole asintió.

—Y allí debería estar, mas ciertos asuntos urgentes hicieron necesario mi repentino regreso.

—Espero que, en vuestra ausencia, las tropas reales no sufran hambre y sed.

—¿Qué tropas? —preguntó De la Pole, frunciendo la frente con aire inocente, y ambos rompieron a reír quedamente.

La risa los convirtió en aliados por un breve instante, pero Jonah no se dejó engañar: sabía de sobra que esa visita no auguraba nada bueno, y que lo asparan si estaba dispuesto a meterse en la boca del lobo.

Al cabo, el poderoso comerciante empezó con escasa diplomacia:

—No dispongo de mucho tiempo, Durham; he de volver mañana. He venido a pediros un favor. Habréis de admitir que me lo debéis, ¿no es cierto?

Sin perderlo de vista, Jonah no reveló emoción alguna.

—En tal caso, ¿cómo es que estáis tan convencido de que os lo voy a negar?

De la Pole esbozó una fría sonrisa. Los ojos de ave rapaz centelleaban como el ámbar con la inquieta luz de la lumbre.

—Para ser sincero, no creo en los favores, maese Durham. Se puede deber a otro hombre dinero o género, pero ¿un favor? ¿Qué extraña deuda es esa que no admite cifras ni plazos? Eso es para sentimentales mentecatos, entre los cuales no figuramos ni vos ni yo.

«Yo no soy como tú», pensó Jonah.

—Y, sin embargo, estáis aquí, señor.

De la Pole asintió, dio un largo trago del vaso que hacía girar nerviosamente entre las manos e hizo un esfuerzo visible.

—Dado que estáis tan bien informado, posiblemente sepáis que, hasta hace poco, regentaba mis negocios conjuntamente con mi hermano Richard.

Jonah afirmó con la cabeza.

—Os enemistasteis hace unos dos años. Desde entonces vos sois más rico cada día y vuestro hermano se pierde en el olvido.

De la Pole alzó el dedo índice.

—Eso no es verdad. Richard siempre ha mantenido excelentes relaciones con la corte y en Londres tiene más amigos que yo. Y desde hace algún tiempo intenta consolidar su posición a mi costa, cosa que he de impedir y para lo cual preciso de vuestra ayuda.

Jonah se cruzó de brazos en actitud negativa.

—No sabría cómo.

De la Pole se burló de él.

—¡Miraos! Ahí sentado fingiendo ser el respetable mercader para el que no hay nada más importante que los principios de honradez y decencia. Y entretanto el majadero de vuestro primo se mesa los cabellos y se pregunta cómo ha podido suceder que todos sus bienes hayan pasado a vuestras manos

Jonah se mordió la lengua para no hacer la disparatada pregunta que quedaría sin respuesta: ¿cómo sabía eso De la Pole? ¿Quién había hablado? ¿Lilian? ¿Bardi? ¿Waringham? Presumiblemente el propio Rupert, que jamás se callaba nada cuando algo le afligía...

—¿Qué queréis? —preguntó con aspereza.

—Mi hermano está a punto de adquirir una gran finca en Somerset: diez mil ovejas. La quiero yo. Compradla para mí, arrebatádsela en sus narices y desacreditadlo de paso. Igual que hicisteis con vuestro primo.

—Permitid que os haga la pregunta que vos mismo me hicisteis a mí: ¿por qué iba a hacerlo? Mi guerra contra mi primo era un asunto personal. Vuestro hermano no me ha causado ningún daño. Llamadme necio si queréis, pero en verdad creo que entre comerciantes debería existir el decoro.

De la Pole sonrió satisfecho y se arrellanó en el cómodo sillón.

—Ah, ya sé que lo creéis, Durham. Todos lo saben. Tenéis una notable fama a ese respecto. Y ésa será mi arma más poderosa.

Jonah no aguantó más en el asiento. Inquieto, se levantó, se colocó de espaldas a la chimenea y cruzó los brazos.

—No debéis de estar cuerdo si pensáis que pondría en juego esa fama por vos.

—No, amigo mío. No por mí —replicó De la Pole en voz baja—. Lo haréis por vuestra fascinante putilla, la cual, dicho sea de paso, la pasada semana alumbró en su refugio de Essex a un hijo muerto, cosa que posiblemente todavía no sepáis, ¿no es así? Le tenéis apego, y sin duda no os agradaría que lady Prescote averiguase que se prostituye por su cuenta en Essex. Por no hablar de otros pequeños favores que os ha prestado. Según me han dicho, está afectada por la criatura mortinata. ¿Y si perdiera también su sustento y su hogar? ¿Qué salida le quedaría? ¿Habéis estado alguna vez en The Stews, Durham?

Jonah clavó la mirada en aquellos fríos ojos ambarinos. Su rostro se le antojó de hielo. Se tomó su tiempo antes de responder. De la Pole lo observaba con la paciencia indulgente del que se sabe seguro de su triunfo.

—Dadme vuestra palabra de que la dejaréis en paz si resuelvo este asunto por vos.

Una sonrisa pugnaba por aflorar a los labios de De la Pole.

—Oh, tenéis mi palabra.

Jonah se dominó y se puso a pensar. Deprisa. Pensaba y calculaba.

—Y quiero algo más que vuestra palabra: quiero una parte. ¿Diez mil ovejas, decís? Eso son casi cuarenta sacos de lana al año. Quiero la mitad.

De la Pole profirió un suspiro de alivio.

—He de admitir que empezaba a dudar de vuestra inteligencia. Naturalmente tendréis vuestra parte, pero no la mitad. Seamos realistas. Digamos una cuarta parte.

—La mitad. Tenéis razón, aprecio a Annot, pero vos me necesitáis, de lo contrario no estaríais aquí, y no os saldré barato.

El comerciante más poderoso de Inglaterra apoyó las manos en las rodillas y lo miró pensativo.

—¿Sabéis qué, Durham? Podría decidirme a enviaros a Flandes como agente mío. ¿Qué os parece? ¿No estuvisteis allí en las postrimerías del verano e hicisteis importantes negocios? ¿No conocisteis al padre y al tío de la reina? ¿Acaso no es excelente vuestro francés?

—Eso no tiene absolutamente nada...

De la Pole no permitió la interrupción.

—El rey se ha quitado de en medio a los escoceses con su taimada bellaquería. Los ha borrado del mapa igual que su abuelo, y las miradas no tardarán en fijarse en Francia, podéis estar seguro. La lana será el arma más poderosa de Eduardo en esta guerra. ¿Qué os parecería tener en vuestras manos esa arma?

En los ojos de De la Pole refulgió un centelleo travieso, y el apuesto rostro reflejó alegría, diversión incluso.

Jonah se sorprendió recordando las palabras de Martin Greene, un recuerdo en modo alguno grato, si bien repuso:

—¿Por qué iba a venderos mi alma?

De la Pole desechó la idea con un gesto impaciente.

—Vuestra alma no me interesa. Confiádsela a Dios o a Satán, me es igual. Lo que quiero es sacar provecho de vuestros contactos y vuestro talento. Con vuestras condiciones. Y no me hagáis creer que no os complace; no tenéis más que veros. Conozco esa mirada. La veo cada mañana al rasurarme. —Hizo un gesto que abarcaba la sala con sus muebles usados, la casa entera, el patio y el almacén—. Vuestros sueños no terminan aquí.

«Yo no soy como tú», pensó Jonah de nuevo. Sin embargo, no replicó.

1337-1340

AÑOS DE PEREGRINAJE

Londres,
febrero de 1337

La mañana ya estaba avanzada; el deslumbrante sol invernal bañaba a los estibadores y haraganes del muelle, los géneros amontonados y los vehículos en una luz blanquecina cuando el *Felipa* atracó en Paul's Wharf.

–Hemos andado justos, señor –le confesó el capitán al propietario del barco–. La bajamar será dentro de media hora.

Jonah asintió.

–Bien hecho, Hamo. –Acto seguido le puso brevemente la mano en el brazo al más distinguido de sus pasajeros–. Ya pasó todo, Gervais.

El joven conde de Waringham se hallaba sentado en el suelo, contra la borda, la cabeza reclinada de puro agotamiento, el de una palidez cadavérica. Abrió los ojos y exhaló un hondo suspiro.

–Alabado sea Dios. No tengo nada en contra de tu carabela, Jonah, no me malinterpretes. En ninguna otra parte se gorma tan a gusto como a bordo de tu barco. Pero desearía que el rey me hubiera dejado en las tierras altas en lugar de enviarme al continente.

–Mas, por desgracia, la guerra con Escocia ha terminado.

Hacía cuatro años que el rey Eduardo había infligido la primera derrota aplastante a los escoceses en Halidon Hill. Inglaterra entera se llenó de júbilo: la humillación de la batalla de Bannockburn y de la vergonzosa paz de Northampton quedaba borrada. Con todo, la nula aptitud política de Balliol y el respaldo de la oposición por parte del soberano francés avivaron la guerra de nuevo, hasta que el verano previo Eduardo finalmente emprendió una última gran campaña. Cuando regresó, dejó atrás tropas de ocupación nada menos que hasta Edimburgo y le pasó el mando a su veterano y leal primo Henry Grosmont.

–Vayamos a tierra. Cuanto antes tengas suelo firme bajo los pies, tanto mejor –se burló Jonah.

Waringham no se hizo de rogar. Los estibadores tendieron una pasarela desde el muelle. Una pasarela sumamente angosta. Con furia y decisión en el semblante, como si avanzara hacia un enemigo en superioridad numérica, Gervais de Waringham bajó a tierra, la mirada fija en uno de los grandes carros del muelle.

Jonah se dirigió un momento a los demás pasajeros, que se apiñaban en la borda y miraban la desconocida ciudad con una mezcla de curiosidad y miedo.

–Debo pediros que tengáis un poco de paciencia. Pero vendrán por vosotros antes de mediodía –les prometió en francés.

Ellos asintieron con timidez. Eran hombres, mujeres y niños cargados con cestas y fardos. Tejedores, bataneros y tintoreros flamencos, un cargamento lleno. Y sabe Dios que no era el primero que llevaba a Inglaterra.

–No dejéis subir a bordo a nadie, excepto a los míos –le advirtió al capitán en voz baja antes de ir en pos de Waringham. Y salvó la pasarela con pasos ágiles y seguros. Apenas se hubo adentrado en el denso gentío del puerto, vio a su oficial–. ¡Crispin! ¿Cómo es que has venido antes de que haya enviado a alguien en tu busca?

El joven esbozó una sonrisa satisfecha y se metió tras la oreja los rubios rizos con su fina mano.

–Aposté aquí a los hijos de los flamencos y prometí un penique al primero que viera el *Felipa* y me avisara. Se lo ha llevado Grit.

A Jonah no le sorprendió: estaba demasiado acostumbrado a que Crispin se las ingeniase para hacerle a él la vida más fácil. El muchacho era un organizador extraordinario, un avispado comerciante y un lugarteniente de absoluta confianza. Cuando finalizó su aprendizaje, Jonah le propuso sin muchas esperanzas que permaneciera en Londres en calidad de oficial en lugar de entrar en la próspera vinatería paterna de Westminster. Crispin aceptó sin vacilar. Desde entonces había seguido fielmente a Jonah en cada arriesgada empresa, llevaba los negocios sin contratiempos cuando él emprendía uno de sus numerosos viajes y ahorraba cada penique para poder comprar algún día su libertad y el derecho a formar parte del gremio de pañeros.

–Ayer vino un emisario real –informó–. Pidió que fueras a Westminster nada más volver. —Hizo una reverencia ante Waringham—. Vos también, milord.

—En tal caso, procúranos unos caballos —dijo Jonah.

Crispin señaló la cuadra contigua a la taberna.

—Ahí aguardan *Grigolet* y vuestro escudero con vuestro magnífico corcel, milord.

El semblante de Waringham se iluminó visiblemente.

—Cuán perspicaz por vuestra parte, maese Lacy. A bordo del *Felipa* viene una yegua alazana que he comprado en Flandes. ¿Querríais bajarla y acomodarla en la cuadra de Jonah? Haré que la recojan mañana.

—Naturalmente, milord.

Waringham se despidió agitando débilmente la mano y se dirigió a la cuadra con paso un tanto inseguro.

Crispin se volvió hacia Jonah.

—Ve tranquilo, yo esperaré a Elia. A todas luces se retrasa. Como de costumbre.

—En nombrando al ruin de Roma... —le susurró una voz al oído a Jonah.

Ambos se giraron. Elia Stephens había acudido al puerto en compañía de cuatro esbirros del sheriff. En los últimos años había engordado un tanto, pero aún parecía un muchacho, cosa que bien podía tener que ver con el hecho de que era el mismo de siempre. Elia seguía igual de despreocupado e irresponsable que hacía diez años, y de no haber entrado, a ruego de Jonah, en el lucrativo negocio de los artesanos flamencos, se habría arruinado tiempo atrás.

Le pasó un brazo por el hombro a cada uno de sus amigos y miró el *Felipa* amusgando los ojos.

—Un barco lleno de flamencos —comentó, moviendo la cabeza.

Jonah se soltó de mala gana.

—¿Estás lo bastante sobrio para llevarlos a Cheapside sanos y salvos?

A los labios de Elia afloró una sonrisa encantadora.

—Estoy sobrio prácticamente para todo. No seas tan severo conmigo, Jonah. Mi dulce Mary alumbró a un hijo la pasada noche.

Jonah suspiró.

—Mis parabienes, Elia, pero es al menos el quinto. Ya deberías haberte acostumbrado.

Stephens hizo un gesto negativo, innecesariamente amplio, con la mano.

–De eso no entiendes nada, amigo mío. Espera a que te llegue el momento. Además, sólo es mi cuarto hijo. Se llama Adam. Su padrino es Adam Burnell.

–Excelente –masculló Jonah–. Dios bendiga a tu inocente hijo. Y ahora, para variar, haz algo a cambio del dinero que ganas. Esa gente del barco está helada y hambrienta. Aquí tienes la lista con los nombres para los certificados.

Desde que se urdiera la alevosa intriga que a punto estuvo de traer la desgracia a los flamencos cuando llegaron a Londres, cada artesano de Flandes que Jonah llevaba a Inglaterra recibía un documento con el sello del rey que le garantizaba seguridad y protección. Había sido idea de la reina, y cumplía su cometido. Los inmigrantes pisaban su nueva patria con más confianza, y aun cuando más de un londinense escupía en la calle cuando veía a los forasteros, nadie osaba tomarla con ellos.

–Jonah. –La reina sonrió y le tendió ambas manos–. De regreso sano y salvo, gracias a Dios.

Él hincó una rodilla, tomó las manos y se llevó la diestra un instante a los labios. A esas alturas ya constituía un familiar ritual del que la soberana apenas parecía percatarse. Para él, por contra, ese momento siempre encerraba un breve deleite; era como si en ese fugaz espacio de tiempo hubiese aprendido a volar.

Se levantó, sonriendo con disimulo ante su incorregible necedad.

–Hemos tenido un tiempo excelente.

–¿Habéis traído a Gervais?

–Sí, mi señora.

–Bien. Ello complacerá al rey. Lo espera con impaciencia.

–Waringham ha ido a verlo directamente.

–¿Y trae nuevas buenas o malas?

Jonah se encogió un tanto de hombros.

–Prefiero que sean los diplomáticos quienes comuniquen las nuevas.

Los dos se miraron un instante a los ojos, y la reina negó con la cabeza.

—No acabo de acostumbrarme a esa barba, Jonah.
—Una palabra vuestra y me la quito.
—¡No! Os sienta muy bien, pero os hace un poco más serio. —Se interrumpió un instante antes de añadir—: Y parecéis extenuado.
—Vos, por el contrario, tenéis mejor aspecto que antes de mi partida, mi señora.

La reina agitó la mano con una sonrisa de complicidad, pero él lo decía completamente en serio. A finales del verano anterior Felipa había perdido a un hijo, Guillermo, que tan sólo había vivido unas semanas, y ella había estado todo el otoño y el invierno pálida y melancólica. Ese día, a él se le antojaba por vez primera tan vivaz y alegre como antes.

La soberana lo llevó hasta la chimenea y lo animó con un gesto despreocupado a que se sentara en uno de los dos asientos.

—El rey ha recuperado su alborozo. Creo que ésa es la razón de que yo esté mejor. Mi pobre Eduardo...

El monarca no sólo había tenido que llorar la muerte del pequeño príncipe, sino también la pérdida casi simultánea de su hermano Juan, que falleció de repente con apenas veintiún años tras realizar grandes proezas en la campaña de Escocia. Y aunque Eduardo nunca dejaba traslucir nada, Jonah sabía que a Felipa le preocupaba el estado de ánimo del rey.

Para distraerla, se bajó la talega de lino que llevaba al hombro y se la ofreció sin decir palabra.

Los oscuros ojos de Felipa se iluminaron, y la soberana palmoteó como un niño agasajado.

—¡Jonah! No habréis vuelto a...

Poco menos que le arrebató la bolsa de las manos y tiró con impaciencia del cordel.

Él rompió a reír, se retrepó en el cómodo sillón y la miró. Cuando ella por fin deshizo el nudo, abrió la bolsa y sacó una muñeca de paja y madera.

—Oh... Oh, ¡es deliciosa! ¡Absolutamente irresistible!

Se llevó un instante las manos a las mejillas, radiante de felicidad. Desde luego no era la muñeca, un tanto burda, lo que causaba tal embeleso a la reina, sino sus ropas. Eran los más grandes de los grandes sastres parisinos quienes confeccionaban esos arnequines y los ponían en circulación para que las damas de la nobleza francesa pudieran hacerse con la debida antelación una idea de cuáles serían los dictados de la moda en la temporada venidera.

–Pero... ¿cómo es posible conseguir este color? –preguntó absorta.

–Con flores de violeta –informó Jonah.

Ella le dirigió una breve mirada antes de ensimismarse de nuevo en el pequeño arnequín que sostenía en el regazo.

–¡Qué violado! ¡Qué... atrevido! Y mirad lo amplias que son las mangas. Si la dama levanta el brazo, ¡se puede ver el interior! Oh, ya estoy viendo la expresión del venerable arzobispo Stratford, se va a escandalizar.

Ambos rieron, cómplices, a costa del anciano lord canciller.

–¿Y esto es lo que llevan las damas de París, Jonah?

–La próxima primavera, mi señora.

La reina profirió un hondo suspiro.

–Lástima que no podamos comprar paño extranjero.

Él no dijo nada, y la soberana alzó la cabeza.

–Creéis que... alguno de vuestros tejedores flamencos podría...

–Naturalmente. No tenéis más que pedirlo.

Ella se mordió el labio inferior.

–Menudo zorro taimado estáis hecho, Jonah. Sabéis muy bien que soy incapaz de resistirme a la moda de París. Y las damas de la corte visten lo que yo visto. Pero vos seréis de nuevo el único que podrá procurarnos el paño necesario.

Jonah asintió.

–Tenéis razón, mi señora. Os he traído la muñeca por puro interés. Porque os proporcionaré el paño y porque quiero ver este violeta en vos. Si hay un color pensado para vos, es éste.

Felipa se ruborizó un tanto, lo miró al rostro y bajó los ojos al punto.

–Deberíais avergonzaros de dirigirme tales lisonjas –musitó.

«Y tú deberías avergonzarte de coquetear así conmigo», pensó él fugazmente, si bien ya no le afectaba tanto como antes: hacía tiempo que se había dado cuenta de que ella era así, en cierto modo una expresión de su ingenuidad. Sabía recrearse como ninguna otra mujer con los cumplidos y la admiración masculina. Nada más dirigírselos revivía como una planta sedienta que uno riega por fin. Pero aquello no era más que un juego cortesano; en realidad, para ella no había más hombre que el rey.

Exhaló un suspiro nostálgico y acomodó de nuevo la muñeca en el regazo.

—Dios mío, Jonah, estoy olvidando mis modales. Estaréis cansado y tendréis frío y hambre. ¿Janet?

Una de sus damas, que se mantenía en un discreto segundo plano, se acercó e hizo una graciosa reverencia.

—¿Mi señora?

—Que traigan hipocrás caliente y algo de carne y pan.

La muchacha fue hacia la puerta.

—¿Dónde está Giselle? —se interesó Jonah.

Rara vez visitaba él a la reina sin encontrar con ella a la hija de De la Pole.

—Me pidió que le concediera unas semanas libres. Primero quería ir a ver a su hermana Elena al convento de Havering y luego a su madre, en Hull, que espera un hijo uno de estos días. Que quede entre nosotros, Jonah: apuesto a que será niña. William de la Pole ya tiene tres hijos, y es más que suficiente. En cualquier caso, espero que Giselle vuelva pronto, pues la echo en falta. Sin embargo, es posible que prolongue intencionadamente su ausencia. Su padre por fin le ha encontrado un pretendiente, noble pero anciano, y ella ha emprendido la huida.

—¿De quién se trata?

—De Bertrand de Vere, tío del conde de Oxford.

Jonah enarcó las cejas con incredulidad. Bertrand de Vere era un anciano caballero avinagrado y prácticamente sordo. Nunca hablaba de otra cosa que no fuera su odio a los escoceses. Menudo esposo para una muchacha de diecisiete años...

Felipa, que pareció adivinarle el pensamiento, suspiró y se encogió de hombros.

—Es el destino de todas las hijas, Jonah, sea cual sea su rango. Son víctimas de las intenciones de sus padres. Sabe Dios que mi caso no fue diferente, sólo que yo tuve más suerte que la mayoría —agregó con una sonrisa que delató lo enamorada que seguía estando de su Eduardo—. Y ahora contad: ¿habéis hablado con mi padre? ¿Cómo se encuentra?

Jonah no mintió.

—Mal, mi señora. La gota ha empeorado de tal forma que ya no puede abandonar la cama.

Se interrumpió cuando lady Janet hizo pasar a un paje que depositó en la mesa dos humeantes vasos de hipocrás —vino tinto caliente con canela, clavo y otras especias— y una fuente de plata con pequeños manjares, hizo una galante reverencia y desapareció de nuevo.

—¿Vos pensáis... que mi padre morirá pronto?

—Los médicos se niegan a emitir un pronóstico, pero yo creo que al menos deberíais estar prevenida.

Felipa miró el fuego. Jonah se puso en pie, cogió los vasos de la mesa y le ofreció uno a ella.

—Tomad, mi señora, bebed un sorbo. Parece que tenéis frío.

La soberana cogió el caliente vino especiado moviendo la cabeza en señal de agradecimiento. A continuación bebió, sostuvo la preciosa copa entre las manos y observó su contenido.

—Me turbará que mi padre deje este mundo. Aunque no mantengamos una relación muy estrecha, siempre será mi padre. Mas, sobre todo, me preocupan las repercusiones que tendrá su muerte en nuestros planes de alianzas.

Jonah le dio la razón.

—Vuestro hermano es un hombre frío. Sólo se aliará con Inglaterra si ello sirve a los intereses de Henao, no lo hará por mor de la lealtad personal.

—En tal caso, habremos de ocuparnos de que dicha alianza sirva a los intereses de Henao, ¿no es cierto? Compraremos a mi hermano...

Jonah quería regresar a Londres antes del banquete vespertino, pero la reina no estaba dispuesta a aceptarlo en modo alguno: tenía que quedarse a cenar y a pasar la noche, pues el rey había convocado a sus consejeros financieros a la mañana siguiente y antes sin duda querría oír las novedades de Jonah.

—Pero allí donde yo estuve estuvo Waringham —intentó zafarse el comerciante—. Él puede informar al rey tan bien como yo.

Felipa negó con la cabeza.

—Puede que hayáis estado en los mismos lugares, pero habréis visto cosas completamente distintas. Gervais es soldado; cuenta espadas y caballos y conoce la altura de las murallas de una ciudad o los puentes y vados de los ríos. Vos, por el contrario...

—Yo, por el contrario, soy un ricachón y veo dinero o sed de riquezas —completó él mismo la frase, si bien sonó más irónico que amargado.

La reina posó la mano un instante en su brazo.

—Vos sois un comerciante listo que no se deja cegar por títulos ni por hermosas palabras, sino que reconoce las verdaderas intenciones latentes.

En la medida de lo posible evitaba pernoctar en Westminster porque el palacio solía estar tan lleno que no le quedaba más remedio que dormir en el suelo, envuelto en su capa, mientras su cómoda cama de Ropery quedaba vacía. Pero después de un banquete vespertino no podía volver a casa, puesto que las puertas de la ciudad ya estaban cerradas.

Fue a vísperas a la iglesia abacial con el séquito de la reina, y cuando hubo terminado el oficio divino y salieron al aire libre, ya había oscurecido. La noche de febrero era de un frío intenso. Un viento glacial silbaba alrededor del intrincado edificio, y había empezado a nevar.

Jonah se desvió brevemente y fue a la cuadra, cercana a la entrada, para sacar de las alforjas de *Grigolet* los pequeños obsequios que les había comprado al príncipe y a sus dos hermanas.

Tardó un rato en encontrar su silla con la débil luz de la tea que había fuera, junto a la puerta. Justo cuando se inclinó sobre ella, unas manos le taparon los ojos desde detrás.

Jonah se quedó de piedra.

—¿Quién soy? —era un susurro ronco, horripilante.

—La bruja Juliana, a juzgar por la voz —repuso él.

Una de las manos se separó y le tiró de la corta barba.

—Bobo. Juliana lleva más de doscientos años muerta y es un espíritu y no puede tocarte. Prueba de nuevo.

—Entonces lady Ermingarde, la fea priora de Santa Úrsula, la de la verruga en la nariz. Su voz también suena así.

Sintió otro tirón en la barba, esta vez más firme.

—Patán. Ésta es tu última oportunidad: ¡acierta o muere!

Jonah liberó su barba con un tirón un tanto doloroso, agarró la mano que lo había importunado y apresó a su dueña.

—Giselle de la Pole. Claro. ¿Qué otra mujer aprovecharía con tamaña desvergüenza una situación así para atacar a un hombre inerme?

Ella rompió a reír. Jonah la atrajo más hacia sí y la besó con avidez y no precisamente con dulzura, como solía hacer y como a la chica le gustaba. Sintió sus labios, los dientes y la pronta y descarada lengua, notó el esbelto cuerpo que se apretaba contra el suyo, aspiró su inconfundible aroma y, sin embargo, no pudo dejar de prestar atención a su oído y percibir el sonido anunciador de unos pasos que se aproximaban.

Al final ella se zafó. Él la soltó y puso cierta distancia entre ambos, pero los dos continuaron mirándose de hito en hito. Incluso en aquella corte rebosante de bellezas, Giselle sobresalía, estimaba Jonah. Y no era el único. Todos los hombres de allí elogiaban los ojos azul oscuro, los prominentes pómulos, la delicada nariz y los perfectos labios, además de la brillante cascada de rizos castaños, que le llegaba hasta la cadera. Muchos habían solicitado su mano, caballeros sin tierras, mas distinguidos como Geoffrey Dermond, que ofrecían su apellido a De la Pole con la esperanza de obtener a cambio una dote con la que poder adquirir un terreno. Un arreglo honesto y conveniente como los que se adoptaban todos los días. Pero De la Pole había rechazado a todos los candidatos, pues quería entroncar con la alta nobleza.

–Veo que te has enterado de mi inminente compromiso –observó ella.

Jonah dijo que sí con la cabeza.

Cuando la muchacha bajó la mirada, él comprendió cuán abatida se sentía. Le puso la mano en la sien, allí donde su piel casi era transparente.

–Háblame de tu madre y tu hermana.

–Elena está como siempre. Admiro la paciencia con la que sobrelleva tan terrible destino. Siempre se muestra alegre y satisfecha. Ojalá pudiera ser yo así. Y mi madre se encuentra bien. Tengo un hermanito: Edmund. Dios, cómo lo envidio –espetó furiosa de pronto–. Padre jamás lo obligará a desposarse con una mujer que podría ser su abuela.

De eso Jonah no estaba tan seguro. Corría el rumor de que su hermano Michael, que sólo tenía seis años, ya estaba prometido con la hermana solterona de un hidalgo de Yorkshire...

–Dios mío, Jonah, ¿es que no vas a decir nada? ¿Qué piensas hacer para impedirlo?

—Todavía no lo sé —confesó él.
—Has de hablar con padre. A ti a veces te escucha.
—No a este respecto. Lo he abordado dos veces y las dos me ha rechazado. Con toda claridad.
—¡Pues entonces extorsiónalo! Sabes muchas cosas de él, y estoy segura de que podría encontrarse algún oscuro secreto.
No habría sido preciso buscar mucho. Desde hacía cuatro años Jonah trabajaba de cuando en cuando de agente y testaferro de De la Pole, además de ser su socio en empresas arriesgadas, y durante todo ese tiempo había conocido suficientes secretos oscuros como para llenar un grueso libro. Sin embargo, sacudió la cabeza.
—Ésos son sus métodos, no los míos.
Además, ya lo habían intentado otros antes que él, y más tarde o más temprano todos habían sido víctimas de un trágico y misterioso accidente. Jonah no se engañaba: sabía que en el arte de los negocios sucios no le llegaba al padre de Giselle ni a la suela del zapato.
—Entonces..., entonces, ¡escapémonos! Es la solución más sencilla, la única que nos queda, y lo sabes perfectamente. Si me seduces y me comprometes, De Vere no querrá tener nada conmigo y padre se dará por satisfecho si me desposas.
—Te he dicho que, de eso, ni hablar.
—Porque tu precioso honor te importa más que yo —espetó ella.
Sus ojos relampaguearon en la penumbra. Como siempre, su ira lo excitaba y lo acercaba peligrosamente al punto de hacer lo que ella deseaba de forma tan imperiosa. O creía desear. Jonah se apartó un instante hasta recuperar de nuevo el control.
—Es tu honor el que está en juego, Giselle, no el mío. Creo que has leído demasiados romances de caballería. Ni siquiera te has parado a pensar lo que significaría para ti.
La muchacha dio un largo paso hacia él y alzó los brazos.
—Me da igual.
—Shhh. No tan alto.
A veces imaginaba cómo sería llevarla de novia a su casa de Ropery, y acto seguido se preguntaba si un solitario callado como él y una parlanchina tan vivaz como ella podrían hacer buenas migas. En ocasiones incluso se preguntaba si Giselle no sería más lista que él, y la idea lo asustaba. No obstante, a fin de cuentas daba lo mismo. Deseaba tenerla y honrarla, en lo bueno y en lo malo. Sabía de

sobra que ella lo dudaba, que sospechaba desde hacía tiempo cuáles eran los sentimientos que albergaba hacia la reina. Y a ese respecto sus dudas eran totalmente infundadas. Jonah estaba seguro de que no podría amar más a Giselle –ni estar más loco por ella–, aunque la reina no existiera. ¿Qué necio afirmaría que era imposible amar a dos mujeres, sobre todo de un modo tan distinto? Él al menos no tenía ningún problema a ese respecto, si bien, claro estaba, habría sido incapaz de explicárselo a Giselle, aun cuando el tema no hubiese sido tabú.

–Debo irme, Jonah. Mi escolta se preguntará dónde me meto.

–Espera... –Él le cogió la mano de nuevo y se la llevó a los labios casi con timidez.

–¿A qué? –preguntó ella con abierta impaciencia.

–¿Cuándo anunciará tu padre el compromiso?

–Dentro de diez días.

Maldición, eso era poco tiempo. Mas no dejó que se le notara el sobresalto.

–Sé que te resulta difícil esperar cruzada de brazos, pero encontraré una solución, créeme.

Ella sonrió débilmente.

–Reconozco que al menos tú lo crees. Habré de consolarme con ello.

Los aposentos del rey Eduardo, en los cuales se hallaban reunidos los consejeros financieros de la Corona a la mañana siguiente, se diferenciaban sustancialmente de los de la reina. Para empezar, siempre estaban llenos y desordenados. Dos esbeltos podencos grises se peleaban ante la gran chimenea, y un tercero, aún cachorro, dormía hecho un ovillo en la enorme mesa, en medio de un caos de pergaminos y legajos. Las paredes se hallaban cubiertas de armas, bien apoyadas, bien colgadas: espadas largas y anchas, una antiquísima hacha de guerra, mazas, incluso una espada curva como las que utilizaban los sarracenos. De no haberse encontrado la estancia en la segunda planta, el rey posiblemente hubiese llevado a ella también a su caballo, se le ocurrió a Jonah mientras observaba con discreción junto a la ventana. Abajo, en el nevado patio, el príncipe Eduardo y Gervais de Waringham hacían un muñeco de nieve.

Alrededor de la mesa se habían reunido nueve hombres con el rey: el tesorero real; el padre y el tío de Giuseppe Bardi; otro italiano apellidado Peruzzi, al que Jonah sólo conocía de vista y que representaba en Londres a la segunda gran casa de banca florentina; William de la Pole y su hermano Richard; John Pulteney, que volvía a ser alcalde de Londres, y otros dos comerciantes londinenses.

Eduardo se volvió hacia Jonah y le indicó que se acercara.

—Venid, maese Durham, sentaos con nosotros y ponednos al corriente de lo que habéis averiguado en Henao y en Brabante.

La invitación a tomar asiento en tan ilustre reunión lo desconcertó, aun cuando ello era muy del rey. De manera que se sentó en un escabel libre que quedaba en un extremo, entrelazó las manos sobre la mesa y se exhortó a no bajar la vista y a no hablar en voz demasiado baja ni, sobre todo, demasiado enojada. Informó del preocupante estado de salud del conde de Henao; del régimen de terror del comerciante Jacobo de Artevelde en Flandes, el cual había expulsado al legítimo conde; del miedo que reinaba en los Países Bajos ante la falta de lana inglesa, y de todo lo demás que había observado.

Cuando hubo terminado, el rey asintió y guardó silencio un instante, meditabundo, antes de decir:

—Os estoy muy agradecido, amigo mío. Ha sido muy revelador.

Jonah se puso en pie e hizo una reverencia ante el soberano, que, sin embargo, pidió:

—No, no, tened la bondad de permanecer sentado y participar en nuestra deliberación.

Patidifuso, Jonah ocupó nuevamente su escabel.

—Si me permitís la pregunta, sire, ¿por qué estáis tan seguro de que muy pronto estallará la guerra con Francia? —inquirió Reginald Conduit, un pañero y regidor londinense al que últimamente siempre se veía con William de la Pole—. A la postre, se dice que Felipe de Francia está a punto de tomar la cruz.

El rey Eduardo revolvió los ojos con impaciencia.

—El Papa ha anulado tan piadosa empresa en el último momento, y Felipe ha ordenado a la flota de cruzados que fondee en sus puertos de Normandía. Además, ha entrado en Aquitania y se ha apropiado de mis castillos. Así que, como veis, la guerra en realidad ya ha comenzado, y haremos bien en tenerlo presente antes de que veamos a mi querido primo Felipe remontando el Támesis. Dado que, por desgracia, en la actualidad no poseemos una flota digna de mención, no podemos librar una guerra naval. Sin embargo, para una contienda en tierra firme necesitamos aliados en el continente. —Contó con los dedos a los candidatos claros—: El duque de Brabante es primo mío, su madre era hermana de mi padre; el conde de Güeldres está casado con mi hermana Leonor; el margrave de Jülich está casado con una hermana de la reina; el conde de Henao es mi suegro, y el káiser alemán, Luis, señor feudal de todos ellos, asimismo está casado con una hermana de Felipa y, por tanto, es cuñado mío. Sólo Flandes es feudo francés, y el conde come de la mano de Felipe. Mas, como maese Durham acaba de informarnos, da la casualidad de que el conde ha sido derrocado y en Flandes reina la anarquía, de manera que se podría decir que tenemos en el saco a los Países Bajos (que no tardarán en implorar nuestra lana desesperadamente) y el reino alemán nos respalda. La cuestión que habéis de responderme, señores, es: ¿de dónde saco el dinero para comprar a todos esos aliados y terminar lo que hemos comenzado?

A la pregunta siguió un largo y arduo debate. Subir los impuestos, sugirieron los londinenses. Imponer un gravamen adicional sobre futuras importaciones de lana, propusieron los italianos. Crear un monopolio de exportación de lana de la Corona, apuntó Richard de la Pole, sin duda para vengarse de su hermano William por las ofensas sufridas los pasados años.

Jonah escuchó callado una propuesta tras otra, todas las cuales amenazaban de un modo u otro su existencia.

Cuando por fin se hizo el silencio, William de la Pole tomó por vez primera la palabra.

—Tal vez debiésemos calcular primero cuánto podría costarnos esta guerra.

El rey hizo un gesto cortante con la mano.

—Una propuesta buena, aunque poco realista. Supongamos que será costosa. Nuestro embargo de lana ha sido un adecuado primer paso: nos da ventaja en el terreno de las negociaciones, y si reanudamos el suministro, podremos pedir prácticamente cualquier precio. —Le dedicó a De la Pole su ancha y campechana sonrisa—. Una jugada maestra, William, como de costumbre.

El aludido aceptó el cumplido de doble filo haciendo una parca reverencia, y Eduardo prosiguió dirigiéndose a todos los allí reunidos:

—Sé que supondrá un gran esfuerzo que exigirá mucho de todos vosotros, caballeros, pues el dinero necesario no podrá salir de las recaudaciones tributarias habituales, sino únicamente de la lana. La lana es el oro de Inglaterra, como bien sabéis. Hemos de encontrar nuevas vías de explotación. Si incremento los aranceles de exportación, perjudico el comercio lanero y, por tanto, a vosotros, con lo cual no podréis aportarme la suma de dinero deseada. Si, por el contrario, exijo el monopolio de la lana, os echo del negocio y me quedo sin aranceles de exportación. ¿Existe alguna posibilidad de conjugar ambas fuentes de ingresos?

—No, sin duda no, sire —repuso Reginald Conduit—. Las posibilidades de conjugar las dos fuentes de ingresos son tan grandes como hallar la piedra filosofal con la que poder fabricar vuestro propio oro.

Con una mirada glacial, Eduardo replicó:

—En tal caso, poneos a buscar la piedra filosofal, señor, pues que os quede clara una cosa: obtendré el dinero para esta guerra. He de librarla para ahorrarle sufrimientos al pueblo inglés y garantizarle la paz prometida. De manera que la libraré y saldré victorioso. Derrotaré a los franceses igual que derroté a los escoceses. Y el que no se deje ordeñar por esta sagrada cuestión nacional, Conduit... —de pronto el rey esbozó una sonrisa radiante—, será sacrificado.

Jonah regresó por la tarde helado, exhausto y abatido. Cuando llegaba a casa, tras una larga ausencia, como ese día, bien podía suceder que le sorprendiese el aspecto de su propio patio. La nieve, que caía casi sin tregua desde la noche anterior y había entorpecido el camino desde Westminster, ya no cubría los bancales de verduras, sino media docena de construcciones de madera. A excepción del jardincillo de hierbas aromáticas que había ante la cocina, que Rachel había defendido con uñas y dientes, el cultivo de verduras autóctonas había cedido ante los más diversos talleres de confección textil: además de los flamencos, Jonah ya llamaba arrendatarios suyos a una segunda familia de tejedores y a un tintorero de Flandes, así como a un sedero florentino. Otra cabaña situada justo al lado de la puerta albergaba a Rachel, Meurig y sus dos hijos, y al almacén original y la cuadra, ubicados en la parte izquierda del patio, se unía ahora un gran edificio en el que Jonah almacenaba la lana en bruto y el hilo, que siempre hacía hilar en el campo y manufacturaban sus tejedores. Había planeado y meditado a fondo la construcción para aprovechar al máximo el delimitado espacio del patio y que el conjunto resultara ordenado.

Atraído por la trápala en el patio, amortiguada por la nieve, mas así y todo audible, David Pulteney asomó la cabeza por la puerta del despacho:

–¡Maese Jonah! –Corrió a la puerta de la cuadra y le sostuvo el estribo–. Bienvenido a casa. ¿Qué tal el viaje?

–Lucrativo.

Hacía ya tiempo que las respuestas monosilábicas no afectaban a David, pero, como tantos otros aprendices, tenía un olfato infalible para barruntar el estado de ánimo de su maestro, y le bastó una mirada para darse cuenta de que éste no era el mejor. Tomó la rienda de *Grigolet*.

–Yo me ocupo del caballo.

Jonah negó con la cabeza.

–Eso es cosa de Meurig, tú enséñame los libros de pedidos. Tú eres el aprendiz, David, y él el mozo, ¿cuándo vas a entenderlo?

David Pulteney, que ya tenía dieciocho años, había desarrollado las anchas espaldas y la complexión robusta de su padre. Su liso cabello, que le llegaba por los hombros, seguía siendo tan rubio como el día que llegó, pero, por lo demás, no quedaba nada del muchacho asustadizo y tímido. Al término de los cuatro años de aprendizaje, y según lo acordado, Jonah recibió del padre del muchacho un halcón, si bien se ofreció al mismo tiempo para conservar a David tres años más. El alcalde accedió con sumo gusto y elogió la cristiana caridad que demostraba Jonah al seguir formando a un haragán lelo más tiempo de lo estipulado. Sin embargo, Jonah era de otra opinión: conservar al muchacho no suponía ningún sacrificio. Tal vez David no fuese nunca un comerciante próspero, pues le importaba demasiado poco el dinero y no se le daban bien los números, pero compartía la pasión de Jonah por la lana y el paño noble y no tardó en convertirse en un experto en todas las artes de su manufactura.

Crispin, que se hallaba ante el pupitre, afiló una pluma, la sumergió en el tintero de asta y anotó unas entradas con su fluida y hábil caligrafía.

—El almacén de Wool Quay ha vuelto a encarecerse —comentó sin levantar la vista—. El administrador de Burnell explicó que las zonas de almacenamiento escasean y que si nos resulta demasiado caro siempre podemos ir a recoger nuestros sacos de lana. Que al día siguiente arrendaría el espacio por el doble.

Jonah asintió con indiferencia.

—Tiene razón. Tampoco a él le hacía mucha gracia llenarle los bolsillos precisamente a su viejo adversario en el gremio de pañeros alquilándole el almacén, pero desde que en otoño se prohibieran las exportaciones, en Londres la lana se amontonaba.

—Deberíamos pensarnos bien si comprar la lana de invierno de este año —prosiguió Crispin—. Quién sabe cuánto durará aún el embargo...

Quizás otros seis meses, estimaba Jonah; quizá menos. Si el rey pretendía dirimir el conflicto con Felipe de Francia el verano siguiente, tendría que encontrar a sus aliados antes de junio para que las tropas inglesas y las de los aliados pudiesen organizarse antes de que finalizase la temporada bélica en otoño. Lo cual significaba, presumiblemente, que la prohibición sería levantada a principios de verano.

—Jonah, ¿por un casual me estás escuchando? —preguntó Crispin, irritado.

Él levantó la cabeza.

—Perdona.

El joven salió de detrás del pupitre y lo observó con detenimiento.

—¿Podrías por una vez decidirte a contarme qué te pasa?

Jonah se sintió en extremo a disgusto bajo aquella mirada inquisidora. No tiene nada que ver con los negocios, iba a decir, si bien cambió de parecer en el último momento.

—Vayamos a casa. Aquí hace frío. El rey quiere que costeemos su nueva guerra, y hemos de hacer algunos cálculos.

—De acuerdo.

Crispin se metió sus libros bajo el brazo, salió al patio en pos de Jonah y cerró la puerta del despacho.

—No sé lo que tiene –le confesó Crispin a Annot unos días después–. Algo lo atormenta, y a mí no me hace creer que guarda relación con una inminente subida de los impuestos. El rey se cuidará muy mucho de arruinarnos, ya que nadie mata la gallina de los huevos de oro. Y Jonah lo sabe de sobra. Si no fuese precisamente nuestro Jonah, yo diría que tiene mal de amores.

Annot arqueó las bien perfiladas cejas.

–Eso no sería ninguna novedad –observó ella.

Crispin volvió la cabeza para mirarla. Ambos se hallaban apoyados en el cabecero de la cama, cada uno con una gruesa almohada en la espalda.

–¿De qué estás hablando?

Ella se encogió un tanto de hombros.

–Hace ya tiempo que existe una misteriosa amada, pero no tengo idea de quién es.

Crispin suspiró y se preguntó por qué habría sacado el tema. No le gustaba en modo alguno hablar con Annot de Jonah, pues en cuanto se pronunciaba su nombre en su rostro aparecía una expresión que a él lo volvía completamente loco, y Dios sabía que no llevaba allí un dinero ganado con el sudor de su frente para verla.

Le tomó una mano y besó la punta de los dedos. Annot ya superaba la veintena, pero él habría jurado que seguía siendo exactamente igual que la tímida aprendiza de antaño. Su piel era igual de suave y sonrosada, los rizos rubios oscuros conservaban el mismo brillo, su figura la misma firmeza y las magníficas y exuberantes redondeces. No había vuelto a quedarse encinta desde el fallido parto de hacía unos años. Tal vez fuera ése uno de los motivos por los que parecía tan poco cambiada. Sin embargo, eso no podía ser todo. Él había visto a rameras de veinte años consumidas, viejas y desdentadas. Annot, por el contrario, seguía vendiéndose a caballeros del campo ricos y mentecatos como si fuese una doncella de quince primaveras...

–¿Y contigo qué pasa, Crispin? –le preguntó ella risueña–. ¿Por qué no te casas?

El muchacho levantó la siniestra en señal de rechazo.

–No corre prisa. Y no quiero fundar una familia en casa de Jonah. En todo caso, no mientras él siga soltero. Sólo sería una molestia.

Ella se paró a pensar un instante y repuso ceñuda:

—Si sigues tratándolo con tanta deferencia, algún día comprobarás que es demasiado tarde para muchas cosas y que has desperdiciado la vida con un hideputa desagradecido.

—Lo sé. —Empezando por el hecho de que sólo acudía allí cuando sabía a Jonah al otro lado del canal de la Mancha o al menos en una reunión en la casa del gremio, como esa tarde—. Jonah es como es. ¿Qué le voy a hacer? Es mi amigo y trabajo para él. A él le debo casi todo cuanto sé y no tener que arrastrar los toneles de vino de mi padre en el monótono Westminster. Además, hay que decir que me paga generosamente por mis servicios. Lo cierto es que no puedo quejarme.

Annot profirió un suspiro.

—Sí, tú sólo cuenta lo bueno.

—Al fin y al cabo es lo que haces tú.

Ella se echó a reír.

—Es verdad.

—Ahora que me acuerdo, Annot, debes tener cuidado. Elizabeth me ha dicho que Rupert viene por aquí de nuevo.

—Sí, lo sé. Viene desde hace tiempo. No a menudo, ya que no suele tener dinero, pero acude a ver a Lilian siempre que puede. Cupido se ocupa de que no coincidamos.

Levantó los hombros instintivamente. Tras casi seis años de oficio, no había muchas cosas que la asustaran, pero sólo pensar en Rupert le daba escalofríos.

—Pese a todo podría pasar en algún momento —señaló Crispin—. Quizá fuera mejor que te marcharas de aquí. Sé que si se lo pidieras a Jonah, te ayudaría a comprar una casita en alguna parte. Seguro que tienes suficiente dinero.

Annot no pudo por menos de sonreír.

—Crispin, Crispin. ¿Cuándo dejarás de intentar hacer de mí una muchacha decente? No. Jonah ya ha hecho bastante por mí. —Era cierto. La había ayudado a invertir su dinero, y cada seis meses le llevaba un balance que le enseñaba que cada vez era más rica—. ¿Y qué sería de mí? Es posible que pudiera comprarme una casa, pero luego ¿qué? Trabajar sola en esta ciudad es demasiado peligroso. En menos que canta un gallo tendría encima a todos los guardianes del orden y a todos los rufianes de Londres. Además, éste es mi hogar.

Tal vez no lo entiendas, pero Cupido, Lilian y las demás chicas... son mi familia.

–Sí, creo que lo entiendo. Sólo me preocupo por ti, eso es todo.

Annot le echó los brazos al cuello y se arrimó a él.

–Ay, Crispin... –suspiró–. De todos los hombres que conozco eres el mejor. ¿Por qué no me daría cuenta antes?

Él sonrió con melancolía. Sabía perfectamente que, si ese mismo día pudiesen elegir de nuevo, todos harían lo mismo que antaño, incluida Annot. Miró el costoso reloj de vela que ocupaba un rincón de la estancia.

–He de irme –musitó apesadumbrado.

–Ve por la escalera de atrás –aconsejó ella–. Rupert se pasa por aquí a veces en lugar de ir al gremio, y no creo que te haga mucha gracia encontrártelo.

Sin embargo, esa tarde Rupert Hillock había acudido a la reunión semanal del gremio. Martin Greene, que volvía a ser veedor de los pañeros y entre cuyas obligaciones se hallaba la de preocuparse especialmente por aves de mal agüero como Rupert Hillock, se había pasado por su casa esa tarde y le había recomendado ir a la casa del gremio ese día, pues había que adoptar importantes decisiones que atañían a todos los pañeros.

De modo que Rupert ocupaba su sitio en la larga mesa de la sala, los brazos cruzados ante el ancho pecho, fingiendo escuchar el acalorado debate sobre la fijación de los precios del paño confeccionado en Londres por tejedores flamencos, si bien, como siempre, le costaba concentrarse en el objeto de la animada disputa. Como si fuese atraída por arte de magia, su mirada siempre se posaba en Jonah, que, ataviado con la librea azul cielo del gremio, se hallaba sentado a la mesa principal. Un miembro con librea –perteneciente a la flor y nata del gremio de pañeros–, un hombre rico y un comerciante respetado. Nuevamente, el más joven de la historia del gremio que había alcanzado esa posición, al igual que en las demás cosas: propietario de un barco, protegido del alcalde de Londres, caballero de la reina, proveedor de la corte. Era nauseabundo. Mirar a su primo y montar en cólera era todo uno. Él era un pobre diablo dado a la bebida al que el gremio más toleraba que apreciaba. En lugar de él era su primo quien estaba sentado allí arriba entre antiguos, presentes y futuros concejales, sheriffs y alcaldes. A Rupert verlo le causaba dolor de cabeza. El joven comerciante seguía el debate en la sala con el semblante serio. Se hallaba algo pálido y desmejorado, como si tuviese preocupaciones que lo privaran del sueño, aunque su aire era sereno. Balanceaba un brazo tras el respaldo de su asiento en actitud desafiante. No, sería mejor que Rupert no se llamase a engaño. Seguro que Jonah no tenía preocupaciones. ¿Por qué iba a tenerlas? Cada día era más rico, y los sabios barbicanos del gremio solicitaban su consejo o le presentaban a sus hijas. Martin Greene le había dicho a Rupert que tenía motivos para sentirse orgulloso, pues, al fin y al cabo, era su aprendiz el que había hecho tan fulgurante carrera. Él, Rupert, debía de haber sido un maestro excelente. Al menos la idea era nueva e incluso un tanto consoladora, pero Elizabeth, cómo no, no vaciló en señalar cómo les había agradecido Jonah todos aquellos años de solicitud y generosa transmisión de su saber. Elizabeth. Menuda maldición. Claro está que él sabía que no podía culparla de todo, que era un esposo y un compañero miserable, pero, vive Dios, cómo deseaba que cumpliera de una vez su tan cacareada amenaza de ahogarse en el Támesis junto con su eterno griterío...

–... estimo altamente conveniente fijar ahora los precios del paño flamenco antes de que continúen subiendo sin parar –apuntó Adam Burnell.

Su obeso rostro estaba teñido de un alarmante rojo subido; a todas luces el tema le llegaba al alma. Y no era de extrañar: hasta la fecha, Burnell siempre se había negado con terquedad a dar trabajo a tejedores extranjeros, por ese motivo no tenía paño flamenco, el cual representaba una amenazadora competencia para su valioso paño nacional.

–Opino exactamente igual que vos, maese Burnell –se oyó decir Rupert–. La prohibición de importar paño extranjero debería constituir la gran oportunidad para los tejedores ingleses, pero aquellos de nosotros que violan el embargo trayendo aquí a ese hatajo de tejedores extranjeros les arrebatan el mercado. Si queréis saber mi parecer, se trata de malhadados patriotas que socavan las medidas del rey destinadas a consolidar el mercado de paño del país.

–Por mi parte, no deseo saber tu parecer, Rupert –dijo sin rodeos la combativa señora Cross, de East Cheap–. No es difícil imaginar los motivos que respaldan tu opinión, si bien lo que yo digo es: siempre ha habido mercado para el buen paño nacional, y sigue habiéndolo.

–Y no creo que el rey tenga nada que objetar a nuestro proceder –intervino Elia Stephens–, pues él mismo luce el paño de nuestros tejedores flamencos.

El comentario cosechó una suave carcajada aquí y allá. En los debates de la casa del gremio, las observaciones certeras, mas nunca ofensivas, de Elia Stephens siempre tenían el efecto de una jarra de cerveza fría en un sofocante día de agosto, un don por el que muchos gremiales lo apreciaban.

John Pulteney, alcalde de Londres y prohombre de los pañeros también ese año, se inclinó un poco hacia delante y miró a Jonah.

–Vos ganáis con la falta de control de los precios y, por ende, es imposible que seáis objetivo, maese Durham. No obstante, nadie vende más paño flamenco que vos, y me gustaría saber qué opináis.

–Este embargo ha creado una situación excepcional que no durará mucho –repuso el aludido–. Por lo cual creo que todo este desasosiego resulta exagerado. Dentro de unos meses será acogida de nuevo la producción del continente, y el mercado se regulará por sí solo. Sin embargo, si reducimos los precios de forma ficticia en la ciudad, nuestros tejedores emigrarán a Norwich y no podremos contar con ellos cuando vuelva a entrar en juego la competencia flamenca.

La propuesta de regular los precios fue rechazada.

Cuando la reunión se disolvió, ya había oscurecido. Elia y Jonah recorrieron juntos el tramo del camino que compartían; Elia tenía una tea. Su amigo invitó a Jonah a un vaso de hipocrás, pero éste se disculpó. No quería compañía, y lo último que deseaba ver esa tarde era la dicha familiar de Elia.

Bajó por Drapers Lane en dirección a Ropery. Ante una taberna pequeña y modesta algunos menestrales ensayaban una obrita de teatro a la luz de dos teas. Fuera del haz de luz, Jonah se paró a mirarlos. Aquellos muchachos eran buenos, sobre todo el pícaro que hacía de mujer. Era fantástico. Y Jonah se sorprendió pensando que lo daría todo por conseguir el papel de ese chico en su absurda y obscena función de carnaval.

Aguardó discretamente al amparo de la puerta cochera vecina hasta que el ensayo hubo finalizado y él cayó en la cuenta de que estaba completamente helado. Sólo entonces se apartó, así y todo titubeante. Añoraba con tal vehemencia la transformación, la inmersión en otro mundo y otro ser que casi creyó estar unido por un lazo invisible a la escena que se desenlazaba ante la taberna. Mas no se acercó; allí no se le había perdido nada. La aparición de un comerciante bien vestido sólo habría asustado a los jóvenes actores. Jonah sabía que esa puerta se le había cerrado definitivamente. Aunque el padre Gilbert hubiese vuelto a aceptarlo en su grupo de actores –cosa que no había sucedido–, era demasiado tarde. Jonah era demasiado mayor y demasiado..., no estaba seguro. ¿Demasiado distinguido? ¿Rico? ¿Importante? ¿Corpulento? Santo cielo, si sólo tenía veinticinco años...

Reanudó la marcha lanzando un ay y al poco constató que dos siniestras figuras bloqueaban el extremo del callejón. No podía reconocerlas, estaba demasiado oscuro. Las teas de la taberna habían desaparecido y la débil luz que salía por la puerta no llegaba hasta allí. Sin aminorar el paso, Jonah apoyó disimuladamente la diestra en la empuñadura de la espada, que siempre llevaba consigo desde hacía algún tiempo, pero con la cual apenas se manejaba. Cuando llegó hasta los dos hombres e hizo ademán de abrirse paso entre ellos, éstos cerraron el hueco.

Jonah retrocedió y desenvainó su arma.

–No conmigo, amigos.

El de la izquierda lo atacó, y Jonah tiró una torpe estocada al brazo que se había levantado contra él. Sintió que la pesada arma encontraba resistencia y, en ese preciso instante, oyó un grito de dolor ahogado. Su atacante reculó y se agarró el brazo herido. Cuando Jonah se volvió hacia el segundo, escuchó un zumbido de advertencia, ladeó la cabeza y notó algo que pasaba rozando su oreja, posiblemente un cuchillo. ¿Por qué demonios no había ido montado a la casa del gremio? A caballo uno estaba a salvo de la mayoría de asaltadores, ya que quedaba fuera de su alcance o era más rápido que ellos.

Fue hacia la figura con la espada en alto. El hombre dio un paso atrás, chocó con la pared de una casa y, justo cuando Jonah se disponía a ponerle la punta al cuello con aire triunfal, un garrote se estrelló contra su hombro. Se quedó helado un segundo, se tambaleó, y el arma se le resbaló de los debilitados dedos. Se agachó a toda velocidad, buscó a tientas la empuñadura y, cuando se incorporaba, un puño le golpeó la sien. Los ojos de Jonah se cerraron y él cayó al suelo despacio.

Yacía de espaldas y apoyado sobre las manos, y notó que tenía paja bajo los dedos. La posición era en extremo incómoda, y trató de enderezarse. Pero apenas se movió, un pesado zapato le aplastó el hombro. Permaneció tendido, inmóvil, y parpadeó. Nada. Ante sus ojos sólo había negrura. La cabeza le martilleaba y le dolían los hombros. De pronto recordó lo sucedido, y su repentino miedo disipó la niebla que envolvía su entendimiento. Se encontraba en una habitación caldeada, no lejos del fuego, cuyo calor sentía en la mejilla izquierda, tenía los ojos vendados y detrás de él había al menos dos hombres, pues los oía respirar. Además, le habían atado las manos a la espalda. Fuera cual fuese el motivo, por lo visto no guardaba relación con su talega.

A excepción del crepitar de la lumbre y el suave respirar de sus guardianes, el silencio era absoluto. Jonah esperó con el oído aguzado tal vez unos quince minutos. Luego oyó pasos. Sonaban ligeros, un crujir furtivo de finas suelas de cuero sobre la paja.

—Ponedlo en pie.

Jonah tuvo la curiosa sensación de que se le erizaba el cuero cabelludo. Sus peores sospechas no lo habían engañado. Unas manos poderosas lo cogieron por los brazos y tiraron de él.

El joven comerciante se pasó la lengua por los dientes.

—¿Para qué esta ridícula venda en los ojos, De la Pole? Vuestra voz es tan inequívoca como vuestro chusco acento.

Un puño se clavó en su estómago de sopetón. Jonah cayó de rodillas, jadeante, se dobló sobre sí y tosió ahogadamente. El golpe fue brutal. Se preguntó de pasada si el puño no iría dentro de una manopla, y empezó a asustarse de veras.

—Quería dejaros clara una cosa, Durham, y pensé que quizá la entendieseis de una vez por todas si no había nada que enturbiase vuestro oído.

Jonah se levantó de nuevo. Esperaba que nadie viera cómo le temblaban las rodillas.

William de la Pole dejó transcurrir unos instantes antes de continuar:

—Os he exhortado repetidas veces a que os mantengáis alejado de mi hija y, pese a ello, habéis vuelto a rondarla en Westminster. Os han visto.

«Quienquiera que nos haya visto no se fijó mucho, pues habría reparado en que era ella la que me rondaba a mí y no al revés», pensó Jonah fugazmente.

—No lo puedo tolerar —prosiguió De la Pole—. Y, por tanto, os conmino por última vez a que la dejéis tranquila.

Jonah alzó la cabeza.

—¿Y en caso contrario?

—Ah, Durham, os lo ruego, ahorradnos a ambos tamañas puerilidades. Sé que estáis acostumbrado a conseguir lo que queréis, pero no será así en esta ocasión. Dadme vuestra palabra de que os mantendréis apartado de ella y vos y yo nos separaremos como viejos amigos.

—Si queréis que os responda, quitadme la venda.

Tras un corto titubeo el lienzo desapareció de sus ojos. Jonah pegó un instante el mentón al hombro y parpadeó unas cuantas veces. Después levantó la cabeza.

De la Pole se hallaba a un paso de él, las manos a la espalda, como si intentara ser el reflejo de Jonah. Con el rabillo del ojo, éste vio a izquierda y derecha a dos individuos siniestros. El de la izquierda, en efecto, llevaba una manopla.

Jonah no se dignó mirarlos, no perdía de vista a De la Pole.

—¿Y bien? —preguntó el comerciante más poderoso de Inglaterra con abierta impaciencia—. Estoy esperando.

Jonah hizo una mueca.

—He de decir que, en resumidas cuentas, lamento no haberle contado al rey que durante los últimos cinco meses habéis enviado ilegalmente a Flandes ochocientos sacos de lana en bruto.

Los claros ojos se desorbitaron un instante, asustados, antes de que la mirada volviera a tornarse inexpresiva.

—Éste no es el momento adecuado para fanfarronear. Me temo que no os dais cuenta de la gravedad de la situación. Os aprecio, Durham, vos lo sabéis, y en los años pasados hemos hecho algún que otro negocio lucrativo, pero distáis mucho de ser insustituible. Será mejor que no penséis que me quitaría el sueño una sola noche que os encontraran hoy en el fondo del Támesis con un plomo en los pies.

El Támesis, abismada tumba de innumerables desdichados. A Jonah le costó no estremecerse.

—No lo pienso, señor. Al menos no hoy.

—Entonces dadme vuestra palabra. ¡Juradlo!

Jonah negó brevemente con la cabeza.

—Os daré algo mejor.

—¿Qué?

—Os propongo un negocio.

De la Pole desechó la idea, impaciente.

—No me interesa. No esta noche.

—Yo, en vuestro lugar, me lo pensaría bien. Puedo acudir a vuestro hermano con mi propuesta.

El alto mercader se acercó un poco más.

—Si no me dais vuestra palabra ya mismo de que os apartaréis de Giselle de una vez por todas, no podréis ir a ninguna parte —siseó—. Más os valdría creerme, amigo mío.

—No soy vuestro amigo. Decid a vuestros hombres que me desaten y se esfumen y escuchadme. Si no os agrada lo que tengo que decir, podéis volver a llamarlos.

Aunque a primera vista tal vez no lo pareciera, incluso esa amenaza de muerte en último término no era más que una cuestión de negocios. Jonah había aprendido que todos los negocios guardaban relación con el poder, y si quería que tan espinosa situación tuviese un final feliz, debía liberarse de esa posición de desventaja, de absoluta impotencia.

De la Pole entabló una lucha consigo mismo, pero al final se impuso su instinto, como esperaba Jonah. Le bastó una mirada para que sus sirvientes cortasen sus ataduras y se dirigieran a la puerta.

El joven comerciante bajó las manos y movió con disimulo los insensibles dedos, que comenzaron a hormiguearle en el acto.

—Espero por vos que de verdad tengáis algo que ofrecerme —musitó De la Pole.

Jonah lo miró a los ojos y asintió. Acto seguido se permitió esbozar una fría sonrisilla.

–He hallado la piedra filosofal. Y os la regalo.
–¿Qué?
De la Pole parecía en extremo confuso. Era evidente que no contaba con eso.
Jonah suspiró.
–Haced el favor de acordaros del encuentro que se celebró en la corte hace diez días.
–¡Sé de qué estáis hablando! –exclamó De la Pole encolerizado–. Pero no es factible. No hay posibilidad alguna de incrementar la recaudación arancelaria y las ganancias directas de la Corona procedentes de las exportaciones de lana, Conduit tenía razón. O una cosa... o la otra.
Jonah negó con la cabeza.
–Existe una posibilidad.
El comerciante de mayor edad sonrió, mitad indulgente, mitad escéptico.
–Sin embargo, ahora siento verdadera curiosidad. Oigamos lo que tenéis que decir.
Jonah se cruzó de brazos.
–Un momento. Hablemos de cuál será vuestra contraprestación.
De la Pole rió sin querer.
–Otra vez exigiendo, aunque tenéis las manos vacías. Ése siempre ha sido uno de vuestros puntos fuertes.
–Os equivocáis. Mas como gustéis. Os eximo de todo riesgo. Os explicaré cuál es mi idea. Si pensáis que sirve de algo, que es lo que el rey desea, os la regalaré. Con ella podréis hacer lo que os plazca, vendérsela a nuestro monarca como vuestra para que os pague con su favor y con el título nobiliario que tanto anheláis. A cambio obtendré a Giselle.
De la Pole resopló con desdén.
–Seguid soñando. Aunque confieso que habéis despertado mi curiosidad. Estoy impaciente por oír tan genial idea según vos.
Jonah se acercó a la valiosa mesa oscura de la sala.
–¿Tenéis algo para escribir?
De la Pole hizo un mohín indicativo de que su paciencia se estaba poniendo a prueba más de lo soportable, si bien fue hasta el arca que había bajo la ventana y sacó papel, pluma y tinta. Del trinchero contiguo a la chimenea, cogió una jarra y dos vasos. Se sentaron

uno frente al otro. De la Pole llenó los vasos, y Jonah se puso a anotar unas cifras. A continuación ambas cabezas se unieron como tantas otras veces en los anteriores años, y Jonah empezó a hablar. La exposición resultó inusitadamente larga, y de vez en cuando el joven comerciante se llevaba el vaso a los labios para engrasar la voz. Era como si la extravagante amenaza de muerte jamás se hubiese pronunciado, como si Jonah hubiera ido allí por propia voluntad a planear un gran golpe.

William de la Pole estaba literalmente pendiente de sus labios. Había olvidado por completo el vaso que tenía delante y escuchaba tan fascinado como incrédulo, la boca entreabierta. Después los ojos de halcón comenzaron a relumbrar poco a poco.

Cuando Jonah terminó, reinó el silencio unos instantes. Un leño siseó en la chimenea, y el viento sacudía con suavidad postigos, pero no se oía nada más.

Al final De la Pole estiró las piernas, entrelazó las manos en la nuca y miró al techo.

—No os figuraréis que costearé la boda...

LONDRES,
MARZO DE 1337

La catedral de San Pablo estaba llena a rebosar. Habían acudido lores del Parlamento religiosos y mundanos, así como representantes de la Cámara de los Comunes llegados de todo el país. Ante al altar, el obispo de Londres y el arzobispo Stratford oficiaban juntos la solemne misa mayor de Pascua. Desde hacía al menos una hora.

Giselle se aburría. Estaba harta de verles la espalda a ambos mitrados y apenas entendía una palabra del bisbiseo en latín, que sonaba a cuchicheo de conspiradores. Miró a hurtadillas a Jonah, que se hallaba a tres asientos de ella, con el séquito de la reina. Él lo notó, le dirigió una breve mirada y sonrió.

Giselle sintió que el corazón se le salía de su sitio y palpitaba temporalmente en su garganta. Esa sonrisa siempre tenía el mismo efecto. A esas alturas había averiguado que ello tenía que ver, sobre todo, con los hoyuelos que se dibujaban como por arte de magia en las comisuras de la boca de Jonah. Esa sonrisa descolocaba en todo momento su corazón, lo cual iba acompañado de extraños pinchazos en el estómago y una peculiar sensación de flojera en las piernas.

Se preguntó si ello cesaría cuando estuviesen casados. Era lo más probable. Según lo que había oído del matrimonio y había observado en otros desposados, después del día de la boda se sonreía bastante menos que antes. Lo cual, no cabía duda, tenía sus ventajas, ya que, al fin y al cabo, difícilmente podría cumplir con sus obligaciones como esposa de Jonah y administradora de su hogar si siempre le temblaban las rodillas. «Giselle Durham», susurró mientras los feligreses rezaban el agnusdéi, y «señora Durham», e incluso «lady Durham».

La reina, que se hallaba a su lado, volvió la cabeza, le lanzó una mirada significativa y enarcó las cejas.

Giselle bajó los ojos deprisa, unió las manos y se ruborizó.

—*Agnus Dei, qui tollis peccata mundi, miserere nobis...* —oró con aparente fervor, si bien mentalmente seguía repitiendo: «Giselle Durham..., señora Durham...».

Cuando la misa terminó por fin y los fieles salieron de la iglesia, fuera se creó un gran revuelo. Escuderos y sirvientes acercaron los caballos, y el rey, la reina y su séquito montaron y cabalgaron en dirección a Ludgate para regresar a Westminster. Mucha gente festoneaba la calle para verlos y vitorearlos, y ellos avanzaban despacio.

Las apreturas en la plaza que antecedía a la iglesia se fueron disolviendo poco a poco, y Jonah aprovechó el generalizado revuelo para abrazar a su prometida a escondidas.

Giselle se sobresaltó y, acto seguido, rió sin aliento.

—No acabo de acostumbrarme a que ya no hayamos de vernos a escondidas.

Él le dio un beso fugaz en la frente.

—Sí, es una lástima. Ciertamente tenía su encanto.

—Yo lo prefiero así —repuso ella, resuelta.

Jonah asintió, le arrebató el caballo de la muchacha a un criado y entrelazó las manos para ayudarla a montar. Giselle apoyó su pequeño zapato de seda en el improvisado estribo y él la impulsó para que ocupase su silla de dama.

Ella tomó las riendas y observó cómo Jonah se acomodaba sin ayuda en la silla de *Grigolet*.

—¿Crees que podríamos escabullirnos? —preguntó ella con impaciencia—. Estoy convencida de que nadie se daría cuenta. Podrías enseñarme tu casa; me gustaría mucho verla.

Antes de que Jonah pudiera responder que preferiría dejarlo para después de los esponsales, con el objeto de que al ver los deslucidos muebles y los modestos platos de estaño no se lo pensara mejor, De la Pole espetó:

—Ya puedes ir quitándotelo de la cabeza. —Se había acercado sin que se dieran cuenta, como había tomado por costumbre las últimas semanas, y se giró hacia Jonah con semblante huraño—: Os estaría agradecido, señor, si os dominaseis durante esta semana que falta para la boda y no os amartelaseis con ella continuamente bajo la mirada de todos los obispos y abades. Dios sabe que ya habéis dado lugar a bastantes comentarios.

—¡Eso no es verdad! —objetó Giselle indignada—. ¿Cómo podéis decir tal cosa? Nunca..., nunca hemos estado a solas.

El padre de la novia sonrió con rabia.

—Vive Dios que me ha costado impedirlo.

Giselle se debatía entre la ira y la vergüenza, pero, como Jonah esperaba, se impuso la ira. La joven respiró hondo: al parecer tenía mucho que decir.

Jonah se anticipó en el último momento:

—Aquí viene lady Janet Fitzalan. Supongo que permitiréis que acompañe a ambas damas hasta Westminster, señor.

De la Pole esbozó una sonrisa glacial.

—Naturalmente. Es muy galante por vuestra parte, Durham. —Y, como tantas otras veces, al despedirse no pudo evitar un pequeño desaire—: No es de extrañar que hayáis llegado a caballero de la reina.

A continuación inclinó la cabeza con frialdad, volvió la grupa y enfiló asimismo hacia Westminster.

—Santo Dios, mi padre te detesta —musitó angustiada Giselle—. Antes no era así. Me gustaría que me dijeses qué ha sucedido entre vosotros, cómo lo hiciste cambiar de opinión.

Jonah no replicó de inmediato. Cedieron el paso a un nutrido grupo de nobles antes de incorporarse al gentío que se dirigía al oeste. No, él no creía que De la Pole lo detestara. Presumiblemente su relación no pudiera describirse como armoniosa, lo cual, por otra parte, era difícil tras una seria amenaza de muerte. Pero tampoco antes les unía un vínculo de amistad. Desconfiaban el uno del otro desde siempre y, por si fuera poco, ahora De la Pole estaba celoso. ¿Quién habría pensado que un hombre tan calculador, que había vendido a su hija al mejor postor, sería capaz de abrigar tal sentimiento? Casi lo hacía parecer humano.

—Descuida, Giselle. Nos dejará en paz.

—Sí, de eso estoy segura, pero no creas que no he notado que has eludido mi pregunta.

Jonah esbozó una sonrisa culpable.

—Guardar silencio fue parte de nuestro acuerdo.

—Pero entre marido y mujer no debería haber secretos.

«¿De dónde habrá sacado semejante disparate?», se preguntó él. Pensó en Rupert, Elia y lady Prescote, para la que trabajaba Annot. Todos ellos tenían montones de secretos con sus respectivos esposos.
—Bueno, pero aún no lo somos —arguyó él.
Ella alzó el mentón.
—Entonces, ¿me lo dirás el próximo sábado? ¿Cuando estemos... solos?
Jonah no pudo por menos de romper a reír. Sin duda sería una extraña noche de bodas.
—No.
Ella lo miró, en su boca una tímida sonrisa insegura, y de nuevo un tenue rojo tiñó su rostro. Mas su mirada era franca, rebosante de curiosidad y de confianza. Una mirada que causó a Jonah cierta opresión en el pecho. Albergaba la sospecha de que no se merecía a esa mujer ni su confianza, pero se juró que al menos procuraría no decepcionarla.

—¡Aquí tenéis! —Rachel dejó el asado de cordero en la mesa con tal fuerza que la bandeja cencerreó ruidosamente y *Ginger*, que estaba aovillado en un sillón junto a la chimenea, despertó sobresaltado—. Espero que estéis lo bastante hambrientos para engullirlo, aunque lo haya cocinado yo.

Crispin y Meurig intercambiaron una mirada y, como el señor de la casa no estaba ese día —la fiesta más importante del año—, el joven oficial se puso en pie, tomó el gran cuchillo de trinchar con la diestra y partió el asado.

—Hum. Huele estupendamente... —musitó—. Pasadme los platos.

Meurig le dio el de David y dijo, volviendo la cabeza:

—Siéntate de una vez y sonríenos, mujer. Nadie ha dicho nunca que tus artes culinarias tengan peros.

Rachel tomó asiento y enderezó su silla con impaciencia. Jocelyn y James, sus hijos, se miraron nerviosos.

—¿Cómo si no voy a entender que de repente se dé empleo a un cocinero? —preguntó Rachel con amargura.

David y Meurig repartieron los platos y Berit, la muchachita que había sido contratada de sirvienta personal de la futura dama de la casa, distribuyó el pan. Mantenía la mirada baja y, a todas luces, hacía todo lo posible por ser invisible. Berit temía a Rachel.

—Es normal, Rachel —la apaciguó Crispin—. Otros comerciantes tienen muchos más criados que él. Hasta ahora le importaba un comino, pero como va a casarse... Has de comprender que eso lo cambia todo. Y llevas años quejándote de que tú sola ya no dabas abasto, de modo que ¿por qué no te alegras?

Ella resopló, implacable, y no dijo nada.

Crispin unió las manos y bajó la cabeza. Todos siguieron su ejemplo.

—Ven, Señor Jesús, sé nuestro invitado y bendice lo que nos has regalado. Haz que Rachel no siga con nosotros enfadada, pues queremos que la Pascua sea festejada. Apiádate de tu pobre criatura, haz que nuestra Rachel vuelva a ser una ricura. No permitas que caiga en el oprobio, sobre todo con el novio. De lo contrario, se dejará sentir la enemistad y aquí no volverá a reinar la paz. Devuélvele la dicha y la razón, que vuelva la humildad a su corazón. Y permite, oh, Señor, que al cocinero le sea revelado cómo cocina ella el asado. Amén.

Todos habían levantado la cabeza hacía rato y lo miraban estupefactos. Rachel fue la primera en reírse a socapa; era evidente que no quería hacerlo. Se mordió los labios y se esforzó por poner cara seria, mas en vano. La risa se abrió paso y la mesa entera se unió aliviada. Incluso la pequeña Berit se atrevió a levantar la vista brevemente y sonreír.

—Sinceramente, maese Crispin, sois increíble —alabó Meurig—. ¿Cuándo habéis compuesto eso?

El muchacho se metió un pedazo de carne en la boca y se encogió de hombros.

—Ahora mismo. Santo Dios, Rachel, esto es delicioso, ¿sabes?

—Gracias. —La mujer profirió un suspiro—. Creo que me sentiría más tranquila si al menos hubiésemos llegado a ver a la distinguida futura. La hija de William de la Pole, Dios nos asista.

—Es... maravillosa —opinó David con una sonrisa distraída—. También yo la habría escogido, aunque su padre fuese un hereje o un proscrito.

Todos lo miraron asombrados.

—¿La conoces? —preguntó Meurig con incredulidad.

Él asintió y, acto seguido, negó con la cabeza.

—De antaño. Mi padre me llevaba a veces con él cuando iba a ver al rey a Windsor o a Sheen para que saliera de la ciudad, pues era un niño enfermizo. Jugaba con ella y con los otros niños a la pelota o a la gallina ciega. —Sonrió tímidamente—. No la veo desde hace años, pero seguro que es toda una beldad.

—Eso no tiene por qué ser necesariamente bueno —observó la todavía escéptica Rachel—. Belleza y vanidad no traen más que disgustos. ¿No tienes nada mejor que decir de ella? ¿Es piadosa? ¿Humilde? ¿Dulce?

David contuvo la risa.

—Esto... no. Creo que no se podría decir que es especialmente dulce. Pero tiene buen corazón.

—¿Qué aspecto tiene? —inquirió, curioso, Crispin.

—Tiene los ojos azules —informó el aprendiz en honor a la verdad—. Y su cabello..., imaginaos una castaña que acaba de salir de la cáscara y brilla tanto que podéis reflejaros en ella. Así son sus cabellos.

—Rojos, pues —aclaró Rachel—. Dios nos guarde...

—No, rojos no —la corrigió David frunciendo el ceño. Luego suspiró—. Ay, Rachel, eres un caso perdido. Pero cambiarás de opinión, estoy seguro.

Crispin contempló ensimismado al aprendiz. Esperaba que Giselle de la Pole no fuera de las que disfrutaban siendo adoradas y admiradas, de lo contrario intuía que se avecinaban tiempos difíciles.

—Aprovechemos que Jonah no está para ultimar algunos detalles del próximo sábado —propuso—. El cocinero llega mañana, como bien sabes, Rachel. Entiendo que no quieras ser su pinche, de modo que enséñale la cocina y la despensa y deja el campo libre. Mas, si eres lista, no te enemistes con él, pues en un futuro formará parte de la casa, tanto si nos gusta como si no. Me ha dicho que él mismo se ocupará de buscar ayudantes para la boda, y se instalará en vuestra antigua alcoba, tras la cocina.

Rachel asintió y lanzó un suspiro disimulado a medias.

—Tendremos cincuenta invitados —prosiguió Crispin, dirigiéndose a Meurig—. La mayoría de los caballos tendrá que quedarse en el patio: recemos para que no diluvie. Fija unas argollas a la pared del

almacén de la lana o algo similar. Sacaremos las mesas y los bancos de aquí, de Ropery —enumeró a los vecinos que se habían ofrecido a ayudar—, pero hay que ir por ellos, traerlos aquí y disponerlos de forma que podamos movernos. Lo mejor será que empieces mañana mismo. Puedes llevarte a David.
—De acuerdo, maese.
—David, tú atenderás las mesas junto con Meurig y los aprendices de Stephens y Aldgate. Comeréis en la cocina con los músicos antes de que comience el banquete. Rachel y Berit servirán las viandas junto con los ayudantes del cocinero. Rachel, las nuevas colgaduras para la casa de Jonah llegaron ayer del sastre, no olvides colocarlas. Y asegúrate de que tenemos suficientes velas. Sería embarazoso que nos quedásemos sin luz por la tarde. Las nuevas ropas que nos regala maese Jonah con motivo de sus esponsales llegarán el jueves. Que cada cual se pruebe lo suyo para que el sábado no haya sorpresas desagradables, pero que las guarde acto seguido pulcramente. ¿Me olvido de algo?

Todos se pararon a pensar un momento. Al poco Rachel inquirió:
—¿Hay invitados que vayan a pernoctar?
—Según lo previsto, no. —La mayoría de los invitados eran comerciantes de Londres y sus respectivas esposas, los cuales, tras el banquete, regresarían a casa. Los dos caballeros, Waringham y Dermond, que habían anunciado su presencia sin esperar a ser invitados, tenían la intención de hospedarse en la cercana Pountney's Inn—. Sin embargo, en caso de que alguien esté demasiado ebrio para montar, despejaré mi alcoba y acamparé en la tintorería, igual que David.

Desde que Crispin era oficial de Jonah y no aprendiz, volvía a disponer de su reino, y David dormía en el despacho. Por motivos desconocidos, empero, Jonah había informado de que el día de su boda necesitaba el despacho y nadie podía pasar la noche allí. Por eso David carecía temporalmente de morada.
—¿Qué hay de los arrendatarios? —se interesó Meurig—. ¿Están invitados a la fiesta?

Crispin dijo que no con la cabeza.
—Les pregunté si querían asistir, pero todos dijeron que la velada era demasiado distinguida para ellos. La idea de sentarse a una

mesa con el alcalde de Londres los pone nerviosos y, además, le tienen miedo al padre de la novia.

—Vaya, vaya —musitó Meurig—. Nuestro Jonah tiene que estar perdidamente enamorado.

—¿Acaso no está fascinante la reina con este violeta? —le susurró Beatrice, la esposa de Giuseppe Bardi, a Jonah.

Éste asintió.

Beatrice, que, según se rumoreaba, tenía desesperado a su ahorrativo esposo con su afición a los paños lujosos y las joyas extravagantes, suspiró con añoranza.

—Ojalá supiera de dónde ha sacado ese paño...

Jonah captó la mirada suplicante de Giuseppe y no respondió. Sin embargo, no sirvió de nada: Giselle se lo explicó de buena gana a su amiga italiana:

—De Jonah, naturalmente. Lo hace confeccionar en sus talleres. La urdimbre es seda, de ahí los visos.

Beatrice miró a Jonah a los ojos con fijeza.

—¿Vais a fabricar más?

—Tanto como me sea posible —replicó él.

Era el color de moda de esa primavera, como sucedía con prácticamente cada paño que lucía la reina.

—Bien, si lo manufacturáis en grandes cantidades, no será tan caro, ¿no es así?

Jonah sonrió débilmente.

—Señora, he de pediros que me dispenséis de responder a esa pregunta: el vestido de novia de Giselle está confeccionado con ese paño.

Beatrice abrió los ojos como platos.

—Oh, Giselle, estoy deseando verte con él. ¡Va de maravilla con tus ojos! Se me ocurre una idea, *cara*. Tengo una esmeralda estupenda que podría prestarte, de ese modo...

—El rey se ha levantado —la interrumpió Giuseppe—. Deberíamos irnos, Jonah.

Eduardo y Felipa abandonaron la mesa de la mano. Aquí y allá se fueron poniendo en pie algunos hombres de las largas mesas para seguir al monarca a la debida distancia. La gran sala estaba llena a reventar, pues el Parlamento, que se reunía en Pascua, se hallaba en plena actividad. Se encontraban presentes lores y señores de la Iglesia de todo el país, además de los caballeros y las damas de la corte y aquellos representantes de la Cámara de los Comunes y comerciantes londinenses a los que no se podía excluir por Pascua.

Jonah y Giuseppe se disculparon con las damas y se dirigieron a los aposentos privados del rey, donde fueron llegando poco a poco el canciller, el tesorero, un puñado de poderosos lores y los consejeros financieros del soberano, a los cuales Jonah ya conocía. La estancia, comparativamente pequeña, se llenó. Condes, obispos, el alcalde de Londres y algunos comerciantes de lo más respetable tomaron asiento a la mesa. Jonah y Giuseppe se encontraban con otros junto a la pared, entre ambas ventanas.

El rey Eduardo estaba con su amigo Montagu y su primo Grosmont, recién nombrados condes de Salisbury y Derby respectivamente, ante la gran chimenea ahora vacía, similar a una gruta, cuchicheando. De pronto Eduardo echó la cabeza atrás y soltó su contagiosa y juvenil risa. Ambos nobles se unieron a él, el soberano posó brevemente una mano en el brazo de cada uno de ellos y también ellos se sentaron.

–Lamento tener que privaros de vuestro tiempo para tratar asuntos de Estado en un día como hoy, caballeros –empezó–. Y os agradezco que hayáis venido. –Cruzó una breve mirada con Grosmont antes de respirar hondo y continuar–: Al parecer nos queda menos tiempo del que esperábamos. Mi querido primo Felipe de Francia tiene intención de anexionarse nuestro ducado de Aquitania, en el sur de Francia, e imponer su dominio de inmediato, ya que, por lo visto, no cumplo el juramento de fidelidad que le presté.

Los allí reunidos rezongaron indignados.

–¿Cuándo? –inquirió el conde de Arundel.

–En cuanto el terreno esté lo bastante seco para emprender largas marchas. Posiblemente en mayo. Uno de nuestros espías más fiables trajo la nueva esta mañana –replicó el rey. Acto seguido se encogió de hombros con una tenue sonrisa–. En el fondo no es ninguna catástrofe. Todos sabéis, igual que Felipe, que deseo esta guerra, y si cree que salva sus maltrechas apariencias iniciándola él y no yo, concedámosle ese pequeño triunfo, pues será el único.

Los hombres de la habitación rieron quedamente, mas su inquietud saltaba a la vista.

Eduardo apoyó los codos en la mesa y se inclinó hacia delante.

–El problema de esa jugada, y sin duda su finalidad, es que nos apremia. –Señaló con una inclinación de cabeza al obispo Burghersh, de Lincoln, el tesorero real–. Nuestro buen tesorero es uno de nuestros diplomáticos más experimentados y está dispuesto a partir con una legación a los Países Bajos para entrar en negociaciones con nuestros futuros aliados. Decidnos, milord obispo, cuál creéis que es la situación allí.

–Estoy seguro de que vuestros parientes del continente, incluido el káiser alemán, nos apoyarán frente a Felipe, sire, ya que todos temen su sed de poder –aclaró el obispo, un anciano de rizos plateados y voz grave y rasposa–. Pero si nos vemos obligados a apremiarlos, encarecerán su apoyo más de lo previsto.

Por un momento reinó el silencio.

El rey se frotó la frente con la palma de la mano y farfulló:

–De manera que, a fin de cuentas, el honor y la fama de Inglaterra dependen de si podemos permitírnoslos. –A continuación levantó la cabeza y miró en derredor–: Señores, necesitamos dinero. Mucho dinero. ¿Alguna propuesta?

William de la Pole aguardó imperturbable hasta que el silencio se hizo embarazoso. Jonah veía que los poderosos lores y comerciantes presentes se examinaban las uñas, miraban la mesa y se retiraban pelusas invisibles de sus elegantes vestimentas.

El ceño del soberano se frunció con aire funesto, y cuando todos se preparaban para el violento chaparrón, De la Pole se levantó, inclinó respetuosamente la cabeza ante Eduardo y los lores, y dijo:

–Sire, si os sirviera a vos y a Inglaterra, creo que los laneros podrían poner a disposición de la Corona la suma de doscientas mil libras.

Jonah vio de reojo que Giuseppe Bardi se estremecía, y los hombres de la mesa parecían haberse convertido en estatuas de sal. La quietud era tal que se oyó crujir las ropas de seda de De la Pole cuando se adelantó un paso.

El rey fue el primero en reaccionar.

–¿Habéis dicho... doscientas mil libras, señor?

De la Pole asintió y esperó un poco más a que la poderosa cifra surtiera su efecto en los presentes. Nadie había oído hablar nunca de un préstamo de tamaña cuantía. Era enorme, directamente inconcebible.

—¿Y cómo sería posible? —quiso saber el monarca.

—Suponiendo, sire, que concedierais a un grupo de importantes laneros el derecho en exclusividad de exportar lana al extranjero. Un monopolio. Y suponiendo, además, que concedieseis a los susodichos comerciantes el derecho de comprar la lana en Inglaterra a los criadores de ovejas a precios establecidos. En aras de la sencillez, llamaremos a ese grupo de mercaderes monopolistas. Los monopolistas exportarían, digamos, treinta mil sacos de lana a los Países Bajos, un juego de niños tras el embargo. Sólo con la venta de esa cantidad se cubriría el crédito. Por añadidura, sire, a cambio de ese monopolio estaríamos dispuestos a repartir con la Corona los beneficios derivados de la venta de los treinta mil sacos de lana, pues dichos beneficios serían enormes. El continente ansía la lana inglesa, y dado que nosotros tendríamos el monopolio, podríamos imponer los precios.

Una sonrisa casi beatífica afloró poco a poco a los labios del rey, si bien cuando De la Pole hizo una pausa, el conde de Northampton gruñó:

—Asumo que, acto seguido, querréis embolsaros esa mitad que tan generosamente cedéis a la Corona para reintegrar el crédito.

De la Pole negó con la cabeza.

—Os equivocáis, milord. El reembolso del préstamo resultará de los aranceles de exportación, que ascenderán a una libra por saco.

Los demás comerciantes gimieron de manera perceptible.

—¿Estáis en vuestro sano juicio? —preguntó el alcalde de Londres, ocultando a duras penas su espanto—. ¿Proponéis triplicar los aranceles?

—Así es —contestó De la Pole impasible—. Y no nos costará un solo penique, pues asimismo cargaremos esa subida de los aranceles en los precios. Mas entended que el incremento arancelario redunda en interés nuestro, Pulteney, ya que cuanto mayores sean los aranceles, tanto más deprisa recuperaremos nuestro dinero —se dirigió de nuevo al rey—: Sire, el plan prevé que la Corona transfiera los ingresos derivados de los aranceles de exportación a los monopolistas hasta que el préstamo quede liquidado. De esta forma será posible conjugar vuestra participación directa en la exportación de lana y un incremento de los aranceles de exportación por el bien de la Corona, para gloria de Inglaterra y con el fin de aniquilar a sus enemigos.

A Jonah, que observaba los rostros, no se le escapó ni un parpadeo de asombro, ni un cabeceo de desconcierto, ni un suspiro de alivio. Y todos clavaban los ojos en la mirada radiante de De la Pole como si éste hubiese revelado la palabra de Dios. O hubiese encontrado la piedra filosofal.

Cuando el rey se levantó y se plantó ante el poderoso comerciante, todos fueron enmudeciendo poco a poco.

–Sin embargo, ha de haber algún inconveniente –dijo Eduardo.

De la Pole se encogió de hombros con una débil sonrisa.

–Conduit y yo lo hemos considerado y comprobado desde todos los puntos de vista y estamos seguros de que no lo hay.

El soberano miró a De la Pole a los ojos y posó la mano en su hombro un instante.

–Os doy las gracias por tan magnífico plan, amigo mío. Es tan astuto que casi hay que temer que no os lo haya inspirado el diablo mismo.

Por primera y única vez durante toda la deliberación la mirada de De la Pole se dirigió hacia Jonah. Sin duda su yerno en ciernes había oído perfectamente las palabras del rey. Él sonrió para sí, divertido, levantó la cabeza de pronto y devolvió la mirada. Desafiante, se le antojó a De la Pole.

–Esperemos que no, sire –le contestó al rey–. Sirviendo como sirve el plan a tan sagrado fin.

–Así es –coincidió Eduardo, convencido–. Y no olvidaré a nadie que haya contribuido a él. Poneos manos a la obra y elaborad una lista con los comerciantes que habrán de formar parte de ese monopolio. Discutid después vuestra lista con el lord canciller. Lo importante, sobre todo, es conseguir el dinero lo antes posible. –Toda fatiga se había desvanecido, y de repente la inagotable energía del rey y su insaciable sed de gloria resultaban visibles en cada gesto. Daba la impresión de querer partir al punto hacia París, el reluciente acero en la diestra. Sus ojos volvían a brillar cuando le dijo a De la Pole–: En verdad, Dios me ha bendecido con buenos amigos y taimados consejeros. Y el que me ayuda a hacer realidad mis sueños puede contar con que se cumplan sus deseos, William.

Declinaba el día cuando Jonah regresó a la ciudad, si bien no se dirigió a casa. Barruntaba que allí estaban en plena marcha los preparativos de la boda, y prefería no estorbar.

Pensaba en el próximo sábado, en la gran fiesta con los numerosos invitados con sentimientos en extremo contradictorios. Habría dado toda la seda de la India por haber podido casarse con Giselle en la intimidad. Pero eso era absolutamente impensable, habría ofendido a media ciudad e incluso a su prometida. De manera que soportaría el gran espectáculo. Sin embargo, no quería tener que pensar en ello con seis días de antelación y, además, antes tenía que resolver un asunto urgente en East Cheap.

La casa del placer permanecía cerrada durante la Cuaresma y los días de Pascua; por respeto, hizo explicar lady Prescote a los parroquianos, si bien Jonah sabía que en realidad se trataba de una estricta disposición del concejo. Sin embargo, Cupido hacía la vista gorda en el caso de clientes especialmente adinerados o bien vistos. A todo el que conocía cierto toque siempre se le abría la puerta.

–Buenas tardes y felices Pascuas, mi señor –saludó amablemente el criado.

Jonah cruzó el umbral y se retiró la capucha. A continuación hizo tintinear como si tal cosa unas monedas en la siempre dispuesta mano de Cupido.

–Lleva el caballo a la cuadra. Pasaré aquí la noche.
–Claro, mi señor. Annot está en la sala.
Jonah se dirigió a la escalera.
–La esperaré arriba.

–Supongo que has venido a despedirte –dijo ella al entrar en la habitación. Por un momento permaneció con la mano en el pasador, después cerró la puerta y se acercó–. Me preguntaba si lo harías.

Jonah se hallaba sentado de través en el banco tapizado del mirador, el rostro vuelto hacia ella. Así que lo sabía. ¿Cómo podía haberlo dudado? Annot siempre lo sabía todo, tanto de él como de cada hombre importante de la ciudad, desde el alcalde hasta los maestros de las siniestras cofradías. La observó con seriedad.

–¿Te importaría ahorrarme una escena por mor de la vieja amistad?

—Pues claro, maese Durham. Al fin y al cabo no pagáis para que os haga una escena.

El aludido hizo un gesto negativo con la mano.

—Siempre que estás enojada conmigo me echas en cara tu venalidad, ¿lo sabías?

—No —admitió ella perpleja. Repasó las numerosas ocasiones en que había estado enfadada con él y añadió—: Y posiblemente no sea cierto.

Jonah no pudo por menos de sonreír. Annot se volvió a toda prisa con el pretexto de servirle un vaso de vino. No sabía cómo iba a soportar no volver a ver esa sonrisa. Para ser exactos, ni siquiera sabía qué iba a hacer.

Le tendió el vaso con la cabeza vuelta, y se ocupó de que el cabello le tapara el rostro.

—Toma.

—Gracias. —Cogió el vino con la siniestra, la mano de la muchacha con la diestra y la atrajo hacia sí—. Ven aquí, vamos. Esto no significa que no volvamos a vernos. No me van a enterrar, Annot, tan sólo me caso.

—No seas tan amable conmigo —pidió ella inexpresiva—. De lo contrario me echaré a llorar.

Jonah no respondió, mas la hizo sentar en el amplio y cómodo banco. Annot se acomodó entre sus piernas con las rodillas dobladas, la espalda apoyada en el pecho de él. Cuántas veces se habían sentado a hablar en ese mismo sitio con tamaña naturalidad e intimidad. De negocios o secretos o naderías.

—Habría preferido decírtelo yo —comentó él finalmente.

—Para eso habrías tenido que venir antes de que fuese un secreto a voces en Londres que Jonah Durham iba a tomar por esposa a la hija de William de la Pole. Espero que su dote compense con creces tener por suegro a ese monstruo.

Jonah profirió un suave suspiro.

—Ni el oro de todos los califas bastaría para compensar algo así.

Sin embargo, la dote era todo menos modesta: cincuenta libras en artículos domésticos de oro y plata tales como vasos, platos y candeleros. Objetos valiosos de esa clase constituían una inversión segura y, además, permitían a un comerciante anunciar su prosperidad a amigos y vecinos sin fanfarronear. Sin embargo, lo mejor y más precioso de la dote de Giselle era una pequeña propiedad en Kent con un rebaño de alrededor de un millar de ovejas, lo cual significaba cuatro sacos de lana al año que no tenía que comprar. Y, por añadidura, poseería también una casa en el campo a la que huir cuando Londres se le hiciera insoportable en la canícula. Soñaba con ello desde que cruzó el bosque de Epping tantos años atrás, el día que el rey Eduardo le salvó la vida. El día que conoció a Felipa...

–¿Y formarás parte de los monopolistas que en adelante se repartirán el pastel de lana con el rey mientras el pueblo mira envidioso? –preguntó ella como de pasada.

Jonah la soltó como si se hubiese quemado los dedos. A veces Annot le resultaba en verdad inquietante.

–¡Annot! De la Pole le ha presentado al rey la propuesta esta misma tarde, ¿de dónde diantre...?

Ella volvió la cabeza para mirarlo con sus grandes ojos inocentes. Le encantaba dejarlo perplejo. Lo tuvo en vilo unos instantes antes de contestar:

–El venerable regidor Reginald Conduit es uno de mis más fervientes admiradores.

Jonah pensó en el corpulento, calvo y siempre disneico y sudoroso Conduit y contuvo un escalofrío a duras penas. «Menuda existencia –pensó por milésima vez–. Mira en qué lío la has metido, Rupert, maldita sabandija.»

–Conduit ideó el plan con De la Pole (al menos eso afirma) y pretende dirigir a los monopolistas junto con él –explicó la muchacha–. Pero teme tanto que De la Pole lo traicione y lo engañe, lo sacrifique y lo destripe como al gordo gorrino que es que, la última vez que vino aquí, al pobre Reginald lo abandonó la virilidad. Así que me contó sus penas. Y fue muy fácil sonsacarle los pormenores, ya que estaba tan orgulloso de su plan que parecía a punto de reventar y, al mismo tiempo, tan consumido por el temor y la desconfianza que le faltó tiempo para desahogar sus cuitas.

–No cabe duda de que la desconfianza está justificada cuando se hacen negocios con De la Pole –apuntó Jonah.

–Quién mejor que tú para saberlo. Así pues, ¿formarás parte de tan ilustre círculo? –insistió ella.

–Claro –repuso Jonah.

—¿Es parte de la dote? —aventuró Annot.

Él negó con la cabeza. Le había ofrecido su idea a De la Pole a cambio de la mano de Giselle y no había impuesto más condiciones. Pero tenía dinero y un barco, dos cosas que el monopolio necesitaba urgentemente. Además resultaba inverosímil que no perteneciera al monopolio uno de los comerciantes que habían estado presentes en la reunión de ese día: sabía demasiado para quedarse fuera.

—Debes tener cuidado, Annot —le advirtió él en voz queda, mas enfática—. De lo contrario, un buen día alguien te rebanará el cuello. Saber demasiado puede ser muy peligroso.

Ella descansó la cabeza en su hombro y sonrió. Era estupendo que se preocupara por su persona, y ello le levantó el ánimo.

—Por eso nunca dejo traslucir a nadie, salvo a ti, todo lo que sé. Sólo retazos.

—Y sólo a cambio de un buen dinero, me lo has contado docenas de veces. A pesar de todo, no te metas en este monopolio. —Hundió el rostro en su cabello: olía de maravilla, como toda ella—. ¿Me lo prometes?

Annot no dijo ni que sí ni que no.

—¿Significa que no tienes intención de incluirme en ese negocio?

Jonah se paró a pensar un momento. Claro está que podía coger los ahorros de Annot e introducirla en el monopolio en calidad de socia comanditaria, por así decir, pero su instinto lo previno.

—No. Si metes tu dinero en este asunto, aprovecharás la ocasión para sonsacarme todos los secretos al respecto, y eso es algo que no deseo.

—Muy bien —replicó ella con frialdad, pero aparentemente impasible. No quería que él se diese cuenta de que la había ofendido—. Volvamos a lo nuestro. Así que tu matrimonio con la hijita de De la Pole no tiene nada que ver con tu participación en el monopolio. ¿Con qué, pues? ¿Qué diantre esperas obtener de un lazo familiar con ese hombre?

—Nada en absoluto —repuso Jonah, malhumorado—. No me caso con Giselle porque sea hija de De la Pole, sino a pesar de ello.

Así que se llamaba Giselle. A Annot le habían dicho que era una beldad, lista, culta, perfectamente educada, que caballeros, nobles incluso, la habían solicitado. ¿Por qué tenía que ser justamente Jonah quién la consiguiera? ¿Por qué no podía seguir todo como estaba? Le traía de cabeza la vehemencia con que envidiaba a esa desconocida que lo tenía todo, lo conseguía todo y le arrebataba a ella todo. Esa envidia era un sentimiento abominable, como si llevase una piedra pesada y fría en el alma. Además sabía que la envidia era un pecado capital. Pero no podía hacer nada. Pese a todo lo que le había ocurrido y lo que había vivido, no se había vuelto cínica. Su amiga Lilian le reprochaba que, en el fondo, Annot seguía pensando que era una chica decente y aquello no era más que un malentendido. Que aún soñaba con una vida normal con su Jonah, aunque éste llevaba cinco años acudiendo allí y pagando por ella como cualquier otro hombre libre; un período de tiempo lo bastante amplio para habérselo hecho saber si hubiese tenido intención de salvarla de su pecaminosa vida, opinaba Lilian. Aquello resultaba tan absurdo como continuar soñando con tener hijos sanos, cuando todos, salvo Annot, tenían claro que el mortinato que a punto estuvo de matarla había puesto fin a su fertilidad. Y debería alegrarse, maldita sea, le recriminaba Lilian, que habría dado una mano por no quedarse encinta continuamente.

—Eres una caja de sorpresas, Jonah. Estaba segura de que habías perdido el corazón hacía tiempo.

Él soltó un ay y apoyó la frente en la mano.

—Dios mío..., qué florido.

—¿Acaso no es así? —porfió ella.

Inquieto, Jonah se levantó del banco y fue hasta la cama. Después se giró y cruzó los brazos.

—Y si es así, ¿qué? —espetó con inusitada impetuosidad—. No puedo desperdiciar mi vida venerando una quimera.

«Yo sí», pensó Annot.

—Quiero una esposa y quiero hijos a los que legar lo que consiga. Y no quiero una mujer cualquiera, quiero a Giselle.

Annot se había abrazado una rodilla y lo miraba.

—¿Por qué? —inquirió con curiosidad.

—Ella... ella no tiene nada de su padre. Bueno, quizá la cabezonería. Pero no es como él. Ella... —Se interrumpió, bebió y dejó el vaso a un lado. A continuación regresó a la ventana y puso en pie a Annot—. Tenías razón. He venido a despedirme, así que vayamos a la cama.

Se tumbó junto a ella, apoyó la cabeza en el puño y la observó con detenimiento. Annot seguía siendo tan deseable como siempre. La echaría de menos, sin duda, pero no creía que volviera a meterse en su cama. Albergaba grandes dudas en lo tocante a qué clase de esposo sería. Mas mantenerse fiel, pensaba, no podía ser tan complicado.

Se tendió de espaldas y la hizo tumbarse encima de él.

—Entonces hagamos al menos como si hoy fuese la última vez.

Cuando el sencillo pórtico occidental de la gran iglesia de All Hallows se abrió entre chirridos y el padre Rufus salió, Jonah tomó a su futura de la mano y la condujo hacia la puerta. Se detuvieron ante el sacerdote. Giselle tenía la mano helada y un poco húmeda, igual que la de Jonah. Éste ladeó la cabeza y sus miradas coincidieron. Se dedicaron una sonrisa fugaz antes de bajar de nuevo la cabeza. Un viento cortante azotaba Ropery e hinchaba las capas de los allí reunidos. Oscuros nubarrones cruzaban el cielo tras engullir el engañoso sol primaveral. De repente hacía frío.

El padre Rufus alzó las manos y en la plaza que precedía a la iglesia se hizo el silencio.

—Estamos aquí reunidos para celebrar el santo sacramento del matrimonio entre Jonah Durham y Giselle de la Pole —comenzó el sacerdote sin gran solemnidad—. Si alguno de vosotros conoce algún impedimento que impida esta alianza, como un compromiso matrimonial previo, un casamiento o la excomunión de la novia o el novio, que hable ahora o calle para siempre. —Hizo la obligatoria pausa, y aunque ni Giselle ni Jonah estaban comprometidos, casados o excomulgados, ambos sintieron un gran alivio cuando nadie dijo nada y Rufus finalmente prosiguió—: En tal caso, que el padre o el tutor de la novia exponga ante estos testigos la dote que ésta aporta al matrimonio.

—La dote figura en un contrato por escrito, y es mi deseo y el del novio no hacerla pública, padre —explicó De la Pole, que se hallaba unos pasos detrás de su hija.

El padre Rufus asintió sin extrañeza. En esa época muchos lo hacían así, sobre todo los comerciantes más acomodados, entre los cuales la aportación era más elevada.

—Así pues, tú, Jonah Durham, ¿quieres por esposa a esta donce-

lla para amarla y honrarla en la salud y en la enfermedad, en la riqueza y en la pobreza, hasta que la muerte os separe?
—Sí, quiero.
—Y tú, Giselle de la Pole, ¿quieres por esposo a este hombre para obedecerlo y acatarlo, amarlo y honrarlo en la salud y en la enfermedad, en la riqueza y en la pobreza, hasta que la muerte os separe?
—Sí, quiero, padre.
—¿Es ésta respuesta voluntaria?
—Oh, sí, padre.

Su fervor arrancó alguna que otra tenue sonrisa a los invitados. El padre Rufus contuvo una sonrisilla y se dirigió a Jonah:
—Veamos, pues, el anillo.

Jonah abrió la mano derecha. Todos estiraron el cuello, pero nadie, salvo Giselle y el padre Rufus, pudo vislumbrar nada. El sacerdote asintió con aquiescencia e hizo una señal exhortativa. Jonah se volvió hacia su novia, le tomó la siniestra y le puso la alianza en el dedo. Por encima de sus gachas cabezas, el padre Rufus anunció:
—Oro con una de esas piedras talladas tan de moda como las que vienen de Venecia.

La palabra «diamante» se extendió en un reverente murmullo.

A Jonah se le encogió el estómago. Sabía que una boda era un acontecimiento público en el que todos, invitados o transeúntes, podían participar y mostrar interés. Ni siquiera un detalle tan personal se consideraba privado. Sin embargo, detestaba cada minuto de ese espectáculo y sufría. Sólo cuando contempló los fulgurantes ojos de Giselle pudo olvidar un instante el ambiente de feria, y se sumergió en esa mirada.

Se percató con cierto retraso de que el padre Rufus estaba hablando de nuevo. Su voz y su expresión habían cambiado por completo. Extendió las manos sobre ellos para bendecirlos y dijo con solemnidad:

—*Matrimonium inter vos contractum secundum ordinem sanctae matris Ecclesiae, ego auctoritate, qua in hac parte fungor, ratefico, confirmo et benedico in nomine Patris et Filii et Spiritus Sacnti.* Amén.

—Amén —corearon los fieles, y siguieron al sacerdote y a los recién casados al interior de la iglesia.

Las disposiciones de Crispin eran perfectas, y todo transcurrió sin contratiempos. Los vasos no estuvieron vacíos en ningún momento, la comida fue excelente y los dos músicos que encontró eran tan buenos que los invitados más jóvenes danzaron alegremente, aun cuando apenas había espacio en la sala.

En medio de la mesa principal, que habían elevado un tanto, Jonah y su esposa observaban el variopinto trajín. Giselle estaba radiante. Crispin podía asegurar que nunca había visto a una desposada más dichosa y rara vez a una más bella. El moderno vestido violáceo realzaba el color de sus maravillosos ojos, y David no había exagerado cuando describió su melena.

–Mira bien esos rizos del color de las castañas –le susurró Crispin al aprendiz cuando éste le llenó el vaso–. Hoy será la última vez que los veamos.

David esbozó una sonrisa forzada y asintió.

Tal y como esperaba Crispin, Jonah irradiaba más resignación que felicidad, y probablemente ansiara el momento en que la fiesta tocase a su fin. Con todo, constató el oficial con aire aprobador, el desposado se esforzaba por fingir que le agradaba la celebración, charlaba con aparente afabilidad con su suegro y la esposa de éste, que había emprendido el largo viaje de Hull a Londres para acudir a la boda de su hija, y siempre que intercambiaba una mirada furtiva con su esposa, en su rostro se dibujaba una expresión que Crispin no había visto en toda su vida. Resultaba difícil de definir, tal vez fuese una mezcla de dulzura, regocijo y orgullo.

Al lado de los padres de la novia se encontraban los hermanos de Giselle, incluso la paralizada Elena había abandonado su convento, en el cercano Havering, para la ocasión. Rara vez lo dejaba, pues cada salida entrañaba molestias y esfuerzo, y fuera de los muros del convento se sentía desamparada. Sin embargo, ese día había hecho una excepción, y su propio padre la había bajado del carro y la había transportado escalera arriba hasta la sala. Los jóvenes caballeros, que la conocían de la época anterior al accidente, cortejaron a Elena hasta que sus mejillas se tiñeron de un leve rubor y sus ojos se iluminaron.

Junto a Giselle, donde debería haber estado la familia de Jonah, se hallaban el alcalde y los demás superiores del gremio con sus respectivas damas.

—Ni un solo invitado que esté emparentado contigo —comentó Giselle, afligida.

Jonah agarró su mano con disimulo bajo el mantel y se encogió de hombros, risueño.

—Soy un pobre huérfano. Seguro que las mujeres que en los días festivos siempre reciben la visita de toda la parentela te envidian.

—Pero ¿qué hay de tu primo? Sé que tienes un primo, lo vi una vez. No me digas que no lo has invitado.

Jonah alzó el vaso y bebió.

—Sí, pero no ha querido venir.

A ruego del inexorable Crispin, Jonah había enviado a su aprendiz a casa de los Hillock con una invitación. David regresó pálido y aturdido y transmitió la negativa. Se negó a repetir lo que habían dicho exactamente Rupert y Elizabeth, y Jonah tampoco quiso oírlo.

Los demás invitados eran compañeros de William de la Pole, vecinos de Ropery, gremiales, Giuseppe Bardi con su esposa y algunos amigos del círculo de la reina, ninguno tan retozón como Gervais de Waringham y Geoffrey Dermond. Comieron y bebieron como si no hubiera mañana, sacaron a bailar a jóvenes damas y respetables matronas, propusieron brindis cada vez más picantes por la pareja y cosecharon con su desenfreno cabeceos y quejas entre los comerciantes, cosa que, sin embargo, no les preocupó en modo alguno. Como de costumbre, divirtieron a Jonah con su desbordante alegría. Éste sabía perfectamente que los dos se habían confabulado con Elia Stephens para conseguir entrar en los aposentos de la pareja y preparar algo que impidiera el perfecto desarrollo de la noche de bodas: un cubo de agua en el baldaquino del lecho, quizás algo que volcara y derramase su contenido sobre los desposados en cuanto la cama se moviera un poco formaba parte de las bromas más inofensivas. En su noche de bodas, Elia Stephens y la «dulce Mary» se encontraron en la cama más de una docena de enormes arañas de largas patas, y como la desposada sentía un miedo cerval por tan inocuas criaturas, Elia se pasó buena parte de la noche zapato en mano a la caza de la araña y ocasionó una verdadera carnicería en el tálamo mientras Mary se acurrucaba en un rincón gimoteando. Los amigos de Martin Aldgate se escondieron en el desván en su noche de bodas y, con la oreja pegada al suelo, escucharon y anotaron cada palabra que se dijo en esas primeras horas de intimidad conyugal. A la mañana siguiente introdujeron por debajo de la puerta del aposento el papel con el informe escrito, y Martin Aldgate tardó dos meses en atreverse a asistir a una reunión del gremio.

Jonah no tenía idea de lo que les habían preparado a ellos sus amigos. Sólo sabía que se iría al traste.

Poco después de que cayera la tarde los invitados de mayor edad mostraban evidentes señales de fatiga y los jóvenes se encontraban tan beodos que sólo ellos entendían sus chanzas.

Jonah se inclinó hacia Giselle y le dijo:

–Vayámonos.

Ella asintió.

Cuando se levantaron, los invitados armaron una espantosa algarabía. Gritaron y palmotearon, y las miradas a las que se vio expuesta Giselle le sacaron los colores al rostro. Jonah miró a Crispin, que le guiñó un ojo disimuladamente. El novio se detuvo un momento en la puerta y dio las gracias a los invitados con pocas palabras antes de tomar de la mano a Giselle y salir.

Crispin ocupó su posición en el acto, se apostó ante la puerta con los brazos cruzados y dijo en tono conciliador:

–Calma, amigos, dadles una pequeña ventaja...

Jonah condujo a Giselle escalera abajo.

–Deprisa. No tenemos mucho tiempo.

–Pero... ¿adónde vamos, Jonah?

Fuera estaba oscuro como boca de lobo y llovía. Gruesas gotas acribillaban la tierra y convertían las superficies libres del patio en pequeños charcos cenagosos.

Jonah agarró su capa, que colgaba abajo sobre el pasamanos, y se la echó a Giselle por los hombros.

–El despacho está ahí enfrente.

La cogió de la mano y salieron corriendo. De la ventana de la tejeduría escapaba algo de luz, la justa para indicarles el camino. Llegaron al despacho riendo, sin aliento y con los cabellos mojados. Jonah ya tenía a mano la llave. Abrió, atravesó el umbral con su esposa en brazos, cerró la puerta y candó con esmero.

En el pupitre ardía un único candil, cuya luz titilaba con la corriente y proyectaba extrañas sombras en las toscas paredes de madera. Jonah entrevió un candelero con tres velas en la mesa, fue por él y lo encendió.

—No es que sea muy cómodo —dijo cohibido—. Pero pensé que tal vez prefiriésemos que no nos molestaran.

Giselle se encontraba en la pared contigua a la puerta, había unido las manos en la espalda y miraba en derredor con atención. En la pared de enfrente habían dispuesto un amplio lecho, presumiblemente de paja, con un sinfín de mantas, almohadas y sábanas; sobre la tosca mesa se veían una jarra y un vaso, y una paja fresca y aromática cubría el suelo.

—Es un poco como en Woodstock —observó Giselle—. Como en el campo.

Él le dio la razón. Crispin había obrado milagros allí. El sobrio despacho donde Jonah desempeñaba la parte tediosa y odiada de su trabajo estaba irreconocible. Los libros y papeles habían desaparecido, y la voluptuosa cama y la luz de las velas otorgaban a la estancia una inusitada comodidad. El nerviosismo de Jonah se esfumó.

Tomó del brazo a Giselle con delicadeza y la llevó hasta el lecho. Las velas arrancaban un resplandor oscuro a su cabello e iluminaban débilmente la fina y blanca piel.

—Eres una novia hermosísima, Giselle —susurró.

Ella sonrió tímidamente.

—¿Qué muchacha no lo sería con un vestido y un anillo como los que llevo?

Se encontraban muy juntos, sentían el aliento del otro en el rostro.

—¿Tienes miedo? —preguntó él.

—No.

La respuesta fue demasiado rápida, y Jonah sospechó que mentía. Se preguntó qué sabría ella de las cosas que sucedían entre esposos. Giselle no se había criado en el campo, donde cada cual descubría por sí solo esos sencillos hechos de la vida, sino primero en un convento del norte de Inglaterra y después al amparo de Felipa. Hay quien podría asegurar que en ningún lugar se revelaban de forma tan notoria los sencillos hechos de la vida como en la corte, mas sin duda ello no era válido para las jóvenes solteras del séquito de la reina: Jonah sabía que Felipa las vigilaba atentamente.

Tendió a su novia en el lecho con dulzura y, como si tal cosa, se despojó de zapatos, sobrecota y jubón. Tan sólo ataviado con las calzas se arrodilló ante ella. Con manos seguras desató el cordel que afianzaba su sobrecota en un costado, fue soltando los invisibles gafetes que se alineaban en la escotadura de la cota e hizo resbalar ambas prendas por sus hombros. Giselle mantenía la cabeza baja, y Jonah intuyó, más que vio, que se había ruborizado. También temblaba un tanto.

La recostó con suavidad en las almohadas, se tumbó a su lado y cubrió a ambos con las mantas. Con la discreta protección que brindaban éstas, primero se quitó él la ropa y luego la desvistió a ella. Cuando su mano rozó el muslo de Giselle, ésta se estremeció.

–Shhh. No tengas miedo –musitó Jonah.

–No, no, pero tienes la mano tan fría –replicó ella.

Él rió quedamente.

–Perdona.

Giselle volvió la cabeza y lo miró.

–Has de decirme lo que debo hacer.

–Nada en absoluto. Todo saldrá solo. Únicamente tienes que fiarte de mí.

–Eso es fácil.

Y lo fue. Giselle se abandonó sin más a él. Jonah se inclinó sobre ella y la besó. A ese respecto ambos tenían ya cierta práctica, era terreno conocido. Él notó que ella se relajaba y apoyó una mano –a esas alturas ya caliente– en su hombro. Su piel era cálida y tersa como la seda veneciana tendida al sol. Acto seguido recorrió la pelusilla de su brazo y descubrió que le recordaba al terciopelo. Al mismo tiempo se tildó de necio, pues no se le ocurría nada mejor que comparar a su novia con el objeto cotidiano de sus negocios. Envidió a los caballeros de antaño, capaces de escribirle a su amada maravillosos poemas, y trató de no pensar en nada y volcarse tan sólo en aquello que tocaban sus manos.

El pecho de Giselle era redondo como una manzana y deliciosamente firme. Cuando rozó sus ápices, ella se impresionó de forma audible, pero antes de que él retirara la mano ella posó la suya encima.

–Sigue.

Giselle se hallaba tan sorprendida ante tan novedosas sensaciones que olvidó por completo la vergüenza. Después de todas las enigmáticas insinuaciones que había oído en la corte, había colegido que la consumación del matrimonio era algo repugnante, un acto de sometimiento y humillación con el que la mujer debía cumplir su promesa de obediencia. Lo esperaba con resignación, ya que no era cobarde, pero lo cierto es que no contaba con que las manos de Jonah causaran en su piel tan delicioso hormigueo, que su propio cuerpo rebosara calidez y experimentara tan peculiar impaciencia. Tampoco barruntaba que pudiera darse una intimidad y una cercanía así con otro ser humano. Cuando él introdujo una rodilla entre sus piernas y después se tendió encima de ella, fue bienvenido. Giselle le echó los brazos al cuello con ademán posesivo y se pegó a él. Ni siquiera le hizo daño, tan cuidadoso fue, tan esmerado. Era un Jonah que ella desconocía. Él escrutó su rostro, le acarició las sienes con los pulgares, y sus negros ojos refulgieron en la penumbra. Después todo fue muy aprisa. Jonah se movió dentro de ella, se estremeció con un jadeo ahogado y se quedó inmóvil. Confusa, ella se preguntó qué significaría aquello cuando lo oyó suspirar en voz queda:

–Disculpa, Giselle. Menudo percance...

–¿Por qué? ¿Qué ha pasado?

Él rió con suavidad y, con una extraña sensación de pesar, Giselle notó que él se retiraba.

–He sucumbido a tus encantos, eso ha pasado.

Se tumbó boca arriba, se tapó los ojos con el antebrazo y ella aguzó el oído hasta percibir que su respiración volvía a ser pausada.

–¿Y eso ha sido todo? –preguntó, debatiéndose entre la decepción y el alivio.

–Por el momento me temo que sí. –Se apartó el brazo del rostro y le tendió la mano–. Ven aquí. Pon tu cabeza en mi hombro. Así está bien.

Ella se arrimó a él y acarició con sus dedos los pequeños rizos negros de su pecho. Una nueva sorpresa: jamás habría esperado descubrir algo en Jonah que pudiera definir con la palabra adorable, pero al ver esos ricitos no se pudo contener. Su piel era cálida y tersa; su cabeza y sus hombros parecían estar hechos la una para los otros. Él la abrazó, y Giselle sintió que estaba en excelentes manos. La valiosa piedra de su anillo centelleó con el débil resplandor de las velas, y ella alzó la mano y la contempló un instante con una sonrisa orgullosa.

–Señora Durham... –musitó, y se quedó dormida.

Jonah observó a su novia mientras dormía y pensó que rara vez había visto un espectáculo tan placentero: allí yacía ella, completamente inmóvil, el rostro distendido y apacible. De vez en cuando sonreía, y a él le habría gustado saber si soñaba con él. Rumiando esa pregunta también él se durmió al cabo, si bien despertó al poco al notar que ella se revolvía entre sus brazos. Aún estaba oscuro. Por las hendiduras de los postigos de las ventanas no se colaba ni un hilo de luz, no se movía ni una mota de aire. El mundo, en su quietud, parecía contener la respiración.

Jonah despertó a su esposa.

Esa mañana de domingo el patio despertó a la vida mucho después de que cantara el gallo. Crujieron puertas, rechinaron pasos en los caminos de grava, en el cercano establo mugió la vaca.

Giselle se incorporó.

—Mejor será que nos apresuremos. ¿Qué dirá el padre Rufus si llegamos demasiado tarde a la iglesia? Dios mío, Jonah, ¡no tengo nada aquí para cubrirme el cabello! Tan sólo el vestido de novia. ¿Qué hago yo ahora?

Él le restó importancia al asunto.

—El padre Rufus tendrá que pasarse hoy sin nosotros. Esperaremos a que todo el mundo esté en la iglesia e iremos a casa a ver si te encontramos una cofia para tu respetable cabeza de matrona.

Ella soltó una risita.

—Pero ¿no se enfadará el padre Rufus?

—Sin duda, pero se guardará muy mucho de dejarlo traslucir. Está haciendo cábalas sobre mi generosa donación para adquirir una campana nueva.

Giselle se dejó caer en la cama, satisfecha, y se desperezó con fruición. Jonah había apoyado el mentón en el puño y la observaba.

Al poco las campanas de All Hallows y de todas las iglesias vecinas llamaron a misa a los fieles, y cuando el patio se quedó en silencio, ellos se levantaron del tálamo con pesar y se vistieron.

Jonah abrió la puerta y echó una ojeada. Después hizo una señal.

—No hay moros en la costa.

El sol primaveral brillaba con calidez desde un inmaculado cielo azul y empezaba a secar los charcos del patio. Jonah y Giselle fueron hasta la casa y dieron una reposada vuelta. Tal y como esperaban, tenían la vivienda para ellos solos. Se lavaron en la cocina, olisquearon los jamones que colgaban de gruesos ganchos del techo de la despensa y luego subieron la escalera. La sala parecía un campo de batalla abandonado. Finalmente, llegaron a la alcoba de Jonah, que ahora era la de ella.

Giselle cruzó el umbral y se acercó a la cama. Siguió maravillada con las puntas de los dedos los zarcillos de las nuevas colgaduras y a continuación se sentó en el filo de la alta cama.

—Mira, he encontrado algo, Jonah. —Lo llevó hasta un orificio que se abría en la pared de madera, justo enfrente de la cama, que alguien había agrandado con una lima—. Querían espiarnos —dijo enfadada—. Juraría que fue idea de Gervais. Para estas cosas no tiene una pizca de decencia. Va detrás de todas las sayas, igual que... —calló bruscamente.

Jonah palpó ensimismado el liso reborde del agujero antes de volverse hacia ella y atraerla mientras encogía los hombros.

—Sí, estoy seguro de que se sintió profundamente decepcionado al ver que habíamos desbaratado su plan. —Y, risueño, rozó con sus labios la pequeña oreja de su esposa y le susurró—: Piensa en lo que se ha perdido...

Giselle rió, un tanto cohibida, pero con complicidad, y Jonah la llevó hasta el arca de las ropas, abrió la tapa y la invitó a echar un vistazo.

—Mira: Berit ya ha guardado tus cosas, y yo te he encargado algunas prendas nuevas.

Presa de la curiosidad y con brillantes ojos de niña, Giselle examinó su nuevo guardarropa. Él se sentó en el tajuelo que había junto a la mesa para mirarla, escuchando divertido sus extasiados ruiditos de asombro y entusiasmo. Al final escogió una cota y una sobrecota de un ocre rojizo. Después agarró su cepillo y desenredó hábilmente sus largos rizos antes de recogerlos, dividirlos y trenzarlos. Una vez lista la trenza formó un rodete con ella en la nuca. Por último se puso, por vez primera en su vida, una cofia. Era de hilo blanco, similar a un pequeño tocado redondo y se afianzaba con una cinta del mismo color que al menos medía un palmo de ancho y sólo se estrechaba bajo el mentón. Cuando hubo terminado, se giró hacia Jonah y le dirigió una mirada interrogativa.

Él ladeó la cabeza y asintió.
—Perfecto.

Crispin, Meurig y David reunieron los muebles prestados y los apilaron contra la pared cercana a la puerta, y Rachel y Berit recogieron el servicio de mesa utilizado en la boda. La sala volvía a estar como de costumbre, y en la mesa se veía el desayuno.

Crispin fue el primero que los vio. Fue a su encuentro y, risueño, hizo una reverencia ante la desposada:

—Buenos días, señora Durham.

Giselle esbozó una sonrisa radiante: había sucedido, alguien lo había dicho.

—Buenos días..., Crispin, ¿no?

—Así es. Demasiados rostros nuevos de repente, ¿no es cierto? Estos de aquí son Rachel y Meurig con Jocelyn y James. Y Berit, que a partir de hoy será responsable de vuestro bienestar personal. Y éste es nuestro aprendiz, David, rey de los haraganes.

Los aludidos se inclinaron o hicieron una reverencia ante la dama de la casa, y ella sonrió.

—Me acuerdo de ti, David.

Él se sonrojó, bajó la cabeza y no atinó a decir nada mientras Rachel le lanzaba una breve y crítica mirada de reojo a Giselle. Jonah llevó a su esposa a su sitio, se sentó a su lado y el resto tomó asimismo asiento.

De pronto Jonah recordó que en la casa había un nuevo miembro.

—¿Dónde está el cocinero? ¿Jasper?

Rachel le ofreció una escudilla con gachas y cabeceó.

—Dice que no come con los señores en la sala.

—Comprendo. Apuesto a que eso te halaga, ¿eh, Rachel?

Todos rompieron a reír, pero Meurig pensó que el cocinero tenía razón y que, en el futuro, tal vez fuera mejor que él, Rachel, los niños y Berit comieran con él abajo, en la cocina.

Giselle se comió a cucharadas su avena y escuchó la animada conversación de la mesa para conocer a las personas con las que viviría a partir de entonces y averiguar qué relación mantenían entre sí, con Jonah e incluso con ella. Aliviada, llegó a la conclusión de que allí no existía enemistad alguna. Aquellas personas se trataban con naturalidad porque cada una de ellas sabía cuál era su sitio.

—Jonah, he puesto a buen recaudo los regalos de boda en mi alcoba. Si me das tu llave, los paso a la tuya —comentó Crispin.

No fue Jonah, sino Giselle quien se soltó del cinto el llavero que su esposo le había entregado ceremoniosamente con anterioridad y le dio al oficial la correspondiente llave. Jonah sólo conservaba las de la puerta del patio, el despacho y el cofrecillo del dinero que guardaba en sus aposentos.

Siguieron desayunando a base de pan moreno y huevos revueltos, y hasta Rachel se fue entusiasmando poco a poco con el nuevo cocinero.

Cuando, después de dar gracias, se levantaron, las criadas recogieron los platos y todos salieron, Jonah esperó en la puerta a Meurig, que iba en retaguardia, lo agarró con rudeza del brazo, lo metió de nuevo en la sala y lo puso contra la pared con dureza.

—Podría preguntarle a Gervais de Waringham qué te ha pagado por tus traidores servicios y descontártelo de tu salario —gruñó quedamente.

Meurig intentó zafarse, pero la garra era inflexible como una abrazadera de hierro. El criado se preguntó, perplejo, cómo un pañero podía tener tanta fuerza. Sumiso, descansó la cabeza en la pared y miró al techo.

—No puedo concebir que vayáis a hacer eso, pues sabéis tan bien como todos que a los recién casados se les gastan bromas.

—Hay bromas de buen y mal gusto —contestó Jonah—. Ponte a trabajar y tapa el maldito agujero.

—Hoy es domingo, señor.

—Estoy enterado de qué día es, Meurig, mas subestimas la gravedad de la situación. Será mejor que hagas lo que te digo. Avisa a Rachel de que ponga ropa limpia en el lecho. Y que se guarde de volver a mirar a mi esposa como lo ha hecho antes.

Lo soltó, dio un paso atrás y le señaló la puerta con el mentón.

Meurig lo miró un instante a los ojos y luego bajó la vista con aire de culpabilidad.

—De acuerdo, señor.

Londres,
junio de 1337

Y así fue como Meurig puso en práctica sus reflexiones mucho antes de lo previsto. Apeló con insistencia a la conciencia de su Rachel y, en adelante, él, su familia y Berit pasaron a comer en la cocina con Jasper, el cocinero.

Meurig y Jasper tardaron poco en descubrir su afinidad, y el no poco encanto del cocinero apaciguó tan fácilmente a Rachel como enardeció a la pequeña Berit. Las comidas en la cocina eran de lo más animado.

Crispin estaba seguro de que Giselle se había dado cuenta de que había alterado el equilibrio de la casa, si bien no decía nada, al menos no a él. Echaba en falta el inagotable buen humor de Meurig en la mesa, así como la maternal generosidad de Rachel, que derrochaba en todo momento con todo el que vivía bajo ese techo, pero llegó a la conclusión de que Giselle les hacía bien.

Crispin se había mostrado en extremo escéptico respecto a la hija del desacreditado comerciante, aun cuando se había guardado muy mucho de hacérselo notar a Jonah. Sin embargo, pronto comprobó que su preocupación era infundada. Giselle era impulsiva, mas no peleona; distinguida, mas no engreída, y cariñosa de un modo que le recordaba a Annot. Jonah siempre había dado limosna a los mendigos de All Hallows, pero Giselle lo instó a volverse un poco más magnánimo, lo convenció incluso de que asignara una pequeña suma mensual a los hermanos de un miserable y ruinoso monasterio ubicado en la parta alta, en Old Fish Street, para que pudiesen proporcionar una sopa a los más necesitados entre los necesitados. Jonah, constató Crispin estupefacto, era cera en manos de su joven esposa.

Se veía en un centenar de bagatelas que ésta había vivido muchos años en la corte. Tanto en sus impecables modales, como en la naturalidad con que aceptaba el lujo que ponía a sus pies Jonah. Mas, sobre todo, en su gran habilidad en el trato con la gente, cosa sin duda aprendida de la reina. Lograba que cualquiera superara su timidez e incluso acabar con sus reservas, y sin embargo ella siempre se mantenía en su sitio. Así fue como conquistó el corazón de los arrendatarios cuando, al día siguiente de su boda, Jonah la llevó por el patio de casa en casa, y, cosa más importante aún, se granjeó el respeto del servicio, incluida Rachel, que era difícil de convencer una vez se formaba una opinión. Un mérito en modo alguno insignificante para una mujer tan joven, pensó Crispin. David la trataba con deferencia, pero también con una superioridad apenas perceptible, como si fuese su hermano menor. En cuanto a él, Crispin se percató de que Giselle le ofreció su amistad con la mayor desenvoltura, y él no se hizo de rogar. Cuando vecinos, gremiales o amigos acudían a comer, cosa cada vez más habitual, ella insistía en que Crispin estuviese presente. Y siempre se encargaba, advirtió él entre divertido y asustado, de que uno de los invitados trajese consigo a una hermana o hija soltera.

Desde que finalizara el esquileo, Jonah estaba prácticamente siempre de viaje para comprar lana, y había indicado a sus agentes hasta Lincolnshire que hiciesen lo mismo. Adquiría lana en tales cantidades que resultaba inquietante.

–Espero que Jonah regrese a tiempo para recibir a vuestros invitados –observó Crispin.

–También yo lo espero –coincidió Giselle, si bien con tono despreocupado–. Me preguntaba si sería buena idea invitar al primo de Jonah y a su esposa, para sorprender a Jonah. Ya es hora de romper el hielo, ¿no crees?

Crispin se quedó poco menos que petrificado, en las manos la bala de paño que acababa de sacar del estante, y se volvió despacio hacia Giselle.

–No, no sería buena idea, créeme.

Ella lo miró a la expectativa, y el oficial se apoyó en el pupitre y cruzó los brazos.

—No me digas que no te ha hablado de ello, Giselle.

—Ni palabra. Le he preguntado una o dos veces, pero me evita.

De manera que Crispin la puso en antecedentes. Lo hizo sin remordimientos de conciencia, pues ella era la esposa de Jonah y tenía derecho a saberlo. No condenó ni a Rupert ni a Jonah, sino que intentó exponer las cosas como habían acontecido. Sólo dejó fuera a Annot.

—Y ahora maese Rupert es arrendatario de Jonah, y sus negocios van cuesta abajo. Cuando Jonah se siente caritativo, le proporciona algún encargo, y cuando Rupert se entera se siente aún más humillado. Las cosas van a peor, no mejoran.

—Pero Rupert es el único pariente vivo de Jonah —porfió ella, sin dar crédito—. Y viceversa. ¿Cómo pueden tratarse así? Es pecado.

—Quien siembra vientos recoge tempestades —sentenció Crispin—. Y no creo que seas capaz de hacerlo cambiar de opinión, aunque prueba. Al fin y al cabo nunca se sabe. Mas si quieres un consejo, no trates de maquinar nada sin su consentimiento. Y, Giselle, no vayas nunca, nunca sola a ver a Rupert y Elizabeth. Los dos son peligrosos.

—Santo Dios, me estás asustando. —Esbozó una sonrisa insegura.

—Eso pretendía precisamente. Y si... Ah, aquí está David.

El aprendiz entró del soleado patio al despacho. Al descubrir a Giselle sonrió con timidez, se metió tras la oreja un mechón de cabello nerviosamente y se volvió en el acto hacia el oficial.

—Mirad, maese Crispin, ¿qué opináis vos? El flamenco e Ypres piensan que tal vez sirva.

Llevaba metido en los talleres del tintorero y el tejedor desde la tarde del día anterior, y el resultado de su dedicación era una muestra de paño de unas dos varas de longitud y el ancho de un telar. Una tupida mezcla de seda y lino con estampado ajedrezado.

Crispin pegó un respingo, asustado.

—¿Verde y rojo? ¿Habéis perdido el juicio? El contraste resulta mareante. ¿Quién va a llevar esto? ¿El bufón del rey?

Sin embargo, Giselle era de otro parecer. Tomó la muestra en las manos, la sostuvo en alto y la movió de un lado a otro con los brazos extendidos.

—Es muy atrevido, pero a la reina le encantará. Hace tan sólo unos días dijo que si nadie introducía colorido en la moda moriría de tristeza. –Giselle seguía pasando mucho tiempo en Westminster, sobre todo cuando Jonah no estaba–. Tengo intención de ir a verla mañana por la mañana, puedo llevarlo y mostrárselo.

Su elogio de su más reciente creación hizo brillar los ojos de David, mas éste titubeó.

–Mejor no, señora. Maese Jonah ha dicho que ninguna muestra debe salir de esta casa antes de que él la haya visto.

–Bah, ¡pamplinas! Él no se encuentra aquí, ¿no? ¿Y qué daño puede hacer? Sé a ciencia cierta que le gustará. Tengo una idea, David: iré a verla ahora mismo y se lo llevaré. Tú me acompañarás: es de todo punto imposible que atraviese la ciudad sola.

A David le flaquearon las piernas ante la perspectiva de escoltar a Giselle a Westminster, si bien objetó:

–Aquí sólo tenemos un caballo.

Ella dobló la muestra con decisión y se la metió bajo el brazo.

–Entonces te alquilaremos uno. Crispin, hemos de decirle a Jonah que tiene que comprar otro caballo. Él siempre está de viaje con *Grigolet* y nosotros sólo tenemos a mi *Belle*. No es suficiente.

Se encaminó a la puerta sin aguardar una respuesta. David iba a seguirla, pero Crispin lo agarró por un brazo y lo retuvo.

–Sabes que esto va a traer cola, ¿no?

El aprendiz asintió de mala gana, se soltó y fue a la casa en pos de Giselle.

–¿Tres libras? –repitió el criador de ovejas con incredulidad, y rompió a reír–. ¿Tres libras por un saco de lana? Os gusta bromear, maese Durham. En Flandes valdría el triple.

«Eso espero», pensó Jonah.

–Pero está aquí, no en Flandes. –Se sacó de la manga un pergamino doblado y se lo tendió–. Tomad. Un documento con el Gran Sello del rey que me autoriza a comprar lana de Kent de la mejor calidad a este precio.

Las por lo común rojas mejillas del aldeano palidecieron. Dejó vagar la vista nerviosamente por el escrito con el impresionante sello, pero sacudió la cabeza.

–He de confiar en vuestra palabra, mi señor, no sé leer.

Jonah se guardó el documento.

–En tal caso creedme, Wilson. Quiero cinco sacos.

–Pero... pero eso es todo lo que tengo de esa calidad –protestó Wilson, mesándose los cabellos. Entonces se le ocurrió una idea–: Maese Durham..., sois desde hace años uno de mis compradores más fiables, y siempre ha sido un placer hacer negocios con vos. Habida cuenta de esta vieja amistad, ¿cuánto me costaría convenceros de que me exonerarais y fueseis a ver a mi vecino?

Jonah sonrió débilmente.

–Por mor de esa vieja amistad estoy dispuesto a pasar eso por alto. Ya he ido a ver a vuestro vecino. Y una cosa más, Wilson: este certificado también me autoriza a compraros la lana a crédito. A tres libras y media, pagaderas dentro de doce meses. ¿Lo preferiríais?

–Eso... eso sería mi ruina –balbució el hombre, horrorizado.

Jonah asintió y señaló su carro.

–Entonces ordenad a vuestros mozos que carguen mi lana. Y que se apresuren.

Resignado, el criador les hizo una señal a los suyos, si bien preguntó con rebeldía:

–¿Qué habríais hecho si me hubiese negado?

–Habría vuelto con el sheriff –replicó Jonah al punto.

Cierto, los precios eran demasiado bajos, pero a la postre todo ello servía a los propósitos del rey, y por ello, opinaba Jonah, todo inglés debía estar dispuesto a hacer sacrificios.

Acompañó a Wilson a la casa de éste, le pagó quince libras en monedas de oro florentinas y se despidió. Una vez fuera montó y se dirigió a su carro.

–Llevad esta lana al almacén pequeño, ahí no entra la lluvia –indicó a los dos mozos que había llevado consigo de su heredad, Sevenelms Manor.

Allí reunía su lana de Kent, pues almacenarla en Londres habría sido mucho más caro.

–Conforme, mi señor –prometió el fornido Ron, que, a ojos de Jonah, era el hombre que le inspiraba más confianza en Sevenelms–. ¿Vos no venís con nosotros?

Jonah sacudió la cabeza.

–Me vuelvo a Londres. Creo que dentro de un mes, a lo sumo de dos, embarcaremos toda la lana. Os lo haré saber.

Acto seguido clavó los talones en las ijadas de *Grigolet*, pasó al trote ante el lento carro y, al cabo de una legua aproximadamente, salió al camino. Se dirigió hacia el oeste al galope, en dirección a Londres.

Era un día estupendo, cálido mas no caluroso, y una leve brisa hacía que cabalgar resultara agradable. Jonah giró hacia el sur, rumbo al río, dejó atrás Wool Quay y su aduana, donde cada saco de lana que abandonaba el país era pesado y aduanado. A Jonah le dio un escalofrío al pensar que sólo los derechos de exportación de su lana ascenderían a doscientas libras. ¡Menuda suma! Antes exportaba lana por ese valor, y ahora sólo los aranceles constituían esa cifra. Y es que de los diez mil sacos que los monopolistas debían llevar a Dordrecht como primera partida, Jonah se encargaría de doscientos, un buen punto medio. Algunos de los mercaderes participantes sólo querían contribuir con veinte sacos, y, con trescientos cincuenta, William de la Pole sería quien se hiciera cargo del mayor contingente, cosa que a nadie había sorprendido. Conduit y Pulteney se habían comprometido a suministrar doscientos sacos cada uno, pero ni siquiera un hombre tan adinerado como Gabriel Prescote, el ignorante esposo de la propietaria del burdel más caro de la ciudad, aportaría más de ochenta sacos.

Jonah pasó por delante del atracadero del *Felipa*, ya que nunca podía resistirse a echar un vistazo a su barco cuando se hallaba en las proximidades. Al doblar la parte baja de Thames Street vio que en cada plazuela había preparadas hogueras grandes y pequeñas.

En ningún lugar eran las pilas de madera para las hogueras de la noche de San Juan mayores que en Ropery, y a lo largo de la calle ya habían dispuesto mesas que más tarde se combarían bajo el peso de repletas fuentes, bandejas y jarras. Los días festivos importantes como ése era habitual que los vecinos más acomodados de un barrio salieran a las calles a convidar al pueblo. En Ropery era la esposa del rico sastre Radcliffe la que preparaba ese festejo callejero, y también Jonah había aportado su grano de arena.

Finalmente, cruzó la puerta de su casa. El patio estaba bañado por la viva luz del sol de primera hora de la tarde, y el bancal de hierbas de Rachel desprendía un poderoso aroma, sobre todo a romero, le pareció a Jonah. También de su puerta y de las de las cabañas de los arrendatarios colgaban guirnaldas confeccionadas con ramas de abedul, lirios y alisos de mar. Como de costumbre, ver aquel orden le alegró el corazón.

Apenas había recorrido la mitad del camino hacia la cuadra, su esposa salió de casa y cruzó el patio con una premura impropia de una dama, incluso con las faldas un tanto remangadas.

Jonah se detuvo, bajó de la silla y corrió a su encuentro riendo y sacudiendo la cabeza a un tiempo.

—Ah, Jonah, Jonah, Jonah..., ¡te he echado tanto de menos!

Él la levantó y le dio una vuelta en el aire.

—¿De veras?

La depositó en el suelo, enfiló con ella hacia la cuadra —que *Grigolet* había encontrado solo—, la rodeó con sus brazos y la besó con avidez.

—Es horrible cuando estás tanto tiempo fuera —confesó ella, descansando el rostro en su hombro.

Jonah le levantó el mentón con el pulgar y el índice.

—Pero sólo han sido cuatro días, Giselle.

—A pesar de todo es demasiado tiempo. ¿Qué tal Sevenelms? ¿Vas a llevarme alguna vez?

Él dijo que sí con la cabeza.

—Debería hacerlo, ¿no es cierto? Al fin y al cabo te pertenece. —El contrato de dote estipulaba que a Jonah le correspondía el uso exclusivo de la pequeña propiedad y todas sus ganancias, mas no podía enajenarla. Y, en el caso de que falleciera antes que su esposa, dicha propiedad pasaría a manos de ella y sus hijos, y ningún posible esposo futuro podría reclamarla. De la Pole insistió en esa cláusula para proteger a su hija y sus nietos, y a Jonah la medida de precaución le pareció razonable. Después de todo cualquiera de ellos podía morir mañana—. Ya veremos. Si el mes que viene no tengo que ir a Dordrecht, tal vez podamos pasar unos días en el campo, ¿qué te parece?

Los ojos de Giselle se iluminaron.

—Sería espléndido. Padre dice que el primer cargamento debería llegar a Dordrecht como muy pronto en agosto.

Salieron de la cuadra y se dirigieron al despacho cogidos de la mano.

—¿Has hablado con él? —le preguntó Jonah, curioso.

—Estuve en Westminster y me lo encontré allí. Se pasó horas encerrado con el rey y el lord canciller, conversando y dándose tono. Hoy regresó a casa, a Hull. Dijo que tenía que comprobar si recibía su lana y... ¿Qué te ocurre, Jonah? ¿Por qué me miras así?

Él sacudió la cabeza y negó con la mano.

—No me agrada que vayas sola a la corte, ya lo sabes. Si allí las muchachas solteras se consideraban sagradas, las mujeres casadas nunca estaban a salvo del acoso. Del séquito del rey formaban parte demasiados jóvenes caballerescos y demás solteros impetuosos, y él se temía que Giselle era demasiado inocente para defenderse.

—¿Acaso no confías en mí? —inquirió ella, ofendida.

—En ti sí. En cuanto a Gervais de Waringham, tendría miedo de salir trasquilado.

Giselle lo besó en la mejilla.

—No te preocupes, querido. Gervais es capaz de entender un no.

Lo cual no era necesariamente válido en el caso del rey, si bien no tenía intención de confiar a su esposa su inquietud a este respecto. No hasta que no fuese necesario y ella se sintiera realmente amenazada por las atenciones de que la colmaba Eduardo.

—¿Qué otras cosas has hecho? —se interesó él, pues era delicioso escuchar su voz.

Giselle se cogió de su brazo y echó a andar a su lado.

—Ayudé a la señora Radcliffe a preparar el festejo, algo por lo cual me estará eternamente agradecida, y luego, como te he dicho, estuve en la corte y no regresé hasta hoy por la mañana. El príncipe Eduardo me contó que su padre lo ha nombrado duque de Cornualles y que es el único duque de toda Inglaterra y antes de él tampoco ha habido ninguno. Mas por desgracia no pudo explicarme qué es exactamente un duque. ¿Tú lo sabes?

Jonah hizo un vago movimiento con la mano.

—Un duque. Creo que es el título que sigue al de rey, pero en esa materia no soy ningún experto.

—La reina te envía saludos —prosiguió ella—. Se alegró sobremanera de que fueses y me pidió que te dijera que espera verte pronto. La muestra de David la animó tremendamente. Lo cierto es que ahora no lo tiene lo que se dice fácil, el rey monta en cólera a menudo contra el soberano de Francia y...

—Un momento. —Jonah se paró—. ¿Qué muestra?

—David ha concebido un paño extraordinario junto con el tintorero y el maestro tejedor. Me lo llevé conmigo a Westminster y le enseñamos la muestra a la reina.
—Comprendo.
—Se quedó pasmada. Quiere hablar contigo al respecto la próxima vez que os veáis.
Jonah se obligó a sonreír.
—Bien. —Se detuvieron a la puerta del despacho, y él apoyó la mano en el pasador—. Dime, si mal no recuerdo, hoy tenemos invitados, ¿es así?
Ella asintió.
—Los Bardi —y añadió con un guiño—: Esos pobres extranjeros necesitan asilo y consuelo esta noche en que nosotros, los ingleses, recordamos nuestro legado pagano.
Jonah afirmó con la cabeza.
—Entonces ve a casa, seguro que aún tienes mucho que hacer. Yo iré después de hablar un momento con Crispin y David y echar un vistazo a los libros.
Giselle profirió un suspiro.
—Ya me conozco lo de «echar un vistazo a los libros», pero qué remedio, me adelantaré. Hasta ahora.
Jonah se quedó mirando hasta que hubo desaparecido tras la tintorería y a continuación abrió de un empellón y entró en el despacho. Crispin no estaba, pero David salió del contiguo almacén del paño al oír los pasos.
—¡Maese Jonah! Bienvenido a casa.
Por toda respuesta el muchacho recibió un bofetón tan enérgico que perdió el equilibrio, se tambaleó y se dio contra el pupitre, el cual, tras la repentina arremetida, se bamboleó de manera alarmante, si bien no cayó.
David se enderezó con cautela y movió la cabeza. Al alzar la vista sus ojos reflejaban turbación y reproche, y ello hizo que Jonah terminara de perder el control. Lo golpeó de nuevo en el rostro, y esta vez el chico fue a parar al suelo.
—Recoge tus cosas —ordenó Jonah en voz baja—. Le escribiré a tu padre una carta para que se la des. Saldrás de mi casa hoy mismo.
—Oh, Dios mío —musitó el muchacho—. Os lo ruego, señor, no lo hagáis.

Jonah percibió con claridad la desesperación en su voz, pero no tenía intención de ablandarse.

—Tú. Tú solo eres quien lo ha hecho, no yo.

David se puso en pie, si bien mantuvo la cabeza gacha.

—Pero ¿qué hay de malo en ello? Vuestra esposa lo deseaba, y de todos modos vos le habríais llevado la muestra a la reina. Fue... idea mía, fui yo quien la concibió. ¿Por qué no podía ser yo quien se la enseñara una única vez?

—Estando a mi servicio, tus ideas me pertenecían —aclaró Jonah con engañosa paciencia—. Jamás las he hecho pasar por mías, pero a mí me incumbe tomar la decisión de si saldrán al mercado y cuándo lo harán. Eran confidenciales, y aunque sabías de sobra cuáles eran mis deseos, los has desoído deliberadamente. No quiero conmigo a alguien que divulga mis secretos comerciales cuando se le antoja, David, habida cuenta de lo despiadada que es la competencia en esta ciudad. Y ahora será mejor para los dos que te vayas.

El chico apoyó los puños en los muslos. Los lisos y rubios cabellos ocultaban su rostro, mas de pronto levantó la cabeza y preguntó:

—¿Cómo podéis hacer esto? He cometido un error, y probablemente deba pagar por él, pero... ¿cómo podéis echarme sin más ni más? Mi padre... —Parpadeó y respiró hondo, pugnando por mantener la compostura—. Mi padre me detesta. Vive Dios... Me meteré en un maldito monasterio o hará cualquier otra cosa espantosa. Ni siquiera puedo respirar libremente cuando estoy en la misma habitación con él. Éste..., éste es mi hogar. ¡No podéis despacharme sin más!

—Jonah, tiene razón —terció Giselle en voz queda desde la puerta—. Di que no vas a echarlo.

Maestro y aprendiz se sobresaltaron. David hizo un desesperado gesto de rechazo, antes de volver los ojos mientras Jonah se giraba despacio. Meneando la cabeza, observó a su esposa.

—A estas alturas ya debería saber que no me puedo fiar de ti cuando dices «me adelantaré».

Ella sonrió con tristeza e, insegura, cruzó el umbral. Después hizo acopio de valor y le agarró la mano.

—No te enfades con él, Jonah, te lo ruego. No tiene la culpa. No le dejé elección.

Él negó con la mano libre.

—Aunque así sea, debió pensárselo mejor.

Ella se encogió levemente de hombros.

—Tal vez. Mas, pese a todo, fue culpa mía.

—No, señora, os lo ruego —intervino con poca fortuna David.

Jonah apartó la cabeza y le lanzó una mirada adusta.

—Será mejor que cierres el pico y agradezcas su intercesión. Está bien, puedes quedarte.

David cerró los ojos y se tapó la boca con la mano. Apenas podía contener su alivio.

—Pero no creas que esto va a quedar así —agregó Jonah en tono amenazador—. Y no te pienses que vas a ir esta noche a los festejos.

David dejó caer la mano y dijo que sí con la cabeza. Le daba completamente igual.

Se quedó mirando a Jonah y Giselle, que se dirigieron a la casa, y, a continuación, fue a la cuadra, desensilló a *Grigolet*, le llevó agua y forraje y levantó la cabeza sin sorprenderse al oír los pasos de Meurig.

El criado se apoyó en la puerta de la cuadra, golpeándose rítmicamente la rodilla con la fusta, y dijo con una débil sonrisa:

—Bueno, David, muchacho..., tú y yo tenemos algo pendiente.

David Pulteney se irguió y sonrió con una osadía que impresionó a Meurig. Tras quitarse la cota y el fino jubón, le ofreció la espalda al criado, se agarró a la viga más próxima y dijo, volviendo la cabeza:

—En tal caso, pongámonos a ello sin más dilación.

Beatrice Bardi suspiró.

—Bueno, sin lugar a dudas Inglaterra tiene su encanto —aseguró por pura cortesía—, mas, francamente, preferiría vivir allí en la pobreza que aquí en el lujo.

Todos rompieron a reír, pues les costaba creer semejante afirmación. Sólo Giuseppe permaneció serio, dirigió una breve mirada inquieta al vientre levemente abultado de su esposa y dijo, meneando la cabeza:

—Piensa bien lo que dices, *cara*. A diferencia de mi nostálgica esposa, yo adoro Inglaterra. Londres es mi patria, no hay ninguna ciudad que se le pueda comparar. Pero si el rey sigue desplumándonos, tendremos que cerrar nuestras puertas aquí y regresar a Florencia más pobres que las ratas y en deshonra. Ya estoy viendo frotarse las manos a la competencia. Disculpa, Jonah, sé que no te agrada que se hable mal del rey Eduardo, pero su boato y sus ambiciosos planes en el continente no hay quien los costee. Nos exige lo imposible.

Jonah lo invitó a continuar.

–Puedes hablar abiertamente, Giuseppe.

Mas no fue él sino Beatrice quien habló:

–Los rumores de Valenciennes le cortan a uno la respiración. Giuseppe hace remilgos a dar cifras, pero dado que sólo son rumores, os diré lo que hemos oído.

–¿Valenciennes? –preguntó Crispin, que no sabía a qué se refería.

–La capital de Henao –le explicó Giselle–. Hasta allí ha viajado el tesorero real para negociar con los condes y duques de los Países Bajos.

Beatrice asintió.

–Con su séquito van cuarenta jóvenes caballeros, todos los cuales llevan una venda de seda en el ojo izquierdo. Han jurado que verán con un ojo solo hasta que no hayan protagonizado hazañas en un campo de batalla francés. Las damas de alcurnia de Henao están cautivadas con tan osados caballeros, y todas las tardes se celebra una fiesta en alguna parte. Danzan, comen opíparamente y salen de caza. Giuseppe ha calculado que tanta diversión le cuesta a la Corona unas cien libras a la semana.

–Beatrice... –exhortó Giuseppe, y miró al techo con desesperación.

Ella hizo como si no lo hubiese oído.

–Pero eso no es lo peor –continuó en voz baja–. El tesorero ha firmado una alianza con el duque de Brabante: por sus tropas y su apoyo en contra de Francia, Brabante recibirá la suma de sesenta mil libras. Y el káiser alemán, sin cuyo respaldo los Países Bajos no moverán un dedo por el rey Eduardo, exige cuarenta y cinco mil libras.

–Lo cual hace un total de ciento cinco mil –intervino Giuseppe sin necesidad. A todas luces, de pronto había decidido abandonar su comedimiento–. Más del triple de los ingresos anuales de la Corona.

Perplejos, Crispin y las damas guardaron silencio mientras Jonah calculaba.

–Resulta factible –repuso despacio–. Siempre y cuando no quieran todo el dinero de golpe.

Giuseppe, sin embargo, era escéptico.

–Ni siquiera conocemos todas las cifras. ¿Y cuándo comenzará esta guerra de cuyo botín depende el rey para reintegrar a sus acreedores? Sin duda, este año ya no. ¿El próximo verano? Quizá. ¿Tienes idea de a cuánto ascenderán sólo los intereses para entonces? Alguien ha de explicarle al rey que el dinero es un bien limitado, hasta para el insigne Eduardo.

Jonah iba a replicar que todo plan audaz entraña riesgos y que, después de Escocia, no cabía ninguna duda de que Eduardo derrotaría a los franceses en un abrir y cerrar de ojos, si bien no dijo nada, ya que entró Rachel para retirar los platos y dejar en la mesa una fuente con frutas escarchadas y frutos secos tostados. Meurig, que iba detrás con una jarra de vino, hizo una reverencia innecesariamente amplia ante Jonah.

–¿Deseáis alguna cosa más, maese? –preguntó.

A él no le costó captar el mensaje. Indicó al matrimonio que podía retirarse y le dijo:

–Echaros a la calle. Yo mismo encontraré el barril de vino si es necesario.

Rachel y Meurig se marcharon con una sonrisa radiante.

Giselle estaba en camisa ante la ventana abierta, contemplando la tibia noche de junio. Aquí y allá se veía el resplandor de alguna hoguera, pero ya era tarde cuando sus invitados se fueron y la mayoría se había extinguido. El cielo de Londres se hallaba cubierto de humo, no se veían las estrellas y la luna era un gajo velado de gris.

–Giuseppe estaba muy preocupado –comentó, pensativa.

–Giuseppe siempre teme por el dinero de los Bardi, no es ninguna novedad –repuso Jonah, que estaba sentado en el borde de la cama, esperándola–. Beatrice va a tener un hijo, y no es para volverse atrevido.

Giselle echó atrás la cabeza y le susurró a la luna:
—Beatrice no es la única.
—Vaya —contestó Jonah—. Empezaba a preguntarme cuándo te percatarías.

Ella dio media vuelta y dio un puñetazo en el marco de la ventana. El postigo cencerreó.
—Santo Dios, Jonah, ¡eres insoportable! ¿Cómo puedes saberlo?

Él se puso en pie, se le acercó e hizo ademán de abrazarla, pero ella se resistió.
—Perdona, Giselle, querida —le pidió, compungido—. Perdona que sepa calcular y sea consciente de que han pasado cuatro semanas y seis y ocho.

Lo cierto es que había llegado a la conclusión de que debió de pasar en su noche de bodas. Al fin y al cabo era algo habitual.
—¡Con todo! Otros hombres se quedan de una pieza y dicen: ¿de veras? O: ¿estás segura? O algo por el estilo. Pero, claro, con el omnisciente Jonah la cosa cambia.

Sonrió, pero tenía la frente fruncida. Era evidente que no acababa de decidir cuán serio era su enojo. No obstante, él notó que se sentía decepcionada por haberse malogrado su gran sorpresa.

Jonah la atrajo hacia sí.
—Shhh. Lo siento. ¿Habrías preferido que hubiese fingido?
—¡Sí!

Jonah rió quedamente, la cogió en brazos y la llevó a la cama. La depositó con sumo cuidado y se arrodilló junto a ella.
—El hecho de que lo supiera no cambia en nada la alegría que siento.
—¿De verdad? Sabes ocultar tus sentimientos de un modo admirable —dijo ella malhumorada—. Y ahórrate la alegría hasta que veamos si es un chico.
—Me da exactamente lo mismo. Por mi parte, podemos empezar con una niña.
—¿Lo dices en serio?

Él se encogió de hombros.
—Ésa es una pregunta necia. Está en manos de Dios, y decida lo que decida, me parecerá bien. De todas formas, los muchachos no causan más que disgustos; seguro que una hija depara más alegría.

La mayor preocupación de Giselle había resultado ser infundada, y de pronto la muchacha lo obsequió con una sonrisa de alivio y le tendió la mano.

—Ven aquí.

—¿Significa eso que me has perdonado?

Ella asintió.

«Gracias a Dios», pensó Jonah mientras le bajaba a su esposa el tirante izquierdo.

HAVERING,
OCTUBRE DE 1337

El monasterio benedictino se encontraba a orillas de un veloz riachuelo, en las afueras de la pequeña ciudad de Havering, a escasas leguas al sur de Londres. Para ser un convento de monjas estaba inusitadamente apartado, si bien un alto muro de quince pies de altura protegía la amplia construcción, e incluso en tiempos de luchas intestinas y bandas de sanguinarios caballeros saqueadores, el santo lugar nunca había sido profanado.

–Siempre que vengo a verte siento añoranza del campo –le confesó Giselle a su hermana Elena–. Es tan hermoso. Como un pedazo del jardín del Edén.

Elena se hallaba sentada al pie del muro, disfrutando del suave sol de octubre envuelta en mantas. Uno de los numerosos criados del convento había sacado al jardín primero su alta silla y después a la muchacha. Ésta siguió la mirada de su hermana.

–Sí, tienes razón –convino–. Me alegro de haberme decidido por este lugar y no por el convento de Londres. Sin duda allí habría recibido más visitas, mas aquí reina una paz profunda, que es un bálsamo para el alma.

A Giselle le remordió la conciencia.

–Lamento no haber venido más este verano, Elena. Yo...

Su hermana levantó una de las menudas y blancas manos.

–No, no te lo reproches. Ahora tienes muchas obligaciones y, por añadidura, estás encinta. Pero dices que anhelas el campo. ¿Acaso no estuvisteis en Sevenelms este verano?

Giselle asintió e hizo una mueca.

–Sí, bueno. En julio se declaró en Londres una grave epidemia de fiebre y Jonah me llevó allí. Pasamos juntos una semana estupenda y luego él se esfumó y me dejó sola seis semanas enteras.

–Debes comprenderlo, sin duda se preocupa por ti y por vuestro hijo.

–Naturalmente. –Giselle sonrió, arrepentida–. Vaya, ya lo he vuelto a hacer. Venir lloriqueando porque he tenido que aguantar unas semanas sola en Sevenelms cuando tú llevas aquí seis años.

Elena revolvió los ojos con impaciencia.

–Sí, Giselle, seis años, así es. Pero me he hecho a la idea. ¿Cuándo te acostumbrarás tú? ¿Cuándo dejarás de echarte en cara que aquel día salieras ilesa y yo no? Fue la voluntad de Dios, no la tuya. Y me lo pondrías más sencillo si dejaras de tratarme como si fuese digna de lástima y me contases lo que te aflige. Para eso están las hermanas.

Giselle afirmó con la cabeza.

–Sí, tienes razón.

Se sentó en el banco de piedra contiguo al sillón de Elena y se llevó las manos a los riñones sin darse cuenta. Estaba bastante regordeta, pero todavía no se sentía pesada.

–¿Está siendo malo el embarazo? –preguntó Elena.

–No. Creo que podría decirse que no. Al contrario, no tengo náuseas, nunca estoy cansada y no tengo los pies hinchados ni nada parecido. Pero desearía no haberme quedado encinta tan pronto.

Su hermana la miró asombrada.

–Mas ¿no es eso lo que desea toda esposa?

Giselle puso expresión de perplejidad.

–Sí. Tal vez debiera considerarme afortunada y no pecar diciendo algo así. Ojalá hubiese tenido más tiempo para estar a solas con Jonah y ganarme un lugar en su vida.

–Eso suena muy raro –observó Elena en tono de ligero reproche–. Eres su esposa, y yo lo vi en vuestra boda: se sentía tan orgulloso.

–Orgulloso. –Giselle se paró a pensar en la palabra–. Sí, supongo que lo estaba. Todavía lo está. Incluso me quiere. Pero... no tenemos confianza.

Elena miró significativamente el vientre de su hermana.

–Pues a mí me parece que sí.

Giselle rompió a reír.

–Sí, a ese respecto todo va muy bien, mas no me deja compartir su vida. No sé qué hizo las seis semanas que yo estuve sola en Sevenelms. No me cuenta nada de sus negocios, y es cierto que a principios de la pasada semana me dijo que tenía que ir a ver a padre a Hull, pero fue Crispin quien me explicó por qué. –Jonah había averiguado que muchos de los monopolistas, incluido De la Pole, introducían lana en Flandes de contrabando en cantidades exageradas, lo cual retrasaba el acopio de lana para el monopolio y hacía bajar los precios en el continente. En resumidas cuentas, perjudicaba los intereses del rey. Jonah había ido a ver a De la Pole para discutir esos hechos, y Giselle temía las consecuencias–. Probablemente me siga viendo igual que aquel día aciago de hace seis años. Me encuentra... divertida. Destierro sus pensamientos sombríos, y de ésos tiene en abundancia. Soy su juguete, y dentro de poco seré la madre de su hijo, pero no necesita una compañera.

Elena ladeó la cabeza y contempló a su joven y temperamental hermana, siempre mimada por la vida y colmada de amor. Tal vez nadie lo estimara posible, pero incluso su padre amaba a Giselle, y durante años había sido la benjamina consentida por todos en el séquito de la reina.

–Quizás esperes demasiado.

Giselle bajó la cabeza y resopló ruidosamente.

–Sabía que dirías eso.

–No te ofendas, hermana. Quiero decir que tal vez no debas esperar sentada a que tu esposo descubra por sí mismo lo que podrías ser para él. Es posible que debas ayudarlo un tanto.

Giselle se paró a reflexionar, las manos acariciando la falda con nerviosismo. Elena tenía razón, pero la cuestión que de verdad la atormentaba era la siguiente: si se negaba a continuar siendo el *caprice* de Jonah y lo obligaba a verla como una mujer adulta, ¿cómo resistiría la comparación con Felipa, esa rival inalcanzable? ¿Y si él perdía el interés y, aburrido, se apartaba de ella?

Un chiquillo salió de pronto de la sombra del claustro, al otro extremo del amplio jardín, y fue corriendo hacia ellas. Giselle se quedó sin respiración: por un instante creyó que Dios le había enviado una visión de su hijo. El chico tenía una indómita cabellera de negrísimos rizos y era clavado a Jonah.

Elena suspiró.

–Santo Dios, lo que nos faltaba –musitó, si bien dado que ya no había remedio exclamó–: ¡Cecil! Ven aquí, duendecillo.

Giselle clavó la mirada en su hermana.

—¿Quién... es?

Antes de que Elena pudiera responder, el duendecillo dio un traspié y aterrizó a sus pies. Con creciente sobresalto, Giselle se percató de que el niño tenía un brazo deforme. Con todo, se levantó ágilmente de un brinco, apoyó la mano sana, no precisamente limpia, en un pliegue de la falda de Elena y sonrió confiado a la hermana de Giselle.

Siguiéndolo de cerca iba una joven que lucía un vestido elegante, si bien un tanto atrevido para la hora del día. Tenía unos espléndidos rizos rubios oscuros, y posiblemente hubiese sido hermosa de no llorar tan amargamente.

Cogió al niño en brazos.

—No os enfadéis con él, lady Elena —pidió con voz entrecortada.

—Nunca me enfado con él —replicó ella—. Es un sol.

Annot pasó a su hijo al brazo izquierdo y se enjugó los ojos con la muñeca derecha.

—Por lo visto la hermana Jeanne es de otra opinión —dijo afligida—. Ha vuelto a darle una buena tunda. No..., no entiende que cuando molesta en misa o rompe algo no lo hace a propósito.

Elena asintió con gravedad.

—Lo sé.

El pequeño Cecil miró a su madre con los ojos muy abiertos, alzó la mano derecha y posó un dedo vacilante en la lágrima que le corría por la mejilla. Fue un gesto conmovedor, y a Giselle se le hizo un nudo en la garganta.

Annot agarró la manita y la besó. Miró fugazmente hacia Giselle y, acto seguido, le dijo a Elena:

—Es todo cuanto tengo.

—Hago lo que puedo, Annot.

—Lo sé, señora. Dios os bendiga por ello.

Mas no se sentía reconfortada. Apretó contra sí a su hijo con sumo cuidado, como si fuera frágil, y se lo llevó.

Giselle miró a su hermana en silencio, y ésta alzó ambas manos a la defensiva como para rechazar un aluvión de reproches que no llegó.

—¿Quién es? —inquirió Giselle.

—Adivina, adivinanza.

—No será una... —Giselle se interrumpió torpemente.
Su hermana asintió.
—Es digna de lástima. Muchas de esas mujeres lo son, ¿sabes? Tienen tan poca culpa de lo que les ha ocurrido como yo.
—Jonah tiene un pequeño bastardo —farfulló Giselle con incredulidad.
Y se estremeció sin saber por qué a ciencia cierta.
Elena constató lo evidente:
—Cecil tiene al menos cinco años. No puedes recriminar a tu esposo lo que hizo antes de que os casaseis.
Giselle no dio su brazo a torcer.
—Mas ¿cómo acaba un niño así precisamente en un monasterio distinguido como éste?
—Ah, la madre superiora es una negocianta —aclaró Elena—. Cobra un buen dinero a cambio de su misericordia.
—No creía que una... ramera pudiera permitírselo.
—Sí, también yo he pensado en ello a menudo, mas aquí hay varios niños así. Los chicos van a la escuela monacal de Santo Tomás a los siete u ocho años y las niñas se quedan aquí. Pero no sé qué será de Cecil...
—¿Qué le ocurre? ¿Es deficiente?
—No sabría decirte. El niño no habla nunca, aunque sabe hacerlo. Una vez pronunció mi nombre, pero normalmente no abre la boca.
—Sé de dónde le viene eso —observó, mordaz, Giselle.

Apenas entró en la sala, Jonah le preguntó:
—¿Dónde has estado?
Giselle se retiró la capucha, se quitó la capa, se la entregó a Berit y esperó a que la muchacha se hubiese ido.
—He ido a ver a Elena. Bienvenido a casa, Jonah. Espero que hayas tenido un buen viaje. ¿Estaban bien mis padres?
Él no respondió a la pregunta. Se acercó a ella y la miró con incredulidad.
—¿Has ido sola a Havering? ¿En tu estado?
Giselle respiró hondo y se dejó caer en su silla. Le dolían los riñones y estaba cansada.
—En mi estado, sí, pero no sola. Me llevé a Berit.

—Estupendo. Una niña de quince años que tiene miedo hasta de su sombra. ¿Acaso has perdido el juicio?

Ella alzó el mentón.

—Jonah, ¿tendrías la bondad de dejar de gritarme? ¿Por qué no te sientas y me dices qué es lo que te atormenta?

Él se dominó, tomó asiento frente a ella y cubrió su mano con las suyas. Después la soltó, se echó hacia atrás y entrelazó los dedos con desasosiego.

—Me atormentas tú. Estaba muy preocupado.

—Lo siento. De veras. No sabía que regresabas hoy. Pero ya era hora de que fuese a visitar a mi hermana. Le has prohibido a David que me escolte, y Meurig y Crispin tenían trabajo. De manera que dime qué debía hacer.

—Esperar a que yo volviera. Sabes de sobra que no me gusta que vayas sola a ninguna parte, ni a Westminster ni a Havering, ni siquiera por la ciudad. ¿Está claro de una vez?

Ella lo miró con expresión desdichada. El reencuentro estaba siendo muy distinto de lo que ella había imaginado. Su esposo parecía trasnochado e inquieto. Giselle lamentó haberlo turbado más todavía y repuso, vacilante:

—¿Qué es lo que ha pasado, Jonah? ¿Qué atropello ha vuelto a cometer mi padre?

Él hizo un gesto desdeñoso con la mano.

—Nada peor que de costumbre. Y me gustaría que me respondieras.

Giselle se levantó bruscamente, olvidando todos sus buenos propósitos.

—Sí, maese Durham, lo he entendido: he de quedarme aquí sentada esperando hasta que tengas a bien encargarte de mí.

Él asintió.

—Lamento que no te baste, pero así es.

—Tú, por el contrario, eres libre de hacer lo que te plazca y traer al mundo a bastardos.

Jonah se quedó atónito. La miró con fijeza un instante antes de preguntar:

—¿Cómo dices?

—¿De veras quieres que lo repita?

—De poco serviría, pues la segunda vez tampoco sabría de qué estás hablando. —Sonaba más perplejo que enojado.

A Giselle se le pasó por la cabeza que tal vez no supiese nada del niño. Tras volver a sentarse, profirió un suspiro y sacudió la cabeza.

—Santo Dios, me juré no sacar el tema nada más volver a vernos y ha pasado. Tienes un hijo, Jonah. Un muchacho. En Havering, lo he visto. Es un chiquillo encantador, mas lisiado.

Jonah comprendió.

—¿Cecil? ¿Está en Havering? —preguntó con incredulidad.

«Qué extraña coincidencia.»

Giselle apretó con fuerza los dientes. De modo que sabía del niño. Puso esmero en borrar de su voz todo rastro de reproche.

—Su madre se hallaba allí. Se sentía en extremo desdichada porque las monjas lo tratan fatal.

—Pobre Annot —musitó él antes de caer en el lío en que se estaba metiendo—. Mas te equivocas, Giselle. El chico no es hijo mío.

Ella rió con tristeza.

—Jonah, es tu vivo retrato.

Él sacudió la cabeza.

—Es el vivo retrato de Rupert. Mi primo se parece a mí, Dios lo ha querido. —Tomó de nuevo la mano de ella y la frotó suavemente, pues estaba fría. Luego miró a su esposa a los ojos y se lo contó todo. Algunas cosas ya las sabía por Crispin, otras muchas aún no, y por triste que fuera la historia, experimentó un pequeño triunfo al ver que su esposo le confiaba algo personal por vez primera. Fue frío y escueto y se ciñó a los hechos, si bien sus ojos decían algo muy diferente, y no rehuyó la mirada de ella ni una sola vez—. Ahora ya conoces lo peor de mí —concluyó con una sonrisa irónica, pero Giselle no se dejó engañar. Sabía que era cierto. Se levantó, dio la vuelta a la mesa, se plantó ante él y entrelazó sus manos en su nuca. Jonah apoyó la cabeza en su redondo vientre—. Mira. Vuelve a patalear —musitó.

Ella sonrió.

—No me digas.

—Siento ser un tirano, Giselle. Es detestable. No quiero encerrarte, pero ahí fuera el mundo está lleno de hombres como Rupert.

A ella le costó no ablandarse, mas sabía que había de aprovechar el momento para imponer sus condiciones. Sin embargo, antes de que hubiese decidido qué decir exactamente, en la escalera se oyó un estrépito de pasos. Jonah la soltó y se irguió.

Gervais de Waringham irrumpió en la sala. Lucía una venda de seda en el ojo izquierdo, pues era uno de los cuarenta caballeros que habían acompañado al obispo Burghersh al continente. Hizo una reverencia ante Giselle y luego se volvió hacia Jonah.

—Tu criado dice que no es buen momento para importunarte, pero he pensado que querrías oír esto: la alianza con el káiser y los Países Bajos ha cuajado. Hoy mismo el rey Eduardo reclamará la Corona francesa. ¡Estamos en guerra, Jonah!

El ojo que quedaba a la vista brilló ilusionado.

Londres,
diciembre de 1337

Había nevado. Jocelyn, James y los hijos menores de los arrendatarios, que aún no tenían que ayudar en el taller paterno, correteaban por el patio. El señor de la casa volvía a hallarse de viaje, razón por la cual estaban más revoltosos y, sobre todo, alborotaban más que de costumbre.

—Cecil, ven un momento al despacho —pidió Crispin.

El chiquillo lo miró con aire desdichado, a todas luces reacio a abandonar la batalla de bolas de nieve que se había entablado.

Crispin movió la cabeza, risueño.

—No tardaré mucho y no te arrepentirás, créeme.

Le tendió la mano.

Cecil fue corriendo y depositó confiadamente su pequeña mano en la del oficial. El joven comerciante llevó a su protegido al despacho, donde un brasero disipaba el tremendo frío que precedía a la Navidad, lo sentó en la mesa y le ofreció una manzana. Con los ojos brillantes, el niño extendió la mano, pero Crispin retiró la aromática fruta cabeceando.

—¿Sabes qué es esto?

Cecil asintió.

—¿Es una pera?

Él meneó la cabeza.

—¿Una manzana?

El pequeño dijo que sí.

—¿La quieres?

Volvió a asentir con vehemencia.

—Bien. Pues es para ti. Pero antes has de decir la palabra manzana. Venga, dila.

Cecil dejó caer la mano, su semblante era una mezcla de súplica y tristeza que a Crispin le costó resistir.

Estaba completamente loco por aquel niño. Desde el mismo día que Jonah lo llevó a casa, Crispin asumió el papel de padre. Porque Cecil era un chiquillo avispado y perdido, porque la vida le había jugado una mala pasada, porque era hijo de Annot y... porque Crispin veía en él al hijo que Rupert y Elizabeth habrían podido tener. Cuán distinta habría sido su vida. Sin duda alguna mejor.

Fue idea de Giselle acoger a Cecil. Dado que el padre del muchachito no cuidaba de él, era obligación de Jonah, opinaba ella, pues el pequeño era pariente suyo y tenía derecho a su tutela. El comerciante se sintió todo menos entusiasmado. Ella iba a tener un hijo, objetó, y el bastardo de su primo era lo último que le faltaba. Pero al cabo se dejó persuadir. No por Cecil, eso era algo que Crispin sabía de sobra, sino por Annot.

A él fue a quien correspondió ir a verla para presentarle la propuesta.

—Ni hablar —fue su primera reacción. Estaba fuera de sí—. ¿No es increíble? Ahora Giselle de la Pole también quiere a mi hijo. A veces pienso que el cielo ha enviado a esa mujer para ponerme a prueba. O para castigarme por mis innumerables pecados.

—Annot, sé razonable, piensa en tu hijo. Giselle tiene buen corazón, créeme, sólo quiere lo mejor para él.

—A saber qué pensaría si se tratase del bastardo de Jonah —replicó ella.

Crispin se encogió levemente de hombros.

—En ese caso, es posible que no quisiera hacerse cargo de él. No he dicho que Giselle sea una santa. Pero ésa no es la cuestión, ¿no es así? Será buena con él, y yo lo cuidaré, tienes mi palabra. ¿Qué tiene donde está ahora? Y piensa en el futuro. Si se queda donde está, como mucho será pastor, puede que incluso acabe mendigando. Si viene con nosotros, podrá ser comerciante.

—Eso si no es deficiente y aprende a hablar. —Annot vio que Crispin tenía intención de argüir algo, pero ella levantó la mano para impedirlo—. Tienes razón, Crispin. Mas donde está ahora al menos puedo visitarlo. ¿Me quieres hacer creer que la casta Giselle me admitiría en su casa?

Ello resultaba impensable, y nadie lo había propuesto siquiera. Sin embargo, Crispin y Jonah también habían encontrado una solución a ese problema.

—En Old Fish Street hay un pequeño monasterio franciscano. Los hermanos le están agradecidos a Jonah y se han mostrado dispuestos a hacerle un favor. Los domingos llevaré a Cecil a la iglesia, y tú podrás verlo allí y quedarte todo el tiempo de que dispongas. Yo volveré a recogerlo por la tarde.

Annot no se opuso más. De ese modo vería a su hijo más a menudo que hasta el momento, pues no todas las semanas podía ir a Havering. De pronto pareció aliviada y le echó los brazos al cuello.

—Ya me figuro lo mucho que habrá costado convencer a Jonah. Gracias, Crispin.

—Para ser sincero, fue más fácil de lo que esperaba.

—Dile que nunca lo olvidaré. Y dale las gracias de mi parte a la cuasi santa Giselle...

—Entonces, ¿cómo lo ves, muchacho? ¿Quieres la manzana o prefieres que me la coma yo?

Cecil seguía cada uno de sus movimientos con miradas temerosas. Crispin olisqueó la roja y un tanto arrugada fruta.

—Hum, qué buena. —Después mordió un pedacito—. Ay, muchacho, no sabes lo rica que está —afirmó mientras masticaba.

—¡Manzana! —exclamó Cecil, furioso.

Crispin le puso en la mano la roída recompensa.

—Bien hecho.

David, que estaba apoyado en el marco de la puerta del almacén del paño, ocioso, y los había visto, aplaudió.

—Excelente, Cecil. Eso ha estado pero que muy bien.

El niño volvió la cabeza y le dedicó una sonrisa radiante. Después se abalanzó sobre su manzana, balanceó los pies y pareció satisfecho consigo mismo y con el mundo.

Crispin le guiñó un ojo al aprendiz, si bien lo reprendió acto seguido:

—¿Qué tal, maese Pulteney, no deberías estar efectuando entregas?

—Ya he vuelto –repuso David con aire triunfal.

—¿De veras? Entonces supongo que has olvidado la bala de brocado de seda para maese Bolton, en Sheen. ¿O acaso has ido volando?

—Oh, no, demontre...

—Demontre –musitó Cecil para sí.

Crispin y David lo miraron perplejos, y mientras el aprendiz pugnaba sin mucho éxito por reprimir una inoportuna carcajada, Crispin meneó la cabeza entre suspiros.

—Te felicito, David: tanto por tu memoria como por el extraordinario ejemplo que le das al chico.

El aludido no dijo nada. Sacó del almacén el valioso paño y se dispuso a salir por segunda vez al glacial frío para entregárselo al sastre del rey en Sheen. Al abrir la puerta del patio a punto estuvo de chocar con Rachel.

—Sea quien sea el cliente, va a tener que esperar –informó ésta–. Ve corriendo en busca de la partera, David. Ha llegado el momento.

—¿El niño? –inquirió él con los ojos desorbitados por el miedo.

Rachel miró a Crispin.

—Un muchacho despierto nuestro David.

—¿No será..., no será mejor que traigamos a un médico? –propuso el aprendiz.

—¿Para qué? –preguntó ella, desconcertada–. La señora no está enferma, muchacho, sólo va a tener un hijo. Y ahora ponte en marcha. Maese Crispin, ¿queréis hacerme el favor de echar a los niños del patio? La señora tiene por delante unas horas difíciles, y este ruido no le hará ningún bien.

Y, sin aguardar la respuesta, dio media vuelta y volvió a la casa.

Crispin le quitó la bala de la mano a David.

—Reparte tú a los niños entre las casas de los arrendatarios y ocúpate de Cecil. Yo iré por la partera y un médico. –En ausencia de Jonah, Crispin era responsable de todos los miembros del hogar, y si el parto entrañaba dificultades, no quería tener que reprocharse haber pasado algo por alto–. A mi vuelta irás a Sheen. Y ahora domínate, muchacho. Cualquiera diría al verte que se trata de tu esposa.

Los primeros dolores le sobrevinieron a Giselle por la mañana temprano. Se levantó y cumplió sus deberes en la casa como si no fuese nada, pero a media mañana Berit la descubrió. Asustada, la pequeña criada avisó a Rachel, que puso en marcha todo lo necesario con calma y cuidado. La serenidad de Rachel apaciguó el miedo de Giselle, que tan obstinadamente quería ocultar, y la partera de rostro arrugado y envejecidas manos, que llegó hacia mediodía, irradiaba tanta tranquilidad que imbuyó confianza a la parturienta. Crispin incluso llevó a la casa a un médico, al cual la partera echó de la alcoba y ordenó esperar en la sala. Ya lo llamaría si lo necesitaba.

En el transcurso de la tarde los dolores se tornaron tan intensos que Giselle volvió a sentir miedo. Chilló, aunque se había propuesto firmemente soportarlo todo en silencio. Maldijo a Jonah por haberle hecho aquello y no estar allí para apoyarla. Maldijo asimismo a su hijo, que a todas luces había resuelto despedazarla conforme llegaba al mundo. Cuando, al cabo, el murmullo de la partera y las inquietas miradas de Rachel le dijeron que algo no iba bien, deseó desesperadamente retirar las palabras y se puso a rezar.

Dordrecht,
diciembre de 1337

—Toma, Jonah, prueba este vino. Verás cómo te anima —prometió Geoffrey Dermond.

Y le guiñó el ojo que quedaba visible. Geoffrey ya estaba bastante animado, y eso que ni siquiera era mediodía.

Jonah rehusó con la mano.

—No estoy para celebraciones.

—No, lo comprendo —terció Gervais de Waringham abatido.

Por la ventana, cerrada con pergamino, que tenía Jonah a la espalda entraba un frío helador. Fuera, en el saledizo, había una capa de nieve de al menos cinco pulgadas. Una tormenta invernal portadora de más nieve aullaba alrededor de las torres del castillo, no muy lejos de la ciudad de Dordrecht, en el delta del Rin, donde aguantaban desde hacía casi diez días Jonah y los demás comerciantes que habían llevado los primeros diez mil sacos de lana.

—Aunque llegaseis hoy a un acuerdo, con este tiempo no podrías ir a casa —observó Geoffrey.

Jonah asintió. Cada vez le costaba más contenerse. Su impaciencia crecía con cada día que pasaba inútilmente. Los hombres del tesorero real habían recibido a la flota lanera inglesa en el puerto y vigilado con recelo tanto el desembarco de la lana como el transporte a los almacenes. Después hicieron entrega a los comerciantes de una carta del tesorero en la que les prohibía vender la lana y los conminaba a alojarse en aquel castillo hasta que el venerable obispo y tesorero real Burghersh regresara de las recientes negociaciones con los aliados en Malinas.

Los mercaderes estaban indignados, pues incluso les habían quitado las llaves de los almacenes, como si no fuesen de fiar. Con todo, no habrían podido hacer gran cosa, ya que Burghersh actuaba por orden del rey y tenía carta blanca. En cierto modo, Jonah hasta comprendía la desconfianza y la descortesía que se encontraron. De la Pole, Conduit, Prescote e incluso el alcalde, Pulteney, habían contravenido el embargo e introducido lana en Brabante y Henao, no sólo perjudicando con ello los precios de la lana para el monopolio, sino también estafando a la Corona los aranceles de exportación. Jonah calculaba que el género escamoteado ascendía a tres mil sacos de lana. Y mientras él desperdiciaba el tiempo en la invernal Holanda y la nieve lo iba cubriendo todo poco a poco, tal vez en casa su esposa estuviera con dolores...

—Jonah, ven esta tarde al banquete que da el tío de la reina —le instó Gervais por milésima vez—. No puedes quedarte aquí apesadumbrado, no conduce a nada.

—Ya veremos.

Gervais resopló sonoramente.

—Eres terco como una mula, ¿no te lo han dicho nunca?

—De tanto en cuanto.

—Pero has de...

—Ahí viene el tesorero —lo interrumpió Geoffrey Dermond.

Todos miraron con atención al venerable obispo, que entraba en la aireada sala con su séquito. La treintena larga de comerciantes se levantó de las mesas y los asientos de las ventanas. Sólo Jonah se quedó donde estaba, escrutando el semblante del obispo e intentando en vano descifrarlo. En el experimentado diplomático nada daba a entender lo que le pasaba por la cabeza.

—Caballeros, lamento haberos hecho esperar —comenzó Burghersh con una parca sonrisa. Su voz, profunda y bronca, llegaba fácilmente a todos los rincones de la gran sala—. Mas las negociaciones se han retrasado. Ya han concluido, y hemos calculado la cantidad aproximada de dinero que necesitamos para retribuir a nuestros aliados: alrededor de doscientas setenta mil libras, es decir más o menos la suma que habéis prometido a la Corona. Y necesito ese dinero antes de que comience la Cuaresma.

Los mercaderes intercambiaron miradas de asombro.

—Milord —empezó cortésmente el corpulento Conduit—, el dinero prometido ascendía a doscientas mil libras, y además pagaderas en tres plazos.

Burghersh lo observó con frialdad.

—Doscientas mil libras más la mitad de los beneficios derivados de la venta de la lana. ¿Acaso lo habéis olvidado?

—En modo alguno. Mas sin duda comprenderéis que sólo podremos pagar esa parte de las ganancias cuando contemos con ellas, es decir después de vender la lana. Y sólo entonces vencerá el primer pago del crédito, una tercera parte, milord. Sesenta y seis mil.

La mirada del obispo se tornó desdeñosa.

—¿De verdad queréis insistir en tan mezquinas cláusulas? ¿En estos tiempos de necesidad en los que están en juego el bien de Inglaterra y el prestigio del rey?

—No por mezquindad, sino por necesidad —aclaró Conduit. Jonah comprobó, sorprendido, que el gordo londinense salía airoso: fue objetivo y habló con sentido común—. No podemos pagar lo que no tenemos. Permitid que vendamos la lana, dadnos tiempo hasta Pascua, y efectuaremos el pago del primer plazo según lo convenido; por mi parte, incluso cien mil libras. Estamos dispuestos a hacer todo lo posible, pero la productividad tiene límites.

—¿Pascua? —repitió el obispo, perplejo. Y cuando Jonah vio el pánico acechando en los ojos del curtido hombre de Estado, le asaltó un mal presentimiento—. ¿De qué me sirven cien mil libras en Pascua? ¡Exijo que la lana se venda antes de fin de año!

Un bisbiseo indignado se extendió entre los comerciantes.

—Si hacemos eso, los precios quedarán muy por debajo de las expectativas —objetó Conduit.

El obispo desechó la idea.

—El mercado de aquí se asemeja a una esponja seca: absorberá con avidez cada saco de lana igual que la esponja el agua.

—No si los compradores se percatan de que tenemos prisa. Para eso, estos mercaderes son muy listos.

—Ahorraos la palabrería. Os digo que necesito cien mil libras de aquí a finales de las fiestas y el resto antes de la Cuaresma.

Los comerciantes cabecearon.

—Es imposible, milord.

—¿Queréis decir que os negáis?

—Quiero decir que no podemos hacer posible lo imposible, por más que lo deseemos. Nos atenemos a los acuerdos y cabría esperar...

—¿Acuerdos? —bramó el obispo—. ¿Vosotros, que en tres meses

habéis matuteado en Amberes doscientos sacos de lana, osáis mentar los acuerdos? Vaya, ahora palidecéis, ¿eh, Conduit? ¿Se os ha comido la lengua el gato? ¡Lo sé todo! –Lanzó unas miradas amenazadoras a los presentes–. De cada uno de vosotros. Y ahora me gustaría que me dierais vuestra palabra. Estoy harto de pedir limosna.

Como de costumbre, William de la Pole esperó al momento decisivo para tomar la palabra. Se acercó al apocado Conduit, al cual sacaba al menos una cabeza, e hizo una reverencia parca, si bien cortés ante el obispo.

–Si en verdad lo sabéis todo, milord, sin duda estaréis al corriente de que entre nosotros hay muchos que han acatado estrictamente las normas convenidas. Yo mismo soy uno de ellos –aseguró en tono de absoluta sinceridad.

Jonah no pudo evitar admirarlo por su sangre fría. Desde que comenzara el embargo, De la Pole había sido el rey de los contrabandistas. Sin embargo, había obrado con más inteligencia que el resto, ocultando sus vilezas entre la enmarañada red de sus innumerables operaciones comerciales, y nadie podía probar nada.

–Nos hemos constituido en monopolio al servicio del rey; financiar su guerra era nuestro objetivo. Nos hemos comprometido a realizar un pago por adelantado y hemos corrido el riesgo que ello entraña. Debéis entender que en este momento no disponemos de la suma total, con independencia de las veces que la exijáis.

El obispo no disimuló lo mucho que aborrecía a De la Pole. Hizo una mueca maliciosa cuando respondió:

–Confieso que vuestro altruismo me llega al alma, señor, pero me temo que, en interés de la Corona, he de encontrar otra solución. –Con una sonrisa triunfal sacó un escrito como el juglar que hace aparecer un huevo de la escotadura de una dama–. En nombre del rey, confisco toda la lana que habéis traído a Dordrecht. Cada uno de vosotros recibirá un documento que certifica la recepción de la cantidad correspondiente y garantiza el pago en un futuro de las arcas de la Corona. En un futuro muy lejano, estimo, dadas las circunstancias.

Entre los comerciantes se armó una algarabía. Todos hablaban a la vez y expresaban su indignación a voz en grito.

Jonah se levantó bruscamente de su sitio junto a la ventana y se dirigió a la puerta con la cabeza gacha.

Gervais iba a seguirlo, mas su amigo lo agarró por la manga para impedírselo.

–Déjalo. Tenía muy mala cara. Creo que va a vomitar.

Abatido, Gervais asintió.

–Demontre, sin duda es un duro golpe para él. No verá ese dinero en mucho tiempo.

Geoffrey se llevó el vaso a los labios y dio un largo sorbo.

–Está arruinado, Gervais.

–¿Qué estás diciendo?

–Ha empeñado todo cuanto posee para comprar esa lana –le confió Geoffrey en voz baja.

Desde hacía algunos años Gervais asumía la responsabilidad de toda una baronía, y sabía lo que era tener problemas de dinero. Contempló boquiabierto cómo el secretario del obispo repartía los pagarés entre los furibundos comerciantes. Era evidente que habían sido extendidos con anterioridad a esa conversación, de manera que Burghersh había planeado el golpe de antemano.

De la Pole fue el último. Recibió el documento con una sonrisilla cortés. La incautación de su lana no parecía afectarle sobremanera.

Gervais salió de la sombra que proyectaba la ventana y se dirigió hacia el grupo de mercaderes.

–Aquí tengo un escrito para un tal Jonah Durham –anunció el secretario–. Doscientos sacos de lana.

De la Pole extendió la mano.

–Es mi yerno. Yo se lo entregaré.

Gervais se interpuso entre ambos y le arrebató literalmente el papel de las manos.

–Si me permitís, señor... Creo que veré hoy a Jonah. Yo le puedo dar su certificado.

Los claros ojos de ave rapaz se encendieron de cólera un instante, mas De la Pole recuperó el control en el acto e hizo una cortés reverencia ante Gervais.

–Es muy amable por vuestra parte, milord.

Londres,

diciembre de 1337

—Feliz Navidad, maese Durham —le deseó el capitán del *Felipa* al despedirse, después de atracar en Wool Quay—. ¿Qué le digo a la tripulación? ¿Que esté a bordo el día después de Reyes?

Jonah carraspeó.

—Todavía... no lo sé, Hamo. Os avisaré.

Cruzó despacio la pasarela y apoyó la mano un instante en el cabo con el que estaba afianzado el *Felipa*. Cuando volviera a partir llevaría el cargamento de otro, por inconcebible que pudiera parecer. Ése era su barco. Había estudiado los planos con el constructor, había dado precisas indicaciones sobre el aspecto que debía tener el nombre. Pero sólo era cuestión de días que pasara a engrosar la flota de los Bardi...

Se quedó parado en el puerto, sin saber adónde ir. Sólo las miradas de extrañeza desde cubierta lo instaron a marcharse al cabo. Hacía tres días que lo sabía. Había tenido tres días para rumiar su ruina, para hacerse a la idea. Sin embargo, todavía no había realizado muchos progresos. Seguía conmocionado, y cada uno de los pasos sin rumbo que daba era como vadear unas aguas turbias, cenagosas.

Jonah enfiló Thames Street, la capucha bien echada sobre el rostro, sin prestar atención al ambiente festivo, las campanas de las iglesias, las ramas de muérdago de las puertas, la alborozada gente. No veía nada ni oía nada. En las callejuelas de Ropery la nieve llegaba casi hasta los tobillos, y Jonah avanzaba absorto en sus pensamientos.

Abrió la puerta, cerró y dejó vagar la mirada un instante por el silencioso y nevado patio. De pronto lo asaltó el dolor de la inevitable pérdida, un dolor inusitadamente intenso. En su sordo estado de conmoción, hasta ese momento Jonah sólo había considerado cosas abstractas, como la vergüenza, la burla y la pobreza. Mas ahora que se hallaba allí, contemplando su patio, experimentó un amargo presentimiento de la nostalgia que sentiría.

Se puso en marcha de nuevo y se dirigió a la casa. Pequeños capuchones de nieve cubrían la lavanda de Rachel. Abrió la puerta procurando no hacer ruido. De la cocina llegaban voces y risas. Subió la escalera a hurtadillas y en la sala encontró a Crispin y David a solas con Cecil. El oficial se volvió.

—¡Jonah! Bienvenido a casa.

Asustado, David levantó la vista y lo saludó en voz queda. Aun sumido en su tristeza, Jonah supo que algo no iba bien. No era una percepción clara, sino más bien una sensación, como si otro peso cayera sobre sus hombros y de repente sus rodillas amenazaran con ceder. Se apoyó en el marco de la puerta.

—¿Qué sucede? ¿Ha muerto mi esposa de sobreparto?

—No —se apresuró a responder Crispin—. Se está restableciendo. Y tienes un hijo sano como una manzana, Jonah.

Éste dio media vuelta en silencio, antes de que pudieran felicitarlo, y recorrió el corto pasillo que conducía a su alcoba. Recordó fugazmente cómo se había reído de Giuseppe Bardi porque el embarazo de Beatrice aumentaba sus preocupaciones con respecto al futuro. Ahora sería el pequeño hijo de Giuseppe el que llevara culeros de seda y el de Jonah el que creciera en la pobreza.

Entró sin hacer ruido, se acercó a la cama y apartó despacio las colgaduras. Giselle dormía. Tenía el delicado rostro demacrado; a todas luces estaba enferma. El niño descansaba entre sus brazos. Era diminuto. A Jonah se le encogió el pecho al ver los pequeñísimos dedos, la nariz del tamaño de un grano de pimienta. Pero lo tenía todo: pestañas, cejas, orejas, incluso una pelusilla de oscuro cabello. Posó un dedo en ella con sumo cuidado, y el niño se movió y despertó. Jonah apartó la mano deprisa.

Giselle abrió los ojos parpadeando.

—¿Jonah...?

Tras quitarse capa y capucha, se sentó en el filo de la cama, tomó la mano de su esposa y se la llevó a la mejilla. La mano ardía. Giselle tenía fiebre.

–Lo siento, Giselle.
–¿Qué? –preguntó ella, soñolienta.
–No haber estado aquí. –«Y ser la causa de nuestra ruina», añadió mentalmente, y se preguntó cómo se lo diría.
Ella le sonrió, en sus ojos un brillo antinatural. Después miró a su hijo, que había empezado a patalear entre sus brazos y profería ruiditos de creciente descontento.
–¿No es maravilloso?
–Lo es.
–Lo hemos llamado Lucas, como tu padre. Espero que estés de acuerdo. Fue idea de Crispin, y yo pensé que, dado que es el padrino, debía hacerle caso...
–Shhh. No hables tanto. Habéis hecho bien, es un buen nombre.
Lucas comenzó a berrear en serio. Su rostro se puso rojo como un cangrejo y sus puños se alzaron combativos contra el malvado mundo que no lo alimentaba.
La puerta se abrió sin previo aviso y entró una criada desconocida de unos veinte años. Al descubrir a Jonah, se sobresaltó y se inclinó, medrosa.
–Ésta es Marion, el ama de cría –explicó Giselle–. Está bien, Marion, llévatelo.
La muchacha cogió al pequeño con soltura y se fue con él.
–¿Un ama? –preguntó Jonah, esforzándose por sonar reprobador.
–No tengo leche –confesó Giselle, avergonzada.
Sin el niño, súbitamente parecía mucho más débil, frágil y enfermiza.
Jonah se tumbó junto a ella y la atrajo hacia sí con cuidado. Giselle apoyó la cabeza en su hombro y cerró los ojos.
–Gracias a Dios has vuelto –musitó, y exhaló un hondo suspiro.
Entretanto él sopesaba si había alguna posibilidad de mantener al ama cuando despidiera a los demás criados y, naturalmente, también a Crispin y David, o si su hijo habría de morir de hambre.
Escuchó la respiración de Giselle, cada vez más espaciada y profunda. Se había arrimado a Jonah como para cerciorarse con el tacto de que de verdad él se hallaba otra vez allí. Su mano descansaba en su pecho como para impedir una nueva ausencia.
Pese a todo, cuando se quedó bien dormida él se levantó, con

cautela para no volver a despertarla. La cercanía de su esposa y la seguridad que a todas luces sentía en su presencia se le antojaron opresivas. Fue plenamente consciente de la traición que había cometido al apostar tan fuerte, de cuán injusto había sido con su esposa y su hijo, con todos los que le habían sido confiados.

Regresó a la sala, donde, ahora que lo pensaba, faltaba la ornamentación navideña. Empezaba a oscurecer, y Crispin había encendido una vela y leía sus historias de santos. Al oír los pasos de Jonah, levantó la vista.

—David ha ido con Cecil a ver las representaciones navideñas. Espero que no tengas nada que objetar.

Jonah movió la cabeza y se sentó frente a él. Crispin cerró el libro y entrelazó las manos encima.

—No hay razón para estar tan afectado. Estate tranquilo. Tu esposa se pondrá bien. El parto fue muy complicado. La posición del niño no era buena, según me explicó el médico, y ella perdió mucha sangre. Cuando le entró fiebre, nos temimos lo peor, pero ya le está bajando, y pronto recobrará las fuerzas. Tanto el médico como la partera han dicho que nada indica que no pueda tener más hijos, y tu pequeño es un muchacho fuerte y guapo. Tienes muchos motivos para estar dichoso.

Jonah asintió. Crispin estaba en lo cierto. La salud de su esposa y la de su hijo eran más valiosas que toda la lana de Inglaterra, más importantes que el prestigio y la prosperidad. A pesar de todo, la tristeza se negaba a abandonarlo.

—No te reproches no haber estado aquí —prosiguió su amigo—. Sabe Dios que no dependía de ti que la flota se hiciera a la mar con tanto retraso. Ahora todo vuelve a estar bien.

Jonah apoyó la mano en la frente y rió sin ganas. Todo bien. Menuda ironía. Hizo un esfuerzo y alzó la cabeza. Debía decírselo a Crispin. Su compañero tenía derecho a enterarse antes de que todo a su alrededor se derrumbara para poder decidir con calma qué hacer: entrar al servicio de otro pañero londinense o tal vez hacerse cargo de la vinatería de su padre. En cualquier caso, debía hallarse muy lejos de allí cuando se supiera, con el objeto de que el oprobio de la ruina de Jonah no perjudicara la reputación del muchacho.

—Crispin...

—¿Sí?

Las palabras no salían, sencillamente era incapaz de decirlo. Se maldijo y se tachó de cobarde, pero de nada sirvió.
–Creo que voy a ir a la iglesia.
Crispin asintió. Su comprensión y su compasión se le hacían insufribles a Jonah. «Tú espera –se dijo–, espera a oír lo que he hecho.»
–Si Giselle despierta antes de que yo haya vuelto, dile que no tardaré mucho.
–De acuerdo.
Ya en la puerta, Jonah se detuvo.
–¿Por qué no has ido a ver las representaciones?
Crispin se encogió de hombros.
–No voy desde que no participas tú en ellas. Ya... no es lo mismo.
–Nunca me lo habías dicho.
–Me daba la sensación de que era un tema que preferías evitar. Como tantos otros.
Ambos se miraron un momento, luego Jonah desvió la mirada, cogió la capa y salió de casa.

Buscó una iglesia desconocida, un modesto templo de madera en Fismonger Lane, y se arrodilló en la paja, fuera del haz de luz que proyectaba la única vela del altar. No había nadie, se hallaba a solas con Dios y se sentía bien. Quería dar gracias por la vida de su esposa y su hijo, y quería pedirle a Dios que le enseñara a ser humilde para soportar lo venidero. Mas no encontró palabras. Tenía el alma completamente vacía, igual que la cabeza. Semejante vacío le produjo una sensación de vértigo. Ni siquiera era consciente de que hacía tres días que no comía, de manera que achacó el mareo y la flojera de las piernas a esa vacuidad interior.

Dado que no podía orar, se puso a reflexionar sobre lo que haría después de las fiestas. Le escribiría a Giuseppe una carta para ahorrar a ambos un penoso encuentro personal. Le comunicaría con toda urbanidad cuándo desalojaría previsiblemente su casa. Todavía poseía unas diez libras en efectivo, las cuales ocultaría a sus acreedores para que él y Giselle y Lucas tuvieran posibilidad de sobrevivir. Al fin y al cabo era invierno, y tenía que encontrar una vivienda para su esposa y el niño. Se le pasó por la cabeza Sevenelms. Claro.

Podían ir allí en un principio. No había empeñado la pequeña propiedad, ya que no le pertenecía, y Giselle estaría a salvo de las miradas burlonas de sus maliciosos competidores. Y en primavera no le quedaría más remedio que dar con un pañero que lo empleara de oficial. La idea se le antojó nauseabunda.

Se hallaba tan enfrascado en su tristeza que perdió la noción del tiempo. Cuando salió, ya había caído la invernal noche. El frío lo había dejado entumecido, ya que, claro está, la humilde iglesia no estaba caldeada y a saber cuánto habría estado arrodillado en el suelo sin moverse. Tenía insensibles las piernas, y avanzó por la calle a trompicones. Se detuvo en el primer cruce y miró, confuso, en derredor. De repente no sabía dónde estaba. Perplejo, se rió para sí. Perdido en Londres, menudo desatino. Conocía cada callejuela, cada casa, cada piedra de esa ciudad. Mas en ese momento hubo de reconocer que se había desorientado. Tal vez se debiera a la oscuridad o a que, curiosamente, la vista se le nublaba. Echó la cabeza atrás. La media luna parecía estar rodeada de una aureola brumosa, y acto seguido se derramó y se desdobló en dos. Jonah cabeceó con incredulidad, giró despacio sobre su propio eje para averiguar de una vez dónde se encontraba y cayó sobre la nieve, donde permaneció inmóvil.

Los dos hombres que habían seguido con interés el lento zigzagueo de Jonah desde la iglesia hasta la esquina de la calle cambiaron una mirada.

—Qué vergüenza —gruñó uno—. ¿Cómo puede alguien emborracharse hasta perder el sentido en Navidad?

Se acercaron y le dieron un buen puntapié al supuesto borrachín, que no se movió. El segundo hombre se escupió en las manos, cogió por los brazos al desmayado, lo levantó y se lo echó al hombro como si fuese un espantajo.

—Conozco un lugar calentito donde puede dormir la mona.

David hizo pasar a un caballero andrajoso a la sala.

—Sir Matthew Fitzwalter, señora —anunció, y se detuvo en la puerta, sin decidirse a sentarse o esfumarse con Cecil.

Giselle es esforzó por esbozar una sonrisa cálida.

—¡Matthew! Cuánto me alegro de veros. Sentaos. David, trae a sir Matthew un vaso de vino caliente.

Fitzwalter, un pobretón de Cheshire, formaba parte del séquito de la reina desde antes que Giselle. Era absolutamente leal a Felipa y, a cambio de dos comidas gratuitas al día y un jergón de paja, ejercía servicialmente de mensajero, guardia de corps, espía o sacabotas, dependiendo de lo que la soberana precisara en cada momento. Tomó el asiento que se le ofrecía y miró a Giselle preocupado.

–Vive Dios, tenéis mal aspecto.

–Vos siempre tan encantador –replicó ella con sequedad–. Tenemos un hijo.

–Mis parabienes. Averiguar eso es uno de los motivos por los que me envía la reina. Sé que se alegrará mucho. El segundo motivo es transmitiros a vos y a sir Jonah la invitación para la fiesta de Año Nuevo de mañana.

Giselle miró con disimulo a Crispin, reflexionó un instante y repuso:

–Decid a la reina que le estamos sumamente agradecidos, mas me temo que habrá de disculparnos.

Fitzwalter la miró sin dar crédito. Giselle sabía tan bien como él que resultaba impensable rechazar semejante invitación.

–Hoy es el primer día que no guardo cama –trató de explicar ella–. Y Jonah aún no ha regresado de los Países Bajos.

David entró en la sala con un vaso humeante para el invitado. Acto seguido, tras captar una señal casi imperceptible de Crispin, volvió a su sitio.

–Giselle, ¿podría hablar con vos a solas? –pidió el emisario en voz baja.

A ella le sorprendió, si bien sacudió la cabeza con obstinación cuando Crispin hizo ademán de levantarse. Ésa era su sala, y consideraba insolente que el visitante pretendiera echar sin más a los miembros de su hogar.

–No será necesario. Hablad abiertamente, Matthew.

–Muy bien, como gustéis. Naturalmente puedo marcharme y hacerle llegar a la reina vuestras excusas, pero sabrá que mentís. Está... La reina está muy abatida, Giselle. ¿Sabíais que su padre ha muerto?

La joven negó con la cabeza.

–Pobre Felipa. Estoy segura de que le habrá afectado sobremanera.

Fitzwalter asintió.

—Y ahora su hermano Guillermo es conde de Henao, cosa que le inquieta. Duda de su confianza. En estos momentos la soberana tiene muchas preocupaciones, y dado que vos y yo somos viejos amigos, os aconsejo que cambiéis de opinión y no la ofendáis, por muy enojada que estéis.

—¿Enojada? —repitió Giselle confusa—. ¿Por qué iba a estarlo? No, Matthew, no he mentido. Aún me siento demasiado débil para ir a Westminster.

—Lo creo, lo creo. Pero sé por casualidad que Jonah se encuentra aquí desde el día de San Esteban, y su carabela se halla en Wool Quay, a la vista de todos. Puedo entender que esté furioso por el fracaso de los monopolistas, mas, creedme, nadie está más furioso que el rey, razón por la cual haría bien en no ofenderlo en este momento.

Giselle clavó la vista en él en silencio, y Crispin se aclaró la garganta.

—¿Fracaso, señor?

Fitzwalter miró uno por uno los atónitos rostros de la mesa e intuyó que le había caído en suerte un cometido en extremo ingrato.

—¿No... lo sabíais? ¿No ha dicho él nada? Burghersh embargó toda la lana por orden del rey y despachó a los monopolistas con un pagaré sin valor.

Crispin tenía la extraña sensación de que el suelo había desaparecido de pronto bajo sus pies.

A Giselle, que vivía atemorizada desde hacía tres días, le dio la impresión de que una nube negra se cernía sobre ella. No tenía idea de cuáles serían las consecuencias económicas de semejante catástrofe; sólo sabía que Jonah no le había dicho nada, que había preferido esfumarse de nuevo y arrostrar él solo la ira o la preocupación o lo que quiera que lo atormentase.

Crispin se levantó de un brinco y la agarró por los hombros.

—Deprisa, dadme vuestro vaso, señor, se va a desmayar.

Mas Giselle se sobrepuso y consiguió no perder el sentido.

—Gracias, Crispin, pero estoy bien.

Fitzwalter la miró inquieto.

—Con todo, bebed un buen trago. Os sentará bien.

Ella siguió el consejo y, acto seguido, dejó el vaso en la mesa y lo apartó. Vacilante, Crispin la soltó, les dio la espalda y fijó la vista en el fuego.

—Veo que no me queda más remedio que hablaros en cristiano, Matthew —dijo Giselle al fin, mirando al caballero a los ojos—. Jonah se ha ido al campo, a nuestra propiedad de Kent. Ahora entiendo por qué. Se retira allí cuando quiere meditar un plan o un problema comercial con tranquilidad. Los caminos están muy mal, pero nuestro aprendiz irá hasta allí mañana por la mañana para transmitirle la invitación de la reina. Si mi esposo regresa a tiempo, iremos, como es natural. Entretanto, debo pediros que le aseguréis a la reina que puede contar con nuestra eterna lealtad.

Fitzwalter se puso en pie, aliviado, e hizo una reverencia ante ella.

—Naturalmente, Giselle. Así se lo diré, y ella lo entenderá. Dios os guarde y bendiga a vuestro hijo, niña.

Ella sonrió hasta que el caballero hubo salido. Después se derrumbó, apoyó la cabeza en el alto respaldo de su silla y, exhausta, cerró los ojos.

—Cómo podéis mentir, señora —dijo David, entre sorprendido y admirado.

Ella se encogió de hombros.

—¿Qué remedio me queda? ¿Decirle que mi esposo ha desaparecido sin dejar rastro para ahogar sus penas en algún tabernucho siniestro?

El chico cayó en la cuenta de que no sólo maese Jonah, sino también su padre había sufrido una dolorosa pérdida, y dio gracias por que nadie hubiera estimado necesario pedirle que fuera a casa durante las fiestas.

—No, no creo que haya hecho eso —afirmó Crispin despacio.

Se acordó de los tres días que Jonah pasó en The Stews, pero fuera lo que fuese lo que le sucedió, no había sido nada relacionado con los negocios. Si Jonah se hallaba ante un inminente problema comercial, cosa que a la postre ya había sucedido antes, no se resignaba, sino que se crecía e ideaba algún plan, unas veces audaz, otras arriesgado y siempre poco ortodoxo, para salir a flote.

—Pero ¿dónde puede estar? —preguntó ella.

Crispin, David y Meurig habían buscado en sanatorios y conventos, ya que creían que Jonah había sufrido un accidente o lo habían asaltado y molido a palos. Al no encontrarlo, Crispin fue a la morgue. Para alivio suyo, tampoco lo encontró allí. Ahora veía la desaparición de Jonah desde otro prisma, que le preocupaba y le hacía abrigar nuevas esperanzas a un tiempo.

—No lo sé, Giselle —admitió—. Lo que sí sé es que no dejaría solos durante días a su esposa enferma y a su hijo recién nacido para abandonarse a su congoja.

—En tal caso, ¿crees que ha muerto? —inquirió ella.

—No, creo que aún hay esperanza. Emprenderé una nueva búsqueda.

Y se le ocurrió que había alguien que quizá pudiese ayudarlo.

—Llevadme con vos, maese Crispin —pidió David.

Pero éste meneó la cabeza.

—Tú te quedarás con la señora y cuidarás de ella. Pero creo que te llevaré a ti, Cecil —afirmó, y cogió al pequeño en brazos y salió de la sala antes de que Giselle le hiciera más preguntas.

Un muchacho flaco e imberbe se arrodilló en la sucia paja e intentó darle agua al desvanecido, mas en vano. El líquido resbaló por los reventados labios, cayó sobre la oscura barba y le escurrió por el cuello.

—Ten cuidado, no lo vayas a ahogar, Jacky. Mejor será que lo dejes en paz hasta que despierte —aconsejó un anciano que tenía una corona de greñas entrecanas alrededor de una cabeza pelada y reluciente.

Jacky obedeció, dejó en el suelo la jarra y miró inquieto el pálido semblante hinchado. No hacía mucho que formaba parte de la cuadrilla de ladrones londinenses y aún no estaba acostumbrado a ver tales cosas. Sobre todo le producía desasosiego la sangre. Cada vez que miraba al desconocido, desfallecía un tanto.

—Espero que no muera —musitó el muchacho, alicaído.

El viejo encogió despacio los anchos hombros.

—Este tipo es duro, hay que reconocerlo. Al menos para ser un caballero.

Por fraternal compasión por un compañero de fatigas, los ladrones, los falsos lisiados y los timadores de poca monta hicieron lo que pudieron por Jonah. Le dieron de beber y encargaron a las rameras que llevasen gachas y pan blando que él pudiera comer y aceite para ungir sus heridas y moretones. Su bienintencionada atención horrorizaba a Jonah.

Una figura sombría se retiró la capucha y dejó a la vista un rostro de unos cuarenta años con una cuidada barba de un rojo encendido, unos cabellos bien peinados del mismo color que le llegaban por los hombros y unos penetrantes ojos azules claros que recorrieron la estancia y se detuvieron en Jonah.

–Busco a alguien –dijo con una sonrisa engañosamente benévola–. Y creo que lo he encontrado.

El ladrón viejo lo miró sin dar crédito.

El bermejo apartó la impenetrable mirada de Jonah, y su sonrisa desapareció con vertiginosa rapidez.

–¿A qué esperas, sucia rata piojosa, chinchoso apestoso? Bájalo de ese gancho ahora mismo, con cuidado. ¡Como se le mueva un párpado te corto el tuyo!

Vacilante, Jonah se vio en medio de la descuidada habitación. El desconocido extendió un brazo.

–Venid, amigo mío. No perdamos el tiempo en este lugar siniestro.

Jonah se dirigió hacia él cojeando, tropezó en el umbral y cayó de bruces en la nieve, que se le metió en la boca y la nariz. Sintió que la sombra del desconocido se inclinaba sobre él, mas alzó la mano que tenía sana para rechazar la ayuda. Le dio la impresión de que podría pasarse un año entero durmiendo en aquel lecho de nieve tan blando y limpio, o al menos hasta que no le doliera todo el cuerpo. No obstante, al rehusar con tamaña arrogancia la solícita mano, no le quedó más remedio que ponerse en pie por sí solo, cosa que consiguió, si bien le llevó un rato. Finalmente, se vieron frente a frente.

–Venid, maese Durham –propuso el bermejo. Estaba demasiado oscuro para distinguir el rostro, mas Jonah vio brillar sus dientes–. Tengo un carro.

Jonah no se movió.

–No me toméis por desagradecido, señor, pero... ¿quién sois vos? Y ¿adónde pensáis llevarme?

–Oh, os pido disculpas. –El pelirrojo volvió a su lado e hizo una parca reverencia–. Me llamo Francis Willcox, más conocido como Francis *el Zorro*. Y soy, con toda modestia, el rey de los ladrones.

–Jonah vio la sonrisa, pero también percibió el orgullo con que lo decía–. En primer lugar, os llevaré a un lugar seguro. Sin duda querréis ir a casa con vuestra esposa y vuestro hijo, mas tened paciencia, amigo mío. Todo a su tiempo. Y, ahora, si tenéis la bondad...

Jonah había oído hablar de Francis *el Zorro*, como cualquier londinense. Se le consideraba el peor de los bribones, el más taimado de los ladrones y el más infame de los tramposos. Francis era el maestro de la más peligrosa de las siniestras cofradías y todo sheriff de Londres recién nombrado soñaba con prenderlo, un sueño que hasta el momento se había frustrado. Jonah jamás habría creído posible que ese hombre pudiera inspirarle simpatía o incluso confianza, y sin embargo así era. Lo siguió sin vacilar hasta el carro, del que tiraban dos fuertes y modestos caballos, y se subió a él con dificultad.

Francis se encaramó con elegancia en el pescante, tomó las riendas y el vehículo se puso en movimiento.

El carro avanzaba a sacudidas por las intransitables calles nevadas. Jonah encontró a tientas una tosca manta de lana, la extendió de cualquier manera y se acomodó encima para amortiguar los peores golpes. Las costillas rotas le producían punzadas, sentía un dolor lacerante. Puso una mano encima con suavidad y contempló el claro cielo estrellado. La noche era heladora.

–¿A qué debo este honor? –preguntó al cabo.

Complacido, Francis rió para sí.

–Tenéis un ángel custodio, señor. Un maravilloso ángel rubio.

–Pero ¿cómo...?

–No, no –lo interrumpió Francis con resolución–. Nada de preguntas. Haced el favor de cerrar los ojos. A decir verdad, debería vendároslos; nadie que no sea de los nuestros puede ver el camino. Mas estimo que estáis demasiado mal para recordarlo, ¿no es cierto? No falta mucho. En un santiamén estaréis en un lugar abrigado y después haremos que cobréis fuerzas. Sed optimista.

Su buen humor tranquilizó a Jonah. No se quedó dormido, pero cayó en un apacible duermevela y no tardó en dejar de sentir el frío.

Despertó con un ahogado sonido de protesta, ya que alguien le sostenía el antebrazo roto y le hacía algo horrible. Había una anciana inclinada sobre él. Iba andrajosa, pero sus manos estaban muy limpias y sus vivos ojos escrutaban su rostro.

Asombrado, Jonah se miró el brazo izquierdo y el pecho, ambos vendados con pericia.

—También tenéis algunas costillas rotas —aclaró la anciana.

Él intentó incorporarse, mas ella lo devolvió enérgicamente a las almohadas.

—Poco a poco. Será mejor que no os levantéis. Aquí hay alguien que se ocupará de vos.

Rió quedamente, se volvió, arrastrando los pies, y un rostro familiar ocupó su lugar.

—Annot...

La muchacha se sentó en el borde de la cama y le retiró el cabello de la frente.

—¿En qué lío has vuelto a meterte, Jonah Durham? —lo reprendió en voz baja—. Cuando te vi, pensé que se me paraba el corazón.

—Estoy seguro de que no es tan malo como parece. Y debo ir a casa en el acto.

Ella sacudió la cabeza.

—Nadie abandona esta casa o entra en ella a la luz del día, es la norma. Pero he avisado a Crispin de que estás a salvo y, si no tienes fiebre, podrás irte esta tarde.

Jonah no preguntó dónde se encontraba. Su nariz le decía que debía de ser por Billingsgate, pues el olor del puerto pesquero londinense era inconfundible, y además él sabía que las tabernas, los muelles y las callejuelas de Billingsgate eran un auténtico nido de ladrones. Incluso tenía entendido que había una gran fonda que en realidad era una escuela para rateros en ciernes donde los bribones viejos enseñaban a los jóvenes en clases en toda regla a robar a un hombre en la calle o a entrar en una casa. Se preguntó, entre divertido y espantado, si no habría ido a parar precisamente a tan ilustre fonda.

—Pero ¿cómo...?

Annot le puso un dedo en los labios.

—Crispin vino a verme cuando llevabas desaparecido tres días. Temía que hubieses vuelto a llegar a algún malhadado arreglo con tu suegro y te hubieras echado a perder. Indagué aquí y allá. Los ladrones del Tonel sabían quién eras, y el primero que salió se lo contó a su maestro. Francis me avisó y, como me debía un favor, le pedí que fuera en tu busca.

Jonah cabeceó con incredulidad.

–Te estaré agradecido eternamente, Annot.

Sonó irónico, pero ella vio en sus ojos que lo decía en serio.

–Tómatelo como quieras, mas nunca podré pagarte por lo que has hecho por mi hijo.

Él le restó importancia con un gesto. Le resultaba embarazoso que alguien pensara que tenía buen corazón, de modo que se apresuró a cambiar de tema.

–Me alegro de verte, aunque las circunstancias sean un tanto extrañas. De todas formas tenía intención de visitarte en breve.

Ella enarcó las cejas con expresión de incredulidad.

–¿De veras? ¿Después de llevar evitándome desde Pascua como si tuviese viruela?

Jonah no abundó en su parecer, sino que se llevó la diestra a la boca y se quitó con los dientes el anillo de su abuelo del dedo corazón.

–Toma. –Le ofreció el anillo a Annot–. Supongo que te acordarás de la apuesta que hicimos. Pues has ganado. Disculpa que no salde mi deuda en efectivo, pero este anillo viene a ser todo cuanto aún poseo y seguro que valdrá una libra.

Ella cogió mecánicamente el aro de oro que ostentaba el sello del gremio de pañeros, mas no se mostró sorprendida.

–¿Tan malo es? –inquirió en voz queda.

–¿Lo sabes?

–Crispin me lo contó.

–¿Crispin? –Se incorporó bruscamente y amusgó los ojos, afligido. Después apartó la cabeza y musitó–: ¿Cómo diantre lo sabe?

–En Londres no es ningún secreto que el rey ha estafado a los monopolistas. Pero lo que Crispin desconoce es la gravedad de la situación.

–Estoy en las últimas, Annot –admitió con aparente serenidad, si bien no fue capaz de mirarla a los ojos–. Todo cuanto tenía está empeñado, y dentro de unos días será de los Bardi.

–Pero Giuseppe Bardi es tu amigo –objetó ella, sin dar crédito–. Él jamás embargaría tus bienes.

–No tiene otra elección. Los propios Bardi se hallan en aprietos. Y bien es sabido que el dinero no conoce amigos. Jamás le pediría tal cosa.

A Annot le apenó verlo así. Se le antojaba empequeñecido, más ausente e incluso menos vivo que antes. Le dolía, pues lo amaba, pero también sentía miedo, ya que Jonah siempre había sido su tabla de salvación.

—Me gustaría que conservaras el anillo —dijo ella.

—Ya no lo quiero —repuso él, fatigado.

—Nunca te había visto darte por vencido.

—Siempre hay una primera vez para todo. Estoy vencido. Quédate el anillo, Annot. Apostaste que un día serías más rica que yo, y así es tengas lo que tengas, ya que a mí no me queda nada.

Ella lo observó meditabunda un instante, intentando calibrar lo que eso significaba para él. Después le preguntó:

—Tú, ¿cuánto dinero dirías que tengo? ¿Eh?

Jonah sabía que Isabel Prescote sólo les pagaba a sus chicas una mínima parte de lo que recibía de los hombres libres, mas Annot siempre había trabajado por cuenta propia a sus espaldas y él le había invertido dinero de cuando en cuando, sorprendiéndole a menudo las sumas que le confiaba.

—Digamos... ¿cuarenta libras? —aventuró.

A la postre, correspondería más o menos a lo que ganaba un tejedor en diez años.

Ella sonrió con indulgencia.

—Más de ciento cincuenta, Jonah. ¿Serviría de algo que te las prestara?

Él no movió un músculo del rostro, pero ella vio de nuevo el brillo en sus ojos, incluso en el izquierdo, que estaba hinchado casi por completo y orlado de un violáceo subido. De pronto él sonrió, y Annot se deleitó, como siempre, con sus hoyuelos, «una visión que valía cada penique de sus ciento cincuenta libras», pensó.

Jonah se incorporó trabajosamente y le agarró la mano.

—Sí, Annot, sí serviría de algo.

Ello no le resarcía de su pérdida, ni de lejos, ni tampoco ponía fin a sus preocupaciones, mas con un poco de suerte y mucho trabajo duro posiblemente bastara para evitar la catástrofe.

Ella le puso de nuevo el anillo en el dedo.

—Tómalo.

—Pero es el futuro de Cecil el que pones en mis manos. ¿No te preguntarás las noches en vela si acaso no despilfarraré tu dinero tan a la ligera como he hecho con el mío?

A Annot le turbó ver tan menoscabada la confianza en sí mismo, algo nada propio de él. Le besó con cuidado la frente.

—No, no me preocupa mi dinero, ni tampoco el futuro de Cecil desde que le diste un hogar.

—En tal caso, hablemos de los intereses. ¿O acaso crees que estoy demasiado debilitado para resistir la conmoción?

Annot alzó la barbilla.

—¿Intereses? ¿Por quién me tomas, Jonah Durham? Soy ramera, no usurera.

Poco antes de medianoche Francis *el Zorro* llevó a casa a Jonah. El ladrón más buscado de la ciudad se movía sin temor por su barrio, pues la noche de Año Nuevo era oscura, las calles se hallaban en calma y, además, entre las honradas gentes de Ropery no había nadie que supiera qué aspecto tenía.

El carro se detuvo ante la puerta y ambos se bajaron de él.

—Bueno, maese Durham. Que os vaya bien. Y cuando seáis sheriff de Londres, no vayáis a perseguir precisamente a Francis *el Zorro*, ¿eh? No estaría mal, para variar.

Jonah no pudo evitar reír.

—Eso es algo que no puedo prometer, pero descuida, porque la perspectiva de que sea sheriff de Londres nunca ha sido menos halagüeña que ahora.

Acto seguido se llevó la mano al cinto y suspiró.

—Maldita sea..., no tengo llave.

A la titilante luz de la tea del pescante vio a Francis hacer una mueca de jocosidad. Al punto el rey de los ladrones dijo:

—Volveos, señor, y mirad las estrellas.

—Esta noche no hay estrellas, maese Willcox.

—Con todo, tened a bien hacer lo que os digo.

Obediente, Jonah se giró. No tardó mucho en oír el familiar chirrido. Dio media vuelta, estupefacto, y alcanzó a ver un objeto alargado y argénteo que desapareció bajo la negra capa del ladrón.

Francis lo invitó a pasar con un exagerado ademán.

—Entrad, señor. Y si sois inteligente, haréis cambiar la cerradura en breve. Constituye una invitación para cualquier ratero, y las noches de luna llena me siento impulsado a regresar a las puertas que

un día se me abrieron. Sería lamentable que nuestros caminos volvieran a cruzarse de semejante modo, ¿no es cierto?
Jonah asintió.
—El botín os supondría una gran decepción, mas pensaré en ello. —Se sorprendió tendiéndole la mano al ladrón—. Os estoy muy agradecido por todo lo que habéis hecho por mí. No es mi intención ofenderos, pero decidme qué os debo, os lo ruego.
Francis estrechó su mano, sonrió levemente y se subió al pescante.
—Un favor, maese Durham. En mi mundo es una moneda muy apreciada.
Y avivó quedamente a los caballos y el carro echó a andar.
Jonah se lo quedó mirando hasta que se metió en una callejuela y la luz de la tea se desvaneció de pronto. A continuación entró en el patio.
—¿Maese Jonah? ¿Sois vos?
—Sí, Meurig.
—Alabado sea Dios. —El criado resopló ruidosamente—. ¿Cómo diantre habéis entrado? Maese Crispin afirma tener vuestras llaves.
—Es una larga historia. Quiero que mañana consigas una tranca y coloques un soporte para que podamos cerrar la puerta por dentro de noche.
Perplejo, Meurig lo vio alejarse.
—Lo que yo llevo años diciendo —farfulló para sí, y regresó a su pequeña casa contigua a la puerta y se echó de nuevo a dormir.

Londres,
enero de 1338

Giselle se hallaba sentada al amor de la lumbre con Lucas en brazos y Cecil jugaba a sus pies con unos soldaditos que Crispin le había visto a un entallador de asta en Cheapside y le había comprado. El trío ofrecía una apacible estampa: Lucas dormía, Giselle contemplaba tiernamente a su hijo y Cecil, ensimismado, musitaba para sí. Crispin había averiguado que el pequeño hablaba cuando creía que nadie lo estaba mirando.

El oficial entró con Jonah en la sala. Giselle levantó la cabeza y sonrió. Sus mejillas habían recuperado el color y parecía restablecida por completo. Jonah se inclinó sobre ella y le dio un beso en la frente.

—Mira cómo duerme —susurró ella.

Él miró a su hijo con idéntica ternura.

—Sin duda no lo ha heredado de mí —repuso también en voz baja.

Giselle se levantó despacio.

—Se lo llevaré a Marion antes de que lo despertemos.

Jonah asintió, compasivo, y la siguió hasta la buhardilla que el niño compartía con el ama provisionalmente. La minúscula alcoba contigua la ocupaban Berit y Cecil. La casa se había quedado pequeña. Jonah tenía previsto erigir una construcción anexa, tal vez incluso de piedra, con almacenes y alcobas adicionales, mas ahora eso tendría que esperar.

Cuando regresaron a la caldeada sala, Rachel les llevó algo de vino caliente.

—Tomad, maese. Con su canela, tal y como a vos os gusta.

—Gracias. Y ten la bondad de subir más carbón, Rachel. En la buhardilla hace demasiado frío.

Crispin lo miró con indulgencia. Según su teoría, el amor que Jonah sentía por su hijo era provechoso para su eterna salvación, por la cual él a veces temía.

Al pasar Giselle acarició la cabeza de Cecil y a continuación se sentó a la mesa junto a Crispin.

—¿Y bien? —preguntó con curiosidad—. ¿Qué ha dicho Giuseppe?

Jonah se unió a ambos.

—Experimentó alivio al ver que no iba a pedirle un nuevo crédito, como habrán hecho otros monopolistas. Fue tan deferente conmigo como pudo.

—Es un hombre muy razonable —convino Crispin—. Un acreedor ciertamente agradable, en caso de que algo así sea posible. Sabe que no podemos conseguir por arte de magia el dinero que le correspondería a Jonah por la lana, pero está dispuesto a ampliar el plazo si pagamos puntualmente los intereses.

El instinto de Jonah seguía advirtiéndole que no le contara todo eso a su esposa, pues posiblemente fuese demasiado joven e ingenua para entender sus negocios y guardar sus secretos. Sin embargo, le había hecho una promesa la noche que él volvió a casa y ella no le hizo ninguna escena ni prorrumpió en ruidosos lamentos al verle el ojo morado, los huesos rotos y el resto de su maltrecho ser. Con manos diestras y decididas, lo ayudó a quitarse las ropas, lo metió en la cama y le pidió con toda tranquilidad, mas encarecidamente, que abriera los ojos de una vez y reparara en quién era ella: ni una niña ni una damisela, sino su mujer. Ni siquiera sacó a colación el hecho evidente, pero del mismo modo tentador, de que era la madre de su hijo. Tan sólo le suplicó que le permitiera entrar en su vida, que compartiera con ella lo que hacía, que en el futuro le ahorrase semejantes días de inquietante incertidumbre y sorpresas desagradables.

Y Jonah se lo prometió.

—Las circunstancias limitan la generosidad de Giuseppe —explicó éste—. Cuando su padre supo del fracaso del monopolio, sufrió un terrible ataque al corazón. Creyeron que iba a morir. Los Bardi se temieron que, a partir de ese momento, el rey volviera a honrarlos tanto a ellos como a las demás casas de banca florentinas con sus ansias crediticias y no pudieran rechazarlo, puesto que ya le habían prestado tanto que se hundirían si el monarca se declaraba insolvente. Pero según las leyes mercantiles, no tenían por qué prestarle un solo penique más.

Giselle sacudió la cabeza con aire reprobador.

—Pobre Felipa —musitó—. ¿Adónde conducirá todo esto?

Jonah compartía su preocupación por la reina, si bien al mismo tiempo pensaba que la costosa corte de Felipa y su insaciable sed de nuevas vestimentas no simplificaban precisamente la situación.

—Como necesitábamos un plazo más amplio para pagar los créditos, Giuseppe se vio obligado a subir los intereses —prosiguió él. Dejó el vaso en la mesa y posó la diestra sobre la mano de Giselle. Todavía llevaba el brazo izquierdo en cabestrillo. Miró a su esposa a los ojos—. No te preocupes. Saldremos de ésta, aunque no será fácil. Tuve que endeudarme de nuevo para continuar siendo solvente. La madre de Cecil nos prestó dinero, al igual que Crispin, como tú bien sabes.

Cuando éste averiguó los desagradables sucesos, le prestó a Jonah sus ahorros sin vacilar, como Annot. A decir verdad, sólo eran veinte libras, pero ello supuso un avance para Jonah. A cambio, hizo a Crispin socio pasivo de sus negocios y le prometió nombrarlo consocio oficial en cuanto salieran a flote y pudiesen pagar el ingreso de Crispin en el gremio.

Giselle le dio las gracias al oficial con la mayor calidez, pero él le restó importancia tímidamente.

—No me sobreestiméis. Estoy convencido de que he hecho un magnífico negocio.

También Jonah le estaba agradecido, más que por su dinero, por confiar en su futuro comercial. Se volvió de nuevo a su esposa.

—Pero hemos sufrido un duro revés, y sería un error pensar que no va a dejar huella.

—¿Qué significa eso? —quiso saber Giselle.

Ahora llegaban a la parte complicada. Jonah respiró hondo sin perder de vista a su esposa.

—Hemos de economizar. Con denuedo. Y eso significa nada de ropas nuevas, una mesa más modesta y, como es natural, ni otro caballo ni otros muebles ni demás compras. Tampoco podemos ampliar la casa.

Ella ni siquiera pestañeó.

—¿Tenemos que despedir al servicio?

—Por ahora no. No constituyen un factor económico determinante. A lo sumo podríamos prescindir del cocinero, ¿qué opinas?

Giselle dijo que no con la cabeza.

—Berit espera un hijo suyo. Se casan la próxima semana. Si lo perdemos a él, también nos quedaremos sin ella. ¿Y dónde encontrarían algo con ella en ese estado?

La cuestión quedó zanjada. Jonah asintió.

—Se quedan. Pero tendremos que vender algunas fuentes de plata de tu dote.

Ella hizo un gesto negativo con la mano.

—No importa.

—Y la casa de mi primo —concluyó Jonah; personalmente la pérdida más amarga.

Giselle miró ora a Jonah, ora a Crispin y de nuevo a su esposo.

—Pero si te deshaces de la casa, ya no podrás ejercer presión alguna sobre Rupert. Volverá a perjudicarte ahora que puede.

Jonah asintió.

—Habré de ser invulnerable a él.

—Lo hemos calculado todo a conciencia con Giuseppe —informó Crispin—. Es la única posibilidad de conseguir suficiente dinero para saldar los créditos. La alternativa habría sido vender el *Felipa*, y eso era algo que Jonah no quería hacer bajo ningún concepto.

—El comercio lanero continuará de una manera o de otra —le aclaró Jonah—. Para ganar un buen dinero, necesito..., necesitamos un barco propio. Vender el *Felipa* sería estrecho de miras. Por contra, la casa de Rupert es improductiva.

—Giuseppe se encargará de la venta —terció Crispin—. Y ha prometido encontrar un comprador que la quiera únicamente como inversión y no ponga a los Hillock de patitas en la calle.

Crispin no había dado crédito a sus oídos cuando Jonah hizo semejante petición a Giuseppe.

Giselle se llevó un instante la mano de su esposo a la mejilla. Lo que le habían dicho él y Crispin no le daba miedo. Aunque era hija de un hombre inmensamente rico, conocía las estrecheces, pues su padre era poco gastador, al igual que muchos de los que se habían labrado el porvenir por sí solos. Sobre todo en su ausencia, la vida en la casa de Hull era más bien sencilla. No concedió a ninguno de sus hijos un costoso guardarropa y, en lo tocante a su educación, envió a Giselle y su hermana a un monasterio no muy opulento para que aprendieran a ser comedidas. Ahora se pondría de manifiesto si ello había dado sus frutos.

—Termínate el vino antes de que se enfríe, querido –dijo ella–. A partir de mañana aquí sólo habrá cerveza.

WESTMINSTER,
FEBRERO DE 1338

Jonah sintió las familiares palpitaciones al ver a la reina. Bajó la cabeza al hincar la rodilla ante ella.

—Cuánto tiempo habéis permanecido alejados de nosotros —los amonestó la soberana—. Deberíais estar avergonzados.

Jonah se levantó y asintió compungido.

—Y lo estoy, mi señora. Creo que ambos lo estamos. Maravilloso azul, dicho sea de paso.

Ella sonrió satisfecha.

—Por desgracia, esta vez el paño no procede de vuestros talleres. Me vi obligada, de grado o por fuerza, a acudir a uno de vuestros competidores, al descuidarme vos de tan imperdonable manera. Me asombra que podáis permitíroslo.

La reina únicamente pretendía tomarle el pelo, mas él repuso en serio:

—El pasado año hice numerosas cosas que no podía permitirme. Espero que perdonéis mi deslealtad y en el futuro me permitáis poner de nuevo a vuestros pies mis más bellos paños.

Felipa asintió con indulgencia y estrechó a Giselle entre sus brazos.

—Cuánto te he echado en falta, corderillo. Y mis más sinceros parabienes para los dos. Ojalá vuestro hijo os depare tantas alegrías como a mí el príncipe.

—Gracias, mi señora.

Felipa los invitó a tomar asiento junto a la lumbre.

—Venid. Creo que tenemos mucho de que hablar. ¿Estáis muy enojado con el rey, Jonah?

Llevó a Giselle a su lado de la mesa e indicó a Jonah que se sentara enfrente, pero éste no lo hizo.

–Me ponéis en un apuro, mi señora.

Ella arqueó las cejas de un modo casi imperceptible.

–Con todo, espero una respuesta cuando os planteo una pregunta, señor.

Jonah se pasó el pulgar por el mentón con nerviosismo, se volvió hacia la ventana cruzado de brazos y contempló la gran iglesia abacial desprovista de campanario.

–No –admitió al cabo–. Sé que debería, mas no puedo.

–Vaya, tamaña indulgencia –dijo, sarcástico, el rey desde la puerta–. En adelante dormiré más tranquilo.

Horrorizado, Jonah se volvió en redondo mientras la reina reprendía a Eduardo:

–Sire, no es justo que os acerquéis siempre con tanto sigilo.

Con cara de pocos amigos el rey se dirigió a su hijo, al que llevaba de la mano:

–Eduardo, ¿acaso nos hemos acercado sigilosamente? Piensa que un caballero no debe mentir jamás. ¿Y bien?

El príncipe, que a la sazón tenía siete años, sacudió la cabeza con resolución.

–Tan sólo hemos abierto la puerta y entrado. A lo sumo hemos olvidado llamar.

–Saluda al caballero y a la dama de tu madre, Eduardo. Después puedes retirarte. Has montado espléndidamente, estoy muy satisfecho contigo –le dijo el rey al niño.

El rostro de Eduardo resplandecía de orgullo, las mejillas enrojecidas por cabalgar con el invernal frío, y el pequeño, obediente, hizo lo que le pedía su padre.

Tanto el rey como Jonah, que seguían mirándose a los ojos, consiguieron a duras penas no continuar ceñudos.

Cuando la puerta se hubo cerrado, el rey dijo:

–Bien, maese Durham, oigamos por qué os esforzáis en vano por estar furioso con nos.

A Jonah no se le escapó el empleo del plural mayestático, que el monarca únicamente utilizaba en ocasiones oficiales o proclamas. Sabía que Eduardo quería intimidarlo, y ello consiguió que se rebelara.

–Rompisteis el contrato con los monopolistas, sire.

–¿Cómo osáis reprochármelo –bramó el rey– después de que los monopolistas introdujeran miles de sacos de lana de matute en el extranjero y retrasaran arbitrariamente la partida de la flota lanera? ¿Tenéis alguna idea de lo que eso significa para mí? Si aguzáis bien el oído, escucharéis las carcajadas de Francia. Declaré a Felipe una guerra que no puedo librar porque los ricachones de mi reino no piensan más que en llenarse los propios bolsillos.

–Yo no he escamoteado un solo penique de lana y reuní mi partida en junio –espetó Jonah–. Y la mayoría de los monopolistas obró como yo, con sincero patriotismo. Mas vos..., vos castigáis por igual al malhechor que al justo, ¿y con qué consecuencias? Muchos de los monopolistas están arruinados. Se pensarán dos veces prestarle de nuevo dinero a la Corona de buen grado, eso si no sucumben.

El rey apoyó una mano en la cadera y se llevó la otra al mentón. Acto seguido le preguntó a Giselle:

–¿Cómo se pone cuando está enojado con alguien?

Ella rió con candidez.

–¿Cómo voy a saberlo yo, sire?

Eduardo la miró un instante a los ojos, sonrió satisfecho y se dirigió nuevamente a Jonah.

–Tenéis que entender que al tesorero no le quedó otra elección.

–¿No le quedó otra elección que tratarnos a todos como a bellacos?

–Había más de un bellaco.

–Y más de un comerciante íntegro. Todos se sintieron engañados, y el tesorero se encuentra en Dordrecht con sus diez mil sacos de lana incautados sin saber la sorpresa que le espera cuando intente venderlos.

–¿Por qué creéis eso? –preguntó Eduardo con curiosidad.

Su desconocimiento dejó momentáneamente perplejo a Jonah. Después contestó:

–Porque no tiene ni idea de cómo hacerlo. Hacen falta experiencia y conocimientos, así como un olfato que ningún obispo posee. Y, por tanto, los ingresos no colmarán las expectativas y no alcanzarán ni de cerca las sesenta y seis mil libras que los monopolistas os habrían pagado gustosamente antes de Navidad. Apostaría mi última bala de seda veneciana, sire.

El rey rehusó comunicarle que la apuesta sería inútil, ya que el pronóstico de Jonah ya se había cumplido. Burghersh, el tesorero, y los demás legados habían vendido la lana por su propia cuenta, y el resultado había sido catastrófico. Los aliados de los Países Bajos comenzaban a recelar e impacientarse.

—Maese Durham... —Tras apartarse por fin de la puerta y acercarse al fuego, el monarca se sentó de espaldas en un escabel, se inclinó hacia atrás y apoyó los codos en la mesa. Tal vez percibiera que Jonah se hallaba demasiado inquieto para tomar asiento; en cualquier caso, no le instó a seguir su ejemplo, sino que torció un tanto la cabeza y lo miró desde abajo—. ¿Creéis que el plan que propuso De la Pole era practicable? Sé que es vuestro suegro, pero os pido una respuesta sincera.

—El plan era genial, sire —aseguró Jonah con inmodestia.

—¿Por qué ha fracasado?

—Por el egoísmo de algunos monopolistas necios y estrechos de miras. Porque ambas partes no han mantenido los acuerdos. Porque el tesorero real midió sus exigencias conforme a lo que estimaba necesario y no a lo que en verdad era factible. Por la desconfianza y la codicia de ambas partes.

—Así pues, opináis que entre mis lores y los comerciantes, en este caso entre mi tesorero y los monopolistas, no ha habido entendimiento, ¿es eso?

Jonah afirmó con la cabeza.

—En efecto.

—¿Y estaríais dispuesto, señor, a acompañarme al continente el verano próximo con el objeto de forjar dicho entendimiento? ¿Y a encargaros de que, en adelante, la venta de lana inglesa a nuestros aliados se lleve a cabo debidamente?

A Jonah le costó trabajo ocultar su espanto. Miró al rey con fijeza, atónito, y fue Giselle quien dijo:

—Sire, Jonah necesita todo su tiempo y sus fuerzas para salvar su negocio. No puede marcharse ahora.

Eduardo la miró brevemente volviendo la cabeza y a sus labios afloró su irresistible sonrisa, mas enseguida volvió a centrarse en Jonah.

—¿Pensáis que esta guerra contra Francia es una causa justa al servicio de Inglaterra? —inquirió el rey.

—Sí, sire.

—¿Pensáis que todo inglés ha de mostrarse dispuesto a sacrificarse por ella?

Jonah recordó que ése precisamente había sido su argumento con el quejumbroso criador de ovejas y contuvo un suspiro. Hubo de constatar que la cosa cambiaba cuando era uno mismo el que debía sacrificarse.

—Sí.

Eduardo asintió.

—También yo lo creo. Y no puede haber excepciones. Yo mismo, por ejemplo, sacrifico mi corona.

Jonah lo miró horrorizado.

—¿Sire?

Eduardo sonrió y se encogió de hombros.

—No, mi majestad, pues me ha sido conferida por Dios y sólo él puede arrebatármela. Ni mi derecho congénito. No, no, me refiero a ese chisme terriblemente pesado de oro y piedras preciosas. La he empeñado. Al arzobispo de Tréveris. Me ha dado siete mil quinientas libras por ella, figuraos.

—¿Habéis... habéis empeñado vuestra corona?

El rey dijo que sí con la cabeza, y por un instante su rostro se ensombreció.

—Y empiezo a pensar que no será el único sacrificio que esta guerra me exija. Así pues, sir Jonah, ¿qué decís? ¿Queréis acompañarme? Naturalmente siempre podréis regresar a Londres de cuando en cuando para ocuparos de vuestros negocios. Gervais afirma que tenéis un barco veloz, y en el fondo la distancia no es mucha.

Jonah intercambió una mirada con Giselle, que le dio a entender con un gesto: ¿qué remedio nos queda?

El comerciante se inclinó ante el rey.

—Será para mí un honor, sire.

Amberes,
septiembre de 1338

Jonah estaba sentado en una pequeña cámara con paredes de piedra desnudas, encorvado sobre unos libros y escritos. Los viejos muros de la abadía de San Bernardo, donde el rey se había alojado con todo su séquito cuando llegó al continente, repelían el calor más intenso de las postrimerías del verano, pero la estancia resultaba sofocante y el ventanuco apenas dejaba entrar luz. Jonah trabajaba alumbrado por dos velas, pero a pesar de todo el cuarto quedaba sumido en la penumbra, y a él le lloraban los ojos. Llevaba tres horas haciendo cálculos, pero sabía que aunque se pasara los próximos tres años calculando, la cosa no pintaría mejor. Con independencia de lo bien que vendiera la lana del rey, por cada libra que él ingresaba, Eduardo gastaba al menos dos.

Se puso en pie lanzando un ay y se acercó a la ventana. Echaba de menos su amada ciudad, su hogar. Y añoraba a su esposa más de lo que habría creído posible.

—Un suspiro conmovedor —observó una voz burlona desde la puerta—. No os creía capaz de algo así.

Jonah dio media vuelta, la mano en el pétreo antepecho de la ventana.

—Qué placer más... inesperado, señor. ¿Vos en Amberes? ¿Han caído los escoceses sobre Hull? ¿Qué os ha hecho salir de casa?

Su suegro se aproximó, miró con desinterés los papeles que había en la mesa y se unió a Jonah junto a la ventana, donde se apoyó en la pared con los brazos cruzados.

—Si pretendéis insinuar que me escondo en Hull desde que fracasó el monopolio, os equivocáis. Fui allí a comprar lana en el norte y cobrar unos atrasos, los cuales traigo al rey. ¿Dónde está?

—En Coblenza —informó Jonah—. Se ha reunido con el káiser alemán, Luis, el cual lo nombrará gobernador y comandante de todos sus vasallos al oeste del Rin en una solemne ceremonia. A cambio de la compensación correspondiente, se sobreentiende.

Su suegro encogió brevemente los hombros.

—Una inversión ventajosa, a mi juicio. Sin la aprobación del káiser, los condes y duques de aquí sólo serían unos aliados veleidosos.

Jonah le dio la razón. Pese a lo cual se espantó cuando el rey pidió prestadas cien mil libras a los habitantes de Brabante para costear esa nueva estratagema diplomática y el consiguiente retraso. Para la ceremonia de Coblenza el soberano ordenó realizar una corona mucho más valiosa que la que empeñara en invierno. Jonah trató de hacerle ver lo paradójico de semejante actuación, pero el rey adujo categóricamente que, para tratar con el imperio, era esencial salvaguardar su posición y demostrar magnanimidad cortesana. Sin embargo, a esas alturas se hallaban con el agua al cuello, y los aliados preguntaban con creciente insistencia cuándo podrían contar con las sumas prometidas.

—El juego del rey es cada vez más arriesgado —comentó, y señaló la mesa con un impaciente movimiento de mano—. Las deudas aumentan cada día. La lana que llega de Inglaterra siempre es menos de la que se espera. Aunque la vendemos bien, no es más que una gota en el océano. La única posibilidad de pagar todo esto sería poner rumbo a Francia y tomar de golpe París, su rica capital.

—Sin embargo, estamos en septiembre, de manera que este año ya no se hará nada —replicó De la Pole—. Aunque unos meses arriba o abajo carecen de importancia, ¿no es cierto? Una gran guerra, a mi parecer, es como un buen vino: ha de madurar.

Jonah hizo una mueca.

—Y ambos se tornan más costosos cuanto mayor es su grado de madurez.

De la Pole rió, quedamente.

—Y más lucrativos para comerciantes con los nervios templados y visión de futuro, como vos y yo, por ejemplo.

Jonah lo observó con recelo.

—A ese respecto difícilmente puedo medirme con vos, señor. Teniendo en cuenta el halago, colijo que queréis algo. ¿Y bien?

Antes de que su suegro pudiera responder entró el joven Waringham.

–Jonah, no te lo vas a creer... –Entonces vio a De la Pole. Tras mirarlo con reserva hizo un leve gesto de asentimiento–. Bienvenido, señor. –Al punto se dirigió de nuevo a su amigo–: El rey ha vuelto de Coblenza y nos pide a todos que nos reunamos con él en Lovaina. Recoge tus rollos. Salimos en una hora.

Jonah lo miró sin dar crédito.

–No puedo ir a Lovaina ahora, Gervais. Hoy a mediodía tengo cita con los mercaderes de la Hansa que pretenden hacerse cargo de nuestra lana.

–Tendrás que hacerlos esperar –replicó el joven conde con despreocupación. Y al punto añadió, risueño–: No pongas esa cara. No te arrepentirás. En Lovaina te aguarda una sorpresa.

–Detesto las sorpresas –respondió Jonah, enfadado–. ¿De qué se trata?

Mas Gervais no se dejó sonsacar los pormenores.

Lovaina era un castillo situado a unas veinticinco leguas al sudeste de Amberes que el duque de Brabante había puesto a disposición del rey Eduardo para sus fines. El soberano había convocado allí a un grupo de alrededor de una veintena de caballeros –la mayoría *tuertos*–, y De la Pole se había unido a ellos sin que nadie lo invitara.

En el patio de armas de la vieja construcción, cercada con un muro de piedra gris, entregaron los caballos a los escuderos y los criados, que salieron presurosos a su encuentro, entraron en la vetusta torre y subieron la escalera que conducía a la sala.

La estancia se encontraba llena de gente, en su mayor parte mujeres, constató Jonah perplejo. Cuando ellos entraron, se armó un barullo considerable: hermanos, enamorados y esposos se saludaron tras largos meses de separación.

Jonah se abrió paso poco menos que con rudeza.

–Giselle...

Radiante de felicidad, ésta le tendió las manos. Él las tomó y se las llevó sucesivamente a los labios. Mas no le bastó, y atrajo a su esposa hacia sí casi frenéticamente.

Ella rió, con nerviosismo y le echó los brazos al cuello.

—Oh, Jonah. Han sido los dos meses más largos y horrendos de mi vida —musitó.

Él retrocedió un tanto y contempló su rostro. Su boca era tan tentadora que por un instante no supo si soportaría no besarla. Pero no estaban solos; por añadidura se hallaba presente su padre, de manera que hubo de contentarse con darle un recatado beso en la frente.

—¿Qué suerte de hechizo te ha traído aquí? —le preguntó risueño.

—Yo fui la hechicera —aclaró, orgullosa, Felipa, que se había acercado a ellos sin que se percataran.

Jonah soltó a Giselle y se inclinó ante la soberana.

—Volvéis a ser mi bienhechora, mi reina. Bienvenida a Brabante. Espero que el viaje no fuera muy fatigoso.

—Queréis decir en mi estado. —Lo que él ya sospechaba en julio, a su partida, ahora saltaba a la vista: Felipa se hallaba nuevamente encinta. Ella le restó importancia con un suave suspiro—. No, no. Hizo buen tiempo. Confieso que habría preferido tener a mi hijo en Inglaterra, mas una reina ha de estar allí donde esté el rey, sobre todo en tiempos difíciles. Y muchas de mis damas sufrían de tal manera al estar separadas de sus caballeros o esposos que tanta aflicción empezaba a resultar insufrible. De forma que resolvimos sin demora sorprenderos. Debo hablar urgentemente con vos, Jonah, pero ahora no es el momento adecuado —prosiguió en voz baja—. Venid a verme mañana por la mañana.

Él asintió, y apenas se hubo apartado la reina, Giselle le agarró la mano y lo sacó de la sala por una angosta puerta lateral.

—Falta al menos una hora para la cena —susurró.

Recorrieron un corto corredor y bajaron una escalera. A Jonah le habría gustado saber cuánto tiempo llevaba ella allí, teniendo en cuenta lo bien que conocía el lugar, pero ya habría tiempo para preguntas más tarde. Sabía de sobra lo que tramaba su esposa, y se le hizo un nudo en la garganta. Esperó encarecidamente que la puerta tras la que al fin se encontrarían a solas no se hallara demasiado lejos.

Era una alcoba pequeña y sombría que ni siquiera tenía una cama, pero le dio igual. Mientras Giselle echaba el cerrojo, Jonah se desprendió de la capa, la extendió de cualquier manera sobre la paja que cubría el suelo y, acto seguido, tumbó en ella a su esposa.

Aquél no fue el final de las sorpresas. Cuando, una hora después, trataron sin éxito de colarse en la sala inadvertidamente, en la estancia reinaba una calma mayor. Mesas y bancos dispuestos para la ocasión acogían a los parlanchines recién llegados, y uno de los primeros en descubrir a Jonah fue su suegro, que tenía en brazos a un niño de corta edad.

Jonah se acercó a él.

–Tened a bien prestarme a vuestro nieto un instante, señor.

De la Pole alzó la vista ceñudo y accedió a la petición titubeando.

–En fin, estáis en vuestro derecho –convino–. Un muchacho fuerte, Durham, hay que admitirlo.

Jonah asintió, henchido de orgullo, sostuvo a Lucas ante sí con la misma torpeza que su suegro y le dio un beso en la frente.

–¿Sabes quién soy, hijo? –le preguntó en voz queda. Y a continuación le dijo a Giselle–: ¿Has traído a Marion contigo?

Ella afirmó con la cabeza.

–Naturalmente. Pero a nadie más. Berit no podía venir; espera a su hijo en cualquier momento. Por cierto, ¿qué hace mi padre aquí? –inquirió con la frente fruncida.

–No tengo ni idea –le respondió Jonah–. Y me cuesta creer que su presencia sea un motivo de satisfacción. Mas esta noche no debería preocuparnos. Háblame de casa.

Y Giselle habló. Todos estaban bien, pero la esposa del maestro tintorero Ypres había fallecido en agosto de sobreparto. El pequeño Cecil cada día hablaba más, y Crispin estaba decidido a mandarlo a la escuela al año siguiente. David pasaba más tiempo que nunca en el taller del maestro flamenco, cuya hija mayor, Grit, se había enamorado perdidamente del aprendiz de Jonah. No obstante, se había acordado que Grit tendría que casarse con el maestro tintorero viudo.

Giselle refirió a su esposo más novedades, grandes y pequeñas, de los miembros de su hogar antes de llegar finalmente al tema que a él más le interesaba:

–Crispin me pide que te diga que las cosas mejoran. Las ventas han sido buenas. Todas las damas que han venido con la reina querían un guardarropa nuevo, y todas ellas nos han comprado el paño a nosotros. El conde de Derby y el suplente del tesorero han vuelto a solicitar grandes cantidades de paño económico –susurró para que nadie oyera sus secretos comerciales.

–Espero que Crispin no lo destine todo a complacer a nuestros acreedores y compre también algo de lana en bruto. Los precios no permanecerán tan bajos eternamente –observó Jonah en voz queda.

Giselle asintió.

–De aquí a otoño serán diez sacos. Los guarda en Sevenelms, y ha arrendado nuestro almacén de lana de casa a maese Greene.

Jonah arrugó el ceño.

–No me agrada que se comente en el gremio que Jonah Durham está sin blanca y ha de arrendar sus almacenes.

Soltó un gruñido. No había hecho el menor esfuerzo por reconciliarse con el veedor de los pañeros, y le disgustaba que Crispin intentase reanudar los lazos. Sin embargo, antes de que pudiera decir nada al respecto, en la sala entraron el rey y la reina con sus hijos y tomaron asiento en la mesa principal.

–Casi podría pensarse que estamos en Westminster –observó Giselle sonriente.

Jonah dijo que sí con la cabeza.

–Si no se mira en demasía alrededor.

A la mañana siguiente, antes de que Jonah y Giselle entrasen en los aposentos de la reina, un doncel subió corriendo la escalera e informó a Jonah de que el rey deseaba hablar con él.

«No me puedo creer cuán solicitado estoy a tan temprana hora», pensó sorprendido, y encargó al muchacho que le disculpara unos minutos ante el rey, dado que la reina también lo había mandado llamar.

Las dependencias de la soberana bullían de damas, niños y sirvientas. Felipa se hallaba sentada en un sillón junto a la fría chimenea, las manos unidas en el abultado vientre, conversando con su hija Isabel, que tenía seis años.

–Ve con el ama. Los demás podéis retiraros –dijo a los presentes.

Sonreía, mas sus manos hicieron como si quisiera ahuyentar una bandada de gansos.

Cuando la puerta se cerró y se vio a solas con Jonah y Giselle, la sonrisa se desvaneció, y la soberana exhaló un hondo suspiro.

—Este castillo es demasiado pequeño para tanta gente. Regresaremos a Amberes lo antes posible.

Preocupada, Giselle se acercó, se arrodilló ante la reina en la paja, como acostumbraba a hacer de pequeña, y la miró con expresión inquieta.

—¿No os sentís bien, mi señora? Estáis muy pálida.

Felipa le acarició la mejilla con cariño.

—No te apures por mí. Y vos, Jonah, ¿acaso queréis echar raíces junto a la puerta?

El aludido se aproximó.

—Creo que será mejor que os sentéis, amigo mío. Me temo que lo que he de deciros no es muy agradable.

Él se sentó frente a ella y la miró sin decir palabra.

—El rey os hará llamar para agradeceros los servicios que le habéis prestado y retiraros el control del almacén central de lana inglés en Amberes.

Jonah se retrepó cómodamente, cruzó las piernas y sonrió, mas Felipa alzó el índice con ademán amenazador.

—No os alegréis demasiado pronto. Creéis que podéis volver a casa, ¿no es cierto? Pues de eso nada.

La sonrisa desapareció como por ensalmo, pero antes de que él pudiera decir nada, Giselle preguntó con una indignación disimulada a duras penas:

—¿Por qué quiere hacer eso el rey? No puedo imaginar a nadie más capaz para dicho cometido que Jonah.

—Tampoco yo lo imagino —convino Felipa—. Pero tu padre se ha ofrecido a supervisar en adelante la venta de lana para la Corona en Amberes.

Ni Jonah ni Giselle dijeron nada al oír tan extraña nueva, y fue la propia reina la que expresó lo que ambos pensaban:

—Le ha concedido al rey un nuevo préstamo de veinte mil libras y ha insinuado que allí de donde sale este dinero hay más. Vos mismo sabéis cuán sombría es la situación: los Bardi han sido exprimidos casi hasta la última gota, por no hablar del resto de los florentinos. El monopolio lanero fracasó a causa de la avaricia de sus miembros. Si pudiésemos contar con el Parlamento para que fijara nuevos impuestos..., pero eso aún tardará. Así pues, sólo nos queda William de la Pole, que según parece dispone de fondos ilimitados y está dispuesto a prestárselos al rey. Todos sabemos lo que desea a cambio: más o menos la totalidad de Yorkshire en calidad de feudo real y un título nobiliario. Eduardo le cede Holderness, que prácticamente abarca los contornos de su ciudad natal, Hull, y lo nombra barón. Pero a De la Pole no le basta. Además, quiere controlar la venta de lana de la Corona, y el rey no está en posición de negarle nada, ¿no es cierto?

Por un momento reinó el silencio. Luego Jonah preguntó:

—Pero ¿para qué? ¿Qué diantre persigue De la Pole con tan ingrato cometido?

Felipa lo señaló con el dedo.

—Eso es lo que averiguaréis vos. Permaneceréis en Amberes como su mano derecha y vigilaréis todo cuanto haga... ¿Por qué os levantáis, Jonah? Aún no hemos terminado.

Él respiró hondo, la miró sin decir palabra y se acercó a la ventana. Después se volvió hacia ella.

—Mi señora, es mi suegro.

—¿Y? Mirad a Giselle: es su hija y no pestañea al oír todo lo malo que digo de él.

—Pese a todo, no puedo espiarlo. No sería honorable.

Felipa profirió un ay y se llevó la mano a la frente con teatralidad.

—Otra vez eso. Vosotros los hombres siempre sacáis a colación esa palabra cuando os quedáis sin argumentos. Lo que no es honorable, señor, es aprovecharse de la situación de su rey para llenarse los propios bolsillos. Quien lo impida será un patriota y un leal súbdito de la Corona. Quien lo encubra será un cómplice.

Jonah se replegó en sí mismo.

—¿Es todo, mi señora? —inquirió con frialdad.

—Jonah... —medió Giselle, temerosa.

Pero Felipa la interrumpió. Se puso en pie bruscamente, con una agilidad asombrosa para una mujer en avanzado estado de gestación, y dio un paso hacia Jonah. Éste le sacaba más de una cabeza, pero su enfado no le iba a la zaga.

—No, no es todo, maese Durham. Me parece que subestimáis la situación. Yo, la reina, os he pedido algo a vos, mi caballero. No podéis negaros.

Giselle los observaba a uno y a otro con ojos desorbitados e inquietos. En medio de la breve quietud que siguió se volvió hacia la reina.

—Sabed que no hay prácticamente nada que Jonah no hiciera por vos.

Felipa alzó la siniestra en señal de rechazo.

—Bien, pues me demuestra justo lo contrario, ¿no os parece? —Se paró a pensar un instante, la por lo común lisa frente se vio surcada de arrugas, y al cabo dijo—: Venid, Jonah, sentémonos, ¿queréis?

Más por mostrarle su buena voluntad que por otra cosa, éste se acomodó de nuevo en el filo del asiento después de que la soberana se hubiese hundido en el suyo.

—Lo cierto es que al rey le agradó tan poco la idea como a vos. Me costó lo mío que claudicara. Y eso que de sobra sabe la clase de hombre que es De la Pole, pero quiere convencerse de que su nuevo y colosal banquero obra por puro patriotismo. A Eduardo le gusta creer en lo bueno que hay en las personas; sobre todo en lo bueno de quienes dependen de él.

—Y vos queréis protegerlo de las consecuencias de tan injustificada confianza, ¿es eso?

Jonah dudaba secretamente que el rey necesitara tamaña tutela. Abrigaba la sospecha de que Felipa subestimaba la astucia de su esposo.

—Pero, mi señora, aunque Jonah se mostrase dispuesto a hacer lo que deseáis, mi padre le adivinaría las intenciones en el acto —objetó Giselle.

La reina la miró sorprendida.

—¿De veras lo crees?

Giselle no pudo por menos de romper a reír.

—Naturalmente. Mi padre y Jonah llevan rondándose desde que se conocen como dos gatos desconfiados y se aseguran mil veces cuando hacen algún negocio juntos, pues el uno no se fía del otro. Una de las razones por las que mi padre es tan rico es que siempre sabe a ciencia cierta lo que pretenden sus enemigos. Tened por seguro que no se dejará engañar.

Felipa sonrió, aliviada.

—Si eso es así, no se atreverá a aprovecharse del rey mientras Jonah ande cerca, ¿no es cierto?

Amberes,
noviembre de 1338

Un escriba entró en el amplio y caldeado despacho del almacén de lana inglés en el puerto de Amberes.
—Maese Durham, fuera aguarda un tal Hamo Johnson. Desea hablar con vos.
Jonah asintió distraídamente y alzó la vista del rimero de papeles.
—Hazlo pasar.
William de la Pole se hallaba sentado en un cómodo sillón junto al fuego con las piernas extendidas y bebía un vaso de vino con fruición. Más de una vez Jonah se había preguntado de mala gana cómo se ganaba el dinero ese hombre, pues nunca se le veía trabajar.
—¿Hamo Johnson? —inquirió un displicente De la Pole—. ¿Quién puede ser?
—El capitán del *Felipa*.
—Ah, naturalmente. Habéis retomado la trata de blancas, ¿no es eso? ¿Sabe la reina que enviáis a Inglaterra tejedores flamencos y, por tanto, eludís el embargo? Yo diría que no es mucho mejor que contrabandear lana. Sin duda la perturbaría, ¿no? Ella, que os tiene por tamaño dechado de virtudes que os ha nombrado mi perro guardián.
Jonah contuvo una imprecación y procuró ser paciente.
—Claro está que la reina tiene noticia del asentamiento de artesanos flamencos en Inglaterra; el proyecto goza de su amparo personal. Y, por centésima vez, no me encuentro aquí para espiaros, señor.
De la Pole, aburrido, lo negó.

–¿A quién queréis engañar? Aunque carece de toda importancia, ya que no tengo absolutamente nada que ocultar. Por lo demás, Durham, y os lo digo por centésima vez: apreciaría sobremanera que tuvieseis a bien acostumbraros a llamarme milord.

Jonah no se esforzó por disimular una sonrisa burlona.

–Os pido disculpas, vuecencia...

De la Pole se incorporó, furioso, pero antes de que pudiera decir nada entró el fornido capitán del *Felipa* e hizo una desmañada reverencia ante Jonah.

–Saludos, maese Durham. –Hizo una señal de asentimiento en dirección a De la Pole–. Señor.

–¿Qué ocurre? –quiso saber Jonah. «Te lo ruego, Dios mío, que no sea un naufragio», suplicó. «Y, de ser así, te lo ruego, que la carga no sea humana»–. ¿Se trata del *Felipa*?

–El *Felipa* se encuentra en el muelle, tan hermoso y entero como ayer, señor –se apresuró a aclarar Hamo.

«Gracias, Dios mío.»

–Pese a todo traéis malas nuevas, ¿no es cierto?

El capitán afirmó con la cabeza.

–Es..., es el *Cristóbal*, señor.

De la Pole se levantó despacio de su asiento.

–¿Qué le ocurre? –se interesó.

El *Cristóbal* era una nave de la pequeña escuadra inglesa que se esperaba en Amberes y portaba un cargamento de plata de Inglaterra destinado a la recién inaugurada real casa de la moneda.

–Los malditos franceses lo han capturado –replicó Hamo–. Junto con toda su escolta: el *San Jorge*, el *Gallo Negro* y... el *Eduardo*.

Afectado, bajó la cabeza. El *Eduardo* era la nao más bella y veloz del rey, el orgullo de la flota.

De la Pole soltó un suave silbido.

–Por desgracia, habéis de ser vos quien le dé la noticia al rey, Durham –afirmó, y tomó la capa forrada de pieles del respaldo de un asiento y se dirigió a la puerta–. El arzobispo Stratford me espera. Comprenderéis que no deseo darle plantón.

Hamo lo miró ceñudo, esperó a que se cerrara la puerta y preguntó:

–¿Quién es este petimetre engreído?

Jonah no respondió.

—¿Estás seguro, Hamo? —prefirió saber.
—Sí. Acaeció ante las costas de Middelburg. Nosotros debimos de ser el siguiente barco que pasó por allí y recogimos a los que saltaron por la borda de las naves apresadas y no se ahogaron.

Ello truncaba la pequeña esperanza de que se tratara únicamente de uno de tantos maliciosos rumores. Jonah echó mano asimismo de su capa.

—Vayamos en busca de algún superviviente para llevarlo en presencia del rey. Ha de saberlo en el acto. —Hamo lo miró con expresión medrosa, mas Jonah cabeceó—: Descuida. Lo más probable es que recibáis una recompensa por haber salvado a los marineros, no que os castigue por transmitirle la aciaga noticia.

La rica abadía de San Bernardo disponía de varias casas anexas espaciosas. El rey ocupaba la mayor de ellas, situada en el límite oriental del lugar, contigua a la iglesia y poseedora, por añadidura, de una pequeña capilla propia en la que el capellán del rey decía misa para él y podía confesarlo discretamente.

Cuando Giselle entró, en un principio pensó que tenía la capilla para ella sola, si bien no tardó en descubrir al rey, que estaba arrodillado en las sombras ante un pequeño propiciatorio a un lado del altar. Tenía la cabeza gacha y parecía muy abatido, como doblegado por el pesar. Una mano sostenía el barbado mentón, el pulgar acariciando despacio los labios. El rey parecía más sumido en sus pensamientos que en la oración.

Giselle iba a dar media vuelta, pero él, que había oído sus leves pasos en el suelo de piedra, alzó la cabeza y la vio.

—¿Alguna novedad? —preguntó con calma.

—No, sire. Aún llevará un rato, pero el galeno asegura que no hay motivo de preocupación.

Eduardo asintió y esbozó una pequeña y apagada sonrisa. De repente a ella le dio pena. La reina estaba con dolores, y sin duda el rey se sentía inquieto, pues con el último príncipe, que no había vivido mucho, el parto había sido complicado. Cuán digno de lástima era un soberano, pues por humano y fundado que fuese su miedo, nunca podía dejarlo traslucir. De súbito parecía terriblemente solo. Giselle supo que lo más prudente habría sido marcharse, mas cuando él le pidió en voz queda: «Venid a rezar unos minutos conmigo, señora, tened la bondad», ella fue incapaz de alegar cualquier débil pretexto. El rey le hizo sitio en el angosto banco y Giselle se arrodilló a su lado. Antes de que pudiera unir las manos, él le agarró la siniestra. Lo miró asustada, pero Eduardo ya había vuelto a bajar la cabeza y tenía los ojos cerrados.

En la saleta de las dependencias de Eduardo, Jonah se encontró a William Montagu, conde de Salisbury.
—Cáspita, maese Durham, ¿qué os trae por aquí a esta hora? —preguntó con amabilidad.
—Terribles nuevas, me temo, milord —repuso Jonah, e hizo un breve resumen.
Montagu escuchó con creciente espanto.
—Casi se podría pensar que el Papa tiene razón cuando dice que esta guerra no es del agrado de Dios —musitó—. ¿Por qué me miráis de ese modo, señor? ¿Acaso creéis que es traición decir algo así?
Jonah negó con la cabeza.
—La idea se me antoja inquietante, eso es todo.
El conde se levantó de mala gana.
—Iré en su busca, maese Durham. Por malhadado que pueda ser el momento para transmitir tan funesta noticia, debe oírla de inmediato. Haced pasar a vuestro capitán y al testigo ocular.

El rey Eduardo permanecía inmóvil, la vista fija en el capitán del *Felipa* y el marinero superviviente del *Gallo Negro*, que habían hincado la rodilla ante él y le informaban cabizbajos.
—¿Cuántas naves francesas fueron las que os atacaron? —preguntó al cabo.
El joven marinero alzó la vista un instante, medroso, y contestó:
—No lo sé con exactitud, vuecencia. Pero al menos una docena.
Las palabras brotaron con especial premura.
Sin querer, Hamo miró de reojo al marinero con perplejidad, mas al punto volvió a bajar la cabeza. Sin embargo, Eduardo lo vio.
—Quiero la verdad, nada de cuentos —espetó severo, si bien no con aire amenazador—. ¿Cómo te llamas, muchacho?

—Fulk Swanson, vuecencia —replicó éste, y tragó saliva a duras penas.
La nuez subía y bajaba por el delgado cuello.
—Bien, Fulk, no es mi intención castigaros a ti y a tus compañeros por esta pérdida, por amarga que sea, pero he de saber con exactitud lo ocurrido.
A Fulk pareció calmarlo un tanto que el soberano pronunciara su nombre, que era sin duda lo que éste se proponía. Venció su temor y refirió lo que había visto.
—Eran cuatro galeras francesas. Enormes, vuecencia. Y el capitán del *Cristóbal* nos indicó por señales que virásemos y nos alejáramos de ellas, pues nuestros barcos son mucho más ágiles. Pero dos de las galeras tenían esas modernas máquinas infernales que escupen humo y fuego y lanzan inmensas bolas de piedra.
—¿Cañones? —preguntó Montagu con sorpresa.
—Sí, el capitán también las llamó cañones. Una de las bolas acertó al *Cristóbal* en la proa, y una segunda hizo jirones la vela del *San Jorge*. Ambos eran incapaces de maniobrar y..., y... —Bajó la vista, avergonzado—. El miedo nos hizo perder la cabeza, mi rey.
—Y fuisteis presa fácil —concluyó Eduardo con amargura.
Fulk asintió, desconsolado.
Jonah observaba al rey con disimulo. Era fácil ver que a Eduardo le costaba mantener su palabra y no castigar al marinero por tan grave pérdida y el mal comportamiento de sus oficiales. No obstante, se contuvo. Con un gesto un tanto brusco despachó a ambos hombres.
—Está bien. Podéis iros.
Hamo y Fulk no se hicieron de rogar. Se pusieron en pie, hicieron una amplia reverencia y se esfumaron.
Cuando la puerta se hubo cerrado, se hizo un silencio plúmbeo. Al cabo, Eduardo preguntó:
—¿A cuántos marineros rescató del mar vuestro capitán, sir Jonah?
—A nueve, sire.
El rey asintió con aire ausente.
—Tened a bien darle una libra por cada una de esas vidas salvadas. Ya os las devolveré.
«Vaya, estupendo —pensó Jonah—. Acabas de perder un cargamento de plata, por no hablar de cuatro naves de primera, y no se te ocurre otra cosa que sablearme a mí.» Si bien se limitó a decir:

—Naturalmente, sire.

Llamaron con suavidad a la puerta y, a un bramido del rey, entró Catherine, esposa de Montagu y dama de la reina. Esforzándose en vano por parecer solemne, devolvió la inquieta mirada de Eduardo con una sonrisa radiante y anunció henchida de orgullo:

—Es un príncipe, sire. Un príncipe perfecto y hermoso, y la reina se encuentra bien y se siente dichosa.

Los ojos de Eduardo se iluminaron. De una zancada se acercó a la dama, le rodeó el talle prescindiendo de toda etiqueta, la aupó, le dio una vuelta y la besó en la frente antes de bajarla. Acto seguido salió precipitadamente, profiriendo un grito de júbilo.

Montagu le pasó un brazo por el hombro a su patidifusa esposa e intercambió una sonrisa con Jonah.

—Alabado sea Dios —dijo—. Alabado sea por esta luz en medio de la oscuridad. Ojalá le dé al príncipe suerte y una larga vida.

—Amén —musitó Jonah.

Amberes,
abril de 1339

Era un día de una tibieza deliciosa, más veraniego que primaveral, que Giselle pasaba con Catherine Montagu, la reina y los niños a orillas del riachuelo cercano a la abadía. Las princesas, Isabel y Juana, jugaban a la pelota con su prima Juana de Kent, que era huérfana y pupila de la reina, mientras el príncipe Lionel, de escasos meses de edad, dormía apaciblemente sobre una manta en la hierba. Hasta el príncipe Eduardo, que ya era demasiado mayor para unirse a sus hermanas, su madre y las damas de ésta, había estado con ellas un rato y llevado a caballito a Lucas, que no cabía en sí de entusiasmo.

Durante unas horas Giselle consiguió sacudirse el miedo que la atenazaba desde que había llegado a Brabante, y por vez primera desde aquel invierno eterno y oscuro se sentía libre de preocupación. Hasta que regresó tras los altos y sombríos muros del monasterio que la aprisionaban. Apenas hubo cruzado la puerta, el miedo volvió, como si alguien le hubiese colocado un plomo en la espalda. Tenía que hablar con Jonah. Tenía que alejarse de allí.

Dejó vagar la mirada furtivamente por el patio interior y, acto seguido, le entregó a su hijo al ama.

–Toma, Marion. Llévalo dentro. Yo voy ahora mismo, quiero entrar un momento en la iglesia.

–Claro, señora. –Marion apretó contra sí al niñito, que le pasó un brazo por el cuello con confianza y apoyó la cabeza en su hombro, el pulgar en la boca–. Está agotado –afirmó risueña.

Giselle asintió y dio media vuelta. Entró en la vieja y amplia iglesia del monasterio por una puerta lateral. El interior era fresco y crepuscular, pues las pequeñas ventanas con arcos de medio punto no dejaban pasar mucha luz. En el remansado aire se percibía una mezcla de incienso y humedad. A ella le encantaba ese olor de los antiguos templos de piedra. Irradiaba cierto consuelo y seguridad. Cerró los ojos y respiró hondo, despacio, y cuando dos poderosos brazos la rodearon por detrás, de súbito, chilló sin querer. No fue más que un grito pequeño y desesperado, mas resonó con fuerza en la vacía iglesia.

–Shhh. No tengas miedo, soy yo.

–Vos sois a quien yo temo, sire –dijo ella, privada de pronto, en su apuro, de las corteses mentiras que tan perfectamente dominaba.

El soberano le besó el cuello y la oreja. Su cálido aliento recorrió sus mejillas, la barba le produjo cosquilleo.

–No hay por qué, lo juro. Ninguna mujer tiene motivos para tenerme miedo. –Con suavidad y determinación a un tiempo, sus manos la volvieron y él la miró a los ojos y le pasó el pulgar por los labios mientras la atraía hacia sí con el brazo libre–. Si tengo que esperar una hora más por ti, Giselle, perderé la razón. Y no querrás que eso pase, ¿no? Hace ya dos años que espero. ¿Es preciso hacer sufrir semejantes privaciones al rey? –Esbozó su irresistible sonrisa.

Giselle bajó la vista.

–Alguien puede entrar en cualquier momento y vernos, sire. Dejadme marchar, os lo ruego encarecidamente. –Lo miró a los ojos–. Lo digo en serio.

Él ni siquiera la escuchó.

–Nadie nos verá –prometió con picardía, y agarró su mano y la condujo a la sacristía por una pequeña puerta.

«¿Aquí?», se preguntó ella, sin dar crédito. Y se le puso la piel de gallina en los brazos y la espalda. «¿Pretendes cometer adulterio allí donde se guarda el cuerpo y la sangre de Cristo?»

Mas él la hizo atravesar otra puerta que ocultaba una escalera que conducía a un sótano, al final de la cual arrancaba un corredor. Bajaron en silencio y recorrieron el bajo pasillo. Estaba oscuro como boca de lobo, pero el subterráneo pasadizo era llano y recto como la trayectoria de una saeta. Al extremo se hallaron ante una nueva escalera.

–Pon cuidado de no caer –musitó, solícito, el rey.

Y una risa, en buena parte histérica, estremeció el pecho de Giselle. Al soberano le preocupaba que ella se golpease una rodilla o se torciera un tobillo, mientras que su honra le era completamente indiferente. En verdad, aquello resultaba grotesco.

La puerta iba a dar a sus aposentos. No era un pasadizo secreto, cayó ella en la cuenta, sino una conveniencia para invitados de alcurnia, que, de ese modo, podían acudir a la iglesia con mal tiempo sin mojarse los pies.

Un lecho amplio y suntuoso presidía la pared opuesta a la puerta. Eduardo descorrió las colgaduras de pesado brocado sin soltar a Giselle, se giró hacia ella, agarró asimismo su mano izquierda y la obligó a sentarse en el borde de la cama.

Eduardo tenía los labios entreabiertos y muy rojos. Giselle clavó la vista en ellos, los vio acercarse y cerró los ojos. Su beso fue ávido, y su respiración sonaba bronca. Sus diestras manos le retiraron la cofia, deshicieron su moño y extendieron por sus hombros la espléndida cabellera cobriza. Giselle se sintió desnuda sólo con eso.

Después oyó un chirrido, sintió una corriente de aire y abrió los ojos. En la puerta, como petrificado, se hallaba Gervais de Waringham, mirándolos. Por un instante sus miradas se cruzaron. Luego él apretó los labios, cabeceó compasivo y se retiró en silencio.

El rey no lo vio. Tenía el rostro enterrado entre los cabellos de Giselle y le aflojaba el vestido, jadeando levemente. Cuando sus pechos quedaron a la vista y él hubo posado sus manos en ellos con tiento, profirió un suave sonido de satisfacción.

Acto seguido la tumbó en las almohadas, le levantó las faldas y se arrodilló entre sus piernas. La sonrisa con la que la miró mientras se desanudaba el cinto le recordó al príncipe cuando, tras una larga jornada a caballo, se sentaba por la tarde a la mesa y los criados servían las humeantes fuentes: irradiaba una dicha expectante, avidez y placer, inocente y sin escrúpulos a un tiempo, por las cosas hermosas de la vida. Ladeó la cabeza para no tener que verla más.

–Giselle, Giselle –suspiró él con levedad–. ¿Por qué no lo disfrutas dado que no puedes impedirlo?

Ella lo miró de nuevo.

–Amo..., amo a mi esposo, sire.

Él se inclinó sobre ella y le besó las mejillas, la osada punta de la nariz, el cuello, mientras la mano subía por la cara interna de su muslo.

—No lo dudo. Y yo idolatro a la reina, como sin duda sabes. Pero olvidémoslos un instante —susurró. Y ahora era él quien tenía los ojos cerrados—. Olvidémoslo todo. Sólo por este instante.

Su boca se crispó al penetrarla, y Giselle le echó los brazos al cuello y lo sostuvo.

Eduardo era un amante impetuoso, mas en modo alguno egoísta. Claro está que ella no podía saber que, delante de sus amistades, el soberano a veces se jactaba de que ninguna mujer había abandonado su cama sintiéndose insatisfecha, pero vio que esperaba algo. Cuando cayó en la cuenta de lo que era, fingió lo que él deseaba oír para que terminara de una vez.

El rey permaneció tendido en el lecho y la miró soñoliento mientras ella se arreglaba las ropas y se recolocaba cabello y tocado ante el espejo de mano que descansaba sobre el arca. A continuación Giselle se volvió hacia él.

—¿Puedo irme, sire?

La anillada mano real asomó bajo la manta, tomó la de ella y se la llevó brevemente a los labios.

—Me gustaría que te hubieses quedado hasta que me durmiera, pero no todos los deseos se pueden cumplir. Puedes irte, sí.

Giselle inclinó un tanto la cabeza y se dirigió a la puerta del pasadizo subterráneo.

—¿Estás muy enojada conmigo, Giselle? —inquirió él.

Ella se giró de nuevo. Eduardo estaba apoyado en un hombro y la miraba entre ceñudo e impaciente.

En ese instante todavía no sabía a ciencia cierta lo que sentía. Sí, estaba furiosa, se habría abalanzado sobre él con los puños en alto y le habría arrancado los ojos, pero más por Felipa que por ella misma, lo cual se le antojó extraño y en extremo sospechoso. Contestó con una pregunta:

—Sire, ¿cabría pensar que ésta ha sido la primera y última vez?

Él se encogió de hombros despacio y sacudió la cabeza riendo quedamente.

—Será mejor que no cuentes con ello.

Ya en el oscuro corredor se sentó en el frío suelo de piedra, apoyó la espalda y la cabeza en la lisa pared, notó que el semen se derramaba de su cuerpo y le escurría por la enagua, rompió a llorar y se preguntó qué iba a hacer.

Cuando sus lágrimas se secaron, se puso en pie, volvió a la iglesia y se dirigió a la puerta sin dignarse mirar el altar. Presentía que Dios la culparía a ella de ese pecado, y no era capaz de mirarlo a los ojos.

Encontró a Gervais de Waringham allí donde solía pasar la mayor parte de sus ratos de ocio: en la cuadra. Examinaba los soberbios caballos del rey, levantando una pata aquí para examinar la pezuña, palpando una mano delantera allá, escrutando de vez en cuando una boca.

Al ver a Giselle, pareció sentirse incomodado, mas salió del compartimento con valentía y fingido denuedo.

Ella observó con ojos entrecerrados aquel apuesto rostro con la absurda venda e hizo lo que jamás habría creído posible: alzó la mano y le propinó tal bofetada que reviró la cabeza y se dio un fuerte golpe contra un puntal de madera. Giselle sintió un doloroso escozor en la mano.

Gervais se pasó el dorso de la mano por la mejilla herida, en la cual empezó a perfilarse en el acto una huella rojiza.

—¿Qué..., qué tendría que haber hecho, Giselle?

—Si fueses el caballero por el que te tienes, se te habría ocurrido algo.

Él miró a otro lado y resopló sonoramente.

—Sabe Dios que en tal caso no daría abasto. No eres la primera a la que le pasa, ¿sabes? ¿Qué puedo hacer yo? A fin de cuentas, es el rey. No me corresponde a mí darle sermones morales.

—No, ya me figuro que ello te enajenaría muchas simpatías. Además vendría a ser como encomendar las ovejas al lobo, ¿no es cierto? —Rió amargamente al ser consciente de sus propias palabras—. Nunca mejor dicho. Tampoco tú dejas pasar ninguna oportunidad, ¿no, Gervais? —El bochorno impedía hablar a éste, y antes de que diera con una respuesta, ella continuó—: Arriba, en Yorkshire, dicen que le haces la corte a Anne de Yafforth. ¿Quieres casarte con ella? Pues espero por tu bien que no sea agraciada. De lo contrario, le ocurrirá lo mismo que a mí.

Él la miró consternado con el único ojo que quedaba a la vista, y Giselle sonrió burlona.

–¿En eso no habías caído, eh?
–No –admitió él con abatimiento.
Ella asintió con expresión desdeñosa.
–Ahí ves cuán necio eres. Quiero que me jures que jamás le contarás a nadie lo que has visto. Sin importar cuándo, dónde o lo borracho que estés.

Sin vacilar, Gervais apoyó la mano izquierda en la empuñadura de su espada, una vieja reliquia familiar, y levantó la diestra.

–Lo juro por el honor de mi apellido. Que Dios extinga mi estirpe si rompo mi palabra.

Aquello era más de lo que ella esperaba. De súbito su ira se desvaneció y ella se quedó sin saber qué hacer. Bajó la mirada, asintió en silencio y dio media vuelta.

–Giselle...
–¿Qué?
–Puedes contar con mi discreción, pero ¿qué hay de ti? Cálmate un tanto y no permitas que tu esposo se dé cuenta de lo que ha pasado, ¿eh? Al fin y al cabo no es el fin del mundo.

Ella siguió caminando hacia la puerta.
–Guarda tus sabios consejos para tu novia, Gervais.

En la algo estrecha sala de la casa anexa, la gente ya estaba comiendo cuando entraron Jonah y De la Pole. Discutían, cosa en modo alguno inusual, sólo que aquel día la disputa era más vehemente que de costumbre.

–Insisto en que rectifiquéis el tipo de cambio en todas las cuentas en medio chelín –pidió Jonah en voz baja.

–Ni por pienso –replicó su suegro–. Ese medio chelín por florín es mi remuneración por transportar las monedas. Llamadlo gastos de gestión, si os hace sentir mejor.

Jonah sacudió la cabeza. Se habían detenido a la puerta de la sala y sólo podían hablar en susurros.

–Si pensáis que es posible cargar en la cuenta de la Corona los gastos de gestión, hacedlo abiertamente. De este modo es trapacería.

–Deberíais ser más cuidadoso en la elección de vuestras palabras –amenazó De la Pole en voz queda.

Su yerno se cruzó de brazos.

–Si no, ¿qué? ¿Más amenazas de muerte, milord? No es digno de un hombre de honor ennoblecido, ¿no creéis?
–Os aconsejo que no os hagáis el gracioso a mi costa –siseó su suegro–. Fin de la discusión. El medio chelín me corresponde, y vos mantendréis el pico cerrado, de lo contrario os juro que el mes que viene pongo a vuestro primo de patitas en la calle para que recorra Cheapside de mercachifle.

Jonah lo miró perplejo. Giuseppe no le había dicho quién había adquirido la casa de Rupert, y él no había preguntado.

A los labios de De la Pole afloró una sonrisa triunfal.

–¿Sorprendido? Después de la quiebra del monopolio, ¿cuánta gente pensáis que había en Londres con dinero para comprar un inmueble en Cheapside?

«No mucha», hubo de reconocer Jonah.

–Me preocupa más el bienestar de mis ovejas de Sevenelms que mi primo –aseguró–. Buscaos un medio mejor de presión o enmendad las cuentas. Tenéis diez días antes de que ponga la irregularidad en conocimiento del tesorero.

Se giró e hizo como si no hubiese oído el «Yo en vuestro lugar me lo pensaría» de De la Pole.

Mientras su engallado suegro se alejaba y tomaba asiento en la mesa principal, Jonah se aproximó a su esposa, la cual le regaló una sonrisa. Como de costumbre, sólo con verla ya se sentía aliviado.

Se inclinó sobre ella y le dio un beso en la frente. Olía suavemente a su jabón perfumado con lavanda. Los húmedos cabellos que asomaban de la pequeña cofia se ensortijaban en su frente. Lucía el vestido ocre rojizo del más delicado estambre que a él tanto le gustaba.

–Hacía una eternidad que no te lo veía –comentó él–. La vuestra es una visión de lo más edificante, mi señora.

–Muchas gracias, mi señor –replicó ella, sonriendo.

Mas Jonah la caló en el acto. Se sentó a su lado y le preguntó en voz queda:

–¿Va todo bien?

Ella se mordió los labios y bajó la mirada. «Virgen Santísima, no me desampares –suplicó en silencio–. Yo no tuve la culpa. Engáñalo un tanto, es lo único que te pido.»

–Sí –respondió y añadió, improvisando–: Lucas se ha resfriado, tal vez sea eso.

Un paje se acercó a ellos y sirvió vino en el vaso que compartían. Jonah indicó a Giselle que bebiese ella primero.
–No te apures. Es un muchacho robusto.
Ella afirmó con la cabeza.
–¿Qué has hecho hoy? –se interesó.
–Pelear con tu padre, como de costumbre. Ah, y recibir a Giuseppe. Te envía saludos. ¿Y tú?
–Bueno..., hemos pasado un día estupendo fuera. La reina tenía un libro y nos leyó pequeñas historias de caballeros y criaturas fabulosas. Lo ha escrito una mujer, ¿no es increíble? –Imaginó lo que sucedería si añadía con el mismo tono distendido: «Después yací con el rey, Jonah, figúrate». Y se preguntó si no estaría a punto de perder la razón–. ¿Por qué no comes nada, Jonah?
–Por la sencilla razón de que no tengo hambre. Dicho sea de paso, tú tampoco comes.
–No.
El bufón del rey evitó que continuaran con tan penosa conversación. Entró a trompicones por una puerta lateral, fingió dar un traspié y aterrizó ante la mesa principal con una voltereta.
El príncipe y sus hermanas no fueron los únicos que lo consideraron cómico.
–Es repugnante –espetó Giselle.
Jonah le dio la razón.
–Pero el rey lo adora. Ven, vayamos a ver a Lucas.
Abandonaron discretamente la sala y la gran casa de invitados, disfrutaron un instante del tibio aire vespertino y entraron en la construcción en la cual les habían sido asignadas dos pequeñas estancias contiguas. Marion y Lucas ocupaban una, y Jonah y Giselle la otra, algo más espaciosa e incluso provista de una cama en toda regla. Su hijo dormía tras la ajetreada jornada en el río, y a la pregunta de Jonah, el ama aseguró un tanto perpleja que ella no había notado signo alguno de enfriamiento.
Pasaron, aquietados, a su alcoba por la puerta que comunicaba ambos cuartos y Jonah echó el cerrojo.
Giselle se dejó caer en el filo de la cama.
–¿Por qué te has peleado con mi padre? –quiso saber.
Él se lo refirió sin vacilar. Se sentó en la cama y la atrajo hacia sí, su espalda recostada en el pecho de él. Para entonces había llegado

a apreciar esas conversaciones íntimas con su esposa. Hablar con ella le ayudaba a ordenar sus pensamientos o tomar decisiones, y no pocas veces Giselle le daba una idea con sus inteligentes preguntas.

Ella manifestó su indignación ante el nuevo engaño de su padre y alentó a Jonah a acudir al tesorero al término del plazo concedido.

Y durante todo el tiempo él tuvo la extraña sensación de que quien se hallaba sentada en la cama charlando con él era una desconocida con la apariencia de Giselle. Cuando él dio por finalizada la conversación, ella no la continuó, lo cual pareció corroborar más aún tan necia sospecha.

Al cabo de un rato largo Giselle reparó en el delator silencio y se revolvió con nerviosismo entre los brazos de su esposo.

—¿Jonah?

—¿Sí?

—Me gustaría volver a casa.

—No eres la única. Lamentablemente el rey no se mostrará muy comprensivo con nuestros deseos. Ni tampoco la reina.

La reina. Giselle no sabía si podría volver a mirar a Felipa a los ojos. De nuevo el miedo le cortó la respiración.

—Entonces... deja que me vaya yo sola, Jonah, te lo ruego.

—¿Sola? —inquirió él con extrañeza, con cierta frialdad, incluso.

—Sé que suena egoísta —se apresuró a añadir ella—. Y me aterra volver a separarme de ti. Pero... pero voy a volverme loca en este monasterio atestado.

—Me temo que tendrás que hacer un pequeño esfuerzo —contestó él, sin el menor atisbo de compasión—. No puedes viajar sola. En los tiempos que corren cruzar el canal supone un riesgo hasta para los barcos armados. De sobra sabes que Felipe de Francia ha emplazado toda su flota en los puertos de Normandía, que apresa toda nave inglesa que pilla.

Los franceses habían atacado incluso las islas del canal de la Mancha y Southampton, causando, según decían, serios estragos. La población de Southampton había empezado a erigir una muralla para no tener que revivir aquel día y aquella noche espantosos.

Giselle no dijo más. Sabía que si continuaba insistiendo sin aducir un motivo fundado levantaría sospechas. Había caído en una trampa.

—Dentro de dos meses a lo sumo el rey irá a la guerra con todos sus lores y caballeros –prosiguió Jonah con aire conciliador–. Y esto se volverá soportable.

Ella afirmó con la cabeza.

Pero dos meses eran una eternidad.

Unos días después, por la tarde, a la puerta de Giselle llegó un mensajero de su esposo. Le mandaba decir que habían arribado cinco barcos ingleses con lana, los cuales tenían que zarpar a la mañana siguiente por diversas razones. Por ende no le quedaba más remedio que ordenar desembarcar el cargamento esa misma tarde y revisarlo, cosa que como poco le llevaría la noche entera. El rey, que acababa de regresar de una cacería con un puñado de seguidores, escuchó la nueva por casualidad, y cuando el enviado se hubo despedido, le susurró al pasar a Giselle: «Algunas ocasiones son demasiado buenas para dejarlas pasar...».

Y de repente vio claro lo que había de hacer. Fue a su cuarto y ordenó a Marion que cogiera sus cosas y estuviera lista para partir en media hora. Después acudió en busca de Waringham.

–¿No dirías que me debes un favor, Gervais?

–Sí, sí, eso creo –convino éste, incomodado.

Giselle asintió con furia.

–Consigue tres caballos y tráelos a la puerta. Sin llamar la atención. Y un carro para el equipaje. Bastará con uno pequeño, no es mucho. Nos veremos fuera dentro de media hora, y nos acompañarás a mí, a mi sirvienta y a mi hijo hasta el puerto. Giuseppe Bardi regresa esta tarde a Londres y me voy con él.

El semblante de Waringham reflejó preocupación.

–¿Has perdido el juicio? No puedes desaparecer sin más, sin el permiso de Jonah y de la reina.

–Ya lo verás.

–Pero Giuseppe no te permitirá subir a bordo.

–Lo hará cuando le digas que Jonah te ha pedido que me lleves hasta él.

–¿Debo mentirle?

–Vive Dios, ¡no te hagas el santo! –bufó ella–. Soy una mujer desesperada, Gervais. Si eres un caballero, como tanto gustas asegurar, me ayudarás.

El aludido se pasó la mano por la frente con nerviosismo.
—Esto... esto es chantaje.
—Incluso te amenazaría con un arma, de tenerla. No me puedo permitir ser escrupulosa con los medios de que me sirvo.

Gervais suspiró y trató de apoyar las manos en los hombros de Giselle, pero ésta se zafó, furibunda. Él la apaciguó con un gesto.
—Está bien, lo haré. Pero párate a pensar en las consecuencias. ¿No montará en cólera Jonah si te marchas sin más?
—Sin duda. Es algo que debo asumir.
—¿Y si saca las conclusiones acertadas? Sabes bien que no es precisamente un mentecato.

Ella negó con la cabeza.
—Pero cree que el rey es un santo.

Cuando Jonah entró en su alcoba al amanecer, extenuado, lo vio en el acto. No estaban ni la capa de Giselle ni su pequeño baúl de viaje. Se acercó a la cama sin dar crédito y descorrió las colgaduras. El lecho estaba vacío, las almohadas y las mantas intactas. Embotado por la perplejidad y el agotamiento, permaneció un rato alelado y, acto seguido, dio media vuelta en el acto e irrumpió en la habitación contigua. Allí no había nada, la pequeña cuna se encontraba desocupada. A Jonah se le hizo un nudo en la garganta.

Sin saber qué hacer, sobre todo sin comprender qué había pasado, regresó a la estancia principal y, sólo entonces, descubrió el pliego en la mesa. Lo cogió con mano un tanto temblorosa.

Mi querido Jonah:
 Te ruego me perdones por hacer esto, pero no puedo soportarlo más. No te apures por nuestra seguridad. Viajaremos con Giuseppe, cuya nave escolta una flotilla. Naturalmente le diré que cuento con tu consentimiento. Si este verano al fin se libra la batalla, la guerra habrá terminado en otoño y nosotros volveremos a vernos. Ya te estoy echando en falta.
 Afectuosamente,
                                       GISELLE

Hizo trizas la carta, dejó caer los diminutos pedazos al suelo y los introdujo entre la paja con el pie. Sus movimientos eran bruscos, extrañamente violentos. Cuando no quedó rastro de la misiva se detuvo, se acercó a la ventana, contempló la matutina bruma y dio un puñetazo en la pared. Mas el dolor que sintió en la mano y la visión de los nudillos ensangrentados no fueron de gran consuelo.

«Mi querido Jonah: Te ruego me perdones por hacer esto...»
–Ya puedes esperar sentada –espetó.

Londres,
septiembre de 1339

En la ciudad reinaba una extraña quietud. Las calles de Cheapside y Ropery estaban atestadas de gentes que se iban a casa tras la misa dominical; aquí y allá se oía la risa de un niño, pero los adultos hablaban más bien en voz baja. La ausencia total de campaneo resultaba tan llamativa e impropia que la calma se antojaba infausta. El infernal calor se encargaba de hacer el resto. Era como si la ciudad de Londres se hallara envuelta en una densa mortaja.

Después de ir a la iglesia, Giselle fue a Old Jewry, a casa de su padre, acompañada de Berit y David. Tras dejar los caballos y la escolta a cargo de un criado, entró en la sala sin avisar.

William de la Pole se encontraba sentado en el banco tapizado de la ventana, escrutando una carta. Fuera el que fuese su contenido parecía alegrarlo, pues sonreía débilmente y los falcónidos ojos tenían un brillo malicioso que hizo pensar a Giselle que la misiva tal vez anunciase la ruina de un competidor o algún negocio lucrativo, pero turbio.

Carraspeó ligeramente.

—Disculpad que acuda a vos sin haber sido invitada, padre.

El aludido levantó la vista y, por un instante, sus ojos destilaron cierta calidez.

—¡Giselle! Quizá no hayas sido invitada, mas tu presencia nunca es ingrata. ¿Cómo sabes que he vuelto?

—Un... amigo se lo contó a Crispin. —El amigo, claro estaba, era Annot, que supo de la llegada de De la Pole de Amberes una hora después de que arribara el barco—. ¿Llegasteis ayer? ¿Tuvisteis un buen viaje?

—Sí y sí —respondió él—. Dime, Giselle, ¿qué diantre le pasa a esta ciudad? ¿Acaso el concejo ha fijado un impuesto contra el ruido? ¿O es que han fundido las campanas para hacer con ellas esos modernos y ridículos ingenios?

Su hija sacudió la cabeza.

—El concejo teme que se produzca una invasión francesa. Las campanas sólo se pueden tocar para advertir al pueblo en caso de avistar barcos enemigos en el Támesis.

—Resulta sensato —convino él, afirmando con el mentón—. Sobre todo si se piensa que los franceses cayeron sobre Southampton un domingo, cuando todo el mundo se hallaba en la iglesia. Sin embargo, el silencio es inquietante.

—Sí.

Se acercó a Giselle y vio lo que la penumbra de la sala había ocultado hasta entonces.

—¿Te encuentras en estado de buena esperanza? ¿Y enferma?

—No, enferma no. Padre, he venido porque esperaba que me confiaseis lo que está ocurriendo en el continente. Sólo nos llegan rumores. ¿Qué pasa con la guerra? ¿Cuándo... cuándo van a volver todos a casa?

De la Pole observó a su hija con detenimiento, tomó su mano sin decir palabra y la llevó hasta un sillón, que ocupaba una mancha de sol junto a una ventana abierta.

—¿Vas a contarme lo que te aflige?

A Giselle le habría venido bien abrir su corazón a alguien, pero sabía que su padre era la última persona a la que podía confiarse. Le restó importancia con un leve gesto.

—No es nada. Estar encinta no es lo más agradable del mundo con este calor. Y echo en falta a mi esposo, como sin duda comprenderéis.

—No —bramó él—. Para ser sincero, no lo entiendo. Nunca en mi vida he conocido a nadie tan gruñón y lacónico. Durante todo el verano he tenido la sensación de trabajar todos los días, codo con codo, con un fantasma malhumorado y... Ah, disculpa, Giselle. Sé que él te importa. Venga, no me mires así. Pero me ha desacreditado en dos ocasiones ante el tesorero, comprende que sienta enemistad hacia él.

—Estoy segura de que antes os dio la oportunidad de arreglar vuestros engaños —repuso ella con vehemencia.

–Es cierto –admitió su padre.
–Sólo se protege de vos –continuó Giselle–. Pues si las irregularidades llamaran la atención y él no las hubiese censurado, vos le echaríais la culpa a él, ¿no es así?
De la Pole se encogió de hombros con una sonrisa encantadora.
–Naturalmente. Bueno, todo eso carece de importancia, ya que el tesorero y el arzobispo hacen la vista gorda con mis pequeñas irregularidades. Incluso me lamerían las botas si se lo pidiera, porque sin mí el rey estaría arruinado, cosa que saben de sobra. Como ves, hijita, soy el hombre más poderoso de Inglaterra, pues sólo en mi mano está continuar esta guerra o dejar que la corona de Eduardo Plantagenet acabe en el arroyo.
Giselle lo miró y sacudió la cabeza.
–Lo que decís es traición.
–Es la verdad.
–¿Y bien? ¿Vais a decirme cómo están las cosas? ¿Por qué no se ha entrado en liza hace tiempo?
De la Pole le dio la vuelta a su silla y se sentó frente a ella.
–Bueno, supongo que tu querido esposo ya te habrá referido todo por carta, ¿no?
Ella se mordió los labios y cabeceó.
–Canalla –espetó su padre.
–No, es culpa mía –replicó ella–. No... no nos separamos de común acuerdo, padre. –Lo miró a los ojos–. Para ser más exactos, regresé de Amberes sin su consentimiento.
A De la Pole se le demudó el semblante, y Giselle vio perfectamente que su padre hacía causa común con Jonah. Extrañado, movió la cabeza.
–Ahora comprendo algunas cosas. ¿Cómo has podido hacerlo, Giselle? Si llegara a saberse, pondrías a tu esposo en ridículo y dejarías a tu padre en mal lugar... No deberías haberlo hecho, fueran cuales fuesen tus razones. Intuyo que a ti te remuerde la conciencia y que él no ha respondido a ninguna de tus conmovedoras cartas, ¿es así?
Ella bajó la mirada y asintió.
–Tampoco yo lo habría hecho –soltó él sin compasión–. Y ahora quieres saber cuándo ganará el rey la guerra de una vez y volverá a casa tu Jonah para darte la tunda que te corresponde, ¿eh?

En ocasiones Giselle pensaba que lo que más envidiaba a los hombres no era su poder y su libertad, sino lo absolutamente simples y claras que eran siempre las cosas para ellos. Le habría gustado descargar contra su padre toda la ira acumulada y pelearse como sólo podía hacerlo con él, mas sabía que semejante enfrentamiento habría resultado demasiado peligroso, se acercaría más de lo que le interesaba a las justificaciones y a los verdaderos motivos de su desobediencia, al parecer tan censurable. De manera que fingió humildad y asintió sin decir nada.

   –Bueno, me temo que aún tendrás que esperar un tanto –le confesó–. Los aliados se reunieron, tal y como se acordó, cerca de Bruselas, pero pasaron semanas y el duque de Brabante no se presentó, sino que dio recado de que acudiría cuando la contienda fuera inminente. A principios de septiembre Eduardo marchó sobre Valenciennes en dirección a la frontera. El valeroso sir Walter Manny, comandante de nuestra inexistente flota, se adelantó y fue el primero en llegar a suelo francés. Pocas horas después se libró la primera escaramuza con el enemigo, y Gervais de Waringham y los demás jóvenes mentecatos se despojaron, aliviados, de la venda. No me encuentro en situación de juzgar si realizaron hazañas; en cualquier caso, dieron muerte a unos cuantos franceses.

   »Entretanto, Felipe de Francia se dirigió a Péronne con su formidable ejército y se dispuso a esperar allí. Me temo que el rey de Francia es un hombre más listo de lo que muchos creían. Debió de pensar que los veleidosos y caros aliados de Eduardo le perderían el gusto a la guerra contra su poderoso vecino cuanto más tiempo tuviesen para meditar las consecuencias. Por añadidura, está claro que sabe que la situación económica de Eduardo se vuelve más catastrófica con cada día que pasa sin obtener resultados. Nuestro rey sólo podrá salir del apuro con una gran batalla y una gran victoria, una victoria que le proporcione el control de Francia. Felipe, por el contrario, hasta el día de mi partida no se mostraba muy dispuesto a entrar en un combate con el que no tiene nada que ganar y sí un reino que perder. Las últimas nuevas que he recibido indican que el conde de Henao, hermano de la reina, ha roto su alianza con Eduardo y se ha unido a las tropas de Felipe. –Hizo una breve pausa y miró los desorbitados ojos de Giselle. A continuación se encogió de hombros y concluyó–: Supongo que las tropas de Eduardo se encaminarán al este e incendiarán unas cuantas aldeas francesas, matarán a un puñado de campesinos, deshonrarán a algunas monjas y harán cuanto suelen hacer los nobles caballeros para propiciar un combate. Sin embargo, la cosa va para largo.

Giselle había apoyado el mentón en el puño mientras lo escuchaba. Llegados a ese punto, dejó caer la mano y profirió un suspiro.

–Pobre Felipa. Cuán terrible ha de ser todo esto para ella. El rey en semejante aprieto y su propio hermano un traidor.

De la Pole asintió con gravedad, aun cuando el estado de ánimo de la reina le era absolutamente indiferente.

–Eduardo nos ha enviado a mí, al arzobispo Stratford y a su viejo maestro, Bury, a convencer al Parlamento de que ha de concederle nuevos fondos.

–¿Y? ¿Va a hacerlo?

–Eso quiero creer. De lo contrario, este invierno tu amada reina ni siquiera podrá permitirse leña y, para colmo, vuelve a estar encinta.

–Y, después de que se celebre el Parlamento, ¿vais a regresar a Amberes?

–Eso supongo.

–¿Os importaría...?

–No, Giselle. –Sacudió la cabeza con resolución–. No le llevaré a tu esposo una carta tuya ni le suplicaré que te responda. En este asunto no puedo ayudarte.

Amberes,
octubre de 1339

Era un día de otoño terriblemente gris. Un viento frío azotaba el llano país, y una copiosa lluvia caía sin cesar desde la mañana y acribillaba el pergamino de las ventanas. En las dependencias de la reina habían encendido fuego, y casi toda la corte se encontraba allí para no tener que caldear más estancias. También Jonah estaba sentado a la mesa, inactivo, pues en ese momento en Amberes no había lana alguna que administrar, y mucho menos que vender.

—Decidme, milord, si mi padre gana la batalla, ¿será rey de Francia? —preguntó el príncipe Eduardo a su maestro, el obispo Burghersh.

—Sin duda. Por eso precisamente la libra.

Felipa alzó la vista del bastidor de bordar, el ceño fruncido.

—Disculpad la intromisión, milord, pero no estimo oportuno que le metáis desatinos en la cabeza al muchacho.

—Pero, mi señora... —comenzó, indignado, el obispo Burghersh.

—Ven aquí, Eduardo —lo interrumpió ella, indicando a su hijo que se acercara—. Yo te lo explicaré.

—Tu padre tiene derecho legítimo al trono francés, Eduardo. Derecho sucesorio.

—¿Por la abuela Isabel? —inquirió él—. Era una princesa francesa, ¿no es cierto?

La reina asintió con gravedad.

—Lo es. Su padre, que, dicho sea de paso, era mi tío abuelo, era el rey Felipe IV de Francia, al que llamaban el Hermoso. De modo que Felipe el Hermoso era el abuelo de tu padre. Además de su hija Isabel, tenía otros tres hijos. Sin embargo, el rey Felipe cometió un terrible pecado, y un hombre muy piadoso al que hizo quemar en la hoguera lo maldijo.

–¿Cuál fue la maldición? –quiso saber el muchacho.

–Que, en el plazo de los doce meses siguientes, el rey Felipe comparecería ante el tribunal de Dios y su extirpe se extinguiría.

–¿Y se cumplió?

Ella asintió.

–Así es. Felipe murió poco después, y en los doce años que siguieron murieron todos sus hijos y los hijos de sus hijos. Por eso tu padre es su único heredero directo. Cuando falleció el último de los hijos de Felipe, tu padre ya era rey, si bien carecía de poder. Sucedió dos años antes de que nacieras, Eduardo. Como los franceses no querían a un inglés en su trono, se apresuraron a coronar a un sobrino de Felipe el Hermoso, Felipe de Valois, que aún reina hoy en día y detesta a tu padre porque le teme.

–¿Le teme porque el derecho al trono de padre es mejor que el suyo? –preguntó el príncipe.

Felipa sonrió con orgullo.

–Eres muy listo, hijo mío. Sí, es precisamente así. Desde que tu padre gobierna Inglaterra, Felipe ha hecho todo lo posible para complicarle la vida. Exigió que el rey le prestara juramento de fidelidad porque opina que, al ser duque de Aquitania, tu padre es vasallo suyo. Ha intentado humillarnos siempre que ha tenido ocasión, y ha instigado a los escoceses a que se rebelen contra nosotros y les ha ofrecido su respaldo. Ahora, además, ha ocupado Aquitania, que nos pertenece a nosotros. Quiere debilitarnos y someternos para que vuestro padre deje de ser un peligro para él. Y eso es algo que no podemos permitir, ¿no es cierto?

Eduardo sacudió con energía la cabeza.

–Por eso hemos de librar esta guerra: para proteger a Inglaterra y recuperar Aquitania.

–¿Cuál fue el terrible pecado que cometió Felipe el Hermoso? ¿Y quién era el hombre que lo maldijo?

–El gran maestre del Temple. ¿Sabes quiénes eran los templarios?

–¿Una orden de caballería? –dijo inseguro–. ¿Como los sanjuanistas?

–Muy bien, Eduardo. Sí, eran una orden de caballería muy rica y poderosa. Tu bisabuelo temía su poder y codiciaba su riqueza, de modo que pactó con el Papa y planeó su desarticulación. Los templarios fueron acusados de herejía y otros delitos espantosos. Fueron perseguidos y capturados, torturados y quemados. Cuando su gran maestre subió a la pira, soltó su maldición, que, por cierto, también atañía al Papa, que se había dejado comprar por Felipe. Y este Papa impío falleció asimismo antes de que acabara el año. Eduardo, ¿tú qué crees que se puede aprender de esta historia?

El príncipe apoyó el mentón en la mano y se paró a pensar. Al poco repuso:

—Que a un enemigo que tenga poder para maldecirme hay que amordazarlo antes de ajusticiarlo.

Habían pasado a cenar al atardecer y acostarse cuando oscurecía para ahorrar velas. Después de que levantaran la mesa en la triste y fría sala y todos se fueran a sus respectivas alcobas, Jonah abandonó la casa y dio un lento paseo por el claustro.

El *Felipa* había hecho escala por última vez en el puerto de Amberes poco antes del día de San Miguel y, como de costumbre, Hamo le había entregado a Jonah una carta de Crispin y otra de Giselle. Los precios de la lana en bruto habían vuelto a subir, escribía Crispin, y cada vez resultaba más difícil conseguir lana de calidad, ya que cada vez se retenía mayor cantidad para la Corona. «Y como abrigo la sospecha de que no lees las misivas que te envía tu esposa, te diré algo: Giselle espera un hijo y me tiene preocupado. No se encuentra en buenas condiciones. Cuando Hamo viene y no le trae carta tuya, su desesperación aumenta. Claro está que no sé qué ha ocurrido ni por qué la mandaste a casa, pero no creo que se merezca que la trates así. Escríbele, Jonah, te lo ruego encarecidamente. O, mejor aún: ven a casa. Tu leal amigo, Crispin Lacy.»

Su oficial no se equivocaba en su sospecha. Cuando recibió la primera carta de Giselle, se sintió aliviado al saberla en casa sana y salva, pero la quemó sin leerla, igual que hizo con las siguientes. Ella lo había dejado en la estacada, había preferido las comodidades de su hogar a los inconvenientes de allí y a su compañía. Además, había roto sus votos matrimoniales, razón por la cual él no le debía nada. Sin embargo, ahora la imagen de su embarazada e infeliz esposa no se le iba de la cabeza y lo hacía salir de noche al claustro, donde se entregaba a los largos paseos con la vana esperanza de agotarse. Tenía remordimientos de conciencia.

Un estrépito lo arrancó de sus sombríos pensamientos. Alguien llamaba a la puerta del monasterio con un objeto pesado, la empuñadura de una espada tal vez, pensó.

Salió vacilante por el estrecho arco que daba al patio interior del monasterio y echó un vistazo. No se movía nada, nadie salía con una luz para dejar entrar al nocturno visitante. El ruido se oyó de nuevo, esta vez lo bastante alto para despertar a los muertos.

Jonah se acercó a la puerta titubeando.

—¿Quién anda ahí?

—¡Un enviado real! Dejadme pasar, traigo nuevas para la reina.

Naturalmente eso podía decirlo cualquiera. Jonah decidió ser precavido. En los turbulentos tiempos que corrían todo era posible, y no quería dejar entrar a un invasor francés que pudiese tomar como rehenes a Felipa y sus hijos.

—Decidme vuestro nombre.

—George Finley. Y ahora abrid. No sé qué tiempo hace a ese lado de la puerta, pero aquí fuera diluvia.

Jonah descorrió el cerrojo con alivio. No conocía mucho a Finley, pero el caballero pobretón del norte tenía el mismo acento, inconfundible, que el suegro de Jonah. Dos sombras chorreando, una de hombre y otra de caballo, atravesaron el portón.

—La reina duerme, señor —observó Jonah.

—Pues despertadla.

Finley le entregó en la mano un rollo sellado, tomó su caballo de la rienda y lo llevó a la cuadra.

Indeciso, Jonah se dirigió a los aposentos de la reina. Era extremadamente delicado ir en su busca solo y a esa hora, mas supuso que las situaciones extraordinarias justificaban el incumplimiento de la etiqueta.

Fuera, en el corredor, había apostados dos soldados. A la luz de las teas de la pared les mostró el sello sin mediar palabra. Ellos asintieron e intercambiaron una mirada temerosa.

Jonah tuvo que llamar varias veces antes de que una voz adormilada respondiera:

—¿Quién anda ahí?

—Jonah. Lo siento, mi señora. Ha llegado un emisario.
—Un instante.

Tras aguardar unos minutos, la puerta se abrió y Felipa apareció completamente vestida, aunque con cierto descuido. Jonah le tendió el rollo.

—¿Tendríais a bien hacerme compañía? —Sonrió un tanto avergonzada—. Me atemorizan terriblemente estas nuevas. Agradecería no tener que leerlas a solas.

—Naturalmente.

Jonah cruzó el umbral sin mirar a los soldados. Era probable que se sorprendieran, pero pensaran lo que pensasen no hablarían, pues eran caballeros de Felipa.

En la chimenea aún ardía el rescoldo. Jonah encendió una vela y la llevó hasta la mesa, donde se hallaba sentada la reina. Después cogió una manta de la cama, se la echó por los hombros y tomó asiento a su lado.

El sello hizo un ruido seco al quebrarse. Acto seguido Felipa respiró hondo y desenrolló el escrito. Echó una ojeada a los primeros renglones y musitó:

—Oh, Dios mío...

Jonah la miró medroso y, sin levantar la vista, Felipa leyó en voz alta:

Mi querida amiga y reina:
 Te escribo en la hora más lúgubre. No hemos librado batalla alguna y, por ende, hemos perdido. Felipe, el cobarde más infame que jamás haya subido a un trono, ha huido sin más ni más. Hemos recorrido Francia durante dos meses cual bárbaros para obligarlo a enfrentarse a nosotros. Al final la ira entre sus nobles era tal que salió de su ratonera. Capitaneaba un ejército formidable, según informaciones de nuestros espías, tres reyes ornaban sus filas: su borrachín primo Felipe de Navarra, mi joven cuñado David de Escocia y el ciego Juan de Bohemia. Cuando, no muy lejos de Buironfosse, nos separaban tan sólo unas leguas, tomamos posiciones. Oh, ojalá nos hubieses visto. Qué estampa más orgullosa. La nobleza, los caballeros y los arqueros de Inglaterra, así como las tropas de nuestros aliados bajo sus flameantes estandartes, cada hombre ávido de lucha y sediento de gloria. Sin embargo, esa noche Felipe apresó a uno de nuestros espías y le sonsacó todo lo relativo a nuestras fuerzas, táctica y formación. Y a Felipe, rey

de los pusilánimes, le asaltó tal miedo que dio media vuelta y corrió a refugiarse tras los sólidos muros de París.

De regir la ley del honor, Francia me correspondería, mas he aprendido que lo único que rige este mundo es el oro: decepcionados con el botín y olvidando su juramento, todos mis aliados me abandonaron. Y mientras esto te escribo, escucho tamborilear sobre la tienda la otoñal lluvia, que me dice que este año ya no conseguiremos nada. De manera que volveremos a Amberes en los próximos días sin haber logrado nada, y espero fervientemente que me des un sabio consejo como tantas otras veces en el pasado, pues mi saber se ha apagado.

Tu devoto y fiel,

EDUARDUS REX

Felipa apoyó los codos en la mesa y el mentón en las entrelazadas manos.

—Ay, mi pobre Eduardo —dijo en voz queda—. Cuán amarga ha de ser tu decepción. Pero ya te lo advertí. No puedes esperar que Dios sea siempre tan indulgente y pase por alto tus yerros, como hace Felipa...

La reina permaneció sentada a su lado, mirando la vela, las lágrimas rodando sin parar por su rostro. Jonah alzó la siniestra y le metió tras la oreja unos mechones de cabello que se le habían salido de la cofia. Antes de que retirase la mano, la diestra de Felipa la aferró. Se miraron vacilantes, casi furtivamente, y cuando sus ojos se cruzaron, él la atrajo hacia sí. Felipa derramó el resto de sus lágrimas en la ya húmeda capa de Jonah. Éste la abrazó con fuerza, le acarició la espalda, le rozó la sien con los labios y se envolvió en su perfume mientras notaba la presión de su pecho.

Finalmente la soberana se irguió, se llevó la mano de Jonah un instante a la mejilla y, acto seguido, la soltó.

—No sé qué aconsejar al rey cuando regrese, Jonah —confesó—. Yo misma estoy confusa.

—Rendirse ahora sería una catástrofe —advirtió él—. No puede dar marcha atrás. La Corona no tiene más que deudas. Hemos de procurar pasar el invierno e intentarlo de nuevo el año siguiente.

—¿Sin aliados?

Él planteó la pregunta evidente:

—¿Qué hay de Flandes?

Felipa lo miró de reojo, agraviada.

—En Flandes el orden dispuesto por Dios está al revés. Los pertinaces comerciantes se han rebelado contra su legítimo conde, y ahora rige ese monstruo, Jacobo de Artevelde, un don nadie, un advenedizo...

—Un ricachón... —apuntó Jonah.

Felipa suspiró.

—No pretendía ofenderos, pero es imposible que el rey se alíe con ese hombre. Ello implicaría sancionar de forma tácita tan indebida toma de poder.

—No estoy ofendido —aclaró él. Lo que había sucedido en Gante venía a ser como si su suegro derrocara al rey de Inglaterra y se hiciera con el poder. La sola idea le produjo un escalofrío—. No acepto lo acaecido en Flandes, pero dado que la situación de Inglaterra es desesperada, el rey habrá de sopesar el empleo de medidas excepcionales. Y Flandes hará todo, absolutamente todo, por volver a conseguir lana inglesa.

—¿Qué debo entender por «medidas excepcionales», mi señora? —preguntó el rey unos días después, cuando convocó a sus consejeros la mañana siguiente a su regreso.

Felipa respondió repitiendo fielmente los argumentos esgrimidos por Jonah durante la larga conversación nocturna:

—Flandes es más rico y poderoso que todos nuestros anteriores aliados de los Países Bajos, sire. Podría constituir con facilidad un combativo ejército. Ningún otro condado depende tanto de la lana inglesa ni ha sufrido tanto con el embargo. Los hilanderos, tejedores y tintoreros de Flandes se mueren de hambre. Y aunque no cabe duda de que ello no le preocupa en demasía a los mercaderes de Gante, sí los somete a presión, y además se ven privados de las ganancias derivadas del comercio de paños. Si os planteaseis trasladar la lana inglesa de la traidora Brabante a, por ejemplo, Brujas, Flandes sin duda se mostraría dispuesto a efectuar una notable compensación. Y, una cosa más, sire: Flandes detesta a Felipe de Francia.

—Sí, mi señora, todo cuanto decís es cierto. Tan sólo olvidáis una cosa: Flandes le debe vasallaje al rey de Francia y, por ende, obediencia —repuso Eduardo.

Los condes y obispos del reducido consejo de la Corona asintieron y se oyó un murmullo de aprobación. Jonah no solía estar presente en deliberaciones que no tuvieran que ver con el dinero y la lana, y jamás habría creído que abriría la boca en aquel círculo de poderosos próceres. No obstante, dado que al parecer nadie daba con la solución más evidente al problema, preguntó:

–Mas, sire, ¿acaso no sois vos el legítimo rey de Francia?

Nadie vertió una sola lágrima por San Bernardo y Amberes cuando la pequeña corte se asentó en Gante y la lana inglesa fue trasladada a Brujas.

En una solemne ceremonia que se celebró en la plaza del mercado de Gante un frío y soleado día de enero de 1340, Eduardo se nombró a sí mismo rey de Inglaterra y Francia y desplegó su nuevo escudo de armas entre el júbilo de las gentes.

Tal y como habían vaticinado Jonah y la reina, Flandes estaba ansioso por firmar una alianza con Inglaterra y, sobre todo, por su lana. Jacobo de Artevelde prometió de buena gana proporcionar apoyo militar. Mas De Artevelde era comerciante: sabía que Eduardo estaba tan desesperado como Flandes y negoció con dureza. Al final el rey le aseguró la devolución de las tres ciudades fronterizas que había ocupado Francia y el pago de ciento cuarenta mil libras francesas, sesenta mil de las cuales entregaría antes de Pentecostés.

Londres,
febrero de 1340

La travesía fue atroz. Estuvo lloviendo casi todo el tiempo, y el viento era tan violento que Hamo, el capitán, se habría puesto igualmente nervioso aunque no hubiera llevado a bordo tan valioso cargamento humano. Gervais de Waringham, que, claro estaba, acompañaba a su rey y a los príncipes, enfermó de tal modo que le suplicó a su amigo Dermond que le clavase la espada en el pecho y casi pareció decirlo en serio. El rey también se mareó. Con todo, llegaron sanos y salvos a Orwell, donde el monarca desembarcó con su séquito no sin antes darle las gracias a Jonah.

Decidido a regresar para reunir el dinero prometido a cambio del apoyo militar, el rey le había pedido a Jonah que lo llevara a Inglaterra en el *Felipa*, que acababa de tomar puerto en Amberes. Con el objeto de calmar a sus arrogantes y desconfiados acreedores de los Países Bajos y asegurarse la lealtad de Jacobo de Artevelde, el soberano había accedido a que la reina permaneciera en Amberes.

Tras despedirse parcamente, Jonah bajó del barco, se echó la capucha sobre el rostro y se abrió camino por el muelle luchando contra el cortante viento.

A pesar de la constante amenaza de la flota enemiga, en el puerto reinaba una gran animación. En el muelle se veían barcos de Florencia y Génova, así como de numerosas ciudades hanseáticas. Con o sin guerra, el comercio debía continuar.

Desde que zarparan en Amberes, Jonah se había preguntado qué le diría a su esposa. Había intentado imaginar su reencuentro, el rostro de Giselle, pero no había dado muy buen resultado. Tal vez ni siquiera le apeteciese volver a verla, se planteó.

Jonah no sabía a ciencia cierta si era lunes o martes. En cualquier caso la puerta del patio se hallaba abierta de par en par, y ante el almacén se había detenido un carro que iba cargado hasta arriba de sacos de lana. Nadie se ocupaba de él, y Jonah frunció la frente con expresión de censura. Esperó que los sacos estuviesen bien cubiertos. ¿Por qué no se encargaba nadie de ponerlos al abrigo?

Los pesados nubarrones enturbiaban la tarde. De los ventanucos de las casas de los arrendatarios, al igual que de su propia sala, salía luz. Entró en casa y a punto estuvo de chocar con Meurig, que salía de la despensa con una jarra.

El criado lo miró con fijeza un instante, esbozó una amplia sonrisa y abrió la boca.

Jonah se llevó un dedo a los labios y miró en dirección a la sala. Sólo veía la puerta, mas oía voces. Voces alzadas, furiosas.

–Bienvenido a casa, maese –susurró Meurig–. Y ni un día antes de tiempo.

Jonah le dio unas palmaditas en la espalda y lo invitó a subir con un gesto.

–Ve. Pero no digas nada –musitó.

Meurig lo miró inseguro, si bien hizo lo que su señor le ordenaba. Subió la escalera y llevó la jarra a la sala.

Jonah lo siguió sin hacer ruido y se paró en el crepuscular pasillo, a la misma puerta, pero fuera del haz de luz que salía de la estancia.

–Os lo vuelvo a decir cortésmente, señor: vos no tenéis voz en las decisiones comerciales –oyó explicar a Giselle, haciendo acopio de paciencia a duras penas.

Jonah la podía ver desde su acechadero, y esa visión apenas le permitió seguir las explicaciones de su esposa ni mostrarse lo debidamente escandalizado al identificar a sus visitantes. Giselle estaba iracunda, y sus azules ojos resplandecían como siempre que se hallaba en ese estado. Y, como siempre que montaba en cólera, su rostro estaba casi tan blanco como su cofia. Además se la veía orgullosa y bien tiesa en su sitio, como una mártir ante sus paganos torturadores, el vientre tan abultado como si el niño tuviera que haber llegado al mundo hacía ya dos semanas, y su rabia infundía miedo. Jonah se sentía incapaz de apartar la mirada de su rostro.

―La lana se quedará aquí, como os ha dicho Crispin, hasta que Jonah nos haga saber adónde hemos de enviarla. David, Meurig, id abajo en el acto y supervisad la descarga.

El aprendiz y el criado se levantaron de buena gana cuando el invitado, al que Jonah había reconocido hacía rato por detrás, se puso en pie de un brinco con asombrosa celeridad y espetó:

―¡No haréis tal cosa! He vendido esa lana y esta misma tarde la llevarán al puerto.

―Querréis decir esta noche ―repuso Giselle con desdén―. Furtivamente y al amparo de la oscuridad, como corresponde al contrabando.

―Maese Rupert, sed razonable ―medió Crispin con un gesto de súplica―. No podéis disponer sin más ni más de la lana de Jonah, no puedo permitirlo.

―Eres... eres el más vergonzoso ejemplo de ingratitud que he visto en mi vida ―vociferó Elizabeth―. ¿Cuántos años comiste en nuestra mesa? ¿Dormiste bajo nuestro techo? Y ahora...

―Ya está bien ―gruñó Rupert―. Si nadie me ayuda, yo mismo llevaré la carga al río.

Iba a dar media vuelta, mas Giselle le cerró el paso. Aquella delicada personita le hacía frente al coloso de poderosos brazos sin aparente temor.

―No lo haréis, señor.

Rupert rió suavemente.

―¿No? ¿Y vas a impedírmelo tú?

Ella asintió.

―Si sacáis el carro del patio mandaré ir por el sheriff, pues no seréis más que un vulgar ladrón.

Jonah se movió, pero con demasiada lentitud. Rupert agarró a Giselle por el brazo y tomó impulso para golpearla. David, que era quien se encontraba más cerca, se interpuso entre ambos y el consabido mazazo le dio en la sien. Se tambaleó hacia atrás, arrastrando a Giselle consigo, y los dos cayeron al suelo. Rupert dio un paso hacia ellos cuando el siseo de una espada al salir de su vaina lo detuvo.

―Vuélvete, Rupert. Despacio.

―Jonah... ―Giselle se levantó torpemente con ayuda de David. El comerciante le dirigió una rápida mirada su esposa. Ésta se había llevado las manos a la boca, y su rostro parecía todo ojos, unos ojos de un azul brillante que lo miraban como si no hubiese nadie más en la habitación.

—Jonah..., ¿de dónde diantre vienes tan de repente? El aludido apuntó con su acero al henchido pecho.

—De Flandes. Pero me gustaría saber qué se os ha perdido en mi casa.

—Vivimos aquí.

—¿Ah, sí? Pues a partir de ahora ya no.

Rupert miró sin inmutarse la espada e intentó apartarla, pero Jonah aumentó la presión dando un pequeño giro.

—Las manos fuera.

—¿Pretendes hacernos creer que eres un caballero? —preguntó Rupert con sorna—. ¿Esperas que me atemorice? Ni siquiera sabes manejar ese chisme.

Rupert se equivocaba. Durante los largos meses pasados en el extranjero Jonah había disfrutado de numerosos ratos libres, y llegado el momento hizo de tripas corazón y le pidió a Gervais que le enseñara a utilizar la espada. Waringham accedió de buena gana, y a partir de entonces se retiraban casi a diario a un rincón del monasterio a salvo de miradas indiscretas donde Gervais impartía sus clases, de manera que Jonah ya estaba en condiciones de batirse con un contrincante mediocre.

—Lo bastante para matar a un borracho desarmado —replicó él.

—¡Déjalo en paz, monstruo! —ordenó Elizabeth.

Jonah no le hizo caso alguno. Todavía encarado con su primo le dijo tranquilamente:

—Coged vuestras cosas y largaos. No os quiero aquí.

Rupert esbozó una ancha sonrisa.

—No puedes ponernos de patitas en la calle, querido primo, ya que...

—Jonah —terció Giselle bruscamente.

Él volvió la cabeza y la miró.

—Ten la bondad de... acompañarme aquí al lado. Envía recado a la partera.

De pronto se desplomó. Jonah dejó caer la espada de cualquier manera y atrapó a su esposa antes de que cayese al suelo. Giselle tenía los ojos cerrados. Se había desmayado.

La cogió en brazos y la llevó a la puerta.

—He visto perfectamente lo que has hecho, Rupert. Dios se apiade de ti si les has causado algún daño a mi esposa o a mi hijo.

—David, ve a buscar a la partera —dijo Crispin—. Y que suban Rachel y Berit. ¡Deprisa!

Elizabeth había seguido a Jonah hasta la puerta.

—¿Puedo hacer algo? —preguntó, vacilante.

—Sí —contestó Jonah volviendo la cabeza—. Mantente alejada de ella.

Se encontraba sentado solo en la sala; el fuego de la chimenea, la única fuente de luz. Miraba fijamente las llamas, las manos asiendo los brazos del sillón, y cada vez que oía chillar a su esposa pegaba un respingo. Sabía que era completamente normal, mas así y todo se sentía fatal y sudaba.

Cuando oyó unos pasos ligeros y silenciosos, alzó la cabeza a regañadientes. Ante sí apareció Lucas, que a la sazón tenía dos años largos, con una camisa hasta los tobillos y una almohada a rastras, y lo miró con ojos temerosos, mas secos.

Dado que ninguno de los dos era muy hablador, se contemplaron en silencio. Los gritos posiblemente hubiesen despertado al niño, a la postre su alcoba se hallaba justo encima de la de ellos. «¿Sabes que la que así se aflige es tu madre? —pensó Jonah—. Tal vez sí. ¿Y tienes idea de quién soy yo? Más bien no. Nueve meses es una larga ausencia para un pequeño como tú.» Pese a todo, Lucas asió la mano que su padre le tendió y no puso objeciones cuando éste lo sentó en su regazo. Antes bien, se acurrucó a sus anchas, se introdujo el pulgar en la boca y no tardó mucho en quedarse dormido.

Con su hijo en brazos, Jonah ya no se atrevió a moverse; aguardó, rezó y deseó haberle hecho caso a Crispin y haberse ido con los demás al despacho. Mas no podía ser padre y ocuparse al mismo tiempo de la monstruosidad de que Rupert y Elizabeth se hubiesen colado en su casa; sencillamente era demasiado.

Al cabo de horas, por fin se oyó el poderoso y airado berrido de un niño, y al poco Berit entró en la sala sonriendo.

—Venid, maese —le pidió, y le hizo una seña para que la siguiera.

Jonah se levantó, llevó a Lucas hasta la puerta y se lo entregó a la criada.

–Llévalo a la cama –le dijo, y a continuación se dirigió a su alcoba dando zancadas.

–Otro niño, Jonah –anunció Giselle con una liviana sonrisa exhausta.

–Y menudo es –observó Rachel cuando acercó a la cama el minúsculo bulto–. Tomad, maese. ¿No es un muchacho hermoso?

«No –pensó él–, la verdad es que no.» Lucas tenía casi una semana cuando lo vio por vez primera, de ahí que no se esperase aquel rostro rojo arrugado y como un cangrejo de cabellos lamidos.

Rachel entregó el pequeño a su madre y miró a ambos un instante, conmovida. Giselle rodeó con sumo cuidado la diminuta cabeza con la mano y se dejó caer hacia atrás. El niño agitaba los brazos despacio.

Jonah le dio las gracias a la joven partera con un leve asentimiento y le dijo a Rachel:

–Si está todo en orden, dejadnos a solas.

–¿Deseáis alguna cosa más, señora? –le preguntó la criada a Giselle.

–No, puedes irte.

Rachel abandonó el cuarto en compañía de la partera con un abultado montón de ropa sucia bajo el brazo. Cuando la puerta se hubo cerrado, Giselle retiró la manta, se bajó la limpia camisa y le dio de mamar a su hijo. El suave lloriqueo cesó en el acto.

–Esta vez todo va bien –musitó satisfecha–. Y qué rápido ha ido.

Jonah calculó que faltarían dos horas para medianoche y el parto había durado al menos seis horas, en su opinión todo menos rápido. Se preguntó, incomodado, cuánto habría tardado Lucas en llegar al mundo.

–¿Te encuentras bien? –preguntó.

Ella lo miró risueña y asintió.

–¿Te causó algún daño la caída?

–No. Sólo aceleró lo que se esperaba hacía tiempo. No te preocupes, querido. Ven, siéntate con nosotros.

Mas Jonah prefería permanecer de pie.

–Me alegro de que estés bien –dijo con formalidad–. Y posiblemente debiera darte las gracias por este niño fuerte y sano. Sin embargo, a pesar del alivio y la gratitud que siento, no puedo hacer como si no hubiese pasado nada.

–No. –Ella cerró los ojos y, exhausta, apoyó la cabeza en las almohadas–. Lo sospechaba.

Las lágrimas brotaron de sus cerrados párpados, pero no dijo más, y sólo tardó unos minutos en quedarse dormida. Cuando Jonah estuvo seguro de que no se daría cuenta, se inclinó sobre ella, le dio un beso en la frente y siguió con un dedo la húmeda huella en sus mejillas. Después salió sin hacer ruido.

En la sala se había reunido la casa al completo, incluidos los importunos huéspedes. Jonah recibió los parabienes de sus empleados con la sonrisa que todos esperaban, dejó que Meurig le pusiera un vaso de vino en la mano y brindó por su regreso y, sobre todo, por la salud de su segundo hijo. Rupert y Elizabeth se hallaban junto a la ventana, pegados el uno al otro, ignorados y excluidos, y Rupert miraba ceñudo la jarra de cerveza que nadie le había ofrecido. Al cabo dijo Jonah:

–Se ha hecho tarde. Mañana habrá tiempo para oír las nuevas. Buenas noches a todos.

Intercambió una mirada con Crispin, que hizo un movimiento afirmativo con la cabeza, fingió acompañar al resto a la puerta y después se quedó en la sala. Volvió a la mesa, en la que ardía una única vela, y se sentó frente a Jonah. Guardaron silencio hasta que cesaron los crujidos en las escaleras que conducían a la puerta de la casa y a la buhardilla. Jonah oyó cómo Rachel llevaba a la cocina los vasos vacíos, les daba las buenas noches a Jasper, el cocinero, y a Berit, y salía al patio en pos de Meurig. Unos sonidos familiares, aun cuando no los había escuchado en un año y medio. Incluso *Ginger* hizo como si su amo hubiese dejado la casa el día anterior y se acomodó en su regazo como de costumbre. El gato había engordado y se movía con torpeza; estaba entrado en años. Sin embargo, en el patio y el almacén uno se topaba por doquier con sus descendientes, y dos rojiblancos manchados residían con él en la casa. Giselle se ocupaba de que les dieran leche con regularidad y, de ese modo, se sintieran ligados a la casa, pues tener muchos gatos era el único remedio seguro contra las ratas. El viejo minino se frotó la cabeza contra la mano de Jonah y empezó a ronronear, un sonido que resultaba tremendamente ruidoso en la quietud de la sala.

Al cabo, Crispin carraspeó y respondió a la pregunta que Jonah no había planteado:

—Por lo visto tu suegro compró la casa de Rupert. Vino poco después de las fiestas y le comunicó amablemente a su hija que tendría que contar con un desagradable aumento de los miembros de la casa, ya que había echado a tu primo a la calle. Y cuando ella le preguntó por qué él, respondió que tú sabías el motivo.

Jonah resopló indignado.

—Y yo que estaba tan seguro de haberle hecho pensar que me daba completamente igual lo que fuera de Rupert y Elizabeth. Al parecer ya no soy el actor que fui un día...

Crispin sonrió con cierta melancolía.

—Eso no me lo creo.

Jonah se frotó la frente. Estaba extenuado. Se le antojaba extraño encontrarse de nuevo en casa, bueno y malo a la vez.

—¿Cómo los dejaste entrar, Crispin?

El oficial sacudió la cabeza.

—Fue tu esposa quien lo decidió. Además, ¿qué otra cosa podía hacer? Rupert siempre será tu primo. Llegaron hace tres semanas con un pequeño carro que contenía todo lo que De la Pole les había permitido llevarse, hacía un frío glacial y llovía a cántaros. Elizabeth lloraba amargamente, y Rupert se mostró sumiso y apocado. ¿Qué podía hacer Giselle?

—Escucharte y mandarlos a paseo. Elizabeth tiene una hermana y un hermano en Smithfield. También podrían haber ido allí.

Crispin afirmó con la cabeza.

—Mas Rupert le dio a entender a Giselle hábilmente que tú eras quien los había metido en ese lío. Ya conoces a tu esposa: tiene buen corazón. Y Rupert supo manejarla. Consiguió dominarse unos diez días, y después comenzó a mostrar su lado menos amable: se embriagaba desde por la mañana con tu cerveza y empezó a rondar a Berit y Marion. En un momento dado, Meurig intervino y Rupert le propinó una paliza y estaba a punto de tirarlo escalera abajo cuando aparecí yo por casualidad.

—¿Por qué no lo echaste? —inquirió Jonah, sin dar crédito.

Crispin asintió.

—Hum, lo intenté. Y Rupert se quejó al gremio. El padre de David me citó y explicó con suma claridad que, en tu ausencia, no estoy autorizado a negar la debida ayuda a tu primo y gremial.

—Hablaré con Pulteney. Iré a verlo mañana.

—Ahórrate la visita: Rupert cuenta con el apoyo del padre Gilbert y de Martin Greene.

—¿Aun cuando se enteren de que Rupert ha intentado robarme la lana y matutearla en el extranjero?

Su oficial se encogió significativamente de hombros.

—No sé si eso los hará cambiar de opinión. Greene y el padre Gilbert opinan que tú le sonsacaste a Rupert su casa y después la pusiste en manos de De la Pole intencionadamente para que echara a Rupert y Elizabeth de ella. Creen que le debes algo a Rupert y que no debería extrañarte que él te trate mal después de todo lo que le has hecho. Son palabras del padre Gilbert, no mías. Me temo que Rupert tendrá que matar a alguien para que ellos abran los ojos.

Jonah estaba fuera de sí. No podía ser que se viera obligado a acoger en su casa a Rupert y Elizabeth. No era él, sino su primo quien los había puesto en esa situación, y Jonah no les debía nada. Ni lo más mínimo.

Una idea muy distinta se le pasó por la cabeza.

—¿Qué hay de Cecil?

—No está aquí —lo tranquilizó Crispin—. En otoño lo llevé a la escuela de la abadía de Bermondsey. Annot insistió en que recibiera la misma formación que tú. Los domingos lo saco unas horas para que su madre lo pueda ver, pero en realidad también lo hago por mí. Lo echo mucho en falta. Aunque, claro está, fue un golpe de suerte que no estuviera en casa cuando llegaron Rupert y Elizabeth.

—¿Y dónde los habéis acomodado?

Crispin bajó la mirada.

—En mi alcoba. No te sulfures, Jonah —se apresuró a añadir—. Era la única posibilidad. —Desde que Cecil se hallaba en la escuela y Berit se había casado con su Jasper y dormía con él y su hijita en la alcoba situada tras la cocina, en la buhardilla quedaba un cuarto libre. Allí se había instalado Crispin—. No podía alojarlo en el despacho, ¿no? Espiaría nuestros libros y lo iría contando todo.

Jonah hizo girar el vaso entre las manos y lo miró cabeceando.

—No pueden quedarse. No acabará bien.

Cuando a la mañana siguiente el canto del gallo lo despertó en su sillón junto a la chimenea, entumecido y adormilado, aún no había dado con una solución a aquel problema.

Apenas había claridad, y sin embargo en el patio ya reinaba el ajetreo: Jocelyn, el hijo mayor de Meurig, salía de ordeñar del establo; Rachel y las mujeres de los arrendatarios se dirigían a la puerta con sus respectivos cubos para ir a por agua al caño público de Ropery. Cuando Jonah volvió a casa y entró en la cocina, se encontró a Berit, Marion y Jasper, que calentaba la avena del desayuno.

«Ya no tengo sitio en mi propia casa», pensó Jonah enojado. Y le indicó a Berit con rudeza que le llevase arriba una jofaina de agua caliente.

No tenía intención de molestar a Giselle tan pronto y menos aún de enzarzarse en la insoslayable discusión a tan intempestiva hora, pero por alguna parte había de ir. Con todo, su esposa ya estaba despierta cuando él entró, sentada en la cama bien erguida. Le dirigió una sonrisa nerviosa y le dio los buenos días.

Él le devolvió el saludo, mas no la sonrisa, y no supieron qué decirse. Giselle miró al minúsculo durmiente que yacía a su lado y le acarició la todavía enrojecida mejilla con cuidado.

Berit entró, dejó el agua en la cómoda que había bajo la ventana y se detuvo un instante para admirar debidamente al recién nacido y preguntarle a Giselle cómo se encontraba.

Jonah no logró dominarse.

–No te entretengas, Berit. Seguro que tienes cosas que hacer.

Ella lo miró con cara de reproche.

–Pero hay que cambiarle el culero al niño, maese.

–Ahora no –espetó él, y Berit puso pies en polvorosa.

Jonah aguardó ceñudo a que la puerta se cerrara, tomó un lienzo, se lavó el rostro y las manos, se limpió los dientes con sal gorda, examinó sus uñas y se recortó la barba.

Paciente, Giselle no dijo nada hasta que hubo terminado. Después preguntó:

–Jonah, ¿tan enfadado estás conmigo que no te alegras de la llegada del niño?

Él se paró a pensar un instante y movió la cabeza.

–Entonces, ¿por qué no lo miras? Todavía no lo has cogido.

Tenía un miedo cerval de que su esposo albergara alguna sospecha y dudara de ser el padre de la criatura. No sabía si había oído rumores, si Gervais había roto su palabra o si Jonah había indagado por su cuenta el porqué de su huida de Amberes. A la postre, todo era posible.

Jonah se acercó a la cama, levantó al pequeño y lo besó en la frente. Luego lo depositó con cautela de nuevo junto a Giselle para que no se despertara.

—¿Satisfecha?

Ella no dijo ni que sí ni que no.

—¿Y... y has pensado cómo vamos a llamarlo?

—Felipe —decidió Jonah—. La reina ha manifestado el deseo de ser su madrina, tanto si era un niño como una niña. Por eso hemos de darle su nombre.

Giselle vio su oportunidad y la aprovechó. Difícilmente se le presentaría una ocasión mejor para la defensa que había preparado.

—Claro —dijo con amargura—. ¿Cómo no se me habrá ocurrido?

—¿Qué quieres decir con eso? —inquirió él receloso.

Ella le devolvió la mirada con aparente impavidez.

—Sabes que amo a la reina. Y a ti. ¿Eres capaz de imaginar cómo me he sentido cuando intercambiabais miradas furtivas por doquier? ¿Cuando cuchicheabais por oscuros rincones? No ha pasado un solo día que no haya querido saber de ti. Sé que buscaba tu consejo debido a la complicada situación económica, pero no nos engañemos, ¿quieres? Sigues igual de enamorado de Felipa que el día del torneo de San Miguel. Y cuanto más la descuida el rey, más depende ella de tu admiración. Ha ido empeorando y volviéndose más evidente cada día. Y cuando nos amábamos de noche y reinaba la oscuridad, yo siempre me preguntaba si tal vez tú imaginarías estar en su lecho. No podía soportarlo más, Jonah. Por eso te pedí que me permitieras venir a casa. Y cuando dijiste que no, no vi más solución que partir sin tu consentimiento.

Él la escuchó en silencio con creciente perplejidad. Cuando hubo terminado, preguntó:

—¿Es que no te das cuenta de lo pueril que suena eso? ¿Lo poco convincente? ¿Estabas celosa? ¿Y por esa bagatela sales corriendo y me dejas solo? ¿Y esperas que lo acepte?

—¿Bagatela? —repitió Giselle indignada—. Con sólo chasquear los dedos habrías ido corriendo a su alcoba.

–¿Para ser descuartizado después en la plaza de Amberes? ¿Eres consciente de que eso de que me acusas es alta traición?

–De manera que es el miedo a las consecuencias lo que te ha refrenado, ¿no?

Giselle constató que estaba averiguando cosas que no quería saber. Posiblemente fuese el castigo por sus pecados, por emprender tan fabulosa huida y por su infidelidad, la cual, si uno tergiversaba los hechos lo suficiente, sin duda también sería culpa suya en cierta medida.

Cuando Jonah comprendió lo que estaba haciendo su esposa, la pobre maniobra que estaba esgrimiendo, meneó la cabeza con incredulidad, casi un tanto divertido.

–Crees que la mejor defensa es el ataque, ¿no es cierto? Apostaría a que te lo ha enseñado tu padre.

Ella bajó la mirada.

–Se mostró al menos tan enfadado conmigo como tú cuando le confesé lo ocurrido. Se negó a escuchar mi historia o tomar partido por mí. Ni siquiera te habría llevado una carta.

Jonah tuvo que morderse la lengua para guardarse para sí su indignación ante tamaño rechazo paterno. Se resistía con vehemencia a perdonarlo todo y olvidarlo sin más, pues no lo deseaba. Sin embargo, no pudo evitar sentarse en el borde de la cama y tomarle la mano.

–Creo que te sentiste traicionada y abandonada cuando él dijo eso, ¿eh?

Ella asintió.

–Y ahora pretendes explicar que me está bien empleado por haberte hecho sentir a ti igualmente traicionado y abandonado.

–Qué lista eres, señora Durham.

¿Sería una buena señal que la llamase así? Imposible de decir: el semblante de su esposo era un enigma.

–¿Por qué lo hiciste en realidad? –se interesó él–. Quiero saber el verdadero motivo.

«No, Jonah, segurísimo que no.»

–No puedo darte otra explicación. –Lo miró a los ojos. No le resultó difícil, pues al fin y al cabo era la verdad–. Lamento que no puedas aceptarla. Sé que, por lo general, a las mujeres no se les consiente sentir celos, pero también tú has hecho a veces cosas que infringían las reglas vigentes. No siempre ha salido algo provechoso de ello. Por eso ahora gozamos de la visita de tu primo, ¿no es verdad?

–Un contragolpe certero –comentó él con sarcasmo.

Giselle comprendió, asustada, que distaba mucho de tenerlo donde quería, pero siguió el derrotero que se había marcado.

–Lo que hiciste lo hiciste porque en ese momento te pareció el paso adecuado. –Se encogió de hombros significativamente–. Lo mismo que me sucedió a mí con mi decisión.

–De la que no te arrepientes lo más mínimo –constató él con amargura. Le soltó la mano y se puso en pie–. La diferencia estriba en que tú rompiste tus votos.

Prefirió no decir nada de la obediencia que ella le debía y las demás cosas, ya que ella habría respondido, y con razón, que tampoco ése había sido nunca su fuerte.

–Ay, Jonah... –Podría haber llorado de pena por tan embrollada situación, pero sobre todo de rabia hacia el rey, causante de todo ello. ¿Y quién sabía si no empeoraría más aún si esa minúscula carita empezaba a desarrollar sus propios rasgos y el radiante azul de sus ojos, que le confería un engañoso parecido con ella, empezaba a cambiar lentamente? Miró, infeliz, a su inocente hijo. ¿Qué se propondría Dios con su enigmático plan?–. Mira, se ha despertado –comentó Giselle–. Ahora se pondrá a berrear.

Jonah decidió emprender una retirada en toda regla y se dirigió a la puerta.

–Veo que todavía estás cansada. Te mandaré a Berit.

Lo esperaban con el desayuno en la mesa, y las gachas aún estaban calientes. Jonah se sentó en su sitio, en el centro, se santiguó y pronunció una breve oración. Después empuñó su cuchara y todos siguieron su ejemplo.

–¿La madre y el niño están bien? –preguntó Crispin.

Jonah dijo que sí con la cabeza.

–No podrían encontrarse mejor. –Quería plantearles a Crispin y David un millar de preguntas: la lana, la venta de paño fino y modesto, los nuevos contratos, el estado de sus deudas. Pero delante de Rupert y Elizabeth, que se hallaban sentados en un extremo de la mesa con la cabeza gacha y comían con desgana, era imposible. De manera que su mesa era tan silenciosa como lo fuera antes la de ellos, cosa que le enfadó. Entonces recordó que había un importante tema que tratar, y se volvió hacia su aprendiz–: ¿Está tu padre en la ciudad, David?

—Creo que sí, señor.

—Bien. Supongo que vas a efectuar las entregas ahora, ¿es así? El chico asintió.

—En tal caso, pásate por su casa después y pídele que venga a almorzar hoy o mañana y saque de pila a mi hijo; se ofreció en un momento irreflexivo. Y pregúntale a tu madre si estaría dispuesta a hacer las veces de la madrina, que, por desgracia, no puede estar aquí.

A Crispin no le hizo falta devanarse mucho los sesos.

—¿La madrina es la reina? —preguntó, henchido de orgullo.

Jonah asintió.

—Lo llamaremos Felipe.

Elizabeth y Rupert intercambiaron una mirada de incredulidad.

—Estoy seguro de que mis padres se sentirán muy honrados, señor —dijo David con inusitada formalidad, lo cual le dijo a Jonah que, como de costumbre, al aprendiz no le hacía mucha gracia visitar a su padre.

—Averigua cuándo les viene bien, ya que tu padre es un hombre muy ocupado. Pero cuanto antes mejor. Después ve a ver al padre Rufus y concierta la cita con él. Cuando todo esté listo, envíame a Jasper para que pensemos qué ofrecer en el convite. ¿Crees que te acordarás de todo?

El aprendiz esbozó una sonrisa indolente.

—Me esforzaré, maese.

—Patán —musitó Elizabeth para sí—. No tiene modales. Pero ¿a quién le extraña?

—Te estaría agradecido si te guardaras tu veneno, querida prima —dijo Jonah como de pasada y con una sonrisilla fría que se desvaneció en el acto cuando ella lo miró—. No sois bienvenidos en mi casa, únicamente tolerados. Y si vuestra compañía en la sala me resulta molesta, en el futuro comeréis con el servicio en la cocina.

—Maldito desagradecido... —comenzó Rupert.

—Y en mi sala no se maldice —lo interrumpió Jonah. «Al menos no mucho y a no ser que lo haga yo», añadió mentalmente. Dejó la cuchara a un lado y le ofreció a su primo su intacto vaso de cerveza–. Toma, tal vez esto mejore un tanto tu humor. Creo que deberíamos hablar de lo ocurrido y decidir cómo vamos a obrar. Pero he estado mucho tiempo fuera y, como comprenderéis, hoy tengo que ocuparme de mi negocio. Os haré avisar cuando tenga tiempo.

Y, dicho eso, abandonó la mesa.

Crispin estaba tan callado cuando cruzaron juntos el patio que Jonah no pudo evitar preguntarle:

–¿No me vas a reprochar que me he comportado mal?

Su oficial le lanzó una mirada de sumo desconcierto y sacudió la cabeza.

–No, Jonah, la verdad es que no. No hace ni un día que has vuelto y ya te has encontrado con que Rupert y Elizabeth se han metido aquí, y antes de que pudieras asimilar eso, tu esposa ha tenido un hijo. Creo que has estado de fábula.

Jonah esbozó una sonrisa burlona y abrió de un empellón la puerta del despacho.

–Esto sí que es memorable: no suelo cosechar alabanzas de ti.

Se detuvo en la puerta y echó un atento vistazo a la sobria estancia. Todo seguía igual que cuando partió a Amberes con el rey. No había sido consciente de cuánto había echado aquello de menos.

Ensimismado, pasó el dedo por el reborde del pupitre y dijo:

–Cuando volvamos a tener dinero, construiremos una casa nueva, Crispin. Con suficientes cuartos para todos y una capilla y un despacho con chimenea y con vistas al río. ¿Por qué no puede ser algo más confortable la habitación en la que uno pasa tanto tiempo?

Crispin asintió y exhaló un expresivo suspiro.

–Cierto. Un despacho en el que los dedos no se le entumezcan a uno en invierno y donde se pueda recibir a clientes adinerados sin tener que disculparse siempre. Tal vez incluso con tapices.

–Y ventanas con cristal.

Crispin rió quedamente, fue por los libros y los extendió en la mesa. Con un ademán exhortativo, dijo:

–Ve por ti mismo cuán lejos estamos aún de cumplir ese sueño. He hecho lo que he podido, Jonah, Dios me asista. Mas, aparte de deudas y pagarés, no hay mucho más. Los contratos para la Corona han seguido llegando, y David los ha administrado bien. Pero eso cubre únicamente los intereses. El comercio de paño fino ha ido languideciendo, ya que la corte se hallaba en Flandes. Y la lana...

—Sí, lo sé. Pero el negocio lanero va a repuntar, créeme. El rey necesita a Flandes y Flandes necesita nuestra lana. ¿Cómo andan las cosas a ese respecto? ¿Tenemos algún dinero?

—Un poco —respondió su amigo—. A decir verdad, tenía que llevárselo a Annot para saldar al menos una parte de nuestras deudas con ella, pero primero quería oír tu opinión.

Jonah afirmó con la cabeza.

—Con él compraremos madera. Hoy mismo, a ser posible.

—¿Madera? —repitió Crispin, pues no estaba seguro de haber oído bien.

Jonah asintió.

—El rey quiere barcos. Confía en mí. El precio de la madera subirá.

El oficial nunca había tenido ocasión de dudar del olfato de Jonah para los negocios. La madera constituía un artículo insólito para ellos, pero él sabía que un verdadero comerciante trataba con todo aquello que fuese lucrativo. De manera que juntaron las cabezas y se pusieron a examinar los libros.

David volvió poco después de mediodía y contó que sus padres irían gustosamente al día siguiente para asistir al bautizo del pequeño Felipe.

Jonah asintió, distraído.

—Muy bien. —Se llevó una mano a los riñones con aire ausente. Desde hacía algún tiempo la espalda le daba problemas cuando estaba mucho tiempo inclinado sobre los libros. «Me hago viejo», constató.

—Ve a la cocina a comer algo, David —dijo.

El aprendiz se apoyaba ora en un pie, ora en otro con nerviosismo.

—¿Puedo hablar un momento con vos, maese Jonah?

Éste cambió una breve mirada de extrañeza con Crispin, si bien repuso:

—¿Qué sucede?

—Posiblemente se os haya pasado por alto con todo lo que ha ocurrido, pero al final del mes termina mi período de aprendizaje.

Jonah se quedó tan perplejo que tuvo que sentarse. ¿Habían transcurrido ya siete años? Se frotó la frente e invitó a David a tomar asiento frente a él con un gesto.

Crispin se echó la capa por los hombros y se dirigió a la puerta.

—Me pondré en marcha, pues.

Jonah esperó a que la puerta se cerrara antes de decirle a David:

—Pronto cumplirás veintiún años, ¿no es así? —Se encogió significativamente de hombros—. Entonces serás libre de ir donde te plazca. Es el mejor consejo que puedo darte. Me gustaría muchísimo que te quedaras conmigo, pero eres demasiado mayor para ser mi aprendiz.

David hizo acopio de valor y formuló la propuesta que llevaba meses cavilando:

—¿Y si fuera oficial vuestro, pero no tuvieseis que pagarme nada?

Jonah negó con la cabeza.

—Sabes que el gremio no lo permite. Y está en lo cierto. Además, he de procurarme un nuevo aprendiz, y en esta casa ya no hay bastante sitio.

—No me refiero a trabajar de balde para vos, y tampoco me quedaría aquí, señor.

—¿Te importaría decirme de qué estás hablando?

—De Sevenelms, vuestra propiedad en Kent.

—Estrictamente hablando, la propiedad de mi esposa —lo corrigió Jonah.

—Eso no cambia nada. Se puede decir que es baldía. Vos recibís la lana que produce y un exiguo arriendo, pero podría rendir mucho más si alguien se ocupara de ella. —Inseguro, hizo una pausa.

—Continúa, David. Me has despertado la curiosidad.

El chico se pasó la lengua por los labios con nerviosismo y se inclinó un tanto hacia delante.

—Se podría hacer de la soñolienta y poco productiva Sevenelms un productivo centro de fabricación de paños, maese Jonah, y todo ello sin invertir un solo penique. La madera para la construcción crece en abundancia en la propiedad, y ésta también cuenta con un riachuelo que podría impulsar un batán. Sólo tendríais que traer a los artesanos de los Países Bajos. Del resto..., del resto me encargaría yo. –Resopló ruidosamente–. Señor, sé que maese Crispin me llama soñador alelado, pero...

–¿Has pensado todo esto tú solo? –lo interrumpió Jonah con pasmo.

David asintió, la cabeza gacha. En más de un aspecto, seguía siendo el tímido muchacho de antaño, y encajaba mucho mejor las críticas que la admiración sin reservas, pues a las críticas estaba acostumbrado.

–Y lo que me propones es ser administrador de Sevenelms y asumir la supervisión y la ejecución de tan ambicioso proyecto, ¿es eso?

El propio David oyó cuán atrevido sonaba, pero estaba tan convencido de su plan que se lanzó a una última tentativa.

–Soy consciente de que carezco de talento organizador, y sabe Dios que los números no son lo mío, señor. Mas no hay mucho que no sepa sobre la elaboración del paño. Estoy seguro de que podría lograrlo. Decid..., ¿consideráis la idea buena en un principio? ¿Factible?

–Sí –repuso Jonah.

–En tal caso..., no arriesgáis mucho dejándome probar, ¿no es cierto? Tampoco quiero percibir un salario hasta que la cosa empiece a dar beneficios. Llegado ese momento, siempre podréis decidir lo que queréis pagarme, a mí me es igual. Y si fracaso estrepitosamente, no tenéis más que enviar a maese Crispin para que me eche de allí y él mismo se haga cargo.

–Conforme, David. Pero no creo que vayas a fracasar.

–¿Estáis... estáis de acuerdo? ¿Me dejáis intentarlo?

Jonah se levantó y le tendió la mano.

Un tanto aturdido, pero con los ojos brillantes, David se puso en pie despacio y le dio la suya, una mano algo húmeda debido al nerviosismo, si bien el apretón fue más firme de lo que Jonah esperaba.

–Redactaremos un contrato –dijo éste una vez se hubieron sentado–. Recibirás dos décimas partes de todo cuanto produzcas. Puede que a ti te dé igual, pero sin duda a tu padre no. Así y todo, se sentirá decepcionado por que no entres en el gremio.

David sacudió la cabeza risueño.

–Se sentirá aliviado al librarse de tan embarazosa situación. Ya sabéis lo que piensa de mí.

—Quizá lo subestimes.

El joven hizo un gesto de negación con la mano.

—No importa. Yo nunca he querido ser gremial. Ni siquiera creía que hubiese algo que quisiera de verdad, pero vos acabáis de servírmelo en bandeja.

Jonah no pudo por menos de sonreír ante tamaño entusiasmo juvenil.

—¿Cuándo quieres irte a Sevenelms?

David sonrió.

—¿Mañana, después de desayunar?

—Antes de Pascua —prometió Jonah—. Empieza a construir cuanto antes y en verano tendrás a tus tejedores.

Jonah fue a ver a sus arrendatarios, escuchó tanto sus quejas como sus buenas nuevas, discutió con ellos la producción de los meses siguientes y regaló a cada uno de sus hijos un cuarto de penique con motivo de su regreso.

Cuando volvió a su casa, ya era hora de cenar hacía tiempo, si bien les pidió a Crispin y David que le concedieran unos minutos a solas arriba. Sabía de sobra que se había pasado el día entero abatido debido a la confrontación con Rupert y Elizabeth, mas para entonces ya había decidido lo que iba a decirles, y no veía sentido alguno en aplazarlo.

Envió en su busca a Rachel, la única de sus criadas que no temía a Rupert, y subió a la sala para esperarlos. Para sorpresa suya, allí se encontró a su esposa, sentada en el banco tapizado de la ventana contemplando a Lucas, que jugaba con uno de los gatos pequeños.

Jonah se inclinó sobre Giselle y le dio un beso en la mejilla antes de caer en la cuenta de que ya no estaba enfadado con ella.

—¿Te has levantado?

—No estoy enferma, ¿sabes? Sólo he tenido un hijo.

Él asintió.

—¿Y dónde está?

—En su cuna, durmiendo. Berit lo guarda y lo amamantará cuando despierte. Hemos convenido que sea su ama: tiene suficiente leche.

Lucas tiró de la cola a su involuntario compañero de juegos y no tardó en saber lo que era bueno. El gatito se volvió bufando y clavó sus garras en la rechoncha manita del pequeño. Lucas pegó un respingo y se echó a llorar.

Antes de que a Giselle le diera tiempo de levantarse, Jonah se agachó junto a su hijo.

–Shhh. No hay por qué gritar de tal modo. No te extrañe que se defienda si lo molestas.

Su padre le acarició los suaves rizos negros.

–Entiendes lo que te digo, ¿a que sí? Enséñame esa mano.

Lucas le ofreció la ensangrentada diestra, y Jonah le echó un serio vistazo y después sopló con cuidado.

–¿Mejor?

–Sí.

Era la primera palabra que Jonah le oía decir a su hijo, un momento de lo más enternecedor, y atrajo a la criatura hacia sí con delicadeza.

–¿Hacía eso tu padre? –inquirió Giselle con curiosidad–. ¿Te soplaba las heridas cuando eras pequeño?

Él se encogió de hombros.

–No me acuerdo.

A buen seguro no fue una coincidencia muy feliz que Rupert y Elizabeth se encontrasen con tan idílica estampa familiar. Elizabeth nunca había superado el dolor de no tener hijos, ello era la raíz de toda su amargura, y al ver a Jonah con su retoño en brazos, a los pies de su bella esposa, lo odió de tal modo que todos sus buenos propósitos se desvanecieron.

–Como si no supieras que al inútil de tu padre le importabas un comino –espetó–. Estaba demasiado ocupado trayendo al mundo a otros bastardos como tú.

Jonah vio de reojo el leve sobresalto de Giselle. Sólo por ella se calló la respuesta que tenía en la punta de la lengua, levantó a Lucas y se lo entregó a su madre.

–¿Te importa llevarlo con Marion? No quiero que escuche esto. Y tal vez quieras ahorrártelo tú también.

Giselle cogió al niño y salió de la estancia tras fulminar con la mirada a Elizabeth, mas volvió en cuanto hubo confiado a Lucas a Marion. Sabía que si dejaba a Jonah a solas con los Hillock acaecería una catástrofe.

—Mentiroso —le oyó sisear a Elizabeth—. Tergiversas las palabras de la gente. ¡Eres igual que tu abuela!

Jonah hizo una pequeña reverencia.

—Nunca pensé que alguna vez me harías un cumplido.

—No era mi intención —escupió ella de mala gana.

—Lo siento.

Giselle se situó junto a su esposo y apoyó la mano en su brazo con ligereza. Quería exhortarlo a poner fin a tan inútil disputa, pero, sobre todo, deseaba mostrarle que estaba de su parte.

Por lo visto, él así lo entendió, ya que no apartó el brazo de un tirón con enojo, sino que intercambió una breve mirada con su esposa y dijo entre suspiros:

—Sentémonos e intentemos por una vez hablar como seres sensatos.

Acompañó a Giselle a su sitio y, tras un leve titubeo, Rupert y Elizabeth siguieron su ejemplo.

—No vendí la casa para meteros en un lío, sino porque me encontraba en apuros —explicó Jonah, intentando hablar con calma y objetividad—. Un... amigo reguló la venta y buscó un comprador que no os echara de ella. El hecho de que dicho comprador fuera De la Pole es algo que no he sabido hasta hace poco. Os puso de patitas en la calle para jugarme una mala pasada, no porque tenga otros planes para la casa. Y yo me encargaré de que os la devuelva. Ahora hemos de pensar qué haremos entretanto. ¿No crees que sería más fácil para todos que os fueseis a Smithfield con la hermana de Elizabeth? —le preguntó a su primo.

Rupert cabeceó, malhumorado.

—Imposible. En casa de su hermana no hay sitio, y su hermano perdió todo cuanto poseía con lo del monopolio lanero.

—Bueno, aquí tampoco hay sitio, y en cuanto al monopolio...
—Jonah cambió de opinión en el último momento.

Pero su primo lo barruntó y, con malsana y abierta alegría, le dijo:

—¿Acaso te has llevado un chasco, Jonah? —Si bien al poco recuperó la seriedad—. De ser así, en cualquier caso tú saliste mejor parado que el hermano de Elizabeth. Él y su familia se mueren de hambre. Sus hijos mendigan en la iglesia de Smithfield; dos de ellos están tísicos.

Giselle se encogió de hombros como si de repente tuviera frío. Tal vez en ese instante fuera realmente consciente del destino del que habían escapado por los pelos. «Y si supieras, Rupert, quién me salvó a mí, posiblemente te diera un patatús», pensó de pasada Jonah. —En tal caso, no nos quedará más remedio que apechugar por el momento. De manera que escucha, Rupert. Cuando volváis a vuestra casa, te prestaré dinero para que te hagas con algunas existencias y, de ese modo, vuelvas a ser independiente. Pero sólo lo haré si hasta entonces no nos amargáis la vida a mí y a los míos. Tú no beberás, Rupert, y dejarás en paz a mis criadas. Y en cuanto a ti, Elizabeth, no te pasarás todo el día poniendo el grito en el cielo y espantando al servicio. Si crees que en un futuro consumirás tanta agua como para que las criadas hayan de ir por ella dos veces cada mañana, te ruego que les eches una mano a ese respecto. Al igual que la mayoría de londinenses, carecemos de pozo propio, e ir por agua es una tarea dura. No pretendo humillarte —dijo, adelantándose a la furiosa objeción de ella—, pero espero cierta contribución por vuestra parte. Rupert, tú no eres mal comerciante cuando estás sobrio. No te quiero en mi negocio, pero ¿por qué no le preguntas a Martin Greene si te coge temporalmente de oficial? Así no te aburrirías de sol a sol y ganarías algo de dinero.

Su primo lo miró con fijeza, como si quisiera rebanarle el cuello, si bien al mismo tiempo se paró a sopesar cuál sería el mejor momento para plantearle la propuesta al veedor.

—Así que en vuestra mano está que os conceda o no el préstamo. Y ahora, Elizabeth, ten la bondad de ahorrarle a mi esposa el viaje: ve a la cocina, haz que llamen a Crispin y David y di a Rachel que puede servir la cena.

La aludida permaneció inmóvil un instante, y Jonah se esforzó por poner un semblante absolutamente inexpresivo mientras le devolvía la mirada. Cuando al final se levantó y se encaminó a la puerta, Jonah saboreó ese pequeño triunfo que le resarcía de tantas cosas.

—¿Cómo se atreve esa bruja pendenciera a llamarte bastardo? —preguntó, furiosa, Giselle cuando estaban los dos en la cama.

—Porque mi padre no se casó con mi madre hasta poco antes de que yo naciera. Fui, como en estos casos se suele decir, engendrado en pecado. Probablemente esto explique algunas cosas, ¿no es cierto? –se burló él.

Giselle soltó una risita impropia de una dama, si bien contestó:
–No, la verdad es que no. Siempre serás un enigma para mí.
–Bien –musitó Jonah, satisfecho.
–Nunca pensé que fueras capaz de conducirte con Rupert como lo has hecho antes. Era como si fueses el mayor de los dos. Tan firme y sabio y... superior.

Jonah se vio obligado a sonreír.
–Soy todo lo contrario. Si no hubieses estado tú para avergonzarme, me habría vuelto a pelear con él hasta llegar de nuevo a las manos.
–No, no lo creo. No tuvo nada que ver conmigo. Sencillamente decidiste ser así.

Jonah se paró a reflexionar.
–Tal vez decidiera comportarme así –puntualizó él–. No sé si te he contado que un día fui actor.
–Me lo dijo Crispin.

Giselle apoyó la cabeza en su hombro, como siempre hacía, y los brazos de Jonah se cerraron en torno a su cuerpo como por iniciativa propia.
–¿Por qué lo dejaste?
–El padre Gilbert ya no me quería a su lado porque mis actos no complacían a Dios, según me dijo.

A Giselle no le costó nada creerlo.
–¿Y no lo echas de menos?

En la oscuridad se permitió esbozar una dolorosa sonrisa. Todavía recordaba la sensación como si hubiera sido ayer: fue como si el padre Gilbert le hundiera la mano en el pecho y le arrancase un pedazo de corazón. Ya no le dolía tanto como al principio; la herida había cicatrizado. Sin embargo, ese pedazo no había vuelto a crecer.
–Sí.

Estaba oscuro, se sentían unidos por vez primera desde la larga separación, y Giselle no deseaba otra cosa sino subsanar la decepción que le había causado a su esposo. Por eso percibió en esa única palabra todo lo que él no decía. Y anotó mentalmente lo que había oído.

LONDRES,
MAYO DE 1340

—Fue un golpe magistral, señora Durham —aseguró Jonah camino de casa, al atardecer—. El pobre Burnell probablemente se esté preguntando cómo ha podido pasar.

Giselle aceptó el elogio con un gracioso gesto afirmativo. Acomodada en su silla de dama resultaba tan elegante como donairosa. *Belle* era una bonita y temperamental yegua alazana que le iba a la perfección. El porte de Giselle era intachable, y cabalgaba con gran seguridad. Lucía un vestido viejo, pues las férreas medidas de ahorro que habían adoptado de común acuerdo dos años atrás, en invierno, aún seguían en vigor y continuarían estándolo hasta que quedaran libres de deudas. No obstante, el maestro Ypres había vuelto a teñir el liviano paño de lana de un tono verde tan intenso y oscuro que armonizaba con el azul de sus ojos. La cofia era del mismo color y acentuaba el brillante castaño de su trenzado cabello. En Ropery, hombres de todos los estamentos se volvían a su paso.

—¿Crees que Burnell mantendrá su palabra? —preguntó ella con escepticismo.

Jonah afirmó con la cabeza.

—No tiene más remedio.

—Bien. De ese modo todo estaría arreglado. Queda la cuestión de a quién tomaremos de aprendiz.

Habían estado en casa del prohombre y antiguo alcalde Pulteney, el cual había invitado a comer a algunos gremiales. Adam Burnell se había visto inerme contra la pícara sonrisa y la mirada de los azules ojos de Giselle y, resignado, había prometido no oponerse más a la solicitud de ingreso en el gremio de Crispin.

Una vez en casa, subieron a la sala y descubrieron al oficial con un visitante. Cuando Jonah y Giselle entraron, ambos se pusieron en pie. Ella se sintió incómoda.

Gervais de Waringham hizo una perfecta reverencia ante ella.

—Tienes un aspecto excelente —dijo con su famosa sonrisa seductora, sobre la cual parecía no tener control—. Maese Lacy me ha presentado a vuestro hijo. Os envidio.

Giselle hizo un gesto negativo con la mano y frunció el ceño.

—No te canses, Gervais. Cuando tanto exageras es que traes malas nuevas, ¿no es así?

El aludido no contestó.

Jonah se sentó en su sitio.

—¿Dónde están Rupert y Elizabeth? —le preguntó a Crispin.

—En Smithfield. Han ido a llevarle al hermano de Elizabeth algo de pan, cerveza y huevos —replicó él.

«Van casi todos los domingos desde hace algún tiempo», habría podido añadir, si bien lo dejó estar.

Jonah intercambió una mirada con su esposa.

—¿Tendrías a bien ir con Crispin abajo y comunicarle la buena noticia? —le pidió.

Ella se dio perfecta cuenta de que estaba echándolos educadamente de la sala, pero no puso objeciones. Tras lanzar una última mirada a Gervais, siguió a Crispin hasta la puerta.

—¿Y bien? —inquirió el comerciante cuando se vio a solas con el caballero del rey—. Soy todo oídos.

—Malas nuevas, Jonah —comenzó Waringham sin ambages—. Felipe de Francia se ha enterado de que el rey tiene intención de regresar a Gante después de Pentecostés y ha concentrado toda su flota cerca de Sluys para apresarlo. Tienen cuatrocientas naves, todas con castillos de proa y popa. Barcos grandes: galeras, carabelas y galeones. Con cañones, muchos de ellos. —Hizo una pausa.

Jonah no se olía nada bueno.

—¿Y el rey Eduardo tiene...?

—Doscientos barcos —confesó Gervais alicaído—. El arzobispo Stratford ha dicho que nuestro monarca no debe hacerse a la mar bajo ningún concepto, ya que o bien será capturado y el rescate que Felipe exigirá arruinará definitivamente a Inglaterra, o le darán muerte e Inglaterra se sumirá en el caos bajo la regencia de un niño de diez años.

—El arzobispo tiene razón —convino Jonah.

—Sí, pero en Gante se encuentran la reina y dos príncipes esperando a que el rey vaya en su busca. Eduardo no puede quedarse aquí de brazos cruzados. Ha de regresar al continente, y si la flota francesa se interpone en su camino, tal vez Dios haya decidido que es hora de aniquilarla.

—¿Con una superioridad de dos contra uno?

—Por eso precisamente he venido. Necesitamos más naves. El rey en persona se ha dirigido a Yarmouth para pedirles a los arenqueros que se unan a su flota. Necesita cada hombre y cada nave.

—¿Te refieres al *Felipa* y a mí?

—Sí.

«Yo no soy soldado ni el *Felipa* es un buque de guerra», habría podido objetar. La idea de zarpar para enfrentarse a una flota superior le producía un miedo cerval.

—¿Cuándo y dónde?

Waringham resopló aliviado.

—El día después de Pentecostés en Winchelsea.

—¿He de armar a mis marineros?

—No. Recibirás infantes o arqueros, todavía no sé cuáles. Pero estate seguro de que seré yo mismo quien los escoja.

Jonah se sintió un tanto tranquilizado.

—Te lo agradezco, Gervais.

—¿Quieres que designe también a un caballero que los capitanee? —preguntó Waringham.

—No. En mi barco mando yo. Pero no me vendría mal que me explicaras qué se hace en una batalla naval.

—¡Quia, Jonah! —Waringham se encogió despacio de hombros—. No tengo ni la menor idea. Casi nadie la tiene.

Sluys,
junio de 1340

—Jesucristo, apiádate de nosotros —musitó Hamo Johnson—. Se diría que en el puerto ha crecido un bosque durante la noche.

Jonah hubo de darle la razón. Sluys, el puerto de Brujas, se hallaba en la desembocadura de un río que se estrechaba deprisa tierra adentro. En aquella ensenada natural se hallaban anclados los barcos de la flota francesa en tres apretadas hileras, y los mástiles en efecto recordaban a un bosque pelado en invierno.

—Mirad ahí, señor —Hamo señaló el centro de la vanguardia enemiga—. Ahí están el *Cristóbal*, el *Eduardo* y el *San Jorge*, los que apresaron los malditos piratas franceses. Quieren humillar al rey antes de matarlo. —Achinó un instante los ojos—. A fe mía que si mañana por la noche en casa prenden las hogueras de la noche de San Juan, todos iremos a parar al fondo del mar.

Poco a poco Jonah se había ido hartando.

—Dominaos, demontre —gruñó.

También él tenía miedo, pero si la tripulación y el centenar de infantes de a bordo notaban el desaliento del capitán y el propietario del barco, cundiría el pánico y las escasas posibilidades de sobrevivir que tenían se irían definitivamente al traste.

El vigía de cubierta se acercó a ellos y anunció que John Chandos solicitaba permiso para subir a bordo.

Chandos aún no había cumplido los veinte años, pero el verano anterior, en el malhadado campo de batalla, había demostrado tal valentía que el rey lo había nombrado caballero. Desde entonces formaba parte del círculo más íntimo del monarca y no cesaba de protagonizar nuevas hazañas. Jonah lo recibió en su pequeño camarote de popa.

—¿Traéis órdenes del rey? —preguntó esperanzado. Deseaba que alguien le dijera qué debía hacer.

Chandos afirmó con la cabeza.

—He estado en tierra echando un vistazo e informándome. Los almirantes franceses discrepan: unos estiman que están demasiado juntos en el puerto para maniobrar y abogan por hacernos frente en mar abierto, mientras que otros opinan que sólo en el puerto podrán impedir que se les escape el rey Eduardo. Dicen que Felipe de Francia les ha hecho jurar a los dos comandantes en jefe que llevarán a Eduardo a París muerto o encadenado y, en caso de fracasar en su empeño, pagarán con su vida.

—Entonces no vacilarán —observó Jonah con aparente serenidad.

Chandos le dio la razón.

—Todos sus ojos estarán puestos en el *Tomás*, motivo por el cual el rey ha ordenado lo siguiente: mañana por la mañana al amanecer formaremos en tres filas en las que alternarán una nave con arqueros y una con infantes. Después zarparemos rumbo al puerto como si fuésemos a atacar, mas en el último momento el *Tomás* y su escolta virarán como si pretendiésemos huir. Y sólo nos quedará esperar que los franceses sean tan necios como para morder el anzuelo.

—¿Y quién tendrá el dudoso honor de constituir la escolta y hacer de cebo de los franceses junto con el rey? —inquirió Jonah con sarcasmo.

Chandos asintió risueño.

—Vos, señor. El *Felipa* y el *Nicolás*. Son los únicos barcos lo bastante veloces para navegar con el *Tomás*.

Jonah pasó la noche en vela, si bien supuso que no fue el único. A bordo del *Felipa* reinaba la calma. Se oían el crujir de los cabos y el suave chapaleo de las olas contra el casco. Por lo común, el leve balanceo no tardaba en dormirlo, mas no ese día.

En la oscuridad imaginó qué se sentiría al ser atravesado por una espada o acertado por un virote de ballesta. O al ahogarse. Eso era lo que más temía. Y pensó en su esposa y sus hijos en casa, en Londres. La noche previa a su partida, él y Giselle se habían amado con la avidez y el desenfreno que traía consigo aquella marcha hacia la incertidumbre. El solo recuerdo lo enardecía y hacía que se sintiera menos dispuesto a morir que nunca. Lo que habría dado por hallarse con Giselle.

En un determinado momento casi perdió la esperanza de que la noche tuviera fin. Sin embargo, finalmente el primer resplandor ceniciento se coló por el ventanuco del camarote. Jonah se levantó y oteó el bosque de palos franceses.

Tardaron casi dos horas en alinear los apenas doscientos sesenta barcos de la flota inglesa. Había amanecido hacía tiempo cuando el *Tomás*, el *Felipa* y el *Nicolás* se dirigieron al encuentro del enemigo y, en el último instante, viraron.

Los comandantes franceses vieron que su peor miedo se convertía en realidad: Eduardo de Inglaterra había cambiado de opinión y emprendía la huida. Izaron velas a toda prisa para llevar a cabo la persecución y, en ese instante, arrostraron las consecuencias de encontrarse tan juntos en el puerto. Las grandes y pesadas galeras se estorbaban las unas a las otras e incluso colisionaron. La primera hilera no tardó en quedar irremediablemente encajada.

Mientras los franceses trataban de desembrollar el enredo, las veloces carabelas inglesas dieron la vuelta, formaron de nuevo con el resto de la flota y pusieron rumbo al puerto de Sluys, el viento y la corriente a su favor.

Mucho antes de que los ingleses se aproximaran lo bastante para quedar al alcance de los ballesteros franceses, sobre el enemigo cayó una lluvia tras otra de flechas de los largos arcos ingleses. A cubierto de éstas, las naves tripuladas por infantes atacaron a la flota contraria. Con el sol de cara y tan novedosa acometida, mas, sobre todo, gracias a la compacta formación, a los franceses les resultó imposible aprovechar su superioridad numérica y utilizar los cañones o las catapultas de los castillos de proa y popa, que debían lanzar bolas de fuego.

A su izquierda Jonah vio cómo se reconquistaban el *Cristóbal* y el *San Jorge*. Escuchó los gritos de júbilo de sus hombres y observó con atención cuanto ocurría a su alrededor hasta que hubo comprendido cómo se abordaba un barco y qué revestía importancia. Constató que hacer la guerra era considerablemente más fácil que comerciar con paños.

La voz de alarma de los cuernos franceses se propagó de barco en barco, los soldados y caballeros ingleses respondieron con un terrible alarido y en la rada se levantó un ruido ensordecedor. La primera línea de navíos franceses se había roto, y el *Felipa* siguió orgulloso al *Tomás* para mezclarse en el barullo. El propio Hamo iba al timón y, sin perder de vista la galera enemiga de su derecha, le cercenó los remos de estribor antes de que los pudieran acorullar. Jonah se encontraba en la borda, empuñando el desnudo acero, y pensaba: «No me puedo creer que esté haciendo esto». Luego los soldados afianzaron en la cubierta de la galera los ganchos de hierro, que se hallaban sujetos a largos palos, y acercaron al *Felipa*.

En la cubierta del barco enemigo formaron soldados y caballeros con sus pesadas armaduras. Más de diez pasarelas como poco cayeron ruidosamente a un tiempo, los ingleses las cruzaron y en el acto se inició un enconado combate cuerpo a cuerpo. Jonah no tardó en comprobar que, con sus rígidos trajes de hierro y sin caballo, los caballeros no eran tan peligrosos como parecían. La armadura los volvía torpes, tanto que hasta él, con su limitada destreza en el manejo de la espada, era más rápido. Desarmó tal vez a una docena de hombres y los hizo caer. Después eran inofensivos, ya que no podían ponerse en pie por sí mismos y yacían indefensos cual escarabajos boca arriba. Aliviado, Jonah vio que no era preciso matarlos para que dejaran de ser perniciosos.

Sin embargo, de repente se plantó ante él una esbelta figura con yelmo y cota de malla, y cuando cruzaron la espada, Jonah supo que tenía problemas. El francés blandía su arma como si no pesara nada y sus mandobles llegaban con tan celeridad que el comerciante sólo podía retroceder y esperar lo mejor. Al menos en eso era hábil, gracias a las numerosas luchas que el padre Gilbert le había hecho librar cuando era aprendiz y que habían vuelto veloces sus reacciones y ágil su cuerpo. Con todo, el francés también era rápido y parecía infatigable.

No fue su entendimiento, sino su instinto de supervivencia, lo que salvó a Jonah del golpe mortal. Se dejó caer al suelo, enredó sus pies en los tobillos de su contrincante e hizo perder a éste el equilibrio con un brusco movimiento. En plena caída del francés, dos soldados ingleses se abalanzaron hacia él, lo levantaron con rudeza y lo acercaron a la borda para tirarlo al agua.

Jonah se levantó de un brinco.

—¡Alto!

Los dos ingleses vacilaron, inseguros. Jonah echó una rápida ojeada en derredor y supo que al menos esa parte de la batalla la habían ganado: la galera estaba en sus manos. Y vio con espanto que sus soldados arrastraban a los inermes caballeros franceses por cubierta y los arrojaban por la borda. Los hombres se hundían en el mar profiriendo gritos e iban a parar a las profundidades debido a las pesadas armaduras.

—¡Basta! —ordenó Jonah.

El sargento hizo como si no lo hubiese oído y, con un gesto, indicó a los dos soldados que sujetaban por los brazos al rival de Jonah que continuaran, mas éste se puso en medio.

—He dicho que basta. A bordo de mi barco no se mata a nadie desarmado.

—Pero, señor, son franceses —objetó indignado el sargento.

Jonah lo miró a los ojos.

—Pese a ello, sería un asesinato.

La batalla naval de Sluys duró nueve horas, y mucho antes de mediodía el agua de la ensenada se tiñó de rojo con la sangre francesa. La segunda fila de la flota enemiga opuso mucha menos resistencia que la primera. La dotación de la tercera intentó virar y regresar a tierra, pero allí aguardaban los hombres de Brujas, que acabaron con todo aquel que puso un pie en el muelle. Barco por barco los ingleses terminaron con la superioridad enemiga; el letal aluvión de saetas de los incansables arqueros no tenía fin. Los hombres del *Felipa* fueron de los pocos que hicieron prisioneros. Cuando el sol empezó a declinar, en la rada se habían hundido tantos franceses que después se dio en decir en Brujas que si los peces del mar pudieran hablar habrían aprendido francés.

Cuando el fragor del combate disminuyó y las últimas naves enemigas capitularon, Jonah se apoyó en la baranda del *Felipa*, exhausto, y contempló la larga serie de barcos conquistados. Tres de ellos corrían de su cuenta, y él tan sólo tenía unos rasguños, al igual que su nave.

—¿Quién habría pensado, señor –dijo un meditabundo Hamo a su lado–, que libraríamos una batalla con el *Felipa*?
Jonah volvió la cabeza y miró a su capitán.
—Ya. Y, sobre todo, con semejante éxito.
Al sonreír, dos hileras de dientes amarillos destacaron un instante entre la hirsuta barba castaña de Hamo.
—Se puede decir que sí. Tened la bondad de acompañarme, maese Durham. Me gustaría enseñaros algo.
Presa de la curiosidad, Jonah lo siguió hasta su propio camarote. El capitán cedió amablemente el paso al propietario del barco y después fue hasta una inestable mesita sobre la cual había una bolsa llena hasta reventar.
—Mirad –dijo Hamo al tiempo que hacía un gesto exhortativo–. Encontramos esto a bordo de la galera de ese Justin como se llame, ese arrogante joven francés al que le salvasteis la vida.
Se refería a Justin de Beauchamp, hijo del vizconde de Laon.
Jonah abrió la bolsa y vertió una pequeña parte de su contenido en la mano: eran piedras preciosas. Él no entendía mucho al respecto, pero identificó esmeraldas y rubíes de considerable tamaño. Aquello lo dejó atónito.
—Santo Dios... ¿Por qué llevará un hombre consigo esta fortuna a la guerra?
Hamo se encogió de hombros.
—Lo hacen muchos porque creen que en casa no hay nadie a quien puedan confiar estas cosas. Cogí la bolsa y la puse aquí a buen recaudo, señor, pues es vuestra presa. Vos capturasteis su barco y lo vencisteis.
Jonah devolvió las piedras a la bolsa, dejó ésta en la mesa y dijo:
—Tomad la parte que estiméis oportuna, Hamo.
El resto se lo llevaría al rey, pues era la batalla de Eduardo y también su victoria.

El monarca celebró la noche de San Juan a bordo del *Tomás*. No fueron cuernos de guerra los que resonaron en el puerto, sino brillantes y estentóreos clangores que proclamaban su triunfo.
Con el fulgor de las innumerables luces, la espaciosa cubierta resplandecía como un espejo del despejado cielo azul oscuro de la

noche de verano. Desde la borda Jonah veía las hogueras que habían encendido las gentes de Brujas en tierra.

Una garra cayó sobre su hombro, de manera que unas gotas del vino rojo subido que sostenía en la mano fueron a parar a su sobrecota. Volvió la cabeza frunciendo el ceño.

–Otra vez escondido en las sombras –rió Geoffrey Dermond, cabeceando–. Ven conmigo a la luz para que podamos agasajarte.

Jonah se dejó arrastrar por la fuerza hasta la improvisada mesa que habían dispuesto en cubierta.

El rey Eduardo estaba más ebrio de dicha que de vino. Sus ojos brillaban y su boca no podía parar de sonreír.

–¡Sir Jonah! –exclamó con su sonora voz, y se puso en pie y lo estrechó entre sus brazos, para su gran sorpresa–. Nunca olvidaré lo que habéis hecho hoy por mí. Hombres como vos han hecho posible este milagro.

Jonah se inclinó ante él en silencio, y Eduardo le dio unas palmaditas en el hombro y se rió.

–Ahí lo tenéis: conquista tres galeras y... ¿qué dice él? Nada.

–Debéis entender la conmoción que habrá supuesto para el pobrecillo, sire –terció Gervais de Waringham–. Nunca ha querido ser otra cosa que el más rico de los ricachones londinenses y ahora amenaza con labrarse un porvenir como caballero.

A Jonah le costó unirse a la generalizada hilaridad. Aunque Gervais sólo pretendía bromear, había dado en el clavo. Todos los allí reunidos le resultaban a Jonah más ajenos que nunca. No le afligía la muerte de los franceses ahogados; le eran completamente indiferentes y, al igual que el resto, agradecía la tan retardada victoria. Pero celebrar un banquete sobre la húmeda tumba de tantos enemigos se le antojaba bárbaro. Se sentía cansado tras la angustia sufrida e impresionado por toda la sangre y los incontables muertos y agonizantes que había visto. No había hecho más en Sluys que lo que el rey le había ordenado y, por tanto, su obligación. Con todo, en el futuro preferiría contribuir a esa guerra con el negocio lanero.

Eduardo confirmó sus peores temores cuando dijo:

–Vive Dios, Gervais tiene razón. Siempre sospeché que erais todo un hombre. ¿Qué pensáis, señor?, ¿os gustaría acompañarme la próxima semana para continuar en suelo francés lo que hemos empezado?

Jonah movió la cabeza.

—Iré con vos si es vuestro deseo, sire, pero si me preguntáis si quiero hacerlo; la respuesta sincera es no.

Un breve silencio de asombro se extendió entre los convidados. Ninguno de los presentes era capaz de imaginar que alguien no soñara con cosechar laureles en el campo de batalla, y, por añadidura, nadie acostumbraba a decir no a su rey.

También el semblante de Eduardo reflejó extrañeza un instante antes de replicar:

—En fin, soy consciente de que muchas otras obligaciones reclaman vuestra atención y de que os llaman deberes que asimismo revisten interés nacional, ¿no es cierto?

Jonah albergaba la sospecha de que el soberano se burlaba de él y asintió incomodado. Eduardo pareció olvidarlo un momento, alzó su copa y pronunció un brindis tan malévolo como ingenioso por su «querido primo Felipe de Valois, que se hace llamar rey de Francia sin ton ni son». Jonah se retiró discretamente. Cruzó los brazos en la baranda, contempló las fogatas y se preguntó si la feliz noticia de su victoria habría llegado a oídos de la reina.

Dos días después Eduardo entró en Gante con aire triunfal, rodeado de sus incondicionales y seguido de un considerable ejército inglés: los arqueros y soldados que tripularan los barcos de su flota.

La reina lo aguardaba con impaciencia para felicitarlo por su gran victoria y presentarle a su hijo menor, Juan, que ya tenía tres meses.

Jonah estaba fatigado y cubierto de polvo y, a decir verdad, pretendía escabullirse, si bien la guardia le informó de que la soberana lo esperaba en la mesa principal, de forma que no le quedó más remedio que asearse un poco y acudir a la gran sala de la casa de invitados.

Jonah echó un vistazo al fasto culinario antes de hincar la rodilla delante de la reina, la cual le señaló un sitio libre que quedaba a su lado. La sorpresa de Jonah fue mayúscula.

—Qué gran honor, mi señora.

Ella esbozó su bella sonrisa.

—El que vos merecéis. Según tengo entendido, habéis contribuido a llevar a Inglaterra a la victoria.

La soberana no se mofaba, pero, cohibido, Jonah le restó importancia a la afirmación. No quería saber más del tema.

–Mis parabienes por vuestro hijo –musitó mientras se sentaba.

–Gracias. Creo que será el más peligroso de todos. Nunca antes había visto a un niño tiranizar de tal modo a su ama como nuestro Juan –aseguró con abierto orgullo.

Lucía un vestido exquisito, francamente suntuoso, de terciopelo verde oscuro y tan recamado con hilos de oro que sólo Felipa podía llevarlo sin arriesgarse a ser comparada con el pavo real que había en la mesa. Jonah supuso que era un regalo del rey con motivo del nacimiento del pequeño Juan.

Felipa lo observó ceñuda.

–No estaréis enfermo, ¿verdad? Veo que resultasteis herido en la batalla. Espero que no tengáis fiebre.

Avergonzado, Jonah se miró la manga rasgada y el sucio vendaje de debajo. Lamentó en lo más hondo no haber traído consigo otras ropas.

–No, no, mi señora. Me encuentro bien.

–Entonces, ¿por qué no queréis comer? –inquirió ella.

Él dejó vagar la vista por la rica mesa.

–Hoy... he estado en el campo.

Felipa comprendió.

–Y la pobreza de los tejedores os ha quitado el apetito, ¿es eso?

Él asintió. Todo el que vivía en Londres estaba acostumbrado a ver pobreza, incluso los cadáveres de quienes morían de hambre y frío durante el glacial invierno. Pero la desesperación de los tejedores flamencos, que padecían desde hacía casi cuatro años la falta de lana inglesa, no tenía parangón. Cuando les dio a entender a las gentes que buscaba artesanos que estuviesen dispuestos a emigrar a Inglaterra, todos lo rodearon y asediaron como si fuera un libertador. Aquello le conmovió y desbordó por igual.

–No vi a un solo hombre que no quisiera venirse conmigo –contó en voz baja–. Pero apenas sé cómo elegirlos. En mi barco no caben más de veinte familias, y más tampoco necesitamos en Sevenelms.

–¿Por qué no hacéis varios viajes? –sugirió la reina–. Antes ya habéis llevado a Inglaterra artesanos flamencos para otros comerciantes.

—No sé si puedo, mi señora —admitió—. Es posible que el rey me tenga reservados otros planes.

—¿Qué clase de planes? —preguntó ella perpleja.

—Eduardo, Jonah Durham es mi caballero, y no es justo que dispongas de él sin consultarme —le reprochó Felipa al rey la mañana siguiente, antes de que saliera de cacería con sus caballeros. Dado que, a excepción de Gervais y Juana de Kent, sobrina del rey y pupila de la reina que a la sazón tenía doce años, se encontraban solos, la soberana renunció a toda formalidad y lanzó a su esposo una severa mirada que la corte jamás había visto.

El monarca se encogió de hombros con despreocupación.

—¿Qué hay de malo en que me lo prestes hasta el final de verano? Es un comandante capaz, y necesito a hombres así. No tengo suficientes soldados, Felipa, y espero que no te tomes a mal si te digo que para la próxima campaña prefiero confiar en ingleses que en tu hermano y nuestros demás parientes de aquí.

Ella esbozó una sonrisa reservada.

—No, eso no me lo tomaré a mal, *mon ami*. Pero volvamos a lo que nos ocupa: ten la bondad de prescindir de maese Durham. Lo que necesitas con tanta mayor urgencia que soldados es dinero, y él te lo proporcionará, si le das la oportunidad. Y en tal empeño ni se aprovechará de ti ni te extorsionará como han hecho otros comerciantes. Tú crees que todo hombre sueña con ser un auténtico caballero como tú, ¿no es eso? Pues bien, te equivocas. Él es distinto, y de todos modos ya le has arrebatado más de lo que un rey cristiano debería exigir de uno de sus súbditos, ¿no es cierto?

Lo miró con calma a los desorbitados ojos.

El rey se dio la vuelta hacia Gervais, que asimismo abrió mucho los ojos, se señaló el pecho con un dedo y movió enérgicamente la cabeza.

—No, sire, lo sé por el arzobispo Stratford —explicó la reina con frialdad—. Uno de sus espías de entre los monjes de San Bernardo os vio. Pero en el fondo carece de importancia cómo me he enterado, ¿no? ¿De verdad creíste que podrías ocultármelo? A fe mía que me subestimas. Y no sé qué ofensa me duele más.

El rey Eduardo se mesó la barba y miró turbado al suelo.

–Felipa, no significó nada. Dios me asista, no quería humillarte. Pero has de entender que...

Ella alzó la mano y él enmudeció. Dirigiendo una mirada a Juana, que observaba temerosa ora al uno, ora al otro, la reina dijo:

–Creo que éste no es el momento adecuado. Pero te estaría sumamente agradecida si me dieras tu palabra de que Jonah podrá volver a Inglaterra cuando lo desee.

Eduardo sospechó que ése no sería el único precio que habría de pagar por su infidelidad, y su latente rencor contra el arzobispo Stratford se transformó en una amarga e implacable ira. Amaba a Felipa, y con cada hijo que le regalaba la idolatraba un poco más. Nunca le había sido fiel, mas siempre se había conducido con gran discreción para no herir sus sentimientos. ¿Cómo osaba ese clerizonte contrariar tan consideradas intenciones?

Compungido, le tomó la diestra a la reina, que se dejó hacer de mala gana, y se la llevó con ambas manos a los labios.

–Naturalmente, Felipa. Como gustes.

Cuando, algún tiempo después, Jonah fue a ver a la soberana a ruego de ella, la encontró rodeada de sus damas en sus soleados aposentos, con el benjamín en brazos. Al verla Jonah experimentó una repentina añoranza de Giselle y sus hijos.

La reina se levantó de su sillón junto a la ventana abierta, le tendió el durmiente príncipe a una de las damas y se acercó a la pequeña arca que había junto a la cama. Tras abrir la tapa sacó una bolsa que Jonah le resultó vagamente conocida.

–Tomad. –Felipa agarró el saquito por el cordel y se lo ofreció–. El rey me ha pedido que os dé esto.

–¿Las piedras preciosas de Beauchamp? –preguntó él.

La soberana asintió.

–La mitad. Os corresponde. Al igual que la mitad de las cinco mil libras francesas que el rey recibirá del vizconde de Laon por su hijo.

Jonah se sintió aliviado. Había empezado a dudar en serio que Eduardo fuese a darle su parte. Sopesó la bolsita en la mano con expresión ensimismada. Sólo podía conjeturar cuál sería su valor; mas, sin duda, doscientas o trescientas libras. Y la mitad de cinco mil libras francesas eran quinientas libras. La idea le produjo vértigo. Constató que una guerra era un negocio rentable. Al menos para el vencedor.

–Asumo que de nuevo he de agradecéroslo a vos, mi señora.

Ella lo tomó del brazo, lo llevó hasta la ventana y lo obligó a sentarse en el tapizado banco.

–No, tan sólo a vos mismo –replicó ella–. Fuisteis vos quien luchó en la batalla y venció, no yo.

Jonah miró por la ventana el abandonado patio interior del monasterio.

–Podría... llevar a Inglaterra más tejedores de lo que pensaba –musitó–. Aquí los artesanos están hartos de pasar privaciones y se encuentran más que dispuestos a partir al extranjero si allí no pasan hambre. Elaboraríamos tanto paño flamenco en Inglaterra que podríamos exportarlo.

La reina le devolvió su mirada y afirmó con la cabeza.

–No he olvidado lo que me dijisteis antaño, amigo mío. Seguimos exportando la lana relativamente barata y comprando el paño caro. Ponedle fin. Enriqueced a Inglaterra para que el rey no vuelva a pasar esta penuria económica y se vea obligado a depender de bellacos como vuestro suegro.

–Haré cuanto esté en mi mano, mi señora.

Ella sonrió.

–Y ello no os perjudicará.

«No –pensó él–, sabe Dios que no.» Se le pasaron por la cabeza cientos de ideas. Sevenelms podía ser mucho más que una pequeña aldea de tejedores. Y lo que estaba sucediendo allí podía aplicarse a toda Inglaterra...

–Decidme, Jonah, ¿cómo se encuentra Giselle? –La reina interrumpió sus ambiciosos sueños–. ¿Qué hace mi corderillo?

Él bajó la mirada.

–Se encuentra bien, mi señora. Hemos tenido otro varón; llegó al mundo poco antes que el vuestro.

Su sonrisa se apagó un instante, pues la reina sabía contar. Sin embargo, se dominó en el acto y lo felicitó de corazón.

–Quise traerla conmigo –aseguró él–. Para que os animara un tanto en el exilio.

Felipa se encogió levemente de hombros.

–Sí, es algo que se le da muy bien.

–Pero se negó en redondo. Lo lamento, mi señora. Preparé al menos una docena de excusas, mas me temo que no os habría convencido ninguna. No quiso venir. Yo no entendí por qué, pero fui incapaz de hacerla cambiar de parecer.

Felipa le dio unas palmaditas en la mano y profirió un suspiro.

–Ay, Jonah... Estoy convencida de que tenía sus buenas razones. Decidle que anhelo el día en que volvamos a vernos en Inglaterra. Para ser sincera, amigo mío, desearía partir con vos. Ésta es mi patria, aquí nací. Sin embargo, me alegraría sobremanera poder llevar a mis hijos a casa de una vez por todas. Me hastía tanto esta guerra... Pensé que acabaría más deprisa.

SEVENELMS,
JULIO DE 1340

–Santo Dios –musitó David Pulteney–. Esto es como el éxodo de Egipto.
Observaba atónito a los hombres, mujeres y niños que campaban en la arbolada pradera con todos sus enseres.
–En tal caso, esperemos que hallen aquí la Tierra Prometida –repuso Jonah.
–Son muchos más de lo que había calculado –admitió David con nerviosismo.
Jonah asintió.
–Lo sé. Ejercí de caballero de fortuna en contra de mi voluntad y conseguí un considerable botín de guerra, motivo por el cual hice nuevos cálculos y resolví que nuestros planes tendrían las miras algo más amplias de lo que pensábamos en un principio.
Lo que en realidad había hecho era trasladar a un pueblo entero. Escogió un casar habitado por apenas cincuenta familias de tejedores, tintoreros y bataneros, y anunció que podían ir todas.
Jonah señaló el centro del prado, donde se levantaba una modesta iglesia de madera tan reciente que mostraba una brillante tonalidad mantecosa y el sol fulguraba en la resina.
–Acomoda en la iglesia a tantos como puedas. ¿Cuántas casas hay listas?
–Trece.
–Bien. Envía al bosque a nuestros labriegos y a los flamencos para que corten madera. Continúa construyendo lo más aprisa posible. Lo primero será montar unas tiendas.
–Y esperar que el verano siga seco –añadió un risueño David. Después de superar sus primeros miedos, no veía nada de lo que no

pudiera ocuparse. Levantar casas iba más rápido de lo que habría soñado, sobre todo cuando se contaba con suficiente mano de obra, lo cual era el caso allí. En un principio, los labriegos de Sevenelms se mostraron más que escépticos cuando se enteraron de que maese Durham y maese Pulteney tenían la intención de asentar a un grupo de extranjeros en las proximidades; sin embargo, David supo explicarles que todos ellos se beneficiarían de la riqueza que él esperaba lograr. Por eso se pusieron a trabajar de buena gana, y él supo que las casas adicionales estarían terminadas antes del otoño–. ¿Te quedarás a pasar la noche? –inquirió David esperanzado–. Claro está que puedes llevarte mi caballo, pero dudo que llegues a la ciudad antes de que oscurezca. El jamelgo es dócil, mas lento.

–No. Me quedaré al menos hasta mañana.

A Jonah le asombró y alegró no poco que David no le suplicara permanecer en Sevenelms una semana por lo menos, hasta que todo estuviese medianamente en orden. En poco tiempo Pulteney había ganado confianza en sí mismo. Y con razón, constató Jonah satisfecho cuando dieron una vuelta por el nuevo asentamiento.

–Ciertamente has pensado en todo –observó.

David movió la cabeza y soltó un ay.

–Seguro que no. Al principio no sabía por dónde empezar. Luego eché una ojeada a un puñado de aldeas vecinas y sopesé los pros y los contras de un pueblo que crece espontáneamente. Y después desenvolví mis planes.

–Si todo va según mis deseos, Sevenelms será más que una aldea –informó Jonah–. ¿Por qué no una ciudad? Con derecho a celebrar mercado, para que nuestros labriegos y los de la región puedan vender a los artesanos sus excedentes.

–Habremos de ensanchar el sendero que llega hasta aquí –apuntó, pensativo, el joven Pulteney–. Si hay que traer lana en bruto en mayores cantidades y transportar todo el paño, necesitaremos un camino.

Jonah le lanzó una mirada compasiva y señaló el riachuelo.

–Ése es el Rhye, David. ¿Dónde crees que desemboca?

–¿En el Támesis? –aventuró él.

Jonah asintió.

–Compraré un terreno en la desembocadura y erigiré un almacén. Transportaremos la lana y el paño en chalanas.

–Disculpa una pregunta indiscreta, Jonah, pero quieres levantar y poblar una ciudad y comprar terreno a orillas del Támesis... ¿A cuánto ascendió el botín de guerra? Jonah esbozó una sonrisa misteriosa y no respondió. Había vendido las piedras preciosas en Gante a Jacobo de Artevelde por casi cuatrocientas libras.

–¿Crees que también podría reparar el tejado de la casa? –quiso saber David–. No es por mí –se apresuró a añadir–, pero la lluvia cae en los muebles y, sobre todo, en los libros.

–Eso es insostenible, claro está. Que lo reparen. Y ahora hemos de pensar en cómo alimentaremos a nuestros flamencos.

Jonah dejó en manos de David conseguir sacos de grano y harina, distribuir su contenido, llevar la correspondiente contabilidad y ayudar a la gente a organizar cocinas de campamento provisionales. Desde la ventana de la cercana casa principal observó cómo reaccionaban los flamencos con David: hombres, mujeres y niños depositaron en él su confianza desde el primer momento. No podían evitar sonreír cuando él les hablaba, mientras que siempre mantenían la vista gacha, tímida y medrosa en cuanto Jonah les dirigía la palabra. No era un mal reparto, pensó: estaba bien que tuviesen a alguien a quien poder acudir con sus cuitas y sus preguntas, si bien era igualmente importante que alguien les impusiera respeto.

Cuando David al fin regresó, la tarde ya había caído hacía tiempo, y la joven y silenciosa criada que a todas luces llevaba la casa había encendido las velas mientras Jonah revisaba los libros.

Después de sentarse a la mesa, un criado sirvió truchas asadas en manteca. Estaban deliciosas.

–Hum. Alabado sea Dios por el viernes –afirmó David con un suspiro de satisfacción cuando apartó el plato.

–Has sabido elegir bien al servicio –elogió Jonah.

–Lo trajo Giselle hace unos años, cuando pasó aquí el verano entero, ¿sabes? Son hermanos. Se ocupan de la casa y el ganado, y su madre, que es viuda, cocina. Son buena gente, y el arreglo me resulta muy conveniente.

Jonah se preguntó de pasada cuál sería la relación de David Pulteney con las mujeres, pero, al fin y al cabo, ello no era de su incumbencia. Si la menuda criada calentaba la cama de David, a buen seguro que lo hacía de buen grado, y todo lo demás a Jonah le era indiferente.

–Nuestros nuevos flamencos casi no hablan francés –comentó el oficial con el ceño fruncido–. Posiblemente debiera esforzarme por aprender su lengua.

Jonah lo observó con los ojos entrecerrados.

–Ya veo que estás decidido a que vivan como en el paraíso.

David enrojeció un poco y apretó los labios con desagrado.

–La gente que se siente bien trabaja mejor.

«Probablemente fuese verdad», pensó Jonah, si bien lo que contestó fue:

–Existen diversas formas de persuadir a la gente de que dé lo mejor de sí.

–Creo recordar que me concediste carta blanca.

Jonah apoyó los codos en la mesa.

–Cierto. Tienes carta blanca. Pero no quiero volver a ver unos libros tan descuidados la próxima vez que venga. Quiero entender lo que haces. Y si alguna vez averiguo que me estás engañando, que les regalas a los nuevos arrendatarios aunque sólo sea un lechón sin mi consentimiento, Dios se apiade de ti, porque yo no lo haré.

Partió a mediodía del día siguiente, seguro de que David era dueño de la situación y tenía bien presentes sus instrucciones. La despedida había sido un tanto fría, pero eso era algo que a Jonah no le preocupaba. Se llevó el buen jamelgo de David y a uno de sus mozos, que iba tras él en un mulo y regresaría con el caballo a Sevenelms. El criado acompañó fielmente a Jonah hasta la puerta de casa, pero no quiso pernoctar allí y emprendió en el acto el camino de vuelta.

Los suyos estaban cenando cuando entró en la sala. Giselle se levantó con tanta brusquedad que el pesado sillón se hizo atrás con estrépito, y corrió a su encuentro.

–¡Jonah! ¡Alabado sea Dios!

Él se había jurado mostrarse reservado en el reencuentro, y la miró con una sonrisa en extremo parca; su corazón, por contra, no admitía órdenes y dio un pequeño vuelco jubiloso. También su débil carne traicionó sus intenciones: sus brazos abrazaron espontáneamente el cuerpo de su esposa y la apretaron cuando ella se le arrojó al cuello. No pudo evitar acordarse de la noche previa a su despedida, y se sintió tentado de llevarla en ese mismo momento a la alcoba.

–Desvergonzada –farfulló Elizabeth para sí, aunque lo bastante alto para que todos la oyeran.

Jonah alzó el mentón de Giselle y ambos intercambiaron una sonrisa cómplice. Luego él acompañó a su esposa a la mesa.

–Yo también me alegro de volver a verte, prima –se burló.

Y ocupó su sitio no sin antes despachar a Rupert con un glacial asentimiento de cabeza y posar brevemente su mano en el hombro de Crispin.

Su oficial volvió la cabeza hacia la puerta.

–¡Rachel! ¡Maese Jonah ha vuelto!

La criada apareció en un santiamén y le sirvió al señor de la casa un plato a rebosar y un vaso de cerveza. Meurig la siguió con un pretexto cualquiera para saludar y mirar boquiabierto a Jonah.

–¿Y bien, Meurig? –preguntó él entre bocado y bocado–. ¿Me han crecido cuernos o qué? ¿Por qué me miras así?

El sonriente mozo bajó la vista.

–Quería saber si se os nota, maese.

–¿Qué? –inquirió Jonah, sin comprenderlo.

–Que habéis hundido la flota francesa con vuestras propias manos.

Ahora fue Jonah quien lo miró con fijeza. Después, incomodado, meneó la cabeza.

–Hace ya tiempo que vives en esta ciudad; deberías saber que no se puede uno creer lo que se cuenta en las tabernas.

–Pero el capitán Hamo nos dijo...

Jonah hizo un gesto negativo e impaciente con la mano.

–Habladurías. Haz algo de provecho y espita un barril de vino, Meurig, y déjate de desatinos.

El aludido asintió de buena gana, pero de camino a la puerta musitó para sí:

–Yo sé lo que sé...

–Tu modestia es inaudita, Jonah –rezongó Rupert, mordaz–. Y eso que el gremio entero te celebra como el héroe de Sluys.

«Dios bendito», pensó Jonah espantado, y decidió no dejarse

ver por la casa del gremio hasta que tan ridículo revuelo se hubiese calmado. Para pararle los pies a Rupert, repuso:

—No deseo echaros de la sala, pero he de hablar en confianza con Crispin y mi esposa, de manera que si habéis terminado...

E hizo un gesto exhortativo, casi rudo.

Los Hillock abandonaron la estancia enfadados y en silencio. Por su parte, Crispin y Giselle cambiaron una mirada de preocupación, si bien no dijeron nada.

Después de que Meurig les llevase el vino y se fuera, Jonah se retrepó con relajo, tomó de cuando en cuando una cucharada de guiso y pusieron en común las nuevas. Esa vez tan sólo había estado fuera seis semanas, pero a él le parecía mucho más. A instancias suyas, Giselle le refirió las pequeñas y grandes aventuras de Lucas y Felipe y, acto seguido, Crispin, los ojos brillantes y visiblemente emocionado, relató el solemne acto por el cual había sido admitido en el gremio de pañeros.

—Puede que a ti no te agraden, Jonah, pero sabe Dios que a mí me han ayudado las historias que se cuentan de tus proezas en la batalla naval. De repente hacían cola los miembros con librea que querían responder de mí. Todos estaban empeñados en complacerte.

—Estoy convencido de que pronto pasará —contestó Jonah—. Mas me alegro de que al menos haya servido de algo. Y los próximos días acudiremos a un legista de Temple para que redacte un contrato.

Crispin clavó la vista en él.

—¿De veras quieres hacerlo? ¿Quieres que sea tu consocio?

Jonah no tenía intención de dejar en manos de otro el control de sus negocios, pero sabía que eso era algo que Crispin ni deseaba ni esperaba. Sin embargo, con una participación minoritaria podía contraer un compromiso permanente con ese amigo capaz que era insustituible. Bajo su punto de vista, él mismo era quien más salía ganando con semejante arreglo, si bien se limitó a decir:

—¿Acaso dudas de mi palabra?

—Esto..., no.

—Ajá. Mis más sinceras gracias. —Entonces recordó algo—. Necesitamos un nuevo aprendiz.

—A decir verdad necesitaríamos dos —lo corrigió Crispin.

—Yo escogeré a uno y tú a otro —resolvió Jonah.
—¿Y cómo fue en realidad? —preguntó Giselle tras un breve silencio—. En Sluys, me refiero.

Y Jonah contó por vez primera y última lo vivido. No tuvo reparo en mencionar su horror y su repulsa, y terminó diciendo:

—Espero fervientemente que no tenga que volver a hacer algo así, aunque confieso que parece una vía más sencilla para hacerse rico.

—¿Rico? —inquirieron ambos al unísono.

No sin orgullo Jonah habló de su botín y de la parte que esperaba recibir del rescate de Justin de Beauchamp.

—Se acabaron nuestras preocupaciones —observó Crispin con un incrédulo cabeceo que no tardó en transformarse en una ancha sonrisa de satisfacción.

Jonah asintió vacilante.

—Podemos devolverle a Annot el dinero restante, y también es conveniente que le ofrezca a Giuseppe liquidar mis deudas.

—Los Bardi necesitan cada penique —comentó Giselle—. Beatrice me ha confiado que el banco se encuentra en un serio aprieto.

Jonah se encogió de hombros.

—Eso no es ninguna novedad. Espero que Giuseppe no insista en un reintegro, al menos no de una vez. Necesito..., necesitamos el dinero para Sevenelms. —Y les puso al corriente de lo que pretendía hacer en la propiedad—. Creo que dentro de dos años podremos empezar a exportar paño.

—Santo Dios, ciertamente vamos a enriquecernos —musitó Crispin poco menos que incomodado.

Antes de que pudieran reanudar la conversación entró Marion con los niños. Los ojos de Lucas se iluminaron al ver a su padre. Se zafó de la mano del ama, corrió hacia él y rió dichoso cuando Jonah lo aupó y se puso a darle vueltas. Después tiró de las ropas de su padre, celoso, cuando éste le quitó al ama al pequeño durmiente, de manera que Jonah sólo le dio un leve beso a Felipe en la frente antes de devolvérselo a Marion y dedicarse a su primogénito.

Lo cogió en brazos y lo miró con atención.

—¿Crees que te he traído algo?

Lucas asintió con vehemencia, y Jonah hundió la mano libre en la talega que llevaba al cinto, sacó un pequeño bulto informe envuelto en un lienzo blanco y lo depositó en los regordetes dedos de Lucas.

El niño lo desenvolvió con tanta impaciencia como torpeza y descubrió una pasta amarillenta que mordió sin titubear. Masticó el bocado con los ojos cerrados, lo tragó y dirigió una mirada radiante a su padre antes de dar un nuevo mordisco con ganas.

–¡Mazapán! –exclamó Giselle con envidia.

Jonah echó mano de su bolsa una segunda vez y sacó otra bola de mazapán que ofreció a Giselle.

Su esposa lanzó un suspiro de dicha.

–Y yo que empezaba a temerme lo peor...

Desenvolvió su golosina con avidez, se la ofreció cortésmente a Crispin y Jonah, y se sintió sumamente aliviada cuando éstos la rechazaron. Divertido, su esposo observó de reojo cómo daba buena cuenta de ella más despacio que su hijo, pero con idéntica fruición.

La única vela de la mesa hacía brillar el hilo de plata de las colgaduras e iluminaba débilmente el reguero de ropas quitadas con premura, que iba de la puerta a la cama.

Tumbado de espaldas con los ojos cerrados, Jonah saboreaba la agradable vuelta a la normalidad y analizaba las diversas sensaciones de tan apasionado reencuentro. Cuanto mayor se hacía, tanto más a menudo se sorprendía tratando de conservar en la memoria momentos preciosos. Tesoros como la naturaleza y la calidez de la piel de su esposa, el sonido de su voz, el reflejo de la tenue luz en sus cabellos.

Giselle estaba apoyada en un codo, contemplándolo; alzó la mano con timidez y pasó un dedo por la cicatriz del brazo derecho de Jonah. El tajo había sanado bien, pero aún resultaba claramente visible.

–¿No vas a contarme cómo sucedió? –preguntó ella en voz baja.

–No –refunfuñó él, y apartó el brazo de un tirón, incomodado.

–¿Por qué no? –inquirió Giselle con perplejidad.

«Porque me resulta embarazoso», pensó, si bien dijo:

–Permite que albergue mis secretillos. Al fin y al cabo también tú tienes los tuyos.

El familiar miedo la atenazó, mas no dejó que se le notara cuando preguntó en voz queda:

–¿Es preciso que empecemos con eso de nuevo?
–No. Soy el último al que le interesa reanudar una discusión de todo punto infructuosa.

Y era cierto. ¿Qué sentido tenía hablar una y otra vez de lo mismo? Claro está que Jonah se enojaba cuando ella no satisfacía sus deseos, y su cabezonería a menudo lo exasperaba. Pero en la solitaria e interminable noche que precedió a la batalla había llegado a la conclusión de que aquello carecía de verdadera importancia. Él no quería una mujer como la «dulce Mary» de Elia ni ninguna de las obedientes cabezas huecas con las que preferían casarse los gremiales. Tampoco quería una criatura aterrada que cediera en el acto cuando él arrugara la frente. Deseaba una mujer inteligente que no lo aburriera, con la que pudiese charlar y reír y pelearse. En suma, quería a su Giselle tal y como era. A lo sumo, una chispa más dócil...

–¿De qué te ríes, Jonah Durham? –quiso saber ella, recelosa.
–De mí. –Y abrió los ojos, agarró por el brazo a su esposa y tiró de ella hacia abajo.

Cuando ésta lo miró a los ojos, se le quitó un peso de encima, mas, así y todo, se resistió a los claros propósitos de su esposo y posó en su pecho las manos.

–No, aguarda. Tengo algo para ti que quiero enseñarte esta noche sin falta.

Él dejó caer las manos y se incorporó.

Giselle se levantó de la alta cama y fue hasta el arca de las ropas en cueros vivos y con tanta impudicia como Eva antes de cometer el pecado original. Y, al igual que Eva, con la cabellera a modo de vestido de fiesta. Él podría haberse pasado horas mirándola. Cuando abrió el arca y se inclinó sobre ella, Jonah tuvo que apartar la vista para no enloquecer.

–Toma.

Él levantó la cabeza.

–¿Qué es eso?

Giselle le entregó un montón de rollos arrugados con el borde desigual que tenían toda la pinta de haber sufrido toda suerte de peripecias. Él los miró sin comprender nada mientras ella se dirigía a la mesa para coger la vela, que depositó en la cama entre ambos.

–«*El festín de Belcebú*» –leyó él, y alzó la vista sin dar crédito–.

Resulta conmovedor que te preocupe mi salvación, pero casi es medianoche, Giselle, y la literatura edificante no es precisamente...

–¡Lee! –lo interrumpió ella con impaciencia.

Jonah le echó un vistazo sin ganas al primer párrafo. La letra era pulcra y, al parecer, obra de una mano experta; la tinta, por contra, había sido aguada y mezclada con escasa competencia. «Esta obra habla del ALMA de un hombre rico, que es invitada a un banquete por SATANÁS, en el cual también participan la AVARICIA, la USURA y la CODICIA, y será representada ante todas las iglesias a las que acuda un gran número de comerciantes, pues la salvación de éstos corre peligro y la obra los ayudará a reflexionar y los incitará a enmendarse», ponía. Jonah siguió leyendo, ceñudo, y no tardó en darse cuenta de que se trataba del texto de una representación teatral en extremo singular, como nunca antes había visto. Al igual que las imágenes que se veían en los muros de numerosas iglesias, también allí se hallaban personificados los vicios y las virtudes. La avaricia y la usura eran dos hermanas echadas a perder que comían y bebían en exceso y elogiaban todos los pecados imaginables. La codicia era una vieja bruja licenciosa. La caridad y la esperanza eran dos hermanas encantadoras que se colaban en el banquete para salvar al alma después de que la fe, una valerosa y noble dama, les abriese paso en la fiesta de Satanás, custodiada por miles de pecados.

Al poco Jonah se vio inmerso en la historia, y continuó leyendo como un poseso. Pasaba las hojas con los dedos húmedos, torpemente debido a la prisa. Y es que hasta el final no se decidía si el necio se abandonaba a las tentaciones de los vicios o entraba en razón y daba media vuelta. En un final arrebatador, la fe, el amor y la esperanza libraban un heroico combate con espadas contra sus adversarios para lograr sacar victoriosos a la purificada y salvada alma.

Cuando finalmente hubo devorado la última página, alzó la vista.

–¿Qué... qué es esto?

Giselle disfrutó en secreto al ver sus desorbitados ojos, si bien respondió como si tal cosa:

–Una obra dramática.

–¿No me digas? –Cogió algunas de las gastadas hojas y se las puso delante de las narices–. Me refiero a de quién es, dónde se va a representar, cuándo.

–Es de un sacerdote de Clerkenwell, del padre Samuel Ashe. Vivió unos años en Francia, y allí es donde vio esta clase de obras. Pero, en su opinión, ahora Francia es nuestro enemigo, y su lengua, veneno para los oídos de muchos ingleses, razón por la cual ha llegado la hora de escribir tales obras en inglés.

Jonah la escuchaba absorto, con los labios entreabiertos, y Giselle vio en sus ojos la nostalgia y la temerosa esperanza que con tanta obstinación intentaba reprimir. Nunca había visto a su esposo así. Se ahorró las demás explicaciones y le tomó una mano, sonriente.

–El padre Samuel te vio en su día en las representaciones navideñas del gremio, y dijo que si te decides a actuar en su obra, se pasará una semana de rodillas para dar gracias a Dios. Le da igual el papel, puedes escogerlo tú mismo.

Preso de un impulso, Jonah estrechó entre sus brazos a su esposa, enterró el rostro en su cuello y la apretó contra sí hasta que ella, riendo y un tanto sin aliento, exclamó:

–¡Ay, Jonah! ¿Es que quieres romperme los huesos?

Arrepentido, aflojó la presión, mas sólo un poco. Después se dejó caer en las almohadas con ella.

Giselle entrelazó las manos en su cuello.

–¿Y bien? ¿Qué papel vas a hacer?

–Adivina.

Ella pegó un respingo, asustada, y se mordió el labio inferior.

–Ah, no. No me digas que quieres hacer de Satanás...

Y, esbozando una sonrisa verdaderamente diabólica, Jonah rodó sobre ella.

Los ensayos comenzaron la segunda semana de agosto. El padre Samuel Ashe le cayó bien a Jonah desde el principio. Era un hombre menudo, de cabellos oscuros y ojos color avellana con expresión siempre de asombro, que frisaba en la treintena.

–Es maravillosa –anunció Jonah con inusitado entusiasmo–. Nunca he leído nada tan elocuente e ingenioso.

Samuel se sonrojó un poco y, cohibido, bajó la mirada.

–Gracias. Estoy convencido de que el obispo no opinará lo mismo. Pero que sea lo que tenga que ser. No puede prohibir la representación: he puesto especial cuidado en que el contenido no dé motivo a ello.

Se hallaban sentados en la escalera de la pequeña iglesia, a la sombra, bebiendo un vaso de cerveza demasiado caliente y esperando a que llegaran los demás actores: artesanos y comerciantes que Samuel había descubierto en las obras de los gremios y cofradías y un puñado de juglares profesionales.

–¿Y de verdad estáis seguro de querer hacer de Satanás? Hay mucho texto, supondrá trabajar duro, y muchos se lo tomarán a mal.

Jonah se encogió de hombros despacio y asintió.

–Estoy seguro.

Samuel escrutó detenidamente su rostro, y el comerciante preguntó:

–¿Teméis que simpatice con el maligno, padre?

El sacerdote resolló divertido.

–No. Pero en Londres hay quien lo cree.

–Será un gran placer para mí avivar su desconfianza.

Poco después del ángelus aparecieron los otros actores y se pusieron manos a la obra. Los juglares –dos hombres y tres mujeres de Mile End– no sabían leer, razón por la cual en un principio todo fue laborioso; sin embargo, poseían una memoria prodigiosa y la mayoría de las veces retenían el texto después de que Samuel lo leyera una única vez. Un viejo sastre de tez sonrosada y vientre de tonelete representaba al alma en peligro del comerciante. Cuando le llegó el turno a Jonah –Satanás daba la bienvenida a sus invitados al festín y les prometía toda suerte de placeres prohibidos–, Samuel y los demás actores comprobaron sorprendidos que el distinguido comerciante dominaba su texto. Y no sólo eso: el hombre que hasta entonces se había mostrado tan frío e inaccesible y apenas había abierto la boca, de pronto se transformó en un tentador poderoso y amenazante, el Príncipe de las Tinieblas, el Maligno en persona.

Cuando finalizó el largo monólogo, Jonah sintió como si despertara de un estado de arrobamiento y durante un instante fue incapaz de recordar una sola palabra de las que había pronunciado. Se notaba ligero como una pluma, poco menos que mareado, y en completa armonía con el mundo y sus elementos. Y se preguntó cómo había podido vivir tantos años sin esa sensación.

Poco a poco fue consciente de que los demás lo miraban con incredulidad.

El portavoz de los juglares se frotó el mal rasurado mentón con aire pensativo.

—Vendrán a vernos en masa. Ganaremos una fortuna. Las gentes no reparan en gastos cuando se les ponen los pelos de punta.

Escandalizado, Jonah se volvió al padre Samuel.

—¿Pretendéis pedir dinero a los espectadores?

El sacerdote se encogió de hombros.

—Vos vivís del comercio de paños, Jonah; los juglares, del público. Por eso, después de la representación, Eldred pasará el sombrero para él y los suyos.

Jonah comprendió la necesidad de hacerlo, aun cuando la idea no fuese de su gusto.

—¿Y dónde vamos a actuar? —inquirió el sastre.

—Delante de todas las iglesias de Londres de donde no nos echen. El sábado, después de vísperas, cuando la gente se olvida del trabajo de la semana y acude a la iglesia —explicó Samuel—. Así es como se hace en París.

La primera representación de *El festín de Belcebú* se celebró el segundo sábado de septiembre ante San Juan Evangelista, y la concurrencia quedó en extremo satisfecha. Sin embargo, una semana después ya había el doble de espectadores. Y todos iban a ver a Satanás para reír su astucia y sus descarados juegos de palabras, mas, sobre todo, para sentir temor. También en las obras de los gremios y las cofradías que se representaban por Navidad y el Corpus se vivían y veían cosas horripilantes, pero todo el mundo estuvo de acuerdo en que nadie había mostrado el terror con tanta excelencia como el joven maese Durham en aquella obra nueva y escandalosa.

Cuando Jonah volvió a casa, le pasó el brazo por el talle a su esposa y la sentó en el regazo.

—Has satisfecho mi mayor deseo.

Y apenas dio crédito a sus oídos cuando averiguó que ella se había pasado meses indagando y buscando. Preguntó a todo juglar que vio por la calle, visitó a todos los sacerdotes de los que supo que tenían que ver con alguna obra piadosa. Finalmente, un joven capellán de la administración diocesana la puso sobre la pista del padre Samuel.

Giselle miró a su esposo a los ojos con una tenue sonrisa. Sabía exactamente lo que había hecho por él, y el resultado no fue sólo que él le perdonó todo cuanto había sucedido, sino algo más: el equilibrio de fuerzas de su matrimonio se desplazó de manera casi imperceptible a su favor, y por más que ella analizó sus sentimientos, fue incapaz de decidir cuáles habían sido los verdaderos motivos para emprender esa búsqueda insistente que duró meses.

—No todos los días tiene uno la oportunidad de satisfacer el mayor deseo de alguien —respondió ella.

—Y menos el de una naturaleza tan cuestionable como la mía —contestó Jonah.

Giselle suspiró y se encogió de hombros.

—Nada en este mundo es perfecto.

—¿Qué ocurre de nuevo en el continente? —preguntó alegremente Crispin cuando, poco después, se sentaron a la mesa.

—Nada bueno. El rey Eduardo sitió Tournai, mas en vano. Y Felipe no acudió a levantar el sitio. La misma historia del año pasado: el monarca de Francia no presenta batalla. Lo cierto es que está en las últimas; después de la batalla de Sluys y de la destrucción de su flota, perdió la confianza de la nobleza, pero el rey Eduardo carece de los medios necesarios para aprovechar el momento y marchar hacia París. Corre el rumor de que podría firmarse un armisticio —informó Jonah.

Crispin exhaló un suspiro.

—Pobres niños. Qué horrible ha de ser para esas criaturas: ellos ahí, en la Torre, y sus padres en el continente... varados.

—De todos modos, el próximo mes iré a Flandes en busca de nuevos tejedores para Sevenelms —anunció Jonah—. Antes de que lleguen las tormentas de otoño. Me detendré en Gante y me enteraré de cómo están las cosas.

Antes de que nadie pudiera decir nada, Meurig entró en la sala a la chita callando, algo poco común en él.

–Maese Jonah, tenéis visita.
El aludido levantó la cabeza.
–¿De quién se trata?
–No ha querido dar su nombre, ni tampoco subir.
Jonah cambió una mirada de asombro con su esposa, se puso en pie y bajó la escalera en pos de Meurig. El mozo salió al patio, en la siniestra una luz. Había caído la noche y el cielo estaba algo nublado. La oscuridad era absoluta.
Meurig se detuvo cerca de la puerta, y una figura vestida de oscuro se despegó del muro.
–Maese Durham.
Jonah lo reconoció por la voz. Tardó un instante en vencer su sorpresa; después preguntó:
–¿Voy a necesitar el caballo?
–No lo sé..., probablemente sí.
–Ve a ensillar, Meurig. Y llévate la luz.
–Sí, maese.
Tras lanzar una mirada suspicaz al misterioso visitante que ocultaba su rostro con la capucha, el criado dio media vuelta.
Jonah esperó a oír la puerta de la cuadra antes de decir en voz baja:
–De modo que habéis venido a reclamar el favor que os debo, maese Willcox.
Francis Willcox, al que llamaban el Zorro, había perdido temporalmente su jactanciosa audacia. Asintió sin decir palabra. A Jonah le costó trabajo reconocerlo, mas con cada parpadeo sus ojos se iban acostumbrando a la oscuridad.
–He de hacer desaparecer a un hombre. En el acto –farfulló Willcox.
Asombrado, Jonah enarcó las cejas. Jamás habría creído que el rey de los ladrones necesitase ayuda a ese respecto, y esperó encarecidamente que Willcox no le pidiera ser su cómplice en algún horrible crimen. Pese a todo, Jonah no dijo nada en un principio, sino que, a un gesto suyo, siguió a su visitante hasta la puerta, donde había una pequeña carretilla con un único saco de lana. Willcox lo desató, hurgó con ambas manos en la lana, encontró lo que buscaba y, para sorpresa de Jonah, sacó a un muchacho flaco que se sostenía el brazo izquierdo gimoteando.

—Deja de lloriquear —le ordenó Willcox, y el lagrimeo cesó al punto.

—Tened la bondad de explicaros —pidió Jonah.

—Ha de salir de Londres cuanto antes. Ahora mismo —aclaró el Zorro con tono apremiante—. Y desaparecer. Pero mi influencia apenas traspasa las puertas de la ciudad. Tenéis que esconderlo en alguna parte.

—Conforme. Pero quiero saber quién es y qué ha hecho.

—Me llamo Harry Willcox, señor —dijo el chico con timidez.

—Es mi hijo —añadió Francis innecesariamente—. Y no ha hecho nada. No es el sheriff el que va tras él, a ése lo despacharía yo mismo.

—¿Quién, pues? —inquirió Jonah, sin comprender nada.

—William de la Pole.

Asombrado, Jonah calló y se paró a pensar.

—¿De la Pole está en Londres? —preguntó al cabo.

Willcox asintió.

—Desde hace dos o tres días. Al parecer ha regresado de tapadillo porque quiere evitar al tesorero, con el que tiene una cuenta pendiente. —Hizo una breve pausa y después resopló ruidosamente—. Sé que es vuestro suegro, Durham, pero...

Jonah hizo un gesto de rechazo con la mano.

—Nadie lo lamenta más que yo. Nos hemos enemistado. Perded cuidado, maese Willcox, pondré a vuestro hijo a buen recaudo.

Meurig apareció en la puerta con *Grigolet*. Los cascos resonaban sordos y quedos en el patio de tierra. Francis *el Zorro* se replegó discretamente en las sombras cuando el criado se acercó con la luz, y Meurig vio tan sólo al adolescente. Entonces Jonah reparó en que el brazo del muchacho sangraba copiosamente.

—Llévate al caballo, Meurig. Pero antes ve a casa y trae algo para vendar el brazo. Procura que nadie te vea ni salga. A mi esposa y a Crispin diles que he tenido que salir de repente y que regresaré mañana por la tarde. Y mañana por la mañana ve a ver a maese Stephens y dile que he tomado prestada su barca.

Meurig afirmó varias veces con la cabeza. Cuando Jonah guardó silencio, él se volvió, ató a *Grigolet* a la argolla más próxima de la pared del despacho y corrió a la casa.

—¿Adónde vais a llevarlo? —se interesó Willcox.

—A mi propiedad de Kent. Está llena de extranjeros, a nadie le llamará la atención. Puede quedarse el tiempo que os plazca. Avisad a Annot cuando queráis que vuelva en su busca.

Willcox respiró hondo, aliviado.

—Os lo agradezco, señor.

Le tendió la mano y Jonah se la estrechó.

A continuación el rey de los ladrones abrazó a su hijo, se despidió en voz baja y desapareció en la noche sin hacer ruido, como una sombra.

Cuando hubieron dejado la ciudad tras de sí, Jonah aflojó el saco de lana y liberó al herido de su inusitado escondite, con más cuidado del que puso su padre.

Harry Willcox jadeó y tosió. Jonah podía concebir el miedo a asfixiarse que habría sufrido su joven huésped. Sin embargo, Harry no se quejó. Dejó que Jonah lo acomodara en la popa y él se dejó caer, agradecido, mientras aspiraba profundamente el tibio y claro aire nocturno.

El comerciante tomó de nuevo los remos.

—Muchas gracias, maese Durham —dijo el muchacho al cabo—. Creo que os debo la vida.

—¿Quieres contarme lo sucedido? —inquirió Jonah.

Harry se pasó la mano derecha por el cabello. A Jonah le habría gustado saber si éste era tan rojo como el de su padre.

—¿De la Pole es vuestro suegro? —inquirió el chico con nerviosismo.

—Por eso me agradan especialmente las historias espeluznantes que se cuentan de él.

Harry sonrió perplejo.

—Yo... yo trabajaba para él, la mayor parte de las veces en el almacén. Pero, como sé leer y escribir, a veces me dictaba alguna carta cuando no había nadie más a mano. Su oficial me había enseñado alguna que otra cosa de teneduría de libros y en ocasiones también ayudaba a ese respecto.

—¿Sabe De la Pole quién es tu padre? —lo interrumpió Jonah.

—No, señor. Nadie me preguntó nunca. Hay tanta gente trabajando para William de la Pole, siempre yendo y viniendo. A nadie le interesan los nombres. Y yo me sentía agradecido por tener un trabajo honrado o lo que yo consideraba como tal. Hace unas semanas cargamos con lana uno de sus barcos. Era una lana buena, pero estaba mojada, lo cual me sorprendió, pues De la Pole jamás arrienda almacenes húmedos. –Se frotó el mentón–. Pensé que no estaría de más averiguar la procedencia de la lana. Temí que uno de sus agentes engañase a De la Pole y estuviese siendo desleal. –Rió sin humor–. ¡Santo Dios, qué necio fui!

–Hombres más experimentados que tú se han dejado embaucar por la decente fachada de De la Pole –comentó Jonah.

–Todos los sacos de lana de De la Pole llevan un número o una marca con los que se registran para saber de dónde viene la lana y a qué puerto de destino va –continuó el joven Willcox. Jonah asintió: él también lo hacía, ésa era una de las numerosas cosas útiles que había aprendido de su suegro–. Así que memoricé algunos registros y fisgué en los libros hasta dar con ellos. Supuestamente la lana había sido enviada a Amberes el pasado verano a bordo del *San Osvaldo*.

Jonah aguzó el oído: lo recordaba.

–El *San Osvaldo* debía llevarle al rey quinientos sacos de lana. La lana era propiedad de la Corona, De la Pole sólo se encargaba del transporte. Sin embargo, el barco fue apresado por los franceses y dado por perdido.

–Eso se dijo, señor. Pero, según mis averiguaciones, en realidad el *San Osvaldo* naufragó ante las costas de Guernsey. Cuando los hombres de De la Pole se enteraron, mandaron un equipo de rescate. La nave se hundió, pero ellos salvaron la lana.

–Y De la Pole se la quedó y fingió que se había perdido para después llevársela al rey en calidad de oneroso préstamo –concluyó Jonah asqueado.

Harry Willcox asintió con tristeza.

–Y como pensé que su agente estaba detrás, fui a verlo y le conté lo que había descubierto.

–Ciertamente, puedes alegrarte de seguir con vida, muchacho.

–Una feliz coincidencia. Él fingió estar indignado y juró desenmascarar al malhechor. Me prometió una recompensa y un trabajo como es debido en su despacho. Sólo caí al ver a sus dos matones acechándome cuando volvía a casa. Uno de ellos es muy hábil con el cuchillo.

Jonah afirmó con la cabeza.

—Lo sé —musitó con aspereza.
—Me hirió en el brazo. Supe... supe en el acto que querían matarme. Quien crece siendo hijo de mi padre conoce esa mirada. Me arrojé al suelo y, cuando los sentí sobre mí, hice caer al del cuchillo y salí corriendo.
—¿Cuántos años tienes? —preguntó Jonah tras un largo silencio.
—Quince, señor.
El comerciante asintió con aire meditabundo. A la luz de la media luna Harry no lo veía bien ni podía interpretar su expresión. El silencio incrementó su nerviosismo, y aclaró espontáneamente:
—Soy una gran decepción para mi padre, ¿sabéis? Ni siquiera estaba seguro de si me ayudaría.
Jonah experimentó el extraño impulso de cuidar del muchacho, y eso que ejercer de samaritano no era propio de su naturaleza. Sin embargo, después de David Pulteney, Harry Willcox ya era el segundo protegido suyo que vivía en discordia con su padre, y a Jonah se le ocurrió que tal vez sintiera compasión por esos mozalbetes porque sabía perfectamente lo que significaba ser la oveja negra de la familia.
—¿Tienes hermanos? —quiso saber Jonah.
Harry asintió.
—Somos siete, yo soy el mediano.
—¿Y el único que no quería ser ladrón?
El chico percibió la risa contenida en la voz de Jonah y, agotado, cerró los ojos.
—No es... tan gracioso como parece, señor.
—Apuesto a que no, pero tu padre es un hombre de honor. Puede que esté más orgulloso de ti de lo que tú crees.
Harry soltó un bufido.
—De ser así, Dios sabe que ha logrado ocultarlo. De renacuajo siempre estaba escapando de su maldita escuela de cacos para ir a ver a un cura que me enseñaba a leer. Mi padre iba a buscarme y me molía a palos. Es un canalla, señor, que roba, engaña y a veces incluso mata a los demás. Puede mostrarse muy cruel, de lo contrario no hubiera llegado a donde lo ha hecho. Pese a todo, se me hace insoportable la idea de que algún día lo ahorquen, pues, sea lo que sea, al fin y al cabo es mi padre. A menudo desearía ser hijo de otro, maese Durham.

–No es preciso que un hombre sea un ladrón para ser un canalla, Harry.
El joven Willcox asintió alicaído.
–Eso es lo que he aprendido hoy, señor.

Era más de medianoche cuando llegaron a la desembocadura del Rhye, y Jonah se sentía exhausto.
Por suerte, no faltaba mucho. Amarró la barca a la orilla, cerca del nuevo batán, y llevó a su invitado a la casa. Reinaban la calma y la oscuridad. Los perros guardianes reconocieron a Jonah y lo dejaron entrar sin ladrar. De esa manera fue él quien se encargó de despertar a David, y no se sorprendió mucho al encontrar a su oficial en la cama con su callada y guapa criada.
La situación produjo un enorme embarazo al muchacho, pero Jonah se encontraba demasiado cansado para dar con un comentario mordaz.
–David, éste es Harry Willcox, tu huésped durante algún tiempo. Harry, éste es David Pulteney, mi administrador.
Acto seguido, para horror de la muchacha, se dejó caer en la cama al lado de ésta con zapatos y todo y se quedó dormido en el acto.

Los trinos de los pájaros despertaron a Jonah al alba. Se sentía a las mil maravillas. Tras estirarse con fruición en la ancha cama –que a esas alturas tenía para él solo–, escuchó el animado gorjeo y respiró los dulces aromas de las postrimerías del verano que se colaban por el ventanuco. ¿Por qué no pasaba más tiempo en Sevenelms con Giselle y los niños en verano? Con esa pregunta tantas veces planteada volvió a dormirse, y la siguiente vez lo que lo despertó fue el olor a huevos fritos con tocino. Un hambre canina lo hizo levantarse, y poco después se encontraba en la pequeña sala desayunando.
David le deseó cortésmente los buenos días, y la criada le puso delante un plato a rebosar sin mirarlo.
Después de que la muchacha se hubiese ido, Jonah dijo con una sonrisa atípicamente insegura:
–Lo siento, David. No sé muy bien qué me pasó...

El joven le restó importancia al hecho.

—¿Dónde está el chico? —preguntó Jonah al tiempo que echaba un vistazo a su alrededor.

—Viendo el asentamiento.

—Hum.

Jonah centró toda su atención en el desayuno, y David lo dejó en paz hasta que los platos estuvieron vacíos. Después inquirió:

—¿Quién es, Jonah?

Éste le puso al corriente de la identidad de Harry y sus dificultades.

—Ten la bondad de cuidar de él durante un tiempo. Enséñale algo. Mira a ver si puede sernos de alguna utilidad.

David lo miró con fijeza, sin dar crédito.

—¿El hijo de Francis *el Zorro*? Lo dudo mucho, Jonah.

—Nadie puede escoger a su padre. Creía que lo sabías.

El joven se puso tieso como una vela.

—Te estaría muy agradecido si te abstuvieras de hacer comparaciones entre su padre y el mío.

Jonah dibujó una mueca y miró a los ojos a su administrador hasta que también él sonrió.

—Está bien —accedió conciliador—. Cuidaré de él y veré para qué sirve.

—Bien. Y di a tu criada que no tengo intención de denunciarla al tribunal eclesiástico.

David esbozó una sonrisilla y miró en dirección a la puerta.

—Se llama Gail, y queremos casarnos.

Jonah clavó la vista en él con incredulidad.

—¿Te quieres casar con una labriega de Kent? A tu padre le va a entusiasmar.

—A buen seguro. Pero, por suerte, eso ya no me preocupa mientras contemos con tus bendiciones.

Jonah hizo un ademán exhortativo.

David no creía en serio que su jefe fuera a ponerle trabas, mas así y todo se sintió aliviado.

—¿Por qué no te quedas unos días? Disculpa mi franqueza, pero no tienes buen aspecto. Un poco de calma y aire del campo te sentará bien. Y hay muchas cosas que quiero enseñarte.

Jonah meneó la cabeza con profundo pesar.

—Imposible. Quiero ir a Flandes la próxima semana y antes debo ocuparme de un millar de cosas. Pero cuando traiga a los nuevos flamencos tal vez me quede una semana.

David suspiró con resignación.

—Bueno, si has de irte, has de irte. Pero quédate al menos hasta esta tarde. Algunas de las gentes que trajiste son auténticos artistas; tienes que ver su trabajo sin falta. Quizá veas algo que quieras llevarle a la reina.

Al final Jonah no llegó a casa hasta alrededor de medianoche. Preso de la curiosidad, acompañó a David hasta los talleres de los tejedores y tintoreros flamencos, y comprobó que su oficial no había exagerado. En Sevenelms se producían los paños más exquisitos, perfectamente capaces de competir con lo que se elaboraba en el continente. En la recién nacida aldea se construía laboriosamente por doquier. Los pobres diablos que Jonah trajera dos meses atrás estaban irreconocibles. La gente parecía satisfecha y esperanzada.

David le había dicho que de los Países Bajos debía traer, sobre todo, más bataneros, ya que, según le habían enseñado los flamencos, los paños más finos todavía se abatanaban a mano. Jonah meditaba la cuestión de cómo se las arreglaría para reunir un cargamento entero de bataneros de primera cuando abrió el portón de su casa de Londres y entró en el patio. Más adelante recordaría ese modesto e inofensivo razonamiento y se asombraría de cuán rápidamente podía transformarse una noche cualquiera de finales de verano en una pesadilla.

Lo olió antes de ver nada. El patio se hallaba sumido en una profunda oscuridad bajo el brumoso cielo nocturno, y en las casas de los arrendatarios hacía tiempo que se habían apagado las luces. Jonah permaneció inmóvil en la puerta, la cabeza un tanto ladeada, las aletas nasales alerta. Tal vez no fuera nada. Podía provenir de cualquier parte: un fuego de leña latente en el patio vecino, un hogar mal cubierto enfrente. Mas el miedo paralizador que subió por sus piernas para asentarse en su vientre como una piedra caliente decía otra cosa. Lo siguiente que vio fue el débil titilar en una de las ventanas de la planta superior. Un sonido ahogado, inarticulado salió de su oprimida garganta, y Jonah dio un traspié hacia delante como si alguien le hubiese propinado un fuerte golpe entre los hombros. Abrió la puerta de la pequeña cabaña contigua a la puerta de un empellón.

–¡Meurig, la casa se quema!

No aguardó a oír la respuesta.

El camino hasta la puerta se le antojó al menos el doble de largo que de costumbre; era como si de sus pies colgaran sendos plomos. Cuando finalmente llegó a ella y la abrió, un aterrador bufido lo estremeció. *Ginger* y dos de sus rojos retoños atigrados pasaron ante él como flechas y casi lo hicieron caer. A continuación notó la mano de Meurig en el brazo.

–Tomad, maese. Tapaos con esto la boca y la nariz.

Le entregó un trapo mojado y él se puso otro ante el rostro.

Un acre olor a humo los abofeteó, pero curiosamente no se veía humareda alguna.

–Es arriba –dijo Jonah con voz inexpresiva.

Tras de sí, en el patio, oyó vagamente un aporreo atronador y la voz de Rachel:

–¡Maese flamenco, despertad, la casa está en llamas! ¡Maese Ypres, maese Bertini! ¡Venid, deprisa!

Jonah alcanzó la escalera y subió a toda prisa los escalones de tres en tres. En efecto, la parte de arriba estaba llena de humo, y de la sala brotaba una densa humareda. La paja del suelo ardía. La negrura tornaba la oscuridad impenetrable como la tinta, mas así y todo encontraron el camino. Jonah oyó a Meurig llamar a la puerta de los Hillock y después abrir de un empujón.

–Maese Rupert, señora Elizabeth, despertad...

Jonah intentó abrir la puerta de su propia alcoba, pero el cerrojo estaba echado, de manera que se puso a aporrearla.

–¡Giselle! ¡Despierta, la maldita casa está en llamas!

Percibió claridad a sus espaldas: algo seco y fácilmente inflamable había prendido; la mesa o el raído tapizado de las sillas. Sólo entonces vio cuán ahumada se encontraba la casa.

Tal vez su esposa se hubiese desmayado hacía tiempo. Jonah dio un paso atrás, cogió impulso y reventó la puerta de una certera patada. Un dolor punzante le subió hasta las caderas, mas él apenas lo sintió.

Giselle se hallaba sumida en un sueño forzado. Cuando él la movió por el hombro, ella tosió con sofoco, si bien no se despertó. Jonah la cogió en brazos y la llevó a la escalera, donde chocó con un resollante Rupert. El gigantón extendió los brazos sin decir palabra, mas ni siquiera en ese instante fue capaz Jonah de entregarle algo tan valioso.

—¿Dónde está Elizabeth? —preguntó entre toses, y dejó a Giselle en brazos de Meurig, que apareció pegado a Rupert.

—El paño, maese —advirtió el galés.

Jonah se tapó de nuevo la boca y la nariz con el trapo mojado y los obligó a bajar antes de dirigirse él mismo hacia la estrecha escalera que conducía a la buhardilla.

Con cada peldaño la humareda espesaba, y la garganta le dolía al respirar. Los tablones del estrecho rellano de arriba y el puntal de madera que sostenía el techo estaban en llamas. Jonah abrió la primera puerta, entró a trompicones y cayó de rodillas ante la cama de Crispin.

Tiró del brazo de su amigo con tal fuerza que lo sacó del angosto lecho, pero ni siquiera eso lo arrancó de su desvanecimiento. Jonah lo cogió por las axilas y lo llevó a rastras hasta la puerta. Oyó un sollozo jadeante y creyó vagamente que era su propia voz.

—Mis hijos —balbució con voz bronca—. Crispin, despierta... Mis hijos...

Meurig apareció de nuevo a su lado, tomó el pesado cuerpo desvanecido y señaló con el mentón la alcoba contigua.

Jonah se dirigió a la última puerta dando tumbos y la abrió. En el cuarto de los niños había menos humo que en el de Crispin al no hallarse justo encima de la incendiada sala, y por un momento pudo ver con claridad: Lucas había sacado a su hermano de la cuna y lo sostenía con torpeza, los bracitos rodeando el pecho del pequeño. Se había escondido con su pesada carga en la cabecera de la cama de Marion, donde estaba acurrucado muerto de miedo. El ama dormía de igual modo que Crispin y Giselle. Jonah se preguntó un instante cómo podía ser que los adultos sucumbieran al acre humo con más facilidad que los niños, si bien no fue un pensamiento consciente. La densa masa no tardó en colarse en la pequeña alcoba. Con un ruido ensordecedor el puntal del rellano se quebró y se vino abajo, convirtiendo la escalera en un mar de llamas.

Jonah se echó a Marion al hombro, rodeó con el brazo derecho a ambos niños y los aupó. Durante un amenazador segundo sus rodillas cedieron. Ya no tenía aire, respiraba puro fuego y los ojos le escocían.

–Dios mío, asísteme –suplicó.

Mas su plegaria no fue oída. Tal vez Dios estuviera enojado con él por haberse metido en el papel de Satanás. En cualquier caso, no le envió ayuda alguna, sino a Elizabeth.

De repente, surgió en la puerta como el ángel del libro del Apocalipsis, envuelta en humo negro y llamas rojas.

–Ya no podrás salir –anunció, y tosió convulsivamente. La saliva le corría por el mentón, y se retorcía de dolor y falta de aire, pero sonreía. Era la primera sonrisa de auténtica felicidad que Jonah le veía en su vida–. No podrás salir –repitió–. Tú y tu prole moriréis aquí arriba. Quería que llegaras y no encontrases más que un montón de ruinas y cadáveres carbonizados, pero esto supera... mi más dorado sueño... –Jadeaba y le costaba respirar, y Jonah comprendió que reía–. Estás atrapado, la escalera está en llamas.

Él la miró, atemorizado, y respondió mecánicamente:
–Igual que tu saya.

Ella no cayó en la trampa. Su mirada siguió con aire triunfal las chispas que llovían sobre los hombros de Jonah y le chamuscaban el cabello.

–Eso te da una leve idea de lo que te espera en el infierno.

Lucas gimoteaba y, aterrorizado, pugnaba por respirar. Felipe amenazaba con escurrírsele, y Jonah los abrazó con más fuerza a ambos. La parte de su entendimiento que a esas alturas razonaba por cuenta propia le decía que unas costillas rotas no era tan malo como la muerte segura que aguardaba a sus hijos si los dejaba caer. Las llamas ya cubrían todos los tablones, y la esperanza de que la madera los aguantase a él y su carga era escasa.

Finalmente, Elizabeth sintió las llamas que le habían prendido la saya y lamían sus piernas y se estremeció y comenzó a chillar. Acto seguido, el fuego la envolvía.

Jonah se agachó, pasó ante ella y salió a la escalera atravesando las llamaradas. El trapo húmedo se lo había cedido a Lucas, que ya no respiraba. Una fuerza ajena parecía impulsarlo hacia delante. Fue poniendo un pie tras otro en los llameantes peldaños, ceñido por un estrépito como de rocas que se desmoronaran. Nunca antes había oído nada igual. Percibía crujidos y chasquidos a sus espaldas, mas no volvió la vista atrás. Notó que Marion se le resbalaba del hombro y la agarró por la muñeca y tiró de ella. A medio camino se topó con Meurig, en medio de las llamas, que se hizo cargo de la desmayada, le sacudió las llamaradas de la camisa y bajó junto a Jonah los últimos escalones hasta alcanzar la puerta.

Ya en el patio, un agua helada recibió a Jonah. Se alejó algo más de la casa a la carrera, igual que un pollo sin cabeza, y después se dejó caer en el suelo y tosió de tal modo que creyó romperse en pedazos. Le tendieron unas manos serviciales, pero tardó un instante en decidirse a entregar a sus hijos. Los pulmones le dolían, y sentía el rostro como si hubiese estado demasiado tiempo expuesto a un sol abrasador. Y cuando alguien le quitó los zapatos, le dio la impresión de que con ellos se le arrancaba la piel de la planta de los pies. Trató de gritar, mas de su boca sólo salió un graznido quebrado. Clavó la vista con incredulidad en aquellos zapatos que dos manos desconocidas habían dejado a su lado en el suelo: la gamuza ocre rojiza era una negra masa informe.

Desvió la cabeza deprisa. Junto a él se encontraba Meurig, apoyado en un codo, el rostro contraído en una mueca de dolor. Cuando sus miradas se cruzaron, tosió, jadeante, y dijo:

—Ahora ya sabemos lo que es de verdad estar uno que arde, ¿no es cierto, maese?

Jonah rió sordamente.

—¿Falta alguien? —susurró.

La garganta le picaba. Se preguntó si tardarían mucho en darle un sorbo de agua.

Rachel, que en primer lugar se había ocupado de su esposo, fue hacia él, se arrodilló a su lado y le puso un vaso en los labios. Jonah bebió con avidez, tosió sofocado, retuvo a duras penas lo que había ingerido y saboreó con los ojos cerrados la blandura del pecho de la mujer, que tan generosamente le ofreció a modo de almohada. Reconoció que llevaba años deseando conocer esa sensación.

—Están fuera todos, maese Jonah, salvo la señora Hillock —informó Rachel con calma, vertiendo agua del vaso en su mano y permitiendo que el líquido le humedeciera el rostro, un efecto maravilloso—. Aunque tal vez sea como debe ser, ¿no es así?

Él abrió los ojos como platos.

–¿Por qué dices eso?
Rachel le devolvió la mirada. Se la veía conmovida, si bien al mismo tiempo contenida, extrañamente serena.
–¿Acaso no está allí donde quería estar desde hace tiempo?
–Sabía Rachel –musitó Jonah–. Ayúdame a levantarme. Debo intentar salvar la casa.
Ella le acarició la mejilla como si tal cosa.
–No.
No la contradijo: sabía que la casa estaba perdida. Vio, parpadeando y tosiendo, cómo los arrendatarios y los vecinos, que habían acudido apresuradamente, formaban una cadena con cubos para salvar los talleres, el almacén de lana y el despacho. Un segundo grupo trabajaba con cadenas, palas y largas varas para encauzar el derrumbamiento de manera que no causara más daños. Sin embargo, la furia del fuego era incontenible. Cuando la fachada de la casa se precipitó sobre el patio, ya no había nadie dentro de la zona de peligro, pero las cuatro casas de los arrendatarios y la cabañita contigua a la puerta se prendieron y quedaron reducidas a cenizas.
Maria, la flamenca, lloraba amargamente: por segunda vez en su vida su telar, su medio de subsistencia, era pasto de las llamas.
Jonah se hallaba sentado con la espalda apoyada en la puerta del despacho, contemplando la furia del fuego. A Giselle y los niños los habían llevado a una casa vecina lo bastante alejada para encontrarse a salvo.
Crispin había despertado y estaba echando una mano: había conseguido una jofaina con agua para que Jonah se refrescara los quemados pies. Éste movía los dedos a modo de prueba, una horrible sensación. El agua murmuraba quedamente, y él se asombró de que no siseara. Extenuado, recostó la cabeza en la tosca puerta de madera y volvió el tiznado rostro hacia Crispin:
–La próxima casa será de piedra.
–Sí, Jonah.
–Y no levantaremos de nuevo los talleres de los arrendatarios.
–¿No? Pero ¿adónde va a ir esa gente?
Crispin sumergió un lienzo en la jofaina y, vacilante, lo aplicó a las chamuscadas cejas de Jonah, que apartó la cabeza incomodado.
–A Sevenelms. En su lugar tendremos un jardín.
«Delira», pensó Crispin, si bien repuso:

—Lo que tú digas.

—¿Dónde están Giselle y los niños? —preguntó su amigo al menos por tercera vez.

—A salvo, descuida. No les ha pasado nada.

Jonah respiró hondo.

—Sólo a Elizabeth.

Crispin asintió, y Jonah lo miró y dijo:

—Lo hizo ella, prenderle fuego a la casa.

La mano de Crispin con el lienzo húmedo retrocedió, y él miró con fijeza a su socio, consternado.

—¿Cómo... cómo lo sabes?

—Me lo dijo ella.

—Oh, Jesús —musitó el muchacho con voz inexpresiva—, apiádate de su atormentada alma.

Jonah se abrazó las flexionadas rodillas y descansó la cabeza en ellas.

—Los has sacado a todos —dijo de pronto una voz ahogada por encima de él—. Incluso al ama, esa pájara libertina. Se han salvado todos menos mi Elizabeth.

Jonah levantó la cabeza despacio. Su corpulento primo se hallaba a un paso de él, los brazos colgando sin fuerza, las lágrimas corriéndole por el rostro.

Jonah lo miró de hito en hito. Nunca había aborrecido más a Rupert que en ese instante.

—Los incendiarios son los últimos —aseguró despacio—. Habría podido salir la primera si lo hubiese querido, mas la tentación era demasiado fuerte: quería ver arder a mis hijos a toda costa...

Rupert profirió un grito ahogado, atormentado e hizo ademán de abalanzarse sobre él, pero Crispin se puso de pie de un brinco a toda velocidad y le agarró los brazos por detrás antes de que pudiese levantar la mano contra su primo.

—Calmaos. Los dos —ordenó en voz baja—. Bastantes desgracias hemos sufrido ya esta noche.

En otras circunstancias no habría tenido posibilidad alguna frente a Rupert, pero, al igual que todos ellos, Hillock se encontraba conmocionado y sencillamente no se le ocurrió zafarse. Cuando Crispin notó que el corpachón se relajaba, lo soltó.

—Eres un maldito mentiroso, Jonah —escupió Rupert—. Ella jamás habría hecho eso. Ella... ¡ella adoraba a los niños!

Jonah rió con amargura.

-No a los míos.

-Como me entere de que repites tan absurda acusación en público, te mato.

Jonah miró a su primo a los ojos.

-Lárgate, Rupert. Ya no tengo una almohada donde puedas recostar la cabeza ni un techo bajo el que alojarte. Y te lo debo únicamente a ti. De todo cuanto ha acaecido esta noche, tanto mi pérdida como la tuya, sólo tú eres el causante. Así que largo. Ve a derramar tus lágrimas a otra parte. Verte me da ganas de vomitar.

Rupert retrocedió tambaleándose como si le hubieran asestado un golpe. Acto seguido, dio media vuelta y se dirigió a la puerta a trompicones.

Londres,

noviembre de 1340

Probablemente fuera inevitable que en la casa del gremio se rumoreara que a maese Durham no debería extrañarle que Dios le hubiese incendiado la casa teniendo en cuenta la blasfema obra que había ofrecido ante las iglesias de Londres en las postrimerías del verano. Por el contrario, quienes simpatizaban con él sostenían que lo extraño del caso era que Dios hubiese protegido el arca del dinero –llena hasta reventar, decían– e incluso algunos de sus barriles de vino, así como también las valiosas copas y fuentes de plata.

Jonah ocupaba su sitio de costumbre en la mesa principal y oía a la señora Cross, pues su voz era penetrante aun cuando la bajaba. Sonrió para sí, divertido, pero Martin Greene, que lo observaba con disimulo, pensó que el joven Durham estaba pálido y apesadumbrado.

–¿Qué tal van las obras? –se interesó el veedor.

Jonah alzó la vista y afirmó con la cabeza.

–Más rápido de lo que creía. Podremos mudarnos antes de Navidad.

Pero para Jonah no era lo bastante rápido. Los suyos se habían dispersado temporalmente: Rachel y Meurig se habían ido a East Cheap con los padres de ella; Jasper y su familia se alojaban en la casa anexa de los franciscanos de Greyfriars. Se habían llevado al pequeño Felipe, ya que Berit debía amamantarlo. Giselle, Lucas y Marion se habían mudado a Old Jewry, a la casa de De la Pole; y Jonah, Crispin y el nuevo aprendiz de éste, el primogénito de Martin Aldgate, dormían en el almacén y continuaban al cargo de los negocios. Jonah odiaba estar separado de su esposa y los niños.

—¿Y toda la casa es de piedra? —preguntó Greene, espoleado por la curiosidad.

Jonah cabeceó.

—Tan sólo la planta baja. Erigir una casa de piedra al completo habría salido demasiado caro y las obras habrían durado demasiado tiempo.

—¿Qué ha sido de vuestros arrendatarios flamencos?

—Se han marchado a Sevenelms. Todos, salvo los primeros; llevan tanto en Londres que ya no quieren irse. Les he comprado y arrendado una casita en Cheapside.

Greene enarcó las cejas. Posiblemente se preguntara de dónde habría sacado el dinero para tantas inversiones, si bien, como es natural, era demasiado cortés para preguntar. Cambió de tema.

—Rupert ha vuelto a su casa, ¿lo sabíais?

Jonah negó con la cabeza. No tenía el menor interés en saber nada de su primo, pero sus ojos se dirigieron espontáneamente hacia el lugar en que solía sentarse. El sitio estaba vacío.

Martin Greene asintió con expresión pensativa.

—Supongo que vuestra admirable esposa habrá convencido a su padre.

«Sería perfectamente capaz», pensó Jonah.

—Pobre Rupert, perder a su esposa en el incendio —prosiguió el veedor, y lanzó un suspiro—. ¿Qué puede haber peor? Es probable que ello haya conmovido el pétreo corazón de De la Pole.

—Me extrañaría —farfulló Jonah.

Greene esbozó una sonrisa fugaz, si bien recobró la seriedad en el acto.

—Maese Durham..., en los últimos años nuestra relación no ha sido la mejor que se diga, y la mayoría de las veces el motivo de nuestras diferencias ha sido vuestro primo. Sin embargo, me gustaría pediros consejo en lo tocante a una cuestión que le atañe.

Jonah miró al veedor a disgusto, mas no puso objeciones.

—Rupert ha pedido la mano de mi hija Bernice.

Esta vez fue Jonah quien arqueó las cejas. ¿A los dos meses de enviudar ya andaba a la caza de una mujer casadera? Ahí se veía fácilmente cuán profundo había sido en verdad el dolor por su pérdida. No obstante, repuso tan sólo:

—No puedo creer que lo consideréis seriamente, señor. Sé que no os agrada que hable mal de mi primo, mas vos mismo lo conocéis de sobra. Viví muchas cosas en casa de Rupert. Es un borracho, creedme, y cuando bebe, no se dulcifica precisamente. Si os importa la felicidad de vuestra hija, rechazadlo.

–¡Pero Bernice tiene veintitrés años! –exclamó el veedor con una vehemencia reprimida que reveló a Jonah que en casa de los Greene se había desatado el pánico de que la muchacha se quedara para vestir santos. Una mujer soltera de veintitrés años era una solterona–. Con su dote, Rupert podría empezar de nuevo, y Bernice lo quiere. Dice que hasta Rupert Hillock es mejor que nada.

«Se equivoca», pensó Jonah.

–No queréis consejo alguno, señor, sino a alguien que disipe vuestras dudas.

Greene se dejó caer en el sillón y resopló con fuerza.

–Tenéis razón.

–Me temo que no soy la persona indicada.

El otro asintió sumiso, la frente fruncida en señal de preocupación. Cuando levantó la cabeza de nuevo, su expresión había cambiado por completo. Estaba pensativo, sin embargo en sus ojos se veía un brillo casi malévolo.

–Sabéis, Durham, siempre habéis sido perspicaz, pero, a mi entender, poco a poco en vos se vislumbra algo parecido a la cordura. ¿No creéis que ya va siendo hora de devolverle algo al gremio y asumir el cargo de veedor?

Jonah se lamentó y apoyó la frente en la mano.

–Santo Dios..., ¿por qué no habré manifestado sin más lo que queríais oír?

Martin Greene rió con malicia.

Los domingos, como de costumbre, Crispin iba a la escuela monacal en busca de Cecil, el hijo de Annot, para que madre e hijo pasaran unas horas juntos. Después de asistir a la iglesia, el joven Aldgate se reunía con su familia y Jonah se dirigía a casa de su suegro por fuerza.

El primer domingo de Adviento, Giselle lo esperaba a la puerta, tan impaciente como siempre, y le echó los brazos al cuello antes de que el criado hubiese cerrado del todo y se hubiese retirado discretamente.

–Ay, Jonah –susurró cuando sus labios se despegaron de los de su esposo–. ¿Cuándo estará lista nuestra casa de una vez?

–Pronto –prometió él, y la soltó para saludar a Lucas, que corría a su encuentro desde la entrada.

Jonah lo aupó y le dio unas vueltas. El niño lanzaba gritos de júbilo. Los primeros días después del incendio el pequeño había estado aturdido y asustadizo, y ellos se preocuparon por él, sobre todo Jonah. Sin embargo, fuera cual fuese el daño sufrido, el espíritu de Lucas sanó más aprisa que los pies de Jonah.

El niño se abrazó al cuello de su padre como antes lo hiciera su madre y apoyó la cabeza en su hombro con confianza, satisfecho tan sólo con verlo. Como tantas otras veces, padre e hijo se entendieron sin necesidad de palabras.

Jonah lo acomodó en el brazo izquierdo y se dirigió hacia la casa en compañía de Giselle.

–El *Felipa* regresó esta mañana –informó él mientras entraban.

–¿De Flandes? –inquirió Giselle.

–Sí. Hamo dice que en Brujas ya ha nevado.

–¿Le has enviado lana al rey?

Jonah asintió.

–Aun cuando empiece a preguntarme qué sentido tiene. ¿Qué suponen nuestros veinte o cincuenta sacos de lana en vista de sus deudas?

Tiritando, su esposa se arrebujó en la pelerina.

–Vayamos dentro. –Giselle entró delante en la sala y anunció–: Padre, ha llegado Jonah.

William de la Pole levantó la cabeza sin entusiasmo y asintió.

–Durham.

Jonah dejó en el suelo a Lucas y amagó una reverencia.

–Milord.

Siempre lo decía con un atisbo de mofa en los labios, cosa que no se le escapó a De la Pole. La mirada de los claros ojos falcónidos se veló y se dirigió al vacío. Jonah se mantuvo alerta un instante.

Su suegro lo miró de nuevo con una sonrisa tan cálida como el mortecino sol de febrero.

–Tomad asiento. Giselle, avisa a Hannah de que puede servir la cena.

La aludida salió en silencio, y Jonah ocupó su sitio y sentó a Lucas en sus rodillas. El pequeño, de tres años, lanzaba intranquilas miradas de su padre a su abuelo.

La sonrisa de De la Pole cobró cierta calidez.

–Un muchacho despabilado, ¿eh?

Jonah asintió.

–¿Qué queréis?

Su suegro no respondió de inmediato, sino que preguntó como de sopetón:

–¿Tendríais interés en venderme vuestro pagaré de Dordrecht?

–¿Mi pagaré de Dordrecht? –repitió Jonah, sin entender nada.

William de la Pole revolvió los ojos con impaciencia.

–Haced el favor de recordar vuestro supuestamente infalible monopolio lanero, Durham.

Jonah se acordaba.

–Fuisteis vos quien dijo que era infalible.

De la Pole desechó la idea con nerviosismo.

–El caso es que el rey confiscó nuestra lana en Dordrecht y nos despachó con unos pagarés.

–Sí, me encontraba presente –observó Jonah, sarcástico.

–Os ofrezco compraros el vuestro. No deberíais pensároslo mucho. A saber si veremos el día en que Eduardo devuelva sus deudas.

–Cierto. Eso hace que me pregunte por qué queréis comprar el mío. ¿Humor prenavideño? ¿Una buena obra?

Su suegro hizo una mueca.

–Llamadlo como os plazca.

–¿Cuál es el intríngulis? –quiso saber Jonah.

De la Pole encogió los hombros.

–Os ofrezco diez chelines por libra.

Jonah resopló con incredulidad.

–¿Pretendéis comprarme el pagaré por la mitad de su valor? Admiro vuestro optimismo, milord.

–Os sorprenderá oír que el rey me ha autorizado a hacerlo.

–No por ello es más atractiva la oferta. Gracias, pero no.

Su suegro hizo un gesto de desdén con la mano, como si el tema no revistiera especial interés.

–Bien, como os plazca. Sólo pensaba que con la construcción de vuestra casa y vuestros ambiciosos planes en Sevenelms tal vez necesitaseis el dinero.

—La necesidad no es tanta —respondió Jonah—. Prefiero esperar a que se vuelvan las tornas y el rey sea solvente otra vez. Ese día llegará, no albergo la menor duda. Cuándo, es algo que me da igual.

—En tal caso, no me queda más remedio que felicitaros por vuestra confianza, señor —contestó De la Pole, ceremonioso.

Estaba enfadado, y a Jonah le habría gustado saber el porqué del empeño de su suegro en hacerse con un pagaré sin valor, pero no preguntó, pues concebía escasas esperanzas de recibir una respuesta sincera.

En la cena el ambiente fue tenso, con un De la Pole malhumorado y seco. Jonah comió con toda tranquilidad: la discordia latente no le quitaba el apetito, de lo contrario habría muerto de hambre cuando era aprendiz en casa de Rupert. Lucas, por contra, empezó a lloriquear hasta que finalmente su abuelo, enojado, hizo llamar al ama y le ordenó llevarse al pequeño.

Giselle esperó a que Marion hubiese salido con el niño de la mano para increpar a su padre:

—Tened la bondad de no descargar vuestro mal humor en mi hijo.

—Es un malcriado insufrible —rezongó De la Pole—. Necesita mano dura, de otra forma será un patán gruñón como su padre.

Jonah ocultó su sonrisa tras el vaso de vino, mas Giselle se tragó el anzuelo agradecida.

—¡Vos sois el insufrible! ¿Qué os ha agriado el humor, queridísimo padre? ¿Que Jonah no os haya dado el pagaré? ¿Por qué queréis que la Corona os siga debiendo dinero? ¿No tenéis miedo de que el rey os lleve al borde de la ruina igual que a los Bardi?

—No —espetó un glacial De la Pole—, pues no soy ningún usurero italiano sin sangre en las venas, sino que sé lo que me hago. ¡Santo Dios!, cómo detesto que las mujeres metan las narices en mis negocios. Más te valdría ocuparte de la educación de tu hijo, que deja bastante que desear.

—¿Ah, sí? Me gusta mi hijo tal como es. Y os habéis desviado del tema. ¿Qué queréis hacer con nuestro pagaré?

Impaciente, De la Pole lanzó un suspiro.

—Es una inversión de futuro. Si consigo ahora esos pagarés por la mitad de su valor nominal y algún día el rey los reembolsa íntegramente, habré hecho un buen negocio, si eres capaz de entenderlo.

—Lo entiendo muy bien. Lo que, por contra, no comprendo es vuestra prisa. Queréis que el rey dependa más aún de vos de lo que ya lo hace, ¿no es cierto? ¿Por qué? ¿Y por qué precisamente ahora?

De la Pole dio un puñetazo en la mesa.

—¡He dicho que no estoy dispuesto a tratar estas cosas contigo!

—Muy bien. Entonces seré yo quien os lo diga: teméis que el rey descubra vuestras infamias y...

—¿Qué significa eso? Espero por tu bien, Giselle, que no te creas todo lo que te cuenta tu esposo.

Ella hizo un gesto de enojo.

—No es menester que nadie me cuente nada, padre, pues os conozco.

Jonah posó la mano en su brazo a modo de advertencia.

—Vayamos a Ropery a ver nuestra casa —propuso en voz marcadamente baja.

—Excelente idea —convino De la Pole, furioso—. Y será mejor que sopeses lo que dices en mi mesa, Giselle, de lo contrario vete pensando en mudarte a tu nueva casa antes de que tenga el tejado.

Y, con esa amenaza, salió precipitadamente.

Jonah asintió con expresión aprobadora.

—Magnífico, Giselle...

—¡Bah! —espetó ella furibunda—. Que no se haga el agraviado, hace enfermar a uno.

Jonah barruntó el peligro de que su ira se dirigiera hacia él de repente como el rayo que, privado de su blanco original, ha de buscarse uno nuevo por fuerza, cosa que no le apetecía lo más mínimo. Salió al patio con ella en silencio, ordenó al mozo de cuadra que ensillara los caballos, y sólo cuando hubieron dejado detrás la parte norte de la ciudad, dijo:

—Quedarán unas dos semanas, Giselle. Después la casa estará habitable, aunque no lista del todo.

—Preferiría instalarme contigo en el despacho —afirmó ella de mal humor—. De no ser por Lucas, lo haría.

Piedras, vigas y tablones apilados inundaban el patio, que parecía abandonado y en completo desorden, no mucho mejor que el lugar de desolación a que había quedado reducido después del incendio.

Los grandes charcos aún estaban negros de la ceniza y el hollín que cubrían la tierra.

«No es una vista muy alentadora», pensó Giselle entristecida.

Hasta que volvió la vista a la derecha y vio la nueva casa. La planta baja, de claros y bien labrados sillares de arenisca, estaba terminada. También el entramado de la planta superior se hallaba listo y entablado en su mayor parte. La armadura del tejado ya había dado comienzo, y todos esperaban ver la casa acabada antes de que helara.

Giselle resopló ruidosamente.

–¡Santo cielo, es enorme!

La casa nueva llegaba hasta el límite del terreno, a orillas del río, y se adentraba más en el patio que la antigua. Jonah tomó de la mano a su esposa, cruzó con ella la entrada, aún sin puerta, y la condujo por la planta baja. Allí no sólo se encontraban la cocina y las despensas, sino también otros tres cuartos. Jonah señaló uno tras otro los huecos de las puertas:

–Despacho, almacén de paño y capilla.

Giselle sacudió la cabeza sin dar crédito. Sus ojos habían empezado a brillar.

–Al otro lado del patio sólo irán la cuadra y el almacén de lana. De ese modo duplicaremos nuestra capacidad de almacenamiento aquí mismo. Y en cuanto podamos, construiremos nuestro propio embarcadero.

Sin aguardar respuesta alguna, Jonah tiró de ella escalera arriba. Estaba eufórico, agitado como un niño. Ella observaba de reojo su rostro, sus ligeros pasos. Era maravilloso verlo tan feliz y esperanzado.

La nueva sala era al menos el doble de grande que la otra, y dos de sus cuatro ventanas daban al río. Ni un solo pilar interrumpía la osada longitud de la estancia.

–¿Aguantará? –preguntó ella con escepticismo.

–El carpintero lo ha jurado por san José.

–Hum... –replicó Giselle–. Pese a todo no será el carpintero quien muera bajo el techo desplomado, sino nosotros.

Él la atrajo hacia sí entre risas.

–No seas tan pusilánime. Pues claro que aguantará.

–No soy ninguna pusilánime –aclaró ella indignada–. Y ahora enséñame nuestra alcoba.

—Como gustéis, mi señora.

La llevó hasta una habitación que quedaba pared con pared con la chimenea de la gran sala. Era generosa y también ofrecía vistas al río y los campos y praderas de Southwark, en la otra orilla.

Giselle se detuvo en mitad de la alcoba, rodeó con sus brazos las caderas de Jonah y apoyó la cabeza en su hombro.

—Aquí dentro vamos a estar calentitos.

—Sí.

—Es una maravilla, Jonah.

Él sonrió.

—¿Qué colgaduras prefieres? Esta vez puedes elegir tú.

—Exactamente las mismas —respondió ella sin vacilar—: azules con hojas plateadas.

—¿Y dónde quieres que vaya la cama?

Ella alzó la cabeza y echó un atento vistazo. Después señaló el centro de la pared opuesta a la ventana.

—Ahí. Quiero despertar por la mañana y ver el río.

Jonah la llevó hasta el punto que le había mostrado.

—¿Aquí más o menos?

—Justo aquí.

Él la sorprendió con un repentino movimiento, la tiró al suelo y le levantó las faldas.

—En tal caso probemos.

—¡Jonah! —protestó ella riendo, pero la mirada de su esposo la encendió en el acto, y Giselle tiró de él hacia abajo con impaciencia antes de que se hubiese soltado el cinto por completo.

Fue un acto carnal apasionado, travieso y sin embargo serio. Cuando finalmente yacieron inmóviles, todavía entrelazados, fueron conscientes del ruidoso resonar de sus jadeos en la desierta e inacabada casa.

Giselle rompió a reír.

—Espero que los vecinos no nos hayan oído.

En el ardor del encuentro, ella había perdido la casta cofia y él le había soltado la trenza. Le retiró del rostro los revueltos rizos castaños con ambas manos y la miró con fijeza.

Al poco ella bajó la vista.

—¿Sabes?, claro está que se trata de una pregunta indiscreta, pero a veces me gustaría saber qué piensas cuando me miras así.

A Jonah se le pasó por la cabeza que antes morir a desvariar como un necio enamorado.

–Bueno, estaba pensando en las numerosas estancias de la nueva casa –mintió.

–Que se llenarán de diablillos Durham, ¿no es así?

Él asintió.

–Yo diría que vamos por el buen camino –afirmó ella.

Jonah la ayudó a arreglarse las ropas, le pasó el brazo por el hombro y la llevó de vuelta a la galería, de la que salían las puertas de las demás alcobas. En efecto, sus previsiones eran optimistas: un cuarto para los niños y otro para las niñas, cada uno de ellos lo bastante grande para alojar a media docena. «Esto no es para mí», pensó Giselle horrorizada. Crispin disponía de una estancia debidamente amplia. En el extremo del pasillo había una alcoba que podía dar cabida al menos a tres aprendices y otras dos habitaciones cuyo fin aún estaba por determinar.

–Es increíble, Jonah –aseguró Giselle una vez finalizó la vuelta–. Has pensado en todo.

–Tenemos un maestro de obras bueno y con experiencia. He intentado superarme a mí mismo y seguir sus consejos.

Ella asintió en señal de aprobación y, acto seguido, se arrebulló más todavía en la capa.

–Me gustará más incluso cuando esté caldeada –admitió.

Empezaba a ser consciente del viento helado que se colaba por los huecos de las ventanas y el frío que transmitía la mampostería.

Él le dio la razón.

–Sí, vayamos a algún sitio caliente y seco.

–Pero no quiero volver con mi padre todavía –aclaró Giselle con resolución–. Habría sido mejor que nos hubieses dejado seguir discutiendo. Así ahora todo estaría olvidado. De este modo continúo enfadada con él. ¿Por qué te interpusiste? Nunca antes lo habías hecho.

Jonah sacó los caballos del patio, cerró la puerta y ayudó a montar a su esposa. Después de hacer él mismo lo propio, repuso:

–¿Recuerdas al misterioso visitante que acudió a mí la noche anterior al incendio?

–Naturalmente.

–Era Francis *el Zorro*.

Giselle puso cara de susto y volvió sin querer la cabeza para cerciorarse de que nadie los escuchaba.

—¿Qué quería?

Mientras iban hacia el este, por Ropery, Jonah informó a su esposa de lo sucedido.

—Por eso no quería que te pelearas con tu padre por sus bellaquerías y que a él le diera la sensación de que sabemos más de la cuenta —concluyó.

—¿Temías que fuera a Sevenelms en busca del joven Willcox?

Jonah se encogió despacio de hombros.

—Nunca es fácil prever qué consecuencias deducirá y qué hará al respecto. Pero sería peligroso subestimarlo. Le prometí a Willcox que cuidaría de su hijo, y me gustaría mantener mi palabra. Además puede resultar sumamente provechoso conocer la verdad sobre el *San Osvaldo*, mas sólo mientras tu padre no sepa que yo lo sé.

Giselle sólo escuchó a medias tan intrincado argumento.

—¿Y de veras crees que quería asesinar al muchacho? —A todas luces estaba afectada—. Es decir, sé que mi padre no es ningún ángel, pero Harry Willcox es el hijo de un rufián, y sólo tenemos su palabra.

Jonah volvió el rostro para mirarla.

—Sé que el chico dijo la verdad. Lo siento, Giselle.

Ella asintió y no preguntó cómo podía estar tan seguro. Su instinto le previno de indagar más.

—No quiero volver a su casa —aseguró—. Vayamos por Lucas y Marion e instalémonos en una fonda.

Jonah no contestó. No había una sola fonda en todo Londres donde pudiera hospedar a su esposa y su hijo sin vacilar.

—Lo digo en serio, Jonah —insistió ella con agresividad.

—No lo dudo.

—Pero tú... Dime, ¿adónde nos dirigimos?

—A la Torre.

Giselle hizo una mueca de asco.

—¿Acaso no habías mencionado un lugar caliente y seco? —Sin embargo, añadió en el acto—: No, no, tienes razón. Vayamos a ver a esos pobres niños abandonados.

Claro está que ella sabía que Jonah sólo lo hacía por Felipa, y sintió la familiar punzada de celos. Con todo, sentía sincera lástima de los hijos del rey, abandonados en el viejo y sombrío castillo y, lanzando un suspiro disimulado, llegó a la conclusión de que el sacrificio que Jonah hacía por amor a la reina servía a un buen fin.

El nublado día de noviembre declinaba cuando cruzaron el puente levadizo y se detuvieron ante la puerta. Un único soldado salió de la garita, bostezó con ganas y los invitó a pasar sin saludarlos.

Jonah le lanzó una mirada ceñuda. Atravesaron a la par el amplio patio y se dirigieron hacia la Torre Blanca, donde un escudero se hizo cargo de sus monturas.

Nadie guardaba la entrada de la Torre, y Jonah y Giselle se miraron extrañados.

—Santo Dios, aquí podría colarse cualquier alevoso —musitó Giselle.

Jonah le dio la razón. También a él se le antojaba arriesgado que custodiasen con tamaña negligencia al príncipe y las princesas. A la postre, Inglaterra estaba en guerra, aun cuando nadie se diera mucha cuenta. Si un espía del vengativo rey de Francia informaba de cuán fácil resultaba entrar allí... Era inconcebible.

—¡Sir Jonah! —exclamó entusiasmada Isabel, de ocho años, cuando entraron en la sala, y se levantó del banco de manera impropia para una dama y corrió hacia ellos.

—Isabel, ¿qué forma es ésa de comportarte? —le reprendió el príncipe de Gales, y revolvió los ojos.

Jonah cogió en brazos a la princesa, la llevó de vuelta a la mesa y se inclinó junto al príncipe, ante el cual también Giselle hizo una donairosa reverencia cortesana.

Él le indicó con un gesto que se levantara, un movimiento que no resultó ni afectado ni arrogante, sino absolutamente regio. El príncipe Eduardo era un buen observador y se esforzaba por imitar a su padre en todo.

«Sin embargo, hay algunas cosas que no deberías aprender de él, mi dulce principito», pensó Giselle de pasada antes de preguntar:

—¿Dónde está la princesa Juana, vuecencia?

—Con el ama —replicó él—. Tiene fiebre. Juana, no el ama.

Giselle intercambió una mirada inquieta con Jonah.

—¿Queréis que vaya a verla, milord? —inquirió Giselle sólo por mor de las formas.

Ya había dado media vuelta cuando el príncipe contestó:
—Sería muy amable por vuestra parte, señora.
Cuando sus pasos se perdieron en el desnudo suelo de piedra, Eduardo se volvió de nuevo al caballero de su madre. Estaba sentado en el banco erguido, la cabeza bien alta.
—Tomad asiento, señor.
Jonah no sabía tratar a muchachos de la edad de Eduardo, ya fuesen de cuna regia o humilde, mas no costaba mucho ver que, tras los selectos y finos modales, el príncipe ocultaba un temor sofocante, y admiró su serenidad, pues el príncipe sólo tenía diez años.
—Gracias, milord.
Jonah sentó a la princesa frente a su hermano y se acomodó junto a ella a la debida distancia, pero la pequeña se arrimó a él en el acto, se subió a su regazo y, tras meterse el pulgar en la boca, cerró los ojos.
El príncipe miró al comerciante por encima de la gacha cabeza de su hermana como si quisiera decirle: «Muchachas. ¿Qué otra cosa se podía esperar?».
Jonah respondió con un cómplice asentimiento y observó como si tal cosa:
—La Torre está tranquila esta noche.
—Sí, señor. ¿Habéis...? ¿Por casualidad habéis recibido nuevas de la reina?
Debía sonar a conversación cortés, pero Jonah vio la mirada medrosa.
—Por desgracia, no. Hace seis semanas pasé unos días en el continente y hablé brevemente con ella. La partida del rey para entablar nuevas negociaciones destinadas a la firma de un armisticio era inminente y, claro está, vuestra madre lo acompañó. Lamentablemente, desconozco cuál ha sido el desarrollo de las negociaciones o si regresarán pronto.
El príncipe afirmó con la cabeza, apartó el rostro un instante y tragó saliva.
—Un armisticio —espetó con voz ahogada—. Menuda... deshonra. —Como Jonah no dijo nada, él lo miró de nuevo y preguntó furioso—: ¿Acaso no lo es?
El comerciante movió la cabeza.
—La deshonra es para Felipe de Francia. En Sluys perdió su flo-

ta y, con su cobarde negativa a presentar batalla, también el apoyo de la nobleza y su honor. Mas dado que se pega a su trono como la araña a su tela, habremos de volver a intentar sacudirlo para hacerlo caer. Este armisticio supone un respiro para nosotros, nada más. El muchacho se paró a pensar un instante y se pasó la manga por la nariz con aire distraído. También él se había resfriado, e Isabel ya había estornudado varias veces. ¿Es que allí nadie se preocupaba por la salud de los niños?

–Es como decís, señor –admitió el príncipe–. Vos lo sabéis y yo también, pero ¿qué opina el Papa? ¿El káiser? ¿Qué piensan los aliados?

–Eso da igual –aclaró Jonah con resolución–. Si os supeditáis a lo que piensen los demás, vos mismo os pondréis los grilletes.

–Pero ¿qué hay del honor? –contraatacó Eduardo, acalorado.

Jonah comprendió que así no llegarían a ninguna parte. Se encogió de hombros.

–No deberíais preguntarme a mí, mi príncipe. No soy más que un ricachón. También nosotros tenemos en gran estima el honor, pero por él entendemos algo muy distinto que vosotros, los caballeros.

El príncipe no pudo evitar sonreír. Nada le deparaba más alegría que lo llamaran caballero, y se distendió. Le hacía bien que Jonah le hablase como si fuera un adulto; se sentía menos pequeño y desvalido y abandonado.

–Probablemente tengáis razón, señor.

Y asintió con aire de precocidad.

A Jonah le sorprendió ver que a todas luces el príncipe se sentía mejor, y se preguntó, asombrado, cómo lo había conseguido.

–¿Jugamos una partida de ajedrez? –propuso Eduardo.

–Conforme.

Jonah había aprendido a jugar durante los largos y monótonos meses que pasó en Amberes y estaba fascinado.

El príncipe cogió deprisa tablero y figuras del banco de la ventana con infantil entusiasmo y lo dispuso todo. Después se enzarzó a jugar con celo. El muchacho tenía más experiencia, pero, a diferencia de Jonah, no sabía pensar en demasía por adelantado. Fue una partida larga e interesante que terminó en tablas.

Los ojos de Eduardo brillaban, y tenía las mejillas encendidas.

—¡Otra! Puedo ganaros, lo sé. ¡Otra!
—De acuerdo.
Mientras Eduardo colocaba de nuevo las figuras y le daba la vuelta al tablero, Giselle regresó.
—La princesa duerme —informó en voz queda.
Jonah señaló con el mentón a Isabel, en su regazo.
—También ésta.
—¿Está muy enferma mi hermana, señora? —quiso saber el chico.
—No, no lo creo, mi príncipe. Sólo es un fuerte resfriado. Pero ¿cómo os encontráis vos? Tenéis el rostro enrojecido, ¿me permitís que os toque la frente?
—Si es menester...
Risueña, Giselle posó su fría mano en su rostro y, acto seguido, meneó la cabeza.
—No hay peligro. Tan sólo es la fiebre de la contienda —afirmó al tiempo que lanzaba una mirada al tablero.
—Quédate y sé testigo de mi derrota —le pidió Jonah.
—Nada me agradaría más, pero primero iré a pedir que preparen algo de comer.
Cuando regresó, le quitó a Jonah a la durmiente Isabel, que se acurrucó en su regazo sin despertarse. Poco después un paje llevó una bandeja con fiambres y pan y una jarra de cerveza rebajada. A Jonah y Giselle les extrañó un tanto tamaña frugalidad, mas no hicieron comentario alguno.
—¡Ajá! ¡Ya os tengo! ¡Jaque mate! —exclamó Eduardo más de media hora después con expresión de triunfo—. Sois hombre muerto, señor.
Jonah tenía intención de regalarle la victoria, pero a esas alturas ya no estaba tan seguro de si habría tenido elección. Sonriendo, tumbó su rey, se llevó ambas manos al pecho y se dejó caer del banco con una horrible mueca.
Eduardo rió con tantas ganas que despertó a la pequeña.
—¿Jugamos otra? —preguntó el príncipe, los ojos brillantes.
Jonah volvió a sentarse y consultó a su esposa con la mirada.
—No lo sé, milord. Se hace tarde. Deberíais acostaros; la princesa debería estar en la cama hace tiempo.
—¿Querríais... querríais contarle un cuento a Isabel antes de iros? Así dormirá mucho mejor.

Jonah asintió y se puso en pie.

—La responsable de los cuentos es Giselle. Entretanto iré a hablar un momento con el alcaide.

Aunque no tenía la menor idea de cómo inducir al gobernador de la Torre a que custodiara mejor a los niños y se ocupara de que estuviesen debidamente acompañados. El castellano, sir Nicholas de la Bèche, era un oficial de alto grado al que un comerciante londinense no tenía por qué decir nada.

Sin embargo, Jonah se ahorró la confrontación. En la puerta de la sala estuvo a punto de chocar con un hombre alto que iba envuelto en una capa oscura. En un principio temió hallarse frente al susodicho alevoso, el cual, por orden de Felipe de Francia, al que se creía capaz de cualquier bajeza, pretendía asesinar al príncipe heredero inglés.

Pero entonces la sombría figura se retiró la capucha y bramó:

—¿Dónde está el maldito alcaide?

El príncipe Eduardo se levantó del banco de un brinco.

—¡Padre!

De pronto la sala era un hervidero de gentes: caballeros, nobles, criados y niños acudieron en tropel. Las teas que les sirvieran para alumbrar el camino hasta allí ocuparon los tederos de los muros, y la tétrica sala se iluminó. El príncipe Eduardo y su hermana corrieron a saludar a los recién llegados.

Jonah hincó la rodilla en la paja ante la reina, retuvo su mano algo más de lo estrictamente necesario y alzó la cabeza hacia ella.

La soberana sonrió.

—No miréis con tanta atención. Estoy cansada y cubierta de polvo. Y levantaos.

Él cabeceó despacio mientras se ponía en pie. Se la veía tan perfecta como de costumbre, y bajo la capa, forrada de armiño, llevaba un sobrio mas refinado vestido de viaje de un paño verde oscuro que Jonah le había llevado durante su corta visita seis semanas antes.

Felipa apretó brevemente su mano antes de soltarla y abrazar a Giselle.

—Ay, mi corderillo. ¡Qué placer más inesperado!

Giselle sentía su corazón palpitar con tal fuerza que temió quedarse sin aire para hablar.

—Bienvenida a casa, mi señora —dijo con dificultad.

El rey se sentó en su sitio de la despejada mesa principal, y sus caballeros siguieron su ejemplo. Los criados sacaron el escaso equipaje y también se llevaron a los niños de menor edad después de que Eduardo, Isabel y Giselle admiraran debidamente a Lionel y Juan, los dos pequeños príncipes que habían permanecido junto a su madre en el continente.

La reina indicó que prepararan una cena tardía y salió a toda prisa para ver a la enferma Juana. El rey le preguntó a Jonah:

—¿Dónde está el alcaide, señor?

Confuso, el aludido se encogió de hombros.

—Precisamente iba en su busca cuando entrasteis.

—Encontradlo y traedlo aquí —ordenó el monarca volviendo la cabeza.

John Chandos y Geoffrey Dermond abandonaron la sala. No tardaron mucho en regresar, entre ambos el gobernador de la Torre. El castellano se arrodilló ante el rey.

—¡Milord! Qué alegría que hayáis vuelto sano y salvo. No teníamos noticia de que...

—¿Dónde estabais, señor? —lo interrumpió el monarca en tono cortante.

La sala había enmudecido. Los allí reunidos conocían lo suficiente a Eduardo para saber que estaba de un humor peligroso.

El alcaide parpadeó.

—Mi rey, yo... —Calló.

Eduardo miró a sus caballeros.

—¿Dónde lo habéis encontrado?

El joven John Chandos enrojeció tímidamente, si bien se acercó a él con valentía y le susurró algo al oído. Jonah captó las palabras «East Cheap» y «semillero de vicio», y se preguntó fugazmente si habría sido Annot quien había entretenido al alcaide de la Torre al caer la tarde.

El rey asintió despacio.

—¿Cuántos hombres deberían estar de guardia a esta hora? —le preguntó al castellano.

—Cuarenta y tres, sire —repuso en el acto De la Bèche.

Se esforzaba sobremanera por parecer sobrio, mas balbucía un tanto.

−¿Y cuántos lo están?

−Cuarenta y tres, sire −repitió el gobernador con convencimiento.

El rey Eduardo sonrió sin humor y cabeceó.

−Exactamente tres, señor. Uno de ellos ebrio, como vos, y otro durmiendo. Con semejante vigilancia habéis dejado a mis hijos.

El alcaide abrió la boca, pero al parecer no se le ocurrió nada que pudiera aducir en su defensa.

Asqueado, el rey desvió la vista y les hizo una señal a sus caballeros.

−Encerradlo en una de sus mazmorras y encadenadlo. Y, por lo que a mí respecta, podéis arrojar la llave al Támesis.

El castellano bajó la cabeza y no puso objeciones. Posiblemente supiese que tenía bien merecido lo que fuera a ser de él.

Geoffrey Dermond lo agarró del brazo con brusquedad y lo sacó fuera, Chandos pisándoles los talones.

En la sala reinaba un atribulado silencio. Todos observaban a Eduardo con nerviosismo, y él se esforzaba por reprimir su ira y parecer alegre.

−Al menos vosotros habéis velado por mis hijos −dijo, sonriente, a Jonah y Giselle−. Resulta consolador saber que no todos los ingleses me han dejado en la estacada, aunque la mayor parte lo haya hecho.

Con las últimas palabras regresó la amargura. Giselle vio que Jonah iba a refutar la inmerecida alabanza y se le adelantó deprisa.

−El príncipe nos ha prodigado toda clase de atenciones, sire. Hemos pasado una tarde de lo más entretenida.

El soberano vaciló un instante antes de mirarla. Cuando finalmente lo hizo, sus ojos cobraron un brillo concupiscente: lo cierto es que carecía por completo de control sobre esa mirada. Se apresuró a volverse hacia su hijo:

−Bien hecho, Eduardo.

El príncipe enrojeció de dicha y dirigió a Giselle una sonrisa agradecida.

−¿Habéis... terminado con los asuntos del continente, sire? −inquirió con precaución el pequeño Eduardo−. No... no teníamos noticia alguna de vuestro regreso.

El rey le acarició brevemente los castaños rizos.

—No, todavía no he terminado. Hemos firmado un armisticio hasta el verano próximo. Forzoso.

El príncipe asintió.

—Sir Jonah me lo ha explicado.

—¿Ah, sí?

Eduardo miró de pasada a Jonah, la cabeza ladeada. Fue la reina quien respondió a la segunda pregunta del príncipe:

—Nos fuimos de Gante chiticallando, Eduardo. Sin duda te habría gustado. Cogimos a tus hermanos al amparo de la noche, cabalgamos hacia Zelanda y ayer por la mañana, antes de que saliera el sol, nos hicimos a la mar. Ha sido una aventura en toda regla.

—¿Y... y ahora qué va a pasar? —preguntó el muchacho con ojos fulgurantes.

—Ahora pensamos en nuevas formas de atosigar a nuestro primo en Francia —respondió su padre—. Pero antes he de hacer aquello para lo que he venido de manera tan poco gloriosa.

—¿Qué es...? —quiso saber el príncipe.

El monarca lo premió con una cálida sonrisa tranquilizadora, mas sus ojos se habían oscurecido extrañamente.

—Ajustar cuentas —replicó en voz baja.

Fue algo pavoroso. Antes incluso de mediodía fueron arrestados el alcalde de Londres, Andrew Aubrey, y su predecesor, John Pulteney, el padre de David. La ciudad entera había caído en desgracia, mandó pregonar el rey, pues sólo había reunido una cuarta parte del crédito que le había prometido a la Corona y, por consiguiente, también era culpable de tan ignominiosa situación. Se dejó entrever una multa sin precedentes, y en el consistorio se reunió el resto del concejo para discutir cómo diantre conseguirían una suma que apaciguara al monarca. Todos lo tenían claro: únicamente de su munificencia dependía el tiempo que los malhadados regidores permaneciesen bajo arresto. Sin embargo, la formidable ira de Eduardo no se limitó a Londres. El gobierno entero que había constituido para administrar el reino en su ausencia era incapaz y corrupto, aseguró, y asimismo se encerró al chambelán, además de al tesorero y al lord canciller, a algunos jueces y a un sinnúmero de pequeños consejeros. Las espeluznantes mazmorras de la Torre se quedaron pequeñas. Se nombraron nuevos jueces, a los que se envió por todo el país para averiguar dónde estaban la lana y el dinero que el Parlamento le había prometido al rey pero no habían llegado. Numerosos sheriffs, los representantes de la Corona en los condados, fueron relevados y prendidos.

Dos hombres fueron blanco de la ira del rey en especial medida: uno era el arzobispo Stratford. Había tenido vara alta en el gobierno y parecía más responsable que los demás de la insostenible situación de Inglaterra. Por añadidura, corría el rumor de que le había ido a la reina con malévolas historias sobre el rey, historias que habían ofendido sobremanera a Felipa y causado un enfriamiento de la relación que mantenía con su esposo. Y ése era el verdadero motivo por el cual Eduardo atentaba contra la vida del arzobispo.

No obstante, éste conocía bien a su joven monarca. Sabía que la iracundia de los Plantagenet se inflamaba con rapidez, mas también se extinguía igual de deprisa. De modo que se refugió en su propia catedral de Canterbury para esperar a que la tormenta amainara. Nadie osó sacarlo por la fuerza precisamente de esa iglesia, ni siquiera Eduardo. Hacía más de ciento cincuenta años que un arzobispo había muerto allí apaleado por orden del rey, pero Inglaterra entera se estremecía al recordar tan grave pecado y sus consecuencias.

–Asesinarme a mí, por contra, no reportará al rey pública denuncia ni un acto de penitencia descalzo vistiendo un cilicio –se mofó William de la Pole, el cual sabía de sobra que su nombre ocupaba el segundo lugar en la lista negra de Eduardo. Acto seguido, hizo una señal con la cabeza a los cuatro caballeros que habían ido a apresarlo–. Caballeros, estoy listo.

–Padre... –empezó Giselle e, insegura, enmudeció. Cogió en brazos a Lucas, que había escondido el rostro entre sus faldas: las cuatro siniestras figuras que habían irrumpido de pronto en la distinguida sala de la casa de Old Jewry asustaban al niño. A Giselle le ocurrió otro tanto, si bien preguntó con calma–: ¿He de avisar a alguien? ¿Qué queréis que haga?

William de la Pole meneó la cabeza y se echó la capa por los hombros.

–Nada. Descuida, Giselle. El rey quiere hacerse el furioso conmigo, pero lo cierto es que todavía depende de mí. Él lo sabe y yo también.

–Padre, dejadlo ya –lo reprendió ella, disgustada–. ¿Acaso no veis que estáis en serios apuros?

–Es un buen consejo –se oyó decir a alguien en voz baja desde la puerta.

Todos volvieron la cabeza.

–¡Jonah! –exclamó Giselle aliviada.

De la Pole resolló con desdén.

–Claro. No os lo habríais perdido bajo ningún concepto, ¿eh, Durham?

Jonah entró en la sala.

–Atribuís demasiada importancia a vuestra amenidad. Finley, ¿podríais concedernos un instante a solas? No será mucho.

Esperó a que los cuatro hombres hubiesen dejado la sala y cerrado la puerta. Luego se volvió hacia Giselle:

–Será mejor que le digas a Marion que recoja las cosas. Nos iremos a Westminster hasta que la casa esté lista. Ésta será cerrada y confiscada.

–Al igual que todas mis propiedades, asumo –espetó un malhumorado De la Pole.

Jonah asintió.

Giselle miró a su esposo y después a su padre, se acercó, se puso de puntillas y le dio un beso en la mejilla a De la Pole.

–Di adiós a tu abuelo, Lucas.

Su voz sonó débil.

–Adiós, abuelo –musitó el pequeño, obediente.

De la Pole le guiñó un ojo.

–No estaré fuera mucho tiempo, muchacho.

Giselle se llevó a Lucas, y cuando se vio a solas con su suegro, Jonah dijo:

–Espero que no estéis equivocado.

De la Pole se irguió en una tentativa de conservar su dignidad y causar impresión de superioridad pese a encontrarse maniatado. Jonah sabía cómo se sentía, pues él lo había averiguado en ese mismo sitio.

–¿Qué queréis? –le preguntó su suegro con rudeza–. Aparte de saborear este triunfo, naturalmente.

–El triunfo sería si hubiese sido yo el causante de vuestra caída, mas habéis sido vos mismo quien lo ha logrado. Quiero una promesa de vos, De la Pole. El rey me ha ordenado revisar vuestros libros para preparar la acusación.

Su suegro clavó la vista en él un instante, demasiado aterrado para decir nada. Sin embargo, se serenó deprisa.

–No hallaréis más que los chafallones a los que el Parlamento encomendó esa misma tarea la primavera pasada.

–Sí –aseguró Jonah convencido–. Me habéis instruido tantas veces en vuestros dudosos métodos de teneduría de libros que sin duda encontraré más. Pero, por consideración a Giselle, no me agradaría ser yo quien os pusiera la merecida soga al cuello, razón por la cual os ofrezco la posibilidad de salvar el pellejo: revelaréis todos los negocios turbios con que habéis engañado al rey y enmendaréis las deudas que la Corona tiene con vos en cada penique estafado. En tales circunstancias, estaría dispuesto a pasar por alto las faltas más graves, que os costarían la cabeza.

De la Pole se burló de él.

–De nuevo fanfarroneando. No sabéis nada de mis negocios y no encontraréis nada que pueda costarme la cabeza.

–¿No? ¿Y qué hay de la lana del *San Osvaldo*?

De la Pole calló de repente y miró a Jonah con fijeza, como si de súbito se hubiese transformado en un monstruo de varias cabezas.

–¿Quién...? ¿Cómo es que sabéis...? –balbució.

El apuesto y todavía terso rostro se ensombreció. Por primera vez en su vida De la Pole abrigaba la idea de que no era intocable, de que tal vez ni su dinero ni su poder pudiesen impedir que acabara en la horca de Tyburn como un vulgar ladrón. Aquello fue una conmoción, y tardó un momento en conseguir controlar su miedo y envolverse en su habitual calma exterior como si se tratara de una capa mágica que lo volviese invisible.

Jonah se apoyó en la puerta con los brazos cruzados y lo observó con una tranquila y breve sonrisa. Aquel hombre lo había utilizado, extorsionado, amenazado y mentido y le había complicado la vida siempre que había tenido ocasión. Suponía una satisfacción verlo confuso y temeroso, tal vez incluso desesperado, por una vez.

De la Pole supo perfectamente lo que se le pasaba a su yerno por la cabeza.

—¿Estáis satisfecho? —preguntó en tono cortante—. ¿Os alegra que se hayan vuelto las tornas para variar?

Jonah se encogió de hombros.

—No nos queda mucho tiempo. Dadme vuestra palabra o confiad en mi necedad y vuestra indispensabilidad, pero habéis de decidiros ya.

De la Pole era consciente de que no tenía elección. Sería una locura apostar la vida a que su yerno no lograría descubrir oscuros secretos cuando ya había averiguado cosas que nadie podía saber.

—Tenéis mi palabra —escupió, apretando los dientes.

Jonah hizo una pequeña reverencia burlona.

—Será mejor que no la rompáis. Si me entero de que me ocultáis algo, consideraré nulo nuestro acuerdo.

De la Pole lo miró a los ojos y asintió despacio.

—No lo olvidaré. No olvidaré nada.

Jonah contestó a tan clara amenaza con una sonrisa sarcástica y abrió la puerta. Sin apartar la vista del rostro de su suegro, dijo:

—Es todo vuestro, Finley.

La reina ya estaba ataviada para el banquete de Nochebuena cuando Jonah acudió a verla. A su alrededor había tres doncellas dando respetuosos tirones de su suntuoso vestido. Era de terciopelo azul profundo, recamado con aves de hilo de oro que a su vez rodeaban grandes perlas, y con el fondo salpicado de polvo de nácar.

Jonah se inclinó sin perderla de vista. Rara vez lo había impresionado más.

La soberana despidió a sus sirvientas con un amable gesto y, cuando se vio a solas con su caballero, se volvió hacia él, extendió los brazos para que resaltaran las amplias mangas e inquirió:

—¿Y bien?

Los ojos le brillaban. Felipa siempre disfrutaba con un vestido nuevo como si fuera una niña.

Él se tuvo que aclarar la garganta.

—Mi señora, no tengo... palabras.

La reina lo invitó a tomar asiento.

—Yo no puedo sentarme para no arrugarlo antes de que la corte me vea, pero poneos cómodo vos, Jonah.

—No, gracias, mi señora.

—Vaya, estamos enojados, ¿eh? ¿Por qué? ¿Por el precio de este vestido? Sé que todavía no habéis cejado en vuestro empeño de educarme en la austeridad, mas en este caso habéis de reprender al rey, no a mí. Me lo ha regalado.

Mantuvo la vista baja para que él no viera lo que estaba pensando: claro está que habría preferido que Eduardo no la hubiese engañado, pero ese presente (esa tentativa de soborno) casi compensaba el agravio.

Jonah ladeó la cabeza.

—Es una demostración de auténtica magnanimidad real, y no estoy enojado. —Aun cuando le cortara la respiración pensar lo que había costado la prenda. Jonah había suministrado el terciopelo y el hilo de oro y había hablado con el sastre responsable de aquella obra de arte, por lo cual sabía que se habían empleado cuatrocientas perlas grandes y treinta y ocho onzas de perlas pequeñas—. Por más que vuestra prodigalidad atormente mi alma cicatera, es el vestido más soberbio que he visto en mi vida.

—Gracias. —La reina asintió satisfecha, si bien agregó—: ¿No pensáis que es un tanto insolente llamar derrochadora a vuestra soberana?

Él sonrió con indolencia.

—Tan insolente como cierto.

Ella se esforzó en vano por parecer indignada antes de prorrumpir en su sonora risa.

—Santo cielo, tenéis razón. —Se acercó a él y posó brevemente la mano en su brazo—. Por amor de Dios, tenéis los ojos rojos. Me recordáis un poco al conejo que las princesas guardan en su alcoba.

—Mis más sinceras gracias, mi señora.

—Espero que no estéis enfermo.

Él negó con un gesto impaciente.

—Mis ojos se debilitan, es todo. Al parecer me hago viejo.

—¡Jonah! —objetó ella—. ¡Si aún no habéis cumplido los treinta!

Tenía veintiocho años, la edad de la mayoría de los gremiales cuando abrieron su propio negocio. Jonah, por el contrario, era independiente desde hacía ya diez años y a veces se preguntaba si ello no le haría envejecer prematuramente.

—Espero al menos que vuestros abnegados esfuerzos hayan valido el precio de esos ojos irritados y no hayáis malgastado vuestro valioso tiempo —prosiguió ella.

—¿Queréis tomarme el pulso, mi señora?

Ésta afirmó con la cabeza.

—¿Haréis a Inglaterra y la Corona el mayor de los favores enviando al cadalso a William de la Pole?

—No.

Felipa exhaló un suspiro.

—En su lugar, lo obligaréis a devolverle al rey lo que le ha robado, ¿no es cierto? Tan tardío arrepentimiento no le serviría de nada a un vulgar ratero.

—Es verdad, pero él no es un vulgar ratero.

—Sino vuestro suegro.

—Y el banquero más rico de Inglaterra. Tiene razón cuando afirma que el rey todavía lo necesitará en el futuro.

—No si vos ocupaseis su lugar.

Jonah no pudo por menos de sonreír ante su ingenuidad.

—Dudo mucho que yo llegue a ser tan rico como De la Pole.

—¿Porque tenéis demasiados escrúpulos?

—Una idea agradable, ¿no es así? Pero no: sencillamente no soy tan extraordinario como él.

—¿Llamáis extraordinario a un trapacero?

—Sería igual de rico si fuese honesto, pues es un comerciante extraordinario. La trapaza no es más que una manía.

—Lo admiráis —constató ella, asqueada.

—Lo detesto —corrigió él sin mucho énfasis—, mas ello no me impide ver que no le llego a los zancajos. Nadie le llega.

—Vuestra esposa opina de otro modo. Y no es la única.

—¿Mi esposa? —repitió él extrañado. Fuera lo que fuese lo que Giselle le hubiera dicho a la reina, sin duda no tendría por objeto empeorar la precaria situación en que se hallaba su padre—. Dicho sea de paso, ¿dónde está? —preguntó para cambiar de tema.

Felipa encogió los estrechos hombros.

—Quería ir a Londres a velar por los intereses de vuestra nueva casa. Afirma que pronto estará lista.

Jonah asintió. Todos salvo él y Giselle habían vuelto ya de sus alojamientos provisionales y se habían instalado.

—Con vuestro permiso, mañana después de oír misa mayor en San Pablo no regresaremos a Westminster, sino que nos iremos a casa.

—Me habría gustado que pasarais las fiestas con nosotros, pero sé que no sois muy amigo de las grandes celebraciones palaciegas.

También era consciente de que Giselle quería dejar la corte cuanto antes, ya que temía al rey y se sentía culpable con la reina. Felipa se había esforzado sobremanera por restablecer la natural familiaridad que la unía a Giselle desde que ésta era pequeña, pero como resultaba impensable hablar abiertamente de lo ocurrido, no sabía cómo mitigar la cohibición de la que fuera su protegida, explicarle a Giselle que no le reprochaba nada. Y es que Felipa conocía demasiado bien a su Eduardo; sabía perfectamente que el único delito de Giselle radicaba en ser una mujer joven y bella que se encontró en el momento equivocado en el lugar equivocado. Y en virtud de ello, resultaba demasiado sustituible para que la reina estuviese resentida con ella. Giselle no había sido el primer desliz de Eduardo y, por más que en ese momento su esposo asegurara lo contrario, tampoco sería el último. La soberana lo sabía, como también sabía que a ese respecto había de tener buenas espaldas para no volver a sentirse tan infeliz la próxima vez que un bienintencionado guardián de la moral le dijera verdades que habría preferido no escuchar.

—Idos a casa y disfrutad de vuestro nuevo hogar. Después de las fiestas es probable que deba recurrir a vos más de lo que os gustaría.

—¿Para qué? —preguntó él, más curioso que suspicaz.

Sin embargo, el leve titubeo de la reina despertó su desconfianza.

—En su justificada furia, el rey ha ordenado algunos arrestos injustos, ¿no es verdad? —dijo ella al cabo.

Jonah asintió.

—La Cámara de los Comunes le guarda rencor por arrestar al alcalde; la de los Lores, por la situación en el continente; los obispos, por su plan de venganza contra el arzobispo Stratford. Logrará calmar a lores y obispos cuando recobre el juicio. Nadie es tan brillante a ese respecto como el rey. Con los comunes será más complicado, razón por la cual en febrero pasaréis a ser miembro del Parlamento por Londres.

Jonah la miró con incredulidad, tan espantado como furioso.

—Mi señora, son los propios londinenses quienes eligen a sus representantes en el Parlamento.

Impaciente, Felipa revolvió los ojos.

–Como os podéis imaginar, Jonah, eso lo sé incluso yo. Pero existen medios de influir en esa elección. Y eso es lo que pretendo hacer, y vos os encargaréis de que los comunes no le causen problemas al rey.

–No... no podríais escoger a un hombre más incompetente.

–Soy de otro parecer.

–Pero sabéis de sobra que en el momento decisivo siempre me faltan las palabras.

–Sois bastante elocuente cuando se trata de escabulliros de una tarea ingrata –replicó ella mordaz–. Mas no gastéis saliva: es mi deseo.

A esas alturas, Jonah ya sabía lo que ello quería decir: «Eres mi caballero y has de tener a bien cumplir mis deseos; de lo contrario, en adelante te daré de lado». Hizo una reverencia exageradamente amplia y deferente para que ella captase que pretendía ser impertinente.

–En tal caso, sólo me queda esperar que no lamentéis vuestra elección.

La reina sonrió, satisfecha como un gato saciado, y le ofreció la mano con gesto altanero para darle a entender que la conversación había terminado.

Giselle sintió una dicha y una agitación febriles cuando volvió a casa con Jonah el día de Navidad. Desde el arresto de su padre se había ocupado especialmente de la conclusión de la nueva casa, dado que Jonah tenía demasiado que hacer y, además, ella agradecía contar con tan buen motivo para abandonar con frecuencia Westminster. Las obras en sí habían finalizado casi por completo, de manera que ahora tocaba encargarse del mobiliario.

Cuando se casó con Jonah, llegó a una casa que ya estaba en funcionamiento. En un primer instante no se atrevió a cambiar nada a su gusto, y más adelante se lo impidió la fuerza de la costumbre. Ahora se le ofrecía la oportunidad de obrar a sus anchas desde un principio. Acordó con Jonah el margen económico y después visitó a carpinteros, sastres, caldereros, tapiceros y otros muchos artesanos y mercaderes; estaba fuera de sol a sol y se sentía como pez en el agua. También fue lo bastante lista para no revelar a Jonah que estaba de nuevo encinta, evitando así que él le aguara la fiesta y la condenara a permanecer inactiva con Lucas, muerta de aburrimiento.

Finalmente, todo estaba según sus deseos, y el día anterior había acudido el padre Rufus a bendecir cada cuarto de la casa, así como también la nueva cabaña de Meurig y Rachel, contigua a la puerta. Giselle estaba impaciente por mostrarle a Jonah sus logros.

—¿Qué me dices de este pasamanos? —preguntó orgullosa mientras señalaba la obra de arte ricamente tallada que ornaba la escalera y la galería, abierta al zaguán, de la planta superior—. Busqué un carpintero y le encomendé todas las camas si, a cambio, nos dejaba el pasamanos al precio de los materiales. Para los muebles de la sala, acudí a otro ebanista e hice lo mismo para sacarle dos sillones de exquisita labra que he dispuesto junto a la chimenea. ¿Qué te parece?

Jonah la miró a los fulgurantes ojos.

—Eres digna hija de tu padre.

Giselle resolvió tomarlo como un cumplido.

—Gracias.

Acto seguido lo tomó de la mano con impaciencia, lo hizo subir y lo llevó de habitación en habitación igual que él hiciera con ella hacía escasas semanas. Cuando se vieron ante su cama, intercambiaron una mirada y rieron al acordarse del revolcón de prueba. Luego se dirigieron a la sala, donde estaban reunidos todos los suyos. Crispin había llevado a casa a Cecil durante las fiestas. El muchacho, que a la sazón ya tenía nueve años, pese al brazo atrofiado era un guapo pillo que hacía cosquillas disimuladamente en la oreja a su pequeño «hermano adoptivo» con una pluma y entretanto charlaba con Meurig tan animadamente como si los años de turbada mudez no hubiesen existido.

—¡Maese Jonah, bienvenido a casa! —exclamó Rachel al verlo.

Él saludó a los criados, un tanto sorprendido de lo mucho que se alegraba de volver a verlos a todos. A instancias de Giselle, ese día comieron con ellos en la sala Rachel, Meurig y sus hijos, y también Jasper, el cocinero, y Berit se les unieron a la mesa después de servir el opíparo festín.

Rachel llenó los platos, y el versátil Meurig ejerció de nuevo de escanciano y repartió el brillante tinto de Borgoña en las mejores copas de plata.

Después de dar gracias a Dios, Jonah echó un vistazo a su alrededor. El aprendiz de Crispin, Martin Aldgate, se había ido a casa a pasar las fiestas, pero el nuevo aprendiz de Jonah estaba sentado junto a Cecil y lanzaba miradas furtivas a aquellas personas que aún le resultaban desconocidas. Era tímido, mas había aceptado sin vacilar la invitación de su maestro de celebrar con ellos la Navidad. «Dios me asista –pensó Jonah con una sonrisa disimulada–, he tomado de aprendiz al hijo de Francis *el Zorro*. No puedo estar en mis cabales...» Sin embargo, Giselle lo había convencido de darle la oportunidad al joven Willcox de aprender un oficio honrado. Se sentía responsable del muchacho, dada la mala pasada que le había jugado su padre. Nadie en la casa, salvo ella y Crispin, sabía quién era Harry.

Giselle alzó su brillante copa de plata.

–Como probablemente sepáis, si esperamos a que el señor de la casa pronuncie unas palabras a propósito, moriremos de hambre. –Todos rompieron a reír. Jonah miró a su esposa y meneó la cabeza, pero sonreía–. Razón por la cual dicha tarea ha recaído en mí –continuó–. Os deseo una feliz Navidad y os doy la bienvenida a nuestro nuevo hogar. –Su voz sonaba singularmente solemne, incluso temblaba un tanto.

Los presentes levantaron su vaso y se felicitaron antes de entregarse con el debido entusiasmo al cisne asado. Rieron y comieron con deleite, todos de buen humor. Jonah paseó la mirada a socapa por los radiantes rostros, deteniéndose un instante en la gacha cabeza de su primogénito, que ese día se sentaba a la mesa con los adultos por vez primera y comía sin ayuda. Después miró de nuevo a su esposa.

Ella le devolvió la mirada, sonrió y dijo en voz queda:

–Un día memorable: Jonah Durham se siente satisfecho consigo mismo y con el mundo, para variar.

«Por qué no –pensó él–. Sería un pecado no estar satisfecho.» No obstante, como se conocía, replicó, encogiéndose de hombros:

–Estoy seguro de que no durará mucho.

–Disfrutemos, pues, de la dicha del momento. Estoy convencida de que tu contento te hará mostrarte benévolo.

–¿Qué estás tramando ahora? –preguntó él con recelo.

–Vayamos mañana a ver a Rupert y a su joven esposa para que hagas de una vez las paces con tu primo.

Jonah cabeceó sin titubear un solo instante.

-Ni pensarlo. Pero si sientes la necesidad de ver a Rupert y cerciorarte de su dicha de recién casado, podrás hacerlo mañana.

-¿Cómo dices? -inquirió ella, confusa.

Crispin, que se encontraba sentado a su lado y había escuchado con descaro la conversación, supo a qué se refería Jonah.

-Mañana son las representaciones navideñas -le recordó a Giselle-. Creo que Jonah tiene intención de ir a verlas.

El aludido afirmó con la cabeza y se metió una castaña en la boca para no tener que decir nada.

1348-1349
AÑOS DE PESTE

Londres,
mayo de 1348

—Es una vergüenza —musitó Adam Burnell, demasiado afectado para sentir la superior indignación que gustaba de manifestar habitualmente, sobre todo desde que fuera reelegido veedor de los pañeros–. Una vergüenza para cualquier comerciante de esta comunidad. Cuando se haga público...
—Sí —convino el prohombre John Pulteney–. Nos dejará en mal lugar a todos.

Los veedores, cuyo número había aumentado a cuatro debido al incremento del número de miembros y los cometidos, asintieron ceñudos. Todos, salvo Jonah Durham, que se limitó a mirar fijamente al maleante al que tenían que juzgar.

—¿Falsificasteis el sello del gremio y vendisteis quince balas de Lincoln Green como si fuera estambre flamenco? —preguntó Jonah, incapaz de ocultar por completo su perplejidad.

Elia carraspeó.

—Así es. Señor —añadió tras un brevísimo titubeo.

—¿Cómo pudisteis pensar que os saldríais con la vuestra? —inquirió Martin Greene con sincera extrañeza–. Puede que seáis un bribón, pero nunca habéis sido un mentecato.

—Los que me compraron el paño eran moros —intentó explicar Elia Stephens.

—Estafar a unos extranjeros ya es bastante malo —opinó el prohombre de los pañeros–. Pero lo verdaderamente inaudito es falsificar el sello.

—A fin de cuentas, sólo engañó a unos moros —terció Burnell.

—Los moros compran paño florentino desde hace décadas —afirmó Jonah, conteniendo su vehemencia–. Y ahora que se nos abre el mercado, lo primero que hace uno de los nuestros es enfurecer a tan pródigos y ricos clientes. Puede que vos lo consideréis una infracción no muy grave, mas, en mi opinión, es una necedad imperdonable cuyas consecuencias habremos de sufrir todos.

—Caballeros, no tiene sentido discutir por sutilezas —medió el prohombre en voz intencionadamente baja—. Todos sabéis de qué se trata en realidad: expulsión, ¿sí o no? Y lo que hemos de decidir es la suerte de una gran familia. Un paso en falso, un más que desafortunado paso en falso frente a numerosos años de conducta intachable. Os pido que meditéis bien vuestra decisión.

Durante un instante reinó el silencio.

—Es ineludible —sentenció al cabo Edward Gisors. Su voz, por lo común tan aguda, sonó apagada al emitir su terrible juicio—: No puede continuar en el gremio.

Pulteney asintió con expresión abatida.

—Hemos de dar ejemplo.

—Sí —aseguró un vacilante Burnell, las abultadas mejillas pálidas—. Me temo que tenéis razón.

Elia pugnaba por mantener la compostura. Sospechaba que ésa sería la conclusión, mas no por ello resultaba menos horrible. Por lo que a él respectaba podían haber resuelto colgarlo del árbol más próximo: ser excluido del gremio significaba que no podría volver a ejercer el oficio de pañero en Londres. Ningún mercader londinense respetable le daría trabajo. Claro estaba que siempre podía subir a un carro a su dulce Mary y sus cinco hijos y marcharse a Lincoln o Salisbury o incluso a York, pero allí los gremios no lo admitirían, pues sería un foráneo. Comerciar con paño era lo único que sabía hacer. Si se iban al campo, morirían de hambre. Y lo mismo les pasaría en Londres o en cualquier otra ciudad. Avergonzado, se enjugó las lágrimas del rostro sin levantar la cabeza. Ni siquiera podía tomárselo a mal. De haber estado él en su lugar, probablemente hubiese decidido lo mismo.

Sólo faltaba el veredicto de Greene y Jonah. Sin embargo, en lugar de dictar su fallo, el veedor de menor edad preguntó:

—¿Cómo se llevó a cabo? Me refiero a la falsificación del sello de control.

Nervioso, apoyándose ora en un pie, ora en el otro, Elia miró con disimulo a Jonah.

–No fue nada difícil. Obtuve un molde de cera de uno de los sellos de tu..., de vuestro almacén de paño el último domingo que nos invitasteis a vuestra casa y lo rellené en la cocina de mi casa. Los bordes no quedaron del todo lisos, pero a los moros no les llamó la atención.

De nuevo se hizo un silencio escandalizado.

–Se trata de un delito de falsificación de lo más abominable; de un hurto, en el fondo. Por ende ha de comparecer ante el alcalde y los regidores –dijo Jonah en voz marcadamente queda.

Greene se inclinó por la misma solución. Por su parte, Pulteney miró a Gisors y Burnell, los cuales vacilaron un instante antes de mostrar su aquiescencia. El prohombre le hizo una señal al escribano, que se hallaba sentado un tanto aparte, redactando el acta.

–Ve a avisar a los esbirros.

El aludido se puso en pie y salió.

Elia miró a los superiores del gremio con incredulidad, el rostro de una palidez cérea. Después perdió la cabeza: dio media vuelta con un movimiento tambaleante y corrió hacia la salida.

Jonah y Gisors fueron los primeros en reaccionar, tan deprisa como si se lo esperaran. Se levantaron de un brinco del asiento y, tras salvar la mesa –que Jonah saltó con facilidad y Gisors prefirió rodear–, alcanzaron al fugitivo antes aun de que llegase a la puerta. Apenas lo hubieron cogido por los brazos, regresó el escribano con dos esbirros. Los guardianes del orden, que comprendieron la situación a primera vista, se hicieron cargo del prisionero y le ataron las manos.

–¿Adónde? –le preguntó uno de ellos a Gisors.

Éste miró inseguro a Jonah.

–No lo sé. ¿Qué decís vos?

Jonah esperó a que Elia lo mirase a los ojos antes de responder:

–A Newgate: la prisión para falsificadores y bribones.

–Oh, Dios mío, Jonah –susurró Elia con voz bronca, el miedo desorbitando sus ojos, ya que Newgate era el más temido de los calabozos londinenses. Sin embargo, la voz de Elia reflejó, sobre todo, incomprensión–: ¿Cómo... cómo puedes hacerme esto?

–Has sido tú –replicó Jonah con toda tranquilidad–. Tú solo te lo has hecho.

–¡Pero somos amigos!

Jonah meneó la cabeza.

–Yo soy comerciante; tú, un bribón. Ya no tenemos nada en común. –Les hizo una señal a los esbirros y señaló la puerta con el mentón–: Lleváoslo.

El prohombre suspiró. Estaba sumamente afligido.

–¿Quién se lo dice a su esposa? –preguntó, y su voz traicionó cuán desagradable se le antojaba la idea.

Tras vacilar un breve instante, Jonah repuso:

–Yo.

Cecil regresó de hacer el recado cubierto de polvo y sediento. Se encontraba en su tercer año de aprendizaje, y no hacía mucho maese Crispin le había confiado los contratos de aprovisionamiento de las tropas reales. El cometido entrañaba más responsabilidad que antes, pues las tropas del rey eran más numerosas y, por ende, las partidas más importantes. Cecil se sentía orgulloso de que sus dos maestros depositaran tanta confianza en él, y él mismo se sorprendió al constatar la facilidad con que desempeñaba dicha tarea y el buen olfato que había llegado a desarrollar para saber cómo y dónde conseguir paño económico.

Atravesó la puerta con la carretilla que contenía las diez balas de Beverly Brown que acababa de adquirir, la guió habilísimamente con la mano sana por el sendero de grava que conducía al almacén, se detuvo brevemente en medio del patio y, tras volver la cabeza un instante, bebió un trago de agua de la fuente antes de continuar su camino.

Cecil se situó de nuevo ante la carretilla y llevó su carga a la vieja construcción de madera ubicada en la parte izquierda del patio, donde se almacenaba el género de menor valía. Abrió de un empellón y se detuvo un momento en el umbral, parpadeando, hasta que sus ojos se acostumbraron a la penumbra.

–Ven aquí si te atreves, miedica francés, vas a ver lo que es bueno. ¿Te has librado de nuestros arqueros? ¡Pues eso no te salvará!

Cecil no tardó en descubrir quién dispensaba aquel recibimiento tan poco deferente: Lucas, que apenas tenía once años, se había parapetado tras un saco de lana en bruto al que propinaba estocadas con su espada de madera.

—Te voy a rebanar el cuello hasta el ombligo, petimetre —amenazó el chico.

Cecil se mordió el labio inferior.

—Yo diría que eso es imposible. Y procura que tu padre no te pille aquí.

Lucas se volvió en el acto, blandiendo el arma con agresividad. Al ver a su primo, que se parecía a él como si fuese su hermano, la dejó caer y se encogió de hombros con cierto aire de culpabilidad.

—Y qué si me pilla... —farfulló, si bien sonó más incomodado que belicoso.

Cecil se metió bajo el brazo la primera bala, que enderezó con la anquilosada mano del deforme brazo izquierdo, y la llevó hasta uno de los altos estantes que recorrían toda la longitud del almacén en numerosas hileras.

—A ver si lo adivino: es la batalla de Crécy, ¿a que sí?

Lucas sonrió, y en las comisuras de la boca se dibujaron dos irresistibles hoyuelos.

—Estoy justo detrás del portaestandarte del Príncipe Negro —explicó.

Cecil se deshizo de su carga.

—En tal caso, serás testigo de grandes hazañas —comentó, y también sus ojos se iluminaron.

A todo inglés se le iluminaban los ojos al oír el nombre de Crécy. Hacía ya dos años que el rey había obtenido allí su gran victoria, dando así el giro decisivo a la lánguida guerra. Gracias a una novedosa táctica y a sus excelentes arqueros, los ingleses acabaron superando al enemigo en cinco contra uno. Los nobles franceses sucumbieron o bien fueron capturados. Por aquel entonces, más o menos, Henry Grosmont, primo del rey y a la sazón conde de Lancaster, reconquistó la bella y próspera Aquitania, en el sur de Francia, para la Corona inglesa. Inglaterra controlaba Bretaña y Normandía, y hacía meses escasos también había caído la obstinada Calais tras un año de asedio. Felipe de Francia se seguía aferrando a su trono en París, si bien la isla de Francia —que continuaba bajo su dominio— a esas alturas era poco más que una isla rodeada por Inglaterra y sus aliados.

Desde Crécy, Inglaterra entera se hallaba sumida en un pugnaz paroxismo de alegría, y celebraba a su rey, el mejor de todos los caballeros. No obstante, más aún celebraba a su hijo, el príncipe Eduardo. Con apenas dieciséis años había protagonizado las más increíbles heroicidades en Crécy y, desde el día en que pisó el campo de batalla con su armadura negra, en el mundo entero era conocido como el Príncipe Negro y, además, temido. Sobre todo lo veneraban los jóvenes, y ninguno con más fervor que Lucas Durham.

–¿Me ayudas a descargar? –pidió Cecil.

Lucas no era un niño lo que se dice dócil, pues en muchos aspectos se parecía a su padre. Pero quería a Cecil como al hermano mayor que no tenía y hacía cosas por él que habría rehusado a otros con frialdad.

Juntos retiraron de la carretilla las diez balas y las llevaron a su sitio. Lo despacharon deprisa, y Lucas tenía intención de volver a la batalla, pero el aprendiz lo retuvo y le señaló las ordenadas hileras que abarrotaban la estantería.

–¿Qué clase de paño es éste? ¿Lo sabes?

El chico lo miró con desinterés y se encogió brevemente de hombros.

–Marrón –concluyó.

El aprendiz revolvió los ojos.

–Bueno, eso al menos es cierto. Pero sé que puedes hacerlo mejor, venga.

–Cecil... –protestó el muchacho.

–Vamos, sólo tienes que tocarlo y adivinarlo, después podrás irte. Venga, ya es hora de que muestres algún interés por el negocio.

Lucas se acercó a la estantería, empuñando la espada de madera, y levantó una de las balas con la punta del arma, sin ningún respeto, antes de pasarle por encima los dedos de la siniestra.

–Basto –afirmó–. Áspero y flojo.

Cecil hubo de reprimir una risotada al oír tan poco profesional forma de expresarse.

–¿De lo que deduces que es...? –quiso saber.

–Ni idea –admitió el chico.

Cecil lanzó un suspiro. Sabía que sus esfuerzos eran en vano. Había descubierto que la pasión por el paño y la lana eran innatos, y para el que la poseía, el tacto de un tejido noble era tan maravilloso como para otros el sonido de bellas melodías. Para él, por ejemplo. Para maese Crispin y su tío Jonah. De un modo absolutamente excepcional para David Pulteney, que acariciaba una seda con los ojos y las manos igual que otros hombres a una mujer hermosa. Mas no para Lucas. Nadie quería reconocerlo, nadie lo decía nunca, pero ése era el hecho. El niño carecía por completo de la extraordinaria intuición para los colores y los paños que había enriquecido a su padre. Y por eso Cecil veía que a su pequeño primo le aguardaban años difíciles.

–Hemos terminado. Estaré en el despacho si me necesitas.

Cecil cruzó el patio silbando y lanzó una mirada de admiración a las primeras rosas que florecían en el césped de alrededor de la fuente. Y es que todo mayo había sido inusualmente cálido, y también los lirios lucían ya henchidos brotes. Al muchacho le encantaba ese jardín. Lo había plantado Giselle, y parecía reflejar su personalidad casi con desnudez.

Crispin alzó la vista cuando el aprendiz entró en el despacho.

–¿Y bien? ¿Todo resuelto, hijo?

Solía llamar así a Cecil, y ambos sabían que era algo más que una expresión.

–Diez balas de Porter a un precio irrisorio –informó el aprendiz, y contó el dinero que no había gastado en la extendida mano de Crispin.

El maestro asintió satisfecho.

–Este talento lo has heredado de tu abuela, ¿sabes? –observó.

–Claro –musitó el muchacho con aparente desinterés.

Siempre se sentía violento cuando alguien hacía alguna alusión a sus orígenes o al monstruo que tenía por padre. Por suerte, no sucedía con frecuencia. Y nadie, salvo maese Crispin, hablaba con él al respecto.

–¿Dónde está Harry?

El joven Willcox, que se hallaba en su último año de aprendizaje, era amigo y confidente de Cecil desde que éste había vuelto de la iglesia monacal. El uno, hijo de un ladrón; el otro, el retoño bastardo de una ramera. Había numerosas cosas que tenían en común y que nadie más en esa casa habría podido entender.

–Ocupándose del valioso cargamento del *Isabel* –respondió Crispin–. Acaba de enviar la mitad a Westminster. Por lo visto, desde hace poco también proveemos de borgoña a la corte.

–No me sorprende –contestó el aprendiz con aire distraído, y recorrió con el dedo las últimas entradas y agregó unas partidas con letra experta.

Crispin esperó a que el muchacho hubiese terminado de escribir para comunicarle:

—Me gustaría que fueras mañana a Sevenelms con la barca. Comprueba cómo va el brocado de seda para el tío de la reina. Si el *Felipa* se detiene en Tickham pasado mañana, querría que el género estuviese listo para ser cargado.

Tickham era un casar situado en el delta del Rhye y el Támesis. Hacía años Jonah había adquirido un generoso terreno a orillas del río de mayor caudal, y Tickham se había convertido en un concurrido puerto de tránsito, un próspero centro de comercio por la gracia de Durham. En cuanto a los derechos sobre la exportación del paño manufacturado en Sevenelms, Jonah había llegado a un discreto acuerdo con la reina: él mismo elaboraba una relación anual de los aranceles recaudados y los deducía del préstamo que le había concedido a la Corona. El rey, que seguía siendo un hombre de buena fe, confiaba en Jonah como antes lo hiciera en su suegro, si bien, a diferencia de De la Pole, aquél jamás le había estafado un penique a la Corona.

—Estoy seguro de que maese David tendrá el género a su debido tiempo —aseguró Cecil.

Crispin hizo una mueca.

—Sí, tu inquebrantable fe en el talento organizador de David Pulteney no es ninguna novedad. Con todo, ve allí y asegúrate personalmente de que mi desconfianza es infundada.

—Claro.

—Y ahora vayamos a cenar. Se hace tarde. Será mejor que no hagamos esperar a Giselle.

Jonah volvió a casa antes de que hubieran terminado de comer. Se lavó las manos en el aguamanil que le llevó Harry Willcox, asintió con expresión distraída y se sentó en su sitio.

Una de las jóvenes criadas que servían en la casa y la cocina bajo la supervisión de Rachel hizo ademán de ofrecerle un rebosante plato que desprendía un delicioso aroma a pescado y marisco, mas Jonah lo rechazó con la mano.

—Dámelo a mí, Anne —pidió Cecil—. Todavía no me he hartado.

Giselle averiguó el estado de ánimo de su esposo mirándolo con el rabillo del ojo. Supo que había sido un día duro para él. Tras apoyar la mano en su hombro brevemente, le dijo a la chica:

—Tráele un vaso de vino a maese Jonah, Anne.

—Sí, señora.

Él no puso objeciones. Esperó a tener ante sí la bruñida copa de plata y, acto seguido, la hizo girar con nerviosismo entre las manos antes de beber un sorbo.

—Tu padre está en la prisión de Newgate, Piers —le comunicó al menor de sus aprendices sin alzar la vista del vaso—. Tu madre quiere que vuelvas a casa. Es posible que también lo quisiera tu padre. Pero tenemos un contrato vigente cuyo cumplimiento puedo reclamar. Dejo la decisión en tus manos.

Piers Stephens, de catorce años de edad, sabía lo que se le recriminaba a su padre. Y sabía que si los superiores del gremio lo habían hecho encerrar los cargos estaban fundados. Se le hizo un nudo en la garganta. Depositó la repleta cuchara en la escudilla y levantó la vista despacio.

—Si aún me queréis con vos, me gustaría quedarme, maese.

Jonah asintió y alzó la cabeza un instante para mirar al chico a los ojos.

Para entonces Piers ya tenía la sensación de que los cangrejos y caracoles que se había zampado —que ni siquiera le gustaban especialmente en circunstancias más dichosas— se habían transformado en su estómago en gusanos y sabandijas. Apartó el escabel a toda prisa, farfulló una disculpa y salió corriendo.

Crispin, Harry y Cecil continuaron comiendo como si tal cosa, mientras que Lucas y sus hermanos intercambiaron incómodas miradas.

—Cuéntale a tu padre lo que has aprendido hoy en la escuela, Elena —le pidió Giselle a su hija.

La pequeña, que tenía seis años, se levantó de su sitio de un brinco.

—Un poema sobre los siete días de la Creación. ¿Os lo recito, padre?

Jonah hizo un esfuerzo y repuso:

—Naturalmente. Yo pensaba que eran sólo seis.

—Bueno, la última estrofa es corta porque fue un día de descanso —admitió la pequeña.

Y se plantó delante de él, unió las regordetas manitas en la espalda, alzó el mentón y comenzó a declamar los versos.

Jonah prestó más atención a su voz que a las palabras. Elena era una niña hermosa, aunque delicada como una elfina, que guardaba mayor parecido con su tía —cuyo nombre llevaba— que con su madre. Sus ojos eran de un azul brillante como los de Giselle, los cabellos de un castaño tan oscuro que casi se asemejaban a la negrísima cabellera de su padre, y su piel casi transparente. Jonah ya vislumbraba cuán bella sería Elena. Además, era inteligente y muy sensata para su edad. Tal vez la que mejor había salido de sus hijos, pensaba en ocasiones: ni tan díscola como Lucas ni tan rebelde como Felipe, que parecía decidido a granjearse el odio de todo el mundo. Después de Elena habían tenido a Hannah, que sólo vivió una semana, y tras ella a Samuel, que se hallaba arriba en su cuna, con el ama, y tenía tres meses de edad. Jonah dudaba que fuera a tener más suerte con él que con Lucas y Felipe. Albergaba el secreto temor de que sus hijos se parecieran demasiado a él para depararle muchas alegrías. Elena era distinta. Ella le reconfortaba el corazón, aun cuando, absurdamente, a ninguno de sus hijos amaba más que a su primogénito.

Cuando la niña hubo finalizado, Giselle, Crispin y los aprendices le tributaron un cerrado aplauso. Jonah sentó a su hija en el regazo y aspiró con disimulo su olor a leche y jabón.

—Ha sido magnífico —alabó.

—La última estrofa estaba toda al revés —apuntó Felipe, que a la sazón tenía ocho años—. Dice...

—Estoy seguro de que tú te la sabes mejor, pero ahórranos el sermón —lo interrumpió Jonah.

—Claro —musitó el muchacho, y bajó la cabeza, de castaños cabellos.

—¿Cómo dices? —inquirió su padre.

—Sí, señor —gritó innecesariamente Felipe.

Jonah asintió, circunspecto. Por un instante reinó el silencio. Después pidió en voz baja:

—Vete. Será mejor para los dos.

Felipe se levantó tan aprisa como si se lo esperara y abandonó la sala sin despedirse.

Lucas siguió comiendo sin dignarse mirar a su hermano menor. Se protegía tras una coraza de silencio y aparente serenidad, algo que dominaba con la misma perfección que su padre. Permaneció en su lugar, ignorado y sin que lo molestaran, hasta que levantaron la mesa. Luego les dio amablemente a sus padres las buenas noches y, acto seguido, fue a buscar a su hermano directamente al viejo despacho, situado al otro lado del patio, donde Felipe acostumbraba a refugiarse cuando reñía con su padre.

Giselle sintió que el corazón se tornaba plúmbeo en su pecho. Era una sensación familiar, pues la asaltaba siempre que se sembraba la discordia entre Jonah y sus hijos. Por lo común, ella asumía el papel de mediadora, mas no así ese día. Ese día estaba decidida a mostrarse indulgente con su esposo.

−¿Qué ha pasado? −quiso saber cuando finalmente se vieron a solas en la espaciosa y cómoda alcoba.

Giselle se sentó en el borde de la cama y comenzó a desvestirse. Por su parte, Jonah se acomodó en el sillón situado bajo la nueva ventana acristalada, se despojó del collar −distintivo del cargo que ocupaba en el gremio− y la librea azul como si estuviesen emponzoñados y miró desde allí a su esposa. A sus veintiocho años y tras cinco embarazos todavía le embelesaba. A ojos de Jonah no había cambiado, aún era la novia a la que sobresaltara antaño con sus frías manos. Y, hasta la fecha, seguía siendo incapaz de verla desnudar sin que le sobrevinieran pensamientos de lo más lascivo. Apartó un instante esos pensamientos, pues se le antojaban demasiado buenos y livianos, demasiado indoloros.

−Ha sido... horrible −comenzó−. Peor de lo que me temía.
−Entonces, ¿es cierto? ¿Lo hizo?
Jonah afirmó con la cabeza.
−Se hizo con el molde del sello aquí, en nuestra casa.
−Menudo canalla −dijo ella en voz queda−. ¿Es que no tiene un atisbo de decencia? ¿Cómo pudo hacerte eso? ¿Después de todo lo que has hecho por él? Y si necesitaba dinero, ¿por qué no acudió a ti?

Eso mismo le preguntó Jonah a Mary Stephens. La otrora dulce y jovial Mary, de mejillas sonrosadas y voluptuosos pechos, que hacía la vista gorda con una sonrisa benévola cuando Elia volvía a pasar toda la noche fuera; la paciente criatura que había engendrado un hijo tras otro mientras Elia se jugaba a los dados el futuro de esos hijos con creciente ligereza. Sin embargo, cuando Jonah le planteó esa pregunta, la apacible Mary se convirtió en una furia y arremetió contra él. Lo abofeteó de tal forma que le zumbaron los oídos y le chilló. Aseguró que Elia estaba harto de sus limosnas, así como de sus préstamos, que le ofrecía con una sonrisa y luego exigía en el momento menos adecuado junto con los intereses y los intereses de los intereses.

Jonah le refirió a Giselle tan abominable escena con voz entrecortada. Todavía le costaba contarle las cosas desagradables, mas no omitió nada.

—Dijo que yo era igual que tu padre: un usurero, un logrero.

Giselle no pareció muy impresionada.

—Si fueses un usurero, Elia Stephens habría ido a parar al calabozo mucho antes. Jamás podrá devolverte todo lo que le has prestado.

Él le restó importancia al hecho con un gesto.

—Elia ha hecho cosas por mí que no se pagan con dinero. Me respaldó cuando el gremio al completo estaba contra mí. Por no hablar de cómo mimó a nuestros flamencos.

Giselle asintió de buena gana.

—Lo sé. Te sientes obligado con él y lo has metido en la cárcel para ayudarlo. El alcalde y los regidores lo condenarán y él permanecerá encerrado hasta que enferme y se quede en los huesos. Es posible que carezca de medios para aplacar al carcelero, de manera que sufrirá vejaciones. Y cuando salga, los gremiales lo compadecerán de tal forma que ninguno pensará en expulsarlo. Las mujeres le harán pasteles y los hombres le llevarán vino y le prometerán negocios. Por mor de las formas, lo desterrarán de las filas de los miembros con librea, pero al mismo tiempo le perdonarán lo que ha hecho, lo olvidarán sin más y lo tratarán como si fuese un mártir. Es así, ¿no?

Jonah no contestó. Ése era precisamente su plan. No es que fuera especialmente bueno, mas sí el único que se le había ocurrido para sacar a Elia del fabuloso aprieto en que él mismo se había metido. Y estaba convencido de haber hecho lo adecuado cuando insistió en que interviniera el tribunal de concejales, condenando con ello a Elia a un arresto de duración indefinida.

–Jonah... –dijo con suavidad Giselle, extendiéndole la mano–. Ven aquí.

Él fue. No quería, pero la voz de su esposa resultaba demasiado tentadora. Se sentó a su lado, en el filo de la cama, y ella le echó los brazos al cuello y lo besó en la mejilla.

–Tampoco yo acaté nunca las normas –explicó él–. Y cuando las infringí, Elia siempre estuvo a mi lado para... –No supo seguir.

–¿Defenderte? Jonah, sé que no eres un ángel, pero nunca has engañado a nadie. Ni siquiera a Rupert. Ni a mi padre. Les tendiste trampas y ellos cayeron en ellas, mas nunca has violado la ley ni las normas del gremio. No te creas peor de lo que eres.

–No, no lo hago. No... es necesario –añadió con una pequeña sonrisa de amargura.

–Elia fue un mentecato. Y ha de pagar el precio por su necedad. Por amargo que sea, en último término te estará agradecido. O al menos debería estarlo.

Pero Jonah era de otro parecer. Mary había dado en el clavo cuando le preguntó: «¿Qué derecho tienes a juzgar a los demás justamente tú? ¡Eso sí que es grotesco! ¿Qué habrá inducido a los gremiales a elegir veedor a alguien como tú? No posees ni una sola de las cualidades necesarias: ni decencia, ni bondad, ni compasión. ¡Compasión! ¡Menuda ironía! Tú sólo piensas en ti mismo».

–Creo que debería renunciar al cargo –anunció a su esposa–. No soy adecuado, lo dije desde el principio.

Ella acogió la cabeza de su esposo en su hombro y le besó la sien.

–No lo hagas. Ah, ya me figuro que te lo habrá dicho Mary. No es precisamente de las que se muerden la lengua. No la escuches. Está desesperada y es infeliz. Desde hace tiempo. Pero el responsable es Elia, no tú. Tú has hecho lo correcto, con independencia de la impresión que pueda dar.

Jonah meneó la cabeza desconcertado. Cuando decidió la estrategia, le dio la impresión de que era la adecuada, pero a esas alturas las dudas pesaban más que los motivos.

–No soy tan bueno como a ti te gustaría pensar, por más que insistas –musitó él.

Giselle no pudo evitar sonreír.

—Pero tampoco tan malo como te gustaría pensar a ti, por más que insistas.

Annot estaba sentada con Cupido en la salita de la casa del placer, hablando de los alimentos que hacían falta esa semana. El sol entraba por la ventana e iluminaba los vivos colores de los valiosos mas en extremo pecaminosos tapices, y aquella luz casi parecía devolver a la vida a las desnudas y entrelazadas figuras. En la cercana iglesia de Santa Margarita, las campanas anunciaban el mediodía.

—De manera que un banquete en la sala de baños el jueves y otro en la sala el sábado —resumió Cupido—. El vino tinto bueno no alcanzará.

—Ve a ver a maese Chaucer a Vintry y encarga lo que estimes necesario —aconsejó Annot—. Allí no estafan.

Cupido asintió.

—¿Qué hay del aguardiente?

Antes de que ella pudiera responderle, llamaron a la puerta y entró uno de los donceles, que hizo una graciosa reverencia.

—El padre Julius con una nueva —informó.

—Hazlo pasar —dijo Annot, y le tendió a Cupido la lista que habían confeccionado a medias.

El sirviente le abrió cortésmente la puerta al párroco de San Martín. El sacerdote, a esas alturas ya un hombre entrado en años, seguía siendo uno de sus más fiables proveedores de jóvenes.

—¿Dónde está lady Prescote? —preguntó con una mezcla de sorpresa y brusquedad.

—Se ha ido al campo unos días, padre, pero no os preocupéis, todo sigue su curso habitual —le aseguró Cupido—. Entra, querida, no seas tímida —le dijo a la chica, que parecía esconderse tras las protectoras espaldas del sacerdote. Y, esbozando su irresistible sonrisa, le propuso a Julius—: Si me acompañáis, padre, podemos dejar a las damas con sus asuntos y entretanto tratar los nuestros. ¿Un vaso de tinto, como de costumbre?

—Con gusto, hijo mío —accedió el cura, considerablemente más apaciguado.

Vacilante, la joven cruzó el umbral, clavó unos ojos desorbitados en el tapiz y miró en el acto al suelo.

Annot esperó a que la puerta se hubiera cerrado.
—Siéntate —dijo—. ¿Cómo te llamas?
—Heather, señora.
«Santo Dios, hemos de cambiarlo —pensó Annot—. No es precisamente un nombre que encienda la sangre.»
Heather se sentó en el borde del sillón que había frente a Annot. Su mirada de nuevo volvió con disimulo a la pared y, acto seguido, rompió a llorar. No fue un berrido histérico, sino la desesperación de una niña abandonada que se hallaba en un callejón sin salida.
Annot la dejó desahogarse mientras observaba el género con ojo experto. «Del montón», concluyó. Bonita, como lo eran en el fondo todas las jóvenes a las que no les faltaba nada y no tenían los labios leporinos o bizqueaban, aunque en tres o cuatro años ese encanto juvenil se habría marchitado, desaparecería sin rastro.
Cuando Heather se hubo calmado, Annot dijo:
—Cuéntame tu historia, niña.
Había comprobado que eso siempre era un buen comienzo, pues todas tenían una historia que contar. Básicamente, claro está, siempre era la misma, y apenas nadie quería escucharla, razón por la cual a esas desdichadas muchachas les aliviaba poder referir su versión, les insuflaba confianza.
—Mi padre era estibador en Botolph's Wharf, señora, y el pasado otoño murió aplastado por una grúa que volcó. Mi tío me colocó de costurera en casa de un distinguido sastre de Langbourn, puesto que se me da bien la aguja.
—¿Cuántos años tienes? —la interrumpió Annot.
—Trece, señora.
—¿Y quién es el sastre?
—Maese Oakley.
Annot asintió sin mostrarse muy sorprendida. «Lo volverás a ver aquí, Heather», habría podido decir, mas lo dejó estar. Reginald Oakley era un hombre de extraños gustos. A semejanza de Rupert Hillock, sentía la necesidad de ejercer poder sobre las mujeres y someter a su voluntad a las que menos lo deseaban. Las cortas jornadas laborales de invierno le ordenó repetidas veces a Heather permanecer en el taller y continuar cosiendo a la luz de una vela cuando las demás podían irse a casa. Los pedidos urgían, le aclaró, debido a las inminentes navidades. Heather trabajó de buena gana,

en ocasiones incluso hasta bien entrada la noche, y asimismo asumió que él la tocara, ya que a veces recibía un penique adicional, y sus hermanos no tenían bastante que comer. En enero abusó de ella por primera vez. Heather también lo soportó, porque no había nadie que pudiera ayudarla y no tenía adónde ir. Hasta que maese Oakley la ofreció a su oficial, que accedió deseoso y no puso objeciones a que el maestro mirase.

–Y luego... tenía tanto miedo que salí corriendo. Poco después de la Candelaria el padre Julius me dijo que conocía un lugar al que podía llevarme, pero yo no sabía que fuese..., que era éste.

Hizo un gesto nervioso que pretendía abarcar la casa entera, bajó la cabeza y rompió a llorar de nuevo.

–Deja de llorar, Heather, no conduce a nada –aconsejó Annot con amabilidad–. Sé que no querías acabar aquí, pero a pesar de todo has hecho lo correcto. Con Oakley todo habría ido a peor. Una mujer que ha perdido la honra es presa fácil. Te hagan lo que te hagan, ellos nunca tendrán cargo de conciencia, pues creen que la cosa no podría ser peor de lo que ya es. Te han humillado, eres un gusano al que han pisoteado, por tanto pueden hacer lo que les plazca sin que ello cambie lo más mínimo. ¿Comprendes lo que te digo?

La boca de la chica se crispó.

–Muy bien, señora.

–Aquí es diferente. Existen normas a las que han de atenerse, y tú cuentas con protección y no estás sola. ¿Cuándo nacerá tu hijo?

Heather abrió desmesuradamente los ojos, espantada.

–¿Señora?

Annot le señaló el vientre con cierta impaciencia.

–El niño. ¿Cuánto falta aún?

La muchacha parecía en extremo confusa.

–No... no lo sé. No sé nada de un niño.

A Annot la asaltó una sospecha.

–¿No te explicó tu madre cómo vienen los niños al mundo?

Heather negó con la cabeza con energía.

–Mi madre falleció cuando nació John, hace cinco años. No tenemos a nadie, ¿entendéis? Por eso intenté aguantarlo todo, por mis hermanos.

Annot sintió una amarga ira contra Reginald Oakley, Rupert Hillock y todos los innumerables corruptores de menores de la maldita ciudad. Se levantó con parsimonia y se acercó a mirar por la ventana. Heather admiró su seguridad y su garbo, así como el elegante vestido que llevaba, igual que Annot había admirado en su día a Isabel Prescote.

Cuando estuvo bastante segura de poder controlar sus sentimientos, se volvió.

–Dime, Heather. ¿Sabes cuándo fue la última vez que ocurrió? ¿Con maese Oakley o su oficial?

A la chica no le hizo falta pensar mucho.

–Hace tres semanas, el sábado. Después salí corriendo.

–¿Y has sangrado desde entonces?

Las mejillas de la muchacha se tiñeron de un rojo intenso, y ella bajó la cabeza deprisa, si bien asintió.

Annot se aproximó a ella, le puso las frías manos en las mejillas y le levantó el delicado rostro.

–En tal caso, has tenido suerte, ya que no has sufrido ningún daño que no se pueda reparar. Si eres lista.

Heather cabeceó y tragó saliva a duras penas.

–¿Cómo podéis decir eso? He... he sido deshonrada. Todos lo saben. He pecado, y Dios me ha abandonado y ahora...

–¡Pamplinas! –espetó Annot, si bien se moderó en el acto para no asustar a la chica–. Dios es un hombre, Heather, y no es que te haya abandonado, sino que nunca ha estado contigo. Odia tanto a las mujeres que ni siquiera permitió que a su hijo lo pariera una mujer. Tuvo que acudir un engendro asexuado a prestar el servicio. ¿Nunca lo habías pensado?

Heather la miró con los ojos desorbitados y, temerosa, se santiguó.

–¿Qué estáis diciendo, señora...? –susurró amedrentada.

Annot se obligó a sonreír.

–No pretendía meterte miedo. Pero, créeme, sé lo que me digo. Dios no es misericordioso con nosotras. Si no nos ayudamos las unas a las otras, estamos solas y abandonadas.

–No os entiendo –admitió Heather.

–Te lo diré de otro modo: no tienes por qué quedarte aquí. Lo tuyo todavía tiene solución. Si te dominas y eres lista y dejas atrás lo sucedido. No debes pensar que ha sido culpa tuya. El pecado es de Oakley, no tuyo. Olvídalo, olvida todo lo que te ha pasado. Te equivocas si crees que lo sabe todo el mundo. Tal vez corra el rumor en el barrio de Oakley porque el oficial se ha jactado en la taberna de su hazaña, pero dos calles más allá no le interesa a nadie. Esta ciudad es enorme, y allí donde vas a ir no te conocerá nadie y podrás empezar de nuevo.

—¿Adónde queréis mandarme?

—A Ropery, a casa del comerciante Durham.

Heather pegó un respingo.

—Pero ¿qué voy a hacer yo entre gente tan distinguida?

—Maese Durham tiene un consocio, maese Lacy —explicó Annot—. Acudirás a él. Te daré una carta, y él te instalará en la casa. Allí nunca está de más otra criada.

Y se sentó de nuevo a la mesa y cogió un papel.

Heather se había aferrado al borde del asiento y miraba embobada mientras la pluma se deslizaba veloz, rechinando ocasionalmente. Cuando Annot le entregó la misiva, la muchacha la tomó con ademán titubeante, si bien preguntó:

—¿Y ese maese Lacy no...?

—No. Allí nadie te hará nada. Tendrás un trabajo honrado y quizás incluso ganes lo suficiente para sacar adelante a tus hermanos. A buen seguro más que con Oakley.

—Pero, señora... —Heather la miró sin dar crédito—. ¿Por qué hacéis esto por mí?

—Porque a todas luces aún no es demasiado tarde para ti. Tienes más suerte que la mayoría, niña, se te ofrece una nueva oportunidad. No la desperdicies. No le cuentes a nadie lo sucedido. A nadie, ¿me oyes? Es lo más importante. Olvídalo. Imagina que sólo fue una pesadilla. Si uno de los mozos de Jonah Durham te hace la corte y quiere casarse contigo, no vaciles. Sonrójate y dátelas de doncella ante él y llora un tanto en tu noche de bodas, así no sospechará nada si no sangras, pues es algo que ocurre a menudo. ¿Lo has entendido?

Heather asintió un tanto aturdida, y Annot forzó una sonrisa para darle ánimos.

—Pero ese maese Lacy... —objetó, preocupada, Heather.

Annot movió la cabeza con resolución y señaló la carta que la muchacha sostenía en la mano.

—Le he contado la verdad, pero guardará tu secreto. Él es diferente, créeme. No tienes por qué avergonzarte ante él. Tú eres la única dueña de tu futuro, tenlo claro.

La sonrisa liberadora, de profundo alivio, que esbozó la chica casi le confirió belleza a su rostro.

–Os... os estoy muy agradecida, señora. No sé cómo...

Annot la hizo callar con un gesto.

–Será mejor que te quedes aquí hasta que se haya ido el padre Julius. Después el sirviente te acompañará a Ropery. Y creo que mientras tanto deberíamos aprovechar el tiempo explicándote cómo vienen los niños al mundo...

Cupido no hizo comentario alguno cuando Annot le pidió que acompañara a la pequeña Heather a la elegante villa de Durham. Dejó a la muchacha en la puerta y, tras observar desde las sombras del portón de enfrente que un paje con librea la recibía y cruzaba el patio con ella, regresó a East Cheap por el camino más corto.

–Supongo que sabrás que tu blando corazón le ha hecho perder diez chelines a lady Prescote, ¿no? –preguntó como si tal cosa cuando entró en la salita.

Annot desechó la idea con un gesto impaciente.

–No tiene por qué enterarse. Yo te devolveré ese dinero.

Cupido suspiró.

–¿Por qué lo has hecho?

–Ya la has visto –respondió ella exasperada–. Demasiado corriente para esta casa.

El muchacho soltó un bufido.

–He visto ir y venir a otras más corrientes. De manera que: ¿por qué?

Annot se puso a toquetear con nerviosismo la pluma que había sobre la mesa y miró por la ventana. Lo que había hecho carecía de importancia, pues no cambiaba nada las cosas. Ya lo había hecho antes, unas veces con ayuda de Crispin y otras sin ella. En su día tal vez pensara que si salvaba a una de esas chicas en cierto modo se salvaba a sí misma, pero a esas alturas ya sabía que las cuentas nunca cuadraban.

Perpleja, se encogió de hombros.

–Porque Dios no lo hace –replicó.

—Da la impresión de que por fin va a llover, maese —observó Meurig cuando entró en el despacho.

—¿No me digas? ¿Has ido a ver al carretero? —le preguntó Jonah.

Meurig asintió.

—He traído el carro nuevo. Es espléndido.

—Espero que el toldo aguante como prometió el carretero. Ponte a cargar ahora mismo. Quiero partir dentro de una hora. Vas retrasado.

Con esas palabras Jonah salió del espacioso despacho y subió a su alcoba para cambiarse de ropa, pues tenía que ir a la corte. El rey organizaba un gran torneo en Windsor, y aunque Jonah nunca participaba en las justas, él y Giselle estaban invitados al banquete y a la cacería con halcón del día siguiente.

Meurig esperó a que la puerta se hubiera cerrado y comentó:

—Hum, de menudo humor está otra vez, ¿eh?

Los tres aprendices sonrieron, pero Crispin lo miró ceñudo a modo de advertencia.

Harry alzó la cabeza de lo que estaba haciendo y exhortó a Meurig:

—Ya que has perdido media mañana en la tasca, al menos cuéntanos lo que has oído.

El aludido no se hizo de rogar.

—Disparates, como siempre.

—Me parece que en esta ciudad sólo se dicen disparates —censuró Crispin.

Meurig le dio la razón.

—Sí. Este año las historias son aún más increíbles que de costumbre, sin duda, maese Crispin. Un marinero que navegó en una galera genovesa relató que en Bagdad la tierra tembló durante tres días y que en todo Oriente las gentes sufren plagas de langostas y hambrunas.

—Si la cosa empeora lo bastante, tal vez abracen de una vez la fe verdadera —apuntó Cecil sin gran compasión.

Meurig se encogió de hombros.

—Es posible. En cualquier caso allí ocurren cosas extrañas. Tom Buckley, que es ayuda de cámara de maese Greene y siempre está informado, afirma que en la ruta de la seda desaparecen caravanas enteras. En el reino de los tártaros unas bolas de fuego aniquilaron una aldea al completo y después estuvo días lloviendo a cántaros. En algunos lugares llovieron serpientes o sangre, una vez incluso grandes escarabajos deformes con ocho patas y rabo, unos vivos y otros muertos, y el olor a podrido era como un veneno mortal que asfixiaba a la gente. Y en el Mediterráneo se avistaron dos barcos fantasma, sin nadie a bordo.

Crispin revolvió los ojos.

–Ya basta, Meurig –dijo mientras miraba preocupado al aprendiz de menor edad.

Piers Stephens, que de todas formas estaba pasando momentos difíciles, ya era un muchacho asustadizo en circunstancias normales y, en su caso, las historias terribles del extranjero no caían en saco roto.

–No, de veras es cierto, maese –aseguró Meurig, y extendió las manos como para decir que no era culpa suya si llovían bichos o en los mares iban a la deriva barcos abandonados–. Uno apareció en el puerto de Messina, y ahora una epidemia asuela Sicilia. Y dicen que esas extrañas señales se dirigen poco a poco hacia el norte. Las campanas de San Marcos de Venecia empezaron a sonar por su cuenta la noche de Walpurgis.

–En la noche de Walpurgis siempre hay un bromista detrás de todo cuanto sucede –aseguró Harry sin inmutarse. Y agarró a Piers del brazo con tanta amabilidad como rudeza y lo levantó del escabel–. Cierra la boca, muchacho. Vamos a cargar el nuevo carro de maese Jonah con la seda india más bella que hayas visto en tu vida. Para el rey y los caballeros de la noble orden que ha fundado. Después haremos las entregas por la ciudad y no estaremos aquí cuando a Meurig le parta un rayo por mentir más que habla.

Ambos aprendices salieron del despacho entre risas, pero a Harry aún habrían de darle escalofríos al recordar esa mañana y su despreocupada hilaridad. Y es que Meurig no había mentido. Ninguna de las espeluznantes historias que llegaron esa primavera del este y el sur era exagerada, y sin embargo ninguna hacía honor a la verdad.

Jonah ayudó a Giselle a subir al carro, le tendió a Elena y esperó a que Lucas y Felipe estuviesen arriba antes de acomodarse en la silla de su nuevo corcel, *Hector*. Éste era un caballo negro, grande y temperamental de tres años de edad procedente de la afamada cuadra de Waringham, y Jonah contempló el brillante pelaje y las abundantes y onduladas crines henchido de orgullo. Él mismo se afligió y no reprendió a sus hijos por las lágrimas que derramaron cuando Meurig hubo de llevar al viejo y cojo *Grigolet* al matarife, pero *Hector* era un deleite para la vista y un ejemplar soberbio que suponía un desafío continuo para su jinete.

El carro nuevo, al que cubría un toldo de piel clara, en realidad era demasiado grande para el puñado de balas de seda azul y los cuatro ocupantes, pero Jonah quería aprovechar la oportunidad para probarlo.

—¿Falta mucho? —quiso saber Lucas, que miraba con fijeza lo que podía ver de la ciudad a izquierda y derecha de las espaldas de Jocelyn.

Giselle lanzó un ay y afirmó con la cabeza.

—Sí. De Londres a Windsor hay veinte leguas. No llegaremos hasta la tarde.

Lucas se esforzó por ocultar la gran decepción que sintió al comprender que se perdería el torneo.

—¿Estará allí el Príncipe Negro? —inquirió como de pasada, y es que su mayor sueño era volver a ver al príncipe.

—Sin duda —afirmó su madre—. No se pierde una justa.

—¿Y los demás príncipes? —se interesó Felipe.

—También se encuentran allí, pero todavía son demasiado pequeños para competir. El príncipe Lionel es unos meses menor que Lucas, el príncipe Juan tiene aproximadamente la misma edad que tú, y el pequeño Edmundo...

—Eso ya lo sé —la interrumpió de malos modos Felipe.

Giselle alzó las manos con ademán apaciguador.

—Disculpa.

Era más indulgente con Felipe que con sus demás hijos, ya que él era quien peor se llevaba con el mundo en general y con su padre en particular. Era un muchacho apuesto, pero el hecho de que hubiese heredado tanto el físico de su madre como su testarudez no le facilitaba las cosas. Era obstinado, a veces impertinente, con frecuencia un fastidio. No tan fácil de querer como el taciturno y disciplinado Lucas o la alegre Elena. Jonah nunca le había prestado mucha atención. Había guardado las distancias con él desde el principio. Naturalmente, él no sabía que quizá ni siquiera fuera el padre de Felipe, mas Giselle se preguntaba a menudo si no lo barruntaría. Quizá sin ser consciente de ello. Al poco de cruzar el puente que salvaba el río Fleet, comenzó a llover. Primero no fue más que una suave llovizna, pero pronto se abrieron las cataratas del cielo. Caían gruesas y pesadas gotas que formaban un impenetrable telón, y Jonah ató a *Hector* en la parte trasera del carro y se refugió con su familia bajo el toldo.

–Muy sensato –alabó Giselle–. Sería inadmisible que se te empapara tu nueva y distinguida vestimenta de esa lana española de nombre impronunciable.

Él afirmó con la cabeza.

–La lana se llama merina. ¿Dónde estriba la dificultad?

Ella se encogió de hombros.

–Es raro, no suena a lana.

–¿De dónde viene el nombre? ¿Merina? –se interesó Felipe de pronto.

–La oveja que produce la lana se llama así.

–¿Toda la lana sale de una única oveja que se llama merina? –preguntó el muchacho perplejo.

Jonah se rió de él.

–A mi entender el borrego eres tú.

A Felipe se le subió la sangre a las mejillas. Odiaba que se burlaran de él cuando no entendía algo, cosa que sucedía a menudo, pues todo el mundo parecía pensar que tenía que ser al menos tan listo como su hermano, que casi era tres años mayor que él. Frunció el ceño, enfadado, y espetó:

–¡Pero si lo habéis dicho vos!

El semblante de Jonah se ensombreció de repente.

–Cuidado con ese tono, Felipe. –Y añadió, un tanto más benevolente–: Me refería a la raza.

–Ah. ¿Y qué tiene de especial la lana?

–Es más larga, tupida y suave que la de las ovejas habituales.

El chico extendió la mano tímidamente.

–¿Puedo tocarla?

Jonah lo invitó a palpar el reborde de la sobrecota, que le llegaba por la rodilla.

—Adelante.

Felipe apoyó la mano, cerró los ojos y, de súbito, una sonrisa atípicamente inocente afloró a sus labios.

—Es agradable —musitó—. Tan suave y lisa. Casi como la seda.

Jonah intercambió una mirada de asombro con su esposa, y ésta sonrió y le acarició a Felipe los castaños rizos, aun a sabiendas de que él no lo podía soportar.

—Así es, Felipe. Una iniciación temprana...

Jonah asintió. Por lo visto, tal vez uno de sus hijos quisiera ser pañero.

Juana de Kent era, notoriamente, la mujer más bella de Inglaterra, además de lista, cortesana, rica y muy infeliz. Como tenía demasiado buen corazón para saber decir no, hacía ocho años, a la tierna edad de doce, había cometido bigamia. El joven sir Thomas Holland le sonsacó una promesa matrimonial ante testigos y, acto seguido, la metió en su cama: un casamiento poco ortodoxo, mas legalmente válido. Sin embargo, dado que temía la ira del rey, hizo jurar a los testigos y a su novia que guardarían silencio al respecto, de manera que, cuando el rey la desposó con el hijo de su amigo Montagu, Juana no tuvo más remedio que acceder.

La reina, que terminó enterándose de todo, hizo cuanto pudo para guardar el secreto de Juana, y siempre se ocupó de que uno de los dos esposos se hallara lejos en alguna campaña. No obstante, el asunto acabó saliendo a la luz. El escándalo no mancilló la dudosa fama de Juana, y el soberano puso fin a la insostenible situación adjudicándosela a Holland y convirtiéndola después en su amante. Juana, por su parte, suspiraba por su primo Eduardo *el Príncipe Negro* y príncipe de Gales, el único hombre de Inglaterra a quien no podía tener.

De modo que a Isabel no le sorprendió sobremanera que su prima dijese:

—La belleza puede ser una maldición, ¿sabes?

La princesa hizo una mueca entre cómica y desesperada y repuso:

—Una nariz demasiado larga también, créeme.

—Tu nariz no es demasiado larga. Tiene personalidad.

–Por desgracia, los casamenteros que arreglan los matrimonios reales (como nuestro tío el conde de Lancaster) no conceden ninguna importancia a la personalidad. De lo contrario, sería yo quien iría camino de Castilla para casarme con el príncipe heredero en lugar de mi hermana Juana. Según me explicó el tío, a sus trece años tiene la edad adecuada. Dime, ¿qué significa eso? ¿Que soy una solterona?

Isabel tenía dieciséis: para una mujer de su posición iba siendo hora de que contrajera matrimonio. Por consiguiente, en rigor, la respuesta sincera habría tenido que ser sí, mas Juana se la ahorró, ya que Janet Fitzalan escogió ese momento para colarse en la estancia y anunciar la llegada de Jonah y Giselle.

El rostro de Isabel se iluminó y se tiñó de un delicado rubor, los ojos color avellana brillaron.

–Tened a bien hacerlos pasar y llamar a la reina, Janet. Pidió que se la avisara de inmediato cuando arribaran los Durham.

Janet Fitzalan asintió y les abrió la puerta a los recién llegados. Isabel se levantó cuando Jonah se inclinó ante ella.

–Cuánto me alegro de veros, sir Jonah. Ya nos temíamos que os hubieseis quedado atascados en el fango y no vinierais.

Giselle abrazó primero a Juana y luego a la princesa.

–No hemos podido venir antes. Santo Dios, menudo tiempecito: húmedo y desapacible. ¿Cómo estuvo el torneo?

–Húmedo y desapacible –contestó Juana–. Hubo docenas de heridos. Los caballeros no paraban de caerse al barro. El príncipe se torció una mano, y el bridón de Waringham se rompió una pata. Su amigo Dermond echó de allí al dueño y luego degolló al caballo. El pobre Gervais se ha encerrado en su cuarto a llorar su pena.

Antes de que Giselle pudiera manifestar su compasión, entró la reina.

Jonah tomó las manos que le fueron ofrecidas, se inclinó sobre la diestra y fue capaz de mirarla a los ojos al hacerlo. Giselle apartó la cabeza para no ver la eterna sonrisa amorosa que su esposo le dedicaba a Felipa en cada reencuentro, sobre todo cuando sólo habían transcurrido dos días desde el último.

Después la soberana la estrechó a ella entre sus brazos y, como siempre, Giselle no pudo evitar perdonárselo todo en el acto. Al parecer algunas cosas no cambiaban nunca.

—¿Habéis traído a vuestros fabulosos hijos? —preguntó Felipa.
Giselle asintió.

—Los hemos dejado en manos del oficial de la guardia con la esperanza de que los encierre en un calabozo.

Ese día el oficial de la guardia era Geoffrey Dermond. Como había sido padre de un varón recientemente, le había cogido gusto a los niños y se había ocupado de los retoños Durham.

La reina se volvió hacia su hija y su sobrina.

—Es hora de que os arregléis para el banquete, queridas mías. Giselle, estoy segura de que antes querrás ir a vuestra alcoba, ¿no es así?

Giselle detestaba que la reina la despachase para estar a solas con Jonah, intrigar con él, secretear o hacer Dios sabía qué. Pero se resignó, en su boca una sonrisa radiante, y salió al aireado corredor en pos de Isabel y Juana.

Cuando la puerta se hubo cerrado, la soberana se dejó caer pesadamente en uno de los sillones. Se hallaba en avanzado estado de gestación. De nuevo. Jonah tenía la impresión de que cada año alumbraba a un hijo, lo cual no era cierto del todo, si bien el actual, según sus cálculos, era el undécimo. A excepción del pequeño Guillermo tiempo atrás y de la princesa Blanca hacía seis años, los cuales fallecieron poco después de nacer, la de Felipa era una prole sana y bien educada que ella gobernaba con la misma bondad, sabiduría y astucia con las que gobernaba Inglaterra y a su rey. Y, nuevamente, el embarazo parecía sentarle de maravilla. Los ojos le relucían; su piel estaba tersa y con un brillo marmóreo; el castaño cabello, que ondeaba recogido bajo el pequeño tocado, era espeso y fuerte. La reina estaba exuberante. Cuando más le costaba a Jonah reprimir sus prohibidas fantasías, en las cuales había seducido a la soberana de todas las formas concebibles a lo largo de los diecisiete años pasados, era cuando estaba encinta.

Felipa se puso seria.

—No tenemos mucho tiempo, pero quería poneros en antecedentes a toda costa antes de que veáis al rey. El pobre sufre un ataque de megalomanía extraordinariamente virulento, y hemos de impedir que provoque su ruina y la de todos nosotros.

Jonah la miró expectante.

—Esta vez queremos ser káiser. Káiser del Sacro Imperio Romano Germánico.

Jonah se quedó estupefacto.
A rey de Francia estaba acostumbrado. Eduardo quería serlo hacía tiempo y existían motivos plausibles para tal pretensión. Por el momento, incluso daba la impresión de que algo saldría de aquello, pues el anciano Felipe de Francia veía acercarse el fin de sus días y al parecer albergaba dudas sobre si su hijo Juan, ese mentecato, sería el adecuado para continuar librando tan complicada guerra y hacer entrar en razón a la rebelde nobleza francesa.

Felipe había enviado legados que insinuaban que el soberano francés había descubierto sus sentimientos paternales hacia su joven primo Eduardo y se planteaba adoptarlo. Pero káiser del Imperio germánico...

Felipa profirió un suspiro y aclaró:

—Ya sabéis que el papa Clemente excomulgó y depuso a mi cuñado, el káiser Luis de Wittelsbach.

Jonah asintió.

—Por añadidura, Luis murió hace unos meses, lo cual hace que su causa resulte bastante inútil. Y ahora al Papa le gustaría que Carlos de Moravia fuera káiser.

—Mal asunto para Inglaterra —observó Jonah.

Carlos de Moravia era hijo del ciego Juan de Bohemia, caído en Crécy en el bando francés y, además, casado con una hermana de Felipe de Francia. Si Carlos llegaba a ser káiser, el reino dejaría de ser aliado de Inglaterra definitivamente.

—Sí, lo sé, Jonah —repuso una enojada Felipa—. Pero sería mucho peor para Inglaterra que su rey fuera emperador, creedme. Sé de qué me hablo; al fin y al cabo mi hermana hace ya tiempo que es emperatriz de ese reino maldito, desdichado y belicoso que por lo visto es incapaz de vivir en paz con ningún Papa. Sin embargo, sucede que los príncipes electores alemanes no quieren a Carlos. A decir verdad, no quieren a ningún káiser impuesto por el Papa. Y no se les ocurre nada mejor que enviar una legación para ofrecerle la corona a Eduardo.

—¿Qué habría de terrible en ello? —preguntó Jonah—. Siendo káiser de Alemania, dispondría de tropas y medios económicos para subyugar de una vez a Francia.

—Ni por pienso —advirtió Felipa—. Todos los medios, todas las tropas, cada penique se consumirían en luchas intestinas del reino.

¿Por qué, si no, creéis vos que los electores quieren nombrar káiser a un rey extranjero que, además, está en lucha con su vecino? Porque no desean a un káiser fuerte, sino que prefieren gobernar ellos mismos sus territorios. Eduardo malgastaría toda su fuerza intentando reconciliar ese reino inconciliable, y entretanto Inglaterra se desintegraría mientras Felipe se frotaría las manos. No me extrañaría nada que fuera él quien les ha dado la idea a los príncipes. No, Eduardo ha de decir que no a los electores.

Jonah se paró a pensar un instante y, a continuación, se encogió de hombros y opinó:

−Como siempre, lo que decís es convincente, mi señora. Y, como siempre, el rey os escuchará.

−De eso no estoy tan segura.

Jonah la contempló con gran detenimiento, la cabeza un tanto ladeada.

−¿Qué es lo que os preocupa?

Su voz era suave, cosa en extremo rara, y Felipa volvió a sentirse tentada de abrirle su corazón, contarle sus numerosas cuitas.

−Ay, Jonah, si vos supierais... −Suspiró.

−Decidme.

−En estos momentos al rey... le cuesta escucharme. Está ebrio de triunfo. Todavía. La razón y la visión de futuro le agrian el humor. Sólo le interesan las celebraciones: de sí mismo, de sus victorias, de sus caballeros. Felipa es la tabla de salvación en los malos tiempos, pero ahora... tiene a Juana.

Jonah sacudió la cabeza.

−Eso no significa nada, mi señora. Vos lo sabéis.

−¿Cómo que no significa nada? ¡Me engaña! Siempre que estoy encinta y también a menudo cuando no lo estoy. Ante los ojos del mundo, con absoluto descaro. Deberíais haberlo visto con ella en la fiesta que siguió a la caída de Calais...

No pudo seguir hablando. Sencillamente era incapaz de resignarse a la deslealtad del rey. Cada vez que sucedía se sentía herida y humillada en lo más profundo, y desde que Eduardo había renunciado a la discreción, la cosa había empeorado aún más.

Jonah resopló ruidosamente.

−Menudo mentecato está hecho.

Felipa pegó un respingo, asustada.

—¿Cómo decís?
—El rey es un mentecato. Un majadero. Y no os merece. Antes de que ella pudiera hacerle algún reproche, Jonah le tomó la diestra y posó sus labios en la palma, permitiéndose esa única vez mostrarle sus sentimientos. Que así y todo ella ya conocía. Después la soltó, se puso en pie e hizo una reverencia.
—Espero que podáis perdonarme, mi señora.
La soberana se mordió el labio, si bien no pudo contener una sonrisa.
—Sí, claro que sí. Sabéis consolar a una mujer ofendida, señor. —A continuación Felipa se irguió y alzó el mentón para dejar claro que el momento había pasado—. Entonces, ¿me ayudaréis a impedir que el rey sea víctima de su vanidad y acepte las pretensiones de los príncipes electores?
Él asintió.
—A fe mía que no sé cómo, pero haré cuanto esté en mi poder.
—Decidle que no puede permitírselo. Él siempre cree vuestras cuentas.
—Pero sería mentir, razón por la cual no puedo hacerlo.
—Ah, no volváis a empezar con eso...
—Aunque sólo fuera él, mi suegro me descubriría el juego, pues sabe calcular mejor que la mayoría. No vacilaría en demostrarle al rey lo contrario, y vos sabéis tan bien como yo que la influencia que ejerce en vuestro esposo ha vuelto a aumentar.
—Por desgracia es cierto. Así que habremos de idear otra cosa.
Jonah afirmó con la cabeza.
—Pensaré en ello —prometió.

A pesar de la incesante lluvia, a la mañana siguiente la corte salió de cacería. Lucas, que se encontraba a la puerta de la capilla de piedra, la cual estaba siendo reformada al igual que el palacio entero, exhaló un hondo suspiro. Hasta el momento su sueño dorado, ver de cerca al Príncipe Negro, no se había cumplido, pues sus hermanos y él no habían podido tomar parte en el festín del día anterior, sino que habían tenido que comer con los niños de los demás invitados, en una austera salita expuesta a las corrientes de aire, bajo la supervisión de un severo monje.

Como no sabía qué otra cosa podía hacer, fue a la capilla. La turbia luz que entraba por los desnudos huecos de las ventanas iluminaba un mural inacabado: un caballero a lomos de un corcel blanco dando muerte con una lanza a un horrible y extraño monstruo.

–Ése es san Jorge –dijo una voz a sus espaldas.

Lucas se volvió. A su izquierda, junto a él, había un muchacho de rizos castaños que le caían por los hombros. Unos ojos oscuros y penetrantes lo escudriñaron un momento antes de posarse de nuevo en el santo.

–De todos los santos es mi preferido –continuó el extraño–. Porque se parece al Príncipe Negro.

Lucas observó la imagen con renovado interés.

–Es cierto –constató sorprendido.

–Lo que mata san Jorge es un dragón.

–Eso ya lo veo –espetó Lucas con rudeza.

El chico lo miró de reojo, una de las oscuras cejas enarcadas. Lucas nunca había visto a nadie capaz de arquear una única ceja, y se sintió fascinado. A continuación el otro prosiguió imperturbable:

–Jean Froissart dijo que a quien mata en realidad es a Satanás, pero yo no lo creo. Era un dragón. Por eso él es el más valiente de todos los santos, y cuando la capilla esté lista será consagrada a él, pues es el patrón de la nueva orden de caballería que han fundado el rey y el Príncipe Negro.

–Estás bien informado –observó Lucas, a medio camino entre la burla y la admiración.

El muchacho encogió los estrechos hombros, la vista aún clavada en el agraciado exterminador del dragón.

–Aquí no se oye otra cosa en todo el día –explicó, y fue imposible decidir cuál era su opinión al respecto–. El palacio entero está siendo renovado y ampliado. El rey nació aquí, ¿sabes? Y adora Windsor.

–¿Estás al servicio del Príncipe Negro? –inquirió Lucas, roído de envidia–. Aún eres demasiado pequeño para ser escudero, ¿no? ¿Eres su paje?

–No. Es mi hermano mayor.

Lucas resopló asustado, retrocedió unos pasos, temeroso, y balbució:

–No... lo sabía. –No tenía idea de si era lo correcto, mas, por si acaso, hincó la rodilla–. Lo siento.

El príncipe se giró hacia él, unió las manos en la espalda y preguntó:
–¿Cuál es tu nombre?
–Lucas. Lucas Durham.
–Ah. Tu madre y tu padre forman parte del séquito de la reina.
–Sí.
El príncipe hizo un extraño gesto, casi como si fuese a coger de la mano a Lucas, y éste sólo lo entendió cuando el otro dijo:
–Puedes levantarte.
El aludido se puso en pie con expresión de alivio, pero aún tenía miedo, mantenía la cabeza gacha y no sabía qué hacer con las manos.
–Me llamo Juan Plantagenet –le comunicó el príncipe con abierto orgullo.
–Pero entonces no eres..., es decir no sois... no sois mayor que mi hermano pequeño y, sin embargo, sí más alto que yo.
Juan asintió. A todas luces le parecía perfectamente normal que un príncipe de ocho años fuera más alto que el hijo de once años de un comerciante.
Lucas sólo tenía una idea en mente: huir. El miedo a decir o hacer algo mal lo inquietaba sobremanera, y tenía que orinar urgentemente.
–Debo... irme –dijo sin aliento.
El príncipe Juan lo despidió con un gesto.
–A decir verdad, primero habrías de pedirme permiso, pero...
–¡Juan! –exclamó de súbito una aguda voz infantil en el patio–. Juan, ¿dónde estás?
–Santo cielo –susurró el príncipe–. Mi novia. ¡Quítamela de encima, Lucas! Te lo ruego –pidió encarecidamente.
Y, pegando un audaz salto, se refugió tras el altar. Al momento, en la puerta de la capilla apareció una preciosa niñita de largas trenzas que lucía un vestido azul no del todo limpio. Apoyó una regordeta mano en la jamba y parpadeó en la penumbra. Cuando vio a Lucas, preguntó:
–¿Has visto al príncipe Juan?
Al hacerlo quedó al descubierto una mella en la hilera superior de dientes. Lucas no pudo evitar sonreír. No hacía mucho también él había lucido una mella en el mismo sitio, pero se le antojó que de

eso hacía ya una eternidad. Lo cierto es que la chica le recordó a su hermana. Asintió.

–Antes estaba allí, donde están levantando la torre octogonal.

–El pabellón –lo corrigió ella con arrogancia, y dio media vuelta y desapareció.

Cuando estuvo seguro de que no había moros en la costa, el príncipe salió.

–Puf. Por poco. Gracias, Lucas.

–No hay de qué.

–Blanca de Lancaster –dijo Juan, como si eso explicara algunas cosas–. La verdad es que no está mal, pero se pega a mí como una lapa.

Lucas no supo qué decir. Se preguntó cómo sería tener novia. La idea le resultó fascinante, como le sucedía últimamente con todo aquello que tenía que ver con el otro sexo.

–Tú no hablas mucho, ¿eh? –preguntó el príncipe.

Lucas cabeceó.

–El padre nos ha prohibido hablar con los príncipes y las princesas.

–¿Qué padre? –inquirió Juan confuso.

–Ese con el que cenamos ayer. Un cascarrabias huesudo y espigado. Tiene un ojo completamente vidrioso. Creo que no ve con él.

–Ah. –El monosílabo sonó tan revelador como violento–. El padre Hubertus, mi profesor de latín. Será mejor que te cuides de él.

–¿Tienes... tenéis que ir a la escuela? –quiso saber Lucas, de nuevo sorprendido.

Jamás habría pensado que a un príncipe se le exigiera algo así.

–Naturalmente.

–¿A un convento?

–No. El rey siempre está trayendo a la corte nuevos eruditos de todos los monasterios de Inglaterra y Francia o de más allá incluso, y ellos nos dan clase a mí y a mis hermanos y hermanas y a mis primos y primas y a todos los niños de la corte. ¿Vas tú a una escuela monacal?

Lucas movió la cabeza.

–Pasé unos meses interno en la abadía de Bermondsey. Fue horrible. –A diferencia de su padre, a Lucas no le gustaba estudiar, no le interesaban los libros y causó mala impresión desde el primer día–. Mi padre quería a toda costa que me quedara allí, ya que él fue a esa misma escuela. Pero, por suerte, mi madre lo convenció de que me sacara. Ahora voy a una escuela de Londres. Y mi hermano y mi hermana también. Vamos por la mañana y volvemos por la tarde. La escuela es de un amigo de mi padre, el padre Samuel Ashe. O, mejor dicho, es de mi padre, pues él la fundó. Van todos los niños de buena cuna de nuestro barrio.

Y se preguntó por qué le contaba todo aquello a aquel muchacho desconocido que, por añadidura, era príncipe.

Tal vez porque Juan lo escuchaba con gran interés.

–¿Qué significa «de buena cuna»? –quiso saber éste.

Lucas se paró a pensar un instante antes de contestar:

–Comerciantes que se pueden permitir la cuota.

–¿Es que no todos los comerciantes son ricos?

Lucas no pudo evitar echarse a reír.

–No.

Juan arrugó la frente.

–El rey dice que los comerciantes que tratan con la corte son más ricos que muchos de nuestros lores.

Ello extrañó a Lucas, que, sin embargo, repuso:

–Posiblemente porque sólo los comerciantes ricos mantienen relaciones con la corte. Como mi padre y mi abuelo.

El príncipe pareció cavilar un instante, luego alzó la cabeza, sonriendo, y de pronto se hizo evidente que sólo tenía ocho años.

–En fin, Lucas Durham. Te debo un favor por quitarme de encima a esa pequeña lapa.

El chico le restó importancia con un tímido gesto.

–No, no; no ha sido nada.

–Sí para mí. Y mi padre dice que no hay que olvidar nunca a quien te hace un favor y que hay que recompensarlo. ¿Y bien? ¡Ah, ya sé! Tú querías ver de cerca a mi hermano mayor, ¿no es verdad?

Lucas bajó la mirada deprisa, si bien asintió.

–Yo me encargo –prometió el príncipe–. Y ahora venga, vayamos a la sala. Cuando llueve y la corte ha salido de caza, es el mejor sitio para jugar.

–Lo bastante grande para jugar al fútbol –observó Lucas.

Juan lo miró de reojo.

–¿Fútbol? ¿Qué es eso?

«¿No es increíble?», se maravilló Lucas. Aunque se limitó a decir:
—Procuraos un balón, no demasiado pequeño, y os lo enseño.

Giselle celebró que volvieran por la tarde. Odiaba ir de caza cuando llovía, ya que, a su juicio, el acontecimiento perdía todo su esplendor. Sin embargo, se esforzó por todos los medios en poner al mal tiempo buena cara. Conversó con amigas que no había visto hacía tiempo, disfrutó con los cumplidos que le dedicaron los caballeros y procuró no molestarse demasiado por que Jonah la descuidara el día entero y no se separara de la reina, la cual, pese a su avanzado estado de gestación, había tomado parte en la cacería y, a su vez, seguía como una sombra a los condes alemanes que se hallaban en ese momento en la corte.

—Ilustres compañías con las que se mueve tu esposo —susurró una voz al oído de Giselle cuando por fin llegaron al patio de armas del gran palacio de Windsor y entregaron los caballos a los escuderos y mozos de cuadra—. Y no precisamente inofensivas.

Ella no se volvió.

—Se os hacen los dedos huéspedes, padre.

—Y nunca me equivoco —repuso De la Pole.

Ella no pudo evitar reír. Su risa sonó despreocupada, mas reconoció para sí que las sombrías alusiones de su padre siempre la enervaban un tanto, y el regreso de éste a la corte le había producido sentimientos encontrados.

La acusación que Jonah preparó contra su suegro, con tanta repugnancia como meticulosidad, fue formulada ante el Parlamento, que se encargó de dilucidarla. La indignación alcanzó cotas insospechadas, y De la Pole fue sentenciado a cumplir una condena indefinida a la que sólo el rey podía poner fin. El rencor que Eduardo guardaba al poderoso comerciante que lo había engañado de mala fe y se había aprovechado de su apurada situación se prolongó más de lo habitual. Al cabo, el soberano llegó a la conclusión de que dos años eran suficiente castigo; aunque también es posible que se diera cuenta de que no podía prescindir de William de la Pole y su dinero. El caso fue que lo dejó en libertad y le devolvió la fortuna que le había sido confiscada, e incluso una parte de sus propiedades en el norte. Sólo que De la Pole perdió el título de barón.

La crisis económica de la Corona no había quedado zanjada por completo. El rey Eduardo había salido del apuro dejando sin saldar la mayoría de sus deudas. Quienes se vieron más afectados fueron los florentinos. La casa de banca Peruzzi quebró, y también los Bardi sufrieron menoscabo y cerraron sus puertas en Londres. El temor largamente abrigado por Giuseppe se hizo realidad: hubo de abandonar su patria adoptiva y llevar a su familia de vuelta a Florencia. William de la Pole compró el palacio que los italianos poseían en Lombard Street, donde residía cuando se encontraba en Londres. Y Giselle se alegró de que su padre no estuviese encerrado en el húmedo, aislado y triste castillo de Devizes, donde acudía a visitarlo cada dos meses como era debido. No obstante, De la Pole había cambiado, y las miradas con las que seguía a Jonah cuando pensaba que nadie lo veía le daban miedo a Giselle. En un principio con sigilo y oculto tras testaferros, luego con creciente descaro, William de la Pole había vuelto a las altas esferas de la política financiera. Capitaneaba un consorcio de comerciantes al que habían bautizado con el patriótico nombre de Compañía Inglesa y que al parecer tenía por objetivo sufragar la sagrada causa nacional, la guerra contra Francia. En realidad, la Compañía Inglesa controlaba la exportación de lana y ponía contra la pared a todo comerciante que no perteneciera a tan augusto círculo; a todos, salvo a Jonah Durham, que incluso por su cuenta era lo bastante importante para competir con el consorcio. Y ésa era otra cosa que De la Pole también se tomaba a mal.

Giselle se cogió del brazo que le ofreció su padre y se dirigió con él a la construcción principal

–¿Cómo está madre? –se interesó.

Él se encogió de hombros.

–Hace tres meses que no la veo. Cuando partí, gozaba de excelente salud.

Gervais de Waringham y Geoffrey Dermond se cruzaron en su camino.

–¿Y bien, De la Pole? ¿Qué opináis de los rumores que llegan de Italia? –preguntó Geoffrey en tono distendido–. Espeluznantes, ¿eh?

El aludido se detuvo, lo observó un instante con sus ojos de ave de rapiña y asintió.

–Me resultan inquietantes, señor. Algo extraño está pasando en el continente, no cabe duda.

Geoffrey le dio la razón. Las historias eran demasiado numerosas para considerarlas fantasías y cuentos de marineros.

–Alguna epidemia, supongo. Probablemente de viruela.

De la Pole no quiso hacer conjeturas.

–Bueno, sea lo que sea avanza despacio hacia el norte. He oído que el Papa ha abandonado Aviñón. Dicen que allí la gente cae como moscas.

–De Aviñón a París no hay mucha distancia –comentó Geoffrey con cierta alegría malsana.

–Ni tampoco a Londres –terció Giselle.

El caballero rió con despreocupación.

–Por suerte, una buena extensión de agua nos separa del resto del mundo.

Giselle asintió con desazón y miró al conde de Waringham, que continuaba insólitamente taciturno y abatido.

–Ea, Gervais... –dijo ella, compasiva–. Sólo era un caballo.

Él levantó la vista un instante, esbozó una débil sonrisa y asintió.

–Isabel me dijo que habéis tenido otro hijo varón, ¿es así? –inquirió, con el propósito de animarlo.

El semblante de Gervais se iluminó un tanto.

–El día de Reyes. Robert. Un muchacho fuerte y rebosante de salud, pero Anne ha preferido quedarse en casa. Aún es tan diminuto que nunca se sabe.

Comprensiva, Giselle hizo un gesto de asentimiento. Gervais casi siempre encontraba un motivo para dejar a su esposa en Kent y no llevarla a la corte. Dado que, sin embargo, él pasaba casi toda su vida en palacio, la consecuencia era que casi nunca veía a Anne. De cuando en cuando se especulaba con la posibilidad de que el matrimonio fuera un fracaso, pero no era así. Giselle conocía la verdadera razón de que Gervais rara vez llevase a su bella esposa cerca del rey.

Entraron juntos en la construcción principal y se encaminaron a la sala, donde se les ofreció una escena en extremo curiosa.

William de la Pole le dirigió a su hija una mirada entre divertida e intranquila.

–Yo diría que tus hijos se encuentran en un apuro –farfulló.

–También los vuestros –replicó ella.

La sala aún estaba relativamente desierta, ya que la mayor parte de los integrantes de la cacería se había retirado a ponerse ropas secas.

El rey, sin embargo, estaba con su empapada capa ante una de las grandes ventanas, cuyo emplomado vidrio ambarino presentaba un delator orificio redondo. En fila, delante de él, había un grupo de apocados niños: los príncipes Lionel, Juan y Edmundo, el menor de los Montagu, Lucas y Felipe Durham, el pequeño hijo del conde de Oxford y Walter y Edmund, hermanos de Giselle.

–Caballeros, mi paciencia se ha agotado –anunció el monarca con irritación–. Me gustaría saber de una vez por todas quién ha sido.

–Yo –respondieron al unísono el príncipe Juan y Lucas.

Se hallaban uno junto a otro y cambiaron una mirada y una nerviosa sonrisilla de complicidad. No habían tardado ni una hora en hacerse amigos.

El rey los abofeteó a ambos.

–Uno de vosotros miente y el otro ha roto la ventana. El pecado más grave es el primero. Juan, estoy muy decepcionado.

–Lo siento, sire –contestó el chico, y el temblor de su voz delató que lo decía muy en serio–. Pero no mentimos ninguno. Si conocieseis el juego...

–No me interesan las explicaciones prolijas –le dijo el rey a su hijo con impaciencia–. Lionel, tú eres el mayor. Sé responsable y dime la verdad.

–Yo no lo vi, sire –replicó seriamente el príncipe, que apenas tenía diez años. Si temía la notoria ira de su padre, no permitió que se le notara–. Pero Juan tiene razón: en este juego resulta muy difícil determinar quién ha hecho qué. Va demasiado aprisa.

–Pero yo sí lo he visto, mi rey –pidió la palabra Edmund de la Pole–. Fue Lucas. Fue él quien lanzó.

«De manera que fue el príncipe», pensó sin querer Giselle. Apenas conocía a su hermano menor, pues se había casado a las pocas semanas de que naciera, pero sabía que era un mentiroso.

El soberano no sentía especial simpatía por el delator.

–Nadie te ha preguntado –espetó a Edmund antes de dirigirse de nuevo a Juan y Lucas–: Me gustaría recibir una respuesta satisfactoria en breve. Uno de vosotros pagará por ello, y si no me decís pronto quién ha sido, os haré responsables a ambos.

Ninguno dijo nada, y de pronto una risotada rompió el silencio preñado de desdichas.

—¡Bravo, Juan! Así se hace. Cuando el peligro es inminente, un caballero ha de estar con sus amigos.

Todos volvieron la cabeza.

El príncipe Eduardo, que a la sazón tenía dieciocho años, estaba apoyado en el marco de la puerta, los brazos cruzados ante el pecho, y observaba divertido el turbado grupito que formaban sus hermanos pequeños y los amigos de éstos. Sin su famosa armadura negra, seguía teniendo el aspecto de un muchacho, pensó Giselle. El príncipe Eduardo tenía la misma edad que su padre cuando éste ocupó el poder en Inglaterra, sin embargo el príncipe parecía menos adulto. O tal vez a ella se lo pareciera así porque, entretanto, se había hecho mayor.

El Príncipe Negro se despegó de la puerta, se dirigió hacia la desdichada pandilla que comparecía ante el rey y le acarició la cabeza a su hermano Juan con una rudeza no exenta de amabilidad.

Éste le dedicó una mirada risueña indicativa del reverente respeto que sentía por su hermano mayor.

—Me interrumpes en un asunto importante, Eduardo —amonestó con aspereza el rey a su primogénito.

—Lo sé, sire. Y os pido perdón para mí e indulgencia para mi hermano y sus amigos. Estaban jugando al fútbol, un pasatiempo en el que a veces se rompe algo. Lo vi una vez en Woodstock. No es precisamente cortesano, mas estoy convencido de que os gustaría. Permitid que costee la reparación de la ventana.

—No se trata de la maldita ventana —bramó el monarca.

El príncipe asintió y miró a su padre a los ojos.

—Pero no estáis siendo justo con mi hermano, sire. Lo que está haciendo es lo correcto. De no ser vuestra querida ventana de vuestro querido Windsor, lo consentiríais.

—¡Eres un patán insolente, Eduardo! —vociferó el rey, si bien todos percibieron que ya no prestaba mucha atención al asunto.

Los niños profirieron un disimulado suspiro de alivio, y el príncipe extendió brevemente los brazos.

—Sólo en casos excepcionales y justificados, sire.

El soberano pugnó un instante por mostrarse hosco, mas su boca dibujó un delator frunce, y él prorrumpió en una irresistible carcajada.

—¡Por San Jorge, tienes razón! —Le propinó un leve empujoncito a Juan—. Da gracias a Dios por tener a tu hermano.

El pequeño príncipe asintió con gravedad.
—Lo hago a diario, sire.
El rey Eduardo hizo un amplio gesto con la mano.
—Muy bien, os habéis librado todos. El príncipe de Gales pagará el daño de su copioso botín de guerra. Y ahora voy a cambiarme de ropa.
También los niños se dispersaron; salvo Juan y Lucas, que permanecieron parados ante el Príncipe Negro, el cual apoyó las manos en los muslos y se inclinó hacia ellos.
—Gracias, hermano —dijo Juan en voz queda.
El mayor le guiñó un ojo.
—Tenéis agallas, los dos. Tú eres hijo de Durham, ¿no es así? —le preguntó a Lucas.
Éste asintió. No conseguía articular palabra, era como si en su garganta se hubiese alojado un gordo sapo.
Eduardo sonrió.
—¿Recuerdas la vez que te llevé a caballito en Amberes?
Lucas no podía creer que aquello estuviera pasando. La idea hizo que se le subieran los colores al rostro. Negó con la cabeza y carraspeó.
—No, milord.
—Bueno, todavía eras pequeño. Pero yo me acuerdo. Ni siquiera sabías andar, pero ya antaño eras un chico valiente.
Lucas se sentía en extremo cohibido. Bajó los ojos y deseó ardientemente que se le ocurriera algo sensato que decir, pero parecía tener la cabeza vacía.
Eduardo se enderezó y apoyó la mano un instante en su hombro.
—¿Cuál era tu nombre, muchacho?
—Lucas, milord —respondió él con voz bronca.
El príncipe afirmó con la cabeza. Se encontraba de espaldas a la ventana rota, de manera que Lucas no veía bien sus rasgos, pero Eduardo pareció leer en su rostro lo que él jamás se habría atrevido a expresar con palabras, pues dijo algo muy extraño:
—Ven a verme cuando estés preparado, Lucas.

—Hemos de darles una pronta respuesta a los condes alemanes, sire —observó William Montagu, conde de Salisbury.
El rey hizo un gesto afirmativo.
—Lo sé. —Se encontraba junto a la ventana de sus aposentos, que

estaban tan atestados de armas y trofeos de caza como todos sus demás castillos y palacios. Se había dado un baño y cambiado de ropa, y ahora lucía una capa de la más exquisita lana azul con la capucha blanca: la prenda característica de la recién fundada orden de la Jarretera. Ello le levantó el ánimo, pero no afectó en nada a su indecisión–. Si pienso únicamente en los impuestos que recaudaría en ese reino... Todo sería posible, señores, todo. A fin de cuentas se trata de responder la cuestión de si deseo ser el señor de la cristiandad.

–¿Y lo deseáis? –se interesó la reina.

El soberano se volvió hacia ella y encogió los hombros.

–No lo sé. No; sí, lo deseo. Pero ¿debería? ¿Qué desea Dios? ¿Es él quien se esconde tras este ofrecimiento o su adversario?

–En cualquier caso, el Papa diría que es Satanás –apuntó la reina con ironía–. Si lo hacéis, pondréis definitivamente al Papa de parte de Felipe, pues él quiere a Carlos en el trono imperial.

–Y vos le dais la razón, ¿no es verdad, señora? –preguntó el rey ceñudo–. No queréis ser emperatriz.

Ella cabeceó.

–Mi hermana lo es, y no conozco a ninguna mujer más desdichada. Pero no se trata de eso. Yo deseo vuestro bien y el de Inglaterra, sire.

–Sí, lo sé. –Él le sonrió–. ¿Te encuentras bien, Felipa? Estás pálida. Sería mejor que no hubieses venido de cacería.

Ella le restó importancia y no permitió que el monarca cambiara de tema.

–También hemos de pensar de qué manera reaccionarían nuestros aliados en los Países Bajos.

–Cierto –convino Montagu–. De todas formas, Brabante simpatiza con Felipe.

–Brabante siempre ha simpatizado con Felipe –apuntó el rey con malhumor–. ¿Qué ha sido de vuestro arrojo, William? Pensad en la aventura que ello supondría. –Sus ojos se iluminaron–. Ay, ojalá estuviese aquí mi primo, el conde de Lancaster. Él me aconsejaría hacerlo, lo sé.

Montagu no se ofendió.

–Yo sólo pienso que esa corona irá unida a una guerra en el reino –replicó–. Y quizá fuera sensato que antes de empezar una nueva guerra ganáramos la que estamos librando.

—Y Carlos de Moravia nos la podría costear —apuntó Jonah.

Todos lo miraron asombrados. Tras un breve silencio el rey pidió:

—Tened a bien explicaros, señor.

—No creo que os extrañe que de nuevo piense en primer lugar en el dinero, sire, mas la cuestión es la que sigue: si fueseis káiser, obligaríais al Papa a tomar partido por Felipe y tendríais que abrir un segundo frente, que no podríamos permitirnos, contra Carlos y los príncipes del reino que le son leales.

Jonah hizo una breve pausa, pero el monarca no lo contradijo. En su triunfal marcha por Francia, había obtenido un botín considerable y conseguido exorbitantes rescates por sus ilustres prisioneros de guerra, pero todo ello no era mucho más que una gota en el océano. Si quería continuar combatiendo a Felipe, necesitaría nuevas fuentes de financiación.

—No obstante, si cedo a Carlos el trono imperial, Felipe tendrá en él a un poderoso aliado, señor, y eso es algo que tampoco podemos permitirnos.

Jonah negó con la cabeza.

—Impidámoslo, pues. Carlos desea la corona, y posiblemente le quite el sueño el miedo a que vos se la disputéis. Con deseos y miedos se puede ganar mucho, sire. Cededle la dignidad del título, mas hacédsela pagar cara. Decidle que rehusaréis la proposición de los electores si se mantiene neutral en nuestro conflicto con Francia y os paga, digamos, cien mil libras de aquí a tres años. De ese modo Felipe pierde a su poderoso aliado al otro lado del Rin y nosotros podemos obrar a nuestro antojo en el este para continuar librando la guerra que costeará Carlos.

Tras escucharlo con creciente asombro, el rey se volvió a sus lores con una mirada inquisitiva.

—Cuando hayamos subyugado definitivamente a Felipe, siempre podríais disputarle a Carlos el trono con el respaldo de la Hansa y los príncipes electores —reflexionó el conde de Suffolk—. En el momento en que os convenga a vos, no a los príncipes.

—Muy cierto —admitió el soberano—. Resta dilucidar la cuestión de si es moralmente defendible baratear con la corona imperial como si de un cebón se tratase.

Jonah alzó las manos.

—Eso sólo lo podéis decidir vos, sire.

—Tampoco yo sé si es moralmente defendible, Eduardo, mas en cualquier caso es habitual —intervino la reina—. No creeréis en serio que el Papa le ha ofrecido la corona a Carlos de balde, ¿no?

—Sir Jonah tiene toda la razón —convino William Montagu—. Seríamos unos insensatos si no le hiciésemos pagar caro a Carlos lo que tanto anhela.

El rey asintió: sabía que el consejo era bueno. La oferta de los electores llegaba en un momento sumamente desfavorable, pero la tentación era grande.

—Me habría gustado ceñirme esa corona para legársela a Eduardo —reconoció con una sonrisa tímida, melancólica.

—Mas la corona imperial no es hereditaria —objetó Suffolk.

—Tal vez no de manera oficial, pero todos sabemos cómo son las cosas en realidad...

Felipa escrutó su rostro, percibió los matices de su voz y supo que había ganado. Su alivio fue tan inmenso que casi sintió vértigo. Apretó el brazo con disimulo a Jonah, además de regalarse una sonrisa agradecida, y le dijo a su esposo:

—Creo que nuestro Eduardo preferiría luchar él mismo por conseguir esa corona a heredarla, sire, pues es igual que vos. Adora la guerra más que sus frutos.

—Sí. —El rey profirió un suspiro de dicha—. Un muchacho excelente, ¿no es cierto?

A la mañana siguiente Lucas tuvo ocasión de confesarle a su padre el contratiempo sufrido con el fútbol. Jonah no se sorprendió mucho, pues al ver la ventana rota de la gran sala pensó en el acto que la cosa apuntaba sospechosamente a sus hijos.

—¿No... estáis enfadado? —preguntó, prudente, Lucas.

Jonah movió la cabeza.

—No es que me alegre de que rompas las valiosas ventanas de vidrio del rey, pero dado que no lo has hecho a propósito, no estoy enfadado. Ya sabes cuál es el precio de semejantes daños.

—Ordenar y trabajar en el almacén después de la escuela durante una semana —dijo Lucas, sombrío.

—Dos semanas —lo corrigió su padre sin compasión—. Romper una ventana de cristal es un percance muy caro. —Y quería que sus hijos aprendieran a apreciar el valor del dinero, aunque creciesen en la riqueza y la abundancia, de manera que los hacía trabajar cuando su necedad causaba daños materiales. Ordeñar implicaba levantarse antes de que saliera el sol y trabajar en el almacén era fatigoso. Le hizo una señal a Felipe–: Podéis plantearos si queréis compartir las tareas.

–Por mí... –rezongó el pequeño.

–Él no tuvo nada que ver –objetó Lucas.

Giselle pasó ante su hijo menor con una capa doblada y le puso un instante la mano en el hombro.

–Eres muy generoso, Felipe –aprobó.

–Padre..., ¿qué habría pasado si no hubiese llegado el Príncipe Negro? ¿Me habría encerrado el rey? –quiso saber Lucas.

Perplejo, Jonah enarcó las cejas.

–Menudo desatino. Una tunda sería lo peor que te podrías esperar.

–Sólo pensaba que como él es el rey...

–El rey es un hombre como tú y como yo, Lucas –le explicó su padre–. Está por encima de nosotros porque nació en estado de gracia y le fue conferida mayor dignidad, pero a pesar de todo sólo es un ser humano, no es ningún monstruo al que hayas de temer.

–No me da miedo porque crea que es un monstruo, sino porque es tan poderoso y regio. El Príncipe Negro es muy distinto. –Los oscuros ojos brillaron–. Tan noble y apuesto y, sin embargo, accesible.

–Es exactamente igual que el rey –arguyó Jonah–. Sólo que más joven.

–Ay, padre, ¿no puedo quedarme aquí con vos unos días? Me gustaría tanto volver a verlo... Y también a Juan. Aquí se está tan bien.

Jonah sacudió la cabeza.

–Has de volver a la escuela.

–Pero ¿y si entrara al servicio del Príncipe Negro? ¿Tendría que seguir yendo a la escuela?

–¿De qué estás hablando? –preguntó, extrañado, Jonah–. ¿Qué te hace pensar que podrías entrar a su servicio?

–Él mismo lo dijo.

Jonah miró a su esposa perplejo, y ella asintió.

–Lo insinuó.

Él sintió una punzada en el estómago.

—Sólo quería ser amable —repuso desdeñoso—. Quítatelo de la cabeza, muchacho. Irás a la escuela hasta que cumplas los trece y después entrarás de aprendiz con maese Gisors, como hemos convenido.

—No lo dijo sólo por ser amable —replicó su hijo con vehemencia—. Lo decía en serio, ¡lo sé!

Jonah se puso en pie.

—Si vuelves a alzarme la voz, te arrepentirás, Lucas. Si el príncipe Eduardo lo dijo en serio, tal vez hubiera debido preguntarme a mí primero en lugar de llenarte la cabeza de pájaros, porque yo no lo deseo, y tú eres mi hijo y has de obedecerme, ¿está claro?

Lucas bajó la cabeza.

—Sí, señor —contestó en voz baja.

—Bien. Entonces id abajo a despediros de vuestros nuevos amigos. Llevaos a vuestra hermana.

Los niños salieron, y Jonah se acercó a la ventana y contempló la incesante lluvia.

—Quizá debieras pensártelo —opinó Giselle sin poner mucho énfasis, y continuó llenando el pequeño baúl.

—No lo creo —respondió él, cruzándose de brazos.

Ella sabía que ésa no era una buena señal. Igual que sabía lo mucho que le costaría convencerlo de que Lucas no había nacido para ser comerciante, por mucho que Jonah lo deseara.

—¿Qué tendría de malo? —quiso saber.

—Quiero que mis hijos sepan cuál es su sitio en el mundo. Serán comerciantes, no cortesanos aduladores e inútiles.

—Mis cuatro hermanos son pajes o donceles aquí o en la corte de un noble y, pese a todo, algún día Michael se hará cargo de los negocios de padre.

Jonah esbozó una sonrisa sarcástica.

—Claro. Y será el comerciante más rico del norte, poseerá abundantes tierras y, por añadidura, tendrá formación caballeresca y palaciega. Contraerá matrimonio con la hija del conde que sea e irá a la guerra con el rey o con el príncipe Eduardo para conseguir por fin, ¡por fin!, el título hereditario al que tu padre ya no puede aspirar. ¿De veras es eso lo que quieres para nuestros hijos? ¿Crees que la rancia nobleza aceptará a tu hermano como si fuese un igual? No. Siempre lo mirarán por encima del hombro y lo llamarán advenedizo.

—Creo que te equivocas, Jonah —replicó ella con calma—. Lo llamarán caballero. Hombres como el rey, como Gervais, Geoffrey y el círculo que de verdad cuenta miden a los demás por sus actos, no por su árbol genealógico.

Su esposo se paró a pensar un instante. La opinión de Giselle no era del todo desacertada. Ciertamente habían cambiado muchas cosas. Su propia evolución de pequeño proveedor de la corte a confidente, y a menudo también cómplice, de la reina y banquero de la Corona habría sido impensable hacía tan sólo una generación.

—Así y todo, no es infrecuente que alguien como la hermana de Arundel o algún otro nos den a entender que no formamos parte de esto, ¿no es así?

—Porque envidian tu influencia.

—No, Giselle. Porque lo piensan. A mí no me importa porque en mi mundo, en mi ciudad, soy un hombre respetado. Y eso es lo que quiero para nuestros hijos. Cuando sepan cuál es su sitio, cuando hayan encontrado su lugar en el mundo y gocen de prosperidad y prestigio, podrán jugar a los caballeros tanto como deseen. Pero no antes.

Ella meneó la cabeza con impaciencia.

—Lo que dices es válido para ti, puede que incluso lo sea para Felipe, pero no para nuestro Lucas.

—¿Por qué no?

—Porque a él le importa un bledo encontrar un sitio en tu mundo y gozar de prosperidad y prestigio.

—Lleva sus finas ropas sin rechistar y le gusta hartarse en mi mesa —espetó, malhumorado, Jonah.

—Mas sólo sueña con ser caballero.

Él hizo un parco gesto de asentimiento.

—Ya me encargaré yo de quitárselo de la cabeza, razón por la cual ha de salir de aquí lo antes posible. Cuanto antes partáis, mejor. Y no volveré a traerlo hasta que se haya avenido a razones.

Lucas se hallaba cerca de la cuadra, bajo la llovizna, observando a Jocelyn, que enganchaba al nuevo carro los dos caballos bayos. Las monturas no se movían; obedecían pacientes, sin voluntad propia a la mano que las guiaba. Así es como querría padre que fuesen sus hijos, se le pasó por la cabeza a Lucas. La idea lo asustó, pues él era insolente y rebelde. Su padre exigía a sus hijos la misma sumisión incondicional que a sus mozos, sus aprendices o sus caballos, sin mostrar el menor interés por sus deseos y sus planes.

–¿A qué viene esa cara tan larga, muchacho? –inquirió una voz grave, teñida de leve regocijo, tras su hombro izquierdo.

Lucas se volvió sobresaltado y, acto seguido, hizo una cortés reverencia.

–Buenos días, abuelo.

De la Pole, imbuido de bondad hacia su nieto, apoyó la anillada mano en su hombro.

–¿Por qué estás aquí fuera con este tiempo?

El chico bajó la vista. Siempre le costaba mirar a su abuelo a los ojos, tan inquietantes le resultaban.

–Estoy esperando a mi madre y mis hermanos, señor. Nos vamos.

–¿Y tu padre se queda?

De la Pole dejó caer la mano, y Lucas sintió un alivio no exento de culpabilidad. Asintió.

–Hum... Lástima que no te permita quedarte, ¿no? Tenía la impresión de que te has hecho buen amigo del príncipe Juan. Debería avivar esa amistad.

Lucas no fue capaz de responder. Apretó los puños sin darse cuenta e intentó tragar el abultado nudo que le oprimía la garganta, pero no lo consiguió. Tal vez porque ni siquiera tenía once años. Las lágrimas rodaron con facilidad.

–Vamos, vamos, Lucas. –Su tono era más compasivo que de reproche–. ¿Qué es lo que tanto te preocupa?

Desvalido, el muchacho meneó la cabeza. Apenas conocía a su abuelo, pues hasta la fecha éste no había mostrado el menor interés por él o sus hermanos y, al igual que su padre, Lucas no era de los que abrían su corazón.

De la Pole se esforzó por esbozar una sonrisa de abuelo.

–¿Te gustaría quedarte un poco más? ¿Es eso lo que tanto te entristece?

El chico hizo un gesto afirmativo.

De la Pole posó de nuevo la mano en el huesudo hombro de su nieto, lo metió en la cuadra, lo sentó en una paca de paja y, a continuación, se acomodó junto a él.

–¿Tu padre no lo permite?

Lucas se pasó la manga por el rostro y cabeceó.

–Hum... –respondió su abuelo–. Tal vez debiéramos encontrar a un noble que estuviera dispuesto a tomarte a su servicio. Seguro que así cambiaba de opinión. ¿Quién sabe?, quizá yo pueda ayudarte. Conozco a numerosos lores influyentes, ¿sabes?

–¡Pero el Príncipe Negro me quiere a su lado! –exclamó Lucas–. Él mismo lo dijo, madre lo oyó. Y a pesar de todo... he de volver a casa.

–Bueno, aún eres demasiado joven, ¿no es verdad? Puede que tu padre piense que todavía has de esperar dos o tres años.

Lucas meneó la cabeza, abatido.

–Debo entrar de aprendiz con maese Gisors.

Su abuelo le dio unas palmaditas en la mano para consolarlo.

–Tal vez tu padre cambie de parecer. Si el Príncipe Negro te quiere a su lado, difícilmente podrá rechazar tan alto honor.

A De la Pole le costó ocultar la envidia que sentía. Hasta el momento ese príncipe mocoso no se había interesado lo más mínimo por sus hijos.

Pugnando por mantener la compostura, Lucas se contuvo y levantó la cabeza. Estaba muy pálido.

–Encontrará la manera, señor. Seguro. Si se tratase de Felipe o de mi hermano Samuel, tal vez hubiera esperanza. Mas no así para mí. Soy el mayor y he de seguir sus pasos.

De la Pole arrugó la frente y lo miró ensimismado.

–En rigor, eso no es cierto, ¿no? Tienes un hermano mayor.

Lucas parpadeó confuso.

–¿Señor?

–El bastardo de tu padre, vuestro aprendiz. Lo he visto alguna que otra vez en compañía de vuestro consocio, por la ciudad.

Al comprender de qué hablaba su abuelo, Lucas sonrió sin querer.

–Ah, os referís a Cecil. No, no, no es mi hermano, sino mi primo.

«No me digas, bobalicón», pensó De la Pole. Ahora se explicaba algunas cosas. Y también creyó saber quién era la madre de aquel lisiado que tan asombroso parecido guardaba con Durham. De ese modo quedaba aclarada la identidad de al menos uno de los misteriosos aprendices de su yerno.

—Ah, tu primo, comprendo. Al fin y al cabo es un miembro de la familia, ¿no? Posiblemente pudiera asumir el papel de sucesor si tú no lo quieres.

A Lucas no se le había ocurrido esa idea. Quería a Cecil y a menudo les había oído decir a su padre y a Crispin lo buen comerciante que sería.

—Pero es sólo un bastardo —objetó.

De la Pole se encogió de hombros, impasible.

—Muchos bastardos llegan incluso a ser reyes.

Lucas entrevió un rayo de esperanza en el horizonte. Quizás el futuro no fuese tan sombrío como se temía hasta hacía un instante. Apenas oyó la siguiente pregunta que le formuló su abuelo.

—¿Y qué hay de vuestro aprendiz de mayor edad? ¿También es pariente?

Desde que regresara a Londres, asimismo había visto a veces al pelirrojo y sabía a ciencia cierta que lo conocía de algo. No saber de qué lo volvía completamente loco.

—¿Harry? No, no —respondió un despistado Lucas.

Harry ¿qué?, le habría gustado preguntar a su abuelo, pero no quería que su nieto recelara. Los dos años que De la Pole había estado encerrado lo habían vuelto paciente, una virtud nueva que le debía únicamente a su yerno. Lucas parecía un prometedor instrumento que le ofrecía de una vez la oportunidad de agradecerle a Jonah Durham los servicios prestados, y no quería arriesgarse. Sin embargo, si lograba arrastrar a la corte al pequeño, se ganaría su gratitud y, con ella, su confianza.

—Sé optimista, muchacho —dijo con una misteriosa sonrisa—. Me figuro que...

—¿Lucas? —En la puerta de la cuadra apareció Felipe—. Ah, eres tú..., abuelo —añadió con cierto sobresalto cuando reconoció al hombre que estaba junto a su hermano, e hizo una reverencia algo apresurada e indolente—. Todos te están esperando.

Lucas se levantó de un salto de la paca.

—Ya voy. Hasta la vista, abuelo. Y gracias.

Los claros ojos refulgieron, incluso podría decirse que con afecto.

—Hasta la vista, muchacho. Ya hablaremos.

Londres,
junio de 1348

Pocos días después de la cacería la reina alumbró al sexto príncipe, al que bautizó Guillermo. Sin embargo, la alegría duró poco. Al parecer ese nombre traía mala suerte a la familia real: al igual que sucediera once años antes, el nuevo príncipe Guillermo tuvo una vida corta, pues falleció antes de que llegara el verano.

La tristeza era grande, y el dolor de la soberana difícilmente soportable, de manera que Jonah se sintió aliviado cuando a Windsor llegó un mensajero del alcalde que solicitaba su inmediato regreso a Londres: el día de San Juan la asamblea de ciudadanos de Dowgate, el distrito al que pertenecía Ropery, había elegido regidor a Jonah en su ausencia.

–Oh, Jonah, ¡estoy tan orgullosa de ti! –exclamó Giselle cuando su esposo entró en el patio.

Corrió a su encuentro, poco menos que lo derribó de la silla y le echó los brazos al cuello. Él se zafó entre risas.

–Tu entusiasmo no será tanto cuando en adelante apenas esté en casa. –Hizo una mueca, la cogió del brazo y la llevó a la casa.

–¿Es que no te alegras?

Él se paró a pensar un instante.

–No, la carga es demasiado grande. Pero creo que me siento halagado.

–Mas no sorprendido –observó ella.

Su esposo cabeceó. Tres meses antes, cuando falleció el viejo regidor, había ido a verlo una comisión de ciudadanos para preguntarle si estaría dispuesto a asumir el cargo.

—Estaba prevenido.
—¿Y no me dijiste nada? —inquirió una indignada Giselle.
—Quería esperar a ver qué pasaba.
Entraron en casa y subieron la amplia escalera con el exquisito pasamanos.
—¿Cómo está la reina? —se interesó Giselle después de tomar asiento en la sala.
Él exhaló un suspiro. ¿Qué podía decir? Al fin y al cabo ellos habían pasado por lo mismo.
Su esposa asintió y le acarició el brazo con cariño.
—Supongo que saca fuerzas de flaqueza para consolar al rey y a sus demás hijos, todos se apoyan en ella, y ella no tiene en quién apoyarse —concluyó Giselle con expresión abatida.
—Has dado en el clavo.
Una criada muy joven entró y, tras dejar en la mesa una jarra de vino y dos vasos, se inclinó con cierta torpeza, como si no tuviera mucha práctica, y desapareció.
—¿Quién es? —preguntó Jonah extrañado.
—Heather. Una de las buenas obras de Crispin.
Jonah revolvió los ojos.
—Pues espero que sea él quien pague su salario.
—Lo es —confirmó el propio Crispin desde la puerta. Y se acercó y, sonriendo, le dio una palmada en la espalda a Jonah—. Mis parabienes, amigo. Creo que han escogido para el consejo al más indicado y menos dispuesto.
Jonah le lanzó una hosca mirada a su amigo y consocio.
—Todos le debemos algo a esta ciudad. Ya te tocará, espera y verás. Y ahora quítame las manos de encima, siéntate y bebamos un vaso de vino.
Crispin no molestó a la chica, sino que él mismo cogió una tercera copa del anaquel de la pared y los sirvió a todos. Cuando le ofreció el vaso a Giselle, hizo una reverencia burlona y dijo:
—A vuestra salud, lady Durham.
—Gracias, Crispin —respondió ella, risueña.
«Un bonito título para mi esposa y un montón de trabajo para mí», pensó Jonah con sorna. Más que nada, el cargo de regidor, al igual que el de veedor, equivalía al de juez. Y a Jonah no le gustaba juzgar. Hay quien podría suponer que ello saciaba su aparentemen-

te ilimitada sed de poder e influencia, mas lo cierto era que él no se consideraba idóneo para juzgar a otras personas. No obstante, creía de veras lo que le había dicho a Crispin: todo el que había medrado en la ciudad debía devolverle algo a ésta llegado el momento.

–Sé que no querías el cargo, Jonah, pero lo harás mejor de lo que crees –aseguró Crispin.

El aludido alzó el vaso tímidamente.

–Dios te oiga.

–¡Quia! –Crispin se aclaró la garganta y, de pronto, pareció más cohibido que Jonah–. Ya que estamos de celebración... Tengo algo que deciros.

Giselle se puso tiesa como una vela. Apenas se atrevía a esperar que por fin escucharía lo que llevaba esperando años.

–Crispin, ¿no me digas que por fin...?

Él esbozó una sonrisa apocada y asintió.

–Sí. Me caso.

También a Jonah le alegró la nueva, si bien dejó que fuera Giselle quien plantease la pregunta obligada:

–¿Quién es ella?

Crispin dio un trago, dejó el vaso y se pasó la siniestra por la barba.

«Que no sea Annot, te lo ruego, Señor, no nos hagas esto –pensó Jonah en vilo–. No permitas que cometa la imperdonable necedad que acaricia desde hace diez años.»

–Kate Greene –repuso Crispin–. Ayer hablé con su padre. Está conforme, y ella también.

Giselle se levantó de un brinco y estrechó al novio entre sus brazos.

–¡Crispin, es estupendo!

–Sí, fantástico –farfulló Jonah–. Serás cuñado de Rupert.

Pero se sentía aliviado.

Su consocio lo miró con aire inseguro y encogió los hombros.

–Por eso vacilaba. Mas en el fondo carece de importancia, ¿no es cierto? Es decir, que la hermana de Kate sea la esposa de Rupert no significa que él y yo tengamos que hermanarnos de pronto.

Jonah asintió, aunque albergaba sus dudas. Rupert, Bernice y sus cinco hijos llevaban una existencia miserable con su establecimiento de Cheapside. Jonah ya había tenido que amonestar varias veces a su primo por no pagar con regularidad su cuota al gremio. Temía que Rupert se sirviera del vínculo familiar con su consocio para exigirle ayuda económica. Sin embargo, no dejó traslucir sus reparos, sino que se puso en pie, le dio un breve abrazo a Crispin y dijo:

—Mis parabienes. Es una chica muy guapa.

A diferencia de Bernice, Kate no tenía dientes de conejo, sino que había heredado los armoniosos rasgos de su bella madre. Era la menor de los hijos del antiguo veedor, y tendría unos dieciocho años, calculó Jonah. Crispin podía considerarse afortunado, pues la chica era un excelente partido.

—¿Cuándo? —inquirió.

El novio se encogió de hombros.

—Pronto. En julio. Espero que para entonces haya dejado de llover. —Entrelazó los dedos con nerviosismo en el regazo—. Y si queréis que me busque una casa, decidlo tranquilamente. Lo entendería, de veras, y...

—¿Qué desatinos son ésos? —preguntó Giselle sin dar crédito—. Ésta es tu casa, y hay bastante sitio aunque tengáis una docena de hijos. Di a Kate que es bienvenida de corazón.

En principio, en casa de Jonah no era bienvenido nadie que no fuera cónyuge, hijo o empleado suyo, y su amigo lo sabía a ciencia cierta. Sin embargo, al ver la mirada inquisitiva de éste, el señor de la casa señaló a su esposa y dijo:

—Ya lo has oído.

Y así fue como, a mediados de julio, el día después de Santa Mildred, Kate Greene se mudó a la gran villa de Ropery. Giselle obró el milagro de convencer a Jonah de que organizaran la boda de Crispin y su futura. Fue una fiesta a lo grande, con más de un centenar de invitados —docenas y docenas, afirmó Felipe—, y Jonah hizo lo mismo que Crispin hiciera antaño por él: se ocupó de que nadie molestara a la pareja después de que se hubiera retirado.

Martin Greene miraba su vaso con melancolía.

—Pasó lo que tenía que pasar, Agnes. Nuestra benjamina se ha casado. Me siento muy viejo.

—Kate no podría haber dado con un hombre mejor —le aseguró Giselle con énfasis.

Después su mirada vagó sin querer hacia Rupert y su esposa, que se hallaban unos sitios más allá, pero asimismo en la mesa principal, siendo como eran miembros de la familia.

—Cosa que no se puede decir precisamente de Bernice —musitó Jonah, expresando así lo que todos pensaban.

Rupert estaba completamente ebrio y se comportaba de manera deplorable. Reía demasiado alto, regoldaba sin miramientos y toqueteaba a las criadas que servían los platos. Bernice se encontraba a su lado, empequeñecida y gris; él apenas se dignaba mirarla.

Martin Greene hizo una mueca de dolor.

—Sé que me advertisteis, Durham. No fue una buena decisión.

—Yo no diría tanto —lo contradijo su esposa—. Bernice tiene cinco niños preciosos. Y Rupert no siempre es así. No todas las mujeres pueden tener tanta suerte como nuestra Kate.

Harry Willcox se acercó a la mesa, en las manos una gran jarra.

—¿Deseáis un poco más de vino, maese Greene? —preguntó cortésmente.

El padre de la novia le ofreció su vaso.

—Gracias, hijo.

Harry le sirvió, hizo una perfecta reverencia y continuó su camino. Greene se quedó mirando al aprendiz de rojísima cabellera.

—Un muchacho amable. Ojalá me confiaseis quién es, Durham.

Jonah esbozó una breve sonrisa y se encogió de hombros.

—Sabéis que no puedo; se lo he prometido.

—Pronto finaliza su aprendizaje, ¿no es cierto?

—Por desgracia.

—¿Y entonces engrosará nuestras filas?

Jonah sacudió la cabeza.

—¿No es su padre un hombre libre?

A Jonah le costó reprimir una sonrisa. Si el concejo reconociera como gremio a la cofradía de ladrones de Londres, el padre de Harry sería un londinense libre...

—No.

Greene se dio por satisfecho con tan poco esclarecedora respuesta y, tras mirar fugazmente al aprendiz de menor de edad de Jonah, el hijo de Elia Stephens, buscó en vano al tercer aprendiz. Cecil no se encontraba allí. Jonah y Giselle ponían buen cuidado en que el muchacho no se topara con Rupert, y lo habían mandado temporalmente a Sevenelms. Cecil lamentó no poder tomar parte en la boda de su padre adoptivo, mas se resignó, pues no sentía el menor deseo de conocer a su progenitor natural.

La música cada vez era más ruidosa; la fiesta, más alegre. Martin Greene se volvió a Jonah y hubo de alzar la voz para hacerse entender.

–¿Cuándo vamos a sacar al pobre Elia de la cárcel?

La informalidad sorprendió más a Jonah que la pregunta en sí.

–No lo sé. ¿Cómo le va?

–Terriblemente. ¿Qué otra cosa cabía esperar?

Jonah se encogió de hombros incomodado.

–Ahora sois regidor y, por tanto, doblemente responsable de él, igual que yo –aclaró su homólogo.

–Sí, señor, lo sé.

–Hum... –gruñó Greene–. Queréis que lo dejemos allí lo bastante para que sus pecados queden perdonados y olvidados, ¿no es así?

–Si lo expulsamos, se arruinará definitivamente. Y en el fondo es un hombre de bien.

–A mí no es preciso que me lo expliquéis. Tal vez debiéramos sacarlo a la chita callando y esconderlo en alguna parte hasta que el asunto se haya olvidado. Para que no la diñe debido a nuestras bienintencionadas medidas.

Jonah arrugó la frente perplejo.

–¿Sería... posible?

Greene rió con picardía.

–Sois regidor, hijo. En esta ciudad es posible casi todo cuanto deseéis.

–Con todos mis respetos, maese Greene, pero no soy hijo vuestro.

–En cierto modo sí –replicó su antiguo maestro con una expresiva sonrisa que reveló a Jonah que el padre de la novia ya no estaba sobrio–. Ya sabéis, antaño, cuando entrasteis en el gremio...

Un ruido ensordecedor lo interrumpió, y Jonah se levantó bruscamente.

–Disculpadme un momento.

Así y todo, agradeció librarse de la verborrea nostálgica del que fuera su padrino. Se dirigió hacia su primo despacio. Justo al lado de Rupert había caído al suelo una bandeja de plata con los famosos pastelillos de arándanos de Jasper, y la paja embebía el jugo morado intenso de las bayas.

La nueva y menuda criada que llevara el postre se había pegado a la pared, poco menos que agazapada, como si temiera que fuesen a golpearla.

–Lo siento, maese... Lo siento...

Sonaba jadeante, y el sudor le perlaba la frente.

La muchacha estaba muerta de miedo.

–No ha sido culpa tuya, Heather –la tranquilizó Jonah–. Recoge los pasteles y llévalos abajo. A la puerta hay un montón de mendigos esperando que no les harán ascos por unas cuantas pajas. Que se los dé Jasper. Y si tiene más en la cocina, di a Berit que los suba. Puedes ir a acostarte. ¿Me has entendido?

La chica asintió, se agachó y se puso a recoger con torpeza los desperdigados dulces. Después abandonó la sala a toda prisa, casi corriendo.

Jonah se volvió hacia su primo.

–Rupert, creo que sería mejor que te fueras.

El aludido hizo un movimiento demasiado violento que a punto estuvo de derribarlo del banco.

–Vive Dios, Jonah, no armes tanto jaleo. Si casi ni he mirado a esa tunanta...

Lo cierto es que había pasado uno de sus poderosos brazos por el talle de Heather e intentado tirar de ella hacia abajo, como había visto casualmente Jonah. Una bagatela, algo que podía pasar en una fiesta desenfadada. Pero, con su buen tino, Rupert había vuelto a escoger como víctima precisamente a alguien a quien su pesada broma podía aterrorizar.

–No me gusta repetir las cosas –anunció Jonah.

Bernice se levantó del banco y tiró del brazo de Rupert.

–Venga, vayámonos a casa.

Rupert se puso en pie, pero se zafó de ella de mala gana y miró de hito en hito a Jonah.

–Así que quieres volver a ponerme de patitas en la calle, ¿es eso?

–Tienes la desagradable virtud de poner a prueba más de lo debido mi hospitalidad –explicó su primo.

Profiriendo una risa desdeñosa, Rupert dio media vuelta, mas se giró de nuevo en el acto y amagó un gancho con el puño derecho.

Jonah no era tan voluminoso como su primo, ya que vivía con comedimiento, pero, además de haber heredado las espaldas de leñador de los Hillock, había cargado durante años sacos de lana con los suyos y, a esas alturas, podía medir sus fuerzas con Rupert. Por añadidura estaba sensiblemente más sobrio. Interceptó el puño dirigido a su mentón sin esfuerzo alguno, le retorció el brazo a su primo a la espalda y le dio un discreto puñetazo en los riñones.

–Andando. Necesitas tomar el aire con urgencia, primo. Y si me causas problemas, te parto esas cosas negras a las que tú llamas dientes, lo juro por Dios.

Rupert todavía estaba lo bastante en su seso para creerlo. Echó a andar ante Jonah a trompicones, sin ofrecer resistencia. Los invitados fingieron no percatarse de la escena, pero las conversaciones enmudecieron un instante antes de reanudarse a un volumen excesivo. Bernice se dio perfecta cuenta de ello. Bajó la escalera y salió en pos de su esposo y del primo de éste con la cabeza gacha.

Ya en el patio, Jonah soltó a Rupert y señaló la puerta con el mentón.

–Lárgate. Y tanto si Crispin es tu cuñado como si no, no quiero volver a verte aquí. ¿Entendido?

Rupert asintió. Jonah no le veía el rostro con claridad, pues por la puerta no salía mucha luz y las nubes habían engullido la luna. Lloviznaba. Llevaba lloviendo más de seis semanas.

–Sí, Jonah, claro que lo he entendido. No podías desperdiciar la ocasión de volver a humillarme. Es tu pasatiempo preferido, ¿eh? ¿Y por qué no iba a serlo? Eres veedor y regidor, no hay nada que no puedas permitirte. Pero algún día... –Alzó el índice y lo movió ante la barbilla de su primo, muy cerca, con los ademanes exagerados del beodo–. Algún día...

–Sí, sí. –Jonah lo observaba asqueado. «Qué triste», pensó con desdén. «Menudo necio embrutecido»–. Me muero de impaciencia, Rupert. Y ahora, largo.

Bernice agarró a su esposo de nuevo del brazo.

–Venga. Vamos a casa, querido...

–Ay, Bernice, mi conejita –balbució Rupert mientras daba traspiés con ella hacia la puerta–. Si estuviéramos en casa...

Sonó terrorífico, entre lascivo y amenazador.

Jonah siguió su no del todo recta trayectoria hasta la puerta.

—¿Voy tras ellos, maese? —se oyó la voz de Meurig desde la oscuridad—. Tal vez ella necesite ayuda.

Jonah no se sorprendió. De alguna manera, Meurig siempre estaba cuando las cosas se ponían feas.

—Ten la bondad —pidió en voz queda.

El criado se deslizó hacia la puerta sin hacer ruido, una sombra negra en la oscura noche lluviosa, la capucha bien echada sobre el rostro.

El miércoles de la semana que siguió, Jonah llegó a casa después de que hubiera caído la noche. El alcalde y los regidores habían estado reunidos casi todo el día. Habían sentenciado a ladrones y mendigos con falsas dolencias, así como a un barbero que pretendía moler a palos a su esposa por quemar un pollo asado y al final la había matado sin querer. Moriría en la horca, una sentencia que, a diferencia de a otros, a Jonah no le quitaría el sueño.

El pescadero que vendió género en mal estado acabó en la picota. Su caso fue tratado con la mayor rapidez, ya que la cliente perjudicada adujo como prueba el género sospechoso y el consistorio se inundó al punto de un hedor insoportable. Después se ocuparon del caso de un velero que había utilizado el sótano de su vecino de pozo negro. El infame abuso sólo llamó la atención cuando el sótano rebosó. Dicho caso produjo una inoportuna hilaridad entre algunos regidores, y el alcalde acusó, furioso, a Jonah Durham y Martin Aldgate de no ser lo bastante serios. El velero fue condenado a eliminar la porquería y a pagar una indemnización y una exorbitante multa.

Después de dictar todos los fallos, el concejo se reunió en sesión. También ésta duró más de lo habitual, y los concejales discutieron encarnizadamente.

Jonah entró en casa todavía enojado y muerto de sueño, mas al llegar a la sala y ver quién había ido a visitarlos se animó en el acto.

—¡Samuel!

El sonriente sacerdote le estrechó la mano a Jonah.

—Así que te pasas la mitad de la noche callejeando por Londres. No es que me sorprenda...

—Pero seguro que no conozco ni la mitad de bien que tú los callejones lóbregos.

–Forma parte de mis obligaciones espirituales.
–Lo creo a pie juntillas.

Rompieron a reír y se sentaron a la mesa junto a Giselle, Crispin y Kate. Apenas se hubo sentado Jonah, uno de los omnipresentes gatos saltó a su regazo, un macho atigrado de pelaje rojizo que guardaba un gran parecido con *Ginger*, su predecesor, fallecido hacía tiempo. Jonah le acarició suavemente las puntiagudas orejas, y el animal se tumbó y ronroneó satisfecho.

–¿Has venido a visitar a tu ahijado? –le preguntó Jonah al sacerdote.

Habían trabado amistad desde la inolvidable escenificación de *El festín de Belcebú*, y todos los veranos representaban juntos una obra. Cuando Jonah fue elegido veedor, el gremio, en forma del padre Gilbert, le sugirió que pusiera fin a la relación con el controvertido padre Samuel y volviera a participar en las pías obras del gremio. Jonah le dio una rotunda negativa, sin embargo comprendió que, como poseedor de un cargo en su gremio, ya no podía presentarse ante las gentes haciendo de Satanás, tanto más cuanto que el obispo de Londres sólo toleraba las obras de Samuel a regañadientes. Con todo, una vez al año Jonah Durham desaparecía de Londres durante un mes, y mientras el mundo entero creía que había partido al continente con uno de sus barcos, él recorría el país con Samuel y sus juglares y actuaba en ciudades de la provincia donde nadie lo conocía. También el padre Samuel llevaba una doble vida, ya que, desde que Jonah lo nombrara rector de la escuela que él mismo fundó, se veía obligado a cuidar de su reputación.

–También –repuso Samuel–. Un muchacho estupendo. Y no sólo se parece a ti, sino que además es igual de ambicioso. Giselle dice que ya gatea.

Jonah asintió, tomó el vaso que le tendió su esposa y preguntó:

–¿Ya está en la cama toda la prole?

–Naturalmente. Y los chicos también –contestó ella, y miró sin querer el reloj de vela, que se hallaba en un soporte elevado de bronce, entre dos ventanas. Eran cerca de las diez–. ¿Quieres comer algo?

Él negó con la mano.

–Jonah..., vas a morir de hambre –lo reprendió su esposa con expresión preocupada.

—A mí no me parece que haya enflaquecido —opinó Samuel.
—¿Y bien? —le preguntó Jonah al padre—. ¿A qué debemos este honor? Espero que mis hijos no hayan quemado la escuela.

El aludido meneó la cabeza.

—Eso sería más fácil que lo hiciera tu hija —observó. A decir verdad le preocupaba un tanto Lucas, cuyo rendimiento había empeorado y al que no había manera de convencer, ni por las buenas ni por las malas, de que prestara la debida atención a la clase, pero no había ido por eso. Había amenazado a Lucas con hablar con su padre si no cambiaba de actitud en el plazo de dos semanas, mas dicho plazo aún no había finalizado—. Tiene que ver con nuestro viaje. Creo que este año deberíamos suspenderlo. O al menos aplazarlo.

—Sí, hace demasiado mal tiempo —convino Jonah, y lo cierto es que tampoco habría sabido de dónde sacar el tiempo.

—Sí. Nunca habíamos tenido un verano tan húmedo —coincidió Samuel—. Si continúa así, la cosecha será mala. Pero el motivo no es ése. ¿Has oído hablar de la epidemia que asuela París?

Jonah dijo que sí con la cabeza.

—No sólo París. Allí de donde vienen mis barcos no se cuentan más que las mismas historias espeluznantes.

—Me temo que no son historias. Y, en cualquier caso, ha cruzado el Canal.

Giselle alzó la vista del bordado con hilo de oro que realizaba, y Crispin y Kate cambiaron una mirada inquieta.

—¿Conoces Melcombe Regis? —le preguntó Samuel a Jonah.

—¿El pequeño puerto de Dorset, cerca de Weymouth? Sí.

Jonah conocía prácticamente todas las ciudades portuarias, pues seguía vendiéndoles madera cuando se enteraba de que el rey pretendía ampliar la flota.

—Hace unos días apareció allí uno de esos numerosos barcos fantasma que de repente van a la deriva por los mares. No todos los hombres que iban a bordo habían muerto, aunque a estas alturas ya habrán caído, y ahora en Melcombe Regis está pasando algo terrible que diezma a las gentes.

Jonah escuchó preocupado. Tenía claro que Samuel no era ningún crédulo que contaba lo que había oído sin comprobarlo y lo adornaba.

—¿Cómo te has enterado?

–Me lo contó un viejo amigo. Estuvimos juntos en la Universidad de París, pero hoy es un pobre predicador ambulante. Uno de los pocos elegidos verdaderos. Vino a verme ayer para decírmelo. Llegaba directamente de Dorset, lo vio con sus propios ojos.

–En tal caso, esperemos que no haya traído consigo lo que quiera que arribase a Melcombe Regis.

–A buen seguro que no, de lo contrario habría muerto hace tiempo. Asegura que no se libra casi nadie y que quien enferma sólo puede confiar en pasar a mejor vida. En su opinión, Dios nos ha enviado una plaga como la que ni siquiera tuvieron que sufrir en Egipto porque hoy en día el hombre es más pecador y tiene el corazón más empedernido que el faraón.

–Hum... –Jonah apoyó los codos en la mesa y bebió un buen trago del vaso–. A mi parecer tu viejo amigo es un brillante retórico.

Samuel resopló ruidosamente.

–En verdad, esto no es cosa de broma, Jonah.

–No, lo sé.

Tampoco él estaba de humor para bromear. Sólo pretendía desviar la atención del desagradable miedo paralizador que le subía por las piernas.

–He venido a hablarte de ello porque eres regidor. En realidad, no creo que el concejo pueda hacer nada para impedir que la epidemia se extienda si llega a la ciudad, pero deberíais estar preparados.

–¿Qué... enfermedad es? –inquirió un desconcertado Crispin–. ¿Viruela?

Samuel cabeceó.

–No sé lo que es, pero sí que es diferente de todo cuanto el mundo ha visto hasta ahora. No es viruela. La gente tiene una muerte dolorosa, sangra por la boca, la nariz y... –En el último momento cambió de opinión al caer en la cuenta que había damas presentes–. Esta enfermedad no tiene nombre. Las gentes la llaman la muerte negra.

SEVENELMS,
SEPTIEMBRE DE 1348

—Buen trabajo, David.
Jonah cerró el libro mayor, levantando una considerable nube de polvo. David Pulteney asintió, y en sus labios se dibujó una leve sonrisa.
—Gracias. —A esas alturas ya estaba acostumbrado a los elogios—. ¿Cuánto burato azul quieres llevarte?
—Lo quiero todo —respondió Jonah—. De aquí seguiré camino a Westminster y allí me desharé al menos de la mitad. El resto lo venderé en la ciudad. Tenías toda la razón: el azul vuelve a ser el color de la temporada. —Miró satisfecho el repleto y ordenado almacén de paño—. Uno de los chicos vendrá por la seda la próxima semana, pero procura producir más paño de lana, David; es lo que la gente quiere. Creo que el año que viene podríamos vender cuatro mil balas sólo en Borgoña y la misma cantidad como mínimo en Aquitania. Incluso en Amberes compran paño inglés.
David cabeceó.
—No lo concibo. ¿Cómo es posible?
Jonah se encogió brevemente de hombros.
—Tiene que ver, sobre todo, con el precio de la lana. Debido al monopolio y a que los derechos de exportación no paran de subir, el precio de la lana inglesa en bruto ha aumentado de tal forma en el continente que numerosos fabricantes de paño ya no se la pueden permitir. Y, claro está, la calidad de nuestro paño ha mejorado.
David afirmó con la cabeza.
—Gracias a nuestros flamencos, naturalmente. Por mi parte, incrementaré con gusto la producción, eso no es problema si me traes más artesanos.

—A decir verdad, ya va siendo hora de que aquí, en el país, nuestros pañeros aprendan algo de la competencia flamenca. —Jonah hizo una pausa, se paró a pensar un instante y se mesó la corta barba negra con aire meditabundo. Después tomó una decisión—: Te traeré más artesanos en cuanto haya pasado el fantasma de la epidemia. Pero di a la gente que eximiré de pagar la mitad del arriendo de la casa a todo el que tome de aprendiz a un muchacho inglés.

David lo miró asombrado, si bien asintió de buena gana. Era una idea estupenda que a él nunca se le habría ocurrido, hubo de admitir.

Salieron del despacho, próximo al río, y David condujo a Jonah hasta su casa, que se hallaba en lo alto de la loma, apartada. Mientras David entraba y recibía el bullicioso saludo de sus cuatro hijos, Jonah permaneció un instante en la puerta, contemplando el valle. Lower Sevenelms, como se llamaba la pequeña ciudad de los pañeros, ya era al menos cinco veces mayor que el antiguo pueblo, Upper Sevenelms, donde vivían los labriegos, que en la actualidad eran principalmente criadores de ovejas. En Lower Sevenelms no vivían sólo tejedores, bataneros y tintoreros flamencos, sino también panaderos, herreros y toda clase de artesanos, y también había una fonda.

Jonah había creado un monopolio de exportación de paño. Con las mismas normas que rigieran en su día para el monopolio lanero, sólo que esta vez era él quien tenía la sartén por el mango. El continente obtuvo el paño inglés que tanto anhelaba; el rey, las cien mil libras que había pedido por concederle el derecho a celebrar mercado en Lower Sevenelms, y los monopolistas, sus beneficios. Y a partir de ese momento había sido prácticamente inevitable que Jonah fuera cada vez más rico. No sólo el mercado de Sevenelms duplicaba sus ventas de año en año.

La comida con la familia de David fue ruidosa y alegre. Sus pequeños hijos discutieron sobre cuál de ellos sería el mejor esquilador, en medio apareció el herrador para herrar los jamelgos de David, y nada más terminar éste hubo de salir porque se había roto la rueda de uno de los batanes. Llevaba una vida de hidalgo rústico en aquel rincón alejado del mundo, con su apacible esposa de origen campesino, sus descalzos hijos y los millares de ovejas, que se hallaban por doquier y a menudo osaban entrar en su casa. A primera vista, parecía una existencia modesta, sosegada, y sin embargo David era la fuerza que impulsaba uno de los mayores centros de producción del país. Jonah era consciente de lo mucho que le debía.

–Venid a vernos a Londres, David –le dijo al despedirse–. ¿Por qué no te unes a nosotros en la justa de San Miguel? Así verás algo más que ovejas.

Risueño, David meneó la cabeza.

–Gracias, Jonah, pero no siento la más mínima nostalgia de la ciudad, menos aún de la corte. Llévate a Lucas, él sabría apreciarlo.

Jonah observó a sus aprendices con semblante sombrío.

–¿Quién ha estado hablando aquí de mis asuntos familiares? –quiso saber.

Cecil supo que no tenía sentido mentir. Hizo un tímido gesto afirmativo.

–Maese David preguntó cómo les iba a los niños, señor.
–Comprendo. Y tú le dijiste que su padre era un monstruo cruel, ¿no es eso?

Cecil no lo contradijo.

–Vos... vos no os dais cuenta de lo infeliz que es el chico –espetó–. Y eso que sólo quiere...

Un sonoro bofetón lo hizo callar.

–Éste no es el momento ni el lugar, Cecil. Sé que crees que estas cosas son de tu incumbencia porque se trata de tu primo, pero te aconsejo que no te inmiscuyas.

David lamentó sus imprudentes palabras y chasqueó la lengua en señal de desaprobación.

–Santo Dios, Jonah, su intención es buena.

Él asintió.

–Dado que bebes los vientos por él, te lo dejaré aquí un tiempo. No vuelvas a casa hasta San Miguel, Cecil. Tendrás tiempo y tranquilidad en abundancia para plantearte tus lealtades –observó Jonah.

–Sí, señor.

Sin dignarse mirarlo más, Jonah siguió a Harry y a Piers hasta el embarcadero.

Bajaron el Rhye aprovechando la veloz corriente y después, con ayuda de la pequeña vela, remontaron el Támesis, pasando ante los muelles londinenses y por debajo del puente. Dejaron atrás su propio embarcadero y, finalmente, la ciudad. Por la orilla meridional se extendían campos y praderas; en la cara norte, al otro lado de la desembocadura del Fleet, se hallaban los jardines de la villa del obispo de Salisbury, del convento carmelita de White Friars y de Temple.

Atracaron en el pequeño muelle de Westminster. Jonah indicó a Piers que permaneciera junto a la barca para vigilar la carga mientras él se dirigía a la puerta con Harry, que llevaba una de las balas de paño azul.

Jonah no tuvo que dar el santo: la guardia lo conocía. Tras saludarlo cortésmente, lo dejaron pasar. Condujo a su aprendiz hasta la construcción principal del palacio.

—¿Te acuerdas de dónde se encuentra el lord chambelán?

—Sí, maese.

—Bien. Pues ve a mostrarle el paño y acordad un precio.

El joven Willcox, desconcertado, abrió los ojos como platos.

—¿Yo? Pero... ¿de qué margen dispongo?

Jonah se encogió de hombros.

—Conoces los precios que estipula el gremio y sabes lo que nos ha costado confeccionar este género. Es todo lo que necesitas. Así que regatea. Si sacas bastante para nosotros, recibirás una recompensa.

—Pero, señor... —objetó Harry horrorizado, y no supo continuar.

Jonah no pudo evitar reírse al ver su aturdimiento.

—Sólo quedan unos meses, Harry. Ya es hora de que aprendas a ser independiente. —Y si el joven Willcox respondía, Jonah tenía la intención de encargarle la creación y posterior administración del asentamiento que pretendía fundar en Burdeos, pues no había olvidado nada y sabía de sobra lo que uno podía hacer cuando frisaba en la veintena. Sin embargo, temía que el golpe afectara al inseguro muchacho cuando se lo anunciara—. Ahora vete.

Los ojos de Harry se iluminaron.

—¡Sí, maese!

Dio media vuelta al punto y enfiló la escalera, subiendo los peldaños de dos en dos, la bala bien sujeta bajo el brazo.

En los aposentos de la reina, Jonah encontró a la princesa Isabel y a su hermano Eduardo, que se encontraba junto a la ventana, inmóvil y de espaldas a la estancia.

—¡Ay, Jonah! La princesa, que tenía dieciséis años, le echó los brazos al cuello, apretó el rostro contra su pecho y rompió a llorar. A él casi le sorprendió más su falta de compostura que el hecho de que al parecer hubiese sucedido una desgracia. Acarició suavemente sus finos hombros y se sintió un completo farsante.

—Isabel... —musitó el príncipe con expresión de reproche, pero su voz sonó ahogada.

Jonah alzó la cabeza y vio que el radiante vencedor de Crécy lloraba abiertamente y sin pudor.

—Todo da igual —susurró su hermana, la cara todavía hundida en la empapada capa de Jonah—. Exactamente igual...

El comerciante miró a Eduardo por encima de la muchacha. La preocupación que reflejaban los ojos de aquel chico al que el mundo llamaba el Príncipe Negro hacía que pareciera tener menos años de los dieciocho que tenía.

—Se trata de Juana —aclaró—. Mi pequeña hermana. Ha muerto.

«Oh, Dios, qué te propones —pensó Jonah horrorizado—. ¿Por qué les arrebatas a dos hijos en tres meses?»

—He de decírselo a mis hermanos —prosiguió Eduardo, más para sí—. Mas no soy capaz. No sé cómo hacerlo.

Jonah le pasó un brazo por el hombro a Isabel, la llevó hasta un sillón y la depositó en él con sumo cuidado.

—¿Qué ha ocurrido?

Ella se pasó la manga por los ojos y respiró hondo.

—Estaba en Burdeos, esperando a su futuro. La epidemia hace estragos en esa ciudad, en toda Aquitania. Y... y el conde de Lancaster no se llevó a Juana de allí. Enfermó y falleció a los tres días. Tuvo que sufrir terriblemente...

—Isabel, basta —le suplicó su hermano.

La princesa continuó como si no lo hubiese oído.

—Sólo tenía trece años y debió de padecer una muerte dolorosa, a miles de leguas de su madre y su padre y de todos sus seres queridos. Y debía ser yo quien ocupara ese lugar. Yo estuve prometida con el príncipe Pedro. —Bajó la cabeza e hizo una breve pausa–. Ay, Dios mío, Jonah, si supierais cómo la envidié cuando partió. Y ahora...

–Pese a todo, no es culpa vuestra que haya muerto –afirmó él.

Vaciló sólo un instante antes de ponerle la mano en el hombro.

–Sin embargo, ésa es la sensación que tengo –respondió ella, desesperada.

Jonah deseó que Giselle se encontrara allí. Ella habría dado con las palabras adecuadas. En semejantes situaciones él era un completo inútil, y notó que se le formaba un nudo en la garganta. La princesa Juana era una muchacha alegre y simpática que se parecía en numerosas cosas a su padre, no sólo físicamente. También a él se le antojó dolorosa la idea de que hubiese sido víctima de tan horrible enfermedad estando sola y abandonada en el extranjero.

–Llorad la muerte de vuestra hermana, Isabel –dijo en voz baja–, pero no os torturéis con reproches desatinados. Vos no tuvisteis nada que ver con la decisión.

Ella asintió; lo que decía el caballero de su madre era sensato y certero, si bien no le proporcionaba ningún consuelo.

–¿Dónde está la reina? –preguntó Jonah.

–Con padre, en la capilla –repuso el príncipe–. Sin duda... sin duda sabéis lo mucho que él amaba a Juana. Está completamente fuera de sí. Madre también, pero ella... –No pudo continuar.

–Ella es más fuerte.

Fue su hermana quien finalizó la frase. Eduardo afirmó con la cabeza.

–¿Os importaría esperarla, señor? A buen seguro que se alegrará de veros.

Jonah asintió, el corazón oprimido, y el príncipe intentó sonreír.

–En tal caso, iré a hacer lo que debo hacer. –Se detuvo en la puerta con la cabeza gacha–. Santo Dios..., si pudiera elegir, preferiría enfrentarme a un ejército de franceses.

Isabel se puso en pie, fue hacia él y le apretó la siniestra.

–Voy contigo, hermano.

Francis *el Zorro* yacía entre los muslos de Annot distendido, satisfecho y casi inmóvil. No dio la menor muestra de abandonar ese lugar, uno de sus preferidos en el mundo, como él mismo gustaba de decir, sino que le musitó a Annot al oído ruiditos complacidos, buscó a tientas su mano con los ojos cerrados y le mordisqueó los dedos.

Ella volvió la cabeza y contempló, risueña, las rojísimas pestañas. De todos sus amantes, Francis era el más gracioso, y su visita siempre era motivo de alegría. A veces se ponía un tanto grosero, cuando se daba cuenta de que la divertía, e intentaba demostrarle que era un canalla peligroso, pero a ella eso no le afectaba. Le gustaban los canallas. Él era uno de los pocos hombres capaces de enardecerla de veras, pues era poderoso y amenazador. Y además divertido.

Rara vez pagaba, ya que la mayor parte de las veces entraba por la ventana, mas con frecuencia le regalaba una valiosa joya y la deleitaba con exquisitas historias sobre la dama a la que había pertenecido. Y, claro está, él era una de sus más valiosas fuentes de información.

–¿Y bien? ¿Qué hay de nuevo en el malvado mundo, Francis? –inquirió Annot tras unos minutos de armonioso silencio.

–Hum... Ni idea –farfulló él con apatía–. Aquí siempre me olvido de todo. ¿Puedo quedarme hasta por la mañana?

–Ya es por la mañana –puntualizó ella–. Has vuelto a privarme de un sueño reparador, así que responde.

Le pasó ambas manos por los rojos rizos, que nunca se cansaba de acariciar. El rey de los ladrones resopló dichoso.

–Sigue así y empezaré otra vez desde el principio.

–Otra vez fanfarroneando... –se burló Annot.

Lanzando un suspiro, él se tumbó a su lado y se apoyó en un codo.

–Muy bien, deja que piense. En la calle se dice que William de la Pole está acaparando todo el cereal que puede. Posiblemente cuente con que la cosecha será mala y los precios del grano se dispararán.

–Es un puerco –comentó Annot con desapego.

Él afirmó con la cabeza.

–Y le gusta revolcarse con los de su especie. Por ejemplo, con el mayor de todos los pobres diablos de Londres: Rupert Hillock.

Annot levantó la cabeza.

–¿Qué significa eso?

Francis se encogió de hombros.

–Se los ve juntos en tabernuchas de mala reputación, donde pueden estar seguros de no toparse con nadie de sus respectivos círculos. Pero Hillock también ha sido convidado por De la Pole. Tengo a un chico infiltrado de jornalero en su casa que lo vio.

—Aparta tus codiciosos dedos de la casa de Lombard Street —lo advirtió ella con aire ausente—. Es una fortaleza, y acabarás en la horca.

—Así será de un modo u otro —espetó él entre risas.

—No me gusta, Francis. ¿Qué tiene que ver el uno con el otro?

—Bueno, la casa y el establecimiento de los Hillock pertenecen a De la Pole, ¿no es cierto? Así que si De la Pole dice salta, Hillock ha de saltar. Pero si es lo que pienso, no tendrá que obligarlo a nada. Hay algo que ambos caballeros poseen en común. Lo cual nos lleva a tu viejo amigo Durham, que acaba de pelearse con el alcalde y es más vulnerable de lo que tal vez se figure.

Annot se incorporó, dobló las piernas y golpeó una almohada.

—Maldita sea, maldita sea.

—Hum... Tal vez quieras contárselo a Crispin Lacy cuando sea oportuno. ¿Sigue viniendo?

Annot sonrió.

—Naturalmente. —Crispin le tenía gran apego a su joven esposa, pero ni en sueños se le habría ocurrido dejar de ver a Annot. La quería demasiado, y no era sólo el viejo amor lo que los unía, sino también Cecil—. Pero quizá fuese mejor que dejásemos fuera a Crispin. Es cuñado de Rupert. ¿No puedes ir a ver a Jonah para prevenirlo?

Francis meneó la cabeza.

—¿De qué? ¿De que su suegro y su primo van juntos a la taberna? Además, mi hijo siempre se enfada cuando visito a su maestro. Harry teme que alguien averigüe quién es su padre. Soy para él casi tan molesto como lo es él para mí.

Annot desechó la idea con un gesto impaciente.

—Vosotros, los hombres, sois terribles. Estáis tan prendados de vosotros mismos que os sentís mortalmente ofendidos si vuestros hijos se niegan a ser una imitación fiel vuestra. —Cecil le había referido que eso mismo ocurría con Jonah y Lucas—. Deberías sentirte orgulloso de tu Harry. Es capaz y listo y...

—... honrado, lo sé. —El rey de los ladrones terminó la frase con una mueca de asco. Después se enderezó, tomó el vaso de vino que había junto a la cama y dio un largo sorbo—. ¿Quién sabe? —dijo al

cabo, con aparente ligereza–, tal vez el deseo de Harry de ser huérfano, ese deseo tan largamente acariciado, se cumpla pronto.
Annot ladeó la cabeza y lo miró fijamente.
–¿Qué te pasa? Nunca te había oído hablar así. Me he dado cuenta de que algo te atormenta. De no tratarse precisamente de Francis *el Zorro*, yo diría que el hombre que tengo en mi cama le teme a algo.
Él bajó la mirada, cohibido.
–Pero Francis *el Zorro* no teme ni rey ni roque –farfulló, y soltó una triste risotada–. También yo he creído siempre que era así.
Ella le tomó la mano.
–Cuéntame qué te ha hecho pensar lo contrario.
El rey de los ladrones se frotó la nariz con nerviosismo y, finalmente, se decidió a mirarla de nuevo.
–Uno de mis hombres vino a verme esta tarde y me dijo que su esposa y todos sus hijos estaban enfermos. Él mismo tenía fiebre. Lo llevé a casa y vi a su familia. Y lo que vi allí, Annot..., me asustó tanto que sólo de pensarlo me tiemblan las rodillas. –Recostó la cabeza y clavó la vista en el oscuro baldaquino–. En mi vida he visto bastantes cosas horribles, créeme. Mas sobre todo eran cosas que los hombres les hacían a otros hombres. Esto es distinto. Viene de Dios o tal vez directamente del infierno, no lo sé, pero no de esta tierra. La comadre del vecindario que cuidaba de los niños enfermos dijo que era la muerte negra.
–La muerte negra ha llegado a Londres –musitó Annot.
Tan terrible nueva la dejó extrañamente abatida. Apoyó la cabeza por instinto en el hombro de Francis y unió las manos en su nuca. Él la rodeó con sus brazos, y fue como si quisieran aferrarse el uno al otro para no sucumbir.

Londres,
enero de 1349

Jonah nunca había oído hablar de una epidemia que se extendiera tan deprisa. Se propagaba de casa en casa como un incendio, y en ocasiones incluso infectaba a una familia entera en una sola noche. La muerte negra tomó la ciudad hasta principios de noviembre, y la vida normal, tal y como la conocían las gentes hasta entonces, dejó de existir. La muerte era omnipresente. En la mayoría de los casos, todo comenzaba con unas dolorosas tumefacciones en las axilas y las ingles que, en el plazo de unas horas, se ennegrecían y empezaban a supurar. No tardaron en llamarlas «bubones». En una de las numerosas elegías se decía: «Bajo el brazo me crece un doloroso botón que me abrasa como carbones al rojo. Es feo como la semilla de los guisantes negros, tan temprano dije de la muerte negra». Las bubas solían desaparecer al segundo día, y eran sustituidas por unas ronchas negruzcas que cubrían todo el cuerpo. Fiebre alta, vómitos, terribles dolores y hemorragias formaban parte del martirio que padecían durante días los enfermos, cuyo cuerpo, sangre y secreciones desprendían un hedor tan espantoso que a menudo nadie quería cuidarlos, de manera que muchos murieron solos y abandonados. Sin embargo, en algunos casos la peste se manifestó de un modo completamente distinto: no apareció en forma de bubas, sino que pareció afianzarse en los pulmones, variante ésta mucho más fulminante: las pobres víctimas se asfixiaban en unas pocas horas.

Los pobres entre los pobres, que vivían hacinados en una minúscula habitación en cobertizos y barracas, fueron los más afectados: mendigos, jornaleros, los despojos humanos anónimos de la gran ciudad. También sacerdotes y galenos sufrieron graves daños, pues iban de lecho en lecho, prestando ayuda espiritual, llevando a algunos consuelo, mas a muchos la muerte, ya que extendían la enfermedad de casa en casa sin querer. Y la muerte negra tampoco retrocedió ante las villas y palacios de los comerciantes y nobles distinguidos. El padre de David, John Pulteney, alcalde en cuatro ocasiones y prohombre del gremio de pañeros durante años, murió antes de Navidad. Adam Burnell y Edward Gisors lo siguieron poco después de que empezara el nuevo año, de manera que el gremio quedó privado de la mitad de sus veedores. Entre sastres y sombrereros, la peste no hizo distingo. En un día llegaron a fallecer hasta quinientas personas, y los cementerios de la ciudad no tardaron en llenarse. El obispo de Londres y sir Walter Manny adquirieron un generoso terreno en Smithfield que fue consagrado a toda prisa, y una oleada ininterrumpida de carros cargados con cadáveres llevó a los difuntos hasta ese campo al que los londinenses llamaron «tierra de nadie», pues las tumbas no tenían ni cruz ni lápida, y eran anónimas. Había demasiados muertos para contarlos o, aún menos, para grabar su nombre en la losa. Los sepultureros no daban abasto, y corría el rumor de que arrojaban al río los cuerpos de quienes sucumbían de noche.

En noviembre, Jonah subió a un carro a su familia y a los aprendices con la intención de llevarlos a Sevenelms, pero ya desde lejos vieron el paño negro en la flecha del campanario: la muerte negra se les había adelantado. Dieron media vuelta sin averiguar cómo estaban David y su familia.

—Sencillamente no lo consigo —se lamentó un fatigado padre Samuel—. Hace ya seis semanas que cerré la escuela y visito cada día unas veinte o treinta casas para oír en confesión a los agonizantes. Y trato de averiguar cómo obra esta maldita peste, pero no lo consigo. A veces pienso que se contagian tocando a un enfermo. Mas ayer confesé a una madre que dejó a su hijo enfermo y salió corriendo, chillando, al ver los bubones. Me juró que no había tocado al pequeño, y sin embargo ahora está muerta. ¿Se tratará de alguna emanación?

Jonah se encogió de hombros. Estaba tan exhausto que incluso tan débil gesto le costó trabajo.

—No lo sé. Llevo semanas rumiando esa misma pregunta, en

vano. Haz el favor de cuidarte un poco, Samuel. Tienes muy mala cara.

El cura resolló sin un atisbo de humor.

—Mírate tú, amigo mío. Creo que todos tenemos mala cara, tanto los sanos como los enfermos. Eso si es que aún hay alguien sano. Me pregunto... ¡Quia!, vas a reírte de mí.

—¿Qué? —se interesó Jonah.

Samuel lo miró un instante y, a continuación, clavó la vista de nuevo en el vaso y se humedeció los labios.

—Me preguntaba si no tendrá que ver con las ratas.

—¿Con las ratas?

El sacerdote asintió.

—La epidemia es peor allí donde hay más ratas: en los barrios pobres, cerca del río, en la zona de los carniceros. Y piensa en los barcos fantasma del pasado verano. En todos los barcos hay ratas.

Jonah se paró a pensar un momento.

—Pero la gente detesta a las ratas y hace lo posible por no acercarse a ellas. Si el contagio se realiza por contacto o incluso por algún vapor...

—Sí, sé que parece una contradicción, pero ve más allá, Jonah: las ratas tienen pulgas, ¿no es cierto? Y a las pulgas les gusta pasar de las ratas a las personas, sobre todo a las pobres, que no cuidan su higiene, y a los perros y los gatos, cuyos cadáveres se descomponen por doquier en las calles. ¿Qué opinas?

Jonah lo miró con incredulidad.

—Es una teoría abstrusa.

—¿Y qué me dices de ti y tu familia? Te pasas el día recorriendo la ciudad, a menudo vas allí donde la epidemia es más virulenta, pero ni tú ni los tuyos habéis enfermado...

—¿Has perdido el juicio? No digas esas cosas —lo interrumpió Jonah en tono cortante—. Tu perorata nos traerá mala suerte.

Samuel no se sintió ofendido, sino que continuó sin inmutarse.

—Los gatos, Jonah. Tu casa está llena. Ni siquiera en tu almacén de paño hay ratas o ratones.

Aquello tampoco convenció a Jonah: era una casualidad. Hasta la fecha su casa se había librado, sí, pero él contaba con que de un momento a otro la cosa cambiase. La muerte negra no pasaba por delante de casi ninguna puerta.

—No vale la pena, Samuel. Esta epidemia no se rige por ninguna ley que podamos comprender, pues su procedencia es divina... El castigo que tanto llevábamos esperando ha caído sobre la ciudad púrpura...

Eso decían todos los sacerdotes y eruditos, pero Samuel siempre había tendido a dudar de las autoridades que le eran impuestas. Cabeceó con escepticismo.

—Si de verdad es un azote divino destinado a castigar a la humanidad por su ruindad, ¿por qué mueren todos esos niños, que, como bien sabes, son inocentes?

—Es obvio, ¿no? Para mortificar a sus padres. Como sucedió con los primogénitos de Egipto.

Samuel no lo contradijo, si bien no se creía nada. Y había hablado con médicos que, al igual que él, estaban convencidos de que había de existir una explicación lógica, hombres que habían vivido y estudiado con los musulmanes en España, donde el afán de saber no era pecado. No obstante, él había comprobado que algunas personas podían soportar mejor la peste si creían que respondía a un designio divino. Y en caso de que Jonah formase parte de ese grupo, no quería privarlo de tan débil consuelo, ya que veía que a su amigo le hacía mucha falta.

La puerta del despacho se abrió y entró Crispin, seguido de cerca por Cecil. Habían estado fuera, como de costumbre. Jonah no sabía dónde ni para qué, pues la vida laboral y comercial había quedado prácticamente paralizada.

Después de que ambos saludaran al visitante, Crispin se volvió hacia Jonah:

—El *Juana* ha arribado y los hombres no quieren bajar a tierra.

—No se les puede tomar a mal —opinó Samuel.

—¿Nadie a bordo ha enfermado? —quiso saber Jonah.

Crispin negó con la cabeza.

—Y el capitán asegura que en Burdeos la epidemia ha pasado. De vez en cuando enferma alguien, pero da la impresión de que la epidemia se está extinguiendo. Oyó que el día que partieron sólo habían muerto diez.

Jonah se paró a pensar un instante. Luego se puso en pie y se acercó a la mesa que había justo bajo la ventana, sobre la cual se amontonaban con atípica dejadez cuentas, listas de pedidos y toda clase de papeles. Hacía semanas que no tenía tiempo de ocuparse de ello. Estuvo un rato revolviendo inútilmente en las pilas y levantó pequeñas nubes de polvo. Al cabo sacó el fino pergamino que buscaba.

—Una carta de Giuseppe Bardi desde Florencia —explicó. La misiva de su viejo amigo había llegado hacía unos diez días y era un conmovedor informe sobre el estallido y los estragos de la peste en la gran ciudad comercial y pañera italiana. Giuseppe y Beatrice se habían refugiado en el campo con unos amigos, entre ellos un religioso y poeta que, impresionado por tan devastadora catástrofe, había empezado una singular colección de cuentos. Jonah encontró el pasaje de la carta que buscaba y leyó en voz alta—: «Este hombre sabe más sobre la muerte negra que más de un médico, y afirmó que al cabo de siete meses la epidemia decaería hasta extinguirse por completo. Y tiene razón. Hemos vuelto a casa, pues en Florencia han finalizado los horrores. En efecto, han durado siete meses exactos».

Crispin hizo un breve cálculo y asintió:

—Sí, es correcto. Por lo que sabemos, la epidemia se declaró en mayo en Burdeos, y el *Juana* zarpó de allí poco después de que empezara el nuevo año: siete meses.

Cecil, que se hallaba ante la chimenea, encogió los hombros y se sujetó el atrofiado brazo izquierdo con la mano derecha, como solía hacer cuando algo le causaba desazón o miedo.

—Dios nos asista —dijo en voz queda—. De ser así, aquí ni siquiera hemos pasado la mitad.

—Me temo que hemos de contar con eso —repuso Jonah con aire distraído, y alzó la vista brevemente de la carta de Giuseppe—. Ve a la cocina por algo caliente para vosotros, muchacho.

Cecil obedeció, y Jonah esperó a que la puerta se hubiese cerrado para seguir leyendo la carta:

—«Ésa es la buena noticia, Jonah. No sé si la peste habrá llegado ya a Londres, pero cuando lo haga (y lo hará) durará siete meses y luego desaparecerá. La mala es ésta: mi amigo ha hablado con mercaderes judíos que han viajado hasta los confines de la ruta de la seda y aseguran que en los lejanos países de Asia hace tiempo que conocen la muerte negra, ya que reaparece cada siete años.»

El padre Samuel pegó un respingo casi imperceptible y, acto seguido, hizo una mueca de dolor.

–Habría apostado a que el mal escogería ese número...
–Las historias de Extremo Oriente rara vez son ciertas –objetó Crispin.

Incluso después de meses atroces, su optimismo, al parecer, seguía siendo inquebrantable.

Jonah asintió. Y tenía muy claro que era completamente absurdo ocuparse en ese momento de lo que ocurriría dentro de siete años. A la sazón, debía alegrarse de cada día que pasaba sin que nadie en su casa se quejara de dolorosas hinchazones en las axilas y las ingles. Había decretado un estricto toque de queda para todos los suyos: aprendices y criados sólo podían abandonar la casa para comprar lo imprescindible y sus hijos no podían hacerlo en ningún momento. Pero no se engañaba: semejantes medidas no ofrecían una protección real. Tomó una decisión:

–La tripulación puede permanecer a bordo del *Juana*. Mañana Harry volverá con ella a Burdeos. Que suban las provisiones indispensables, Crispin, mas asegúrate de que no se cuele ninguna rata en los barriles.

–¿Cómo dices?

Su consocio estaba seguro de que no había oído bien.

–Entonces, ¿me crees? –preguntó un perplejo Samuel.

Jonah negó con la cabeza.

–Pero eso no significa que no puedas tener razón. ¿Qué sé yo? ¿Qué sabe nadie de esto?

A Crispin le habría gustado saber de qué hablaban, pero tenía que informar de algo a Jonah y, a ser posible, quería hacerlo antes de que volviera Cccil.

–Isabel y Gabriel Prescote han muerto –comenzó como si tal cosa.

Por toda respuesta, Jonah movió afirmativamente la cabeza.

–¿La distinguida dama a la que pertenece la casa más pecaminosa de toda la ciudad y su esposo? –inquirió Samuel con curiosidad–. Yo diría que la muerte negra ya se ha llevado a gentes mejores.

Alicaído, Crispin se encogió de hombros.

–A lady Isabel la mató la peste, cierto, pero no así a su esposo. Tras la muerte de su mujer, él hojeó sus papeles mientras buscaba el testamento y averiguó por fin lo que ella hacía en sus ratos libres. A continuación subió al desván y se ahorcó con el cinto.

A nadie le sorprendió. Jonah y Crispin tan sólo se preguntaron qué sería de Annot, y a Samuel le resultó extraño que, en los tiempos que corrían, alguien muriese de algo que no fuera la peste.

A decir verdad, ese invierno fueron muchos los infelices que hallaron la muerte en Londres, y no fue la terrible enfermedad la que se los llevó. En la ciudad reinaban el caos y la anarquía. Dado que desde el mes de mayo había llovido prácticamente sin cesar, la cosecha se había echado a perder y el precio de toda clase de grano había subido lo indecible. Muchos morían de hambre, y otros muchos eran asesinados, más de lo habitual. La muerte, que acechaba por doquier, volvía a la gente inestable. Creía que de todos modos estaba condenada y mataba a golpes a un hombre en la calle por los escasos peniques de su talega sin que le remordiera la conciencia. La persecución de ladrones y asesinos poco menos que se había paralizado, pues la muerte negra había diezmado de forma drástica el número de esbirros. Los saqueadores irrumpían en las casas azotadas por la peste y asesinaban con alevosía a cuantos aún se movían. En otros, sin embargo, la plaga tuvo justo el efecto contrario: se acordaron de Dios, la esperanza puesta en el más allá, y buscaron el perdón de sus pecados. Los juegos de azar y otros vicios perdieron adictos de pronto, de forma que los talladores de dados de Londres resolvieron pasarse a la confección de rosarios para no morir de hambre.

La primavera no trajo consigo ni mejoría ni esperanza. Las oleadas de cuerpos que iban a parar a la tierra de nadie no se interrumpieron, y las cataratas del cielo sencillamente se negaban a cerrarse. La simiente se pudrió en la fangosa y fría tierra.

–Y muchos campos se encuentran en barbecho porque los campesinos han muerto –informó Martin Greene, el nuevo prohombre de los pañeros, al alcalde y los regidores.

También en el concejo habían sufrido bajas, si bien el puesto de cada miembro fallecido lo ocupaba de inmediato alguien que, con frecuencia, era elegido por la asamblea de ciudadanos de su distrito a toda prisa y renunciando a cualquier solemnidad. Todos sabían que el concejo debía permanecer al completo y con capacidad de decisión si no querían que desapareciera el último atisbo de orden y normalidad en Londres.

—Dicen que en Kent y Sussex se han extinguido aldeas enteras —añadió Greene.

—No sólo allí —aseguró un pescador de Bishopsgate—. Por toda Inglaterra hay aldeas así. Sólo los malditos escoceses siguen rebosantes de salud, y se dice que están formando un ejército para arrollarnos.

«Si cruzan la frontera, no tardarán en contagiarse y saldrán corriendo a toda prisa», pensó Jonah, y volvió a la cuestión que los ocupaba:

—Sé que los cereales escasean y el hambre aprieta, caballeros, pero insisto: debemos cerrar los mataderos de The Shambles. De lo contrario, Londres pronto quedará tan despoblada como las aldeas de las que habláis.

—Eso es de todo punto imposible —decidió el alcalde, John Lovekyn, indignado—. En vuestra opinión, ¿qué comerá la gente si se queda sin carne?

—No se quedará sin carne —objetó Jonah, haciendo gala de una notable paciencia—. Pero es preciso sacrificar los animales extramuros. Convendréis en que existe una relación. —Prefirió no mencionar ratas y pulgas, pues sólo habría cosechado burlas y habría puesto en peligro su punto de vista. Ni siquiera él lo creía, pero desde que Samuel le expusiera su curiosa teoría, Jonah veía con otros ojos la epidemia y sus vías de propagación—. En ningún monasterio han fallecido tantos hermanos como en Greyfriars. ¿Por qué? Porque linda al norte con el barrio de los carniceros. En ninguna otra parte ha caído la gente tan deprisa como en el barrio de Paternoster, que se sitúa justo al sur de ese mismo sector. Y si seguís los repugnantes regueros de sangre que bajan de The Shambles al río, constataréis que ésa es precisamente la estela de la muerte negra.

Daniel Osbern, uno de los dos sheriffs, movió la cabeza con energía.

—Es posible que tengáis razón, Durham, pero no podemos cerrar los mataderos, ya que nos arriesgaríamos a un levantamiento. Y eso es lo último que nos faltaba.

Osbern, que vivía en Old Dean's Lane, entre el barrio de los carniceros y San Pablo, mudaría de parecer esa misma tarde, al palpar el primer bubón en la ingle. Sin embargo, ya no volvió más para anunciar su cambio de opinión. La petición de Jonah fue rechazada, y el concejo resolvió únicamente comprar cereales de Aquitania para paliar la hambruna.

Jonah regresó a casa furioso y desalentado, y cuando vio salir a Rachel de su cabaña, contigua a la puerta, supo que, por primera vez, su enfado por la insensatez de los concejales le había impedido prepararse para lo peor a su vuelta.

Lo vio en el acto, antes incluso de reparar en las huellas de lágrimas de sus arrugadas mejillas. Lo primero que percibió fue el horror en sus ojos. Jonah desmontó.

−¿De quién se trata? −preguntó.

−De nuestro Jocelyn −contestó ella, arrastrando extrañamente la voz−. Nuestro Jocelyn...

Jonah apretó los dientes para que su rostro permaneciera imperturbable y no revelara su alivio. Y es que pensó, sin querer, lo que cada padre y cada madre pensaba por aquel entonces al oír semejante noticia: mejor tu hijo que el mío, Rachel. Se aclaró la garganta:

−Lo siento. Haré venir a un médico.

Meurig salió de la pequeña casa y le pasó a su esposa el brazo por los hombros.

−No, maese −dijo con resolución y excesiva vehemencia−. Gracias. Pero ningún medicastro tocará a mi hijo. He oído cómo chillan los pobres cuando les abren las bubas, y de todas formas acaban muriendo.

−No todos −objetó Jonah automáticamente. Se sentía torpe, como aturdido. Había pasado: la peste había llegado a su casa. Ahora les tocaría el turno a ellos. ¿A quién habría contagiado Rachel esa mañana al servir el desayuno?−. Es su única oportunidad.

Meurig cabeceó con terquedad.

−No hay oportunidad que valga.

−Meurig... −suplicó Rachel.

−¡Se acabó! −espetó él, y la voz amenazó con fallarle−. No tiene sentido, mujer, créeme. Sólo sufrirá más. Y eso es algo que no voy a permitir. Pero os estaría agradecido si llamaseis a un sacerdote, maese.

El aludido asintió.

—Mandad salir a los niños que estén sanos; Berit se ocupará de ellos. Hacedle saber lo que necesitáis, pero que no entre en vuestra casa. Y el que cuide a Jocelyn que no salga de ella, ¿habéis entendido?

Ellos hicieron un gesto afirmativo y dieron media vuelta. Rachel apoyó la cabeza en el hombro de Meurig y rompió a llorar cuando él la conducía hacia la puerta.

Jonah atravesó el patio a toda prisa, se lavó a fondo las manos en el cubo con agua que ahora siempre había a la puerta y entró en su casa.

—¿Giselle? —A los pies de la escalera se topó con Heather, la tímida y joven criada—. ¿Has visto a mi esposa?

La chica mantuvo la vista baja.

—Recibió una carta y fue a vuestra alcoba a leerla.

Camino de la cocina, Jonah giró la cabeza y le dijo:

—Ve al despacho y pide a uno de los chicos que vaya a buscar a un sacerdote.

No vio que los ojos de la muchacha se desorbitaban, y ella no se atrevió a preguntar para qué necesitaban ayuda espiritual, sino que echó a correr por el pasillo en dirección al río. Jonah entró en la cocina.

—¿Jasper?

—¿Sí?

El cocinero salió de la despensa, en las manos una escudilla que, según creyó Jonah durante un terrible instante, contenía la sangre negruzca de un apestado. Después se dio cuenta de que se trataba de remolacha encurtida en su propio jugo. Alguien le había dicho a Jasper que esa planta proporcionaba la mejor defensa contra la peste, y él se había pasado el invierno entero alimentando con ella a los suyos, de tal forma que ya nadie podía verla.

—Jocelyn ha enfermado.

El cocinero dejó la escudilla en la mesa para santiguarse.

—Por el momento estás al cargo de la servidumbre —informó Jonah. Y repitió las instrucciones que les había dado a Rachel y Meurig—. Y lo digo en serio, Jasper, no quiero que nadie entre en la cabaña. El que lo haga tendrá que marcharse.

—Se lo diré a todos, maese —prometió el cocinero.

Jonah encontró a Giselle sentada en la cama con las piernas dobladas. Se hallaba tan enfrascada en la lectura de la misiva que apenas alzó la mirada cuando lo oyó entrar. Él reconoció el sello de la reina a primera vista.

—La corte sigue en Windsor —informó ella con aire distraído—. Y el rey ha suspendido el Parlamento debido a la peste.

—Estoy convencido de que agradece poder contar con una razón tan poderosa —ironizó él—. Giselle, me gustaría que tú y los niños os fuerais a Windsor.

La reina Felipa la había instado hacía semanas a que se uniera a la corte, sobre la cual Dios parecía tender una mano protectora. Salvo la princesa Juana, hasta entonces no había habido ninguna otra víctima ni en la familia real ni en su séquito.

Giselle levantó la cabeza.

—¿Cómo dices?

—Hoy mismo.

Ella hizo un gesto impaciente y desdeñoso.

—¿A qué viene tan repentino cambio de opinión? Creía que preferías que pereciéramos todos a dejar que Lucas volviera a acercarse al príncipe.

Él cabeceó, aunque la sospecha de su esposa se acercaba peligrosamente a la verdad. Mientras había podido engañarse pensando que era capaz de proteger a su familia aislándola y adoptando todas las medidas de precaución imaginables, en efecto había optado por retenerla allí para mantener alejado a Lucas de la perniciosa influencia de la corte. Mas no podía admitirlo.

—Me he negado porque ahora yo no puedo abandonar la ciudad. Pero os iréis vosotros.

—Jonah..., ¿qué te pasa? Odio estar en la corte sin ti, lo sabes de sobra.

Aunque a la sazón las mujeres parecían estar a salvo del rey, ya que éste sólo tenía ojos para Juana, cuando estaba allí sola, Giselle se sentía como un caracol sin su concha. Un miedo cerval, rayano en el pánico, amenazaba con apoderarse de ella; un miedo que, comprendía, tenía mucho más que ver con el recuerdo de lo acaecido en Amberes que con el presente.

Jonah pasó por alto su pretexto.

—Haz el equipaje. Tomaréis el carro grande. Heather os acompañará, al igual que el ama, claro está. Piers guiará el carro y se quedará contigo hasta que lo avise.

—Dime, ¿estás sordo? No quiero... —Giselle lo miró bien por primera vez y enmudeció. Acto seguido amusgó los ojos como si sintiera un dolor repentino y preguntó—: ¿De quién se trata?
—De Jocelyn.
Ella se estremeció, cruzó los brazos y se agarró con las manos los hombros. La pequeña Elena hacía lo mismo cuando tenía frío o miedo.
—Jesucristo bendito, apiádate de nosotros —musitó.
—Dada la situación, no deberíamos confiar en ello, ¿no es cierto? ¿Te irás?
—¿Sin ti? —preguntó Giselle medrosa. Y como su esposo no dijo nada, fue ella misma quien respondió, como tantas otras veces—: Sí. Sin ti, claro. Te sientes obligado a quedarte aquí, ya que, si te vas, los demás regidores podrían seguir tu ejemplo y vuestra ciudad sucumbiría definitivamente. Pero la muerte negra ha cruzado nuestra puerta, y he de pensar en los niños. —Encogió un tanto más los hombros y miró a Jonah a los ojos—. Así que me iré sin saber si volveré a verte.

Él se sentó a su lado y tomó sus manos.

—En los tiempos que corren nadie lo sabe, aunque sólo salga de casa por la mañana y pretenda volver por la tarde.

Giselle apoyó la cabeza en su hombro y asintió.

—Ya que vas a la corte podrías prestar de paso un servicio a la ciudad. —Le refirió brevemente el desarrollo de la reunión del concejo y finalizó con una petición—: Dile a la reina que convenza al rey de que ordene al alcalde el cierre de los mataderos.

—Pero Eduardo no puede inmiscuirse en los asuntos del concejo. Nunca lo hace. Ninguno de sus antepasados lo hizo.

—Lo sé. Pero ninguno de sus antepasados tuvo que vérselas con semejante epidemia. Esta cuestión no atañe únicamente a la ciudad. Déjaselo claro, así ella se lo pedirá con el énfasis necesario.

—Apuesto a que el alcalde sabrá en el acto quién anda detrás y se pondrá furioso contigo —musitó ella, y lanzó un suspiro.

—No importa. De todos modos no creo que me incluya en sus oraciones.

Ambos rieron quedamente, permitiéndose fingir por un instante que la mayor de sus cuitas eran las incesantes querellas del concejo. Como si no hubiese peste, como si en la casita del patio no yaciera un muchacho marcado por la muerte, como si no fuese terriblemente incierto que acaso sólo uno de ellos viviera para celebrar la Pascua. Lo hacían a veces, cuando se encontraban a solas, y en ocasiones Jonah creía que sólo por eso seguía cuerdo, porque él y Giselle robaban de vez en cuando un instante de normalidad. Y no tenía ni idea de cómo se las arreglaría cuando no estuviera su esposa.

LONDRES,
ABRIL DE 1349

Jocelyn murió el Viernes Santo, y su pequeña hermana Mary el día después de Pascua. Jonah pasó noches enteras solo en su gran cama, con escozor en los ojos, escuchando los lamentos de Rachel, que entraban amortiguados por la ventana. Había cerrado el despacho, y también la puerta del patio permanecía candada noche y día. Por orden de Jonah, Meurig clavó un paño negro en la hoja izquierda del portón, por fuera, aunque en realidad podía haberse ahorrado el esfuerzo, pues todo el mundo sabía lo que significaba que la puerta de un comerciante no se abriera durante el día.

Los vecinos evitaban la distinguida casa de Ropery, incluso se cambiaban de lado antes de pasar por delante, y nadie salía de ella salvo Jonah. Como ya sucediera las semanas previas, éste pasaba muchas horas al día por Ropery y las calles y callejuelas de los alrededores, vigilando el cumplimiento de las pobres medidas de higiene que el concejo había decretado para combatir la epidemia y marcando con tiza una cruz en las puertas de las casas donde había muertos para que los carreteros supieran dónde habían de detenerse. Jonah había prohibido a las gentes de su barrio dejar a los difuntos en la calle sin más ni más, como era habitual en otras partes. De todas esas cosas debía ocuparse en persona, ya que los dos esbirros de Dowgate habían fallecido y no había forma de encontrar sustitutos. Todos temían ir a las casas de los apestados, y Jonah no era una excepción. La continua visión de la muerte, la miseria y el luto se cernió sobre su alma como una sombra negra, mas él no enfermó.

La semana siguiente a Pascua, tras once meses de agua ininterrumpida, por fin dejó de llover, y casi al mismo tiempo la epidemia pareció remitir un tanto. Jonah desconocía si existía una relación o si tan sólo era una casualidad. En cualquier caso, por primera vez desde hacía numerosas semanas sacó tiempo para ir a Cheapside a ver a los flamencos. La casa que adquiriera para sus primeros flamencos después del incendio se hallaba en Milk Street y era mayor que todas las demás en las que había vivido antes la familia.

Sin embargo, ya no les hacía falta: Jonah lo vio en el acto, nada más entrar. Media docena de ratas echó a correr y desapareció ruidosamente entre la paja. En el hogar, las cenizas estaban frías y el aire las había esparcido por todos los rincones de la estancia. Alineados contra la pared había cuatro jergones descuidados, desiertos. La casa estaba revuelta. Los platos, ropas y alimentos que pudieran poseer los flamencos habían desaparecido. El hedor era brutal. Excrementos, vómitos y sangre ensuciaban la paja del suelo y se secaban lentamente. A esas alturas Jonah había visto tantas casas así que sabía interpretar las señales: los flamencos habían enfermado a la vez y fallecido sin ayuda ninguna. Hacía una semana, calculó. La familia entera borrada de un plumazo. Tal vez Grit, la mayor, viviera aún, pues se había mudado a Sevenelms con maese Ypres.

La habitación trasera estaba completamente vacía. El hilo, el paño, el telar de Jonah: lo habían robado todo. Alguien incluso había sabido ver la utilidad de las hilachas y las vedijas, que se acumulaban bajo cualquier telar. Tras echar una última ojeada iba a dar media vuelta cuando oyó un suave ruido junto a la puerta. Cerró ésta a medias y miró por la rendija: detrás, pegado a la pared, vio a un chiquillo flaco, de unos siete años, que lo miraba atemorizado con unos ojos muy abiertos.

Jonah lo agarró por el brazo, lo sacó a la habitación de delante y lo abofeteó en ambas mejillas.

—Si te vuelvo a pillar robando en otra casa, irás a parar a la horca —lo amenazó, aunque no era verdad.

El pequeño se echó a llorar. Jonah le puso un penique en la sucia mano y lo echó con rudeza. A continuación, detuvo a los dos primeros hombres que se encontró por la calle. Eran sencillos menestrales, como la mayoría de la gente de Cheapside.

Jonah señaló con el mentón la casa de los flamencos.

—Sacad la paja y la porquería al patio y prendedles fuego —les ordenó.

Los aludidos supieron lo que era por las finas ropas, el valioso caballo que aguardaba a la puerta y, sobre todo, la cadena; sin embargo, uno de ellos objetó:

—Para eso están los esbirros, señor. Yo no entro en una casa apestada, no soy ningún mentecato.

—Vaya si vas a entrar —espetó Jonah sin especial énfasis—. Y ahora mismo. —Montó—. Volveré dentro de un cuarto de hora. Si para entonces la casa no está en orden, te haré encerrar. En Newgate la gente la diña igual que en Cheapside, sólo que en peores condiciones. —Miró al más rebelde de ambos a los ojos—: No creas que no sabré encontrarte.

Sin decir palabra y con la cabeza gacha, los dos jóvenes entraron en la casa, tapándose la boca y la nariz con la manga. Jonah siguió su camino hacia West Cheap y preguntó en la taberna Zum Schönen Absalom por Rupert Hillock y su familia. Todos estaban sanos, le comunicó el tabernero.

De camino a su casa se detuvo un momento en Milk Street, cumpliendo su amenaza. La casa de los flamencos estaba limpia, en el patio aún humeaban las cenizas. Las ratas habían desaparecido.

Cuando regresó, la casa estaba silenciosa y oscura. No se había quedado a esperarlo nadie, cosa que sucedía cada vez más a menudo desde que se habían ido Giselle y los niños, y a él le parecía bien. Tras un día como ése, no quería ver a nadie ni tener que hablar con nadie.

Subió la escalera sin hacer ruido y entró en su alcoba. El brasero, que ardía día y noche en todas las habitaciones ocupadas de la casa a modo de protección contra vapores ponzoñosos, arrancaba un destello rojizo al bordado de plata de las colgaduras, y Jonah pensó con gratitud en las sábanas frescas y limpias que lo aguardaban al otro lado de aquella tela. Sentía la misma pesadez en las extremidades que en el corazón, y los nocturnos lamentos de Rachel habían enmudecido: tal vez pudiese dormir unas horas.

Sin embargo, apenas se hubo quitado los zapatos y sentado en el borde de la cama, lo sobresaltó un grito auténticamente desgarrador. Se levantó de un brinco, profiriendo un gemido reprimido a medias, y después de prender un cuelmo y acercarlo hasta el pequeño candil que descansaba en la mesa, salió al corredor lámpara en mano, descalzo.

La puerta de Crispin se hallaba abierta, y en el piso de la galería se recortaba un rectángulo de luz titilante. Jonah se topó con Kate, la joven esposa de Crispin, que avanzaba de espaldas, las manos en alto como si quisiera defenderse de un golpe.

Jonah la agarró por un codo y le dio la vuelta.

–¿Qué sucede?

–Quiero... quiero irme a casa –balbució, mirándolo suplicante–. No quiero quedarme aquí.

Jonah la soltó y continuó hacia la puerta abierta. El camino se le antojó interminable, y tenía la sensación de llevar un plomo en los pies. Al cabo, llegó a la mancha de luz, apoyó una mano en la jamba y se detuvo en el umbral.

Crispin se hallaba en pie junto a la mesa, el torso desnudo. Se había acercado la vela y, con la mano izquierda en la nuca, se palpaba la axila con la diestra. Cuando dejó caer la mano, Jonah vio la delatora hinchazón oscura. Su consocio levantó la cabeza y sus ojos coincidieron. Tenía los labios tan blancos que apenas se diferenciaban del rostro, y la mirada ya era febril.

–Jonah... –La voz sonó medrosa y débil.

–Sí, lo he visto. –Entonces cerró la puerta.

En ese mismo instante apareció Cecil, el único de los aprendices que aún seguía en la casa. Mientras salía de su alcoba se puso la cota deprisa y corriendo, se paró, miró a Kate, que estaba apoyada en la balaustrada, gimoteando quedamente, luego a Jonah y después la puerta cerrada. Despacio, como si se encontrase en el fondo de unas aguas profundas, alzó la mano sana y se cubrió la boca y la nariz.

–No, por favor, no.

Jonah fue a decir algo, comprobó que no le salía la voz y carraspeó.

–Cecil, escúchame bien. Lo primero, lleva a la señora Kate a casa de sus padres.

El chico dejó caer la mano.

–No –negó categórico.

–Después ve a ver al padre Samuel y tráelo aquí. Y que venga con un médico, él conoce a los mejores.

–No voy a ninguna parte –se rebeló el muchacho, las lágrimas corriéndole por el rostro–. ¿Quiere abandonar a su esposo en su lecho de muerte? Pues que se las arregle sola para irse a su casa. Yo me quedo con él.

Kate profirió un sonido lastimero extrañamente gutural.

–No puedo. Dios mío, perdóname, pero no puedo.

Más adelante, Jonah pensó que no se le podía reprochar: todavía era demasiado joven. Tenía pleno derecho a querer vivir. Además, ella y Crispin sólo llevaban unos meses casados y habían pasado la mayor parte del tiempo bajo las sombras de la peste. Unas circunstancias no precisamente favorables para estrechar los lazos.

Con todo, en ese momento, en la galería, la despreció tanto como Cecil y no se dignó mirarla. En su lugar, clavó la vista en su aprendiz.

–No te lo voy a volver a decir, muchacho.

Se trataba de una amenaza demasiado manida, que cada maestro conjuraba una docena de veces al día, pero Cecil vio en los ojos de Jonah que estaba a punto de perder el control, que se abalanzaría agradecido sobre el primer cabeza de turco que se presentara. Y su instinto lo guardó de asumir ese papel. Se giró sin decir nada y volvió a su alcoba.

–Cecil... –dijo Jonah con voz intimidatoria.

–Voy a ponerme los zapatos, maese –respondió el muchacho con languidez.

Jonah afirmó con la cabeza y miró a Kate brevemente, casi de reojo.

–Espera abajo.

Cecil regresó, pasó ante él sin mirarlo y siguió a Kate abajo. Jonah esperó a oír la puerta para entrar en el cuarto de Crispin.

–No te acerques, Jonah –advirtió éste.

Se había tumbado en la cama, con las colgaduras descorridas.

–No tenía intención de hacerlo –replicó él con frialdad.

Crispin lo miró parpadeando, pero apenas pudo distinguir el rostro de su amigo: los negros y largos rizos lo tapaban casi por completo –lo cual posiblemente fuese adrede–, y el candil arrojaba sombras adicionales sobre él.

–¿Quieres que me vaya? –inquirió el enfermo. Tenía la voz tomada, la garganta había empezado a dolerle–. Lo entendería. Pero dímelo ahora que todavía puedo andar.

—Fuiste a verlos, ¿no es cierto? —contestó Jonah—. Estuviste con Rachel y Meurig.

Crispin bajó la mirada y asintió.

—¿Pensaste que tu infinita bondad te protegería y te libraría? —quiso saber Jonah—. ¿Que estabas a salvo porque eres mejor que el resto de nosotros? Es así, ¿no? Eso es lo que pensaste.

—Jonah..., lamento haber traído la muerte negra a tu casa. Pagaré con la vida mi necedad, y creo que ése es bastante castigo. Sin embargo, lo lamento de veras. En serio. ¿Estás satisfecho? Pues, entonces, ten la bondad de largarte de aquí.

Se había apoyado en un codo y alzado la voz, un pequeño esfuerzo que le hizo que la nariz le sangrara en el acto.

Al verlo, a Jonah lo asaltó un terror frío, desgarrador. Volvió la cabeza y se llevó la mano a la frente.

—No quiero que mueras —dijo inexpresivo, y salió corriendo.

Samuel y el galeno no llegaron hasta primeras horas de la mañana, pues se habían pasado la noche entera velando el lecho de muerte de lady Pulteney.

—Sólo vaciló unos meses en seguir a su dueño y esposo —observó el médico, un barbicano imponente que lucía una valiosa capa—. Lo vemos a diario.

«No es de extrañar, cuando medio mundo se muere», pensó Jonah con ironía. Condujo al sacerdote y al médico a la sala y le dio a entender a Cecil con un gesto que les sirviera un vaso de vino.

El muchacho obedeció, si bien cuando se plantó ante Jonah no pudo contener más la pregunta que lo atormentaba:

—Disculpadme, tío, pero... ¿cómo está?

Él miró al chico un momento y vio cuánto necesitaba unas palabras de consuelo. Crispin era para Cecil lo más parecido a un padre. Bien mirado, aquello los igualaba, pues Crispin era para Jonah lo más parecido a un hermano. Sin embargo, Cecil sólo tenía diecisiete años.

Jonah hizo un esfuerzo y apoyó su mano un instante en el hombro de su sobrino.

—Muy sereno. Puedes ir a verlo un momento, pero no pases el umbral, ¿entendido?

—Sí, señor.

El médico, un erudito que había estudiado medicina en la famosa Universidad de Montpellier, según supo Jonah más tarde, dio unos sorbos del vaso por cortesía antes de decir formalmente:

—Si me permitís, señor, me gustaría ir a ver al enfermo.

Jonah también dejó su vaso en la mesa; de todas formas sentía la garganta estrangulada.

—¿Cuánto os debo?

Era habitual pagar al médico antes de que tratara al enfermo para que, si el tratamiento se malograba y causaba la muerte, después no se produjese un barateo indigno por los honorarios.

—Diez chelines sin operación quirúrgica y veinte si abro los bubones.

—Quiero que lo hagáis.

—Eso lo decido yo —respondió el médico desdeñoso.

—Claro. —Jonah abrió la valiosa escarcela bordada que llevaba al cinto y contó cinco monedas de oro florentinas—. Una libra, doctor. Y... os pagaré mil si vive.

Supo al instante que había cometido un error: el médico se irguió visiblemente y arrugó el ceño.

—Si vive será porque es la voluntad de Dios. Mis honorarios ascienden a una libra, sea cual sea el resultado.

«Por eso sólo vas a visitar a los ricos, maldito santurrón», pensó Jonah con desdén, si bien se limitó a decir:

—Lamento haberos ofendido, no era ésa mi intención.

Incluso le habría besado las botas, comprobó para sorpresa suya. Le daba igual, lo principal era que hiciese algo.

—No seas tan susceptible, Horace, no ha querido decir eso —medió el padre Samuel.

El galeno gruñó enfadado:

—Necesito dos pares de manos fuertes —dijo al cabo—. Si vuestro consocio os es tan querido, señor, no dudaréis en arrimar el hombro.

A Jonah le impresionó ver cómo había empeorado el estado del enfermo en las últimas horas. A Crispin le había subido mucho la fiebre; tenía los rubios cabellos mojados, pegados a la cabeza y las mejillas, y el inconfundible hedor de la peste había comenzado a extenderse por la estancia.

Para aliviar la calentura, él mismo se había quitado las ropas, que descansaban en el suelo en un rimero húmedo y desordenado, peligrosamente cerca del brasero. Jonah las apartó de un puntapié.

–Lárgate –suplicó un ininteligible Crispin. Le costaba respirar, y tenía la voz tan bronca que sonaba ajena–. No arruines tu vida, Jonah...

Había apartado las mantas con los pies, y éste lo veía desnudo por vez primera en su vida. Crispin siempre había sido un hombre enjuto, casi flaco, mas Jonah se asustó al ver cuán demacrado estaba.

–Shhh, calla. He traído a un médico.

Los febriles ojos se desorbitaron antes de entrecerrarse, y la boca se torció en una extraña mueca. Jonah comprendió con cierto retraso que reía.

–Quieres... quieres hacerme pagar caros mis pecados, ¿no es cierto? –jadeó el enfermo.

–Haceos a un lado –ordenó el médico con impaciencia.

Jonah le dejó sitio, y el galeno levantó los brazos para retirar las mangas de sus ropas y a continuación palpó las ingles y el tronco del paciente. Aunque daba la impresión de que procedía con sumo cuidado, Crispin gimió cuando aquellas manos manchadas por la edad tocaron una de las bubas.

Después el médico se enderezó y les hizo una señal a sus ayudantes.

–Haremos cuatro cortes y empezaremos por la axila derecha. Maese Durham, vos sujetaréis el brazo. Tú el resto, Samuel.

Echó un vistazo a su alrededor, cogió el aguamanil de la mesa y desató y extendió el estuche de cuero que llevaba bajo el brazo. Tras un breve titubeo, escogió una lanceta más o menos igual de larga que la mano de Jonah.

Indeciso, éste agarró con dedos húmedos el brazo de Crispin y lo alzó. Su amigo había vuelto hacia él el sudoroso rostro y seguía cada uno de sus movimientos.

–Jonah, maldito bastardo...

El aludido hizo un mohín.

–Eso es, vamos, dime lo que piensas.

Samuel se sentó al otro lado, en el borde de la cama, y sujetó con su brazo el descarnado pecho.

El médico se acercó con la lanceta en ristre.

–Alto. –De pronto la voz de Crispin cobró una asombrosa nitidez. El muchacho miró a su socio fijamente–. Si crees que es necesario, adelante. Pero tú y yo sabemos que probablemente no sirva de nada, y por eso quiero... que me prometas dos cosas.
Sin aflojar la presión, Jonah preguntó:
–¿La primera?
–Kate está encinta. No sé con quién se casará cuando yo haya muerto, pero quiero que te ocupes de mi hijo.
–Como si fuera mío –repuso Jonah–. ¿Y la segunda?
–Cecil.
–Sí, descuida.
–¿Podemos continuar? –interrumpió el médico con enojo.
Llevaba en pie dos días y dos noches y había perdido todo respeto por tales escenas.
Crispin apretó los ojos y asintió.
Fue espeluznante. La carne inflamada que rodeaba los hinchados ganglios linfáticos ya dolía bastante sin que nadie la tocase, pero los tajos convertían el pertinaz escozor en ardor. Crispin chilló, aunque pugnaba encarnizadamente por mantener la compostura. Cuando le tocó el turno a las ingles, se sintió desvanecer. No perdió el conocimiento, pero los instintos tomaron el timón, y él se defendió con una fuerza que Jonah ni siquiera le habría atribuido estando sano. Apenas lograban doblegarlo entre él y Samuel, y Jonah se sintió un traidor al aprisionar a su apacible amigo con tamaña rudeza para que aquel medicastro malhumorado pudiera torturarlo. De las heridas brotó una mezcla en extremo repugnante de linfa, sangre, pus y ponzoña. A Jonah le subió una amarga bilis que logró tragar de nuevo con creciente desesperación. Cuando finalmente terminó la espantosa operación, Crispin permaneció inmóvil, sangrando y gimiendo con suavidad, los ojos cerrados. «Bastardo –musitaba a intervalos irregulares–. Maldito bastardo...»
El galeno limpió la lanceta sin miramiento alguno en la fina sobrecota de Crispin, que estaba en el suelo, la devolvió a su sitio y enrolló el estuche de cuero que contenía su instrumental de matarife.
–Volveré mañana por la mañana. No vendéis las heridas –le dijo a Jonah–. Han de airearse.
El aludido asintió, y el médico no le prestó más atención.

—Samuel, voy a casa a acostarme. Si aún te queda un atisbo de cordura, harás lo mismo.

—Sí, en breve. Esperaré a que se despierte para oírlo en confesión.

Samuel, sonriendo, salió con el médico a la galería y lo acompañó hasta la puerta.

Jonah aún permaneció un instante con Crispin, que, exhausto, había caído en un profundo sueño similar al desvanecimiento. Le retiró con suavidad los húmedos mechones rubios de la frente.

—Duerme —susurró—. Descansa. Pero ay de ti si mueres...

Rachel fue a la casa a cuidar de Crispin. Estaba pálida y apática, y en una semana parecía haber envejecido diez años, pero ni ella ni Meurig ni sus otros dos hijos, James y Beryl, habían enfermado.

—Rachel, es una locura —la reprendió Jonah, que observaba desde la puerta de la cocina cómo calentaba agua y buscaba lienzos limpios.

—¿Ah, sí? ¿Queréis hacerlo vos mismo, maese? ¿O lo dejamos ahí tendido sin más?

—Precisamente me disponía a ir en busca de una curandera que lo hiciese.

En aquella ciudad siempre había bastante gente decidida a jugarse la vida por dinero si la suma era lo suficientemente elevada.

Rachel resopló desdeñosa.

—Aquí no tiene por qué entrar ningún extraño.

—Pero...

Ella se enderezó y lo miró a los ojos.

—Os lo digo en serio, maese Jonah, me da lo mismo lo que Dios me tenga reservado. Si aún no ha acabado conmigo y quiere venir también por mí, al menos haré una buena obra mientras espero, ¿no? Tanto antes iré al Paraíso y veré al Señor en su gloria con mi Joss y mi pequeña Mary.

Se mordió los labios y se pasó la manga por los ojos con un gesto impaciente.

Pese a todo, Jonah no pudo evitar sonreír.

—Siempre he admirado tu sentido práctico.

Ella afirmó con la cabeza.

—Idos a dormir antes de que os desploméis.

Sin embargo, se dirigió a la capillita que había en la planta baja de la casa, se arrodilló en el banco que precedía al altar y rezó por Crispin. De vez en cuando un rayo de sol se colaba por las dos ventanas de cristal, oscuras y altas, dibujando puntos multicolores en las grandes losas de arenisca del suelo y confiriendo al semblante de la Virgen, que ornaba la pared meridional, un brillo que casi la dotaba de vida. Jonah había cerrado los ojos, notaba la calidez en el rostro después del frío repentino que sentía cuando una nube se deslizaba ante el sol y le proponía a Dios un negocio tras otro. Ofreció una nueva campana para Saint Mary Bothaw y una cruz de oro para el altar de la iglesia conventual de Havering y prometió erigir un hospital para los menesterosos y los haraganes de Lower Thames Street. Prometió incluso ser un hombre mejor, confesarse con regularidad, luchar contra sus innumerables defectos y hacer las paces con Rupert. «Todo, Dios mío, todo lo que quieras si no me arrebatas a Crispin.»

Al cabo de un rato Cecil entró en la capilla sin hacer ruido, se arrodilló a la debida distancia de Jonah en el pétreo piso desnudo y bajó la cabeza asimismo para orar. No podía unir las manos, ya que tenía la siniestra tullida y el brazo demasiado corto, mas su postura era prueba de la humildad con la que acudía a Dios. Jonah agradeció el respaldo. Sospechaba que las súplicas del muchacho serían escuchadas antes que sus grandiosas proposiciones.

A la mañana siguiente Crispin se encontraba mejor. El huraño galeno mantuvo su palabra y se pasó a ver cómo estaba.

Cecil aguardaba a la puerta de la alcoba del enfermo, y cuando el médico salió, preguntó con solicitud:

–La operación fue un éxito, ¿no es así, señor?

El médico apenas se dignó mirarlo.

–Entonces sabes más que yo –refunfuñó. Y dejó al abatido muchacho con un palmo de narices. Luego dedicó a Jonah un parco gesto afirmativo con la cabeza–. Todavía no puedo decir nada. Hasta mañana.

A primera hora de la tarde la fiebre había remitido casi por completo, informó Rachel, y Jonah pasó por alto sus propias instrucciones y fue a ver a Crispin.

El rostro del enfermo seguía céreo y chupado, pero no tenía los ojos turbios.

Jonah acercó un tajuelo y se sentó a su lado. Crispin sonrió.

—Gracias, Jonah.

—No hay de qué.

—Te han llovido los insultos, ¿eh?

Jonah se encogió brevemente de hombros.

—Cosas peores he oído.

—¿Traerás de vuelta a mi Kate? No se lo tomes a mal, ¿sabes? Es demasiado joven y tenía que pensar en el niño.

«Sólo pensaba en sí misma», pensó Jonah, pero asintió.

—Esperemos hasta que el médico nos diga que no hay riesgo de que contagies a nadie.

—Claro. —Crispin miró hacia la ventana—. ¿De verdad ha dejado de llover?

—Sí.

—Tal vez sea un buen augurio. No sólo para mí, sino para todos. Pero posiblemente digas que mi optimismo vuelve a ser infundado.

Jonah esbozó una sonrisa.

—Ése suele ser el caso, mas no así esta vez: los siete meses han pasado.

Crispin cerró los ojos y lanzó un hondo suspiro.

—Es maravilloso. ¿De veras ha acabado todo?

—Eso parece. Ayer sólo murieron cincuenta, según me han dicho antes.

Crispin hizo una mueca de dolor: en su imaginación «cincuenta» y «sólo» no cuadraban, ni siquiera teniendo en cuenta que durante meses habían fallecido cientos a diario.

—Cuando mi hijo llegue al mundo, este horror habrá pasado —dijo pensativo, casi asombrado. No terminaba de creérselo. Nadie en Londres era capaz de imaginar ya su vida sin la peste—. ¿Volverá todo a ser como antes?

«No —pensó Jonah—. Nada será como antes. Ningún milagro llenará de vida otra vez las casas vacías o los pueblos desaparecidos ni devolverá a los padres sus hijos, ni a los huérfanos sus padres. Y aunque las muertes cesaran y las gentes comenzaran de nuevo a confiar en la bondad divina, ni siquiera entonces acabaría el suplicio.» Y es que Jonah se temía que en cuanto despertaran de esa pe-

sadilla comprobarían que se hallaban ante una catástrofe económica. Hasta el momento nadie se había percatado, pues sobrevivir dominaba los pensamientos de todos, mas él sabía que la muerte negra no sólo había diezmado a la gente, sino también a las ovejas. No obstante, se limitó a decir:
–Mucho se ha perdido irremediablemente; por eso éste será un mundo distinto, creo yo. Pero también hay muchas cosas buenas que no se han visto afectadas.
–¿Como una cerveza fría en una calurosa tarde de verano? ¿Una mujer hermosa luciendo un vestido de la lana más exquisita? ¿Una risa?
Jonah asintió y se encogió de hombros a un tiempo.
–Quizá sepamos apreciar más esas cosas.
Agotado, Crispin cerró los ojos.
–Espero que tengas razón. Es una idea reconfortante.
Jonah se puso en pie.
–Aún estás débil, has de descansar.
–Sí. Si no te importa, me gustaría dormir un poco.

A media tarde la fiebre subió, pero, por su larga experiencia con toda suerte de enfermedades infantiles, Rachel sabía que eso era normal, de manera que se dejó convencer por Jonah y Meurig y se acostó unas horas.
Y si, poco después de medianoche, a Cecil no lo hubiera despertado un sexto sentido, una desazón extrañamente perentoria que lo instó a acudir a la habitación del enfermo, Crispin habría muerto completamente solo.
El grito de espanto «¡Tío Jonah, tío Jonah!» resonó en la silenciosa casa. Era una voz infantil, como si el miedo hubiese dado al traste de golpe con dos años de muda.
Jonah se sacudió gemebundo las pesadillas que atormentaban su sueño y se levantó de la cama de un salto. «¿Por qué siempre de noche? –se preguntó de pasada–. ¿A qué obedecerá?»
Se detuvo un instante a la puerta de Crispin, como si un puño se le hubiese clavado en el estómago. Todo estaba ensangrentado: las sábanas, las colgaduras, hasta el suelo. La cama parecía un degolladero. Crispin estaba inmóvil, la cabeza vuelta hacia un lado, si bien

su pecho subía y bajaba aún, y de la boca y la nariz seguía manando sangre.

Jonah se puso en movimiento. Agarró al muchacho, que se había arrodillado junto a la cama, sollozando, y tiró de él hacia atrás.

—Límpiate la sangre. Después vuelve si quieres, pero hazlo. No quiere llevarte con él, ¿entiendes? Y yo no quiero que te vea así si vuelve a abrir los ojos.

Cecil asintió, se puso de pie con aire inseguro y se dirigió a la puerta a trompicones. Jonah tuvo que hacer un esfuerzo para sentarse en medio de aquel mar de sangre que era la sábana. Despacio, como un sonámbulo, se dejó caer en el filo de la cama. Después pasó una mano por la sanguinolenta cabellera y apoyó la otra en el huesudo hombro.

—Jonah..., tengo tanto miedo —musitó Crispin.

«También yo», pensó él.

—Recita un salmo, te lo ruego. Te... sabes tantos...

Jonah cerró los ojos con el fin de recordar. No le venía a la cabeza ninguno. «Maldita sea, Crispin, no lo hagas. Estabas mejorando, yo mismo lo he visto. Haz un esfuerzo...»

—Te lo ruego, Jonah. —Un nítido borboteo ahogó la voz: los pulmones fallaban, al igual que todo lo demás.

—«Prendido me habían los lazos de la muerte, me habían sorprendido las ansiedades del *seol*, yo había encontrado la angustia y la tristeza. —Jonah asió la inquieta mano de Crispin—. E invoqué el nombre de Yavé: "¡Libra, oh Yavé, a mi alma!". Yavé es compasivo y justo, y nuestro Dios es misericordioso. Guarda Yavé a los sencillos; estaba yo debilitado y me salvó. Vuelve, alma mía, a tu quietud, porque Yavé te ha retribuido. Pues libró mi alma de la muerte, mis ojos de las lágrimas, mis pies de la vacilación. Andaré en presencia de Yavé en la tierra de los vivientes.»

Cuando finalizó, Crispin no respiraba.

Le dieron sepultura a la mañana siguiente, bajo un cielo radiante, en el cementerio de All Hallows. No fue un entierro suntuoso, como correspondía a comerciantes influyentes en circunstancias normales, pero así y todo fue mejor que una tumba anónima en la tierra de nadie. Jonah se encargó de todo. Se entregó a dicho cometido con el esmero que le caracterizaba y no olvidó nada. Una mortaja de brillante terciopelo azul con el escudo del gremio de pañeros cubría el ataúd, al que rodeaban veinticuatro cirios mientras se celebraba el funeral en la iglesia. También los que acudieron a dar el último adiós a Crispin Lacy fueron menos de lo que era habitual, pues aún no había corrido la voz de que la muerte negra se batía en retirada, y la gente todavía tendía a encerrarse. Sin embargo, asistieron Martin Greene y Kate, pálida y serena a su lado. La chica no se atrevió a mirar a los ojos a Jonah ni a Cecil, mas su padre les dirigió unas palabras reconfortantes a ambos. Acudieron también sastres y pañeros, pero sobre todo gremiales. La voluminosa y combativa Edith Cross, de East Cheap; Martin Aldgate; incluso Rupert Hillock. Elia Stephens escogió esa ocasión para realizar su primera aparición pública tras salir de la prisión de Newgate y cosechó numerosas miradas curiosas y compasivas. Cojeaba visiblemente y estaba mucho más delgado de lo que nadie lo había visto en los últimos diez años. Ya ante el hoyo se acercó a Jonah y le tendió la mano. Le costó un tanto, y había tenido que luchar mucho tiempo consigo mismo, pero sabía a ciencia cierta que nunca se reconciliarían si él no daba el primer paso.

–Un día aciago, Jonah –dijo en voz queda–. Ambos hemos perdido a un amigo, aunque sé que la pérdida es más amarga para ti. Con todo, olvidemos lo sucedido y arranquémosle algo bueno a este día. Me... he aprovechado vilmente de tu amistad, y lo lamento.

La generosidad de Elia, probablemente su mejor don, desarmó a Jonah, como tantas otras veces. En los tiempos que corrían, «¿quién podía permitirse rechazar la amistad de los vivos?», pensó. Y estrechó la mano sin decir palabra.

Los asistentes no tenían más que cosas buenas que decir de Crispin Lacy, lo cual hicieron con profusión de palabras, énfasis y sinceridad. Tanto en el gremio como entre proveedores y clientes, se lloró de corazón la muerte de un hombre bueno, hecho este que consoló un tanto a Jonah. Se sintió menos abandonado y se le antojó notable que, tras tantos meses de interminables noticias funestas, la gente aún pudiera llorar por una única persona.

Cecil repartió diez libras en peniques entre los mendigos que se hallaban a la puerta del camposanto, como estipulaba el testamento de Crispin, que Jonah examinó atentamente el día anterior y siguió a rajatabla.

Cuando volvieron a casa, Jonah llevó al muchacho a su alcoba y ambos se sentaron a la mesita.

—¿Crees que estás listo para oír lo que te ha legado? —inquirió Jonah.

Su voz sonaba extrañamente débil, y profundas ojeras circundaban sus ojos.

—Sí, señor.

—Bien. Es muy sencillo: recibirás la mitad; Kate, o mejor dicho los herederos directos de Crispin (si Dios quiere, no tardará en haber uno), la otra mitad. Eso significa que serás un hombre adinerado cuando cumplas los veintiuno, Cecil.

El chico apoyó la frente en el puño y apretó los ojos.

—Preferiría ser pobre de solemnidad si con eso él viviera...

Jonah hizo caso omiso de las lágrimas del muchacho y prosiguió con la misma sobriedad:

—Hasta que llegue el momento, yo seré quien administre tu fortuna, pero me gustaría hacer algo más que eso: me gustaría adoptarte, Cecil.

Éste alzó la cabeza de súbito.

—¿Que queréis hacer... qué? Pero ¿por qué?

—Porque le prometí a Crispin que cuidaría de ti, y ésa me parece la mejor forma de hacerlo.

Los gremiales que conocían a Cecil pensaban de todos modos que era el hijo bastardo de Jonah, de manera que la decisión no sorprendería a nadie. Su principal motivo, sin embargo, era otro muy distinto: el muchacho de pronto era rico, y él conocía por propia experiencia que ello podía resultar peligroso. Si, por alguna malhadada casualidad, Rupert se enteraba de la existencia de Cecil y de que era su padre, no descansaría ni se arredraría ante nada hasta tener acceso a la fortuna del chico. No obstante, si Jonah adoptaba a Cecil, él sería su único padre ante la ley.

El afligido semblante del joven se iluminó un tanto.

—Gracias, tío. Es... es muy generoso por vuestra parte.

Fiel a la verdad, Jonah repuso:

—No es ningún sacrificio, Cecil. Y en caso de que algún día decidas ser mi consocio, me reconfortará la idea de contar con al menos un hombre con cabeza para los números en el negocio cuando yo ya no esté. Nos resta pedir el consentimiento de tu madre.
—Dios mío, mi madre... Posiblemente no sepa que Crispin ha muerto. Debo ir a decírselo...

Era evidente que aquello suponía una dura carga para él. Cecil amaba a su madre, o en todo caso lo suponía, pero, sobre todo, se avergonzaba de ella y nunca había ido a verla al semillero de vicio que ella llamaba hogar.

Tampoco a Jonah le entusiasmaba dar tan triste nueva a Annot, pero dado que tenía que hablar con ella de todas formas explicó:
—Lo haré yo. No quiero que andes solo por la ciudad. Las calles son peligrosas y la muerte negra todavía acecha en cada esquina.
—A vos igual que a mí, maese —observó el muchacho sin querer.

Jonah se levantó y lo miró cabeceando.
—En los tres años que llevas siendo mi aprendiz, aún no has aprendido a obedecer sin rechistar. Tal vez lo intentes de nuevo cuando seas mi hijo.

Cecil esbozó una débil sonrisa y bajó la cabeza.
—Me esforzaré —prometió—. De veras.

Al igual que los demás prostíbulos y baños, la casa del placer llevaba meses cerrada pues, a diferencia de los mataderos, los concejales habían comprendido que tales lugares eran claros focos de epidemia. Sin embargo, como Jonah conocía la contraseña secreta, Cupido no tardó mucho en acudir a su llamada. Le abrió con una sonrisa en los labios:
—Hace tiempo que no os veíamos, señor.

Jonah asintió con impaciencia.
—¿Está Annot arriba?
—En la salita. Os acompañaré.

Jonah siguió a Cupido hasta una habitación en la que no había estado antes. Annot se hallaba sentada a una mesa parecida a la de su propio despacho: estaba atestada de documentos de pergamino y papel, de forma que sólo un iniciado podía enfrentarse a tamaño caos.

Levantó la cabeza cuando él entró. Cambiada y, sin embargo,

apenas envejecida, comprobó Jonah, y le extrañó un tanto que tal constatación lo alegrase, incluso lo llenara de cierto orgullo.

Annot vio en el acto lo que había llevado hasta allí a Jonah, si bien permaneció inmóvil y esperó a que Cupido los hubiese dejado a solas. Luego se levantó despacio, apoyando las manos en la mesa.

–¿Se trata de Cecil?

Jonah, que se había quedado al otro lado de la mesa, movió la cabeza.

–Crispin.

Ella parpadeó.

–Oh... –dijo, afligida e infinitamente aliviada a un tiempo.

En los últimos meses, Annot había perdido a tantos amigos como cualquier londinense. Lilian y otras muchachas habían sido víctimas de la muerte negra, al igual que hombres libres, clientes desde hacía años, a los que echaría en falta. Sin embargo, había aprendido a apreciar el hecho de no tener familia, nadie al que la uniera un sentimiento profundo, sin el cual no quisiera vivir. La única persona que entraba dentro de esa categoría era su hijo.

A pesar de todo, sintió la muerte de Crispin. Se dejó caer despacio en el sillón y se tragó las lágrimas para no importunar a Jonah. Sabía que la pérdida probablemente fuese más dolorosa para él que para ella.

–Siempre... se van los mejores, ¿no es cierto?

Él afirmó con la cabeza, y Annot lo invitó a tomar asiento:

–Siéntate, Jonah. No creo que faltemos a tus severos principios morales si bebemos juntos a la salud de un amigo muerto, ¿no? –Se lo pensó mejor y desechó la idea en el acto–. Disculpa. Me vuelvo un mal bicho cuando estoy triste, una mala costumbre adquirida.

Él se sentó frente a ella y rodeó con las manos el vaso que le puso delante, pero no bebió.

–Le ha legado a Cecil la mitad de todo cuanto poseía. Y aunque sea la mitad, no es poco, créeme. No cambió el testamento, aun cuando su esposa está encinta.

Annot asintió. Apoyó un codo en la mesa y se llevó la mano a la boca. Por un instante la pena amenazó con vencerla, y la voz se le anudó. Cuando por fin se dominó, dijo:

–Mi buen Crispin. ¿Acaso no decía yo siempre que de todos los hombres eras el mejor?

Jonah dejó pasar unos instantes antes de espetar:
—Annot, me gustaría adoptar a tu hijo. —Con unas pocas frases le explicó los motivos, y terminó con las palabras—: Espero que no me creas tan codicioso como para suponer que tengo las miras puestas en su fortuna.

Ella meneó la cabeza, y en los labios se dibujó una triste sonrisa.
—Santo Dios, cuán rígido y formal eres, Jonah. Como si fueses un extraño. ¿Por qué lo haces?

Él no respondió. Cuando el silencio se prolongó, se puso en pie con desasosiego, se acercó a la ventana y le dio la espalda.
—Rígido y formal —repitió, como si nunca antes hubiese oído esas palabras.
—Sí. Y es amargo, ¿sabes? Me... he hecho a la idea de verte tan sólo de año en año, y comprendo tus motivos. Pero que niegues que un día fuimos buenos amigos...

Jonah cabeceó despacio.
—¿Por qué iba a hacerlo?
—Pues entonces habla conmigo.

Prefirió hablarle a la ventana.
—No puedo. No soy rígido y formal, sino un leño.

Se interrumpió con brusquedad, horrorizado por dicha confesión, por su falta de compostura.
—Sí, tal vez eso sea lo peor de la muerte negra —observó Annot—. En eso convierte a quienes deja atrás. —Lo había visto en muchos, y respondía a la amargura, a la rabia sorda que sentían las personas contra su monstruoso Dios, que aniquilaba su propia creación—. ¿Qué hay de tu familia? No he oído malas nuevas de tu casa.

Él movió la cabeza.
—Están en la corte. No sé nada más, pero supongo que si alguien hubiera caído enfermo la reina me habría avisado.
—Quizá debieras traerla a casa. Te haría bien.

Jonah no dijo nada. Posiblemente ella tuviera razón y le viniera bien volver a ver la casa llena de vida, pero aún era demasiado pronto. Tal vez la epidemia hubiera emprendido la retirada, pero todavía no se había extinguido. Y por el momento prefería no tener a su lado a Giselle, que nunca permitía que se replegara en sí mismo, al menos no sin oponer resistencia.

Se dirigió de nuevo a Annot casi con brusquedad:

–Entonces, ¿estás conforme?
–¿Con la adopción? Naturalmente. Sé que sólo quieres lo mejor para mi hijo. Mi pobre Cecil. Amaba tanto a Crispin. Estará desconsolado.

Jonah hizo un gesto negativo.

–Está muy sereno.

Annot resopló maquinalmente.

–Una cosa no excluye la otra, Jonah, tú más que nadie deberías saberlo. Pero, en cualquier caso, no puedo ayudarlo, ya que nunca acudiría a mí en busca de consuelo.

–Eres una mujer razonable, deberías comprender sus motivos.

–Ah, sí, por supuesto. ¿Qué les dice a sus amigos cuando le preguntan quién es su madre? ¿Que murió al dar a luz y él es huérfano?

–No lo sé. Dado que todos lo consideran mi bastardo, no creo que se lo pregunten muy a menudo.

La pena que se reflejó en sus ojos la convirtió de nuevo en la vulnerable muchacha a la que un día él propusiera matrimonio, lo cual conmovió extrañamente a Jonah. Por vez primera desde que Crispin dejara de respirar, algo se movió en su interior. Suave y vacilante, mas así y todo se le antojó que aún tenía alma.

De repente sonrió. Tan sólo fue una sonrisa breve y débil, pero bastó para dibujar unos hoyuelos en las comisuras de la boca que la barba no conseguía ocultar por completo.

–Yo me encargaré de que vuelvas a verlo más a menudo –prometió.

Annot negó con la cabeza.

–No quiero que lo haga porque tú se lo ordenas. No tiene sentido. Esos encuentros sólo son dolorosos para ambos. –Dos lágrimas surcaron sus armoniosas mejillas, y ella se encogió de hombros, un tanto avergonzada–. Crispin siempre me hablaba mucho de él. Sé que es abominable, pero por eso será por lo que más lo echaré en falta. –Las lágrimas brotaron más aprisa–. Ay, Jonah, maldita sea...

Él le agarró la mano en silencio y la sentó en el banco de la ventana. Sin que fuese algo meditado, Annot se acurrucó entre las piernas de Jonah y apoyó la espalda en su pecho, como tantas otras veces. Él la abrazó, y ella lloró precisamente porque se sentía reconfortada.

Cuando sus lágrimas se hubieron secado, ella no dio muestra alguna de querer zafarse, sino que permaneció tanto tiempo inmóvil y con los ojos cerrados entre los brazos de Jonah que al cabo éste se preguntó si no se habría quedado dormida. Sin embargo, finalmente Annot rompió el silencio:

–¿Jonah?
–¿Hum...?
–Supongo que sabrás que Isabel Prescote ha muerto.
–Sí.
–Me gustaría comprar esta casa, pero tengo miedo de que el alcalde no lo estime posible: no es cliente nuestro. ¿Te importaría...?
–Claro que no. La casa será tuya, descuida. ¿Quieres retirarte?
–Ya no me acostaré con hombres por dinero, si es a eso a lo que te refieres.
–Sino que les pagarás a otras chicas una miseria para que lo hagan, ¿eh?
–Dios sabe que podrían pasarles cosas mucho peores que acabar aquí –replicó en tono irritado–. Me gusta ganar dinero, Jonah, igual que a ti. Y sin duda sabrás que, a cambio, a veces uno ha de llegar a un acuerdo con su conciencia.
–Sí, lo sé –convino él.

Su mirada se posó en el indecente tapiz. Posiblemente a Annot no le fuera desconocido nada de lo que representaban las increíbles imágenes. La idea se le antojó todo menos estimulante. Se sintió aliviado al oír que quería dejarlo. A Cecil, por contra, la nueva no le consolaría gran cosa, pensó, y contuvo un suspiro. Si había algo más inmoral que una ramera, era una madama.

A su regreso lo aguardaban cuatro hombres: Martin Greene, Richard Pulteney, hermano mayor de David y heredero de su padre, el voluminoso Reginald Conduit y otro confidente de De la Pole, del que ya sólo por eso Jonah desconfiaba: Andrew Mapleton. Los cuatro, regidores y ricos comerciantes. Jonah no se olió nada bueno.

–Lamento haberos hecho esperar, caballeros –mintió, y se sentó con sus invitados a la mesa.

Mapleton hizo un comentario acerca del tiempo, Pulteney acogió el tema con entusiasmo y Conduit felicitó a Jonah por los nuevos tapices, de un verde vivo, que ornaban el espacio existente entre ventana y ventana y mostraban las imponentes armas de los Durham. El realce en oro era discreto y distinguido.

Al cabo Martin Greene respiró hondo y se frotó la base de la nariz.

—Maese Durham, a buen seguro sabréis que el sheriff Osbern ha sido víctima de la muerte negra, ¿no es así?

—Naturalmente, señor.

Greene no sólo era el mayor de los regidores presentes, sino también, como nuevo prohombre del gremio de pañeros, el más venerable. Sin embargo, no parecía sentirse a gusto con el papel de portavoz. Carraspeó y se inclinó un poco hacia delante como si fuese a confiar un secreto a Jonah.

—Sin duda no se os habrá pasado por alto que el alcalde no siente simpatía por vos al ser el inductor de que el rey decretara el cierre de los mataderos de The Shambles. Lo considera una intromisión en los asuntos de la ciudad, y yo lo entiendo, pero el hecho es que teníais razón. El número de defunciones en The Shambles y los barrios circundantes experimentó una notable reducción antes aún de que la epidemia remitiera en general. Muchos londinenses os deben la vida. Es posible que no resulte fácil imponerse a los deseos del alcalde, pero nos gustaría que fueseis el sucesor de Osbern.

Jonah le devolvió la mirada antes de observar uno por uno a los demás. Hubo de admitir que estaba impresionado. Sólo los regidores mejores y más respetados eran elegidos sheriff, y sólo quien había sido sheriff podía llegar a alcalde. Tenía treinta y siete años y de pronto tenía a su alcance el cargo más importante de la ciudad, el fin más honroso al que podía aspirar un comerciante londinense. Llevaba luchando consigo mismo desde que vio a los hombres en su sala y sospechó el motivo de su visita. Sopesó por última vez los pros y los contras y al fin tomó una decisión:

—Me siento muy honrado, caballeros, pero no puedo hacerlo.

La decepción se reflejó visiblemente en aquellos cuatro rostros. Tras intercambiar miradas y mensajes con disimulo, el viejo Conduit preguntó:

—Me ha parecido oír pesar y duda en vuestra respuesta. ¿Cabría esperar que cambiaseis de opinión?

Jonah meneó la cabeza.
—Habéis oído pesar, mas no duda, señor. Y, si disculpáis mi franqueza, me extraña un tanto que me ofrezcáis dicho cargo justamente a mí.

Conduit esbozó una sonrisa y pareció más que nunca un alegre cebón.

—Porque soy amigo de vuestro suegro, ¿es eso? En fin, quizá no opinemos lo mismo en muchas cuestiones, maese Durham, pero eso no me impide reconocer que seríais el mejor hombre para el cargo, que nunca ha sido más arduo que ahora, dado que el orden público ha sucumbido y las gentes carecen de moral. Por ese motivo os pido encarecidamente que prestéis a la ciudad ese servicio y aceptéis.

—No puedo —repitió Jonah con seriedad.

—¿Por qué no? —inquirió un curioso Greene.

—Os pido que me dispenséis de responder a esa pregunta, pues mis razones son personales, y tampoco cambiaría nada. Os agradezco vuestra confianza, caballeros, pero debo decepcionaros. —Y, dirigiéndose a Pulteney, agregó—: ¿Por qué no lo haces tú, Richard?

—¿Yo? —preguntó estupefacto el comerciante, al que la pregunta pilló desprevenido, y se llevó la mano al pecho como para cerciorarse de que de veras se refería a él—. Ah, por amor de Dios, Jonah, yo no soy mi padre. Tú infundirías miedo a la chusma de esta ciudad y mejorarías muchas cosas. Yo no soy capaz de hacer algo así.

—Yo no estaría tan seguro —lo contradijo Jonah, pero, en contra de lo que esperaba, ninguno de los otros secundó su propuesta.

Permanecieron un rato aún presagiando calamidades dada la insostenible situación en las calles, sombrío el semblante, antes de despedirse y volver a sus respectivas casas con expresión abatida.

Todos, salvo Martin Greene.

—Si tenéis un momento, señor, me gustaría tratar con vos un asunto privado.

«Kate y su hijo», pensó Jonah sin ningún entusiasmo. Sin embargo, asintió resignado, acompañó a la puerta a los otros tres visitantes y después regresó con el que fuera su padrino.

—¿Y bien? Espero que no vayáis a echarme un sermón con el propósito de convencerme para que acepte el cargo.

—No tendría sentido, ¿no es cierto?

-No.

Greene asintió con aire pensativo y exhaló un suspiro en tono de reproche. Cuando comprobó que ello no provocaba reacción alguna, se dio por vencido, pegó un buen trago del vaso y se lamió los labios con deleite.

-Un vino excelente.

-Gracias.

-Mi Kate se avergüenza profundamente, ¿sabéis? Sí, veo en vuestro rostro que, en vuestra opinión, así debería ser. Y es posible que tengáis razón. Pero casi es una niña, y me alegro de que siga con vida.

Jonah asintió.

-No se atreve a venir. ¿Os importaría revelarme qué estipula el testamento?

-Le deja la mitad de su considerable efectivo y la mitad de su participación al niño que espera, en caso de que viva. En caso contrario, esa mitad iría a parar a ella. En cualquier caso, dicha participación se halla bajo mi fideicomiso hasta que yo lo estime conveniente, y mío es el privilegio de hacerla efectiva, ya sea a nombre de Kate o del niño, en cualquier momento de los próximos doce años, algo que, dicho sea de paso, podría hacer mañana mismo.

Greene no pareció sorprendido.

-Supongo que se trata de un acuerdo firmado entre vos y Crispin Lacy para impedir que tengáis que sufrir a sus herederos como consocios en contra de vuestra voluntad.

-Así es. Podéis intentar impugnarlo, pero lo veo negro, pues lo redactó Sharshull, el actual juez del tribunal real. El contrato es inapelable.

Greene enarcó las cejas con cara de asombro.

-Mi querido Durham, nada más lejos de mi intención. O de la de Kate. Os tiene un miedo cerval y sin duda no querría ser vuestra socia.

«Bien», pensó Jonah.

-Y, decid: ¿a quién va a parar la otra mitad?

-No es ningún secreto: a Cecil, nuestro aprendiz.

El prohombre se quedó de una pieza.

-¿A vuestro hijo?

Jonah cabeceó.

—No es mi hijo. Todavía no.
—Pero... tengo ojos en la cara.
Jonah se encogió levemente de hombros.
—Los ojos pueden engañar a los hombres.
—Pero... —repitió Greene sin dar crédito, y se interrumpió.
La mirada que lanzó con disimulo a Jonah revelaba escepticismo.
—Rupert Hillock es mi padre natural, señor —dijo Cecil desde la puerta—. Dios sabe que desearía que no fuese así, pero es la verdad. Y...
—Cecil —lo cortó Jonah, enojado.
El aprendiz se acercó con gesto vacilante. Tenía los ojos enrojecidos, la mirada inquieta.
—Lo siento, tío. Sé que teníamos un pacto, pero no es justo que la gente piense que el pecado lo cometisteis vos.
Jonah cruzó los brazos.
—No es más que justicia distributiva para compensar otros pecados míos de los que nada se sabe —musitó.
Cecil hizo una mueca de tristeza, asintió e hizo ademán de marcharse, pero Jonah le pidió:
—Siéntate con nosotros. Me temo que maese Greene no nos abandonará hasta que hayamos hecho tabla rasa, y esto también te incumbe a ti.
El muchacho se aproximó inseguro, se sentó en el borde de un tajuelo y se pasó la mano por el mentón con nerviosismo. Al parecer se sorprendió al notar los cañones de la barba.
—Os... os pido disculpas. Debo de tener un aspecto espantoso.
El prohombre esbozó una sonrisa indulgente.
—En los amargos tiempos que corren es normal que uno olvide rasurarse. ¿Y qué opinas tú, Cecil? ¿Quieres concluir tu aprendizaje antes de seguir los pasos de maese Lacy o prefieres tratar de rescindir antes de tiempo tu contrato de aprendizaje?
La pregunta era medio en broma medio en serio. Aquel muchacho le recordaba vivamente al mozalbete rebelde y sediento de libertad que era Jonah Durham hacía casi veinte años.
—¿Y... por qué diantre iba a hacer eso? —inquirió, extrañado, Cecil—. Claro está que quiero completar mi aprendizaje.
Greene asintió.
—Me parece bien.

Estuvieron discutiendo un rato el testamento de Crispin y los planes de futuro de Cecil, y al prohombre cada vez le caía mejor el muchacho. Prometió ayudar en el caso de que Jonah necesitase apoyo en la adopción, y les aseguró que Kate no pondría trabas a las disposiciones del testamento.

Con ello parecía todo dicho, y Jonah esperó que el prohombre no tardara mucho en irse, si bien esperó en vano.

–¿Estaríais dispuesto a explicarme por qué os negáis a ser sheriff, Durham? Nunca os he visto rehuir un cometido difícil si de él podéis sacar algún provecho.

–Cuán certero y halagüeño –comentó con sarcasmo Jonah–. Mas, decidme, qué provecho sacaría, habida cuenta de que es una trampa que intenta tenderme mi suegro.

–¿Una trampa? –repitió, indignado, Greene–. ¿Pensáis eso porque Conduit y Mapleton están a favor?

–Y Richard Pulteney. Come de la mano de De la Pole, igual que hizo su padre durante los últimos diez años.

El prohombre negó con la cabeza.

–Sois demasiado suspicaz. Puede que esos hombres sean amigos de vuestro suegro, pero no son enemigos vuestros. Lo que dicen es cierto: quieren al mejor hombre para el cargo.

«Y tú eres demasiado crédulo si te dejas engañar con eso», pensó Jonah, si bien únicamente repuso:

–Pese a todo, no puedo hacerlo, señor. Y os diré por qué, mas sólo si prometéis guardar el secreto.

Greene asintió con ceremonia, procurando no traslucir su curiosidad.

–Tenéis mi palabra.

Jonah vaciló un instante más.

–A menudo os habéis interesado por los orígenes del hombre que hasta hace poco era aprendiz mío, ¿no es cierto?

–¿El pelirrojo avispado? ¿Harry Willcox? Sí, claro. Un enigma que suscita discusiones en el gremio desde hace años.

–Y debe seguir siendo un enigma. Su padre es un ladrón, señor.

–¿Un ladrón? –Los ojos de Greene se desorbitaron–. No os referiréis a... ¡Santo cielo! Francis *el Zorro*. Se supone que se apellida Willcox, y lo llaman el Zorro por sus cabellos rojos.

Jonah sonrió sin querer.

—Más bien por su astucia sin par, diría él.

El prohombre lo contempló con suma extrañeza.

—Jamás pensé que aún pudieseis sorprenderme, Durham, pero esto... Es abominable. ¿Cómo habéis podido? Vive Dios, sois veedor y regidor y uno de los comerciantes más distinguidos de la ciudad. ¿Acaso habéis perdido el juicio?

—Creo que no es como pensáis —respondió Jonah con frialdad—. Francis Willcox me ayudó por casualidad cuando me hallaba en un apuro. A cambio me pidió un favor.

Jonah explicó el resto en pocas palabras, y Greene pareció calmarse un tanto, si bien seguía conmocionado.

—Señor, tal vez no os figuréis cuán desesperadamente buscó Harry Willcox la manera de aprender un oficio honrado —terció Cecil con timidez. Mantenía la vista clavada en la mesa, tan sólo la alzó un instante para cerciorarse de que Greene lo escuchaba. Acto seguido, volvió a bajarla y se sujetó el brazo izquierdo con la diestra—. Creo que no conozco a nadie tan honrado, pues la honradez es un lujo para él. Su padre... Sé que suena desatinado, pero su padre se burló de él, lo humilló y lo molió a palos porque no quería robar. Cuando mi tío lo acogió, fue su salvación. —Miró a Martin Greene de nuevo a los ojos—. Los hijos no pueden pasarse la vida expiando los pecados de sus padres, ¿no es cierto? ¿No sería eso una terrible injusticia?

El alegato, tímidamente aducido, conmovió a Martin Greene, entre otras cosas porque entendía muy bien que el desdichado muchacho no hablaba tan sólo del padre de Harry Willcox. Se sorprendió cambiando su severo ceño por una sonrisa benévola.

—Sí, Cecil, en efecto sería una gran injusticia. —Y, dirigiéndose a Jonah, añadió—: Disculpadme por juzgar con ligereza.

Éste alzó ambas manos con aire de resignación.

—Admito que fue poco ortodoxo admitir al chico. Pero todo cuanto ha dicho Cecil es cierto. No habría podido encontrar a nadie mejor entre los hijos de los gremiales. Sin embargo, si fuese sheriff mi primer objetivo habría de ser llevar a la horca al padre de mi antiguo aprendiz, y no puedo hacerlo, pues, como vos gustáis de decir con frecuencia, señor, también un maestro le está obligado a su aprendiz, no sólo a la inversa.

Greene asintió ensimismado.

–Sí. Ahora comprendo por qué os habéis negado. Era la única vía honorable. –Se levantó profiriendo un ay–. En fin, es hora de que me vaya. Las calles ya no son seguras cuando anochece. Nos veremos mañana por la mañana en el tribunal, Durham.

Éste lo acompañó hasta la puerta y, cuando salieron al patio, aclaró:

–No me toméis a mal que vuelva sobre lo mismo, maese Greene, pero el futuro de Harry Willcox y mi prestigio dependen de vuestra discreción.

Greene hizo una mueca.

–Yo, en vuestro lugar, también habría insistido. Es una historia de lo más delicada. Pero perded cuidado, vuestro secreto está a salvo conmigo.

Sevenelms,
junio de 1349

—La mitad de las ovejas ha muerto. Una mañana de abril subí a los pastos de la falda sur y había perecido un rebaño entero de más de quinientos animales. De la noche a la mañana.

David Pulteney levantó con expresión desvalida las manos, que antes mantenía unidas en el regazo. Jonah asintió.

—¿Tenían bubones? –quiso saber.

—¿Qué?

—Las ovejas. ¿Tenían bubones de peste?

—Ah, sí. La diñaron igual de miserablemente que las personas. Y los caballos, las vacas, los perros y demás. ¿Por qué lo preguntas?

Jonah le restó importancia. Por pura curiosidad. No dejaba de pensar en la peste, aun cuando ya hubiese pasado. Al menos en Inglaterra, pues decían que ahora causaba estragos en Escocia. La epidemia llegó exactamente como él vaticinara: apenas cruzaron los escoceses la frontera para caer sobre Northumberland se contagiaron, dieron media vuelta horrorizados y llevaron la muerte negra a sus esposas y sus hijos. ¿Quién sabía si la enfermedad no salvaría el límite de nuevo en dirección contraria?

—La pérdida de ovejas es amarga, pero también ha fallecido la mitad o por lo menos la tercera parte de las personas, tanto aquí como en el continente, lo cual significa que el mercado se ha reducido. Lo mismo cuenta para los tejedores. El mundo entero ha disminuido.

David hizo un gesto afirmativo. Aquel invierno indescriptiblemente largo y duro había dejado huellas visibles en él. Habían perecido muchos emigrantes flamencos. Uno de sus hijos enfermó y sanó después de que el propio David le abriera las bubas con un puñal. Estaba marcado y envejecido. Tal vez todos lo estuvieran, pensó el rico comerciante.

–Vamos, bajemos al río, Jonah –propuso David–. Hace sol. Ha habido días en que ya no era capaz de imaginarlo.

Jonah lo siguió de buena gana hasta la puerta y después colina abajo hasta la orilla del Rhye. Los sauces festoneaban el tranquilo riachuelo, y sus ramas, de largas hojas plateadas, casi rozaban el agua. Entre la cimbreante hierba alta ribereña cantaban los grillos, y el rojo de las amapolas casi resultaba cegador. Con una vehemencia que ya le era poco menos que familiar, Jonah deseó que Crispin pudiera ver y oír aquello.

Se apoyó en el tronco de un sauce y deslizó los dedos por una rama.

–¿Vas a buscar a tu familia para llevarla a casa? –deseó saber David.

Jonah asintió.

–La corte se halla en Eltham, según tengo entendido. Me dispongo a partir enseguida.

David se sentó en la hierba, arrancó una paja y se la metió en la boca.

–Cuando se declaró, entre los labriegos de Upper Sevenelms corrió el rumor de que los flamencos habían traído la peste consigo –contó–. Una tarde, una horda de campesinos bajó hasta aquí con mayales y teas. Fue horripilante. La gente estaba loca de miedo e ira. Quería prenderle fuego a la ciudad, apalear a los flamencos, sabe Dios qué más.

–¿Qué hiciste? –preguntó Jonah.

David se encogió de hombros.

–Los disuadí.

«Entonces debiste tener de tu parte a los ángeles», pensó Jonah.

–En el continente creyeron que la epidemia la habían llevado los judíos. Que habían envenenado los pozos. Y eso que los judíos enfermaron igual que los demás. Pero las gentes querían un chivo expiatorio. Se produjeron masacres por doquier. En muchos lugares mataron a palos a todos los judíos antes incluso de que llegara la muerte negra.

David afirmó con la cabeza. No se extrañó: había aprendido hacía tiempo que la epidemia sacaba lo peor de cada cual.

—Uno de nuestros tejedores irrumpió en la casa de un apestado hacha en mano y deshonró a su esposa y su hija mientras el enfermo yacía en su lecho de muerte.

Y se fueron relatando mutuamente los horrores que habían acontecido tanto en el campo como en la gran ciudad. Por diferente que fuese la vida urbana de la rural, las atrocidades presentaban una sorprendente similitud. Compartir semejantes experiencias tuvo un extraño efecto balsámico y tranquilizador, incluso Jonah estuvo casi locuaz.

Cuando todo quedó dicho, permanecieron un rato escuchando el murmullo del río y el canto de los gritos antes de que David inquiriera:

—¿Qué vamos a hacer ahora?
—Lo mismo que antes, creo yo.
—¿Como si no hubiera pasado nada?
—¿Qué otra cosa podemos hacer?

David se encogió de hombros.

—No lo sé. Me da la impresión de que algo debería cambiar. Lo sucedido ha sido tan drástico que debe de tener algún sentido.

Jonah cabeceó despacio.

—Tendrás que entrar en un convento o emprender un viaje para encontrarlo.

Cecil deseó ardientemente que Jonah lo hubiese llevado con él. Le resultaba inquietante encontrarse completamente solo en la gran casa. Cierto, en realidad no estaba solo: Jasper y su familia seguían viviendo en la alcoba que había tras la cocina, y el resto del servicio en la buhardilla, pero él sólo los veía cuando le servían la comida, que tomaba sentado a la gran mesa sin compañía alguna. Había hecho de tripas corazón y le había pedido a Jonah que lo llevara a Sevenelms, pero su petición recibió una rotunda negativa. Alguien tenía que quedarse allí, dado que el *Felipa* podía llegar un día de ésos y poco a poco los negocios se reanudaban, según le explicó su maestro. Y Cecil sabía que debería sentirse orgulloso de que le fuera confiado todo aquello —aunque sólo fuera durante unos días—, pero la idea le deparaba más penas que alegría. Creía que se le exigía demasiado, tenía miedo de cometer algún error y, por añadidura, estaba solo.

Jonah le había propuesto que se mudara al generoso cuarto de Crispin, cosa que él había hecho de buena gana. Allí solía pasar la tarde, pues se sentía menos perdido que en la silenciosa sala. Había trabado amistad con uno de los numerosos gatos de la casa, una hembra soberbia de negrísimo pelaje, tan juguetona como despiadada cazadora. Se la llevaba a la nueva y cómoda cama, y mientras escuchaba su ronroneo satisfecho pensaba en Crispin y en el pasado, pero, cada vez con más frecuencia, como comprobó con sentimiento de culpa, en el futuro y en el hombre que se había convertido en su padre de un modo tan inesperado. Le había emocionado y ayudado a superar su gran pérdida el hecho de que su tío lo acogiera con tamaña generosidad en su familia y le diera su apellido para protegerlo. Y eso que Jonah siempre le había parecido frío e inaccesible. Cecil siempre había supuesto que para maese Durham era una obligación desagradable tener que hacerse cargo de su joven pariente lisiado y, además, ilegítimo, que lo hacía para que en el gremio no pudieran decir nada de él. Ahora tenía que reconocer que lo había juzgado mal.

Pegó un respingo cuando llamaron a la puerta. Tras tacharse de necio, contestó con voz firme:

—Adelante.

Meurig asomó la cabeza.

—¿Estabas dormido, Cecil?

—No, no. ¿Qué ocurre?

—En la sala aguarda un emisario que desea hablar contigo. No me ha dicho quién lo envía.

Cecil bajó las piernas de la cama.

—¿Un emisario? ¿A esta hora?

Meurig se encogió de hombros con desconcierto, y el joven se dirigió a la gran sala en pos de él entre curioso y alarmado.

El mensajero era un muchacho que vestía ropas limpias, mas gastadas. Los rubios cabellos, que le caían por los hombros, estaban bien peinados, pero tenía las uñas negras.

—¿Qué deseas? —preguntó Cecil, haciendo un esfuerzo por sonar como el señor de la casa; se sintió ridículo.

El chico esperó a que Meurig se hubiese ido para decir:

—Lamento molestaros tan tarde, maese, pero me envía vuestra madre. Ha enfermado de pronto y os pide encarecidamente que vayáis a verla. En el acto, me dijo.

Cecil cerró un instante los ojos.

—¿Es...? —Se pasó la lengua por los labios—. ¿Es la muerte negra?

—De cuando en cuando aún moría alguien de peste, aunque fueran tan pocos que a esas alturas ya se les podía dar sepultura debidamente y de uno en uno.

—No, no lo creo. Pero se encuentra muy mal.

Cecil experimentó un pánico sofocante, pero se dominó deprisa.

—Un momento. Voy por mi capa.

Corrió a su alcoba, se echó la prenda por los hombros y bajó la escalera y salió al patio por delante del joven mensajero. No se molestó en avisar a Meurig; tampoco era necesario, pues tenía la llave de la puerta.

Cruzó el portón, cerró y, cuando se volvió hacia el mensajero para preguntarle algo, vio venir su puño hacia él con incredulidad. En un principio el susto lo paralizó, pero así y todo ladeó la cabeza a tiempo. El muchacho, que tan tímido y cortés le había parecido, se abalanzó sobre él.

Cayeron al suelo y rodaron por la calle. A Cecil no se le ocurrió pedir ayuda, ya que, cuando caía la noche, en Londres eso no hacía salir a nadie. Se defendió con uñas y dientes, y de haber estado solo el extraño emisario, posiblemente se hubiera llevado una sorpresa desagradable, pues Cecil compensaba su minusvalía entrenando a conciencia el brazo que podía utilizar.

Sin embargo, antes de que pudiera emplear con eficacia el puño, otras dos figuras se desligaron de las sombras de la siguiente puerta cochera y lo agarraron. El miedo arrolló a Cecil como si de una fría ola se tratara y, contra su propia convicción, el chico abrió la boca para chillar, pero en el acto le pusieron una mordaza y le cubrieron la cabeza con algo, probablemente un saco. Cecil no veía nada y apenas oía. Numerosas manos lo sujetaron y lo empujaron hacia delante, y él tropezó y cayó cuan largo era. Lo recogieron, profiriendo imprecaciones en voz queda, y lo metieron en un carro.

El trayecto no duró mucho, ya que a esa hora las calles estaban tranquilas. Cecil no podía confiar en su orientación, pero le daba que se alejaban del río y avanzaban hacia el norte. Trató de concentrarse en el camino, de recordar cuándo y cuántas veces giraban, pues ése fue el único método que se le ocurrió para dominar el miedo, para no llorar ni gimotear.

Cuando el vehículo por fin se detuvo, el temor amenazó con apoderarse de él de nuevo. Lo asieron con la misma rudeza de antes y lo pusieron en pie. Después lo empujaron y le hicieron cruzar una angosta puerta –se golpeó dolorosamente el hombro con el marco– y subir una escalera que crujía.

Una vez arriba, se detuvieron, y le fueron retirados tanto la mordaza como el saco.

Cecil miró a su alrededor parpadeando. Al principio veía borroso, pero luego reconoció a un hombre alto y hercúleo que lucía una barba negra entrecana.

–Mi querido hijo –dijo Rupert Hillock con expresión sentimental–. Por fin nos conocemos.

Cecil se vio envuelto en una vaharada de cerveza que casi le privó de los sentidos. Dio un paso hacia un lado y, avergonzándose al punto de su debilidad, repuso con asco:

–Preferiría estar muerto a ser hijo vuestro.

Algo similar al mazo de un batán le acertó en la sien, y el chico aterrizó en el suelo. Vio estrellitas de un blanco deslumbrante, y la voz que oyó por encima de él pareció venir de muy lejos:

–Tú lo has querido, hideputa desvergonzado.

–¿Qué... qué queréis de mí? –preguntó Cecil con tono amedrentado, lo cual le enojó.

–Sólo la obediencia que me debes.

A pesar del miedo, Cecil no pudo por menos de echarse a reír.

–No creo que os deba nada, señor. Tan poco como el cachorro al perro callejero que lo engendró por casualidad. Supongo que habéis sabido de mi herencia y queréis arrebatármela por la fuerza, ¿no es cierto? Pues ahorraos el esfuerzo, porque es demasiado tarde, hagáis lo que hagáis. Sólo mi padrastro puede disponer de mi fortuna y...

De pronto las garras de Rupert rodearon su cuello y comenzaron a cerrarse despacio. El rollizo rostro estaba muy cerca del de Cecil, pero éste era incapaz de distinguirlo, pues la vista se le nublaba. La cabeza empezó a martillearle, era un dolor punzante que seguía el ritmo de sus latidos, cada vez más insoportable, y los oídos le zumbaban.

A pesar de todo, oyó la voz de Rupert:
—Si de veras no me sirves de nada, tal vez debiera matarte, igual que el chucho mata a mordiscos a sus bastardos, ¿no crees?
—Santo cielo, dejaos de desatinos, Hillock —ordenó una voz que sonaba civilizada, mas con un fuerte acento del norte—. Quitadle las manos de encima. ¡Ya!

Rupert no reaccionó en el acto, y de repente los dos matones soltaron los brazos de Cecil, asieron los de Rupert y apartaron las manazas sin esfuerzo del cuello del muchacho. Éste se tambaleó, jadeó y tosió, y habría caído de nuevo de no haberlo sostenido un fuerte brazo.

Acto seguido levantó la cabeza para ver quién era su bienhechor, y tal vez hubiese gritado de haber sido dueño de su voz. Unos fríos ojos de ave rapaz devolvieron su mirada seriamente y lo recorrieron de arriba abajo, la sonrisa de los armoniosos labios tan poco sospechosa como las aseveraciones de un chalán. Y Cecil supo que, en comparación con la sonrisa de William de la Pole, las garras de Rupert eran el mal menor.

De la Pole llevó al chico hasta la mesa y lo sentó en un tajuelo. Después se volvió con expresión airada hacia Rupert, que para entonces ya se había calmado y liberado de los matones del comerciante.

—¿En qué estáis pensando, Hillock? Si le dejamos marcas en el cuello o cualquier otra huella visible, nuestro perfecto plan se irá al garete. ¡No sois más que un necio!

—Dijisteis que me lo dejaríais a mí —objetó Hillock ofendido.

—Pero no para que le retorzáis el pescuezo. —Se giró, asqueado, y le ofreció a Cecil el primer vaso que vio en la mesa—. Toma, muchacho, bebe un trago. Te sentirás mejor.

Ya se sentía mejor. Cecil respiraba, aunque le dolía un tanto al hacerlo. Miró a De la Pole con asombro y luego apartó el rostro y escupió ostensiblemente en la paja. El rico comerciante rió divertido.

—Tienes agallas, como ese necio al que yo tengo por yerno y tú llamas padrastro. Me gusta.

Cecil meneó la cabeza, fatigado.

—No me aduléis, señor. Digáis lo que digáis, no lo creeré. Y hagáis lo que hagáis, no permitiré que me utilicéis.

De la Pole se sentó frente a él y entrelazó las manos en la no del todo limpia mesa.

–¿Cómo se te ocurre tal cosa?

Cecil no contestó. El brazo izquierdo le temblaba, cosa que no tenía que ver con el miedo que aún sentía, sino que le sucedía a veces, sin motivo alguno. No obstante, notó que debilitaba su posición y, furioso, se agarró con la mano derecha el delgado antebrazo.

De la Pole suspiró compasivo.

–Durham debe de ser un buen cristiano para adoptar al bastardo de su primo que, por añadidura, es un lisiado, ¿no es cierto?

Cecil apretó los dientes y ladeó la cabeza. De la Pole, que no lo perdía de vista, se inclinó un tanto hacia delante.

–Entiendo que quieras pensar que lo ha hecho por ti, pero seamos sinceros: ¿cuándo hace algo de lo que no saque provecho? Él es quien pretende hacerse con tu herencia, no Hillock.

El muchacho hizo una mueca.

–¿Y me habéis traído hasta aquí para prevenirme de sus malas intenciones, señor? No sé cómo expresaros mi agradecimiento...

De la Pole esbozó una sonrisa de aprobación, pero antes de que pudiera decir nada Rupert se acercó, vació de un trago el vaso que Cecil había rehusado y vociferó:

–Esto no es más que una pérdida de tiempo. Dejadme cinco minutos a solas con el chico y hará lo que queremos, podéis estar seguro.

De la Pole revolvió los ojos con impaciencia.

–Sentaos y mantened el pico cerrado, Hillock.

–Ésta es mi sala... –comenzó Rupert indignado.

–Y mi casa –lo interrumpió De la Pole con toda amabilidad.

Rupert parpadeó. Por lo visto había olvidado momentáneamente ese detalle. Se acomodó junto a Cecil, obediente, y éste rompió a sudar al punto. Tuvo que admitir que había mentido: temía más las garras de Rupert que la socarronería de De la Pole.

–Has de entender la decepción que ha sufrido maese Hillock, Cecil –explicó un paciente De la Pole–. Sean cuales fueren las circunstancias, él es tu padre. Y todos le han ocultado tu existencia y te han mantenido alejado de él. No ha sido justo, ¿no?

–Esto es demasiado ridículo para responder –espetó el muchacho, hastiado, y sin más se puso en pie–. Ahora me gustaría marcharme.

Oyó perfectamente que los dos matones se colocaban tras él.

–Muy bien. –De la Pole se arrancó la máscara, se retrepó y cruzó los brazos–. En tal caso, hablaremos de tu amigo Harry Willcox. Porque es tu amigo, ¿no es cierto? Tu mejor amigo. ¿Qué diría él si averiguara que tú tienes la culpa de que se sepa de quién es hijo?

El palacio real de Eltham, ubicado en Kent, no muy lejos de Londres, constaba de una inmensa y magnífica sala y una media docena de construcciones anexas, y estaba rodeado por una poderosa muralla y un ancho foso, pero todo parecía un tanto venido a menos. El rey Eduardo le tenía especial afecto a ese lugar, en parte porque su querido hermano Juan, fallecido años atrás de repente, había nacido allí, pero el nuevo tesorero, Edington, le había recomendado encarecidamente no meterse en más obras antes de concluir las de Windsor.

–Y como el rey escucha a Edington como si la suya fuera palabra de Dios (cosa que, dicho sea de paso, también cree el buen Edington), aquí estamos, en este frío caserón, bajo un techo con goteras, con la esperanza de que el tiempo siga seco... –comentó la reina un tanto avinagrada–. Giselle, ¿te importaría decirme por qué sigues pegada a la ventana? ¿Qué hay de edificante ahí fuera?

–Lomas y ovejas, mi señora –informó ella en honor a la verdad.

Felipa profirió un suspiro.

–En Kent apenas se ve otra cosa, ¿no es cierto? ¿Así que a qué viene tanta impaciencia? Me estás poniendo nerviosa.

Giselle se apartó de la ventana y sonrió arrepentida.

–Os pido disculpas. Jonah me ha enviado un emisario: se encuentra en Sevenelms y podría llegar en cualquier momento.

El semblante de la soberana se iluminó.

–Por fin una buena nueva. Aunque... tal vez no lo sea. Se va a armar una buena si viene antes de que el Príncipe Negro os haya devuelto a vuestro hijo, ¿no es así?

A Giselle se le hizo un nudo en el estómago. Naturalmente que no se armaría: Jonah no era propenso a tales arrebatos, a diferencia del rey y sus hijos, cuya ira podía estallar tan de repente como una tormenta, descargarse igual de veloz y dejar limpio el aire. Él se enfurecería cuando se enterase de lo que había hecho Lucas, en efecto, pero poseía el terrible don de rumiar su rencor durante semanas, en caso necesario durante meses. Tenía miedo de lo que pudiera pasar cuando padre e hijo se reencontraran.

La reina cambió de tema diplomáticamente.

—Ahora que lo pienso, ¿por casualidad ha manifestado Jonah la intención de unirse a esa curiosa Compañía Inglesa?

La aludida arrugó la frente.

—¿Con mi padre? A buen seguro que no, mi señora.

Felipa asintió.

—Bien. Me había llegado un rumor, pero el rey dijo que era un desatino. Los comerciantes de esa compañía siguen un rumbo peligroso. Aseguran carecer de medios para pagar las cincuenta mil libras de este año, ya que las exportaciones prácticamente han cesado debido a la epidemia, pero Eduardo sospecha que le mienten.

—Estoy segura de que tiene razón —admitió Giselle con sinceridad.

Sólo tenía una idea aproximada de lo que hacía en realidad la Compañía Inglesa o de cómo funcionaba, y se propuso preguntárselo a Jonah. En cualquier caso, lo que había oído hasta el momento sonaba en extremo nebuloso, y sabía con certeza que en esa niebla su padre ocultaba alguna estafa.

—Mas tal vez vuelva a ser imposible probar nada —comentó la soberana, y lanzó un suspiro.

Giselle se había vuelto a acercar con discreción a la ventana y miraba con disimulo.

—Sí, oficialmente mi padre no tiene nada que ver con la compañía, ¿no es cierto? Pero es posible que los miembros sean testaferros suyos y... ¡Santo Dios, ahí viene!

—¿Vuestro padre? —preguntó, perpleja, la reina, pues creía a De la Pole en Yorkshire.

Giselle se volvió hacia ella.

—Jonah. ¿Puedo irme, mi señora?

Felipa esbozó una sonrisa indulgente y la despachó con un gesto.

Giselle bajó a la carrera los gastados peldaños y salió al soleado patio. Jonah desmontó cerca de la cuadra, le tendió la rienda a uno de los mozos y corrió al encuentro de su esposa risueño. Tomó sus manos antes de que ella se las echase al cuello, la llevó hasta un rincón próximo a la cuadra para que no los vieran desde la sala y la estrechó entre sus brazos. Se besaron ávidamente, se apretujaron con impudicia, y él saboreó con los ojos cerrados el triunfo de tenerla consigo, de haber vencido ambos a la epidemia. Naturalmente sabía que el mérito no era suyo, que ello se lo debía tan sólo a la suerte, pero así y todo tenía la sensación de que ya no habría nada que no pudieran hacer.

Pusieron fin al beso vacilantes, pesarosos, mas Giselle no soltó a Jonah, no se apartó de él, sino que enterró el rostro en su hombro.

—Tenía tanto miedo de no volver a verte —confesó.

Él asintió, aunque ella no pudo verlo, le acarició la nuca con los dedos de la siniestra y se deleitó furtivamente con los suaves ricillos castaños que crecían allí. No preguntó por sus hijos, pues leyó en los ojos de su esposa que allí no había sobrevenido la tragedia. Y si le preguntaba, después ella querría saber cómo estaban las cosas en casa y él tendría que contarle lo de Crispin, cosa que no deseaba hacer. No en ese momento.

—Vayamos a la cama —susurró él.

Giselle rió quedamente, ya que su aliento le hacía cosquillas en la oreja y ése era un valioso instante de pura dicha.

—Vamos.

Entraron en la construcción principal por una puerta lateral, subieron una escalera y atravesaron varias estancias y corredores para evitar, supuso Jonah, la gran sala. Después llegaron a la alcoba de Giselle, ante cuya ventana crecía un abedul. Un brillo verdoso iluminaba las losas de piedra del suelo.

Jonah le quitó a su esposa la cofia mientras ella corría el cerrojo. Acto seguido Giselle se volvió y le pagó con la misma moneda, despojándolo de su elegante y estrecha capucha y revolviéndole los negros rizos con ambas manos. Con una prisa febril, aún medio vestidos, se tumbaron en la cama, y él la poseyó fogosamente. La amó con los ojos cerrados, intentó posar las manos en todas partes a un tiempo, la exploró con la lengua y los labios como si le fuese extraña. Su avidez enardeció, como siempre, a Giselle, aunque ésta notó que la premura de su esposo no estaba exenta de terquedad y desesperación.

Al cabo quedaron tendidos inmóviles, exhaustos y satisfechos, y permanecieron entrelazados mucho después de que su respiración se hubiese calmado. Jonah apoyó la cabeza en el hombro de su esposa, y sus labios rozaron su pecho. Giselle sintió que un reguero breve y cálido le corría por la clavícula y se preguntó, asombrada, qué podría ser antes de caer en la cuenta de que Jonah lloraba. En silencio, pero sus hombros se estremecieron como si los sacudiera un espasmo.

Ella lo abrazó, mas no se movió y, sobre todo, no dijo nada. No quería interrumpirlo, pues sabía cuánto le costaba derramar lágrimas, que ello siempre lo avergonzaba más que lo aliviaba.

Por eso tampoco duró mucho. Cuando notó que su piel no se humedecía más y que los hombros de su esposo se relajaban despacio, se armó de valor y preguntó:

–¿Crispin?

Él asintió, y Giselle cerró los ojos.

–Ay, Jesús...

–Y los flamencos. Y media maldita ciudad.

–Cuéntame, querido.

Y eso hizo él.

Como de costumbre, la reina Felipa se quedó pasmada con el paño que Jonah le llevó. En esa ocasión se trataba de un estambre liso del color de las naranjas maduras y además tres docenas de alegres y vistosos botones plateados de un tamaño enorme. Discutieron animadamente, como siempre, si podría lucir algo tan atrevido y en qué ocasión hacerlo, pero ambos estaban distraídos.

–Ahora que la muerte negra ha pasado, parecen haber aumentado las ganas de lucir colores subidos, mi señora –informó Jonah.

Cansada de fingir, Felipa dejó caer las manos junto con el vivo paño en el regazo.

–Sí. Hacemos todo lo que podemos para olvidar el horror y demostrarnos que nuestra alegría de vivir es inquebrantable, ¿no es cierto?

Él se encogió levemente de hombros y asintió vacilante.

–Sólo que no sirve de nada.

–No.

Se miraron un momento a los ojos. La pérdida más dolorosa de

Felipa había sido una de las primeras víctimas inglesas de la peste; la de él, una de las últimas. Así pues, la soberana le llevaba más de medio año de ventaja en su luto, en caso de que eso fuera posible. Mas Jonah sabía por propia experiencia que la muerte de un hijo era más dolorosa que cualquier otra.

—Nada es ya como era —afirmó la reina, casi con brusquedad—. Nadie lo es. Pero no podemos permitirnos lamentarnos y desalentarnos, pues nuestras cuitas no han terminado. Han fallecido tantos campesinos que sólo se labra la mitad de los campos, y ha muerto mucho ganado. Aunque la población haya disminuido, la cosecha no bastará para saciarla, y tenemos que impedir que los precios se catapulten.

—Y los salarios —añadió Jonah—. La mano de obra también escasea, y sólo nos faltaba hacer frente a una inflación generalizada. La vida continúa, como gustan de decir los optimistas convencidos, razón por la cual antes o después también la guerra seguirá, y aunque sólo sea por eso, hemos de ser estables económicamente, ya que de lo contrario podríamos perderla.

Ella asintió ensimismada.

—Será mejor que no se lo digamos al rey, pero desde luego tenéis razón. Hemos de convencerlo de que fije precios y salarios por ley.

Antes de que Jonah pudiera objetar nada —puesto que, al igual que los demás comerciantes, la idea de fijar legalmente los precios le resultaba en extremo sospechosa—, la puerta se abrió y entró Giselle con un nutrido grupo de niños. Al más pequeño, al cual sostenía en brazos, lo llevó con su padre.

—¡Samuel! —Jonah cogió a su benjamín—. Estás el doble de grande.

Samuel tenía dieciocho meses escasos y no parecía estar muy seguro de quién era aquel hombre de negra barba, pero cuando éste le dio una vuelta por los aires, el escepticismo se transformó en puro entusiasmo. Aquello siempre funcionaba con Lucas.

—¿Dónde está Lucas? —le preguntó a Giselle, pero antes de que su esposa pudiera responderle, Elena se separó de la maraña de príncipes, princesas y demás hijos ilustres y se aproximó a él. Jonah le tendió el pequeño a Giselle, aupó un instante a su hija y la besó en la frente antes de depositarla de nuevo en el suelo. La niña le preguntó amablemente cómo se encontraba. «Ya no era tan impetuosa como antes del invierno», pensó Jonah, se había convertido casi en una damita–. –¿Dónde está Lucas? –repitió, y añadió al punto–: ¿Y Felipe?

–Felipe está en el horno, llorando –informó fielmente Elena–. Por el tío Crispin. –A ella no parecía afectarle su muerte–. Y Lucas en Chester.

Giselle y la reina intercambiaron una mirada violenta que a Jonah no se le escapó. Miró inquisitivo a su esposa, y ésta posó con suavidad la mano en su brazo.

–Se escapó, Jonah. El Príncipe Negro fue a Chester durante algún tiempo porque en la zona había revueltas después de la peste. Se llevó consigo al príncipe Juan y le prometió a Lucas que podría formar parte de su séquito si yo se lo permitía. Lucas... –Se encogió de hombros, confusa–. Por lo visto, les dijo a los príncipes que yo había dado mi consentimiento, aunque nunca me preguntó. El príncipe Eduardo no receló nada y se lo llevó.

Notó que el brazo de Jonah se tensaba y se apresuró a soltarlo antes de que él se zafase de un tirón airado.

Se quedó perplejo. Que un hijo se negara a obedecerlo abiertamente, desoyera sin más sus categóricas órdenes era algo nuevo para él, y no sabía cómo reaccionar. Estaba furioso, humillado, indignado, todas esas cosas, pero sobre todo estupefacto.

La reina no se tomó el asunto tan a la tremenda.

–No pongáis esa cara, Jonah. No ha sido más que una pillería. Estoy convencida de que vos también hicisteis algo así en su día. He enviado un mensajero a mi hijo para que traiga a Lucas. Estará aquí mañana o pasado mañana, y vos podréis zurrarle la badana y olvidar la historia entera.

Él asintió, pero sabía que no era tan sencillo.

–Con todo, he de decir que no abrigo muchas esperanzas de que podáis hacer de ese chico un mercachifle –continuó Felipa–. Es igual que mis hijos, sólo tiene caballos y armas en la cabeza.

–Sabía que no debía traerlo aquí –farfulló él.

Felipa se encogió de hombros.

–Mejor aquí desobediente y vivo que en Londres dócil y muerto, ¿no es así?

–Sí, mi señora. Sin duda es mejor así. ¿Querríais disculparme?

La soberana hizo un irresistible mohín de disgusto. Sabía que no tenía ningún sentido hablar con él cuando se ponía tan formal, pues todo argumento razonable se estrellaba contra la coraza de su glacial cortesía.

—Muy bien, querido —dijo, y exhaló un suspiro—. Y no permitáis que la ira que sentís hacia ese hijo os impida ocuparos de mi ahijado, ¿me oís?

Salió tras hacer una fría reverencia ante la reina y lanzar una sombría mirada a su esposa. «¿De veras es éste el hombre que no hace ni siquiera dos horas lloraba entre mis brazos?», se preguntó Giselle sin dar crédito.

El horno era una deslucida caseta de madera que se alzaba a la sombra de la muralla y quedaba oculta entre la herrería y la perrera de los podencos. Jonah cruzó la entrada, carente de puerta, y parpadeó en la penumbra. El horno de piedra estaba frío, pues en la corte sólo se cocía una vez, a lo sumo dos por semana. Felipe se había escondido en el rincón más apartado, entre el horno y la pared lateral, donde se alineaban las palas de madera. El muchacho tenía la cabeza apoyada en las dobladas rodillas y lloraba desconsolado.

Jonah se agachó ante él, titubeó y posó su mano en la castaña cabellera.

Felipe se sobresaltó y levantó la cabeza bruscamente.

—Padre... —Sonó más asustado que contento. Estaba pálido, el rostro afilado, como si no comiera bastante, y las lágrimas brillaban en sus ojos azules. Con todo, se enjugó diligente el húmedo semblante con la manga y prometió—: Ya paro.

Jonah esbozó una débil sonrisa y se sentó enfrente de él, en el piso de madera.

—¡Es que no quiero que esté muerto! —exclamó de súbito.

«No, tampoco yo», pensó su padre, si bien dijo:

—Has de aceptar que las cosas no siempre pueden ser como deseas. Ya va siendo hora de que lo aprendas.

—Sí, sabía que diríais algo así.

—Felipe...

Las pequeñas manos se tornaron puños.

—¿Cómo puede ser Dios tan infame?

A veces a Jonah le daba la impresión de que llevaba meses cavilando sobre esa misma pregunta, mas no había avanzado más que Felipe.

–No lo sé.

Felipe lo miró de hito en hito y, por un instante, la perplejidad sustituyó a la pena.

–¿Vos... ni siquiera me regañáis?

–¿Decepcionado?

–Probablemente os dé lo mismo que me rebele contra Dios y acabe en el infierno.

–Te equivocas, pero no puedo reprocharte unos pecados de los que también yo soy culpable.

Ambos se miraron inseguros, se escrutaron casi, sin saber cómo continuar. Felipe no era consciente de que a su lacónico padre nunca le había oído más que instrucciones, advertencias o reprimendas, pero notó que algo había cambiado y no supo qué pensar. A ciegas, casi presa del pánico, buscó otro tema.

–¿Vamos a irnos pronto, padre? No penséis que quiero quejarme –se apresuró a añadir–. Pero...

No supo seguir, ya que en el fondo sí quería quejarse.

–¿Pero? –repitió Jonah.

Felipe se encogió de hombros, incomodado.

–La gente aquí es tan... distinta. Nunca se sabe si piensa lo que dice.

–Eso es válido para todo el mundo.

Mas sin duda en grado sumo para su abuelo, que llevaba semanas rondando melifluo a Felipe y sus hermanos, lo cual había suscitado el recelo del chico, aunque prefirió no decir nada, ya que a buen seguro sería impertinente. Y su abuelo sólo era un ejemplo. En la corte, las gentes se le antojaban extrañas. Piers Stephens, el aprendiz que los acompañara hasta allí, parecía ser la única persona que hablaba su misma lengua.

–Quizá –repuso él–. Pero echo en falta nuestra casa y el jardín. Incluso las gallinas. Y a Rachel y a Meurig y a todos. A mis amigos de la escuela.

«A la postre resultaba reconfortante que uno de sus hijos extrañara su entorno habitual y no evitara su hogar como si fuese una casa apestada», pensó Jonah.

–Me temo que has de hacerte a la idea de que no volverás a ver a muchos de tus amigos. Pero nos iremos pronto. —Si por él fuera habrían regresado ese mismo día, pues no quería dejar solo a Cecil más de lo estrictamente necesario—. Sólo debemos esperar hasta que tu hermano tenga a bien unirse a nosotros.

Los ojos de Felipe reflejaron inquietud.

—Así que ya lo sabéis.

Jonah asintió.

Ahora entendía Felipe por qué su padre de pronto le dedicaba algo más que una mirada fugaz o un ceño fruncido.

—Estoy seguro de que estáis muy enfadado con él, padre, pero...

—No tengo intención de discutir este asunto contigo.

—No, claro que no, señor.

—Cuidado, Felipe.

El muchacho iba a responder con una mueca desvergonzada, pero le salió mal, ya que no pudo contener más las lágrimas.

Dejó caer la cabeza abochornado y encogió los hombros con abatimiento.

—¿Por qué nunca queréis escuchar lo que digo?

—Porque la mayor parte de las veces es insolente y rebelde.

—¿Cómo podéis saberlo?

—Te conozco desde hace nueve años.

La gacha cabeza negó categórica.

—Eres descarado y pertinaz. Un botafuego. —«Como tu madre», pensó—. No sólo te rebelas contra Dios, sino también contra el orden que él ha creado, contra mí, tu madre, el padre Samuel.

—¡Pero vos erais igual! El tío Crispin nos contó que os rebelasteis contra vuestro maestro y lo hicisteis comparecer ante el tribunal del gremio.

«Maldito charlatán, Crispin», pensó Jonah por la fuerza de la costumbre, antes de caer en la cuenta de que su amigo ya nunca volvería a entregarse a su vicio preferido.

—Tenía buenos motivos —respondió en un tono con el que, esperaba, el tema quedaría zanjado.

—Igualmente los tengo yo —contestó Felipe—. ¿Y no acabáis de decir que no podíais reprocharme pecados de los que también vos erais culpable?

A Jonah le resultaba incomprensible la habilidad que tenía el mozalbete para tergiversar sus palabras. Sin duda heredado de su madre asimismo. Vaya una cabecita despierta. Sin embargo, una severa mirada paterna escondió el involuntario regocijo.

–En tal caso, di uno de tus buenos motivos –pidió.

Felipe se vio en un apuro: con eso no contaba. «No me quieres» habría sido tal vez la respuesta adecuada, pues eso era lo que él sentía, mas no era consciente de ello y, por ende, tampoco podía expresarlo con palabras. Movió la cabeza con indefensión.

–Vos... vos... me traéis mazapán de cada viaje. Y yo detesto el mazapán.

Jonah asintió con gravedad. Al igual que Felipe, tampoco él habría sido capaz de decir qué les pasaba, pero comprendió perfectamente que ese reproche era una suerte de símil. Y Giselle le había echado en cara tan a menudo que era un mal padre para su hijo que algo de cierto tenía que haber.

–Dime, entonces, qué te gustaría, no lo olvidaré.

Una tímida sonrisa iluminó el agraciado rostro del chico.

–Paño –admitió–. Paño de países lejanos. Lana merina de España o seda de Venecia o de donde vayáis a buscarla. Sólo un pedacito. Sólo para mirarlo.

Jonah le puso la mano en el hombro.

–Tienes mi palabra, Felipe.

–No sé qué le habrás dicho, Jonah, pero es otra persona. Está como cambiado.

Él hizo un gesto negativo con la mano.

–Posiblemente sea demasiado hasta para mí enemistarse con dos hijos a un tiempo.

«Puede ser», se dijo Giselle, pero más bien creyó que la muerte negra lo había vuelto un hombre pensativo que veía muchas cosas de forma distinta que antes, cuyos valores y prioridades quizás incluso hubieran cambiado.

La corte danzaba. A la alegre música de violines, tambores y flautas, la flor y nata del país brincaba ora sobre un pie, ora sobre el otro, se agarraba las manos, daba vueltas en círculo y realizaba las más increíbles contorsiones. Jonah lo consideraba tan pueril que ni siquiera quería mirar.

Giselle se rió de su avinagrado semblante.

—Si fueses un auténtico caballero, te gustaría e incluso bailarías conmigo. —Exhaló un sonoro suspiro.
—Pero yo no soy un caballero auténtico, sino involuntario.
—Lo sé, querido.
—Y si quieres bailar, no tienes más que sonreír a Gervais. Lo desea ardientemente. De nuevo está aquí sin Anne.
—¿No te molestaría? —Sus ojos se iluminaron.
A Jonah la idea no es que le hiciera feliz, pero no dijo nada.
—No. Confío en que Gervais sea un caballero.

«No siempre», se le pasó por la cabeza a ella, si bien le hizo una discreta señal al conde de Waringham y, tal y como vaticinara Jonah, él apareció al punto y se llevó a Giselle mientras lanzaba una débil disculpa en dirección a Jonah.

Éste observó el alegre trajín y deseó no haber animado a Giselle. Al cabo percibió un suave crujido a sus espaldas. Reconoció a la reina por su paso y su perfume y dijo sin volverse:
—No quiero que Lucas sea así.

La soberana se sentó a su lado y siguió la mirada de Jonah.
—Sólo celebran el hecho de estar vivos. Sed un poco indulgente.
—Tras masticar con aire pensativo una cereza inquirió—: ¿Os acordáis de aquel día en el bosque de Epping, cuando os asaltaron los ladrones y el rey os llevó al campamento?

Él la miró un instante a los ojos con fijeza, lo cual se permitía muy rara vez, y respondió:
—¿Cómo podría olvidarlo, mi señora?
—¿Y os acordáis de que os sentasteis a la mesa y observasteis el pequeño séquito y pensasteis: podría formar parte de él?
—¿Cómo sabéis eso?

Ella se encogió de hombros.
—A veces leo en vos como en un libro, Jonah, ¿acaso no lo sabíais? Por desgracia, no muy a menudo, pero menos es nada. —Él guardó silencio, escandalizado, y Felipa prosiguió—: Renunciasteis deprisa a ese sueño, y tal vez fuese sensato. Antaño. Pero los tiempos han cambiado, y mientras que vos erais hijo de un platero insignificante, Lucas es hijo de un caballero que posee más tierras de las que podría soñar la mayoría de caballeros cuyo árbol genealógico se remonta en los siglos y del comerciante más rico de Londres. ¿Comprendéis lo que quiero decir?

—Me temo que sí, mi señora.

—Creo que, a fin de cuentas, apenas podemos influir en cómo serán nuestros hijos. Es algo que constato a diario.

Él arrugó la frente con asombro.

—Pero ¿acaso no son todos vuestros hijos excelentes y exactamente como deseabais?

Felipa sonrió.

—No. Mi excelente hijo Eduardo, por ejemplo, desconoce la contención y la mesura. Mi Isabel carece de modestia y discreción, razón por la cual no será fácil encontrarle un príncipe. Y podría seguir así con cada uno de mis retoños, mas ¿de qué serviría? Son como son.

La música finalizó, y los bailarines hicieron reverencias, se inclinaron los unos ante los otros y formaron de nuevo cuando los músicos volvieron a tocar.

Jonah los miró un momento, ocasión que la reina aprovechó para cambiar de tema. Había esparcido la semilla y sabía que debía darle tiempo para que germinara.

—¿Qué podéis decirme de la Compañía Inglesa? —preguntó con aparente desapego.

A Jonah no le extrañó. Estando con la reina había que contar día y noche con que se hablara de política o finanzas.

—No mucho. Dicen que está en las últimas.

—Pero ¿cómo funciona?

Él se encogió de hombros.

—La idea ni siquiera era mala —respondió—. La Compañía Inglesa paga cincuenta mil libras anuales a la Corona y, a cambio, puede ingresar los derechos de exportación de la lana.

—¿Que ascienden a cuánto aproximadamente...?

—Después de incrementar los aranceles en dos libras por saco, a sesenta mil. Ésa es mi estimación, pero, como os he dicho, no sé nada a ciencia cierta.

La reina sabía que las estimaciones de Jonah solían ser más precisas que las cuentas de muchos otros.

—De manera que la Compañía Inglesa obtiene unos beneficios de diez mil libras al año.

—Más, ya que la verdadera ganancia se deriva de los pagarés de Dordrecht.

—¿Los pagarés de Dordrecht? —repitió ella insegura—. ¿Qué significa eso?
—¿Recordáis el monopolio lanero que fracasó hará más de diez años? Por aquel entonces el tesorero despachó en Dordrecht con pagarés a los comerciantes. Muchos aún esperan su pago. —Incluido él. En su día había recibido quinientas libras, antes de que se fundara la Compañía Inglesa, pero la Corona todavía le debía el resto—. Ésos son los llamados pagarés de Dordrecht. Pero ahora la Compañía Inglesa (o digamos, para simplificar, William de la Pole y un puñado de comerciantes) tiene el derecho de compensar los aranceles que ella misma habría de pagar por las exportaciones de lana que realiza con los pagarés de Dordrecht.

Felipa arrugó la frente.

—Eso significa que si De la Pole tenía que pagar en un año, digamos, cien libras de derechos de aduana, no paga nada, sino que descuenta de su pagaré esa misma cantidad, ¿es así?

—En efecto. Y obtiene unos beneficios extraordinarios cuando vende su lana en el continente, ya que, naturalmente, carga en el precio de los compradores los aranceles íntegros, aun cuando él no tiene que pagarlos.

—Es... fantástico.

Jonah afirmó con la cabeza.

—Sin embargo, la verdadera genialidad es la siguiente: sólo la Compañía Inglesa puede compensar los aranceles laneros con los pagarés de Dordrecht, nadie más, lo que significa que los demás comerciantes que antaño integraron el monopolio tendrán que quedarse hasta el día del juicio con sus pagarés. A no ser que se los vendan a la Compañía Inglesa, y ésta paga diez chelines por libra. Con suerte. Dicho en otras palabras: De la Pole paga diez libras por un pagaré de cien libras, pero puede descontarse esas cien libras de su deuda aduanera.

La reina respiró con un acaloramiento impropio de una dama.

—Increíble. Sólo hay una cosa que no comprendo: ¿cómo podría malograrse un plan tan sofisticado y que promete tamaños beneficios? ¿Cómo puede afirmar la Compañía Inglesa que no es solvente?

Jonah escudriñó la perfecta fruta que sostenía en la siniestra.

—Eso no deberíais preguntármelo a mí.

–Pues os lo pregunto, ya que ello tiene dos inestimables ventajas: en primer lugar, entiendo la respuesta y, en segundo lugar, escucho la verdad.

Jonah la miró de nuevo y bajó la voz.

–Muy bien. La Compañía Inglesa se ha malogrado por el mismo motivo por el que antaño se frustró el monopolio lanero: sus miembros son demasiado codiciosos. No se sienten satisfechos con el provecho ya mencionado, sino que engañan, falsean los balances de los aranceles y practican el contrabando. Matutean lo indecible, pues en ellos mismos recae la labor de cobrar los aranceles, de manera que no hay nadie que los controle. Y los miembros se llenan los bolsillos mientras las arcas de la Compañía Inglesa cada vez están más vacías, ya que apenas ingresan aranceles. Y si me pedís que repita esto ante terceros, negaré haberlo dicho, mi señora, pues no puedo probar absolutamente nada.

LONDRES,
JUNIO DE 1349

Cecil tenía la sensación de haber tropezado, caído y haber ido a parar a las profundidades del infierno.

Desde el momento en que nació, a decir verdad desde que fue concebido, más de una vez la vida lo había zarandeado de lo lindo, razón por la cual había aprendido a contentarse con poco, incluido en lo tocante a sus exigencias a Dios. Pero la actual era una situación sin salida ni esperanza.

Y Cecil, al igual que su padre adoptivo, su hermanastro Felipe y más o menos el resto de la humanidad subsistente, se enemistó con Dios. «¿Para esto me has dejado vivir? ¿Me has arrebatado a quien yo más quería en el mundo y permitido vencer mi dolor, me has mostrado el final de la peste y del diluvio y la luz después de la oscuridad para traerme hasta este abismo? ¿Para obligarme a hacer esta terrible elección?»

Ése era el día. El día que expiraba el plazo. Había postergado sus amargos reproches a Dios hasta la caída de la noche, ya que seguía esperando que Jonah regresara a tiempo para que él pudiera contárselo todo. Su tío habría sabido qué hacer. Pero ahora las puertas de la ciudad se hallaban cerradas y él ya no vendría. Ahora todo había terminado.

–Cecil, ¿es que no me oyes?

El chico se sobresaltó.

–Perdona, Rachel.

Ni siquiera se había percatado de que la mujer había entrado en la sala, y eso que se encontraba justo delante de él.

–No has comido nada otra vez.

Rachel se sentó enfrente y se alisó la saya con aire intranquilo.

-¿Qué es lo que te pasa, muchacho? No habrás enfermado, ¿eh?
Él sacudió la cabeza.
-No te apures, me encuentro bien.
-Cuesta creerlo –aseguró Meurig desde la puerta, y entró en la sala con paso decidido y se acomodó junto a su esposa–. No has comido prácticamente nada en tres días, estás pálido y apenas dices palabra. No, no me creo que estés bien. Así que iremos al fondo de la cuestión.

El muchacho miró horrorizado aquellos dos rostros que lo escrutaban con tanto interés y preocupación. Por un absurdo instante se planteó confiarse a esas dos personas a las que conocía desde hacía más de media vida. Meurig no era más que un mozo galés, no sabía leer ni escribir, era supersticioso y sus modales en la mesa dejaban mucho que desear, pero también era un individuo avispado, y Cecil sabía que Jonah confiaba por completo en él. Rachel era similar, sencilla pero lista, a veces sorprendentemente ingeniosa. Sin embargo, no podían ayudarlo. De existir una salida, él mismo la habría encontrado. Además, ello habría contravenido las condiciones de De la Pole, y no quería arriesgarse. Se le puso la piel de gallina en los brazos al recordar aquellos ojos falcónidos que lo miraban fijamente mientras el largo tronco del poderoso comerciante seguía inclinándose hacia él. «Te espero aquí dentro de tres días a lo sumo. Ven cuando haya caído la noche. Si me traes lo que quiero, nadie conocerá el oscuro secreto de tu amigo del alma. Mantén tu palabra y yo mantendré la mía. Pero si le hablas a alguien de la pequeña conversación que hemos tenido, entenderé que has roto tu palabra. Y si te atrevieras a acabar con tu vida para huir de tu conflicto de conciencia, permite que te diga que también entenderé que has faltado a tu palabra...» De esa forma se le cerraba la última salida a Cecil.

-Venga, desembucha, chico –exigió Meurig–. ¿Qué es lo que tanto te preocupa? ¿Qué quería ese emisario que vino a verte la otra noche?

Aliviado, Cecil se sirvió de la mentira del mensajero:
-Mi... mi madre está enferma. No es nada serio, pero estoy intranquilo.

El criado asintió, comprensivo, y cambió una mirada furtiva con Rachel, que movió la cabeza de un modo casi imperceptible.

–Entiendo, Cecil. Así que tu madre está enferma. ¿Y por qué no me miras a los ojos cuando lo dices? El muchacho levantó la cabeza y lo miró abiertamente a la cara, los ojos desorbitados.
–¿Dudas de mi palabra? –Cecil se puso en pie de súbito–. Os agradezco el interés, de veras. Pero os preocupáis innecesariamente. Es lo que os he dicho. Y ahora me voy a dormir. Buenas noches.
Ellos se lo quedaron mirando con expresión desvalida.

Cecil estuvo esperando, la oreja pegada a la puerta de su alcoba, hasta que oyó que Rachel y Meurig abandonaban la casa. Todavía no sabía cómo iba a pasar por delante de su cabaña para alcanzar la puerta sin que se dieran cuenta, ya que Meurig tenía buen oído. Pero de ese problema se ocuparía cuando llegara el momento.

Sólo entonces salió a la galería con una vela. En la casa reinaba un silencio de lo más inquietante. Cecil fue hasta la habitación de Jonah y alzó la mano antes de que le faltara el valor.

«No puedo –se lamentó–. No puedo hacerlo.» El sudor le corría por la espalda, y sentía un sordo dolor de cabeza, un martilleo en las sienes. Entonces pensó en Harry, al que tanto le debía, cuyo futuro y reputación tenía en sus manos. Respiró hondo, casi gimió y cruzó el umbral.

Jonah le había dejado el llavero al completo, pues hasta para llevar el negocio unos pocos días Cecil necesitaba poder acceder al arca del dinero. La mano derecha le temblaba tanto que necesitó tres intentos para introducir la pesada llave de hierro en la cerradura. Luego oyó abrirse el candado, dejó la llave y levantó la sólida tapa de roble. Resultaba pesada para una única mano, ya que el arca era grande.

Estaba llena casi hasta el borde de sacos de lienzo llenos de monedas de oro y plata, y de haberse encontrado en el fondo lo que Cecil buscaba, a buen seguro habría tardado una hora en dar con ello. Sin embargo, los importantes papeles que se guardaban en el arcón descansaban entre dos finas tapas de madera revestidas en cuero, arriba del todo. Cecil hojeó contratos y letras de cambio hasta encontrar el pergamino amarillento que le describió De la Pole: un certificado del tesorero real expedido el día de San Hoger, el 20 de diciembre del año del Señor 1337, en Dordrecht, que acreditaba que la Corona debía a maese Jonah Durham la suma de mil ciento sesenta y seis. De modo que así de sencillos eran los famosos pagarés de Dordrecht.

Se acusaba debidamente el recibo de un cobro parcial de quinientas libras en el año 1342, y cuando Cecil vio la suma restante que aún se debía, lo recorrió un escalofrío y de su boca brotó una risa bronca y medrosa: seiscientas sesenta y seis libras, el número de la bestia, según figuraba en el libro del Apocalipsis. «El que tenga inteligencia calcule el número de la bestia, porque es número de hombre. Su número es seiscientos sesenta y seis», citó en tono inexpresivo. De todos los números malos, infaustos, ése era el peor, y Cecil supo que no era ninguna casualidad que él se lo topara.

No era mucho el dinero que le robaba a su señor y padre, trató de calmarlo De la Pole, y maese Durham tenía tanto que posiblemente ni reparase en la pérdida. Para él, De la Pole, el pagaré tenía un gran valor, dado que podría canjearlo a través de la Compañía Inglesa, sin embargo a Jonah no le servía de nada. ¿Qué suponía la pérdida de un pergamino sin valor en comparación con el futuro y la dicha de Harry?

Y cuando De la Pole lo dijo, sonó razonable. Mas ahora Cecil sabía la verdad: seiscientas sesenta y seis libras no eran una pequeña suma, sino una fortuna, y Cecil traicionaba al hombre que lo había acogido primero en su casa y luego en el seno de su familia. Lo que hacía era imperdonable, y él estaba condenado, tan seguro como si llevase grabado en la frente el número de la bestia.

Con cuidado, casi absorto, enrolló el pagaré y lo ocultó en la manga. Después devolvió a su sitio los demás documentos, se cercioró de dejarlo todo como estaba, cerró el arca, salió y bajó la escalera. Ya abajo titubeó un instante, se volvió hacia la derecha y se dirigió al despacho. Mantuvo la cabeza bajada para no correr el riesgo de ver la cruz del altar por la puerta de la capilla, que estaba abierta. Se había apartado de Dios –igual que a la inversa– y temía que se le aparecieran horribles caras demoníacas si miraba algo sagrado, visiones de los horrores que lo esperaban.

Entró en el despacho para retenerlo en la memoria un instante y despedirse. En aquel cuarto Cecil había pasado los tres mejores años de su vida junto a Crispin y Harry. Siempre había tenido la impresión de que su verdadera vida había comenzado allí, el sitio en el que había forjado tantos planes de futuro. Ahora comprendía que ese futuro no le correspondía, y tenía su razón de ser que se sacrificara por Harry, pues, a su juicio, Harry Willcox era un hombre mejor de lo que él podría ser.

Dio media vuelta, en la garganta un nudo, y cerró la puerta del despacho con mano firme.

El patio no estaba a oscuras, ya que en el cielo no había nubes y casi era luna llena. Cecil se acercó de puntillas a la cabaña de Meurig. Tuvo suerte: él y Rachel cumplían celosos con sus deberes conyugales, y se hallaban demasiado ocupados y, sobre todo, hacían demasiado ruido para oírlo. Pasó por delante de la oscura ventana y se encaminó a la puerta. Cuando salió a la calle, dejó la llave puesta por dentro y cerró de un tirón.

No tenía intención de volver.

A la mañana siguiente el emisario regresó a Eltham con Lucas. Jonah indicó a Piers que preparara el carro y les dijo a Felipe y Elena que se despidieran de sus amigos. Por su parte, él y Giselle fueron a ver a la reina para decirle adiós. Las damas de Felipa también recogían sus cosas, pues la corte debía regresar a Westminster. Acordaron verse de nuevo en breve y, a continuación, Jonah se detuvo un instante con el tesorero real, todo ello antes de saludar a su primogénito.

Lucas no tardó en darse cuenta de que aquello no era casual, ya que, cuando sus progenitores salieron al patio, su padre ni siquiera se dignó mirarlo, sino que ayudó a subir al carro a su madre, al ama con Samuel, a Heather, a su hermana y a Felipe y después subió a lomos de *Hector*.

–Adelante, Piers –le dijo a su aprendiz, que ocupaba el pescante, como si no supiera que faltaba por subir un hijo.

Lucas se armó de valor, se acercó a su padre e hizo una perfecta reverencia.

–Señor, os pido disculpas.

Jonah lo miró un instante desde las alturas.

–Sube –le ordenó, y se situó en el extremo delantero del largo vehículo.

Eltham no estaba a mucho más de diez leguas de la ciudad, y aunque el carro sólo podía avanzar lentamente, el trayecto no duró más de tres horas. Aun así, a Giselle no le pareció lo bastante rápido. Su primogénito, pálido y mudo, iba sentado en el banco de enfrente, envuelto en una sombra similar a una negra humareda. «Con su padre no había manera», pensó alicaído.

–Señora, os pido disculpas –le dijo también a ella mecánicamente, con aspereza, como si lo hubiese aprendido de memoria.

Nunca antes la había llamado «señora».

–Te perdono, naturalmente, Lucas –replicó ella con seriedad–. Veo que has comprendido que cometiste un grave error.

Él no reaccionó, la miró como si no la viera y no pronunció una palabra más. ¿Dónde estaba el niño que ella aún tenía hacía escasas semanas? Parecía huraño y resuelto como un joven mártir. Le resultaba inquietante.

Cuando entraron en el patio y el carro se detuvo ante la cuadra, Jonah desmontó y ató el caballo a una de las argollas de hierro que había junto a la puerta. Lucas ya se había bajado y, obedeciendo a una parca señal de su padre, pasó ante éste y se dirigió a la casa.

Giselle sostenía en brazos al durmiente benjamín y besaba con los ojos cerrados su aterciopelada pelusilla oscura. Piers le tendió una mano para ayudarla a bajar y vio la única lágrima que le corrió por la mejilla.

–Ay, señora –dijo el aprendiz, entre impaciente y compasivo–. Lo tiene bien merecido, y sobrevivirá.

Ella se esforzó por sonreír.

–Sí, lo sé.

En la puerta de casa, Jonah y Lucas se encontraron a Rachel.

–Ay, maese Jonah...

–Ahora no, Rachel.

Jonah agarró a Lucas por el brazo y tiró de él en dirección al despacho.

–Pero, maese...

–¡He dicho que ahora no!

La criada no probó una tercera vez, sino que salió corriendo al patio en busca de Giselle.

Entretanto, padre e hijo llegaron al despacho. Jonah soltó al chico, lo hizo entrar de un empellón y cerró la puerta. Después cogió la vara flexible de su sitio, en la estantería de la izquierda. Lucas miró fijamente a su padre un momento. Sentía el corazón en la garganta y tenía las manos húmedas.

Jonah no estaba en condiciones de ver el miedo en los ojos del muchacho, e interpretó mal la mirada.

–No facilitas que se diga las cosas –amenazó en voz queda–. ¿A qué estás esperando?

Lucas alzó los plúmbeos brazos, soltó el cordel de la escotadura de la cota y se sacó cota y jubón por la cabeza. Dejó caer al suelo de cualquier manera las exquisitas prendas, como si no le importara nada enfurecer más todavía a su padre.

Éste asintió despacio. «Como desees, hijo», pensó sombrío.

Cuando Lucas le ofreció la espalda, Jonah se quedó sin aliento. Por un instante lo que vio le cortó la respiración: al parecer algún monstruo demente se le había adelantado. Las estrechas espaldas infantiles tenían más verdugones de los que Jonah había visto en su vida –y eso que los había visto de toda clase, la mayoría de las veces en un espejo, con la cabeza vuelta–, y casi todas las marcas sangraban.

Jonah soltó la vara tan aprisa como si se hubiese quemado los dedos, dio un paso hacia su hijo y volvió a cogerlo del brazo, esa vez con sumo cuidado. Volvió al muchacho y se preguntó, sin dar crédito, cómo no había visto los tensos músculos de la mandíbula, aquella palidez antinatural.

–¿Quién te ha hecho esto?

Lucas parpadeó brevemente.

–Si me lo permitís, preferiría no hablar de ello.

«Así que el príncipe Eduardo», concluyó Jonah. Él siempre había intuido que algo no cuadraba con aquel noble y joven héroe: era demasiado bueno para ser verdad. Desconoce la contención y la mesura, le había dicho la reina...

De pronto Lucas vaciló y se tambaleó. Jonah le agarró el otro brazo e impidió que cayera, pero la brusquedad del movimiento arrancó al muchacho un pequeño grito que reprimió a medias.

Jonah acercó un tajuelo con el pie, sentó en él a Lucas y tomó la medida que solía adoptar cuando no sabía qué hacer:

—Iré a buscar a tu madre.
—¡No! Os lo ruego, señor.
—Lucas..., ha de saberlo.
—Pero no es preciso que lo vea, ¿no es así?

«No lo es», pensó Jonah. Ella sabría si había que llamar o no a un médico. Se preguntó si el muchacho no se sentiría cohibido delante de su madre. Ésa era una de las miles de facetas de una infancia normal de las que él no tenía la menor idea.

—¿Qué habría de malo en ello? —quiso saber.

Lucas no respondió en el acto. Mantenía la cabeza gacha, pero se le veía subir y bajar la nuez. Las manos descansaban laxas sobre las rodillas, los estrechos hombros parecían abatidos por la pena. Sin levantar la vista, el muchacho preguntó:

—Ella es mi única esperanza. Sólo ella podría lograr convenceros de que me dejéis volver con el príncipe Eduardo. Mas se llevará un susto de muerte si me ve así y no querrá saber nada de ello.

Jonah no daba crédito a lo que oía.

—¿Quieres volver después de lo que te ha hecho?

Lucas asintió.

—Estaba... fuera de sí.

—Es evidente.

—Dijo que yo no podía haber hecho nada más reprobable. Que la lealtad es la clave de todas las virtudes caballerescas y que, en primer término, un hijo les debe lealtad a sus padres. Y tiene razón, ¿no es cierto?

En opinión de Jonah, había bastantes pecados peores que pasarse de la raya, sobre todo porque un muchacho de doce años, aun cuando le llegara por el hombro a su padre y casi pareciera un joven, no siempre era capaz de evaluar el alcance de sus actos. Pero no podía decir tal cosa, ya que precisamente había llevado allí a su hijo para castigarlo por su falta.

—En principio tiene razón, sí. Lo que hiciste fue inaudito. Nos has avergonzado a tu madre y a mí.

El desdichado Lucas hizo un gesto de asentimiento.

—Lo sé.

—No es nada propio de ti. ¿Qué mosca te picó? —De súbito la mirada de Lucas se precipitó hacia la ventana, y Jonah receló—. Ten la bondad de responder.

—El abuelo —confesó el muchacho, casi en un susurro—. El abuelo fue la mosca. «¿El príncipe te quiere a su lado y tu padre lo prohíbe?», me preguntó. «¡Cielo santo!, ¿por qué? Te niega un gran futuro. ¿Por qué no te marchas sin más? A veces uno ha de tomar lo que desea, Lucas.» Sonaba tan razonable, tan bien. Sólo cuando fue demasiado tarde caí en la cuenta de que era cobarde. Y de que había engañado a todos, a mis padres, a mi príncipe, a todos a los que quería honrar.

Por primera vez sus ojos se anegaron en lágrimas, si bien no rompió a llorar. Le costó trabajo y tardó un rato, pero lo consiguió.

—Comprendo.

Poco a poco Jonah empezó a entender algunas cosas. ¿Qué posibilidad tenía Lucas frente a las insinuaciones de De la Pole, las mismas a las que incluso el propio Jonah, siendo un comerciante joven, pero con todo ya adulto, había sucumbido en alguna ocasión?

—Y el príncipe se enfadó porque lo había decepcionado amargamente —explicó Lucas arrepentido.

Parecía resuelto a cargar con toda la culpa y no admitir que el joven Eduardo había sobrepasado los límites de lo razonable.

«En verdad, ha de amar a su príncipe», reconoció Jonah, y experimentó un dolor inesperado. Por regla general, no propendía a los celos. Como él no se consideraba especialmente digno de ser amado, sus exigencias a ese respecto eran más bien escasas. Sin embargo, justo con Lucas las cosas eran algo distintas, y esa punzada de dolor lo indujo a dudar por vez primera de sus motivos y preguntarse por qué estaba tan en contra en realidad de que su hijo siguiese un camino distinto por completo del suyo.

—Es un hombre bueno, padre —continuó el muchacho con insistencia—. Un hombre bueno de verdad. Y Juan dijo que no suele perder el control.

—Cuán tranquilizador.

Lucas resopló ruidosamente. El sarcasmo de su padre siempre se le antojaba un muro de piedra insalvable.

—Vais a enviarme de vuelta a la escuela monacal. —Alzó la cabeza y miró a su padre a los ojos—. ¿No es cierto?

En efecto, ésa era la intención de Jonah. Aislamiento, severa disciplina y libros siempre le habían parecido el remedio adecuado contra las quimeras y la desobediencia de Lucas. Pero ahora ya no estaba tan seguro. No estaba tan ciego como para no ver que su hijo había crecido en los últimos meses y Dios sabía que no sólo corporalmente.

–De eso hablaremos cuando te encuentres mejor.

–Pero, padre...

Se interrumpió porque la puerta se abrió de golpe. Fue Giselle quien entró.

–Disculpa, Jonah... –Su mirada se posó en Lucas, que estaba sentado de espaldas a la puerta, y ella se llevó las manos al rostro. Tras dejarlas caer despacio, clavó su mirada con unos ojos desorbitados en Jonah–: ¿Qué... bestia ha hecho eso?

Él experimentó una leve y cálida oleada de agradecimiento al saber que ella no le creía capaz de algo así. Cruzó los brazos y tomó una decisión en un santiamén.

–Uno de los caballeros del príncipe. Lucas no sabe cómo se llama.

El muchacho se quedó boquiabierto, mas su madre estaba demasiado afectada para percatarse. Se arrodilló ante él, le apartó el cabello del rostro con ambas manos y le besó la frente.

–Y yo no noté nada. Eres duro de pelar, como tu padre. –No le resultó fácil decirlo; en la punta de la lengua tenía cosas muy distintas. Pero conocía a sus hombres, y no quería que aquello fuera más doloroso para su hijo de lo que ya era–. Así y todo, hay que ocuparse de eso, Lucas. Túmbate en la cama, mandaré a Rachel al boticario...

El chico se zafó girando levemente la cabeza.

–Tumbarse es... atroz, madre. Y padre y yo tenemos cosas importantes de que hablar.

Sin duda había percibido que la firmeza de Jonah empezaba a tambalearse. Sin embargo, su padre hizo un gesto negativo con la mano.

–Ya hablaremos más tarde. Ve con tu madre. Demuéstrame cuán serios son tus buenos propósitos.

Lucas asintió y se puso en pie. Se inclinó para recoger sus ropas, los dientes apretados, y se puso de cualquier forma la cota. No quería que el servicio o sus hermanos lo vieran así.

Giselle lo observó con desamparo e hizo un gesto de dolor en su lugar sin darse cuenta. Después recordó la razón por la que había ido allí:

–Jonah, no sé qué significa esto, pero Cecil no ha vuelto desde anoche. Meurig ha ido en su busca.
–¿No ha vuelto? –repitió Jonah sin dar crédito.
Ella asintió.
–He estado en su alcoba. Ni siquiera cogió su capa, tan sólo el rosario de Crispin.

Londres,
julio de 1349

—He de ir a ver a su madre para decírselo. —Jonah se acariciaba la barba con nerviosismo—. Debí hacerlo hace tiempo.

Cecil llevaba ausente más de dos semanas, y hasta entonces Jonah había ido aplazando la visita a Annot para darle la mala nueva. Hizo que Meurig le describiera al sospechoso mensajero y supo en el acto que un muchacho medio descuidado jamás podría venir de la casa del placer. Sacó la misma conclusión que Meurig: Cecil había mentido. Pero ¿por qué? Jonah, Meurig y Piers peinaron la ciudad durante diez días, sin dejarse una sola callejuela o taberna de mala muerte, mas el aprendiz había desaparecido sin dejar rastro, igual que antaño su madre.

Giselle, compasiva, le puso la mano en el brazo a su esposo y lanzó un suspiro. Odiaba que Jonah se acercara siquiera a los antros de East Cheap, pero asintió:

—Sí, has de ir, querido.

La casa estaba silenciosa. Lucas y sus hermanos se encontraban en la escuela, y el pequeño Samuel, con el ama, en el jardín, de manera que oyeron por las abiertas ventanas de la sala el sonoro hola con el que se daba la bienvenida al *Felipa*.

Jonah y Giselle se levantaron y miraron hacia el embarcadero.

—Es un barco precioso —alabó Giselle—. ¿Qué trae esta vez?

—Vino, seda, diamantes y... a Harry Willcox.

Señaló la popa con el dedo, risueño, pero Giselle ya había descubierto la rojiza cabellera.

—¿Sabías que iba a venir? —inquirió ella sorprendida.

Jonah movió la cabeza y esperó que Harry no trajera más malas noticias.

Pero su joven consocio lo tranquilizó al instante, nada más subir la escalera para saludar a Jonah y Giselle. Hizo una reverencia ante la señora de la casa, le estrechó la mano a Jonah como si quisiera partirle los dedos y respondió a la pregunta de éste de cómo había sido la travesía:

–Un tiempo estupendo y un barco excelente. Podría acostumbrarme a la vida de mercader. Nuestros negocios en Burdeos van de maravilla, Jonah. He traído las cuentas, no van a decepcionarte. Podríamos vender el doble de paño si lo tuviésemos.

Jonah afirmó con la cabeza, llamó a una criada y pidió vino antes de contestar:

–He comprado otras dos propiedades cerca de Sevenelms. Aumentaremos los rebaños lo antes posible y traeremos más artesanos de los Países Bajos. Pero nos llevará nuestro tiempo resarcirnos de la pérdida de ovejas y mano de obra.

Después de brindar por el feliz regreso de Harry, éste dijo, un tanto cohibido:

–No... habría abandonado mi destino sin más, pero mi padre me envió una carta.

Jonah arrugó la frente perplejo. Harry y Francis Willcox ni siquiera habían cultivado su relación cuando aún vivían en la misma ciudad.

Harry asintió como si Jonah hubiese expresado con palabras su asombro.

–Posiblemente no os hayáis enterado, pero mi madre murió de peste –explicó abatido–. Quiero visitar su tumba.

–Lo siento, Harry –dijo Jonah–. Y no es menester que te justifiques. Además, me alegro de que estés aquí. Cecil ha desaparecido, y no sé dónde más buscarlo. Tú lo conoces mejor que cualquiera de nosotros, tal vez sepas qué hacer.

–¿Desaparecido? –repitió Harry sin dar crédito.

Giselle asintió con expresión angustiada.

–Hace ya dos semanas.

–Pero..., pero... Oh, Dios mío.

Harry se dejó caer en el primer tajuelo que encontró.

Giselle le refirió lo poco que sabían, finalizando con las palabras:

–Esperamos que se deba sólo a una necedad.

Harry movió la cabeza con escepticismo.

–No es propio de él. ¿Quién sería ese extraño mensajero? Cecil casi no conoce a nadie en la ciudad. Nunca va a la cofradía de aprendices, no tiene amigos fuera de esta casa. ¿Estáis seguros de que no tiene nada que ver con su madre?

Jonah hizo un gesto afirmativo.

–Pero estaba a punto de ir a hablar con ella. Puede que sepa algo que él no nos haya dicho.

–Eso es poco probable –opinó Harry, y Jonah supo que tenía razón. Cecil había evitado el trato con su madre en la misma medida que Harry con su padre–. Pero iré contigo, si me lo permites.

–Naturalmente.

En la puerta estuvieron a punto de chocar con el conde de Waringham.

–¡Gervais! –exclamó Giselle sorprendida. Nunca antes había entrado éste en la sala sin enviar antes a un criado para que anunciara su presencia, pues era un hombre cortés–. Qué placer más inesperado.

Gervais torció el gesto como si le dolieran las muelas.

–He de hablar contigo, Jonah.

No dijo «a solas», pero todos supieron que ésa era su intención. El aludido asintió.

–Harry, ten la bondad de esperarme en el despacho.

–Claro.

El joven Willcox miró al visitante con suspicacia y se fue.

Giselle permaneció junto a su esposo.

–¿Qué ha sucedido? –le preguntó a Waringham.

Éste miró fijamente a Jonah.

–El rey me ha pedido que te lleve a su lado.

Giselle resopló con impaciencia.

–Gervais, ¿a qué viene tanta formalidad? Ahora mismo...

Jonah posó la mano en su brazo sin perder de vista a Waringham.

–Desembucha. ¿Por qué has venido en realidad? Somos amigos.

El conde de Waringham dejó caer los hombros, bajó la mirada y de pronto dio lástima.

–He..., me ha enviado a prenderte.

Giselle parpadeó como si una ráfaga de viento le hubiese metido arena en los ojos. Durante un instante nadie dijo nada. Después ella preguntó con voz inexpresiva:

–¿Has perdido el juicio?

Gervais levantó la cabeza con brusquedad.

–¡No ha sido idea mía! Yo no creo una palabra de semejante desatino, pero no me queda más remedio que hacer lo que dice. –Alzó ambas manos con aire desvalido–. Jonah, rara vez en la vida me ha costado tanto hacer algo, pero... debo pedirte que me entregues tu espada.

Él se soltó el cinto sin titubear, dio un paso hacia su amigo y le tendió el arma. Casi pareció ceremonioso. Nada en su rostro se inmutó, no había forma de saber qué sentía.

–¿No querrás también atarme las manos? –preguntó en tono cortés.

Gervais lo miró a los ojos con valentía, aunque le costó visiblemente.

–Puedo entender tu amargura, pero la pagas con quien no debes. No soy más que el mensajero que trae la mala nueva.

Jonah asintió, complaciente.

–Tienes mi más sincera compasión.

Waringham consideró que ya había aguantado bastante.

–Vamos.

–Un momento. –Giselle se interpuso entre ambos, y por un instante el conde se temió que fuese a impedirle cumplir con su deber por la fuerza–. ¿Por qué? –preguntó–. ¿Cuál es el motivo de esta farsa? ¿Se supone que existe uno? ¿O acaso el rey se ha levantado con el pie izquierdo esta mañana y se ha puesto a pensar a quién arruinarle la vida hoy?

–Ah, vamos, Giselle, sabes de sobra que él no es así –objetó Waringham indignado.

–En tal caso, ten a bien responderme.

–Giselle... –empezó Jonah, pero su esposa estaba enfurecida.

–Disculpa, pero me gustaría conocer de qué se trata para saber qué decirles a los niños, al gremio y al concejo cuando pregunten por qué has desaparecido de pronto. ¿Y bien, Gervais?

El conde carraspeó. Le habría gustado hallarse a varias leguas de distancia. Le habría gustado estar en su casa, en Waringham, con su esposa, sus hijos y sus caballos.

–Tiene que ver con esa maldita Compañía Inglesa –comenzó–. Al parecer ha quebrado, y el rey está convencido de que la culpa es de la trapacería, la mala gestión y el contrabando.

—¡Si hubiese escuchado a Jonah, lo sabría desde hace al menos cinco años!

Gervais no abundó en el tema, sino que continuó, dirigiéndose a Jonah:

—Ahora al tesorero real le han llegado unos documentos que apuntan a que tú eres el fautor que está detrás de la Compañía Inglesa. En un primer momento, el rey se rió del tesorero cuando se los llevó, pero entre ellos había algo que lo convenció.

A Jonah le costaba trabajo seguirlo. Era como si se hubiese dado un topetazo con un sólido poste. Sin embargo, se repuso lo suficiente para preguntar:

—¿Y de qué se trata?

—De tu pagaré de Dordrecht. La Compañía Inglesa se lo presentó al tesorero junto con las cuentas. Mil ciento sesenta y seis libras. Sin embargo, los libros del tesorero registran que hace siete años te fueron abonadas quinientas libras. El obispo Edington, el tesorero, cree que has intentado estafar a la Corona esas quinientas libras.

—¿Quinientas libras? —repitió Jonah sin entender nada.

Gervais se encogió brevemente de hombros.

—Tal vez para ti sea una suma ridícula, pero no es ninguna insignificancia, ¿no es cierto? Quinientas libras alcanzan para alimentar a dos mil arqueros durante un año.

—O para hacerle un vestido a la reina.

Gervais asintió.

—No obstante, ése es el motivo. Como el rey cree que has falsificado el pagaré de Dordrecht, también se cree el resto: que eres el propietario mayoritario de la Compañía Inglesa.

—Por amor de Dios, Gervais —musitó Giselle con aire de súplica—. ¡Jonah nunca ha tenido nada que ver con esa compañía! Advirtió al rey al respecto en más de una ocasión.

—Lo sé —replicó Waringham, confuso—. Mas los documentos no dicen lo mismo, y...

—Un momento —lo interrumpió Jonah tajante—. ¿Se me imputa, pues, haber falsificado un documento real?

Gervais miró al suelo y asintió con desolación.

—Eso significa que el rey se propone acusarme de alta traición.

—El tesorero... —lo corrigió Waringham, si bien no consiguió volver a mirarlo a los ojos.

Jonah rió suavemente.

–Menudo golpe.

Giselle se llevó una mano al cuello. Estaba muy pálida, los ojos desorbitados.

–Jonah..., ¿cómo te puedes reír?

–¿Qué otra cosa podría hacer? El rey me debe unas treinta mil libras y cree que quiero estafarle quinientas. ¿Acaso no es ridículo?

–Cincuenta mil –farfulló, apocado, Waringham–. Ésa es la suma de la que se trata. La Compañía Inglesa se la debe al rey y no puede pagar. Y el tesorero está convencido de que te las has embolsado tú.

Pero yo no me creo una sola palabra –afirmó de nuevo.

–Y te demostraré que no te equivocas –le aseguró Jonah–. No sé quién ha falseado mi pagaré de Dordrecht ni por qué, pero el original está en mi arca, con el correspondiente acuse de recibo de la cantidad abonada. Si tienes a bien seguirme, te lo enseñaré.

Dio media vuelta al punto y llevó a Waringham hasta su alcoba. Tampoco él logró introducir la llave a la primera en la cerradura, ya que las manos le temblaban de ira. De manera que así se lo pagaban. Así le pagaban todos los servicios que le había prestado al rey, tanto antaño, en Amberes, como desde entonces. Las fabulosas sumas que le había conseguido. Los casi veinticinco años de leal vasallaje y entrega a la reina...

Levantó la tapa con más brío del que era preciso, abrió las cubiertas entre las que guardaba sus documentos más importantes y vio en el acto que el pagaré de Dordrecht no estaba.

Cayó en la cuenta a la velocidad del rayo.

–Dios te asista, Cecil –dijo con tono inexpresivo.

Recorrieron el camino a la Torre en silencio. Muchos de quienes se encontraban en las concurridas calles reconocieron a maese Durham y lo saludaron respetuosamente, admirando la sobrecota bordada en plata o el soberbio caballo, sin sospechar adónde se dirigía.

Cuando, tras cruzar el puente levadizo y atravesar aquella entrada similar a un túnel, acabaron en el patio de armas del castillo, a Jonah lo asaltó la misma sensación de estrechez y congoja que le invadía siempre que acudía allí. Se preguntó si ese horror incierto que siempre le había inspirado la Torre en realidad no habría sido un barrunto de ese día.

Desmontaron, entregaron las monturas a un soldado, y Gervais mandó llamar al alcaide. Mientras lo esperaban, el conde intentó por última vez ablandar a Jonah.

—¿Hay algo que pueda hacer por ti? —preguntó, poco menos que desesperado.

Su amigo negó con la cabeza sin mirarlo.

—¿Quieres que lleve al campo a Giselle y los niños? Tal vez fuese mejor, ¿no crees?

—No, gracias.

Antes de que lo ejecutaran Giselle sacaría a los niños de la ciudad, de esto estaba seguro, pero quería que fuese ella quien escogiera el momento adecuado. Y quería, sobre todo, que Gervais de Waringham dejase a su familia en paz.

El conde experimentó un alivio no exento de culpa cuando vio venir al alcaide con dos soldados desde la Torre Blanca. Aguardó a que éstos se plantaran delante, hizo una señal al castellano y musitó:

—Hasta la vista, Jonah.

Y se marchó.

El alcaide tenía alguna experiencia con situaciones similares y no pareció en modo alguno afectado en vista de que fuese uno de los grandes confidentes de la reina y mayores banqueros de la Corona quien de pronto era su prisionero.

—Maese Durham —saludó con un tono cortés, y por un instante Jonah se temió que el alcaide fuera a añadir algo parecido a: «Sed bienvenido a la Torre de Londres». Sin embargo, lo que dijo fue—: ¿No habéis traído servidumbre?

—No.

Gervais le había aconsejado fervientemente que fuese con uno o varios criados de confianza para que le hicieran compañía y se ocuparan de su bienestar personal, pero Jonah rehusó con brusquedad. Lo último que quería en ese momento era compañía.

El alcaide lo condujo hasta la Torre de la Sal, así llamada porque en la planta baja se almacenaban las reservas de sal de la Corona, y no lo llevó, como Jonah esperaba, al sótano, sino que lo hizo subir por dos escaleras que discurrían pegadas al espeso muro circular.

Una vez arriba, vio que de una pequeña antesala salían cuatro pesadas puertas de roble. A una señal del castellano, uno de los soldados abrió la izquierda y le indicó al prisionero que entrara.

Jonah hubo de agachar un tanto la cabeza para no darse contra el bajo dintel, si bien el cuarto era muy espacioso y cómodo. Una cama con unas colgaduras sencillas pero relativamente nuevas presidía la pared de la izquierda; las sábanas parecían limpias. El suelo estaba cubierto de paja nueva, y en la pared opuesta al lecho incluso había una chimenea; ahora, en la bochornosa canícula, no estaba encendida, pero su mera existencia maravilló a Jonah. En la estancia también había un ventanuco apenas mayor que una tronera que, sin embargo, dejaba entrar algo de luz y ofrecía una reducida vista del patio y la Torre Blanca. Bajo la ventana se encontraban una mesa con una vela y un tajuelo de madera, y de la pared colgaba un crucifijo.

–Dado que no habéis traído cocinero, habréis de compartir el rancho de la guardia, señor –informó el castellano–. Si no fuera de vuestro gusto, siempre podéis llegar a otro arreglo.

Jonah asintió, la vista clavada en el ventanuco. Era incapaz de imaginar que fuera a tener buen apetito.

–¿Deseáis alguna cosa, señor?

Era como escuchar a un solícito fondista. Jonah meneó la cabeza.

–Gracias.

–Muy bien. En tal caso, tened la bondad de entregarme vuestro cinto.

Jonah lo miró ceñudo.

–No llevo arma alguna en el cinto.

El alcaide asintió, si bien extendió la mano imperturbable.

–Así y todo, señor...

A lo largo de su vida se había hecho cargo de numerosos presos. Unos vociferaban, otros lloraban, algunos protestaban y proclamaban su inocencia. Pero sabía que los que fingían indiferencia eran los que rumiaban las ideas más siniestras y también sabía que el rey se enfadaría de lo lindo si al día siguiente tenían que descolgar a Jonah Durham de una de las tiznadas vigas del techo.

Por primera vez Jonah amenazó con perder el control. Una apariencia impecable era su única protección, siempre había sido algo que le confería seguridad, constituía un componente esencial de su personalidad. Sin el amplio cinto de cuero con la valiosa hebilla de oro, su sobrecota parecería un sayo de campesino.

El alcaide lo vio vacilar y pidió encarecidamente:

—Conduzcámonos como caballeros, maese Durham. No me obliguéis a llamar a la guardia.

Jonah se soltó la hebilla y le ofreció el cinto con el brazo extendido.

—Vuestra bolsa.

El castellano señaló la pesada talega que colgaba de él.

—Quedáosla. Dadle el dinero a los mendigos, arrojadlo al río. Me da lo mismo, sólo quiero que me dejéis en paz de una vez.

El hombre tomó el cinto y salió sin decir palabra.

Jonah se miró y se sintió mortificado. Era una sensación del todo ajena, y comprendió lo cándido que había sido al creerse a salvo de todo por su poder, su dinero o su reputación. Tal vez debiera tratar de acostumbrarse a esa sensación, pues en adelante sería su más fiel compañera.

Gervais de Waringham se lo contó a su amigo Geoffrey Dermond, Dermond se lo refirió a John Chandos, Chandos al Príncipe Negro, y éste a su madre.

Era una mañana de un calor opresivo. Pese a todo, la reina encontró a su esposo al aire libre. Se había retirado con su primo Henry de Lancaster a la apartada explanada que había tras las cocinas de la abadía, donde libraban un combate de espada tan encarnizado que ambos hombres no parecían los mejores amigos, sino enemigos acérrimos. Los pesados aceros silbaban al hender el aire y aterrizaban en los escudos de roble con gran estruendo.

—Oh, maldición, Ed, creo que no puedo más —rió el conde de Lancaster, y alargó el arma. Dado que se hallaban a solas prescindieron de formalidades—. A ti no hay quien te gane, y me temo que si lo sigo intentando moriré de sed.

El soberano se liberó de la bandolera del escudo y envainó la espada.

—Sería una muerte atroz —comentó risueño, si bien, al descubrir a su esposa, su semblante se ensombreció en el acto—. Felipa..., cuánto me alegro de que nos honres con tu presencia.

Ella se acercó, cruzó los brazos y escrutó el sudoroso rostro de su esposo tanto tiempo que él se incomodó. Finalmente inquirió:
—¿Cuándo pensabas ponerme al corriente de que has hecho prender a mi caballero?

Henry de Lancaster hizo una mueca disimulada y musitó:
—Si me disculpáis.

Y emprendió una retirada en toda regla.

El rey lo observó con añoranza antes de mirar a Felipa de nuevo.

—A decir verdad, esta misma mañana, pero me faltó el valor. Sabía que sería un duro golpe para ti.

—Y estabas en lo cierto: ha sido un duro golpe. No sólo porque lo hayas hecho a mis espaldas...

—Lamento haberte ofendido, pero soy el rey de Inglaterra, ¿sabes? Y no necesito el consentimiento de nadie para hacer apresar a un traidor.

—Eduardo, no puedes decirlo en serio. Sin duda sabrás que esas recriminaciones son insostenibles.

Él sacudió la cabeza con tristeza.

—Ven, te lo mostraré.

La llevó hasta la construcción principal del palacio, indicando por el camino a un doncel que le preparara un baño frío y le llevara una cerveza aún más fría, y entró en sus aposentos privados. Mientras buscaba entre los rollos y los escritos, dijo:

—Estas cosas pasan, Felipa, lo sabes tan bien como yo. Mi padre fue traicionado toda su vida por aquellos en quienes más confiaba.

—Tu padre no sabía elegir a sus amigos, *mon ami*, cosa que no se puede afirmar ni de ti ni de mí.

—Pese a todo, tú y yo también nos hemos llevado decepciones, ¿no es cierto? Siempre es amargo, sobre todo cuando se trata de gente con la que... ¿Cómo decirlo? Con la que tenemos una relación estrecha. —Alzó la cabeza de pronto y miró a su esposa a la cara.

Felipa dio un paso hacia él.

—¿Tendrías a bien explicarme qué has querido decir con eso?

Los ojos color avellana centellearon peligrosamente.

El semblante de Eduardo reflejó una gran preocupación.

—Al igual que tú, siempre he creído que Jonah Durham era un buen hombre. He confiado en él y a menudo he escuchado sus consejos. Y como lo tenía por un buen hombre, he tolerado... la forma en que te mira a veces.

—¿Cómo te atreves a dirigirme esos reproches? —preguntó ella en voz queda—. ¿Precisamente tú?

El soberano cabeceó despacio.

—No te dirijo reproche alguno porque sé que puedo fiarme de ti: eres la más leal de todos mis amigos y la mejor de todas las mujeres. Y, a este respecto, siento no ser siempre tan intachable como tú, pero has de admitir que entre hombres y mujeres existen ciertas diferencias. Y existen diferencias entre un rey y un caballero de la reina, ¿no es así? Un soberano que busca solaz en otros lechos es un pillo, un granuja desleal y un pecador. Yo lo soy. Pero el caballero que mira a su reina con deseo ya es un traidor en su corazón, ¿acaso no estoy en lo cierto?

Felipa dejó transcurrir unos instantes antes de contestar. Entonces cogió de la mano a su esposo y lo hizo sentar en el banco de terciopelo de la ventana.

—No, querido, no estás en lo cierto. Nadie puede ver en el corazón de otro, ni siquiera un rey. Lo sabes de sobra. Y en realidad nunca te han molestado las miradas de admiración que me dedican, sino que siempre te han halagado. Intentas colorear este asunto. Ni siquiera tú crees las recriminaciones del tesorero, y tratas de hallar motivos para convencerte.

Eduardo se llevó la mano de su esposa a los labios, si bien la contradijo, apesadumbrado:

—Te equivocas. A decir verdad no quiero creerlas, mas debo hacerlo. Y me duele, sobre todo por ti.

Se levantó de mala gana y le llevó los papeles que le había presentado el tesorero.

Felipa depositó el montoncito en el regazo y estudió un documento tras otro: una serie de acuerdos notariales que databan del año en que se fundó la Compañía Inglesa entre maese Jonah Durham y un puñado de comerciantes de Londres y Essex, entre los cuales se encontraban el alcalde y el fallecido Adam Burnell. Cada uno de esos comerciantes se comprometía a participar en nombre propio, mas con el dinero de Jonah, en la fundación de la Compañía Inglesa. La reina comenzó a calcular mentalmente. Con frecuencia gustaba de afirmar que no se le daban demasiado bien los números, pero sólo lo hacía para protegerse de los reproches de prodigalidad que le hacían. Lo cierto es que era muy capaz de sumar y restar, y llegó al resultado de que, en virtud de dichos contratos, Jonah era dueño de más de las dos terceras partes de la Compañía Inglesa.

−Esto es absurdo −musitó.

−Por desgracia, no lo es −objetó el rey−. Ahora sabemos de dónde sacó el dinero para crear su monopolio de exportación de paño, ¿no es así? ¡Ese maldito bellaco me prestaba mi propio dinero! Ése era el verdadero motivo de su ira: el ricachón había intentado tomar por tonto a su rey.

−No le hacía falta, *mon ami* −lo contradijo ella con aire distraído, ya enfrascada en el siguiente escrito−. Ese monopolio era y es independiente, funciona solo. No tienes más que repasar las cuentas para verlo. −Los siguientes documentos eran liquidaciones entre Jonah y sus testaferros, liquidaciones de la Compañía Inglesa con el tesorero y similares. Los hojeó con desinterés y a continuación dejó caer las manos−. Qué extraño que en ninguna parte aparezca William de la Pole. Pobre infeliz: al parecer se le acusa injustamente de ser la fuerza motriz de esa fraudulenta compañía.

−Felipa... −empezó Eduardo, nervioso.

−Sí, ¿es que no ves lo que está pasando? ¡Son falsificaciones! ¿Cómo puedes dudarlo?

−¿Y esto qué? −Sacó de la pila el amarillento pagaré de Dordrecht y lo agitó ante sus narices.

La reina cogió el documento y lo analizó detenidamente.

−¿Y por qué iba a creer que esto es más verdadero que el resto?

−Porque nadie, salvo Durham y el tesorero, podía saber por qué suma se había extendido el pagaré. Sin embargo, la suma coincide. No, el pagaré es auténtico, pero un falsificador muy hábil ha borrado o raspado el recibo del cobro parcial, no hay ni rastro de él. Sencillamente, Durham no tenía bastante, y su codicia lo llevará a la horca. Pretendía recuperar de nuevo las quinientas libras, y así fue como el tesorero descubrió todo el embuste.

−¿Y cómo llegaron a las manos del tesorero todos estos documentos? ¿Los pidió o le cayeron del cielo?

El monarca torció el gesto en señal de impaciencia.

−Ya, sé que no soportas a Edington, pero no estarás diciendo en serio que es el falsificador, ¿no? Él no sacaba nada eliminando ese cobro parcial. Les enseñó a los miembros de la Compañía Inglesa el pagaré, y ellos dijeron que investigarían el asunto. Al día siguiente un emisario trajo los demás documentos. Por lo visto querían distanciarse de Durham.

—¿Qué emisario? —insistió ella.

—Qué sé yo.

Inquieta, la reina se levantó.

—Tal vez debiéramos averiguarlo.

—El asunto está en buenas manos con el tesorero, Felipa. Santo Dios, sé lo horrible que es esto y lo ofendida que debes de estar, pero no puedes seguir cerrando los ojos: has desperdiciado tu confianza en un trapacero. En un traidor.

Felipa había palidecido sobremanera. Asintió despacio.

—En efecto, eso parece —dijo con voz inexpresiva.

«Yavé había dispuesto un pez muy grande para que tragase a Jonás, y Jonás estuvo en el vientre del pez por tres días y tres noches. Desde el vientre del pez dirigió Jonás su plegaria a Yavé, su Dios», leyó Jonah.

Ya llevaba encerrado dos días más que su bíblico tocayo, si bien en la Torre de la Sal sin duda se resistía mejor que en el vientre de un monstruo. Recibía suficiente alimento, y los soldados eran corteses, algunos incluso deferentes y cómplices, pues en su mayoría eran londinenses, conocían la reputación de Jonah Durham y sabían que algo no casaba. Le daban agua para lavarse, y ni siquiera le exigían que se aliviara en un cubo, sino que lo llevaban al retrete a petición. Lo cierto es que era tratado casi con la misma deferencia que el cuñado del soberano, el rey David de Escocia, que se hallaba una o dos torres más allá y ocupaba un cuarto igual de espacioso y cómodo con el cerrojo en el otro lado.

Meurig iba a diario a llevarle lo que le preparaba Jasper, incluso los famosos pastelillos de arándanos, pues era la época del año adecuada. También habían acudido Martin Greene y el padre Samuel, aunque Jonah no los había recibido, pues no quería ver a nadie. Únicamente transmitió a Samuel la petición, a través de uno de los soldados, de que le enviase una Biblia.

La Biblia llegó una hora más tarde, y Jonah la leía día y noche. El cadencioso flujo en latín calmaba sus incesantes y abrumadores pensamientos. Intentaba acordarse de todo lo aprendido en la escuela monacal sobre exégesis y aprehender su sentido más profundo. Sobre todo indagaba el de la curiosa historia del profeta en el vientre de la ballena. No halló mucho consuelo en la lectura, pues demasiadas preguntas quedaban sin respuesta, pero volvió a encontrar a Dios.

Sólo cuando los ojos le escocían por leer demasiado con tan escasa luz y empezaban a llorarle, un padecimiento que sufría desde hacía años, cerraba la Biblia y se ponía a cavilar. Ésas eran sus horas más sombrías, ya que el cavilar conducía indefectiblemente a la ira, el temor y la desesperación. Sólo mientras leía lograba entrar en un estado de resignación. Sabía que se trataba de un estado ilusorio, pues no era propio de su naturaleza, pero parecía el único modo de seguir más o menos cuerdo.

Durante la tarde del quinto día, cuando estaba embebido de nuevo en la Biblia, pegado a la vela, la cabeza inclinada sobre el libro como un escolar aplicado, oyó el cerrojo. Jonah volvió la cabeza ceñudo: aún era demasiado pronto para cenar.

El que cruzó el umbral no fue un soldado, sino William de la Pole. Se detuvo en seco en el acto, y ambos se miraron fijamente como dos gatos callejeros que se encontraran por casualidad.

Cuando la puerta se hubo cerrado, De la Pole rompió el extraño encantamiento. Miró a su alrededor y observó:

—Algo más espacioso que mi cuarto en Devizes, pero no muy distinto. ¿No es sorprendente cómo se repiten las cosas en la vida? —Y al no recibir respuesta alguna, añadió—: Bueno, en cualquier caso, Durham, quería despedirme a toda costa antes de marcharme a Yorkshire. Estaré fuera algún tiempo.

Jonah se levantó con parsimonia.

—¿No queréis quedaros a saborear el fruto de vuestros esfuerzos?

—Naturalmente que sí: volveré para presenciar vuestra ejecución. He deseado tantas veces arrancaros el corazón. Ahora serán las entrañas lo que os saquen, pero casi será igual de bueno. Por nada del mundo me lo perdería. Podría decirse que será el último gran espectáculo que daréis en Londres, ¿no es cierto?

La amenaza de ese día perseguía a Jonah cada una de las horas que pasaba en vela y por la noche le producía pesadillas de las que despertaba sobresaltado, empapado en sudor y a veces chillando. Mas su semblante permaneció imperturbable.

—Y, decidme, ¿por qué esa idea os depara tanta alegría y os vuelve tan inusitadamente pródigo? —quiso saber.

La sonrisa de De la Pole se borró como por ensalmo.

—¿Por qué? ¿Lo preguntáis en serio? ¿Después de hacerme arrestar dos años y perder mi título?

—Estáis equivocado —repuso Jonah—. Vos mismo lo hicisteis, nadie más. Yo, mentecato sin remedio, sólo traté de salvaros el pellejo.

—Ah. —De la Pole chasqueó la lengua en señal de compasión—. Cuán amargo que vuestra nobleza os sea recompensada así. En verdad éste es un mundo malvado. En pago a vuestra gran bondad yo os envío al verdugo.

—Ahorraos vuestra insulsa ironía y tened a bien responder a mi pregunta. ¿Por qué?

—Muy bien. Si ese motivo no os satisface, os mencionaré otro. La Compañía Inglesa está en las últimas, y el rey quiere un chivo expiatorio. Vos, por así decirlo, os habéis ofrecido. Y es que ha sucedido lo que vaticiné hace años, Durham: sois un competidor fastidioso. Debí aplastaros entonces, mas no lo hice por consideración a Giselle. Ahora se me vuelve a presentar la ocasión, y ya no puedo seguir teniendo en cuenta los sentimientos de mi hija. No hay sitio para nosotros dos, eso aprendí en Devizes. Uno de los dos ha de apartarse, y mejor vos que yo.

Jonah movió la cabeza sin dar crédito.

—Miraos bien. Sois un anciano, De la Pole. —Tal vez a nadie le llamara la atención a primera vista, ya que tenía el cabello blanco desde hacía veinte años y el rostro no muy arrugado, pero pequeñas señales, como las abultadas venas de las manchadas manos, las líneas en torno a la boca y la nariz, el leve enturbiamiento de los falcónidos ojos, atestiguaban tan palmario hecho—. Os encontráis en la recta final de vuestra vida, así que ¿de qué servirá?

Su suegro encogió, impasible, los anchos hombros.

—Servirá para el futuro de mis hijos, naturalmente. Ninguno de ellos está a vuestra altura, ni siquiera Michael. Pero quiero que él reciba ese título, a ser posible mientras yo viva. Sin embargo, ello no sucederá si lo suplantáis como banquero de la Corona.

—Muy bien. En tal caso, decidme sólo una cosa: ¿qué ha sido de Cecil? ¿Dónde está? ¿Qué le hicisteis para inducirlo a cometer el robo?

—No fue muy difícil quebrantar la confianza del muchacho en vuestro sincero amor paternal, pues no es ningún necio.

Jonah meneó la cabeza despacio.

—Pese a todo, jamás lo habría hecho de buen grado.

—Bueno, tenéis razón. Tuve que ayudarlo un tanto. Pero, en último término, el futuro de su amigo Harry Willcox le importó más que el vuestro.

Por un instante, Jonah se sintió en extremo confuso. ¿Cómo sabía De la Pole quién era el padre de Harry? Tras sacar algunas conclusiones musitó con amargura:

—Martin Greene, ese maldito necio, no podía mantener la boca cerrada.

De la Pole sonrió divertido y sacudió la cabeza.

—No cabe duda de que Martin Greene es un necio, mas no fue él quien me reveló el secretillo de Harry Willcox, sino Lucas. Él y yo nos hicimos buenos amigos en primavera. Me contó un sinfín de cosas interesantes.

—Y vos fuisteis vertiendo veneno en sus oídos —contestó Jonah.

—Naturalmente —admitió su suegro—. La idea de que no sólo el aprendiz, sino también el hijo desobedecieran al todopoderoso Jonah Durham se me antojó irresistible. Y me regocijó.

Jonah asintió.

—¿Y Cecil? ¿Dónde está ahora? ¿Qué habéis hecho con él?

—¿Yo? Nada en absoluto. Mi querido Durham, hay una cosa que deberíais tener clara: yo no he tenido nada que ver con todo este asunto. Todas las pistas, en el caso de que alguien se tomara la molestia de seguirlas, conducen a vuestro querido primo y al venerable alcalde John Lovekyn, que no se pensaron dos veces ayudarme a destruiros. El joven Cecil se encuentra en un lugar seguro. Cree que saldrá cuando... en fin, el día que vos, para regocijo de los londinenses y a modo de escarmiento para todos los que abriguen ideas traidoras, primero seáis destripado y después descuartizado. También Hillock lo cree. Ese mentecato está hecho un sentimental desde que sabe que el chico es su bastardo.

La sola idea le dio náuseas a Jonah.

—Mas comprenderéis que no puedo arriesgarme a soltar a Cecil. Y es mejor así: de todas formas, no puede vivir con lo que ha hecho. De manera que pronto lo libraré de su tormento y...

Jonah se abalanzó sobre De la Pole tan de repente que lo pilló por sorpresa. Ni siquiera tuvo tiempo de levantar los brazos para protegerse. Cayó al suelo, y Jonah se le echó encima y le golpeó el rostro y el tronco con los puños. De la Pole pidió ayuda a voz en grito, y no tardaron en aparecer los soldados.

Éstos tiraron de Jonah, si bien comprobaron que no podían contenerlo. Se les escapaba una y otra vez y hacía ademán de arrojarse de nuevo sobre su suegro, que reculaba hacia la puerta con los ojos aterrorizados y sangrando por la nariz.

Al cabo, uno de los soldados sacó la espada corta de su vaina y le clavó la empuñadura en la nuca al rabioso prisionero. Después de que Jonah se derrumbara, ellos se inclinaron sobre él, vigilantes, como si contaran con que de repente fuera a levantarse de un salto.

—Esto merece que lo encadenen —bramó De la Pole furioso, y se enjugó la nariz con la manga.

Los soldados cambiaron una mirada y asintieron.

—Lo siento, señora, pero el comercio está cerrado —explicó Meurig a la fina dama, que tenía tan echada sobre el rostro la capucha de su capa de verano que sólo quedaba visible la punta de su a todas luces expresiva nariz.

Ella asintió, con soberbia, para el gusto de Meurig.

—No quiero comprar paño —aclaró—. Di a la señora de la casa que deseo hablar con ella.

De manera casi inconsciente Meurig se había apostado ante la puerta cruzado de brazos.

—¿Y a quién debo anunciar?

—Eso no es de tu incumbencia.

—Lady Durham no recibe hoy —le comunicó él con rudeza. Estaba harto. A su puerta no paraban de llegar finas damas londinenses, con las que ellos nunca habían tenido nada que ver, que fingían compasión, ofrecían una ayuda inservible y, en realidad, sólo querían ver a la mujer cuyo esposo estaba encerrado en la Torre y sobre el cual corría toda clase de rumores—. Mi señora y sus pobres hijos no son ninguna atracción de feria –agregó, por si no lo había entendido.

El caballero que la acompañaba, ataviado con modestia, desmontó sin prisa, agarró a Meurig por el cuello con una poderosa garra, lo sacudió un tanto y bramó:

–¿Has acabado ya, patán? Pues ve a ver a tu señora y anuncia a...

–Matthew –lo amonestó la reina con indulgencia–. No es necesario. Este hombre es un fiel servidor de su señor, nada más.

Bajó sin su ayuda del hermoso palafrén, le entregó la rienda a su patidifuso acompañante y abandonó a su suerte a hombres y caballo. A continuación emprendió por su cuenta el camino hacia la casa a través del maravilloso jardín.

Giselle estaba sentada en la sala con Harry, Piers y los niños. Lucas y Felipe les leían las historias de los santos ingleses de Crispin.

Todos se levantaron de un brinco de sus respectivos sitios. Como movida por un impulso, Giselle cogió en brazos a Elena –el niño que tenía más cerca– y la estrechó mientras hacía una amplia reverencia ante la reina, la vista fija en el suelo.

–No, te lo ruego –pidió Felipa–. Dejémonos de aspavientos, ya que tenemos cosas más importantes que hacer. ¿Por qué no me miras a la cara, Giselle? ¿En serio piensas que creería semejante desatino? ¿De veras quieres ofenderme así?

Giselle se enderezó despacio y alzó la vista. Profundas sombras rodeaban sus ojos.

–Mi señora... –Su voz sonó quebradiza, pero se aclaró la garganta en el acto y se irguió–. Sois muy amable al venir. ¿No queréis sentaros?

Le señaló uno de los sillones que había junto a la chimenea.

La reina prefirió sentarse a la mesa y les indicó a todos con un gesto que siguieran su ejemplo. Después puso sobre la mesa lo que había traído.

–Éstos son los documentos en cuestión. El tesorero me los ha prestado. A decir verdad, no lo sabe, pero en este momento eso es algo que carece de importancia. Echémosles un vistazo y pensemos cómo podemos invalidarlos.

Giselle intercambió una mirada con Harry.

–¿Invalidarlos? –preguntó ella sin dar crédito.

Felipa asintió.

—Son falsos, ¿no es cierto? Y ha de haber una forma de demostrarlo.

Harry se mostró escéptico.

—Cuando alguien está dispuesto a pagar lo bastante por unos documentos falsificados, difícilmente se puede demostrar.

—¿Cómo podéis saberlo? —preguntó la soberana enojada.

—Yo... —Harry se sonrojó a más no poder—. Esto... Sencillamente lo sé, mi señora.

—Si supiésemos quién está detrás... —opinó Giselle, desalentada.

—Eso es bastante fácil de imaginar —comentó la reina—. Es decir, si estamos dispuestos a encarar los hechos y no engañarnos.

—Oh, yo no me hago ilusiones en lo tocante a mi padre, ya lo sabéis. Pero es que no hay relación alguna entre él y Cecil. Por lo que yo sé, no se conocen.

—¿El abuelo? —preguntó Lucas, los ojos espantados.

—¿Quién es Cecil? —quiso saber Felipa.

No recibió una respuesta inmediata. En su lugar, Harry pidió:

—¿Podría ver los documentos, mi señora?

Ésta se los pasó de buena gana.

—Adelante, dado que parecéis ser el experto. Tal vez vos veáis algo que a mí se me ha pasado. Tomaos vuestro tiempo. Tiempo es lo único que tenemos, ése será nuestro consuelo. El tesorero no puede acusar a Jonah antes de que vuelva a reunirse el Parlamento, y sólo Dios sabe cuándo será eso.

—Madre... —probó Lucas de nuevo, pero en esa ocasión fue Harry quien lo cortó.

—No tenemos tiempo, mi señora —contradijo a la reina, encogiéndose de hombros—. En caso de que Cecil siga con vida, la esperanza disminuye con cada día que pasa sin que demos con él.

—¿Quién es Cecil? —repitió la soberana.

Giselle la puso en antecedentes, y Felipa fue entendiendo alguna que otra cosa.

—De manera que así es como consiguieron hacerse con el pagaré de Dordrecht original —musitó.

—Sin embargo, como he dicho, mi padre no sabe nada de Cecil.

—Madre...

Harry alzó la vista de los certificados notariales falseados.

—Llama la atención que el nombre del alcalde aparece a menudo —observó—. Quizás él pueda decirnos algo sobre el paradero de Cecil.

—¿Le importaría a alguien escucharme? —preguntó Lucas de pronto con tal brusquedad que todos callaron y lo observaron con cara perpleja. Y antes de que nadie pudiera reprocharle el tono empleado, añadió—: El abuelo sabe de Cecil. Y también de ti, Harry.

Giselle se lo quedó mirando horrorizada.

—¿Por quién?

—Por mí —admitió su desdichado hijo—. El... abuelo era mi único amigo entre los adultos de la corte. Al menos eso pensaba yo. Era el único que se mostraba comprensivo con mi mayor deseo. Y... y me hacía tantas preguntas. Sobre la casa, sobre padre, sobre todos nosotros. Yo se lo conté. ¡Qué sabía yo, si es mi abuelo! —Furioso, le espetó a su madre—: ¡Debisteis decirme que no era de fiar!

Ella se mordió el labio inferior y asintió.

—Tienes razón, debí confiártelo. Pero a ninguna hija le gusta decir algo así de su padre.

Harry se rascó con nerviosismo la nariz —un gesto que Annot habría reconocido al punto— y extrajo algunas conclusiones por su parte.

—Oh, maldición... Os pido disculpas, señoras, pero creo que ahora sé con qué enredaron a Cecil. —De repente el peso de la responsabilidad cayó como un plomo sobre sus hombros—. Me temo que todo es culpa mía. ¿Os importaría dejarme estos documentos unos días? —le preguntó a la reina—. Creo que conozco a alguien capaz de averiguar algo al respecto.

Felipa hizo un gesto de aquiescencia.

—Pero devolvédmelos sin menoscabo, de lo contrario nos veremos todos en un serio apuro.

Harry encontró a su padre, ya entrada la noche, en sus espaciosos aposentos de la escuela de ladrones, en Billingsgate, contando el contenido de un cofrecillo lleno de monedas de oro conseguidas de mala fe.

Cuando el Zorro descubrió a su renegado retoño, el botín se le cayó de la mano del susto.

–Que me aspen si no... El hijo pródigo. ¿Mando sacrificar un ternero o has traído al sheriff?

Harry volvió a sentir miedo de su padre, el mismo que lo había perseguido durante toda su vida, y luchó por acallarlo con rabiosa firmeza. Era adulto. Se había liberado y había ido allí a salvar la vida del hombre que le había ayudado a ello.

–He venido solo, padre.

Francis refunfuñó.

–¿Has ido a visitar a tu madre?

–Sí. Bonita tumba.

En verdad lo era.

–No fue fácil conseguirla –le informó su padre de improviso–. Morían tantos. Falleció en paz tu madre. Y acabó hablando de ti y pidiendo a Dios que te bendijera.

Harry bajó la cabeza un instante y apartó el rostro.

–Más de lo que mereces, ¿eh? –apuntó Francis. Después, al parecer, se avergonzó, ya que cambió de tema en el acto–. Ahora vivo aquí. La casa está tan vacía.

Harry asintió y respiró hondo.

–Padre, he venido a pedirte ayuda. ¿Has oído lo que le ha sucedido a maese Durham?

–Claro.

–Pues creemos que es una intriga tras la que se esconde William de la Pole.

–No me extrañaría. El otoño pasado estaba a partir un piñón con el primo de Durham, el cual, como es sabido, no es que tenga en mucha estima a su pariente.

Harry se quedó de una pieza.

–¿Es eso cierto?

Su padre asintió.

–Sólo miento de manera profesional –le comunicó a su hijo con frialdad.

Harry lo dejó estar.

–Tengo aquí unos documentos que incriminan a Durham y esperaba que, si les echas un vistazo, tal vez supieras quién los ha falsificado.

–Veamos.

Francis extendió la mano, y su hijo le entregó el fino montón.

El rey de los ladrones se acercó con los papeles a la ventana, donde había un candelabro de plata con cinco velas, y los escrutó larga y detenidamente. Al cabo dijo:
—Son todos falsos salvo éste. —Levantó el pagaré de Dordrecht.
—¿Y sabes quién los ha falsificado?
—Apenas hay una docena de gente capaz. —Francis se paró a pensar un instante—. Vuelve mañana cuando haya caído la noche. Entonces podré decírtelo todo.

En el curso de la noche el rey de los ladrones envió a algunos de los suyos a hacer averiguaciones. Se enteró de que a uno de los falsificadores lo habían ahorcado la semana previa en Tyburn; dos estaban en Newgate; cuatro habían muerto de peste; otro había perdido la vista. Para cuando amaneció, la cifra de posible candidatos se reducía a tres.

Los tres fueron sacados de la cama y llevados a Billingsgate con los ojos vendados. Antes de ir a verlos, Francis los dejó hasta la tarde en el húmedo sótano atestado de ratas. Por regla general, ésa no era una de las cosas que hacía personalmente, pero cuantas menos personas supieran de ese asunto, tanto mejor, pensó. Observó a los tres intimidados hombres con una tea en la mano, los miró a los ojos a cada uno y preguntó:
—¿Quién de vosotros trabaja para De la Pole?
Todos cabecearon con vehemencia.
—¿Qué hay de Rupert Hillock?
El falsificador se delató con un parpadeo casi imperceptible.
Al cabo de pocos minutos Francis obtuvo una completa y, sobre todo, veraz confesión. Ni siquiera tuvo que intimidarlo especialmente. El falsificador era un antiguo monje y escriba de la cancillería real, un ratón de biblioteca trashoguero: no precisamente duro. Al final Francis miró sin compasión al llorica que yacía a sus pies, lo cogió por el pescuezo, lo llevó arriba y ordenó que le dieran bien de comer. A los demás los soltó después de acordar con ellos la correspondiente participación en todos los negocios futuros.

Martin y Agnes Greene ya se habían ido a acostar cuando alguien llamó claramente a su puerta. Llamaron de nuevo, más bien fue un aporreo en toda regla.

Martin Greene abrió la puerta de su alcoba y gritó:

–¿Es que no va a abrir nadie?

Cuando salió al patio, un criado medio dormido ya había dejado pasar al impaciente visitante. A la luz de la titilante vela Greene vio una viva cabellera rojiza y supo en el acto quién había ido a verlo a tan intempestiva hora.

–Maese Willcox, no sabía que estabais en la ciudad.

Harry Willcox sostenía una cuerda en la mano y, al tirar de ella, una figura acurrucada cruzó el umbral a trompicones.

–Lamento molestaros tan tarde, señor, pero no sabía adónde llevar a este amigo.

Greene miró asombrado al maniatado, desgreñado y, a todas luces, atemorizado prisionero, se paró a pensar un instante y a continuación le hizo una señal a su sirviente.

–Ve a sacar de la cama al esbirro, Paul. ¿O preferís que llame directamente al sheriff? –le preguntó a Harry.

–Sí, creo que sería lo mejor. Cada minuto cuenta.

–Muy bien. Ya lo has oído, Paul. Apresúrate. Y vos, seguidme, maese Willcox. Traed a vuestro... amigo.

Los llevó hasta su casa, subió la oscura escalera y los hizo pasar a la sala. Agnes ya había despertado a una criada, que dio una vuelta y encendió las velas. La oscuridad fue retrocediendo poco a poco, y Greene vio con más claridad a sus extraños visitantes.

–Éste es el bellaco que falsificó los documentos que iban a costarle la vida a Durham, señor –aclaró Harry sin rodeos.

Greene respiró tan hondo que las aletas de su nariz se inflaron visiblemente.

–Alabado sea Dios. Lo sabía. –Mas su evidente alivio reveló a Harry que el prohombre no estaba libre de duda por completo con respecto a la inocencia de Jonah, cosa que encontró en extremo insólita. Greene se volvió al falsificador–: ¿Es eso cierto?

El hombre asintió con gesto lastimero.

–¿Y quién te pago por tan diabólico acto?

–Maese Rupert Hillock, milord –respondió en un susurro.

Greene torció el gesto asqueado.

–Oh, por todos los santos. Rupert... Mi pobre Bernice...
–Ése es el motivo por el que he venido a veros primero a vos –explicó Harry.
Greene asintió sumiso e inquirió:
–¿Podemos creer lo que dice este ser? ¿Cómo habéis dado con él?
–Os ruego encarecidamente que me dispenséis de contestar, señor –contestó un cohibido Harry–. Pero dice la verdad, eso sin duda. Me ha descrito con suma precisión los certificados y sellos que falsificó y cómo eliminó el recibo por el cobro parcial del pagaré de Dordrecht de Jonah, todo ello siguiendo instrucciones exactas de Hillock.
–Dios, en verdad esto es amargo –musitó el prohombre del gremio–. Así que Rupert al final encontró la manera de cavarse su propia tumba.
–Me temo que así es.
–Mas no hay razón para avisar al sheriff esta misma noche, ¿no es cierto? –preguntó Greene, casi suplicante–. Supondría una terrible conmoción para Bernice que el sheriff llegara de noche, y lo oirían todos los vecinos. Rupert no escapará. Siempre podemos arrestarlo mañana por la mañana, y a continuación iré en busca del alcalde y acudiré con él a ver al tesorero real y...
–He de pediros que, por el momento, no pongáis al alcalde al corriente de este asunto –dijo Harry con seriedad.
–¿Cómo decís? ¿Os dais cuenta de lo que pedís?
–Sí, absolutamente –aseguró Harry, furioso, y señaló al pobre diablo que tenía al lado–. Pero yo sé lo que sé.
La conmoción de Greene de pronto se tornó rabia.
–¿Cómo os atrevéis a formular tales acusaciones contra el alcalde de esta ciudad? Precisamente vos, el hijo de un maldito...
–No creo que mi procedencia venga al caso ahora... –lo interrumpió Harry cortante–. Pero como deseéis, maese Greene. Si no estáis dispuesto a afrontar los hechos de vuestro yerno y del alcalde de esta ciudad, mi amigo y yo iremos directamente a Westminster. Tal vez el rey sea un cascarrabias, pero no creo que su juicio sea parcial. Buenas noches, señor. Me gustaría oír lo que vais a contarle al sheriff...
Tiró de la cuerda con la que había atado las manos del infeliz e hizo ademán de marcharse.

Greene alzó la mano con aire apaciguador.

–No, aguardad, Willcox. –Agnes tenía razón: se estaba haciendo demasiado mayor para esas cosas–. Espero que me disculpéis, éste es un duro golpe para mí.

El conciliador Harry afirmó con la cabeza.

–Lo sé.

–Mas explicadme por qué queréis prender a Hillock esta noche sin falta.

–Hillock me da completamente igual, pero intuyo que ha encerrado a mi amigo Cecil en su sótano. Y si Hillock averigua que ha quedado probada su culpabilidad, la vida de Cecil no valdrá un ardite.

Los hombres del sheriff no se tomaron la molestia de llamar a la puerta de Rupert Hillock, sino que irrumpieron sin más ni más y se dispersaron por la oscura y silenciosa casa.

Harry se encontraba entre los primeros, pero no se dirigió, como el resto, a la escalera, sino que, con la tea en la alzada diestra, recorrió el pasillo que conducía a la cocina, salió al patio y entró por la puerta trasera en el establecimiento de Hillock. Nunca en su vida había estado allí, pero aquélla se parecía a la mayoría de las casitas de los mercaderes de la ciudad.

Crispin, que siempre se había esforzado por aliviar la vergüenza que Cecil sentía por la vida que llevaba su madre y explicarle cómo había acabado así, en algún momento le había contado toda la historia al muchacho. Incluido el detalle de que Jonah quisiera casarse con Annot para darle un padre a su hijo y que Rupert lo impidiera encerrándolo en el sótano que había bajo el almacén de paño.

Cecil, por su parte, se lo refirió fielmente a Harry, al igual que le confiaba todas las cosas que le afectaban y preocupaban, de ahí que él supiera de la existencia del sótano y dónde había de buscarlo.

Cuando la puerta trasera se abrió de golpe, el aprendiz de Hillock se levantó de un salto de su jergón de paja.

–¿Qué sucede? –preguntó soñoliento.

Harry se situó sobre él antes de que el chico hubiese abierto los ojos por completo y lo agarró por los hombros.

–El sótano. Enséñamelo, vamos.

Rob, el aprendiz de Rupert, lo miró atemorizado. Después se puso en pie, llevó al intruso hasta la parte posterior del establecimiento y señaló una pesada estantería que estaba curiosamente atravesada en el estrecho almacén.

–Ahí abajo.

Harry apoyó el hombro contra la estantería, que se movió un tanto y, acto seguido, cayó con gran estrépito. De abajo no llegó ningún sonido. Harry apuntó a la trampilla que quedó al descubierto.

–Abre –ordenó con un gesto impaciente.

El muchacho introdujo dos dedos en la anilla, tiró con todas sus fuerzas y finalmente logró levantar la pesada portezuela.

–La casa está repleta de soldados y esbirros –informó Harry al aprendiz–, así que ni se te ocurra cerrar tras de mí: no serviría de nada.

–No, señor –aseguró el medroso Rob, que esperó a que el desconocido desapareciera con la tea en el sótano, abrió la puerta delantera del comercio y puso pies en polvorosa.

No había recorrido ni una veintena de pasos cuando se encontró de manos a boca o, mejor dicho, con la barriga de su maestro, que volvía a casa de una de sus excursiones nocturnas.

Rupert cogió a Rob por el cabello y lo miró desde arriba parpadeando.

–¿Qué se te ha perdido aquí, muchacho? –balbució.

El miedo le confirió al chico bastante fuerza para zafarse.

–Los hombres del sheriff, maese –resopló–. ¡Están registrando la casa!

Rupert recuperó la sobriedad de golpe y porrazo. Espantó al aprendiz con un gesto, se ocultó en la entrada de la cuadra de Robertson y observó lo que acaecía al otro lado de la plazoleta.

Al vacilante resplandor de la tea Harry descubrió a Cecil en el acto: yacía de costado, hecho un ovillo, las rodillas casi rozando el mentón, y no se movía.

–Oh, Cecil... –musitó con voz bronca–. Te lo ruego, no.

El vuelco de la alta estantería habría despertado por fuerza a cualquiera.

Temiéndose lo peor, Harry se arrodilló a su lado, apoyó una

mano en el delgado hombro y se inclinó sobre él. Cecil respiraba.
—Alabado sea Dios.
Cecil abrió los ojos.
—¿Harry?
—Sí.
—¿Estoy soñando?
—No digas desatinos.
El chico se tumbó de espaldas despacio. Tenía el rostro hundido y terriblemente delgado, los ojos grandes e inyectados en sangre.
Harry ocultó su consternación esbozando una ancha sonrisa.
—Muchacho, si te ha salido barba. O algo parecido.
—Intenté... intenté dejarme morir de hambre, pero Hillock no me lo permitió. «Yo soy tu padre», decía, y me agarraba y me echaba sopa por el gaznate y me obligaba a tragar.
—Ay, Cecil —dijo Harry con aire desvalido, y lo agarró del brazo—. Ven, te llevaré a casa.
—Ya no tengo casa.
—Yo creo que sí.
—Si supieras lo que he hecho...
—Lo sé. Y también sé por qué. En verdad no creo merecer lo que has hecho, pero encontraron tu punto débil. No tenías ninguna posibilidad.
—Soy un despojo humano. ¿Qué otra cosa cabría esperar? Mira a mi madre. Y a mi... padre.
—Te equivocas, Cecil. Y ahora vamos de una vez. Salgamos de este horrible agujero. Todo irá bien, créeme.
A Cecil le habría gustado creerlo, mas era incapaz. Mientras Harry lo levantaba, él expresó su mayor temor:
—Nunca me perdonará.
—¿Jonah? —Harry le pasó un brazo por la cintura y lo ayudó a subir los dos escalones que conducían a la trampilla—. Es posible. Ése no es su fuerte. Pero lo que eres no depende de lo que él piense, sino tan sólo de ti. Cree a un hombre que sabe de lo que habla. Y si Jonah no te perdona, vendrás conmigo a Burdeos. Te gustará. Creo que en ninguna otra parte hay tantas mujeres bonitas. Pero antes hemos de alimentarte un tanto.
Cecil, risueño, descansó la cabeza en el ancho hombro de su amigo.

Rupert lo vio todo. Vio salir de la casa a Bernice cogida del brazo de su padre. La muy pavitonta lloraba de un modo desgarrador y, claro está, los niños, que llevaba a rastras, seguían su ejemplo. Tras hablarle a su hija en un tono entre tranquilizador e impaciente, el prohombre, con evidente alivio, la dejó al cuidado de un sirviente que había llevado consigo y después regresó a la casa con el sheriff. Rupert también vio salir del comercio al pelirrojo con su bastardo, lo cual posiblemente fuera un golpe más duro aún, ya que el muchacho sabía demasiado. Durante un desesperado instante se planteó seguirlos y atacarlos en un callejón oscuro, pero le bastó una mirada para convencerse de que contra el pelirrojo no tenía nada que hacer.

Estaba acabado. Definitivamente. Nada ni nadie podía salvarlo. Sin embargo, la certeza no le afectó tanto como cabría suponer. Tal vez porque, como iba de mal en peor desde hacía tiempo, perder el último atisbo de reputación y respetabilidad no suponía una gran diferencia. Había perdido a su familia, pero Bernice y los críos siempre habían sido una pesada carga. No podía volver a su casa, pero de todos modos ya no le pertenecía. Carecía de negocio propio y ya no era gremial, pero en realidad dicho negocio llevaba años muerto, y las restricciones y obligaciones que le había impuesto el gremio, sobre todo su hipócrita moral, le repugnaban.

Era un hombre libre; tal vez no por mucho tiempo, pues el sheriff lo buscaría; quién sabe, tal vez incluso ordenase su búsqueda el rey cuando saliera a la luz la historia de los documentos falsificados, pero aún era un hombre libre. Por vez primera en su vida. Sin padre austero ni maestro iracundo, sin abuela prepotente ni veedores monitorios ni mujer refunfuñona. Libre.

Dio media vuelta, procurando hacer el menor ruido posible, se pegó a las sombras de las casas y, cuando hubo dejado la plaza tras de sí, hizo tintinear las escasas monedas que tenía en la bolsa y se puso en marcha, silbando, dispuesto a disfrutar de su libertad, para lo cual no había lugar más indicado en el mundo que Londres.

A la mañana siguiente, temprano, Giselle se dirigió a Westminster en compañía de Harry. Fueron a ver a la reina y la informaron, con aire triunfal, de los resultados de sus pesquisas. Harry le devolvió los documentos falseados, y después de despedirse, Felipa, no menos jubilosa, hizo partícipe al rey de sus nuevas.

Eduardo Plantagenet era un hombre de honor y ningún cobarde, razón por la cual él en persona cabalgó hasta la Torre, acompañado tan sólo por Waringham y Dermond, para liberar al injustamente acusado caballero de su reina. No le resultó fácil. Prefería decididamente las obligaciones agradables que entrañaba su dignidad real, como la munificencia o la guerra. Mas sabía lo que le debía a Jonah Durham y a su propio honor de caballero.

Al entrar junto con el alcaide en el cuarto del preso, en la Torre de la Sal, fue recibido con las siguientes palabras:

—Idos al diablo, quienquiera que seáis.

La ruda exhortación llegó de detrás de las corridas colgaduras. El rey carraspeó con nerviosismo.

—Maese Durham, Jonah...

Tras oírse un leve tintineo, Jonah asomó la cabeza por las colgaduras. Al constatar que sus oídos no le engañaban, se puso en pie y se acercó al visitante.

—¿Quién ha ordenado eso? —bramó el rey, encolerizado, mientras señalaba las cadenas.

El castellano alzó las manos confuso.

—Yo no sabía nada. —Se volvió hacia la puerta—. ¡Sargento! —Y cuando apareció uno de los soldados de la guardia, ordenó—: ¡Quitádselas!

—Sí, señor.

El soldado se soltó el poderoso llavero del cinto y liberó a Jonah de los grilletes que le aprisionaban manos y pies.

Éste observaba sin inmutarse.

Después de que el sargento y el alcaide se hubiesen ido, el soberano carraspeó de nuevo.

—Maese Durham, he venido a comunicaros que el malentendido se ha aclarado.

—¿Malentendido, sire?

—Eso es. Y además he venido a deciros que lamento haber sido tan crédulo y haber dudado de vos. ¿Me lo vais a poner muy difícil?

«Todo lo que pueda», pensó Jonah.

—¿Cómo podría? A fin de cuentas mi vida os pertenece, ¿no es así? Me la salvasteis una vez y podéis hacer con ella lo que os plazca. Por añadidura, soy súbdito de la Corona.

Eduardo suspiró y se dejó caer en el tajuelo, ante la Biblia. Pasó el índice con aire ausente por la ornada cubierta de cuero.
—Sois injusto conmigo. Yo no soy semejante rey, como posiblemente sepáis. Mas comprendo vuestra amargura.

Jonah se dio cuenta de que empezaba a perdonarlo y luchó resuelto contra ello. Sabía que Eduardo utilizaba su encanto deliberadamente para manipular a las personas. La mayor parte de las veces era por una buena causa, motivo por el cual ello tal vez no fuera tan reprobable, pero él había terminado por hartarse.

—Si eso significa que soy libre, me gustaría irme a casa, milord. Me figuro que mi esposa estará preocupada.

—Podéis iros, claro está, pero ella ya lo sabe. Lo cierto es que ha contribuido a desembrollar esta maldita sarta de embustes. Giselle, Greene, vuestro joven consocio y, naturalmente, Felipa.

—¿Es eso verdad? —inquirió Jonah con sincero desconcierto.

El rey sonrió.

—Puede que no sepáis los buenos amigos que tenéis. Podéis estar orgulloso de ellos, pues no creyeron ni por un instante que hubiese algo de cierto en las recriminaciones del tesorero, y eso que las pruebas eran contundentes. Os habrían convencido incluso a vos. Unas falsificaciones fabulosas, el pagaré de Dordrecht: una trama de mentiras y verdad. Nada hay más difícil de desembrollar.

—¿Y cómo salió a la luz?

—Nadie lo sabe a ciencia cierta, a excepción de vuestro maese Willcox. Fue él quien puso a buen recaudo al falsificador. Vuestro primo se dio a la fuga, pero no tardará en caer en las redes del sheriff.

—¿Y De la Pole?

—¿William? —El rey pareció quedarse pasmado—. ¿Qué tiene él que ver con esto?

Jonah bufó ruidosamente y respondió cabeceando:

—Eso tal vez debierais preguntárselo a él, sire.

Eduardo lo miró de hito en hito y asintió despacio.

—Podéis apostar a que así lo haré. —Acto seguido se levantó, aliviado por librarse de tan gravosa obligación—. Hasta la vista, sir Jonah. —Esbozó su irresistible sonrisa—. Esperamos veros la próxima semana en el torneo de Windsor.

Por un instante Giselle creyó que se desvanecería cuando Jonah cruzó la puerta a caballo, pero, como de costumbre, no metió mucho ruido, más bien hizo como si su esposo regresara sólo de una sesión del concejo o de una reunión en la casa del gremio.

Él le entregó la rienda a uno de los muchachos que trabajaban en sus almacenes, cogió del brazo a su esposa y, tras darle un beso disimulado en la sien, se dirigió con ella hacia la casa. Las rosas florecían a pesar del sofocante calor y desprendían un intenso y embriagador aroma. Jonah aspiró profundamente.

–¿Habéis encontrado a Cecil?

–Sí. Ayer por la noche, en el sótano de Rupert. –Señaló el embarcadero–. Está ahí.

Cecil se hallaba sentado en el muro del muelle, de espaldas a ellos. «Qué figura más solitaria», pensó Jonah, medio compasivo medio burlón.

–Iré a hablar un momento con él –dijo, pero Harry salió de la casa con los tres hijos mayores, que rodearon a su padre con timidez y curiosidad a un tiempo.

Jonah aupó a Elena, como siempre, para besarla en la frente y después le puso la mano en el hombro a sus dos hijos.

–¿Lo habéis pasado muy mal en la Torre? –preguntó, exaltado, Felipe.

Su padre movió la cabeza.

–¿Os encerraron en un calabozo lóbrego?

–Felipe... –advirtió Giselle, y lanzó un suspiro.

–No, me temo que voy a decepcionarte –respondió Jonah.

–¿Os encadenaron?

Jonah extendió los brazos sin decir nada y le enseñó al chico las enrojecidas muñecas. Felipe pegó un respingo, se llevó ambas manos a la boca y miró a su padre con los ojos de par en par. Sin embargo, cuando vio la ancha y atípica sonrisa en el rostro paterno, dejó caer las manos y el agraciado semblante de vivos ojos azules resplandeció de alivio.

Jonah miró a su primogénito ladeando un tanto la cabeza.

–¿Y bien, Lucas? Veo que tu alegría no es inquebrantable.

–Sí lo es, señor –replicó con seriedad el muchacho–. Pero estoy furioso con el rey, y esta vez tampoco sé lo que está bien y lo que está mal.

«Pobre hijo mío, eres un eterno escéptico como tu padre», se le pasó a Jonah por la cabeza.
—Creo que en tal caso deberás seguir reflexionando al respecto.
Lucas asintió.
Jonah le tendió la mano a su joven consocio.
—Gracias, Harry.
A Harry Willcox le importó un comino la tendencia de Jonah a la moderación desmedida y le dio un abrazo impulsivamente. En un primer momento éste se puso tieso, horrorizado, pero cuando oyó la respuesta del joven: «De nada, Jonah, cuando quieras repetimos», no pudo evitar echarse a reír, le dio unas palmaditas en la espalda y respondió:
—Esperemos que no.

Se sentó en el muro del muelle, a una o dos yardas de Cecil, con los pies colgando, igual que él. El sol se hallaba suspendido en el cielo azul, como una moneda de oro fundida, sobre la orilla meridional y los cegaba de tal modo que ambos se veían obligados a parpadear. Bajo ellos el Támesis relumbraba acerado con aquella luz y fluía casi en silencio, majestuoso.

Cecil sostenía el rosario en la inmóvil diestra. Las cuentas de madera ensartadas serpenteaban laxas como un gusano muerto en su muslo.

Jonah recordó cuántas veces había visto ese rosario en la mano de Crispin, cuando en las calles de Cheapside reinaban la calma y la oscuridad y ambos aprendices se preparaban para pasar la noche en el comercio de los Hillock. Crispin, con sus historias de santos y el rosario; Jonah, con el vientre lleno de rabia y la cabeza repleta de ambiciosos planes.

—Pensé que querían el pagaré por el dinero —empezó Cecil de súbito—. No tenía ni idea de lo que realmente se proponían hacer con él.

—Ya lo sé.

—No lo digo para justificarme —prosiguió el chico como si no lo hubiese oído—. No hay justificación posible, pero... —se interrumpió perplejo.

—¿Pero?

―Bueno, creo que quiero que no os sintáis más molesto de lo necesario y que no guardéis de mí un recuerdo demasiado infausto cuando me haya ido.

―¿Quiere eso decir que te marchas? ¿Adónde, si se me permite preguntar?

―Harry... dijo que me llevaría con él a Burdeos.

Jonah volvió la cabeza y lo miró. Cecil rehusó un largo rato a devolver la mirada, mas Jonah no tenía prisa. Al cabo el muchacho no pudo evitar mirar al menos una vez en su dirección antes de bajar la cabeza deprisa.

―Espero que me dejéis ir, señor. Sin duda... sin duda entenderéis que no puedo quedarme aquí.

Jonah asintió despacio, si bien dijo:

―Ya puedes ir quitándotelo de la cabeza.

Finalmente Cecil clavó la vista en él, su mirada era una súplica digna de lástima.

―Señor, os lo ruego...

―No gastes saliva. Crees que no sirves para nada porque tus padres son malos, ¿no? Pues te equivocas. En su infinita sabiduría y bondad, o para divertimiento suyo tal vez, Dios nos dio libre albedrío. Tú no obraste así porque esté en tu naturaleza, sino porque no pudiste encontrar una solución mejor. Estabas solo y fracasaste frente a un adversario contra el que no podías competir, eso es todo. Era un callejón sin salida. Yo no vi venir el peligro y te dejé en Londres, te puse a su merced. Creo que ambos cometimos un error.

Rara vez deseó Cecil algo tan ardientemente como oír ese perdón, sin embargo desconfiaba de él.

―Eso es fácil de decir, señor, pero si fueseis hijo de una ramera y un bribón...

―Mi madre no era un dechado de castidad y mi padre era un jugador borrachín ―lo interrumpió Jonah, y tamaña confidencia dejó tan perplejo a su aprendiz que él pudo continuar tranquilamente―: Claro está que cada uno de nosotros ha de vivir con el legado que le ha tocado en suerte, pero no has salido tan mal como supones. Por ejemplo, posees el olfato para los negocios de tu madre, no el de tu padre, y ése sería un buen motivo para ir a la capilla, postrarte de rodillas y dar gracias a Dios de todo corazón.

–Dios y yo ya no tenemos nada que decirnos –espetó Cecil resuelto.

Jonah asintió con convencimiento, era algo perfectamente comprensible, pero repuso:

–Eso cambiará. Todavía eres demasiado joven y tienes mucha vida por delante. Dios es un mercader, Cecil, y en algún momento te hará una oferta que no podrás rechazar.

Hecho un mar de dudas, el chico miró el rosario que sostenía en la mano y pidió en voz baja:

–Dejadme marchar, señor.

Jonah se puso en pie, agarró por el brazo a Cecil y tiró de él sin miramientos. Después le señaló el *Felipa*, que se hallaba algo más a la derecha y cabeceaba lentamente con las olas del Támesis.

–Mañana parte rumbo a Brujas en busca de nuevos tejedores y tintoreros para Sevenelms. El *Isabel* puede arribar de un día a otro, rebosante de vellón español. La exportación de lana y la confección y el negocio pañeros, todo ha languidecido tras la muerte negra. Hay mucho que hacer. Lucas no entrará en el negocio, lo sabes tan bien como yo. Y Felipe... Sí, él tal vez. Si antes no acaba en la horca. Pero solamente tiene nueve años. Necesito tu ayuda, Cecil.

El joven lo miró inseguro, pero sus ojos fueron cobrando un brillo esperanzado, emprendedor.

–Dentro de unos meses vendrá al mundo el hijo de Crispin –prosiguió Jonah–. Creo que lo adecuado sería que fueses el padrino, ¿no? Devolverle al niño algo de lo que su padre te dio. Como ves, no puedes marcharte.

Cecil bajó los ojos tímidamente, mas sonrió.

–Empiezo a pensar que podríais tener razón.

–Vaya, al menos un hijo se convence de la sabiduría de mis palabras.

Le salió con aparente ligereza y naturalidad, y lo dijo sin hacer especial hincapié. Sin embargo, para Cecil fue un momento memorable, y se propuso no olvidarlo nunca, aunque viviera cien años.

–Ahí arriba, en la ventana, está Rachel haciendo señas como una posesa –observó Cecil.

Jonah no miró, pero asintió, tan aliviado por la distracción como el muchacho.

—Entonces vayamos a la sala a comer. A juzgar por tu aspecto, la mesa de Rupert ha empeorado de manera lamentable, y eso que nunca fue muy abundante.

Mientras el capitán Hamo se dirigía a Brujas para llevar a Inglaterra a los tejedores que había contratado uno de los agentes flamencos de Jonah en nombre de éste, el propio Jonah fue a Sevenelms. Quería convencerse de los progresos de las obras en el nuevo asentamiento, le explicó a Giselle, si bien ello tan sólo era un pretexto. David no precisaba supervisión alguna: capitaneaba el siempre creciente Sevenelms como un almirante su flota. En realidad, Jonah quería salir de Londres, huir de las bienintencionadas visitas de regidores y gremiales, para los cuales era una necesidad cerciorarse personalmente de la integridad de Jonah y, sobre todo, asegurarle que al parecer no habían creído ni por un momento los malévolos rumores. Quería escapar de Londres, de la sombra de la Torre, de la invitación de la corte. Y cuando se vio en Sevenelms, escogió una colina no muy alta, herbosa y lo bastante alejada de cualquier asentamiento, llevó hasta ella a David y le pidió:

—Constrúyeme una casa. Aquí.

David asintió, si bien preguntó sorprendido:

—¿Qué quieres hacer con una casa en el campo?

—Llevo media vida soñando con ella. Quiero un lugar donde pueda encontrar paz y tranquilidad, lejos de la ciudad.

Su amigo sonrió satisfecho y movió la cabeza.

—Jonah, cuando lleves aquí más de tres días, te sentirás inquieto y encontrarás un motivo para volver a Londres. Necesitas esa ciudad como una planta el agua.

—Creo que he cambiado.

David no creyó ni una palabra, si bien respondió de buena gana:

—Claro que te haré esa casa. Sólo dime cómo quieres que sea.

—Pequeña, modesta, rústica. Quizá con un foso alrededor y una muralla con puente levadizo.

Su amigo, risueño, lo llevó a su modesta y rústica casa y le sonsacó con tiento lo que había sucedido.

—Espero encarecidamente que mi hermano Richard no tuviera nada que ver con tan diabólica intriga.

Jonah se encogió de hombros con indiferencia.

—La propuesta de Richard de elegirme sheriff sin duda estaba pensada para complicar más la historia. Para subirme al pedestal de la máxima reputación y que la caída fuese tanto más dura y a ojos de la ciudad entera. Pero eso ahora carece de importancia. Todo ha terminado.

David lo dudaba muy mucho.

Cuando, dos días después, Jonah regresó a casa, Giselle le comunicó que Martin Greene quería hablar con él urgentemente. Jonah envió a Piers a casa del prohombre para informarle de su regreso, y Greene acudió esa misma tarde.

Jonah se encontraba en el despacho, calculando los costes que entrañaría la ampliación de los muelles y almacenes de Tickham, y alzó la vista distraído cuando entró Meurig para anunciar al visitante.

—Tráelo aquí.

—Sí, maese, es sólo que...

El criado se rascó la oreja con nerviosismo.

—¿Qué?

—Ha venido con dos regidores.

—¿Ah, sí? ¿Y?

—Son... los sheriffs de Londres, maese Jonah.

Éste vio su propio miedo reflejado en los ojos de Meurig. «¿De qué se trata esta vez?», se preguntó desconcertado, si bien se limitó a decir:

—Me deben de considerar muy peligroso. Súbelos a la sala, yo iré ahora mismo. Y encárgate de que no nos moleste nadie.

Meurig señaló la ventana abierta, que daba al río.

—Puedo distraerlos unos minutos, señor —musitó con aire cómplice.

Jonah hubo de admitir que la propuesta tenía su atractivo, pero frunció el ceño severamente y replicó:

—No seas ridículo.

—No soy ridículo, sino útil —objetó Meurig.

—Vete de una vez —gruñó Jonah, y el criado salió con las manos en alto como para decir: muy bien, tú lo has querido.

Uno de los sheriffs era Martin Aldgate, un viejo amigo. Se levantó, igual que los otros dos hombres, cuando Jonah entró en la sala, se dirigió a su encuentro y le dio un breve abrazo.

—¡Jonah! Una historia espeluznante. Deja que te diga cuánto me alegro de volver a verte.

El aludido retrocedió un paso con disimulo.

—Y, según veo, no has venido a prenderme.

—¿Qué? —inquirió Aldgate, sin entender nada—. ¿Cómo se te ocurre eso?

El otro sheriff, Paul Mercer, que había sido elegido en lugar de Osbern, muerto de peste, asintió pensativo.

—Me figuro que a un hombre con tan amargas experiencias se le ocurren las ideas más desatinadas. Debimos preveniros.

Jonah le restó importancia.

—Pamplinas. Tomad asiento, caballeros, y decidme qué puedo hacer por vosotros.

Los invitados se miraron de reojo, y de nuevo fue el prohombre de los pañeros quien al final tomó la palabra:

—Habéis estado fuera unos días, así que posiblemente no sepáis lo que ha acaecido.

Hizo una pausa, como si le faltara el valor. Jonah se preparó para lo peor.

—¿Se trata de Rupert?

Aldgate negó con la cabeza.

—Aún lo estamos buscando.

—Y lo encontraremos, vive Dios —añadió el otro sheriff con furia.

—Se trata de John Lovekyn, maese Durham.

—¿El alcalde? —preguntó éste.

Greene asintió, si bien dijo:

—Ya no lo es. Nuestras averiguaciones han dado como resultado que, junto con Rupert Hillock, fue quien maquinó tan cobarde intriga contra vos. Nosotros, los sheriffs y yo, estuvimos pensando qué hacer y teníamos intención de obligarlo a afrontar los hechos en la sesión del concejo de ayer e incitarlo a dimitir. Pero no se presentó. El rey ha enviado a alguien en su busca, pero por lo visto Lovekyn recibió un aviso a tiempo de palacio.

—De la Pole... —susurró Jonah.

Los tres hombres se sumieron en un silencio incómodo. No ha-

bía una sola prueba que relacionara a De la Pole con tan enojosa historia, sin embargo Greene no era ningún mentecato, razón por la cual dijo:
—Es muy posible. En cualquier caso, John Lovekyn, antiguo alcalde de Londres, ha abandonado la ciudad y presumiblemente el país, de manera que la ciudad se ha quedado sin corregidor. Y necesita uno nuevo.

Jonah hizo un gesto de aquiescencia y se preguntó por qué Greene no seguía hablando. Por qué los tres lo miraban expectantes. A continuación se puso tieso como una vela y preguntó:
—Caballeros, con todos mis respetos, ¿habéis perdido el juicio?

Trataron de convencerlo por turnos. Cuando uno perdía el hilo porque amenazaba con quedarse sin argumentos, lo relevaba el siguiente, que retomaba la retahíla de buenas razones.

Llegado un punto, Jonah se levantó sin más, se acercó a la ventana y, tras contemplar un instante el río, se volvió de nuevo.

—Yo no he llegado a ser sheriff, señores. Sabéis de sobra que sólo puede ser alcalde quien antes ha sido sheriff.

—El concejo puede hacer una excepción. A decir verdad, ya la ha hecho. Siento que tengamos que presentarte un hecho consumado, Jonah —mintió Aldgate—, pero ya has sido elegido.

—Ya podéis quitároslo de la cabeza —objetó él, inusitadamente colérico—. Buscaos a otro necio. Yo estoy harto del poder y la influencia. He sufrido en carne propia que pueden arruinarlo a uno en un santiamén y no quiero saber nada más. A decir verdad, me estoy planteando darle la espalda a la ciudad y retirarme al campo. Y no me haréis cambiar de parecer. Buenos días, caballeros.

Aldgate y Mercer pretendían levantarse y escabullirse cabizbajos, pero Martin Greene los retuvo con una seña disimulada.

—Maese Durham, digáis lo que digáis, ahora yo sé que os sentís unido a Londres. Y ahora Londres precisa de vuestra ayuda. No queríais el cargo de sheriff, y comprendo y acepto vuestras razones, pero hoy os ofrecemos algo muy distinto. La ciudad está hecha una ruina. Su orden público, su justicia, su seguridad, su abastecimiento, sus finanzas; todo ello ha sufrido las consecuencias de la muerte negra. Levantadla de nuevo. Vos podéis hacer de esta maravillosa ciudad lo que fue en su día, más incluso. Le debéis eso y no menos.

Jonah negó con la cabeza con determinación.

–Otra vez eso, ya sea con referencia al gremio o a la ciudad. «Durham, no podéis tomar únicamente, también debéis dar.» Y así lo he hecho. Pero ahora me estremezco con sólo pensar lo que me ha reportado.

El prohombre alzó un índice admonitorio.

–Nadie es tan vulnerable a una campaña de difamación como un comerciante. Somos ricos y poderosos y quizás incluso estemos a punto de arrebatarle a la nobleza su supremacía en más de un aspecto, aunque no lo queramos; tan sólo porque la Corona cada vez depende más de nosotros, no puede regir el país sin nosotros ni librar guerra alguna sin nosotros. Pero eso despierta a la fuerza envidias y rivalidades, y hasta el momento no hemos logrado protegernos lo suficiente.

Jonah se paró a pensar un instante y, acto seguido, admitió de mala gana:

–Cierto.

Greene asintió con aire triunfal.

–Sólo nuestras organizaciones pueden garantizarnos dicha protección. Es decir, los gremios y las ciudades. Y sólo si son fuertes. Eso precisamente es lo que le debéis a esta ciudad, maese Durham: hacedla fuerte. Ninguno de nosotros goza de tanta influencia en la corte como vos, y no me digáis que ello ha cambiado. No hay otro hombre en esta ciudad tan rico y poderoso como vos. Podéis aprovechar el poder, la riqueza y la influencia para fortaleceros a vos y a vuestra familia, en cuyo caso seréis un canalla sin escrúpulos igual que De la Pole, y algún día podréis baratear con él en el infierno el precio del pedernal y el azufre. O bien podéis ponerlos al servicio de esta ciudad.

Los sheriffs asintieron con solemnidad y observaron al candidato llenos de expectación.

Jonah guardó silencio largo rato con el objeto de mermar la fuerza persuasiva de Greene y la eficacia de sus palabras. Después dijo con voz muy queda:

–El único problema es éste: no quiero ese cargo. No soy el adecuado. Ni siquiera soy capaz de apreciar el honor que me confiere esta ciudad.

Greene rió con suavidad, y una corona de innumerables arruguitas se formó alrededor de los ancianos e inteligentes ojos.

—Eso no importa, hijo, porque esta ciudad sabe apreciaros a vos.

Jonah cruzó los brazos con terquedad y resopló.

—Señor, os agradecería sobremanera que dejaseis de llamarme así de una vez.

LONDRES,
AGOSTO DE 1349

Rupert vivió los primeros días de su recién descubierta libertad en una suerte de delirio eufórico. Seguía conservando la suficiente capacidad comercial para plantearse dónde le duraría más el dinero, de forma que acabó en The Stews. Bebió, fornicó, se peleó con marineros de todos los rincones del mundo y se divirtió de lo lindo. Era consciente de una forma vaga de que en realidad sólo intentaba mitigar su dolor, su impotente ira por haberlo perdido todo, absolutamente todo cuanto en su día poseyera de valor: un hogar, una familia, una reputación, una identidad. Sin embargo, no permitió que ese dolor lo afligiera, sino que celebró su caída con disoluto frenesí. Hasta que se le acabó el dinero.

Sólo entonces supo cuán terrible lugar era Londres para quienes no poseían nada, con cuánta crueldad daba de lado a sus mendigos. Había muchos menos comedores de caridad y se repartía mucha menos sopa de lo que él pensaba. Claro que ello se debía, en parte, a que muchos conventos habían cerrado sus puertas porque a todos sus hermanos o hermanas se los había llevado la muerte negra. No obstante, Rupert comprendió que el verdadero motivo era que los hombres que gobernaban la ciudad consideraban a los infelices y fracasados una chusma haragana no merecedora de otra cosa que no fuera su miseria. Y eso mismo había pensado él durante toda su vida, y seguía pensándolo en lo más profundo de su ser, aun cuando ahora él se hallaba al otro lado.

Con todo, tenía hambre. Recorrió el mercado de fruta y verdura que había ante San Pablo con la esperanza de poder sacar algo aquí y allá, mas los hortelanos de las gentes de bien, que vendían allí sus excedentes, vigilaban su género con celo y echaban a todo el que rondaba demasiado su puesto sin comprar. Delante de la gran iglesia Rupert vio a lisiados, niños escuálidos y ancianas que pedían escudilla en mano. La escena se le antojó sobrecogedora. Él todavía no había llegado a ese extremo, reconoció.

Rodeó Cheapside describiendo una amplia curva, pues intuía que lo andarían buscando por allí, fue por Carter Lane a Old Fish Street y allí encontró finalmente una casita de franciscanos que abría sus puertas a los desposeídos y donde todo el que lo pedía recibía una escudilla de sopa decente y un pedazo de pan. El viejo monje que depositó en las extendidas manos de Rupert el recipiente le dedicó incluso una suave sonrisa y le dijo:

–Dios te bendiga, hijo mío. Y no olvides rezar por maese Jonah Durham, a cuya caridad debes esta comida.

Rupert se estremeció y le entraron ganas de arrojarle la maldita sopa a la cara al anciano, mas no fue capaz: tenía demasiada hambre. De manera que se retiró a un rincón umbroso del patio y lloró en su escudilla.

Humillado, mas fortalecido, prosiguió su camino, deambuló por la amplia Candlewick Street, atravesó Bridge Street y llegó a East Cheap. Allí el ajetreo era menor. Los artesanos del barrio se habían refugiado a la sombra de sus respectivos talleres, y amas de casa, criadas y recaderos aguardaban a que pasara el calor más intenso de ese día de finales del verano. Una figura solitaria cruzó ante él el pequeño cementerio de Santa Margarita, y cuando Rupert la reconoció, se quedó anonadado.

La siguió con la mirada, atónito, y se preguntó si en verdad sería ella o si Satanás le habría enviado una visión de la primera gran tentación en la que había caído hacía años.

Annot cruzó la calle y se metió por un callejón y Rupert apretó el paso para seguirla. Se mantuvo a una distancia prudencial para que ella no se diera cuenta, pero sin correr el riesgo de perderla de vista. Cuando vio que se sacaba una llave del cinto y la introducía en la puerta de la casa en la que él había disfrutado de los mayores placeres y que había supuesto el inicio de su peor derrota, supo que todas las cosas componían un gran círculo que se cerraba en ese preciso instante.

Era por la tarde, demasiado temprano aún para la clientela, pero Cupido así y todo fue a abrir la puerta cuando llamaron. A veces un cliente con prisas y una necesidad acuciante se presentaba a una hora inusitada.

Sin embargo, cuando vio quién se hallaba en el umbral la amable sonrisa se desvaneció de su rostro.

–¿Qué diantre se os ha perdido aquí? –preguntó con rudeza.

Rupert sonrió con timidez.

–Me... me gustaría ver a Annot. La he visto en la calle por casualidad y...

El sirviente cabeceó.

–Llegáis demasiado tarde, Hillock. Es la señora de la casa y ya no necesita servir a individuos como vos. Y aunque no fuera así. Muertos de hambre venidos a menos como vos no son bienvenidos aquí.

Hizo ademán de darle con la puerta en las narices, pero Rupert fue más rápido: se arrojó de costado contra ella, y aun cuando era una puerta de madera pesada y sólida, logró abrirla, lanzando a Cupido hacia atrás. Rupert dio un gran paso hacia el enjuto sirviente y lo agarró antes de que recuperara el equilibrio.

Cupido cayó en la cuenta demasiado tarde de que había subestimado la fuerza de Rupert Hillock. Sobre todo no contaba con la gran piedra que el intruso mantenía oculta a la espalda y con la que le golpeó en la sien. «Maldición, Annot, lo siento», fue lo último en lo que pensó Cupido antes de sumirse en las tinieblas.

Rupert se inclinó sobre la inmóvil figura. El apuesto alfeñique de rubios rizos angelicales al parecer respiraba. Sangraba por la frente, mas no por la nariz o los oídos. Por lo visto no le había dado bien. Durante un instante sopesó rematarlo con un segundo golpe, pero al final decidió no hacerlo y prefirió arrastrar a toda prisa el inanimado cuerpo hacia la sala.

Conocía bien la casa, que apenas había cambiado desde su última visita. En la antesala seguía estando el colorido arcón de madera que contenía la ropa de mesa. Lo abrió y echó un vistazo: había bastante sitio para el enclenque. Introdujo al desmayado en el arca, que de pronto guardaba un macabro parecido con un ataúd, y cerró la tapa sin hacer ruido.

Cuando volvió al zaguán, de donde arrancaba la soberbia escalera, se topó con una chica tan joven como descarada.

—¿Puedo hacer algo por vos, señor?
Rupert le dedicó una sonrisa paternal.
—Se me ocurre más de una cosa, pero por ahora busco a la señora de la casa.
Ella arrugó la frente con perplejidad.
—¿Ah, sí?
Rupert la cogió rudamente del brazo y la atrajo hacia sí.
—Me espera, pequeña desvergonzada. ¿Vas a decirme dónde puedo encontrarla o prefieres que te eche?
El miedo asomó a los ojos de la chica, a la que abandonó su desparpajo.
—Arriba, señor, al fondo del pasillo.
—Gracias. —La soltó y subió a toda prisa la escalera.

Annot estaba sentada a la mesa de sus amplios y cómodos aposentos, sostenía un espejo en la mano y observaba con ojo crítico sus patas de gallo. Trataba de dilucidar la escasamente original mas siempre fascinante cuestión de qué había sido del tiempo. «Treinta y dos años —pensó sin dar crédito—. Tengo treinta y dos años. Diecisiete de los cuales, es decir más de la mitad, he sido la ramera de todos. Y tengo un hijo adulto, así que no es de extrañar que descubra unas patas de gallo...»
La puerta se abrió con brío, y Annot alzó la vista ceñuda. No le gustaba que la molestasen a esa hora.
—Annot, pichoncito. —La voz de Rupert sonaba jubilosa—. Creí que no volvería a verte...
Ella se levantó de golpe, asombrándose vagamente de que fuese capaz de hacerlo, ya que era como si los huesos de las piernas se hubiesen tornado gelatina.
Se acercó a ella en dos zancadas. Annot deseaba a toda costa que no se le notara cuán grande era su miedo, pero su instinto le jugó una mala pasada. Retrocedió hasta darse con la pared, y Rupert la siguió con la misma sonrisa triunfal de siempre.
—Sigues siendo tímida, ¿eh? —se burló al tiempo que apoyaba una garra en su brazo.
El pánico era como un remolino que amenazaba con arrastrarla a las profundidades, y ella luchó por sobreponerse.

—¿Qué quieres, Rupert?

—Quiero ocuparme de ti, pichoncito, como antes. Te acuerdas, ¿eh? Estoy seguro de que, a pesar de todos los hombres que has tenido desde entonces, no me has olvidado.

«No, Rupert —pensó ella—, no te he olvidado. ¿Cómo podría? Aún sueño contigo casi cada noche.»

—Muy bien, adelante. Pero sé breve y no me vengas con monsergas, que tengo cosas que hacer.

Aquello no le gustó a Rupert. Quería que ella llorara y suplicara como la primera vez. Los ojos apretados, la abofeteó en ambas mejillas, y ella chilló, más de miedo que de dolor. Él se rió y le retorció el brazo a la espalda, la obligó a apoyar el tronco en la mesa y se llevó la mano libre a las calzas.

—Maldito puerco. Quítame las manos de encima o te juro que lo pagarás caro. Ya no estoy tan indefensa como antaño.

Se echó contra la zarpa de él y trató de darle una patada, pero Rupert era demasiado fuerte. La agarró un instante por los cabellos y le golpeó la cabeza contra la mesa, de forma que ella perdió el sentido un momento.

—Veo que has aprendido a blasfemar —observó él entre risas.

Annot notó que le levantaba las faldas y se mordió la lengua para no gritar. El que pugnaba por salir era un poderoso grito de horror, pero, si algo quería, era negarle esa satisfacción a Rupert.

Éste la miró un instante, divertido al ver cómo se retorcía y forcejeaba, y compartió con ella la decisión que había tomado cuando la descubrió ante Santa Margarita:

—Seré el primero y el último en poseerte, Annot. Cuando haya terminado contigo, te mataré.

—Dijo el gallo antes de que lo atrapara el zorro —musitó una voz queda, amenazadora.

Rupert profirió un peculiar sonido ahogado y se quedó inmóvil.

Francis Willcox le retiró el brazo del cuello, soltó el puñal que había hundido en el corazón de Rupert y se hizo a un lado. El voluminoso comerciante cayó estruendosamente al suelo; casi fue como si temblara la casa entera.

Annot, que se volvió en redondo en cuanto aflojaron las garras, se hallaba ante la mesa, con las manos entrelazadas a la espalda, mirando fijamente a Rupert. Sus blancos labios se movían como si tratase de decir algo.

Francis la cogió por los codos con una delicadeza impropia de él, pero no hizo ademán de apartarla, sino que susurró:

—Sí, míralo bien. ¿Lo ves? Ya no podrá volver a hacerte nada.

Ella volvió el rostro hacia él de repente, como si acabase de descubrir su presencia.

—Francis...

Éste se encogió de hombros y sonrió, aparentemente satisfecho consigo mismo.

—¿Por dónde has entrado?

—Por la ventana, claro está. Quería hablarte de algo y vine, y se me antojó lo más fácil... En fin, una feliz coincidencia. Ha sido un honor serviros, señora.

Hizo una reverencia burlona, y ella soltó una risita que reprimió acto seguido, pues sonaba sospechosamente histérica. Sin embargo, persistió una leve sonrisa. Siempre le había gustado la sangre fría de Francis, y en ese momento le daba seguridad y la ayudaba a superar la conmoción de tan repentino golpe del destino.

Miró de nuevo a Rupert, vacilante. Sus ojos estaban muy abiertos y parecían chispear con malicia; el rostro dibujaba una rígida mueca de burla.

Francis señaló con indolencia lo que asomaba de las desatadas calzas y comentó:

—Mira bien a este hijo de perra. Llegará al otro mundo con ese carámbano lujurioso y tendrá que dar toda clase de explicaciones.

Annot emitió de nuevo una peculiar risita y, a continuación, se apartó. Pero como aún le temblaban las piernas, se tambaleó, y un solícito Francis impidió que cayese. Le gustaba sobremanera el papel que se había encontrado allí tan de improviso. Y servía a sus propósitos.

Annot, el rostro apoyado en su hombro y una mano enredada en aquellos rizos de un rojo imposible, vertió algunas lágrimas. Pero no tardó en dominarse, ya que si lloraba en ese instante todo lo que le había hecho Rupert Hillock, Dios sabía que tendría para largo, y no quería abusar de Francis.

—Te... te estoy tan agradecida.

Él le restó importancia con un gesto petulante.

—Ven, dejemos solo a Hillock. Éste no es espectáculo para una dama.

Le pasó un brazo por los hombros y la condujo hacia la puerta.

—¿Qué vamos a hacer con él? —inquirió Annot con expresión de desaliento.

—Mandaré a alguien a buscarlo esta noche y desaparecerá sin dejar rastro. No creo que nadie vaya a echarlo mucho en falta, ¿no es cierto?

Annot respiró hondo y salió con él al silencioso corredor. Mientras cerraba con esmero, preguntó volviendo la cabeza:

—Querías hablarme de algo, ¿no?

Él asintió.

—Quería preguntarte si querrías casarte conmigo.

—¿Cómo dices? —Annot lo miró con incredulidad.

—Me has entendido de sobra. Lo digo en serio, ¿sabes?

—Ay, a veces eres realmente extraño. ¿Por qué diantre iba yo a casarme?

—¿Por qué no? ¿Por qué quieres seguir sola? Podrías estar mucho peor que conmigo.

—¿Ah, sí? —Sus ojos refulgieron—. Oigamos, pues, tus bondades.

Francis *el Zorro* recorrió junto a ella la galería enumerando sus ventajas, sin importarle quién lo escuchara.

—Te ofrezco mi amistad y mi devoción —explicó cuando entraron en la salita de la planta baja.

—Pero eso ya lo tengo —respondió ella, y le ofreció un vaso de vino.

Él bebió con avidez, ruidosamente.

—Pues entonces mi protección, de la que a todas luces estás necesitada.

Annot negó con la cabeza.

—Ya no.

—Ah, vamos. Hillock no es el único que tendría motivos para guardarte rencor. Sabes demasiadas cosas de demasiados hombres poderosos, y eso es peligroso.

—Estoy acostumbrada.

—Muy bien. Entonces te ofrezco la mitad de toda mi robada riqueza.

—No suena mal, pero tengo bastante dinero, Francis.

—Santo Dios —rezongó éste, y se acercó a ella y la atrajo con cierta violencia. A Annot se le erizó el vello de la nuca. Tenía el susto demasiado presente, y por el momento habría preferido que ningún hombre la tocase, si bien no lo dejó traslucir. Con todo, él lo notó, y la soltó y alzó la mano en un gesto que venía a ser una disculpa. Acto seguido se metió el rebelde cabello tras la oreja izquierda y la miró poco menos que a socapa–. ¿Qué me dices del trono de la reina de los ladrones?

Ella comprendió lo nervioso que estaba y le cogió la siniestra con ambas manos.

–Con eso casi podría claudicar, pero creo que será mejor que no.

Él profirió un hondo suspiro.

–Maldición. Me temo que es todo lo que puedo ofrecer. A excepción de mí mismo.

–¿De ti?

–Sí, ya sabes. –La mano libre se movió con impaciencia–. Enterito. En cuerpo y alma. Corazón incluido, claro está. Todo. Todo yo.

Ella ladeó la cabeza, lo miró a los ojos y forcejeó un momento consigo misma. Después suspiró.

–Bueno, en tal caso..., sea.

Londres,
octubre de 1349

—¿Estáis listo, milord? —le preguntó solemnemente el sheriff Aldgate al alcalde.

«No —pensó Jonah—, pero si hemos de esperar a que lo esté el día terminará y nadie habrá ido a Westminster.» Tragó la inexistente saliva y asintió.

—Listo.

Salieron por la puerta del consistorio, abierta de par en par, y las gentes prorrumpieron en un júbilo ensordecedor. Era un día nublado de finales de octubre, la festividad de los santos Simón y Judas Tadeo, y la mañana era fría y brumosa, pero nadie notaba el triste gris otoñal, pues un sinfín de personas ataviadas con vistosas ropas se apiñaba delante, en la plaza.

Un criado con librea del alcalde sostuvo el estribo de *Hector* y Jonah montó, vestido con un manto escarlata y una capucha de terciopelo negro que descansaba en el hombro izquierdo. Los dos sheriffs y los regidores vestían de igual guisa. Todos ellos lucían pesadas cadenas de oro, la más soberbia de las cuales era, claro está, la del corregidor.

Una larga procesión serpenteaba ante él por las calles, la cabeza de la cual ya había llegado a West Cheap: dos jinetes que portaban los enormes estandartes; uno el escudo de la ciudad y el otro el de los pañeros, el gremio al que pertenecía el nuevo alcalde. Los seguían setenta menesterosos que avanzaban de dos en dos. Iban equipados con capas de color azul y gorros rojos, todo ello nuevo y costeado por la ciudad, y sostenían unas tablillas de madera redondas en las que figuraban las armas de todos los alcaldes que habían dado los pañeros. A continuación iban dos abanderados: uno con el estandarte del rey y el otro con el de la casa Durham. Tras ellos marchaban dieciséis clarines y más de una veintena de sirvientes del alcalde, enfundados en sendas capas de terciopelo y provistos de un bastón blanco, que franqueaban el paso y cogían aquí y allá un pequeño rollo que les entregaba alguien de la multitud situado en primera fila. Era una antigua tradición que los londinenses entregaran de tal modo sus peticiones al nuevo alcalde, ya que en un principio ése era el fin de la solemne comitiva que recorría las calles de la ciudad. A la zaga de aquéllos, a su vez, iban otros dieciséis clarines, la guardia de honor del alcalde –jóvenes de su gremio que gozaban del privilegio de servirlo en ocasiones oficiales–, los oficiales del sheriff y la guardia de la ciudad. Cerraban la procesión los gremios y las cofradías, el grupo más nutrido y suntuoso de todos. Luciendo sus orgullosos blasones y sus venerables libreas, cabalgaban o marchaban siguiendo un orden estricto que venía determinado por el número de miembros, la influencia y la importancia de la comunidad en cuestión. Tan sólo el último eslabón de la cadena podía cambiar de año en año, ya que el cierre correspondía siempre a la cofradía o al gremio del nuevo alcalde. Y ese año volvían a ser los pañeros quienes ocupaban ese puesto de honor. Por último, iba el alcalde en sí con su propio cortejo: la guardia de corps y, justo delante, el portador de su espada, que sostenía en alto ante sí, con orgullo, el poderoso acero desenvainado; la vaina, guarnecida de piedras preciosas, en un costado.

A decir verdad, junto a Jonah tendría que haber cabalgado su predecesor, pero ese año las cosas eran un tanto distintas: John Lovekyn había huido a Francia y Jonah avanzaba solo, cosa que se le antojaba extraordinaria. Sus sentimientos se hallaban agitados, y se alegraba de que nadie pudiera escrutar su rostro de cerca. Los sheriffs, que lo flanqueaban con el blanco bastón en la mano, se mantenían a tanta distancia como les permitía el ancho de la calle, y los demás regidores, al cabo, constituían la retaguardia del desfile.

Por mucho que Jonah se esforzaba, era incapaz de ver la cabeza de la comitiva: sencillamente era demasiado larga. Por añadidura, todo Londres parecía haber salido a las calles para verlo y vitorearlo.

Se preguntó si algún alcalde habría recorrido esa misma procesión sin sentir algo de vértigo con tanta pompa, sin que tanto júbilo amenazara con subírsele a la cabeza, sin que le inspirara miedo el mar de rostros radiantes, esperanzados. Y eso que era consciente de que ni siquiera era a él a quien celebraban, sino más bien a ellos mismos, la libertad y los privilegios de su ciudad, el hecho de ser lo bastante poderosos e independientes para decidir quién guiaría su destino durante los próximos doce meses.

Tras West Cheap, cruzaron The Shambles y salieron por Newgate a Holborn Street, desde donde siguieron camino de Westminster. También allí habían salido sus habitantes para observar el desfile del alcalde, y aunque en realidad nada de aquello era de su incumbencia, también alabaron la magnificencia y la solemnidad.

Mientras la comitiva inundaba las calles de la pequeña ciudad y se preparaba para regresar, el alcalde entró en el palacio junto con los sheriffs y los regidores. Delante de la construcción principal lo aguardaban el rey, la reina y más o menos la corte entera.

Jonah desmontó, se plantó ante Eduardo e hincó una rodilla.

—Damos la bienvenida al alcalde de Londres —dijo el monarca con solemne gravedad, si bien sonrió y no ocultó cuán satisfecho estaba con la elección del concejo ese año—. ¿Qué os trae hasta Westminster?

—El deseo de garantizaros la lealtad de la ciudad, sire —replicó Jonah con idéntica ceremonia, y le asombró la firmeza de su voz.

Acto seguido prestó el juramento que el rey Juan exigiera hacía casi ciento cincuenta años como condición para concederle el derecho absoluto de autogestión de la ciudad: juró tributo, lealtad y fidelidad al rey en el nombre de la ciudad y sus ciudadanos, igual que hacían los vasallos de la Corona. Después se levantó sin que nadie se lo pidiera, y sólo cuando Eduardo le hubo dado las gracias con fórmulas igualmente venerables y despachado con sus parabienes, se permitió Jonah mirar a la reina. La soberana se encontraba al lado de Eduardo, la mano apoyada en su brazo, como la mayoría de las veces, pero tenía la vista clavada en Jonah, y los castaños ojos brillaban de orgullo, casi como si ese día triunfal fuese sólo obra suya. Y él sabía que en cierto modo era así, naturalmente. Hizo una amplia reverencia ante ella, aunque el protocolo no lo contemplaba, antes de dar media vuelta, subir de nuevo a su montura y volver por el mismo camino y con la misma pompa a su ciudad.

El desfile terminó en el mercado de West Cheap, donde lo esperaba su esposa, ataviada con una capa color azul medianoche forrada de zorro plateado que arrancó un murmullo respetuoso a la muchedumbre. Estaba en compañía de sus dos hijos mayores, y Harry y Cecil ejercían de escolta. Todos ellos vestían ropas nuevas del más exquisito de los paños que se confeccionaban en Sevenelms y montaban nobles caballos. Jonah no se esforzó en esconder una sonrisa de orgullo cuando pasó ante ellos.

La guardia de honor, los sheriffs y los regidores acompañaron al alcalde a su casa, y a esta comitiva mucho menor, mas así y todo aplaudida, se unió la familia del festejado. En realidad, los londinenses ribetearon las calles hasta Ropery, y sólo dejaron de gritarle a Jonah sus deseos, parabienes o incluso alguna que otra grosería cuando hubo cruzado la puerta de su casa.

Tampoco los maestros de los gremios y las cofradías, los miembros con librea de los pañeros, los dignatarios religiosos de la ciudad y muchos viejos amigos tardaron en darse cita en Ropery, pues todos ellos habían sido invitados a un gran festín en casa de Jonah.

El banquete comenzó a primera hora de la tarde, justo después de que finalizara el desfile, y no terminó hasta bien entrada la noche. Durante horas se fue sirviendo un plato tras otro: exquisitos asados, pastelillos y sopas con preciosas especias de Levante, interrumpidos una y otra vez por deliciosos dulces. Corrió a raudales el vino de Borgoña y del Rin, y tocaron músicos fabulosos. La gran sala se inundó de las voces y las risas de los numerosos invitados, se pronunciaron discursos breves y joviales y se bebió a la salud del nuevo alcalde, que estaba sentado junto a su esposa en el centro de la mesa principal, bajo un baldaquino, y lo soportaba todo con estoica paciencia, a veces incluso con una leve sonrisa de resignación.

Harry Willcox, que había regresado de Burdeos para tan magno acontecimiento y ocupaba una de las mesas laterales junto con Cecil, Lucas, Felipe y Elena, dejó vagar la vista por tanta suntuosidad, un tanto incomodado, y susurró:

–Uno no puede evitar preguntarse cuánto habrá costado este festín, ¿no es así?

Cecil asintió.

–Más de doscientas libras –informó, pues había ayudado a Giselle a organizarlo y había calculado con ella los costes–. Eso sin contar las nuevas ropas de todos nosotros, claro está.

—Santo cielo —musitó Harry, escandalizado—. Cuántas veces nos habrá endilgado que la economía y la modestia son las mejores virtudes de un comerciante.

Cecil no pudo evitar sonreír del todo, si bien defendió a su padre adoptivo:

—No es culpa suya: todo nuevo alcalde ha de dar un banquete semejante, es algo así como una norma. Con su munificencia hace patente su riqueza, la cual, a su vez, es prueba de su poder y su éxito como comerciante. Ser alcalde de Londres es un honor muy costoso, y así ha de ser, para que quede reservado a los mejores de la ciudad.

—Amén. Bebamos por eso, hermano —añadió Harry, guiñándole un ojo.

Ambos rieron, entrechocaron sus vasos y dieron un buen trago. La boda de sus padres, a la que asistieron los dos, ya que de lo contrario se habrían visto expuestos a la incesante ira de Jonah, en un principio los conmocionó y avergonzó y después los divirtió, y a esas alturas a ambos les agradaba la idea de haber emparentado, al menos a los ojos de la ley y la Iglesia.

Jonah observaba discretamente a su consocio y su hijo adoptivo. Al lado de Cecil se encontraba Kate, la viuda de Crispin, todavía de luto y más pálida que nunca debido al duro parto que había sufrido dos semanas antes. Había alumbrado a una hija, a la que habían bautizado con el nombre de Agnes. Tanto Jonah como Cecil eran padrinos, y aquél había acordado con Kate y el padre de ésta que uno de sus hijos se casaría con la pequeña Agnes. O el propio Cecil o tal vez Felipe, pensaba. O Samuel. Por suerte tenía bastantes hijos.

No muy lejos de Kate se hallaba el padre Samuel, que lo había felicitado sinceramente por tan alto cargo, si bien al mismo tiempo lamentó que Jonah ya no pudiera recorrer con él la provincia haciendo de Satanás ante las iglesias de las pequeñas ciudades de comerciantes. El flamante alcalde sonrió con melancolía al recordar aquellas semanas de libertad en las que se mezclaba con los juglares.

—Podrás volver a contar conmigo en cuanto termine el año —le prometió a Samuel.

Pero el padre sacudió la cabeza con escepticismo.

—Te volverán a elegir, Jonah.

—Eso dependerá de lo bien que lo haga.
—Lo harás bien, y lo sabes.
—Yo no sé nada. Y aunque así fuera, lo rechazaría.

Samuel rompió a reír.

—Lo creeré cuando lo vea. Hablaremos de nuevo el año que viene...

Giselle posó la mano en la de su esposo.

—Estés donde estés, querido, vuelve –dijo en voz queda–. Meurig está ahí al fondo, en la puerta, y no escatima esfuerzos para llamar tu atención.

Jonah miró hacia él. El mozo, a todas luces aliviado, le dio a entender con un gesto amplio y sin embargo cómplice que saliera un momento de la sala. Él intercambió una mirada de asombro con Giselle.

—¿A qué viene eso?
—Parece importante –opinó ella.

Jonah afirmó con la cabeza.

—Discúlpame un instante. –Se levantó, dio la vuelta a la mesa y recorrió la pared en dirección a la puerta, si bien el movimiento no pasó inadvertido. Todos los ojos se clavaron en él–. Espero que tengas una buenísima razón –gruñó cuando llegó hasta donde estaba su criado.

Éste asintió con vehemencia.

—Venid a verlo vos mismo, maese Jonah. Es una visita importante.

—La sala está llena de ellas –objetó él mientras seguía a Meurig hasta su propia alcoba.

Acompañaban a la reina su hijo mayor y dos caballeros, Gervais de Waringham y Geoffrey Dermond. Para espanto de Jonah, los cuatro inclinaron la cabeza ante él con deferencia.

—Mi señora, os lo ruego, no –balbució y, tras tomar la mano que ella le tendió, hizo la reverencia de costumbre, un gesto familiar y seguro que lo hizo sentir mejor en el acto.

Felipa sonrió.

—Antes de que viniera a Inglaterra como reina, el obispo Burghersh pasó unas semanas en la corte de mi padre para instruirme en las costumbres del país. La mayoría de ellas las olvidé al punto, él era tremendamente soso, pero una se me grabó en la memoria: el obispo dijo que intramuros de Londres el alcalde era la máxima personalidad después del rey. Aquello me produjo una honda impresión. Parecía tan... singular.

Jonah sonrió.

–Y desde entonces habéis estado esperando la ocasión para inclinaros ante un alcalde dentro de los muros de su ciudad, ¿no es cierto?

–Ante un alcalde de mi elección –puntualizó ella risueña.

–En tal caso, concededme el honor de acompañarme a la sala para participar de nuestro banquete. Me temo que casi ha terminado, pero seguro que algo quedará.

–No sé, Jonah –objetó ella, titubeante–. Éste es un banquete de los ciudadanos de esta ciudad. En realidad, aquí no se nos ha perdido nada.

–Es mi banquete, y yo decido a quién invitar –insistió él, y añadió mentalmente: «A la postre, soy yo quien paga». Hizo un gesto de invitación que incluía a los caballeros y al príncipe–. Milord...

–Mi padre me ha encomendado que os transmita el santo y seña de la Torre, sir Jonah –explicó el príncipe con seriedad. A decir verdad, la Torre era propiedad de la Corona, pero, dado que se hallaba en Londres, el alcalde tenía derecho a conocer la consigna y entrar y salir a voluntad. Sin embargo, Jonah no pensaba hacer mucho uso de semejante privilegio–. En el futuro será el alcaide quien os la confíe cada semana, pero hoy el honor es mío –agregó el príncipe con una sonrisa poco menos que tímida.

Jonah asintió con gravedad.

–Gracias, milord.

–Y, si me lo permitís, me gustaría hablar brevemente con Lucas.

«Cómo es que no me sorprende», pensó Jonah con acritud, si bien repuso:

–Se sentirá muy halagado, mi príncipe.

La reina entró en la sala del brazo de su hijo. Los presentes se pusieron en pie e hicieron una reverencia, y aquellos que no la reconocieron de inmediato recibieron un empellón del vecino y fueron informados en voz queda para que se apresuraran a seguir el ejemplo del resto. Sin embargo, la aparición de Felipa no levantó un gran revuelo. A fin de cuentas todo el mundo sabía que el alcalde y la soberana mantenían una estrecha relación y que Felipa sentía especial debilidad por Londres. Frecuentaba la ciudad sin el rey y era visitante bien vista y bienhechora generosa en muchas de sus iglesias y conventos.

Tras mover algunos asientos hicieron dos sitios más en la mesa principal. La soberana se acomodó junto a Jonah y el príncipe al lado de Giselle, mientras Waringham y Dermond se mezclaron con los comerciantes más jóvenes, a parte de los cuales conocían bien, y bebieron con ellos el selecto vino.

–¿Y bien? –inquirió Felipa en voz queda, la cabeza ladeada hacia él como tantas otras veces en señal de intimidad–. ¿Cómo os sentís al ser el primer hombre de la ciudad, su máximo juez, comandante de su milicia y almirante de sus puertos?

La sola enumeración mareó a Jonah, si bien, en el fondo, no era tan intimidatoria como sonaba. Ya llevaba sustituyendo provisionalmente a su prófugo predecesor desde septiembre y hacía tiempo que sabía que no había nada en dicho cargo que escapara a su control. Seguía siendo demasiado tímido y quizá también demasiado cómodo para disfrutar de su cometido y del honor del que éste iba acompañado, a diferencia tal vez de otros, pero, para sorpresa suya, se había dado cuenta de que era el hombre adecuado para él.

Tras proferir un leve suspiro, lo que finalmente decidió contestar fue:

–Mi abuela abrigaba el deseo de que yo fuese alcalde de Londres, mi señora. Y ella era una de esas mujeres que suelen conseguir lo que desean.

Giselle apoyó una mano con disimulo en su rodilla y comentó en voz queda:

–Como tantas otras en tu vida, ¿no es así?

Intercambiaron una sonrisa de complicidad, y Felipa envidió ese instante de serena intimidad, mordió su muslo de faisán y observó con aparente ligereza:

–El rey empieza a sospechar que tal vez sea De la Pole quien mueve los hilos de esa trapacera Compañía Inglesa, Jonah.

Éste la miró.

–¿Ah, sí?

La soberana hizo un gesto afirmativo con la cabeza.

—Me temo que vuestro suegro no tardará mucho en caer en desgracia de nuevo.

—Estoy impresionado, mi señora. ¿Por qué me da la sensación de que no sois del todo ajena a ello?

Ella sonrió con aire misterioso y añadió:

—No hay muchas esperanzas de que el bueno de De la Pole recupere sus propiedades de Yorkshire. Recaerán en la Corona. Y, figuraos, por lo visto en una de esas propiedades se han descubierto grandes yacimientos de carbón. Como los que se encuentran ahora por doquier, ¿no es cierto?

Jonah enarcó las cejas y le hizo una señal para que continuara.

—Bueno..., como sabéis, he de sanear urgentemente mi corte —prosiguió la reina—. Y he estado sopesando si no valdría la pena extraer sistemáticamente el carbón (en mi patria hay gentes que saben hacerlo) y exportarlo al continente. Claro que sé que en este momento tenéis otras cosas que hacer, pero tampoco pretendo empezar mañana. ¿Qué opináis?

Ensimismado, Jonah hizo girar el vaso entre las manos y al cabo repuso:

—Creo que necesitaré un barco más, mi señora.

OBSERVACIONES Y AGRADECIMIENTOS

Probablemente sea inherente a su condición que, en la ficción histórica, historia y ficción en ocasiones entren en conflicto, y precisamente ése es el atractivo de escribir una novela histórica. Por ejemplo, me habría gustado describir el desfile de investidura del alcalde de Londres –el *Lord Mayor's Show*– como una procesión de barcos espléndidamente ornados deslizándose por el Támesis, tal y como se lleva haciendo todos los años hasta el día de hoy, pero, por desgracia, esta tradición data de 1422, de manera que no podía hacerlo. Pese a todo, he vuelto a permitirme ciertas libertades y, con Jonah Durham, les he impuesto a los londinenses un alcalde que nunca existió, razón por la cual apelo a su indulgencia.

Por sus cartas, sé que a algunos lectores y lectoras les interesa la cuestión de qué es inventado y qué aconteció en realidad, y por ese motivo en esta ocasión me gustaría ocuparme de ella con más detenimiento.

En la relación de personajes, son invención mía todos aquellos que no han sido marcados con un asterisco, como también son ficticios Jonah Durham, su familia y su historia, si bien esta última responde a la carrera ejemplar de un comerciante de su época. Por el contrario, es cierto casi todo cuanto he escrito de William de la Pole. Fue, con diferencia, el comerciante inglés más rico y astuto de su tiempo, y realmente cometió las trapacerías que aquí le atribuyo, incluidos secuestros nocturnos e intimidación mediante bribones pagados. Tal y como se narra, engañó al rey Eduardo y, en 1353, fue acusado por segunda vez de la sospechosa bancarrota de la Compañía Inglesa. En el año 1354 fue exculpado de todas las acusaciones, si bien se retiró definitivamente de la política económica y financiera –amargado, según algunos–, y falleció en 1366 en su Yorkshire natal a una avanzada edad. Su hijo Michael obtuvo, en efecto, el ansiado título nobiliario: en 1385 se convirtió en el conde de Suffolk, aunque su padre no vivió para verlo. Los De la Pole siempre fueron ricos y ambiciosos. En el siglo XV un descendiente de William y Michael entroncó con la familia real, de manera que un De la Pole, que para entonces ya disfrutaba de la dignidad de duque, incluso hizo valer su derecho al trono. No obstante, la historia acabó de forma parecida al cuento de *El pescador y su mujer:* después de que finalizaran las terribles guerras de las Dos Rosas, los Tudor, que acababan de subir al poder, no querían correr el riesgo de que estallaran nuevas contiendas sucesorias, y el último de los importunos De la Pole fue ajusticiado, extinguiéndose así el linaje.

También es auténtico casi todo lo que he dicho de Londres. Las democráticas estructuras de los gremios, las cofradías y la administración municipal medieval supusieron la mayor sorpresa de mis investigaciones, pues chocan frontalmente con el sistema feudal que dominaba el espíritu de la época en tantos ámbitos de la vida. El primer mapa útil de la ciudad data del siglo XVI, pero permite reconstruir con absoluta confianza la geografía de Londres que aquí se describe. Por el contrario, la existencia, ya en el siglo XIV, del crimen organizado y la escuela de ladrones de Billingsgate queda abierta a la especulación. A ese respecto no se tiene constancia de informes hasta más de cien años después, si bien hay que tener presente que el principal objetivo de estas siniestras cofradías sería el secretismo y debieron existir en la clandestinidad mucho antes de que alguien supiera o informara acerca de ellas. En cualquier caso, Francis *el Zorro* sólo es un producto de mi imaginación, pero todos los casos jurídicos que aquí se mencionan están documentados.

Lo que no deja de impresionarme cada vez que me asomo de nuevo a la Edad Media es la violencia sistemática, sancionada por la ley y permitida por la Iglesia, contra mujeres y niños. No es casualidad que la violencia sexual, que afectaba a todos los estamentos y con frecuencia a muchachas muy jóvenes, sea uno de los temas recurrentes de esta novela. La dama de la alta sociedad londinense y su cara casa del placer existieron. Tenemos constancia de ello porque una de las chicas la acusó ante el alcalde de obligarla a prostituirse. Un sacerdote llevó hasta allí a la apurada muchacha. Annot es inventada, pero su suerte fue la de muchas otras.

Por el rey Eduardo siento debilidad, lo cual no creo que sea muy difícil de adivinar. Pese a todo, lo he acusado de coacción sexual porque es sumamente probable que ello responda a la verdad. Diversos cronistas relatan que su cuñada, su sobrina o la esposa de su amigo William Montagu, el conde de Salisbury, fueron víctimas de violación por su parte. Lo único que puedo decir en defensa de Eduardo es tan trivial como execrable: a sus ojos y a los de sus coetáneos era un delito que no se consideraba deshonroso.

Juana de Kent, la mujer más bella de Inglaterra, al final logró casarse en terceras nupcias con el Príncipe Negro, y el hijo que tuvieron, Ricardo, fue rey de Inglaterra. A pesar de todo, es absolutamente creíble y probable que antes fuese amante del rey Eduardo y la misteriosa dama que perdió una liga azul mientras bailaba en Calais, lo cual contribuyó a crear la insignia y el lema de la orden de la Jarretera. Los biógrafos que lo niegan mencionan, sobre todo, la poco convincente máxima de que no puede ser lo que no debe ser.

De todos los personajes históricos de esta novela, el que más me fascinó fue la reina Felipa. Alumbró a doce hijos, de los cuales nueve alcanzaron la edad adulta, y supo mantener unida a tan numerosa familia. Ni siquiera después de su muerte se produjeron luchas por el poder dignas de mención entre sus ambiciosos hijos. Con su gusto francés no sólo marcó los dictados de la moda inglesa, sino que en efecto revolucionó la confección de paños llevando a Inglaterra a los mundialmente famosos artesanos de su patria. Su segundo gran golpe económico fue la extracción y exportación de carbón. Con todo, nunca llegó a ganar tanto dinero como gastaba. Era tan despilfarradora como su esposo, pues así era el ideal palaciego en el que ambos creían. Con frecuencia demostró tener visión política y sagacidad, y es cierto que se arrodilló ante el rey para interceder por los carpinteros cuando, en el torneo londinense de 1331, se desplomó la tribuna. Tan memorable escena se repitió en 1347 tras la caída de Calais, en este caso con los famosos seis ciudadanos de la ciudad conquistada. Los cronistas relatan que Eduardo pedía su consejo en todas las decisiones importantes. También es verdad que la engañaba constantemente, pero la muerte de Felipa, en agosto de 1369, marcó el inicio del desmoronamiento y la decadencia espirituales del soberano. De éste, al igual que de todos los acontecimientos políticos acaecidos después de 1360 y, sobre todo, del devenir de las casas Waringham y Dermond, he hablado en *Das Lächeln der Fortuna (La sonrisa de Fortuna)*.

Llegados a este punto me gustaría dar las gracias, pues muchos han sido los que me han ayudado a crear *El rey de la ciudad púrpura*. La mayoría, claro está, lo ha hecho inconsciente y forzosamente al escribir los libros, artículos y sitios web de los que he recabado información.

Asimismo desearía expresar mi más sincero agradecimiento, de nuevo, al doctor Janos Borsay y a mi hermana, la doctora Sabine Rose, por su experto asesoramiento en cuestiones de medicina y la paciente contestación a mis abstrusas preguntas; a Uli Lua y los colaboradores del castillo museo Rheydt por permitirme acceder a su biblioteca, donde he aprendido más cosas sobre historia textil de lo que podía verter aquí; al doctor Johannes Holdt por sus clases particulares de bajo latín; a mi amiga y colega Maeve Carels por su inspiración; y por último, pero en modo alguno menos importante, a mi esposo Michael por sus consejos y su ayuda y por muchas más cosas.

R. G., agosto de 2001

ÍNDICE

Dramatis personae 11
Prólogo. Castillo de Nottingham, octubre de 1330 . 13

1330-1333
AÑOS DE APRENDIZAJE

Londres, noviembre de 1330 21
Londres, diciembre de 1330 37
Londres, enero de 1331 47
Londres, mayo de 1331 60
Londres, junio de 1331 77
Bosque de Epping, julio de 1331 83
Londres, agosto de 1331 102
Londres, septiembre de 1331 122
Londres, enero de 1332 161
Londres, marzo de 1332 186
Woodstock, mayo de 1332 213
Londres, junio de 1332 224
Londres, agosto de 1332 232
Londres, septiembre de 1332 264
Londres, febrero de 1333 280

1337-1340
Años de peregrinaje

Londres, febrero de 1337 291
Londres, marzo de 1337 319
Londres, junio de 1337 348
Havering, octubre de 1337 363
Londres, diciembre de 1337 371
Dordrecht, diciembre de 1337 376
Londres, diciembre de 1337 381
Londres, enero de 1338 398
Westminster, febrero de 1338 403
Amberes, septiembre de 1338 408
Amberes, noviembre de 1338 417
Amberes, abril de 1339 423
Londres, septiembre de 1339 435
Amberes, octubre de 1339 440
Londres, febrero de 1340 448
Londres, mayo de 1340 471
Sluys, junio de 1340 474
Sevenelms, julio de 1340 487
Londres, noviembre de 1340 516

1348-1349
Años de peste

Londres, mayo de 1348 549
Londres, junio de 1348 597
Sevenelms, septiembre de 1348 609
Londres, enero de 1349 618
Londres, abril de 1349 631
Sevenelms, junio de 1349 659
Londres, junio de 1349 681
Londres, julio de 1349 692
Londres, agosto de 1349 732
Londres, octubre de 1349 740

Observaciones y agradecimientos 749

Título de la edición original: *Der König der Purpurnen Stadt*
Traducción del alemán: María José Díez Pérez y Diego Friera Acebal,
cedida por Maeva Ediciones
Diseño: Eva Mutter
Ilustración de la sobrecubierta de IDEE a partir de unas cartas medievales
Foto de solapa: © Ullstein/Cordon Press

Círculo de Lectores, S. A. (Sociedad Unipersonal)
Travessera de Gràcia, 47-49, 08021 Barcelona
www.circulo.es
3 5 7 9 9 0 0 4 8 6 4

Licencia editorial para Círculo de Lectores
por cortesía de Maeva Ediciones.
Está prohibida la venta de este libro a personas que no
pertenezcan a Círculo de Lectores.

© Rebecca Gablé, 2001
© de la traducción: María José Díez Pérez y Diego Friera Aceba
© Maeva Ediciones, 2008

Este libro ha sido impreso en papel Supersnowbright
suministrado por Hellefoss AS, de Noruega

Depósito legal: B. 8660-2009
Fotocomposición: Fotoletra, S. A., Barcelona
Impresión y encuadernación: Printer industria gráfica
N. II, Cuatro caminos s/n, 08620 Sant Vicenç dels Horts
Barcelona, 2009. Impreso en España
ISBN 978-84-672-3504-3
N.° 27920